Monte Merrick ist in Hollywood ein erfolgreicher Drehbuchautor. Sein jüngster Film »Memphis Bells« hat ihm positive Kritiken eingebracht. Zur Zeit arbeitet er an dem Drehbuch zu »Bitte nicht lesen! oder Der aufregendste Sommer im Leben des Nelson Jaqua«.

Dieses Buch wurde auf chlor- und säurefreiem Papier gedruckt.

Neuausgabe Juni 1994

Das Gedicht in Kapitel 10 wurde von
Georg N. Kistner übersetzt.
Titel der Originalausgabe »Shelter«

Originalverlag Hyperion, New York
Umschlaggestaltung Andrea Schmidt, München
Satz IBV, Berlin
Druck und Bindung Ebner Ulm
Printed in Germany
ISBN 3-426-60056-0

2 4 5 3

Monte Merrick

Bitte nicht lesen!

oder

Der aufregendste Sommer im Leben des Nelson Jaqua

Roman

Aus dem Amerikanischen von
Robert Weiß und Gerlinde Schermer-Rauwolf,
Kollektiv Druck-Reif

Knaur

Persönliches Eigentum von Nelson Jaqua.

Finger weg!

Sind Sie Nelson Jaqua?
Wie kommen Sie dann also dazu, noch weiterzulesen?
Das ist persönliches, privates Eigentum.
Lesen Sie gefälligst was anderes und
lassen Sie das hier in Ruhe!

Es ist nicht zu fassen!
Wieso müssen Sie Ihre Nase in Sachen stecken,
die Sie nichts angehen?
Das ist das Buch von Nelson Jaqua, nicht Ihres!

Verschwinden Sie!

Kapitel eins

Ich weiß nicht, was aus dem letzten Sommer geworden wäre, wenn Mr. und Mrs. Shook nicht ihren behinderten Sohn umgebracht und im Keller eingemauert hätten. Bestimmt wäre es dann ein ziemlich langer Sommer geworden, in dem es nichts zu tun gab.

Der Sommer läuft normalerweise so ab, daß es in den ersten paar Wochen ziemlich hektisch zugeht, und man kommt gar nicht dazu, alles zu tun, was man sich vorgenommen hat. Man steht früh auf und versucht, alles unterzubringen. Wenn Dad sagt, daß man den Rasen mähen muß, dann erledigt man das möglichst schnell, um ja nichts zu verpassen. Man hat eine ellenlange Liste von Sachen, die man machen will, und fragt sich, ob man auch alles schafft, bevor der Sommer zu Ende ist.

Nach einigen Wochen wird es dann etwas ruhiger. Man hat all die tollen Sachen auf seiner Liste abgehakt, und der Rest kommt einem jetzt gar nicht mehr so toll vor. Man überlegt sich, ob man sich einen Job suchen soll. Zum Rasenmähen bleibt noch jede Menge Zeit, also braucht man sich nicht zu beeilen. Irgendwie vergißt man schließlich, den Rasen überhaupt noch zu mähen, und wird dann von Dad angebrüllt. Es drängt sich einem der Gedanke auf, daß der vorige Sommer besser war.

(Denk daran, was Mr. Crisp gesagt hat: Schreib nicht das, was sowieso jeder weiß. Verwende nicht immer »man«, sondern »ich«. Mach es persönlicher. Überarbeite das Ganze noch mal.)

Gerade als es so aussah, als würde es ein ziemlich langer Sommer werden, in dem es nichts zu tun gab, stellte sich heraus, daß Bobby Shook verschwunden war.

Jeden Abend gegen Sonnenuntergang gingen Mr. und Mrs. Shook mit Bobby im Viertel spazieren. Er konnte nicht allein gehen. Seine Arme wedelten herum wie bei einer Marionette mit verhedderten Fäden. Mit seinen Füßen war es genau das gleiche, und er konnte nicht gerade gehen, wie ein Betrunkener. Links und rechts von Bobby gingen seine Eltern und stützten ihn. Sein Gesicht war ständig zu einem breiten Grinsen verzogen, als ob er sich freute, daß er behindert war und mit seinen Eltern die Straße entlanggehen durfte. Wenn er sabberte, wischte ihm seine Mutter mit einem blauen Waschlappen über den Mund. Die Kinder sagten, daß er auch in die Hosen pinkelte, aber offen gestanden habe ich das nie gesehen. Er war älter als wir, alt genug fürs College oder vielleicht sogar noch älter. Auch Mr. und Mrs. Shook waren älter, beinahe schon wie Großeltern.

Bobby und seine Eltern wohnten in einem wirklich gruseligen Haus, nicht weit von unserem entfernt. Es stand auf einer kleinen Anhöhe und überragte die anderen Häuser der Straße, war jedoch nicht so gut in Schuß wie die Nachbarhäuser. Die graue Farbe war größtenteils abgeblättert, und mehrere Dachschindeln fehlten. Die Dachrinnen waren voller Blätter, und bei Regen lief das Wasser in Sturzbächen über die Ränder. Im Hof stand ein großer Ahornbaum, der das Haus überragte, wodurch es im Sommer noch düsterer und im Winter noch gespenstischer wirkte.

Aber noch etwas muß ich Ihnen über das Haus sagen, und dann werden Sie wirklich verstehen, warum es so unheimlich war: Anstelle eines Rasens hatten die Shooks Efeu. Jeder in unserem Viertel hatte einen hübschen Rasen, der gehegt und gepflegt wurde. Unserer sah am schlimmsten aus, weil ich dafür zuständig war und nie Zeit hatte. Aber zumindest war es Gras. Die Shooks dagegen hatten Efeu, und jeder weiß, daß sich im Efeu Schlangen verstecken.

Die Kinder gingen an Halloween nie zu diesem Haus, weil es so unheimlich war. Denn davor war auch noch eine windschiefe Veranda mit zahlreichen losen Brettern. Man hätte ohne weiteres von der Veranda in den Efeu fallen können, und dann wären einem die Schlangen überall drübergekrochen; so was hätte jedem Kind Halloween verdorben. Nicht einmal Maude, meine kleine Schwester, traute sich zum Haus der Shooks. An Halloween läuft Maude immer schon früh los und klappert jedes Haus im Umkreis von zehn Straßen ab, und zwar in zwei verschiedenen Verkleidungen, damit sie die Runde zweimal machen kann. Maude mag sogar Schlangen, aber zu den Shooks ging sie trotzdem nie.

In meinem Bekanntenkreis kannte niemand Mr. oder Mrs. Shook persönlich. Sie lebten sehr zurückgezogen, und man sah sie immer nur, wenn sie mit Bobby spazierengingen.

Cat war als erster aufgefallen, daß er verschwunden war. Cat kriegte immer alles mit, was in unserem Viertel passierte, weil sie ständig durch die Straßen zog und was losmachen wollte. Abends zog sie gern was Dunkles an, lief durch die Gärten und schaute den Leuten in die Fenster. Einmal erzählte sie, daß sie gesehen hatte, wie Tims Eltern es miteinander trieben, und ich erwiderte, sie soll um Himmels willen Tim nichts davon sagen.

Cat hieß eigentlich Catherine, aber das ist kein passender Name für einen Jungen. Natürlich war Cat ein Mädchen, aber sie wollte ein Junge sein und einen Jungennamen haben. Eine Zeitlang wollte sie, daß jeder sie Charlie rief, konnte sich damit aber nicht durchsetzen, und so gab sie sich mit Cat zufrieden. Sie sehnte sich so sehr danach, ein Junge zu sein, daß sie mir einmal sogar ins Herrenklo folgte und ich sie rauswerfen mußte. Tja, das war Cat, die glaubte, sie könne im Stehen pissen.

Im Gegensatz zu anderen Mädchen zog Cat niemals Kleider

oder Röcke an. Sie trug die Sakkos ihres Vaters und Altmänner-Hosen, die sogar die alten Männer schon zur Altkleidersammlung gegeben hatten. Aber sie sah gut darin aus. Tim und ich hatten eine Wette über ihre Unterwäsche laufen: Boxershorts oder Herrenslips? Eigentlich dachten wir, daß wir es niemals herausfinden würden, doch da täuschten wir uns.
Ihr Haar schnitt sie sich selbst, schnitt es einfach mit irgendeiner Schere ab. Es war ziemlich ungleichmäßig und stellenweise so knapp abgeschnitten, daß die Kopfhaut durchschimmerte. Aber auch das stand ihr gut.
Sie lebte allein mit ihrem Vater auf der anderen Seite der Neununddreißigsten. Er war Verkäufer für Außenbordmotoren, und wenn er von der Arbeit heimkam, setzte er sich vor den Fernseher und guckte Boxen. Ihre Mutter, die »Hure«, kam gelegentlich in die Stadt, um mit Cat einkaufen zu gehen. Sie kaufte Cat Kleider und Handtäschchen und Schuhe, und Cat heuchelte Freude über all diese hübschen Dinge; doch wenn die »Hure« wieder wegfuhr, schnitt Cat alles in kleine Fetzen und zog wieder ihre Altmännerklamotten an.
Cat hatte sich auch ein Ohrloch gestochen. Sie hatte eine Nadel auf den Herd gelegt, bis sie heiß war, und sie sich dann durchs Ohrläppchen gebohrt. Nicht einmal meine Mom hat Ohrlöcher, und auch keine von Moms Freundinnen. Sie tragen diese großen Ohrclips. Einmal habe ich auch einen anprobiert, weil ich wissen wollte, was das für ein Gefühl ist, und es war, als ob ich ein Kugellager am Ohr hätte. Es wundert mich, daß die Ohrläppchen meiner Mutter nicht bis zur Schulter runterhängen wie bei den Frauen afrikanischer Stämme. Ich sehe keinen Sinn darin, daß man sich etwas an die Ohrläppchen hängt. Warum müssen sie denn geschmückt sein? Und überhaupt, wieso sagen Eltern ihren Kindern immer, daß sie sich hinter den Ohren waschen müssen? Das habe ich mich schon als kleiner Knirps gefragt.

(Denk daran, beim Thema zu bleiben, so wie Mr. Crisp es gesagt hat. Geh zurück zu dem Ausgangssatz, in dem du das Thema formuliert hast, und schau, ob alles Weitere dazu paßt. Du hast angefangen, von einem Mord zu erzählen, und jetzt schreibst du einen Aufsatz über Ohrläppchen! Überarbeite das Ganze noch mal.)

Cat und ich freundeten uns an, als ich eines Tages von der Schule nach Hause ging. Ich lese oft beim Gehen, und an jenem Tag war ich gerade in der Mitte von *Agonie und Ekstase*. Es war ein wirklich riesiges Buch, das bestimmt eine Tonne wog und mir den Blick versperrte, aber es war so interessant, daß ich es einfach nicht weglegen konnte. Ein paar Straßen vor unserem Haus hörte ich hinter mir plötzlich eine Stimme:

»Keine Bewegung!«

Fieberhaft versuchte ich mich zu erinnern, was ich in meiner Geldbörse hatte: eine Dollarnote im Fach für die Scheine, dreißig Cent im Fach für die Münzen, meinen Blutgruppenausweis, einen Gutschein für ein kostenloses Eis am Stiel, ein Foto von Carolyn Messinger, in die ich verknallt war, die aber genausogut eine einäugige Lahme mit Klumpfuß hätte sein können, da sie sich sowieso nichts aus mir machte; außerdem war da noch ein Kondom, das Tim mir zum Geburtstag geschenkt hatte und das ich immer schon mal aufmachen und anprobieren wollte, sowie ein Bildchen von dem Baseballspieler Don Drysdale, weil ich einen kannte, der so etwas sammelte und es vielleicht gegen etwas anderes eintauschen würde. Abgesehen von dem Dollar und dem Kondom gab es nichts, wofür es sich zu kämpfen lohnte, also blieb ich stehen und fand mich damit ab, ausgeraubt zu werden.

»Du wärst beinahe da draufgetreten, Helen.« Cat bückte sich und hob einen Rollschuh auf, der unmittelbar vor mir auf dem Gehsteig lag.

»Danke«, sagte ich, weil mir nichts Besseres einfiel. Ich hatte ein bißchen Angst vor Cat, deshalb hatte ich kaum je etwas anderes als Hallo zu ihr gesagt – und das auch nicht oft, weil Cat ihre Unterhaltungen nicht mit Hallo begann. Statt dessen begrüßte sie einen mit Sätzen wie: »Du wärst beinahe da draufgetreten, Helen.« Leute, die etwas Dummes oder Ungeschicktes taten, nannte sie Helen, in Anspielung auf Helen Keller.

Cat kramte eine Schachtel Zigaretten heraus und bot mir eine an, doch ich lehnte ab. Ich darf nicht rauchen, weil ich als Kind Asthma hatte. Das ist inzwischen fast vorbei, außer wenn ich mich sehr aufrege oder sehr anstrenge. Aber auch ohne Asthma hätte ich nicht in aller Öffentlichkeit in der unmittelbaren Nachbarschaft geraucht, weil mich jemand bei meinen Eltern hätte verpetzen können. Cat war es egal, wer sie sah, sie steckte sich einfach eine an. Als ich neben ihr ging, fühlte ich mich ziemlich gut – besser gesagt, ziemlich tapfer.

»He, Nelson, kennst du die Helen-Keller-Puppe? Brauchst du nur aufzuziehen, und schon läuft sie gegen die Wand!« Cat lachte lauthals heraus. Sie lachte nicht oft, aber wenn, dann eigentlich nur über ihre eigenen Witze. »Weißt du, wie Helen Keller sich die Hand verbrannt hat? Sie hat das Waffeleisen gelesen!«

Cat hatte nicht viele Freunde. Wenn sie einmal einen hatte, dann wurde er oder sie bald böse auf Cat und beendete die Freundschaft. Der Grund lag darin, daß Cat immer sagte, was sie dachte, und sie dachte meist nicht allzu freundlich. Cat war jemand, für den der Ausdruck »allein gegen den Rest der Welt« eigens gemacht worden war.

Wir gingen die drei Straßen weiter bis zu meinem Haus, ohne uns über etwas Besonderes zu unterhalten. Ich konnte Cat nicht hereinbitten, denn meine Mom mochte es nicht, wenn ich Freunde von der Schule mit nach Hause brachte, ohne ihr vorher Bescheid zu geben. Außerdem befürchtete ich, Cat würde sich in unserer Küche eine L & M anstecken und ihre

Helen-Keller-Witze vom Stapel lassen, und so verabschiedete ich mich und bedankte mich noch mal dafür, daß sie mich auf den Rollschuh aufmerksam gemacht hatte. Ich glaubte eigentlich nicht, daß uns das zu Freunden fürs Leben machen würde, doch am nächsten Tag kam sie in der Schule schnurstracks auf mich zu und quatschte mich an, als sei das das Normalste von der Welt. Und so blieb es auch weiterhin. Aber es machte mir nichts aus. Cat hatte etwas an sich, was mir gefiel. Diese ausgebeulten Männerhosen und das bis zum Schädel kurzgeschnittene Haar hatten es mir einfach angetan.

Ich rede von Cat, als ob sie tot wäre, aber sie lebt noch. Erst heute habe ich sie in der Schule gesehen. Sie trug ein grünes Kleid und sagte beiläufig Hallo, als würden wir uns kaum kennen. Sie tat fast so, als würde sie sich an den letzten Sommer überhaupt nicht mehr erinnern – wie wir einen Mord aufgeklärt und Strip-Poker gespielt haben und all das. Ihr Haar ist jetzt länger, es reicht ihr fast bis zur Schulter, und ich habe gehört, wie ein Mädchen sie »Cathy« genannt hat. Ich glaube sogar, ihr Ohrloch ist zugewachsen.

»Na, und wo steckt er?« wollte Cat eines Freitag nachmittags im Frühsommer wissen, als wir zur Bücherei gingen, um Bücher zurückzugeben und Maude zur Vorlesestunde zu bringen. »Wann hast du ihn zuletzt gesehen?«

»Ich weiß nicht. Ist wohl schon eine Weile her.«

»Weil er tot ist. Sie haben ihn umgebracht, und jetzt ist es an uns, was zu unternehmen.«

»Er könnte doch einfach nur weg sein, in einer besonderen Schule für Behinderte zum Beispiel. – Nein, Maude!« rief ich. Maude war vorausgelaufen, und jetzt kauerte sie auf dem Gehsteig und spielte mit einer Schnecke. Ich riß sie hoch und schubste sie weiter.

»Darf ich sie mit nach Hause nehmen, Nelson? Bitte, bitte!«

»Du weißt doch, daß Mom keine Haustiere erlaubt, und außerdem ist eine Schnecke nicht mal ein Haustier.« Typisch Maude. Sie hatte ein Herz für Insekten und Reptilien aller Art, je scheußlicher, desto besser. Sie ekelte sich kein bißchen vor ihnen. Sie setzte sich sogar *selbst* Spinnen aufs Kleid, ehrlich!

Mein Job in diesem Sommer war es, auf Maude aufzupassen. Dafür bekam ich fünfzig Cent am Tag plus Spesen. Eigentlich wollte ich als Packbursche bei Safeway arbeiten. Ich hatte zwei Vorstellungsgespräche beim Filialleiter, dann bat er mich, noch einmal zu kommen. Ich glaube, ich hätte den Job gekriegt, obwohl er mich als allererstes fragte: »Wie groß bist du denn?« Aber dann sagte Mom, daß ich ab sofort von Montag bis Freitag täglich von halb eins bis fünf auf Maude aufpassen muß.

Fragen Sie mich nicht, warum sie Maude heißt. Maude ist ein Name für eine nette ältere Dame, die ihr Haus mit zehn Katzen teilt und versucht, einen Dummen zu finden, der ihr den Rasen für einen Vierteldollar mäht. Jedenfalls ist das kein Name für ein vierjähriges blondes Mädchen mit hellblauen Augen. Maudes Augen sehen aus, als hätte sie jemand ausgemalt, der nicht genug Farbe hatte und sie verdünnen mußte. Sie tut mir leid dafür, daß sie Maude heißen muß. Aber schauen Sie sich mal meinen Namen an: Nelson. Vielen Dank, liebe Eltern, ihr heißt ja Larry und Dolly.

»Ich sag' dir, Bobby Shook ist tot«, beharrte Cat und reichte Maude einen Kirschkaugummi als Trostpflaster für die verbotene Schnecke. »Sie haben ihn abgeschlachtet, in kleine Stücke geschnitten und im Keller vergraben. Ich hab' gesehen, wie Mr. Shook mit so einem großen Laster eine Menge Zementsäcke und Betonsteine hergefahren und in seine Garage geschleppt hat. Dann haben sie sich im Haus eingesperrt und sind seit Wochen nicht mehr rausgekommen.«

»Woher weißt du, daß sie nie aus dem Haus gehen?«
»Ich hab' sie beobachtet. Da unten an der Straße ist ein Baumhaus, in dem die Wilson-Kinder immer gespielt haben. Von da aus hab' ich sie beobachtet.«
»Vielleicht haben sie alle eine Erkältung«, wandte ich ein. Morde ereigneten sich anderswo, nicht in unserem Viertel. »Es gibt bestimmt eine ganz einfache Erklärung.«
»Okay, dann erklär mir mal folgendes: Vor ungefähr einem Monat bin ich eines Abends an ihrem Haus vorübergegangen und habe jemand furchtbar schrecklich schreien hören. Ganz vorsichtig hab' ich mich zum Haus geschlichen. Es kam von einem Fenster aus dem oberen Stockwerk. Die Vorhänge waren zugezogen, aber ich konnte die Schatten erkennen. Zwei Leute. Die Shooks!« erzählte Cat dramatisch, als würde sie in einer Fernsehshow über das schrecklichste Ereignis ihres Lebens berichten.
»Mr. Shook hielt etwas in der Hand, einen Baseballschläger oder einen Schürhaken oder so etwas Ähnliches, und der arme Behinderte schrie um sein Leben. Ich hab' ihn seitdem nie wieder gesehen. So, und jetzt erklär das mal.«
Während Maude selbstvergessen der Geschichte von Peter Rabbit lauschte und ich mir die Bücher auf dem Regal mit den Neuerwerbungen ansah, schlug Cat verschwörerisch flüsternd vor, wir sollten der Polizei von unserem Verdacht erzählen. In den schillerndsten Farben malte sie aus, wie Streifenwagen mit quietschenden Reifen bei den Shooks vorfuhren und Polizisten die Kindesmörder davonschleppten. Unsere Namen kämen in die Zeitung, vielleicht sogar mit Foto. Bei solchen Dingen hatte Cat eine blühende Phantasie.
Die ganze Geschichte klang ziemlich unglaubwürdig, aber der Sommer wurde allmählich langweilig und brauchte eine kleine Auffrischung; deshalb sagte ich Cat nicht, daß sie das Ganze vergessen solle. Ich sagte, daß wir erst schlagkräftige

Beweise bräuchten, ehe wir uns an die Behörden wandten. Nur so konnten wir uns die Demütigung ersparen, als Kinder belächelt und vor die Tür gesetzt zu werden. Ich schlug vor, das Haus der Shooks rund um die Uhr zu beobachten, um herauszufinden, was sie für Gewohnheiten hatten, sofern es überhaupt welche gab. Außerdem sollten wir uns überlegen, wie wir weitere Beweise sammeln konnten. Ich würde meinen besten Freund, Tim Wooley, bei den Nachforschungen hinzuziehen. Cat stöhnte auf. Tim sei zu dumm, um an einer so bedeutenden Sache mitzuarbeiten, beschwerte sie sich. Ich hatte jedoch den Verdacht, daß sie nur nicht den Ruhm teilen wollte, den wir ernten würden, wenn wir dieses Verbrechen aufklärten. Allerdings war Tim wirklich keine besondere Leuchte. Es tat richtig weh, ihm bei den Hausaufgaben zuzusehen. Normalerweise saß er einfach nur da und starrte sie an, als ob sie in Altgriechisch geschrieben wären. Deshalb hatte ich angefangen, ihm ein bißchen zu helfen, und das Ganze endete damit, daß ich seine Aufgaben machte, während er Fernsehen schaute. Er war älter als Cat und ich, aber wir waren alle in derselben Klasse. Tim war ein Jahr zurückgestellt worden und wäre sicher noch einmal durchgefallen, wenn es nicht komisch ausgesehen hätte, so einen großen, gutaussehenden Jungen mit einem Haufen kleiner Kinder in dieselbe Klasse zu stecken.

Tim hatte dunkles Haar und eine einzige große Augenbraue, die sich gerade über seine ganze Stirn zog, als hätte sie jemand mit einem Filzstift aufgemalt. Ab und zu mußte er sich bereits ums Kinn herum rasieren. Er war groß und kräftig gebaut, obwohl er nie Sport trieb. Dabei war er nicht schlecht in Sport, er interessierte sich nur nicht dafür. Ich dagegen interessierte mich dafür, war aber schlecht. In der sechsten Klasse hatten wir angefangen, gemeinsam den Sportunterricht zu schwänzen, und waren seitdem die besten Freunde.

So begannen wir also, das Haus der Shooks zu observieren. Ich hatte die Frühschicht, Tim die Nachmittagsschicht, und Cat übernahm die Abendschicht. Aber es passierte nicht viel. Die Shooks blieben im Haus. Von Zeit zu Zeit hörte ich das Geräusch einer Motorsäge (»sie sägen Bobby in kleinere Stücke«, erklärte Cat), das war aber schon alles. Da es nichts zu sehen gab, konnte ich viel lesen.

Das beste Buch, das ich letzten Sommer gelesen habe, war *Exodus* von Leon Uris, das von den Anfängen Israels und den Freiheitskämpfern dort handelte. Es war ziemlich spannend und informativ. Aber es war auch deprimierend, denn ich erkannte, daß es sehr lange, vielleicht sogar ein ganzes Jahr, dauern würde, bis ich etwas geschrieben hatte, was so gut oder so lang war. Das Problem ist, daß das, was ich schreibe, recht gut klingt, während ich es schreibe, aber wenn ich es dann noch mal lese, ist es einfach enttäuschend. Ich betrachte mein literarisches Werk mit ziemlich kritischen Augen, was ich nicht unbedingt sollte, weil ich ja noch ein Anfänger bin. Aber ich wäre nicht so kritisch, wenn es so gut wäre wie das von Leon Uris. Nein, ich bin kritisch, weil es Mist ist.

Ich habe mir überlegt, daß es vielleicht doch keine so gute Idee ist, über das zu schreiben, was letzten Sommer passiert ist. Da steckt nun mal nicht so viel Action drin, an Kriegsszenen und Sex beispielsweise, wie in einigen anderen Projekten, die mir vorschweben. So habe ich an eine Geschichte über einen palästinensischen Freischärler gedacht, die im Hinblick auf das oben Genannte mehr zu bieten hätte. Zu Anfang müßte ich zwar einiges in der Bücherei nachschlagen, denn ich weiß nicht so genau, wo Palästina liegt. Aber eine Geschichte, in der ich nicht selbst vorkomme, wäre vielleicht schon besser, weil ich dann objektiver schreiben könnte. Andererseits habe ich bisher die Erfahrung gemacht, daß ich über die ersten zehn Seiten nie hinauskomme und dann aufgebe. Vielleicht sollte ich Kurzgeschichten schreiben. (Vielleicht solltest du überhaupt nicht schreiben, Nelson, hast du daran schon mal gedacht?) Vorhin kam Dad herein und wollte wissen, was ich schreibe, und ich antwortete: »Nichts.« Ich habe ein dickes Schulheft halb voll geschrieben, es liegt unübersehbar auf meinem Bett, und ich sage zu ihm: »Nichts.« Und da wundere ich mich, wenn Eltern ihre Kinder hassen.

Er fragte, ob er sich setzen dürfe, und ich sagte »na klar«. Er fragte mich, wie es in der Schule ginge, und ich sagte »gut«. Er fragte mich, ob ich über irgend etwas mit ihm reden wolle, und ich sagte »nein«. Anfangs dachte ich, daß ich Ärger bekommen würde, weil ich den Rasen nicht gemäht hatte; doch da fiel mir ein, daß ich ihn erst vor zwei Tagen gemäht hatte; die Ränder und Ecken hatte ich sogar mit der Gartenschere geschnitten. Aber vielleicht nicht gründlich genug?

Dad sagte eine Weile gar nichts und sah mich auch nicht an. Stumm wartete ich ab, bis er zur Sache kam.

»Nelson, weißt du eigentlich Bescheid über Sex?«

Das war eine heikle Frage. Wenn ich ja sagte, machte er mir die Hölle heiß, weil ich unanständige Sachen las. Wenn ich aber nein sagte, stand ich wie ein Vollidiot da. Mir fiel keine geschickte Antwort ein, also schwieg ich. Nach einer kurzen Pause ergriff Dad wieder das Wort.

»Du bist jetzt vierzehn und alt genug, etwas darüber zu erfahren. Ich möchte nicht, daß dir irgendeiner deiner Freunde auf dem Spielplatz etwas erzählt, was nicht stimmt. Ich würde dich lieber selbst aufklären.« Allerdings klang er überhaupt nicht so, als würde er mich gern aufklären. Er wirkte etwas nervös und kratzte ständig am Knöchel des Zeigefingers seiner linken Hand herum, der verschorft war. Er hatte ihn sich verletzt, als er vor ein paar Wochen eine neue Schaukel für Maude aufgestellt hatte.

Dann sagte er

DAS IST DAS BUCH VON NELSON JAQUA, UND WENN SIE NICHT NELSON JAQUA SIND, DANN HÖREN SIE GEFÄLLIGST SOFORT AUF, WEITERZULESEN!

Er sagte, masturbieren sei in Ordnung! Er sagte, wenn ich Lust dazu habe, soll ich es einfach tun und mir keine Gedanken darüber machen. Er sagte, jeder tut es ab und zu, und soweit er weiß, hat es nie jemandem geschadet.
Er ist ziemlich alt geworden. Um die Augen hat er Runzeln, und diese großen Falten am Hals habe ich bisher auch noch nie bemerkt. Ich hoffe nur, daß mein Hals nie so aussehen wird. Aber es war ganz interessant, Dad mal aus nächster Nähe zu betrachten.
Dad sagte mir wirklich alles, was es über Sex zu sagen gibt. Einiges wußte ich schon, aber das eine oder andere Detail war mir neu. Währenddessen fummelte er ständig an seinem Schorf herum, obwohl ganz offensichtlich war, daß er sich noch nicht ablösen ließ.
Als Dad schließlich zu Ende gesprochen hatte, wußte ich, daß es jetzt an mir war, etwas zu sagen, vielleicht nach einer bestimmten Einzelheit zu fragen. Da mir jedoch nichts einfiel, sagte ich nur: »Danke, Dad.« Er nickte, als hätte er genau das erwartet. Dann sah er mir zum ersten Mal, seit er ins Zimmer gekommen war, direkt in die Augen.
Vermutlich überlegte er, ob er mir einen Kuß geben sollte. Das wäre schon in Ordnung gewesen, aber er dachte wohl, das sei jetzt fehl am Platz, nachdem er mir gerade alles über die Ejakulation erzählt hatte. Also klopfte er mir kameradschaftlich auf die Brust, meinte, es sei ein nettes Gespräch gewesen, und ich solle bald das Licht ausschalten. Was ich auch tat.

Was ich an meinem Dad wirklich toll finde, ist, daß ihm keine Haare aus der Nase herauswachsen, so wie Tims Dad. Das gefällt mir an ihm.

(Schreib das Ganze noch mal neu! Was du erzählst, ist nicht deine Geschichte. Du packst einfach alles hinein, was dir einfällt. Du hast einen ganzen Absatz über Ohrläppchen geschrieben, ganz zu schweigen von Haaren in der Nase! Wie willst du jemals ein Schriftsteller werden, wenn du dich nicht an dein Thema hältst?
In dieser Geschichte geht es darum, wie du und deine beiden besten Freunde in einem Mordfall ermitteln und was daraufhin geschieht. Du hast ein dickes Heft schon mehr als zur Hälfte vollgeschrieben und bist noch nicht einmal zur eigentlichen Handlung gekommen. Wie viele Bücher hast du nach ein paar Seiten angewidert weggelegt, weil sie so lange nicht zum Thema gekommen sind? Jetzt machst du genau dasselbe. Konzentriere dich auf deine Geschichte, oder laß es gleich sein!)

Erstes Kapitel

Ben Levi ließ sein Maschinengewehr sinken, kauerte sich in sein Schützenloch und steckte sich eine Zigarette an. Als palästinensischer Freiheitskämpfer hatte man es nicht leicht. Er hatte gedacht, es würde ein aufregendes, abenteuerliches Leben werden, doch bisher hatte er vor allem Zeit totgeschlagen. Er wollte endlich kämpfen, auch wenn er dabei selbst umkam. Hauptsache, das Warten hatte ein Ende.

Die Zigarette schmeckte ihm, obwohl er eigentlich nicht rauchen sollte. Als Kind hatte er Asthma gehabt, und Rauchen war schädlich für ihn. Aber was sonst sollte er in diesem staubigen Schützenloch tun? Es gab kein Licht, und so konnte er nicht lesen. Das erinnerte ihn an früher, als er, David und Esther in jenem Sommer im Baumhaus gesessen und das Haus der Steinbergs beobachtet hatten. Die Steinbergs hatten ihren behinderten Sohn umgebracht und im Keller eingemauert. Aber hier war es viel heißer.

Er schloß die Augen und dachte an Sarah. Ben hatte nie geglaubt, daß es Liebe auf den ersten Blick gab. So etwas, hatte er immer gemeint, passierte nur in Romanen, doch dann hatte er es selbst erlebt. Die schöne Sarah, am anderen Ende der Welt in Brooklyn. *(Nachschlagen: Genau auf der anderen Seite der Erde oder nur etwas mehr als ein Drittel?)* Er versuchte, den Gedanken an sie zu verdrängen, doch es gelang ihm nicht. Manchmal masturbierte er, wenn er an sie dachte. Er hatte gehört, das sei in Ordnung, das tue jeder.

(Schreibt Leon Uris etwa übers Wichsen? Was weißt du eigentlich von palästinensischen Freiheitskämpfern? Schreib nur über das, worüber du etwas weißt!)

(Und wenn ich gar nichts weiß?)

Nach der Schule ging ich heute zu Mr. Crisp und erzählte ihm, daß ich versuche, einen Roman zu schreiben, aber nicht weiterkomme. Ob er mir vielleicht einen guten Rat geben könne?
Er meinte, ich solle nur nicht aufgeben. Schreiben sei harte Arbeit. Als er seine Bücher schrieb, sei er auch ständig hängengeblieben. Doch er habe einfach weitergearbeitet, und irgendwann sei es ihm dann ein wenig leichter gefallen. Ich wußte gar nicht, daß Mr. Crisp Bücher geschrieben hatte. Im Unterricht hatte er nie etwas davon erwähnt.
»Sind Bücher von Ihnen herausgekommen? Ich würde sie gerne lesen«, sagte ich begeistert.
Plötzlich machte er den Eindruck, als tue es ihm leid, die Bücher erwähnt zu haben. Ich vermutete, daß keines davon verlegt worden war, deshalb war er Englischlehrer geworden, und jetzt kam ich und riß alte Wunden wieder auf. Bravo, Nelson.
»Zwei sind veröffentlicht worden, aber reden wir doch von deiner Arbeit, Nelson, nicht...«
»Zwei! Das ist ja toll! Wie heißen sie?« Ich zückte meinen Bleistift.
»Sie werden schon lange nicht mehr aufgelegt. Aber zurück zu dir. Hast du schon deine Geschichte? Eine Geschichte, die dich oft die ganze Nacht wachhält?«
»Ja.« Das war nicht gelogen.
»Hast du eine Handlungsskizze angefertigt? Weißt du, was passiert? Wer die Hauptfiguren sind?«
»Zum größten Teil.« Ich wollte ihm nicht sagen, daß die Geschichte wirklich passiert war und ich nichts dazuerfinden mußte. »Ich hab' alles genau im Kopf, aber wenn ich anfange zu schreiben, geht alles wild durcheinander. Dann schreibe ich auf einmal über Ohrläppchen.«
»Ohrläppchen?« Er schien verwirrt.

»Nur als Beispiel. Ich meine, es ist nicht das, worüber ich eigentlich schreiben will«, beeilte ich mich zu erklären, damit er mich nicht als Spinner abstempelte. »Dann habe ich mit dieser anderen Geschichte über einen palästinensischen Freischärler angefangen, aber Teile aus meiner ersten Geschichte haben sich mit der Kriegsstory vermischt, und dann hab' ich das auch aufgegeben.«
»Nelson, was weißt du denn über Freischärler?«
»Na ja, ich könnte mich informieren.«
»Fang lieber mit etwas an, worüber du Bescheid weißt. Überlege dir eine einfache Geschichte und erzähle sie in möglichst einfachen Worten. Ausgefallene und kunstvolle Geschichten kannst du auch später noch schreiben.«
Im Unterricht ist er immer sehr streng und nicht besonders beliebt, doch mir gegenüber war er sehr freundlich und schien sich zu freuen, daß ich ihn um Rat fragte. Er hat nicht mehr allzu viele Haare, nur ein paar blonde Strähnen, die er über die Glatze kämmt. Wenn er sich aufregt, wird sein ganzer Kopf knallrot und leuchtet durch das dünne Haar hindurch. Sein Vorname ist George.
»Als ich meinen ersten Roman geschrieben habe, da habe ich mich genauso entmutigen lassen wie du. Ich bin buchstäblich mit dem Kopf gegen die Wand gelaufen.« War das der Grund für den Haarausfall? Man darf sich also nicht zu sehr frustrieren lassen. »Ich habe es mir ständig anders überlegt und immer wieder von vorne angefangen. Es hat mich zwei Jahre gekostet, *Wilde Triebe* fertigzustellen. Dabei ist es nur einhundertachtundvierzig Seiten dick.
Erzähle einfach deine Geschichte, Nelson. Nein, laß es mich anders ausdrücken. Laß die Geschichte sich selbst erzählen. Wenn es eine gute Geschichte ist, laß sie einfach raus, und sie wird sich abrollen wie ein langer Teppichläufer. Schreiben ist schwer, es erfordert Zeit und Konzentration. Du mußt lernen,

dich besser zu konzentrieren. Im Unterricht schweifen deine Gedanken oft ab. Aber du kannst es schaffen, wenn du es wirklich willst. Ich finde, du solltest es versuchen.«
Ich sagte danke, das helfe mir sehr weiter, und ging zur Tür. Was er gesagt hatte über die Geschichte, die man nur rauslassen muß, damit sie sich abrollt wie ein Teppichläufer, das hatte mir gefallen. Aber Kopfzerbrechen machte mir, wie er darüber gesprochen hatte, daß Schreiben eine Menge Arbeit bedeutet. Und das hatte er gleich mehrmals gesagt.
»Nelson, möchtest du, daß ich lese, was du bisher geschrieben hast, und dir hie und da einen Tip gebe? Das würde natürlich unter uns bleiben.«
»Nein, ist schon o. k. so, Mr. Crisp«, antwortete ich höflich. »Ich möchte nicht, daß Sie es so sehen, wie es im Moment ist. Vielleicht später.«
»Ich verstehe. Sag mir ruhig Bescheid.«
Wie hätte ich ihm sagen sollen, daß es in der Geschichte um Dinge geht, die niemals jemand erfahren darf? Selbst wenn ich sie zu Ende brächte und wie durch ein Wunder jemand anböte, sie zu veröffentlichen, müßte ich nein sagen. Denn meine Eltern würden das Buch lesen wollen, das ist doch klar. Ihr einziger Sohn veröffentlicht ein Buch, das die Kritiker zu wahren Begeisterungsstürmen hinreißt, und das, obwohl er erst vierzehn ist – keine Frage, sie würden es lesen wollen. Wahrscheinlich würden sie nicht einmal warten, bis es als Taschenbuch erscheint, sie würden die gebundene Ausgabe kaufen. Und dann wären sie furchtbar gekränkt. Sie würden womöglich nie wieder mit mir reden, außer um mir mitzuteilen, daß sie wegziehen und ihre Namen ändern. Ich will nicht, daß so etwas passiert, denn die Dinge entwickeln sich in letzter Zeit ziemlich gut; so kommt mein Dad zum Beispiel abends zu mir und redet mit mir über Sex. Daran soll sich von mir aus nichts ändern.

Ich verstehe deshalb gar nicht, warum ich mir überhaupt die Mühe mache, über all das jetzt unbedingt schreiben zu wollen. Aber ich denke, es ist eine gute Übung für mich. Ich mache all meine Fehler in dieser Geschichte, und wenn ich dann über den Freiheitskämpfer schreibe, weiß ich alles, was es zu wissen gibt. *(Ha!)*
Ich hoffe, Mr. Crisp ist nicht beleidigt, daß ich ihm meine Geschichte nicht zu lesen gegeben habe. Er hat gesagt, er versteht das, aber so was sagt man oft, ohne es auch zu meinen. Aber ich glaube, er war nicht beleidigt. Er ist selbst Schriftsteller, also versteht er das.
(Suche Wilde Triebe!)

Erstes Kapitel

Meine Freunde und ich, Tim und Cat, beobachteten das Haus von Mr. und Mrs. Shook. Sie hatten ihren behinderten Sohn Bobby umgebracht und im Keller eingemauert, und wir versuchten nun, das zu beweisen. Unser Beobachtungsposten war das alte Baumhaus der Wilson-Kinder, das ein Stück vom Haus entfernt ist. Wir hatten das Haus fast zwei Wochen lang beobachtet, ohne daß irgend etwas geschehen war. Ich hatte die Frühschicht, Tim die Nachmittagsschicht, und Cat übernahm die Abendschicht.

Dann, an einem Sonntag abend, war plötzlich

Erstes Kapitel

Es klopfte an meinem Fenster. Es war meine Freundin Cat. Ich lag schon im Bett und las, als sie klopfte. Ich war so überrascht, daß

Erstes Kapitel

Ich lag im Bett

Kapitel zwei

Drei laute Knalls durchbrachen die Stille der Nacht. Ich sprang aus dem Bett und warf mich flach auf den Boden. Irgend jemand schoß auf mich.

Ich hatte gerade in *Schlachtruf* von Leon Uris gelesen, und die Kampfszenen darin waren so anschaulich, daß das schnelle, entschlossene Klopfen an meinem Fenster klang wie das Rattern eines Maschinengewehrs. Vorsichtig setzte ich mich auf, zog die Jalousie hoch und sah hinaus. Zuerst konnte ich nur mein blasses, erschrockenes Gesicht erkennen. Dann gewöhnten sich meine Augen an die Dunkelheit, und ich sah jemanden direkt vor meinem Fenster winken und lächeln. Es war Cat.

»Sie sind rausgekommen!«

Ich öffnete das Fenster und bat sie, leiser zu sprechen.

»Sie sind gerade in ihren Wagen gestiegen und weggefahren«, erzählte sie in unverminderter Lautstärke weiter. »Komm, wir holen Tim und warten dann, bis sie zurückkommen.«

»Meine Eltern sind zu Hause.« Ich konnte das Auf und Ab von Moms und Dads Stimmen im Wohnzimmer hören.

»Na und?«

»Was, wenn sie reinschauen, und ich bin nicht da?«

»Nelson...«

Das Problem bei meinem Namen ist, daß fast immer etwas Unangenehmes folgt, wenn jemand einen Satz damit anfängt. Vielleicht, weil die erste Silbe betont wird: NEL-son. Egal, wer es sagt, es klingt immer so, als wolle er mir erklären, was für ein Blödmann ich bin. Wenn Sie mir nicht glauben, probieren Sie es selbst. Woran denken Sie, wenn Sie diesen Namen aussprechen? *(Ist das von Bedeutung? Vermeide Selbstmitleid.)*

»Du bist kein Baby mehr. Sie werden nicht bei dir reinschauen. Nun komm schon.«

»Ich habe meinen Pyjama an.« Es war zwar erst halb neun, aber ich hatte ihn schon recht früh angezogen, hatte Zähne geputzt und war ins Bett gegangen, weil ich mein Buch ohne Unterbrechung weiterlesen wollte. Es war mir ein bißchen peinlich, im Pyjama vor Cat zu stehen. Sie hatte mich noch nie so gesehen, und dann waren auch noch lauter Bimmeleisenbahnen draufgedruckt. Bestimmt ging sie nicht davon aus, daß ich mich in einer Hausjacke und mit einem Monokel im Auge entspannte, aber ich wünschte mir in diesem Moment, ich hätte etwas Erwachseneres angehabt.

»Na, dann zieh dir was an.«

»Und ich muß auch noch Maude ins Bett stecken.«

»Dann steck sie rein. Setz deinen Arsch in Bewegung, Nelson.«

Ich tat, was sie sagte, wie immer. Ich rannte nach oben, hob Maudes schlaffen Körper vom Boden auf, wo sie eingeschlafen war, und legte sie ins Bett. Dann raste ich zurück in mein Zimmer, zog einen dunklen Pullover und Jeans an, kletterte aus dem Fenster, und wir wetzten los, um Tim zu holen.

Tims Familie sah sich gerade *Ed Sullivan* im Fernsehen an, aber Tim war in seinem Zimmer, rauchte und blätterte in einem Schmuddelmagazin. Er hatte eine ganze Sammlung davon und bot mir immer wieder seine alten an, aber ich hatte nicht die Nerven, sie mit zu mir heim zu nehmen. Unter meiner Matratze lag bereits eine Taschenbuchausgabe von *Lolita* versteckt, und jedesmal, wenn meine Mutter ins Zimmer kam, hatte ich das Gefühl, daß das Buch unter mir zu pochen anfing wie mein verräterisch klopfendes Herz.

Tim brauchte vor einer Überprüfung durch seine Eltern keine Angst zu haben, denn es gab in seiner Familie viel zu viele Kinder, als daß Mr. und Mrs. Wooley hinter jedem hätten her sein können. Ich habe nie herausgefunden, wie viele Brüder und Schwestern Tim eigentlich hatte. Jedesmal, wenn ich zu ihm rüberkam, war ihre Anzahl unterschiedlich. Tim war der Zweitälteste. Sein älterer Bruder Sam war Vizepräsident der Junior Class in der Highschool von Cleveland, Kapitän der Footballmannschaft, hatte einen großen Debattierwettbewerb gewonnen, ging mit dem hübschesten Mädchen der ganzen Schule und hatte sogar seine eigene Rockband. Um aufzufallen, hätte Tim sich schon Flügel wachsen lassen und damit im Viertel herumfliegen müssen.

Jetzt marschierte Tim quer durchs Wohnzimmer, doch seine Eltern sahen nicht einmal vom Fernseher auf; und so ließen wir drei uns um Viertel vor neun in unserem Baumhaus nieder. Es hatte hohe Bretterwände, ähnlich wie ein Fort, war drei Meter über dem Erdboden, und sobald man drinnen saß und die Strickleiter hochgezogen hatte, war man sicher. Ich beobachtete das Haus der Shooks durch einen schmalen Spalt zwischen den Brettern, während sich Tim und Cat eine Zigarette teilten. Es störte die beiden nicht, dieselbe Zigarette zu rauchen, aber wenn man ihnen gesagt hätte, sie sollten sich küssen, hätten sie angewidert das Gesicht verzogen.

Tim und Cat kamen nicht miteinander klar. Sie hielt ihn für strohdumm, er hielt sie für ein Miststück. Es stimmte, daß Cat manchmal ein Miststück war, aber ich bewunderte sie dafür, daß sie sich nicht darum scherte, was die Leute über sie dachten. Ich hingegen verbrachte viel Zeit damit, mir den Kopf darüber zu zerbrechen, was andere Leute wohl von mir hielten, selbst völlig Fremde. Ich zerbrach mir den Kopf darüber, was Leute von mir dachten, die mit 65 Sachen in ihren Autos an mir vorbeibrausten. Ich zerbrach mir den Kopf darüber, was die Figuren aus Büchern wohl denken würden, wenn sie mir begegneten, wie etwa Michelangelo. Die einzigen beiden Menschen, deren Meinung mir kein Kopfzerbrechen berei-

tete, waren Tim und Cat. Sie mußten mich mögen. Ich war ihr einziger Freund auf dieser Welt.
»Laß mal rüberwachsen.« Ich streckte die Hand nach der Zigarette aus.
»Nelson, du weißt doch, daß du nicht rauchen darfst. Du willst doch nicht, daß dein Asthma wiederkommt?« warnte Cat.
»Wird schon nicht wiederkommen.«
»Ich will aber nicht, daß du rumkotzt und umkippst, gerade wenn wir dich brauchen. Wir sind auf Wache.«
»Ich werde nicht kotzen und umkippen. Nun mach schon«, forderte ich, aber sie ignorierte mich, und so gab ich auf.
»Was glaubst du, wo sie hingefahren sind? Die Geschäfte sind schon alle zu. Vielleicht ins Kino?« überlegte Tim.
»Warum sollten Leute, die ihr Haus zwei Wochen nicht mehr verlassen haben, auf einmal ins Kino gehen?« fragte Cat.
»War ja nur 'ne Idee.«
»'ne ziemlich doofe.«
Tim nahm den letzten Zug und drückte die Zigarette dann auf dem Boden aus. Zwar stand eine Kaffeebüchse für die Kippen in der Ecke, aber es fiel ihm nicht ein, sie zu benutzen. Ich war der einzige, der das Baumhaus sauberhielt.
»Es war etwas Wichtiges«, behauptete Cat. »Sie sind in einem Höllentempo losgefahren. Ich kann mit jedem Auto drei bis vier Straßen weit mithalten, aber bei Crystal Springs haben sie mich abgehängt.«
Cat konnte wirklich rennen; das war eins ihrer Talente. Sie rannte überall hin. Ich trieb sie zum Wahnsinn, wenn ich beim Gehen langsam einen Fuß vor den anderen setzte und dabei einen dicken Wälzer las. Cat konnte keine zwei Sekunden still stehen. Mitten in der Unterhaltung raste sie plötzlich die Straße hinauf, als hätte jemand einen Startschuß abgegeben. Selbst Maude konnte länger bei einer Sache bleiben.

Verglichen mit Cat wirkte Maude wie ein Yogi in monatelangem Trancezustand.
Cat haßte die Schule. Denn der Grundgedanke von Schule ist, daß man dasitzt und lernt. Die Schule ist nun mal nicht so angelegt, daß man ständig von einem Ort zum anderen rennt. Gewöhnlich fragte Cat schon nach fünf Minuten im Klassenzimmer, ob sie aufs Klo gehen dürfe. Dann mußte sie einen Bleistift spitzen oder etwas in den Papierkorb werfen. Sie öffnete das Fenster. Eine Minute später stand sie wieder auf und lehnte es nur an. Dann schloß sie es ganz und drehte die Heizung auf. Anschließend fragte sie, ob sie etwas aus ihrem Garderobenschrank holen könne. Auf dem Rückweg zog sie dann das Ding, das sie vorher in den Papierkorb geworfen hatte, wieder raus. So ging das ewig weiter. Wenn sich jemand beschwerte, daß sie ihn ablenkte, gab sie zurück, daß er sie am Arsch lecken solle, und wurde ins Direktorat geschickt. Sie hatte fürchterliche Noten, aber ihr Dad machte sich nichts draus. Er hielt sowieso nicht allzuviel von Schulbildung. Er sagte immer, daß einzig und allein die Schule des Lebens etwas wert wäre.
»Tim, du denkst immer, daß niemand es sieht, aber ich bin nicht blind«, meinte Cat plötzlich.
»Was sieht?«
»Daß du dich am Sack kratzt.«
»Ich kratze mich nicht am Sack. Ich bringe nur meine Eier in die richtige Stellung. Sie waren eingezwickt.«
»Ich will so was nicht hören!« Cat preßte die Hände an die Ohren.
»Die Hosen sind mir zu eng. Mein rechter Hoden ist ganz gequetscht, und die Haare sind eingezwickt ...« Er drehte sich um und zerrte am Schritt der Hose. »Oh, wow, jetzt ist's besser.« Mit einem erleichterten Seufzer zwinkerte er mir zu.
»Gleich kotz' ich«, gab Cat bekannt, während sie sich auf den

Rücken rollte und einen Kopfstand probierte. »Findet ihr es nicht auch komisch, daß Männer Hosen tragen und Frauen Kleider? Sollte es nicht genau umgekehrt sein?«

Das Baumhaus wackelte und drohte herunterzufallen. »Cat, hör auf!« befahl ich, aber sie scherte sich nicht darum.

»Ich meine, weil Jungs diese Dinger zwischen den Beinen haben und Mädchen nicht. In einem Kleid hättet ihr Jungs mehr Bewegungsfreiheit. Priester tragen Kleider, aber sie sind auch alle schwul. Hat sich schon mal einer an dich rangemacht, Tim?«

Tim war Katholik, hatte aber vor ein paar Jahren den Kirchgang an den Nagel gehängt. Einmal war ich mitgegangen. Ich hatte vom Weihrauch einen Asthmaanfall bekommen, war ohnmächtig geworden und hatte mir im Fallen den Kopf an einer Holzbank aufgeschlagen. Tim hatte so laut gelacht, daß er furzen mußte. Wir sind nie wieder hingegangen.

»Moment mal! Ich hab' eine Idee!« Cat rollte sich in eine sitzende Position und kramte in ihrer Tasche. »Hier.« Sie streckte Tim im Dunkeln etwas entgegen.

»Was ist das?«

»Eine Haarklammer.«

»Mensch, danke.«

»Um das Schloß zu knacken.«

»Welches Schloß?«

»Das an der Garage«, bemerkte Cat beiläufig, als ob wir jeden Tag in anderer Leute Häuser einstiegen.

»Bist du verrückt? Ich denke nicht daran, etwas zu knakken.«

»Wieso nicht? Bei deinem Knackarsch«, feixte Cat und brach in Gelächter aus. Sonst lachte sie, außer über einen Witz, bei dem es um indianische Unterwäsche geht, nur über Helen-Keller-Sachen. Natürlich erwartete sie, daß man bei ihren Scherzen mitlachte, egal, wie oft man sie gehört hatte. Einmal hatte ich ihr ein Witzbuch zum Geburtstag geschenkt, in der Hoffnung, daß sie damit ihr Repertoire erweitern würde, aber ich glaube, sie hat es nicht einmal aufgeschlagen.

»Und wenn du nicht gerade deine Eier richtest, dann kratzt du dich am Arsch. Was ist los, hast du einen wunden Popo? Versuch's mal mit Babypuder. Du denkst immer, daß niemand hinschaut, aber jeder sieht es. So etwas macht nicht gerade Freunde.«

»Danke für die Ratschläge, Miss Beliebtheit.«

»Cat, wir können nicht in ihr Haus einbrechen«, unterbrach ich. »Wir könnten festgenommen werden.«

»Von wem? Die Polizei kümmert sich ja um nichts. Wenn sie es täte, säßen die Shooks schon längst in der Todeszelle. Schau, es ist kinderleicht. Es gibt da einen kleinen Schnapper, und alles, was man tun muß, ist, die Klammer reinstecken, fühlen, wo der Schnapper ist, und ihn dann wegdrücken. Bieg die Haarklammer gerade.« Sie nahm sie wieder an sich und bog sie gerade.

»Wenn du dich so genau auskennst, warum knackst du dann nicht selbst das Schloß?« fragte Tim, der wegen ihrer Bemerkungen über sein Eierkratzen und seinen Hintern noch eingeschnappt war.

»Muß ich denn alles alleine machen?« beklagte sich Cat lauthals. »Ich bin die einzige, die das Haus bewacht. Alles, was Nelson tut, ist hier rumsitzen und lesen.« Sie drehte sich ruckartig zu mir um. »Ich wette, daß du keinen einzigen Blick auf das Haus wirfst. Du blätterst nur die Seiten um. Und du, Tim, pennst die ganze Zeit. Ich bin die einzige, die hier arbeitet. Wenn ihr zwei kein Interesse habt, meinetwegen. Aber ich werde sie nicht so leicht davonkommen lassen. Dieser arme Behinderte ist verschwunden. Wenn sie ihn um die Ecke gebracht haben, werden sie dafür bezahlen. Was, wenn eure Eltern euch umgebracht und im Keller vergraben hätten?

Würdet ihr dann nicht wollen, daß jemand nachforscht? Würdet ihr einfach vom Antlitz dieser Erde verschwinden wollen, ohne daß jemand auch nur mit der Wimper zuckt? Wir sind Bobby Shooks einzige Hoffnung, aber wenn ihr beide zu egoistisch und zu faul seid, um etwas zu unternehmen, dann mache ich es eben allein!«

Ganz offensichtlich wußte Cat um keinen Deut besser, wie man ein Schloß knackte, als wir. Sonst hätte sie die Haarnadel genommen, wäre in die Garage eingebrochen und hätte uns dann bei jeder Gelegenheit hingerieben, was für Schlappschwänze wir doch waren, jede Wette.

Allerdings hatte sie recht, die meiste Zeit im Baumhaus las ich. Gelegentlich warf ich zwar einen Blick auf das Haus der Shooks, aber nur, wenn gerade ein Kapitel zu Ende war. Es war nett hier oben im Grünen, und ruhig. Das Baumhaus hatte kein Dach, nur ein paar dicke Äste hingen hoch darüber; und wenn die Morgensonne durch das Blattwerk brach, malte sie Muster auf mich und mein Buch. Manchmal wehte eine leichte Brise und zauste die Seiten, wie Leute durch das Haar eines kleinen Jungen zausen. Im Baumhaus war der Sommer so, wie er immer sein sollte.

Und es stimmte auch, daß Tim im Baumhaus schlief. Er schlief eine Menge, ich nehme an, daß er deshalb so groß war. Ich war klein, weil ich nie eine ganze Nacht durchschlafen konnte. Probleme und Geschichten wirbelten mir im Kopf herum und hielten mich wach, auch wenn ich schon lange das Licht ausgemacht hatte. Wenn ich dann endlich eingedöst war, schlief ich nicht bis morgens durch. Ich mußte aufstehen, um ein Glas Wasser zu trinken. Oder ich hörte einen Einbrecher. Ich beneidete Tim um eine ganze Menge – seine Größe, sein dunkles, gewelltes Haar, das immer leicht zerzaust war und so romantisch wirkte, seine weiche, dunkle Stimme –, aber am meisten beneidete ich ihn um seinen Schlaf.

Tim nahm die Haarnadel, rappelte sich hoch und kletterte die Strickleiter hinunter. Fast lautlos rannte er die Straße entlang bis zum Haus der Shooks. Cat und ich beobachteten ihn durch die Ritzen in der Baumhauswand.

»Trottel«, sagte sie und kicherte.

Tims Tennisschuhe machten auf dem Asphalt ein leise tappendes Geräusch. Er war leichtfüßiger, als ich gedacht hatte. Direkt gegenüber vom Haus klappte er seinen ein Meter achtundsiebzig großen Körper wie bei einem Sprintstart zusammen und stürmte über die Straße. Vor der Garage ging er in die Hocke und machte sich an die Arbeit. Er sah aus wie ein Profi.

Die Garage der Shooks lag auf Höhe der Straße, sie war in den kleinen Hügel hineingegraben, auf dem das Haus stand. Es war eine enge Garage für nur ein Auto, die gebaut worden war, als die Autos noch kleiner waren als heute, vielleicht zur Zeit des T-Modells.

Cats Schulter berührte meine, während wir beobachteten, wie Tim das Schloß knackte. Sie roch nach Ivory-Seife, nach einem ganz neuen Stück, das erst ein- oder zweimal benutzt worden war, so daß sich der Ivory-Duft noch nicht verflüchtigt hatte. Ich hatte bisher nicht bemerkt, daß Cat überhaupt nach etwas roch. Ich spaziere nicht herum und schnüffele an meinen Freunden. Ich fragte mich, ob sie mich wohl riechen konnte und wonach ich roch.

»Mach schon, Timmy.«

Leise stieß sie diese Worte hervor, als ob sie nicht anders könnte. Ich hatte noch nie gehört, daß ihn jemand Timmy nannte. Schade, daß ich keinen Namen hatte wie Tim, der in hochdramatischen Momenten plötzlich zu Timmy werden konnte. Wenn man so was mit meinem Namen versucht, kommt höchstens »Nellie« dabei raus.

Ich sah das Auto zuerst. Es war noch ungefähr vier Kreuzun-

gen weit entfernt. An der Position der großen Doppelscheinwerfer konnte ich erkennen, daß es sich um einen De Soto Firesweep, Baujahr 1958, handelte. Ich habe was übrig für Autos und befasse mich in meiner Freizeit damit.
Einen Augenblick später sah auch Cat den Wagen und faßte mich am Arm. Sie sah mich an, und ich nickte; es waren die Shooks. Wir hatten keine Möglichkeit, Tim zu warnen; er war zu weit weg, und er hätte uns sowieso nicht rufen hören. Tim konnte nicht zwei Sachen auf einmal machen, wie beispielsweise Schlösser knacken und auf Warnrufe achten. Er kauerte noch immer vor dem Garagentor und hantierte mit der Haarnadel. Ich konnte mir gut vorstellen, wie seine Augenbraue vor Anstrengung zuckte. Das Hemd war ihm aus der Hose gerutscht, und dort, wo das Licht auf seinen Rücken fiel, strahlte ein weißer Streifen wie ein Fahrradreflektor. Das Auto kam näher. Jetzt war es schon an der Straßenecke. Noch fünfzehn Sekunden, und es würde in die Auffahrt einbiegen, und die Shooks würden sehen, wie Tim versuchte, in ihr Haus einzubrechen.
Er verschwand. Gerade kauerte Tim noch vor der Garage, völlig vertieft in seine Arbeit, und im nächsten Moment war er wie vom Erdboden verschluckt. Mr. Shook bog in die Auffahrt ein. Er stellte den Automatikhebel auf Parken, machte die Zündung aus, stieg aus dem Wagen und bückte sich, um das Garagentor aufzuschließen. Er stand jetzt an genau der Stelle, wo Tim noch vor einer Sekunde gekauert hatte. Es war, als ob sich auf dem Gehweg eine Falltür geöffnet und Tim verschluckt hätte. Ich wollte Cat gerade fragen, wohin er verduftet war, da drückte sie meinen Arm. Ich sah wieder hin.
Tim stand gegen die linke Garagenwand gepreßt, keinen Meter von Mr. Shook entfernt. Er verbarg sich im Schatten und machte seine Sache ganz gut, mit Ausnahme des linken Beins. Das ragte ein Stück über die Garagenecke hinaus, und

einer dieser großen Scheinwerfer leuchtete genau darauf. Mr. Shook brauchte nur den Kopf zu drehen, dann sah er ihn. Doch der war zu sehr damit beschäftigt herauszufinden, warum sein Schlüssel nicht ins Schloß paßte. Er versuchte es mit einem anderen Schlüssel. Dann noch mal mit dem ersten. Dann ging er zurück zum Wagen und sprach mit Mrs. Shook. Sie gab ihm ihre Schlüssel, und er probierte sie durch, aber auch damit klappte es nicht. Tim mußte das Schloß mit der Haarnadel verklemmt haben. Mr. Shook verlor die Geduld und rüttelte ein paarmal an der Klinke des Garagentors, um es so aufzuziehen. Aber auch das funktionierte nicht, und er begann, den langen Weg zur Veranda hochzuklettern. Ich konnte seine angestrengten Atemzüge fast hören, als er seinen schweren Körper die steilen Stufen hinaufzog. Mr. Shook war ein dicker Mann, der leicht 120 Kilo wog und eine ausgebeulte Bluejeans und eine hellbraune Windjacke trug. Schließlich erreichte er die Veranda und verschwand im Haus. Mrs. Shook saß noch im Wagen.

Ich hatte so lange die Luft angehalten, daß mir die Brust weh tat. Zitternd atmete ich aus. Mein Atmen verursachte ein Geräusch, wenn auch kein lautes, und Cat machte pssst!

Tim bewegte sein Bein. Er mußte bemerkt haben, daß es in den Lichtkegel hineinragte, und er begann, es sehr langsam in den Schatten der Garage zurückzuziehen. Eine rasche Bewegung hätte vielleicht Mrs. Shooks Aufmerksamkeit auf ihn gelenkt. Vielleicht wäre sie aus dem Wagen gestiegen, um nachzuschauen. Oder sie hätte nach Mr. Shook gerufen, der wahrscheinlich den eigentlichen Mord an ihrem Sohn begangen hatte. So zog Tim sein langes Bein nur millimeterweise ins Dunkle zurück, und sie bemerkte nichts.

Im Haus gingen die Lichter an. Kurz danach öffnete sich das Garagentor, und Mr. Shook trat heraus. Also führte eine Tür vom Keller in die Garage. Vielleicht würde uns diese Information später noch nützlich sein. Mr. Shook stieg wieder in den Wagen und fuhr den breiten, schwarz- und rosafarbenen De Soto in die Garage.

Die Rücklichter verloschen, Türen knallten, und dann kam Mr. Shook wieder zurück. Er griff nach dem Seil, um damit das Tor herunterzuziehen, aber er zog nicht daran. Statt dessen ließ er das Seil wieder los und trat in die Auffahrt hinaus. Zuerst schaute er in die uns entgegengesetzte Richtung, dann drehte er sich um und blickte finster die Straße zum Baumhaus hinunter. Cat und ich erstarrten, obwohl wir wußten, daß wir gut versteckt waren. Aber Tim stand direkt hinter Mr. Shooks Schulter, nah genug, um ihn zu berühren. Wie kam es, daß Mr. Shook seine Anwesenheit nicht spürte, obwohl er doch so nah war? fragte ich mich. Doch Mr. Shook starrte weiter in unsere Richtung, ohne sich zu bewegen, und lauschte. Es war so still, daß er Tims Haare hätte wachsen hören können.

Schließlich drehte Mr. Shook sich um, marschierte in die Garage und knallte die Tür so laut zu, daß es noch eine Straße weiter hallte. Es war ein »Mach das noch einmal, und du wirst es bitter bereuen«-Knall, der mich bis ins Mark erschütterte. Ich erwartete, daß Tim sofort losrennen würde, aber er blieb stehen, bis im Haus noch mehr Lichter angingen; zwei im Erdgeschoß, eins im ersten Stock.

Mein Brustkorb tat wieder weh, und ich sagte mir, daß es jetzt wieder okay war zu atmen. Tim hatte schon die halbe Strecke hinter sich gebracht, bevor ich überhaupt gemerkt hatte, daß er sich bewegte. Er rannte lautlos im Schutz der großen Ahornbäume, die auf dem Parkstreifen wuchsen, und ich staunte über ihn. Das war so ein Grund, weshalb es sich lohnte, Tims Freund zu sein; aus heiterem Himmel machte er plötzlich etwas so Überraschendes, Unerwartetes, daß ich wirklich stolz auf ihn sein konnte. Ganz, als ob Tim mein Sohn wäre und dieses Jahr ein besseres Zeugnis nach Hause gebracht hätte als im letzten. Oder als ob er zurückgeblieben wäre wie Bobby Shook und plötzlich einen kleinen Fortschritt gemacht hätte.

Ich ließ die Strickleiter hinunter, und als Tim hochkletterte, wackelte das Baumhaus. Keuchend und mit einem Grinsen schmiß er sich in eine Ecke. Seine großen weißen Zähne schimmerten in der Dunkelheit, als wären sie falsch. Er hielt die Haarklammer hoch.

»Sie ist abgebrochen. Dabei hatte ich's beinahe.« Cat zündete eine Zigarette an und reichte sie Tim. Vergnügt nahm er einen Zug. Cat griff nach der Haarklammer und untersuchte sie.

»Billiger Scheißkram«, fluchte sie und warf sie in hohem Bogen über den Rand des Baumhauses. Ich blickte ihr nach und sah durch die eckigen Zwischenräume zwischen den dunklen Blättern über uns Sterne funkeln. In dieser Nacht schien das Universum nicht rätselhafter und faszinierender zu sein als mein eigenes kleines Stadtviertel mit seinen Bäumen.

Wir blieben in dieser Nacht noch lange im Baumhaus und schmiedeten Pläne, die meisten davon so verrückt, daß ich wußte, wir würden sie niemals ausführen, uns später nicht einmal mehr daran erinnern. Wir vereinbarten, daß wir jeden Morgen um Punkt acht bei Cat zu Hause eine Lagebesprechung abhalten wollten, um über die Ergebnisse unserer Observation der Shooks Bericht zu erstatten und den Fortgang der Ermittlungen zu planen.

Als ich durch mein Fenster zurückkrabbelte, war es beinahe Mitternacht, aber ich konnte noch weitere zwei Stunden nicht einschlafen. Jedesmal, wenn ich gerade wegdämmern wollte, stieg ein Kichern wie Kohlensäurebläschen in mir hoch und schäumte über wie eine durchgeschüttelte Cola. Ich war Komplize bei einem Verbrechen, und das war das Aufregendste, was ich jemals erlebt hatte. Ich konnte kaum den Morgen erwarten, bis wir drei uns zusammensetzten, um noch mehr Verbrechen auszuhecken. Jetzt wurde es also doch noch ein toller Sommer.

»Nelson, ich möchte vor dem Abendessen mit dir reden«, hatte meine Mutter zwei Tage nach unserem versuchten Einbruch gesagt. Der Gebrauch meines Vornamens an erster Stelle deutete auf Unheil hin, und so schob ich den Gang zu ihr ins Wohnzimmer so lange hinaus, bis alle anderen Möglichkeiten erschöpft waren. Sie saß in einem der großen, orange geblümten Sessel, ein Drink stand auf dem kleinen Marmortischchen neben ihr. Ich konnte ihn von dort aus riechen, wo ich stand. Eine grüne Olive war auf ein Piratenschwert gespießt. Mein Dad war auf Geschäftsreise.

»Nelson, ich möchte, daß du in Zukunft vormittags auf Maude aufpaßt. Ich will nicht ständig über sie stolpern. Ich kann einfach nichts tun. Ich zahle dir fünfundsiebzig Cent pro Tag anstatt fünfzig und einen Dollar extra pro Woche aufs Sparbuch für deine Zukunft. Das macht drei Dollar fünfundsiebzig Cent pro Woche plus der zusätzliche Dollar auf deinem Sparbuch. Ich denke, das ist fair.« Sie aß die Hälfte ihrer Olive.

»Du meinst, du willst, daß ich jetzt vormittags auf sie aufpasse anstatt nachmittags?« fragte ich nach, nur um die Dinge klarzustellen.

»Vormittags *und* nachmittags!«

»Mom!«

»Den ganzen Tag. Von acht bis fünf. Ich werde euch was zu essen richten, wenn ich zu beschäftigt bin, gebe ich dir Geld, und du kannst wo was besorgen. Etwas Nahrhaftes. Ich möchte nicht, daß Maude haufenweise Mist in sich hineinstopft.« Sie musterte die andere Hälfte ihrer Olive, aber sie aß sie nicht. Vielleicht fragte sie sich, ob sie wohl nahrhaft war.

»Mom, das geht nicht! Was soll ich denn den ganzen Tag mit Maude anfangen? Mir fällt nicht genügend ein.«
»Gibt es nicht eine Vorlesestunde in der Bücherei?«
»Nur Freitag nachmittags, und da bringe ich sie bereits hin.«
»Nimm sie mit in den Park. Sie liebt den Park.«
»Wir gehen bereits in den Park. Wir gehen in zwei Parks! Nach einer Stunde ist ihr langweilig, und dann will sie auch immer, daß ich das Karussell ganz schnell anschiebe, und du weißt, daß ich das wegen meinem Asthma nicht kann.« Asthma war immer eine gute Entschuldigung.
»Dann sag ihr einfach, daß es nicht geht.«
»Maude weiß nicht, was Asthma ist.«
»Sag einfach nein. Sie wird sich damit zufriedengeben. Sie ist ein braves Mädchen.«
»Mom, ich mach' doch schon alles mit ihr, was mir nur einfällt. Ich könnte sie vielleicht eine halbe Stunde länger nehmen, von zwölf bis fünf...«
»Nelson, ich will sie aus dem Haus haben. Ich kann einfach nichts tun.«
Ich habe nie herausgefunden, was meine Mutter eigentlich tat. Sie las nicht. Sie hatte eine Putzfrau, die jeden Donnerstag kam, so daß sie nicht putzen mußte. Sie schnitt eine Menge Bons aus und ging einkaufen, wenn die Putzfrau da war. Und sie malte und besuchte Malkurse, aber sie war schon seit einiger Zeit in keinen Kurs mehr gegangen. Im Moment stand der halbe Grand Canyon auf ihrer Staffelei. Sie malte ungefähr einen Stein pro Woche.
»Mom, ich kann nicht neun Stunden am Tag mit Maude zusammensein. Ich werde verrückt!«
»Du wirst schon nicht verrückt, übertreib mal nicht.« Sie aß eine einzelne Erdnuß aus einem kleinen Silberschälchen. »Geh mit ihr in den Zoo.«

»Wir können nicht jeden Tag in den Zoo gehen. Die Leute werden uns für sehr sonderbar halten.«

»Was für Leute?«

»Die Zoo-Angestellten.«

»Warum um Himmels willen sollten sie euch für sonderbar halten? Der Zoo ist dazu da, daß sich Menschen daran erfreuen. Es gibt keine Regeln, wie oft man hingehen darf.«

»Ich weiß, aber...«

»Maude liebt Tiere. Das möchte ich fördern«, sagte die Frau, die nicht einmal einen Goldfisch im Haus duldete.

»Und wenn ich sie einmal in der Woche den ganzen Tag nehme? Montags vielleicht, und...«

»Nelson, ich werde nicht diskutieren. Es ist beschlossen.«

»Aber ich habe vormittags zu tun«, wandte ich ein, entschlossen, nicht kampflos aufzugeben.

»Und was?«

»Ich schreibe.«

»Was schreibst du?«

»Eine Geschichte.«

»Was für eine Geschichte?«

»Über Gladiatoren.«

Das brachte sie aus dem Konzept. Es war eigentlich keine Lüge. Ich hatte vor etlichen Monaten einen Gladiatorenroman angefangen, doch nach der Hälfte des ersten Kapitels aufgegeben. Es ist ziemlich schwer, über Gladiatoren zu schreiben. Sie tun nicht sehr viel. Sie kämpfen, sie lieben, dann kämpfen sie wieder, und dann sterben sie. In ihrem Leben passiert nicht allzuviel. Andererseits klang es wesentlich spannender, als neun Stunden am Tag auf Maude aufzupassen.

»Was weißt du denn über Gladiatoren?«

»Nichts. Deshalb muß ich in die Bücherei gehen und nachschlagen.«

»Gut. Nimm Maude mit.«
»Was soll Maude denn in der Bücherei? Sie kann ja nicht einmal lesen.«
»Bring es ihr bei.« Sie biß die andere Olivenhälfte von dem blauen Plastikschwert, suckelte den Martini heraus und schluckte sie runter. Ich beobachtete sie, und mir wurde flau.
»Wann soll ich anfangen?« fragte ich und hoffte auf wenigstens ein paar Tage Gnadenfrist, um mich auf meinen neuen Stundenplan einzustellen.
»Morgen.«
»Und wann soll ich den Rasen mähen?«
»Samstags.«
So, das war's. Der Sommer war gelaufen. Keine freie Zeit. Keine Zeit, um allein im Baumhaus zu sitzen und unter dem Blätterdach zu lesen. Ich hatte vor, einen Roman über Straßengangs in New York zu schreiben. Das mußte warten. Mehr als zwei Monate lang würde ich von morgens bis abends ein vierjähriges Mädchen bei Laune halten müssen. Maude machte nicht einmal Mittagsschlaf. Sie hatte mehr Energie als die Sonne.
Mir graute davor, was Tim und Cat dazu sagen würden, wenn ich bekannt gab, daß ich die Morgenschicht nicht länger übernehmen konnte. Es würde zu einer Auseinandersetzung kommen, und ich hasse jede Art von Streit. Ich wurde niemals laut, und ich verstand auch nicht, warum irgend jemand anderer es wurde. Ich gab meist lieber nach, als mich auf einen Kampf einzulassen. Mir ist klar, daß Schriftsteller von Zeit zu Zeit Auseinandersetzungen führen sollten, weil Auseinandersetzungen in einer Geschichte häufig eine Rolle spielen. Eines der Probleme, das ich mit meiner New Yorker Straßengang-Story hatte, war, daß ich die Gangs nur ungern in Kämpfe verwickelt sah. Auch die Gladiatoren kamen prächtig miteinander aus.

Also schwänzte ich am nächsten Tag unsere Morgenkonferenz und ging statt dessen mit Maude in den Park. Es war ein Park mit einem großen Ententeich, und er war weiter weg als der Park in unserem Viertel. Vielleicht würde Cat mich dort nicht vermuten. Daß sie mich letztlich ausfindig und mir die Hölle heiß machen würde, war nicht zu vermeiden; aber je später, desto besser.

Maude und ich fütterten die Enten mit altbackenem Brot und aßen auch selbst davon. Dann waren wir satt, und die Enten waren satt, und ich schob für Maude das Karussell an. Sie liebte es, bei Höchstgeschwindigkeit abzuspringen, schwindelig herumzutaumeln und sich fallen zu lassen. Das war ziemlich anstrengend, und ich überredete sie, die Rutschbahn auszuprobieren. Aber die war leider nicht schnell genug für den kleinen Wildfang, also angelte ich ein Stück Wachspapier aus dem Mülleimer und rieb damit über das zerkratzte Aluminium.

Bald hatte Maude vom Park genug, und wir standen wieder auf der Straße. Wir gingen in ein Kaufhaus. Ich versuchte sie für ein Jo-Jo zu interessieren, aber Maude wollte eine Wasserpistole. Ich war in richtiger Killerlaune, also kaufte ich Wasserpistolen für uns beide. Sie bekam eine nette rosafarbene, ich suchte mir eine große, schwarze deutsche Luger aus. Dann gingen wir in eine chemische Reinigung, weil Maude den Geruch so gern mochte. Die asiatischen Besitzer kamen aus dem Hinterzimmer, um sich das Kind anzusehen, das in eine Reinigung kam, um zu schnuppern. Maude bat nie darum, in die Ann-Palmer-Bäckerei zu gehen, wo es meiner Ansicht nach großartig roch. Sie bevorzugte Reinigungen. Sie war nun mal ein merkwürdiges Kind.

Unser nächster Halt war die Rexall-Drug-Store-Imbißecke, wo wir überbackene Käsesandwiches und Kartoffelchips bestellten. Meine Mom war nicht dazu gekommen, uns für unseren Ausflug etwas Eßbares zurechtzumachen, statt dessen hatte sie mir Geld mitgegeben. »Etwas Nahrhaftes«, hatte sie wiederholt, als ob ich ein Ernährungsexperte wäre. Ich nahm an, daß überbackene Käsesandwiches gesund waren. Ich bin nie an einem gestorben.

Nach dem Essen erwischte uns Cat. Ich sah sie auf uns zurennen und versuchte, in einem Frisiersalon unterzutauchen, um mir rasch die Haare schneiden zu lassen; aber Maude sah Cat, rief und winkte ihr zu.

»Hast du einen Gehirnschaden?« brüllte Cat, sobald sie in Rufweite war. »Sagt dir acht Uhr bei mir zu Hause irgendwas? Ich und Tim haben eine Stunde lang gewartet! Glaubst du denn, ich habe den ganzen Vormittag nichts Besseres zu tun als rumzusitzen und seine dumme Fresse anzustarren?«

»Cat, laß mich erklären.« Sie ignorierte mich, wandte sich an Maude und tätschelte ihr die Hand.

»Hallo, Maude. Was hast du denn da?«

»Eine Wasserpistole.«

»Darf ich mal sehen?«

Maude gab ihr die Pistole, und Cat spritzte mir damit mitten ins Gesicht.

»Funktioniert gut«, sagte sie und gab Maude die Pistole zurück. Ich zog mir das Hemd aus der Hose und wischte mir damit übers Gesicht. Dabei spritzte mir Maude auf den Bauch.

»Verdammt noch mal, Maude, es reicht!« Ich nahm ihr die Pistole weg und steckte sie in meine Hemdtasche, wo sie sofort zu tropfen begann. Maude wimmerte mitleiderregend.

»Fluch ihr gegenüber nicht. Sie ist doch noch ein kleines Mädchen.« Cat ließ sich auf ein Knie nieder und band Maude die aufgegangene Schleife hinten an ihrem Kleid wieder zu. »Dein großer, böser Bruder ist so gemein zu dir, nicht wahr, Maude? Und er ist so unzuverlässig. Nie tut er, was er versprochen hat, stimmt's? Ich wette, er hat dir für heute ein Eis versprochen und dir keins gekauft, oder?«

»Nein«, sagte Maude, plötzlich wieder munter. »Nelson, du hast es versprochen.«

»Okay, gehen wir zum *Polarkreis.*« Es gab mindestens ein halbes Dutzend Eisdielen, die näher lagen, aber es war erst Viertel nach eins, und meine ganze Lebensaufgabe bestand im Moment darin, Zeit totzuschlagen. Bis zum *Polarkreis* war es ein fünfundvierzigminütiger Spaziergang.

»Meine Mom zwingt mich jetzt, den ganzen Tag auf Maude aufzupassen. Was soll ich tun? Wie soll ich da das Haus beobachten?«

»Beobachte es mit Maude zusammen«, schlug Cat vor.

»Ich kann Maude nicht mit hoch ins Baumhaus nehmen. Womöglich fällt sie runter und bricht sich das Genick. Und dann stehe *ich* wegen Mord vor Gericht!«

»Gut, dann übernimm die Abendschicht«, lautete Cats nächster Vorschlag.

»Geht auch nicht. Ich habe abends zu tun. Ich muß Geschirr spülen und normalerweise auch Maude ins Bett bringen.«

»Himmel, tut deine Mom eigentlich gar nichts?«

»Sie ist beschäftigt«, antwortete ich unbestimmt. Ich wollte die Abendschicht auch gar nicht übernehmen. Lesen wäre nur mit Taschenlampe möglich, und das war nicht halb so angenehm wie Lesen im von grünen Blättern gefilterten Morgenlicht.

»Willst du etwa sagen, daß die Ermittlungen damit eingestellt sind?« fragte Cat in ihrer altbekannten »Die ganze Welt ist gegen mich«-Stimme.

»Ich kann am Wochenende helfen. Aber ich schätze, unter der Woche bleibt es an dir und Tim hängen.«

»Auf den kann ich mich nicht verlassen. Alles, was er dort oben tut, ist schlafen. Und wichsen.«

»Keine solchen Wörter, wenn Maude in der Nähe ist!« Ich

hielt meine kleine Schwester an der Hand, weil die 17th Avenue eine belebte Straße war. Ich wollte nicht, daß sie mitten in den Verkehr flitzte und von einem Lastwagen niedergewalzt wurde, so sehr ich das Ereignis als solches genossen hätte.
»Sie weiß doch gar nicht, was es heißt. Du wahrscheinlich auch nicht«, fügte Cat bissig hinzu.
Maude quengelte wegen ihrer Wasserpistole, und nach einem kurzen Vortrag über die Verantwortung, eine Waffe zu tragen, gab ich sie ihr zurück. Es war kein Wasser mehr drin, und so füllte ich sie an einem aufgerollten Gartenschlauch in einem nahe gelegenen Garten nach. Eine alte Dame kam auf die Veranda hinaus und schrie mich an, weil ich den Schlauch ohne Erlaubnis benutzt hatte. Ich deutete auf Maude und sagte, es sei für meine kleine Schwester, deren Wasserpistole nachgefüllt werden mußte, und ob wir bitte ein wenig haben dürften, Ma'am, ach bitte? Ich stellte fest, daß ich in einen Südstaatenakzent geglitten war, um die Rolle des armen weißen Südstaatenbewohners überzeugender zu spielen. Beim Anblick von Maude verwandelte sich die alte Beißzange wundersamerweise in eine zuckersüße alte Dame, die ins Haus eilte, um für Maude einen Keks und Limonade zu holen.
»Das ist dann statt der Eiscreme, Maude«, sagte ich, da ich mich an die Anweisung meiner Mutter erinnerte, sie nicht mit zuviel Mist zu füttern.
»Aber du hast gesagt, daß ich ein Eis haben kann, du hast es versprochen!«
»Ich will nicht, daß du dir den Appetit aufs Abendessen verdirbst«, entgegnete ich und versuchte mir die Essenszeit auszumalen. Sie schien mir so weit entfernt wie die Zwischenprüfung im College oder ein studentisches Saufgelage.
»Was meinst du eigentlich, wo die Shooks ihr Essen herbekommen?« fragte Cat, die plötzlich versuchte, auf einem Zeh auf dem Hydranten zu balancieren. »Sie waren zwei Wochen

nicht außer Haus. Wer hat schon so viel Essen da, ohne einkaufen zu gehen? Außer sie essen *ihn*!« Ihre Augen funkelten.
»Komm da runter, Cat.«
Sie hüpfte vom Hydranten und schlug ein Rad. »Also, wo haben sie ihr Essen her, Nelson? Sonst weißt du doch auch immer alles. Erklär's.«
»Sie bekommen es geliefert«, antwortete ich. Cat wirbelte herum und starrte mich an. Meine Hand faßte unwillkürlich an die Pistole, ohne Witz.
»Woher weißt du das?«
Die zuckersüße alte Dame kam aus dem Haus und gab Maude die Limonade und einen Keks. Für Cat und mich hatte sie nichts mitgebracht. Ich nehme an, daß wir entweder zu alt für solche Genüsse waren, oder nicht niedlich genug.
»Woher weißt du das, Nelson?« beharrte Cat.
»Pscht.«
»Woher?«
»Ich rate nur. Aber es klingt wahrscheinlich.« Ich rannte zur Veranda hoch, um Maude zu holen. Die zuckersüße alte Dame verwandelte sich wieder zurück in eine alte Beißzange, erklärte mir, daß es Diebstahl wäre, ohne Erlaubnis fremde Gartenschläuche zu benutzen, und daß sie die Polizei rufen würde, wenn das jemals wieder vorkäme; dann verwandelte sie sich wieder in eine zuckersüße alte Dame, kitzelte Maude am Kinn, lud sie ein, jederzeit wieder vorbeizukommen, und schenkte ihr einen Penny. Maude wollte sofort zu den Eisenbahnschienen gehen, damit sie den Penny auf das Gleis legen und auf einen Zug warten konnte, der ihn plattdrückte.
»Wenn sie sich ihre Lebensmittel ins Haus liefern lassen, wie kommt es, daß wir das nie mitgekriegt haben?« fragte Cat, während wir in Richtung Gleise gingen. »Wir beobachten das Haus doch den ganzen Tag. Ich habe nie einen Lieferwagen gesehen, du etwa?«

»Vielleicht wird ganz früh morgens geliefert. Ich war nie vor kurz nach acht im Baumhaus. Vielleicht kommen sie früher?«

»Safeway liefert nicht.«

»Nein, aber der Tante-Emma-Laden.«

»Wann macht der auf?«

»Um sieben.« Der richtige Name vom Tante-Emma-Laden war The 38th Avenue Market. Obwohl meine Mutter den Großeinkauf bei Safeway machte, taugte der Tante-Emma-Laden, um in letzter Minute noch etwas zu besorgen: eine Tüte Milch oder Fünf-Minuten-Reis. Das Geschäft gehörte Mr. Walsh, einem freundlichen, glatzköpfigen Mann, der mit seiner gelähmten Frau hinter dem Laden wohnte. Er hatte keine Kinder, weshalb es ihn nicht störte, wenn fremde Kinder im Laden rumhingen. Mr. Walsh erlaubte sogar, daß man sich dort umsah, wenn man nichts kaufen wollte, und im Gegensatz zu anderen Ladenbesitzern paßte er auch nicht auf wie ein Luchs, ob man vielleicht etwas mitgehen ließ.

Der Tante-Emma-Laden war klein und vollgestopft, die Ware stapelte sich bis unter die Decke. Drinnen war es immer warm, wenn es draußen kalt war, und an heißen Tagen kühl. Es roch gut, nach Seife und frischem Fisch und Kaffee. Die Kaugummiautomaten an der Tür hatten gerade genug Preise drin, daß man gelegentlich einen bekam, wenn man einen Kaugummi oder eine Pfefferminzkugel zog. Man brauchte nicht mal Geld im Tante-Emma-Laden. Man konnte alles, was das Herz begehrte, auf Rechnung der Eltern anschreiben lassen. Mr. Walsh schrieb die Summe auf einen kleinen Rezeptblock und erkundigte sich nie, ob Mom oder Dad den Kauf genehmigt hatten. Wenn man träumte, man käme nach Hause, und es hätte sich plötzlich in einen Laden verwandelt, dann würde es darin genauso aussehen wie im Tante-Emma-Laden.

Kaum daß die Eisenbahnschienen zu sehen waren, rannte Maude vor und legte ein Ohr aufs Gleis, um zu hören, ob ein Zug kam. Ich hoffte, daß nicht plötzlich einer auftauchte und ihr den Kopf abriß, denn das hätte ich meinen Eltern nur schwer erklären können.

»O. k., angenommen du hast recht«, räumte Cat widerwillig ein, »angenommen, sie lassen sich ihre Lebensmittel liefern. Das bringt uns auch nicht weiter.«

»Das habe ich nie behauptet, Cat.«

»Deshalb kommen wir auch nicht ins Haus rein.«

»Weiß ich.«

»Da müssen wir aber rein, wenn wir diesen Fall jemals lösen wollen.«

»Es kommt einer!« piepste Maude. Ich preßte mein Ohr aufs Gleis; es summte, und der Stahl vibrierte ganz leicht gegen meine Backe. Wir legten den Penny auf das silbern schimmernde Gleis. Das machten wir mindestens einmal pro Woche.

»Komm, Maude, ein Stück zurück.«

Ich führte sie von den Schienen weg und hielt sie fest an der Hand. Cat stand neben mir. Ängstlich warteten wir darauf, daß der Zug auftauchte, der in unserem jungen Leben plötzlich eine beinahe mythische Bedeutung bekam. Das Signal wechselte von rot auf grün, und ich fühlte, wie sich Maudes kleiner Körper dichter an mich drängte.

Als der Zug an uns vorbeiraste, versteckte Maude ihr Gesicht an meiner Seite, damit sie nicht mit ansehen mußte, wie der Penny zerquetscht wurde. Es war der Union Pacific, ein Passagierzug mit einem Dachgartenrestaurant in einem Waggon, und ich sah Menschen in dem gläsernen Aufbau sitzen, die einen Imbiß nahmen oder Cocktails schlürften. Etliche von ihnen sahen zu uns hinunter. Ich fragte mich, was sie wohl von mir dachten.

Maude wollte den Penny holen, kaum daß der Zug vorbeigerauscht war, aber ich hielt sie zurück, denn ich wußte, daß er noch sehr heiß sein würde. Wir sahen die Münze an. Sie war zu der Größe von einem Vierteldollar ausgewalzt und schimmerte in einem blaß kupferfarbenen Silberton, einer ganz besonderen Farbe, die einem zerquetschten Penny vorbehalten war. Ich spritzte etwas Wasser darauf, und es zischte.

»Ich hab's!« rief Cat plötzlich aus.

»Was denn? Noch nicht, Maude.«

»Wie wir ins Haus der Shooks einbrechen können.«

Ich prüfte den Penny. Er war noch immer warm, aber man konnte sich nicht mehr die Finger daran verbrennen. Ich gab ihn Maude, die ihn mit fachmännischem Blick begutachtete. Sie hatte schon ungefähr sieben davon. Wie vorauszusehen war, erklärte sie diesen zum schönsten.

»Nelson, hör mir zu.«

»Tu' ich ja. Wie werden wir ins Haus der Shooks einbrechen, Cat? Ich höre.«

»Ich werde eine Stelle als Lieferjunge im Tante-Emma-Laden annehmen!« erklärte sie strahlend. Sie hätte hinzufügen können: »Ganz einfach, lieber Nelson«, aber Cat war nicht sehr belesen.

Natürlich sagte ich, was für eine glänzende Idee, warum sei ich bloß nicht darauf gekommen, sie sei ein Genie und so weiter, weil ich wußte, daß sie die Stelle nicht kriegen und es nur ein weiteres Beispiel dafür sein würde, wie die Welt sich gegen sie verschworen hatte. Cat hegte einen tiefen Groll gegen die Welt. Ich grollte der Welt eigentlich nicht, auch wenn ich sehr wohl fand, daß sie meinen Erwartungen nicht gerecht wurde.

Einen Tag später trieb uns Cat am Golfplatz auf, wo wir nach verlorenen Bällen Ausschau hielten. Dies war, wie man sich denken kann, ein Unterfangen, das Maude weit mehr genoß als ich. Einmal hatte Maude einen grünen Golfball gefunden, der im Dunkeln leuchtete, und jetzt hoffte sie auf weitere Farben. Ich las, während ich mit einem Auge Maude im Blick behielt, für den Fall, daß sie in ein Sandhindernis tappte.

»Nelson, erklär mir mal bitte, warum du einfach zu Safeway reinmarschieren und eine Stelle als Packbursche kriegen kannst, auch wenn du nur ein 40 Kilo leichter, schwächlicher Zwerg mit Asthma bist, während ich nicht einmal in dem verdammten Tante-Emma-Laden eine Stelle kriege«, verlangte Cat aufgebracht.

»Bitte keine solchen Wörter, wenn Maude in der Nähe ist.«

»Sie muß sie sowieso lernen, früher oder später.«

»Nein, muß sie nicht. Und außerdem habe ich den Job bei Safeway gar nicht bekommen. Ich hätte gerade zum drittenmal vorsprechen sollen.«

»Gut, aber du hättest ihn bekommen. Und weißt du, warum? Weil du einen lausigen Schwanz zwischen deinen Beinen baumeln hast und ich nicht!«

»Bitte auch dieses Wort nicht in ihrer Gegenwart.«

»Nelson, ich habe einen Luftballon gefunden. Bitte blas ihn für mich auf«, bat Maude und hielt einen benutzten Pariser an ihren Mund. Sie versuchte ihn aufzublasen und damit vielleicht in einen Hasen zu verwandeln.

»Verdammt noch mal, Maude, das ist kein Luftballon!« Ich schnappte den Pariser, schleuderte ihn weg und zerrte sie eilig zum Clubhaus. Sie weinte und hielt mich für gemein. Ich brachte Cat dazu, mit Maude auf die Damentoilette zu gehen, um ihr sorgfältig die Hände zu waschen und den Mund auszuspülen, während ich auf die Männertoilette ging, mir die Hände wusch und mich dann in ein Klo einsperrte, bis mir nicht mehr so übel war. Heute war Donnerstag. Noch immer eineinhalb Tage, die ich meine kleine Schwester davor bewahren mußte, überfahren oder geköpft zu werden oder sich die Syphilis einzufangen. Nächste Woche hatte ich weitere fünf Tage dieser alptraumähnlichen Existenz vor mir, und die Woche darauf noch einmal fünf. Mein Nacken schmerzte, und eine Ader über meiner rechten Augenbraue begann zu pochen, die ersten Anzeichen von Kopfschmerzen. Ich kaufte im Clubhaus ein paar Aspirin und ging dann los, um die Mädchen zu suchen.

»Wo hast du gesteckt, Nelson? Wir warten schon seit Ewigkeiten!« rief Cat mit ihrer typischen Ungeduld. Nachdem ich kontrolliert hatte, daß Cat Maudes Hände und Mund sorgfältig saubergemacht hatte, kaufte ich uns allen Mittagessen. Meine Mom war wieder zu beschäftigt gewesen, Lunchpakete vorzubereiten, und hatte mir Essensgeld mitgegeben. »Etwas Nahrhaftes«, hatte sie gesagt, als sie zwei knisternd neue Scheine aus ihrem Geldbeutel zog, »keinen Mist.«

Wir setzten uns im Clubhaus an die Theke. Maude bestellte eine Waldmeisterlimonade, ich ein Schokoladenshake und Cat ein Cherry-Coke. Dann bestellte ich Hamburger und Pommes frites für alle.

»Ich hab' mich nicht mal bewerben dürfen«, erzählte Cat, die sich die Demütigung im Tante-Emma-Laden wieder vor Augen rief. »Er ließ mich keinen Bewerbungsbogen ausfüllen, und er hat nicht mal gesagt, daß er sich's überlegen würde. Nein, er hat gesagt, er würde grundsätzlich nur Jungs als Lieferjungen einstellen, weil einige Ladungen recht schwer seien, Konservenbüchsen und so, und er wolle nicht, daß ich mir was täte. Was sollte ich mir denn tun? Mir das Zeug auf die Zehen schmeißen?« Cat zog eine Schachtel Zigaretten heraus, doch ich bedeutete ihr, sie wieder wegzustecken. »Ich hab' ihm gesagt, daß ich nie wieder einen Fuß in seinen lausigen Laden setzen würde, obwohl ich nicht ›lausig‹ gesagt habe, du verstehst schon. Ich hab' ihm gesagt, daß er ein lausiger Diskriminierer wäre. War das das richtige Wort?«

»Von diskriminieren. Ja.«
Unsere Hamburger kamen. Der Kellner war ein grobknochiger, blonder Bursche, in dem ich den Schlagzeuger der Band von Tims Bruder erkannte. Er versuchte, sich einen Bart wachsen zu lassen, und ein paar blasse Härchen klebten wie Insektenbeine auf seiner Oberlippe. Cat versuchte ein Gespräch mit ihm anzufangen, aber er tat so, als sei er beschäftigt. Später wollte er Maude einen Eisbecher spendieren, aber ich sagte, daß sie keinen haben dürfe, woraufhin er ihr ein gelbrot gestreiftes Windrad schenkte.
»O. k., es gibt eine einfache Lösung für die ganze Sache.« Cat rauchte ihre Zigarette, während wir in den Crystal Springs Park hinüberschlenderten, einen kleinen Park mit Schaukeln, die Maude gefielen, weil sie besonders hoch schwangen und es immer die Chance gab, daß man runterflog und sich jeden einzelnen Knochen brach. »Kinderleicht. Tim wird der Lieferjunge.«
Das klang vernünftig. Tim war zum Lieferjungen geboren. Es bestand absolut keine Gefahr, daß er sich verletzen könnte, wenn er Tüten mit Konservenbüchsen trug. Er hatte von Natur aus Muskeln, Muskeln vom Nichtstun, nur vom Rumsitzen in seinem Zimmer, Rauchen und Singles hören. Anfang des Sommers hatte er verlauten lassen, daß er sich nach einem Job umschauen wolle, aber typischerweise hatte er nicht einen Strich dafür getan. Und er pumpte sich regelmäßig Geld von mir, weil seine Eltern zu viele Kinder hatten, um ihm ein ordentliches Taschengeld zu zahlen. Eine Stellung im Tante-Emma-Laden war die perfekte Lösung. Cat sah das so, und ich auch. Leider sah Tim das anders.
»Den ganzen Tag nichts als Arbeit und kein Vergnügen, da wird man ja blöd dabei«, erwiderte er, als wir ihm den Vorschlag unterbreiteten. Doch damit kam er bei Cat und mir nicht durch. Ich war sauer, weil seine Eltern ihn nicht so

schuften ließen wie mich meine, und Cat hielt ihn ohnehin schon für blöd. Zwar wehrte er sich halbherzig weiter, doch nach kurzer Zeit gab er klein bei.
Tim bat mich, ihn am nächsten Tag zu begleiten, wenn er sich um den Job bewarb. Manchmal fragte ich mich, ob Tim überhaupt irgendwas alleine machen konnte, außer aufs Klo gehen, und selbst da wollte er manchmal, daß ich mitging. Als wir am The 38th Avenue Market ankamen, verschwand Tim wie der Blitz hinten im Laden, um mit Hugo zu quatschen, dem Jungen, der fürs Lager zuständig war. Inzwischen marschierte Maude zu Mr. Walsh, um sich die Brausestange abzuholen, die sie immer geschenkt bekam, wenn sie im Laden war. Er führte sie hinter die Theke, damit sie ihre Wahl treffen konnte, und da Maude es für notwendig erachtete, das Für und Wider von jeder einzelnen der zwölf Geschmacksrichtungen zu erörtern, wußte ich, daß sie einige Zeit beschäftigt sein würde. Ich ging nach hinten zu Tim und Hugo.
Hugo war Teilzeitstudent im Ingenieurfachbereich des Multnomah Community College, aber ich glaube nicht, daß er viel Zeit dort verbrachte. Er hatte es auch nicht nötig, Ingenieurwissenschaften zu studieren, weil er bereits ein kleines Geschäft am Laufen hatte. Denn er verkaufte Schwarzmarktartikel an die Jugendlichen der Nachbarschaft, Dinge, die sie selbst nicht erstehen konnten: Schnaps und Bier, Marihuana, Muskeltonika, Feuerwerksraketen und Knallfrösche. Außerdem führte er Hundescheiße und Erbrochenes aus Plastik. Er trieb sämtliche Nummern von *Mad* und *Cracked* für einen auf und konnte jedes Schmuddelmagazin besorgen, das man nur wollte. Für zehn Prozent Aufschlag auf den normalen Ladenpreis wechselte die Ware den Besitzer. Hugo hatte einen festen Kundenstamm. Als ich zu ihnen stieß, erzählte Hugo Tim gerade, daß er ein Heft beschaffen könne, »das deinen Schwanz strammstehen und salutieren läßt«. Tim hielt das

für eine gute Investition und wollte Geld von mir. Ich antwortete, daß es Zeit sei, sich um die Stelle zu bewerben. Darauf sackte Tim in sich zusammen wie ein Sträfling, dem lebenslange Kettenhaft bevorsteht, und schlurfte matt zur Ladentheke, die breiten Schultern schon allein vom Gedanken an Arbeit gebeugt.

Und so war es eben mit Tim: Er ging zur Theke, schnappte sich einen Streifen Trockenfleisch aus einem Gefäß, das auf der Theke stand, und kramte in seinen Taschen nach Kleingeld. Dabei nuschelte er leise, daß, falls Mr. Walsh einen Lieferjungen brauchen könne, er sich gern um den Job bewerben würde, aber wenn nicht, kein Problem. Dabei legte er ein Zehn-Cent-Stück und fünf Pennies für das Trockenfleisch auf die Theke. Mr. Walsh schob ihm das Geld zurück und erwiderte, daß Tim sich nicht um den Job bewerben brauche, weil er ihn schon hätte, und das Trockenfleisch ginge auf Kosten des Hauses. Mr. Walsh sagte, daß Tim morgen anfangen könne, und fügte noch hinzu: »Es ist ja nicht gerade ein anspruchsvoller Job, aber es kann im Lauf der Zeit schon mehr daraus werden.« Er erzählte Tim praktisch, daß er den Laden übernehmen könne, wenn er in Rente ging. Ich wäre vor Freude ausgerastet, wenn ich einen Job dermaßen leicht bekommen hätte, aber als wir aus dem Tante-Emma-Laden rausgingen, stierte Tim genauso stumpfsinnig ins Leere wie immer, als ob ihm gerade jemand mit der Bratpfanne eins übergezogen hätte.

Tims Arbeitszeit war montags, mittwochs und freitags von acht bis sechs, mit einer Stunde Mittagspause. Ein anderer Lieferjunge war dienstags, donnerstags und samstags an der Reihe. Am Sonntag war der Tante-Emma-Laden geschlossen. Wenn Tim nicht gerade Lebensmittel austrug, machte er sauber und half Hugo, die Regale aufzufüllen. Er trug eine Schürze, auf die in großen, geschwungenen Buchstaben sein

Name gestickt war, so verschnörkelt, wie man »Tim« nur schreiben konnte. Die ersten paar Tage beklagte er sich zwar über die Arbeit, aber dann wurde sein Jammern seltener und seltener. Nach einer Woche sagte er gar nichts mehr. Er lieferte Lebensmittel im ganzen Viertel aus, aber niemals bei Mr. und Mrs. Shook.

Mir fiel jeden Tag etwas ein, was ich mit Maude unternehmen konnte. Wir gingen in die Zoohandlung, um Haustiere anzugucken, die wir zu Hause nicht halten durften. Wir fingen an, Weihnachtseinkäufe zu machen. Im Zoo und in den Parks zählten wir zu den regelmäßigen Besuchern. Wir gingen ins Kino und sahen uns in Kaufhäusern Quizsendungen im Fernsehen an. Ich entdeckte eine Bücherei, die Freitag vormittag eine Vorlesestunde hatte, die wir in unseren wöchentlichen Stundenplan einfügten. Ich schrieb Maude zum Schwimmunterricht im Reed College ein. Maude schwamm, ich las.

Um den ersten Juli herum bekam ich eine neue Aufgabe.

»Nelson, ich möchte, daß du Maude das Abendessen machst. Sie muß jeden Abend um sechs Uhr zu essen bekommen, genau dann, wenn dein Vater aus der Arbeit kommt. Ich habe um diese Zeit zu viel zu tun, um sie zu füttern.«

Ab sechs Uhr war das Wohnzimmer Sperrgebiet. Meine Eltern schlürften dort Drinks und unterhielten sich, und es war uns streng verboten, den Raum zu betreten. Wenn wir ihnen etwas Wichtiges mitzuteilen hatten, wie beispielsweise, daß das Haus brannte oder jeden Moment eine Atombombe genau über der 32nd Avenue 7208, Portland, Oregon explodieren würde, dann mußten wir uns an die Tür stellen und es von dort aus bekanntgeben. Maude hatte ihre Schwierigkeiten mit dieser Regel und rannte immer wieder rein, um unseren Eltern zu erzählen, wie wir den Tag verbracht hatten. Sie waren dann lieb zu Maude und voller Geduld; später brüllten sie mich an, weil ich sie während der Cocktailstunde nicht vom Wohnzimmer ferngehalten hatte.

Mein Dad ist ein großer Mann, was nicht erklärt, warum ich klein bin, und er sieht aus wie der Vizepräsident einer wichtigen Handelskette, was er auch ist. Wenn er nicht gerade arbeitet, geht er gern angeln, und wir fuhren in jedem Sommer außer in dem, über den ich hier schreibe, zum Zelten. Er glaubte, es gäbe nichts Schöneres, als stundenlang ununterbrochen und mucksmäuschenstill in einem kleinen Boot zu sitzen und dabei die Angelrute ins Wasser zu halten. Es schien ihm sogar egal zu sein, ob er etwas fing. Zu allem Überfluß hatte er mich beim Angeln gern dabei; es war eine Quälerei, so eingeengt und unbeweglich zu sein.

Das andere Hobby von meinem Dad ist Briefmarkensammeln. Er hat eine riesige Sammlung, die so langweilig ist, daß einem Angeln dagegen wie das reinste Abenteuer vorkommt. Dabei sammelt er nicht einmal amerikanische Marken mit Präsidenten und englischer Aufschrift. Sein Spezialgebiet sind französische Briefmarken, die alle gleich aussehen, nur ihre Farbe ist unterschiedlich. Als ich noch kleiner war, kaufte mir mein Dad zum Geburtstag einen Briefmarkensatz. Eines Nachmittags beschäftigte ich mich damit hinten im Garten. Ich hatte ungefähr die Hälfte der Marken ins Album eingeordnet, als ein Windstoß kam und den Rest in alle Himmelsrichtungen zerstreute, was mir eine Menge Arbeit ersparte.

Mein Dad und ich hatten nicht viele Gemeinsamkeiten. Er war achtunddreißig, ich war dreizehn. Er war verheiratet, ich nicht. Er hatte zwei Kinder, ich keins. Er ging gern angeln, ich las gerne. Er sammelte Briefmarken, ich hingegen sammelte gar nichts. Ich mochte meinen Dad ganz gern, aber ich würde nicht gerade behaupten, daß ich ihn leidenschaftlich liebte. Vor einer Hinrichtung auf dem elektrischen Stuhl hätte ich ihn wahrscheinlich schon bewahrt, indem ich einfach versucht hätte, den Stecker aus der Steckdose zu ziehen. Aber zwischen ihn und ein Erschießungskommando hätte ich mich nicht geworfen.

»Ich koche alles vor«, fuhr Mom mit der Beschreibung meiner neuen Aufgabe fort. »Es ist also nicht so, daß du für Maude kochen müßtest. Ich werde kochen und euer Essen im Backrohr oder auf dem Herd warmhalten. Aber ich möchte, daß du bei ihr sitzen bleibst und dafür sorgst, daß sie aufißt und ihre Milch trinkt. Ich werde dir noch mal fünfundzwanzig Cent dazuzahlen, so daß du jetzt einen Dollar pro Tag verdienst. Außerdem zahle ich weiterhin wöchentlich einen Dollar auf dein Sparbuch ein, und alle zwei Wochen noch einen Dollar dazu, was dann acht Dollar pro Monat macht, die für deine Zukunft angespart werden.«

»O.k.« Ich wollte nicht streiten. Zumindest konnte ich dann am Tisch lesen, was verboten war, wenn ich zusammen mit meinen Eltern aß.

»Und kein Buch am Eßtisch«, fügte sie hinzu. »Ich möchte, daß du dich mit Maude unterhältst.«

»Mom, ich rede neun Stunden am Tag mit ihr!« Ich wußte, daß ich jetzt weinerlich klang. Es war der gleiche Tonfall, den Maude draufhatte, wenn ich ihr sagte, daß sie etwas nicht tun durfte. Der weinerliche Jaqua-Ton. »Ich weiß nicht, was ich noch mit ihr reden soll.«

»Sprich mit ihr darüber, was ihr tagsüber gemacht habt.«

»Darüber sprechen wir bereits auf dem Heimweg von Was-immer-wir-auch-gemacht-haben. Mom, sie ist vier Jahre alt...«

»Ich weiß, wie alt sie ist. Und ich möchte keine Debatte darüber. Beim Essen wird nicht gelesen.«

»Warum kannst denn nicht du mal was für Maude tun? Warum muß eigentlich ich alles machen?« fragte ich, obwohl ich genau wußte, daß ich keine befriedigende Antwort auf diese Frage bekommen würde. Sie war die Mutter, ich war das Kind. Die Kopfschmerzen, die am Nachmittag im Zoo begonnen hatten, hämmerten gegen meinen Schädel wie ein Sträfling gegen die Zellentür.

»Du machst nicht alles, Nelson. Du hast die schlechte Angewohnheit, immer zu übertreiben«, kritisierte sie mich, indem sie selbst maßlos übertrieb.

»Ich ziehe sie an; ich mache ihr das Frühstück; ich passe den ganzen Tag auf sie auf. Und jetzt soll ich ihr auch noch das Abendessen machen...«

»Ich habe nicht gesagt, daß du ihr das Abendessen machen sollst. Ich möchte nur, daß du neben ihr sitzt und dafür sorgst, daß sie es ißt. Nelson, ich dulde keine Widerrede!«

»Das ist nicht fair.«

»Du mußt noch eine Menge über das Leben lernen, Nelson.«

Das war zweifellos richtig, gehörte aber wohl kaum zum Thema. Doch sie tat so, als ob die Angelegenheit damit erledigt wäre, und machte kehrt, um die Küche zu verlassen. Ich konnte sie nicht einfach so gehen lassen; ich mußte einen letzten, verzweifelten Versuch wagen, Einspruch zu erheben.

»Meine Freunde müssen sich nicht den ganzen Tag um ihre Geschwister kümmern! Tim hat Zeit. Er hat sogar einen richtigen Job.« Ich erwähnte nicht, daß ich ihm praktisch Feuer unter dem Hintern hatte machen müssen, damit er die drei Schritte zu Mr. Walsh zurücklegte und sich bewarb.

»Mir ist egal, was deine Freunde tun. Und überhaupt, ich habe sie neulich gesehen. Wer ist dieses merkwürdige Mädchen? Ich möchte nicht, daß du dich mit ihr abgibst.«

»Cat?« Ich konnte es nicht fassen. Jetzt verbot sie mir schon, Freunde zu haben.

»Sie raucht. Wenn ich dich jemals mit einer Zigarette erwische, wirst du es bereuen«, warnte sie mich. Ich brauche wohl nicht extra zu erwähnen, daß meine Mom eine Packung Chesterfield am Tag raucht und die Rabattmarken sammelt, die in jedem Päckchen drin sind. Das letzte Mal hat sie ein Bügeleisen dafür eingetauscht.

»Ich rauche nicht!« schrie ich. »Warum darf ich nicht einmal Freunde haben? Warum behandelst du mich die ganze Zeit wie ein kleines Kind? Ich bin dreizehn! Ich bin ein Teenager!«

»Erinnere mich bloß nicht daran.«

»In fünf Jahren bin ich achtzehn, und dann ziehe ich aus! Was wirst du dann tun? Wer wird sich dann um Maude kümmern?« Warum machte ich weiter, da ich doch wußte, daß es sinnlos war? Das letzte, was ich wollte, war eine Auseinandersetzung mit meiner Mutter; ich kannte ihre Macht, mit der sie es immer schaffte, daß ich mich am Schluß mies fühlte. Trotzdem brach die Frage aus mir heraus. Vielleicht wollte ich es wirklich wissen, Maude zuliebe.

»Bis dahin wird sich einiges geändert haben«, antwortete sie. »Es muß.« Weiter ging sie nicht darauf ein, sondern schritt zur Küchentür. »Du bist noch zu jung, um das zu verstehen«, fügte sie müde hinzu, als sei ihr gerade klargeworden, daß seit Menschengedenken jede Mutter zu ihrem Kind genau diesen Satz sagt, und als wünschte sie, ihr wäre etwas Originelleres eingefallen.

»Ich bin nicht zu jung!« gab ich zurück, aber sie war bereits draußen.

»Vergiß nicht das Geschirr. Deine anderen Pflichten bleiben bestehen«, lautete die Antwort aus dem Nebenzimmer.

Ich warf das Geschirr in die Spüle und drehte das heiße Wasser so weit auf wie nur möglich. Meine Mom bestand darauf, daß ich das Geschirr sorgfältig abspülte, bevor ich es in die Geschirrspülmaschine einräumte, eine Abwandlung der Gewohnheit sauberzumachen, bevor die Putzfrau kommt. Ich schüttete eine halbe Flasche Spülmittel in das Becken und stellte das schaumbedeckte Geschirr in unsere neue Hotpoint-Maschine, ohne es nochmals abzuspülen, in der Hoffnung, der Druck der Schaumblasen würde die Geschirrspülmaschine aus ihrem Einbauplatz unter der Arbeitsplatte sprengen. Dann schaltete ich den Zerkleinerer in der Spüle ein und ließ dabei absichtlich eine Gabel hineinrutschen. Das schrille, kreischende Geräusch von Metall auf Metall tat meiner Seele gut, meinen Kopfschmerzen weniger. Ich angelte die zerschundene Gabel wieder heraus und warf sie weg. Daraufhin schnappte ich mir den Deckel der Reine, in der meine Mom Schweinebraten gemacht hatte, und donnerte ihn auf die Arbeitsplatte.

»Ich hab' das sehr wohl gehört, junger Mann.«

Ich spießte die Überbleibsel des Bratens auf, warf sie auf einen Teller, wickelte ihn in Alufolie ein und schmiß ihn in den Kühlschrank. Dann spülte ich die Reine und schleuderte sie in Richtung Abtropfständer. Dabei unterschätzte ich die Kraft meines Wurfs (warum gelang mir so etwas nicht auf dem Baseballfeld?), die Reine schoß an dem Abtropfständer vorbei und traf ins Schwarze, das heißt auf eine Keramikvase, die geformt war wie ein Blumenmädchen. Die Vase wurde zu Boden geschleudert und zerbrach. Ich fühlte mich ungefähr so, wie wenn ich onaniert hatte; einerseits befriedigt, andererseits hoffte ich, daß niemand es rausbekam.

»Was war das?« fragte meine Mom und blickte auf die Wasserpfütze, die leuchtend blauen Irisblumen mit den grünen Stengeln und die verstreuten Scherben eines bayerischen Blumenmädchens.

»Das war ich nicht«, sagte ich automatisch.

»Die Reine ist ganz von allein über die Arbeitsplatte geflogen?« erkundigte sich meine Mom mit trockenem Sarkasmus. Ich hatte dem nichts entgegenzusetzen. »Die Vase habe ich in meinen Flitterwochen gekauft, ist dir das klar?«

»Ich werde dir eine neue kaufen.«
»Aha. Und wie, bitteschön? Es ist neunzehn Jahre her. Glaubst du denn, daß ein Geschäft neunzehn Jahre lang die gleiche Ware führt? Dein Vater ist in der Branche tätig. Du solltest es besser wissen. Und außerdem war sie Handarbeit, ein Einzelstück.«
»Ich werde dir eine schönere kaufen.«
»Darum geht es nicht«, erwiderte sie, während ihre Stimme lauter und schneidender wurde. »Sie ist für mich unbezahlbar. Denn sie war ein Erinnerungsstück an eine ganz besondere Zeit. Nichts kann sie ersetzen.«
»Ich wußte gar nicht, daß ihr in euren Flitterwochen in Deutschland wart.« Ich wechselte in einen leutseligen Tonfall. »Darüber möchte ich mich gern mal irgendwann mit dir unterhalten. Ich interessiere mich für europäische Kultur…«
»Wir waren in San Francisco«, unterbrach sie mich, »dann sind wir in einen kleinen Ort gefahren, der hergerichtet ist wie ein deutsches Dorf. Versuch nicht abzulenken, Nelson.«
»Es war ein Versehen.«
»Nelson, ich werde es von deinem Gehalt abziehen müssen«, sprach Mom, Sekunden nachdem sie behauptet hatte, das kleine Fräulein sei unbezahlbar. »Du solltest besser bald lernen, das Eigentum anderer Menschen zu achten. Dein Vater wird nicht glücklich über dein Betragen sein.« Mit dieser Androhung einer Strafe, die mehr als nur eine finanzielle Einbuße beinhaltete, verließ sie die Küche.
Während ich die Fragmente des kaputten Blumenmädchens aufsammelte – ein Splitter vom Korb hier, ein Stück vom Busen da –, fiel mein Blick auf ein blasses Etikett auf der weißen, nicht bemalten Unterseite: ›Made in Korea‹. Aber vielleicht war die Vase ja trotzdem handgemacht, ein koreanisches Einzelstück.

Kapitel drei

Letzten Sommer fiel der Vierte Juli auf einen Mittwoch. Da der Tante-Emma-Laden am vierten geschlossen war und Tim normalerweise mittwochs arbeitete, bat Mr. Walsh ihn, statt dessen am Dienstag, dem dritten, zu arbeiten. Wie immer kam Tim gerade noch halbwegs pünktlich um vier Minuten nach sieben in den Laden. Mr. Walsh telefonierte gerade mit Mrs. Shook: Sie hatte Lebensmittel bestellt.

An diesem Abend kamen wir zu einer außerordentlichen Sitzung bei mir zu Hause im Garten zusammen, um uns von Tim alles berichten zu lassen. Maude hatte ich schon gefüttert, und jetzt spielte sie in ihrem Zimmer mit Begeisterung »Autounfall«. Ihr neues Lieblingsspiel ging so, daß sie ihre Puppen mit meinen alten Spielzeuglastern überfuhr und die Opfer mit einem Rettungswagen ins Krankenhaus brachte; wenn sie dann zusammengeflickt und wieder auf den Beinen waren, wurden sie gleich wieder überfahren. Während Cat und ich im Garten auf Tim warteten, hörte ich, wie Maude mit ihrer hohen schrillen Stimme eine Sirene nachahmte, und wußte, daß es schon wieder einen Unfall gegeben hatte. Ansonsten war die Nacht ruhig. Aus dem Wohnzimmer, in dem sich meinen Eltern unterhielten, drang leises Stimmengemurmel, und gelegentlich hörte ich das durchdringende Knacken von Eiswürfeln, die aus der Schale gebrochen wurden.

»Wo bleibt er denn?« fragte Cat ungeduldig. Sie hatte bereits zwei Zigaretten geraucht und eine davon auf unserem neuen Eibenholz-Gartentisch ausgedrückt. Meine Beanstandung überhörte sie. Dann erwischte sie mich, als ich mich gerade schnüffelnd zu ihr rüberbeugte, weil ich wissen wollte, ob sie noch immer nach Ivory-Seife roch.

»Was, zum Teufel, soll denn das?«
»Ich versuche durchzuatmen. Meine Nase ist verstopft.«
»Meinst du etwa, bei mir drüben ist die Luft besser als bei dir? Wir sind draußen, Nelson. Bei dir ist auch überall Luft. Atme deine eigene Luft ein und laß mir meine.«
»Ich habe nur eben das Gleichgewicht verloren. Entschuldige.«
Schließlich waren die Sirenen verstummt, und ich ging hinein, um Maude ins Bett zu bringen. Sie lag auf ihrem gelbroten Teppich und hielt einen Kipplaster im Arm wie einen Teddybär. Der Schlaf übermannte Maude immer ganz plötzlich, er überfiel sie sozusagen aus dem Hinterhalt. Sie kippte einfach um und fiel auf den Boden wie ein Revolverheld, von einer einzigen Kugel niedergestreckt. Ich nahm sie auf und schob sie behutsam unter die Decke, obwohl sie nicht einmal aufgewacht wäre, wenn ich sie hochgehoben und aufs Bett geschmissen hätte; wahrscheinlich hätte ich sie genausogut danebenwerfen können. Wenn Maude schlief, dann schlief sie. Aber wenn sie wach war, herrschte höchste Alarmstufe.
Als ich in den Garten zurückkam, war auch Tim eingetroffen und wurde von Cat mit Fragen bombardiert. Er beachtete sie jedoch nicht, sondern nahm ein Bier aus einer kleinen Papiertüte heraus und fragte mich nach einem Öffner. Nachdem er mir hatte versprechen müssen, nicht mit seiner Geschichte anzufangen, bevor ich zurück war, lief ich wieder ins Haus. Meine Mutter hatte an diesem Abend zuviel zu tun gehabt, um uns ein Essen zu kochen, und in der Küche roch es nach angebrannten Bohnen in Tomatensoße und geschnetzelten Hot dogs – dem Festmahl, das ich für mich und Maude zubereitet hatte. Die angekohlte Bratpfanne lag noch in der Spüle, wo ich sie liegengelassen hatte. (Ich lese auch beim Kochen.)
»Nelson?« drang die Stimme meiner Mutter aus dem Wohnzimmer.

»Ja, Mom?« Ich wühlte in der Schublade mit den Kochutensilien nach einem Öffner. Dabei stieß ich auf einen Melonenkugelstecher, den ich meiner Mom vor ein paar Jahren zu Weihnachten geschenkt hatte, einen Ladenhüter, den ich in letzter Minute noch hatte erstehen können. Ich erinnere mich noch heute an Moms gezwungenes Lächeln, als sie ihn auswikkelte.
»Nichts, ich wollte nur wissen, ob du es bist.«
»Ja ja, ich bin's.« Ich befreite den Öffner aus den Drahtschlingen eines Schneebesens und rannte hinaus. Das Bier spritzte ganz schön, als Tim den Dosendeckel durchbohrte. Er nahm den ersten Schluck und reichte die Dose dann weiter. Eigentlich mag ich kein Bier, aber an diesem Abend war es genau das Richtige, um den Geschmack nach Hot dogs und angebrannten Bohnen runterzuspülen, der mir immer noch auf der Zunge lag; die ganze Küche stank noch danach.
»Also los, fang an.« Cat schien auf unserem neuen Gartentisch buchstäblich wie auf Kohlen zu sitzen. Ich hockte zu ihren Füßen, und Tim hatte ein Bein auf die Bank gestellt, wobei ihm das zu kurze Hosenbein die Wade hochrutschte.
»Sie lassen sich dienstags, gleich wenn der Laden aufmacht, ihre Lebensmittel liefern. Mrs. Shook ist früher immer selbst zum Einkaufen gekommen, aber seit ungefähr eineinhalb Monaten gibt sie ihre Bestellungen telefonisch durch. Ich habe Mr. Walsh gefragt, warum, aber er weiß es auch nicht.«
»Wir wissen schon, warum«, meinte Cat vielsagend.
»Was haben sie bestellt?« fragte ich. Tim griff in seine Gesäßtasche und zog ein zerknülltes Blatt Papier heraus: die Bestellliste. Ehrfürchtig betrachtete Cat den Zettel. Ihre Hand zitterte sogar, als sie nach dem Papier griff.
»Du heiliger Strohsack! Das nimmt man, wenn man besonders starke Flecken wegschrubben will, Blut zum Beispiel!« Mit zusammengekniffenen Augen ging sie die Liste durch; es

war schon fast dunkel, und man konnte die mit Bleistift geschriebenen Wörter kaum noch lesen. »Aha, und Fleckentferner. Da stehen eine Menge Putzmittel drauf. Ich werde die Handschrift analysieren lassen. Die Zigeunerin, die mir mein Ohrloch gestochen hat, liest auch aus der Hand und analysiert Handschriften.«

Tim und ich sahen uns an. Keiner von uns sagte ein Wort, doch jeder wußte, was der andere dachte: Cat hatte sich ihr Ohrloch also gar nicht selbst gestochen. Wir hatten nie daran gezweifelt oder noch mal nachgefragt, als sie behauptete, es habe nicht weh getan; Cat traute man so etwas Verrücktes einfach zu. Dabei hatte sie es von einer Zigeunerin machen lassen, und man weiß es zwar nicht, aber wahrscheinlich hatte Cat gebrüllt wie am Spieß.

»Sie hat mir für einen Vierteldollar aus der Hand gelesen«, fuhr Cat fort, noch immer in die Liste vertieft. »Sie wußte gar nichts über mich, aber was sie sagte, war einfach unglaublich.«

»Was denn zum Beispiel?«

»Sie sagte, es sei mir Großes vorherbestimmt.«

»Wie das?« fragte ich etwas beunruhigt nach. Insgeheim hoffte ich, daß mir Großes vorherbestimmt war, aber wenn das Cats Zukunft war, hatte ich zweifelsohne nur geringe Chancen. Es war ziemlich unwahrscheinlich, daß ein und dasselbe kleine Viertel gleich zwei große Persönlichkeiten hervorbringen würde. Schließlich waren wir hier nicht in Paris am linken Seine-Ufer.

»Sie kann einem nicht alles sagen. Aber sie hat alle möglichen Fähigkeiten, und ich bin felsenfest davon überzeugt, daß sie nur den Zettel anzuschauen braucht und sagen kann, ob das die Handschrift eines Mörders ist. Daß die einen Knacks weg haben, weiß ich jetzt schon. Schaut euch doch nur ihre Rs an.«

»Ich hab' doch gesagt, daß sie die Bestellung telefonisch durchgegeben haben«, meinte Tim. »Das ist die Handschrift von Mr. Walsh.« Cat klappte buchstäblich die Kinnlade runter. Vielleicht suchte sie nur nach einem Vorwand, um wieder zu der Hellseherin zu gehen. Ich nahm mir vor, dort selbst einmal vorbeizuschauen, und zwar mit Maude. Da waren wir nämlich noch nicht gewesen.

»Ich behalte das mal.« Cat faltete die Bestelliste sorgfältig zusammen und schob sie in die Innentasche ihres Sakkos. Darunter trug sie ein blaues Pfadfinderhemd und eine Krawatte mit einer kleinen amerikanischen Flagge aus Straß darauf. Ich war überrascht und bewegt zugleich; Cat hätte ich nie für eine Patriotin gehalten. »So, jetzt erzähl uns alles«, forderte sie Tim auf. »Und laß nichts aus.«

Tim fing an zu berichten. Mit seiner weichen, etwas atemlosen Stimme klang die Geschichte noch spannender. Inzwischen war es fast Nacht, und ein süßlicher Geruch lag in der Luft. Ich dachte erst, der Duft käme von dem Fliederstrauch in der Ecke, aber er wurde stärker, als Tim sich zu uns vorbeugte, und da bemerkte ich, daß er sich mit Kölnisch Wasser parfümiert hatte. Das und Cats kleine Straßflagge machten den Abend zu etwas ganz Besonderem.

»Es waren drei ziemlich vollgepackte Tüten«, fing Tim an. »Ich hab' sie auf mein Rad geladen und bin losgefahren. Ungefähr um Viertel vor acht bin ich bei ihrem Haus angekommen.« Mr. Walsh hatte zum Ausliefern ein besonders solides Fahrrad. Die Waren konnte man in einem Drahtkorb am Lenker und in einer Holzkiste auf dem Gepäckträger hinter dem Sattel verstauen. Man mußte kräftig sein, damit das Rad beim Ausladen nicht umkippte, und das war wohl einer der Gründe, warum Cat den Job nicht gekriegt hatte. Sie schaute etwas finster drein, als Tim das Fahrrad erwähnte, sagte aber nichts.

»Ich hab' das Rad vor der Garage abgestellt, damit ich einen Blick auf das neue Schloß werfen konnte.« Am Morgen nach unserem mißglückten Einbruch hatte Mr. Shook um neun Uhr zweiunddreißig das Haus verlassen, blieb sechsundvierzig Minuten weg und war nach seiner Rückkehr dreiundzwanzig Minuten lang damit beschäftigt, das defekte Schloß am Garagentor zu erneuern. Das hatte ich bei unserer ersten morgendlichen Lagebesprechung am Dienstag, dem 19. Juni, berichtet. Zwei Tage darauf hatte meine Mom meine Laufbahn als Shook-Beobachter beendet.

»Es ist ein Yale-Schloß«, fuhr Tim fort. »Ziemlich solide Ausführung. Völlig aussichtslos, das zu knacken«, fügte er hinzu, der erfahrene Profi. »Ich habe also die Waren die Treppe hinaufgetragen...«

»Alle drei Tüten zugleich?« Cat erinnerte sich, daß sie »ziemlich vollgepackt« waren.

»Ja, ich wollte die Stufen nicht noch mal runtergehen. Die sind mörderisch.« Bei dem Wort »mörderisch« überlief mich unwillkürlich ein Schauder; mir wurde plötzlich bewußt, auf was für ein riskantes Spiel wir uns eingelassen hatten.

»Ich hab' auf den Klingelknopf gedrückt. Er ist schwarz, und direkt auf dem Knopf ist eine kleine Mondsichel. Habt ihr jemals eine Klingel mit einer Mondsichel darauf gesehen?« Tim hielt einen Moment inne, damit wir über diese eigenartige Besonderheit nachdenken konnten. Auf so einen Klingelknopf würde an Halloween kein Kind drücken, weil es Angst davor hätte. Möglicherweise handelte es sich dabei um ein Detail mit verschlüsselter Bedeutung. Alles konnte ein Anhaltspunkt sein.

»Erst ist niemand gekommen. Ich hätte gern durchs Fenster geschaut, aber Mr. Walsh sagt, so etwas darf ein Lieferjunge nie tun. Man muß warten, bis zwanzig zählen und dann noch mal klingeln. Ein drittes Mal klingelt man nie. Wenn keiner aufmacht, stellt man die Waren auf der Veranda ab und vergewissert sich, daß sie vor Regen geschützt sind.« Tim nahm noch einen Schluck Bier. Sein ausgeprägter, hervorstehender Adamsapfel hüpfte beim Schlucken auf und ab.

»Gerade wollte ich ein zweites Mal klingeln, da hab' ich Schritte gehört. Von hochhackigen Schuhen, also hab' ich gewußt, das ist Mrs. Shook. Klack-klack-klack. Sie hat die Tür nur einen Spalt weit aufgemacht. Es war eine dieser Sicherheitsketten davor. Mrs. Shook hat hinausgeschaut, und irgendwie hat sie überrascht gewirkt, als hätte sie niemanden erwartet. Ich hab' ihr gesagt, wer ich bin...«

Cat fuhr hoch. »Du hast deinen Namen gesagt?«

»Nein, nur, daß ich vom 38th Avenue Market komme und ihr die bestellten Waren bringe. Sie hat die Tür zugemacht, die Kette weggenommen, dann wieder aufgemacht und das Schloß an der Fliegentür aufgesperrt.«

»Was für ein Schloß ist das?«

»So'n einfaches mit einem Haken zum Einhängen.«

»War die Vordertür abgesperrt, bevor sie aufgemacht hat?«

»Stimmt, das hätte ich fast vergessen. Ich habe gehört, wie sie den Riegel zurückgeschoben hat.«

»Streng dein Hirn gefälligst an«, rügte ihn Cat.

»Sie hat also die Fliegentür aufgemacht. Ich habe in jeder Hand eine Tüte gehalten und die dritte zwischen den Armen. Sie hat gefragt, ob sie mir helfen kann, aber ich hab' gesagt, ich schaffe das schon. Sie hat mir die Fliegentür aufgehalten, und ich bin reingegangen.«

»Wonach hat es gerochen?« Diese Frage kam von mir. So fragte ein Schriftsteller.

»Na ja, es hat nicht nach Verwesung gerochen, wenn du das meinst. Aber gut hat's auch nicht gerochen, so nach abgestandener Luft. Muffig, verstehst du? Aber es hat nicht so schlecht gerochen wie in eurem Haus, Nelson.«

»Stimmt, Nelson, bei euch riecht's wie in einem französischen Puff«, pflichtete Cat bei.
»Wann warst du jemals in einem französischen Puff?«
»In einem früheren Leben. Die Zigeunerin hat gesagt, ich habe schon mehrmals gelebt«, erwiderte sie und starrte auf ihre Handflächen.
»Bei euch riecht's, als hätte einer in ein Rosenbeet gepißt«, beschwerte sich Tim.
»Das ist das Hyazinthenspray von meiner Mutter«, sagte ich so leichthin, als hätte ich nichts damit zu tun. Mom platzte immer in die Zimmer und sprühte mit dem Zeug herum wie ein Nahkampfsoldat beim Sturmangriff auf eine japanische Maschinengewehrstellung. Schließlich konnte ich ihr das Versprechen abringen, daß sie mein Zimmer verschonen würde, aber der Geruch drang trotzdem durch die Türritzen und die Kaminklappe herein.
»Es war ziemlich dunkel im Haus der Shooks«, fuhr Tim fort. »Die Vorhänge waren alle zugezogen, und der Boden ist mit dunklen Teppichen ausgelegt, mit Orientteppichen oder so was. Man kommt zur Vordertür rein und steht dann vor der Treppe, wo's in den ersten Stock geht. Rechts ist so eine Art offener Durchgang ohne Tür, und da geht's zum Wohnzimmer, mit Sitzgarnitur und einem Fernseher. Rechts ist so ein…«
»Du meinst links«, warf ich hilfsbereit ein. Tim konnte links und rechts nicht auseinanderhalten, außer wenn er mit der Hand Schreibbewegungen machte. Er war Rechtshänder, so wie ich. Cat behauptete, sie sei mit beiden Händen gleich geschickt, aber den Beweis dafür war sie uns noch schuldig.
»Links, meine ich. Da führt so ein offener Bogen zum Eßzimmer, in dem steht ein großer Tisch mit Stühlen. Und dorthin hat sie mich geführt. Ich hab' den Eindruck gehabt, sie war ein bißchen nervös, denn erst hat sie mich die Waren auf dem

Eßzimmertisch abstellen lassen, dann hab' ich sie in die Küche tragen müssen. Die Frau ist recht klein – vielleicht so groß wie deine Mom, Nelson, aber ein ganzes Stück älter. Und auch dicker als deine oder meine Mutter.« Die »Hure« wurde nicht erwähnt, und Cat wechselte das Thema.

»Hat irgendwas rumgelegen, was Bobby gehört? Spielzeug oder spezielle Sachen für Behinderte?« fragte sie.

»Ein goldgerahmtes Foto von ihm stand auf diesem Ding da im Wohnzimmer. Ihr wißt schon, so ein Ding mit Schubladen und Türen, wo man das teure Tafelsilber und das Porzellan und so Zeug aufbewahrt. Na, ihr wißt schon, was ich meine.« Wir dachten alle einen Augenblick nach, aber keiner kam darauf, wie man so etwas nannte. »Es war aber ein altes Foto von ihm, als er ungefähr in unserem Alter war. Das war das Einzige, was ich von ihm gesehen habe. Ich bin also in die Küche gegangen und hab' die Waren auf dem Küchentisch abgestellt. Die Küche war der einzige Raum im Haus, wo es hell war. Die Vorhänge waren zurückgezogen, und die Sonne hat reingeschienen.« Ich war beeindruckt, daß Tim sich so viele Details hatte merken können. Ich sah buchstäblich die helle Küche vor mir und konnte mir den abrupten Kontrast zu dem muffigen, düsteren Haus gut vorstellen. »Dann hat sie aber ihre Geldbörse nicht zur Hand gehabt und ist sie holen gegangen.«

»Und hat dich alleingelassen?« fragte Cat mit weit aufgerissenen Augen.

Tim nickte. »Für drei Minuten oder so. Ich hab' mich inzwischen in der Küche umgesehen. Auf dem Herd hat was gekocht, aber ich weiß nicht genau, was. Irgendwelche großen Brocken in einer Soße.«

»Gekochte Behinderten-Klöße«, vermutete Cat.

»In diesem Ding auf der Spüle, wo das Geschirr abtropft, waren mehrere scharfe Messer. Ansonsten ist mir nichts Verdächtiges aufgefallen. In die Schubladen hab' ich nicht reinschauen können, weil Mrs. Shook ja jeden Moment zurückkommen konnte. Es war ziemlich still, nur dieser Topf auf dem Herd hat vor sich hin geblubbert. Da sehe ich, daß direkt vor mir die Tür zum Keller ist. Sie steht schon halb offen. Ich spitze die Ohren, ob ich Mrs. Shooks Schritte höre, aber es ist still. Sie hat ja fast eine Figur wie 'ne Tonne, und ich hab' mir gedacht, wenn die kommt, ist es unüberhörbar. Also schleiche ich zur Tür mache sie noch etwas weiter auf. Sie quietscht.«

Ich fragte mich, ob die Tür wirklich gequietscht hatte oder ob das nur eine von Tims dramatischen Ausschmückungen war. Wie auch immer, es machte die Sache hübsch gruselig.

»Eine Treppe aus rohem Holz führt in den Keller hinunter. Auf halber Höhe ist ein Treppenabsatz, dann macht die Treppe eine Biegung, und weiter kann man nicht sehen. Ich hab' nur noch eine Waschmaschine und einen Trockner erkennen können und Wäsche, die an einer Leine aufgehängt war. Und eine Betonmauer.«

»Die Mauer!« Cats Fingernägel gruben sich in meinen Oberarm.

»Ich weiß nicht, ob das *die* Mauer war«, fuhr Tim fort. »Sie war aus grauen Steinen mit Mergel dazwischen. Mergel? Heißt das so?« fragte er mich, den Sprachspezialisten.

»Mörtel.«

»Klar ist das *die* Mauer! Dahinter liegt er und verwest. Die Ameisen und Maden krabbeln in seine Augen hinein und fressen sich durch sein Hirn!« Cat machte schmatzende Geräusche und stieß mich in die Seite.

»Au!«

»Jedenfalls hab' ich gewußt, daß Mr. Shook da unten sein mußte, weil ich Geräusche gehört hab'. Es hat sich so angehört, als würde er mit einem Hobel arbeiten.« Tim, dessen

Vater sich gern von *Schöner Wohnen* inspirieren ließ und sich häufig als Heimwerker betätigte, wußte, welche Geräusche ein Hobel machte. »Dann hab' ich gehört, wie Mrs. Shook zurückkommt, also mache ich die Tür so weit zu, wie sie vorher gewesen ist, und stelle mich wieder an die Stelle, wo ich vorher gestanden hab'. Sie kommt herein und sagt: ›Tut mir leid, daß es so lange gedauert hat‹, dann geht sie zur Kellertür, öffnet sie und ruft hinunter: ›Chuck!‹«

»Er heißt Chuck?« fragte Cat ungläubig. Nicht gerade ein typischer Name für einen Massenmörder.

»›Hast du Kleingeld für den Lieferjungen?‹ Das Hobelgeräusch hört auf. Dann nimmt Mrs. Shook diesen Teller vom Küchentisch und hält ihn mir hin. ›Willst du einen Keks?‹ fragt sie. Auf dem Teller waren verschiedene Sorten, welche mit Schokolade drauf und so rote.«

»Rote Kekse?« Cats Augen funkelten.

»Kirsch«, sagte ich, um ihren Verdacht zu zerstreuen, es könnten Kekse mit Blutgeschmack gewesen sein.

»Hast du welche genommen?«

»Einen von jeder Sorte.«

»Du hast sie doch nicht etwa gegessen!« rief Cat aus. Tim antwortete nicht. Er ließ die letzten Tropfen Bier in seine Kehle rinnen, rülpste, zerdrückte mit einer Hand die Dose und warf sie in den Garten, wo ich bestimmt demnächst mit dem Rasenmäher drüberfahren würde. Dann griff er in seine Handtasche und holte zwei in Kleenex eingewickelte Kekse heraus. Einer war aus Mürbeteig und hatte eine Schokoladenspirale darauf, der andere war rosafarben und mit silbernen Kügelchen verziert.

»Ich rühre sie nicht an, ich möchte sie nur anschauen«, sagte Cat und begutachtete das Gebäck. »Wir müssen aufpassen wegen der Fingerabdrücke.« Ich meinte, ich hielte es für unwahrscheinlich, daß man auf Keksen Fingerabdrücke hinterließ, also nahm Cat sie in die Hand und studierte sie aus nächster Nähe. Es hätte mich nicht gewundert, wenn sie eine Lupe aus der Tasche gezogen hätte.

Tim erzählte weiter. Inzwischen war es stockdunkel geworden, und der Himmel sah aus, als habe jemand einen Eimer mit Sternen umgestoßen.

»Ich höre die Schritte von schweren Stiefeln auf der Kellertreppe. Tapp-tapp-tapp.«

»Chuck.«

»Bis dahin hab' ich keine Angst gehabt, aber da ist mir siedendheiß eingefallen, daß ich ja derjenige bin, der das Schloß aufgebrochen hat, und die Sache mit dem Kleingeld war vielleicht nur ein Vorwand, damit er hochkommt und mich festhält. Ich sage: ›Das ist schon in Ordnung, das muß doch nicht sein‹, und ich will schon zur Küche hinaus, aber Mrs. Shook packt mich am Arm und sagt: ›Wir geben dem Lieferjungen immer ein Trinkgeld.‹«

»Damit ich dich besser fressen kann!« sagte Cat und lachte gackernd.

»Und da kommt er schon durch die Tür. Er ist ziemlich groß, mindestens einsfünfundachtzig. Hat einen Overall und ein Westernhemd angehabt, so ein Pendleton-Hemd, glaube ich. Erst hat er gar nichts gesagt, nur seine Brieftasche gezückt und Mrs. Shook Geld gegeben. Dann schaut er mich an. Geht auf mich zu, sieht mir direkt in die Augen und sagt: ›Wie heißt du?‹«

Cat und ich hielten den Atem an. Tim hatte eine gute Stimme zum Geschichtenerzählen, so dunkel und flüsternd, und wir mußten uns anstrengen, damit uns ja kein Wort entging. Ich wünschte, ich könnte mit solch einer Flüsterstimme schreiben.

»Was hast du gesagt? Doch nicht etwa deinen Namen!« Cats Fingernägel bohrten sich noch etwas tiefer in meinen Arm.

»Ich wollte ihm irgendeinen falschen Namen sagen. Ich mußte mein Hirn ganz schön anstrengen, und ihr wißt ja, das ist nicht gerade meine Stärke.« Tim lachte kurz auf, und seine schönen, gleichmäßigen Zähne blitzten. »Schließlich habe ich einfach den erstbesten Vornamen gesagt, der mir eingefallen ist.«

»Welchen?«

»Nelson.«

Mir wurde schlecht. Die zwei Schluck Bier, die ich getrunken hatte, schäumten in meinem Magen wie Seifenlauge in einer Waschmaschine.

»Was hat er darauf gesagt?« stieß Cat atemlos hervor.

»Er hat gesagt: ›Wir haben mal eine Katze gehabt, die so geheißen hat. *Aber ich hab' sie überfahren!*‹«

Es herrschte Grabesstille, doch plötzlich schüttelte sich Cat vor Lachen. Tim sah sie an, grinste und fing dann auch zu lachen an. Mir kamen die geschnetzelten Hot dogs und die Bohnen in Tomatensoße hoch. Ich schluckte sie tapfer wieder hinunter, obwohl mir die Magensäure in der Nase brannte. Ich habe einmal gesehen, wie ein Hund sich auf der Straße übergab und danach das scharfe Zeug vom Pflaster ableckte. Das war damals das erste und einzige Mal in meinem Leben, daß ich froh war, keinen Hund zu haben.

Ohne Vorwarnung ging die Terrassentür auf, und mein Dad erschien. Er kam aber nicht heraus, sondern blieb im Licht des Zimmers stehen: seine große, schlanke Silhouette schwankte im Türrahmen. Die Eiswürfel in seinem Glas klingelten fröhlich wie ein Glockenspiel, das sich im Wind bewegte.

»Was ist denn hier draußen los?«

»Nichts, Dad. Es sind nur wir«, erwiderte ich rasch und stieß Cat in die Seite, damit sie sich zusammenriß.

»Wer sind wir?« Er klang nicht gereizt, nur neugierig.

»Ich und Tim und Catherine.«
»Guten Abend, Mr. Jaqua.« Wenn Cat mit den Eltern anderer Leute sprach, redete sie immer mit Akzent, mit einem leichten englischen Akzent.
»Worüber habt ihr denn gelacht? Wie geht der Witz? Ich möchte auch mal wieder lachen.«
»Ach, nichts, Dad.«
»Wie lustig«, erwiderte er mißmutig. Ich hoffte, er würde nicht herauskommen, und das tat er auch nicht. Blieb einfach nur in der Tür stehen und ließ die Nachtfalter ins Haus.
»Mr. Jaqua, ist es Ihnen recht, wenn Nelson heute abend mit zu mir kommt? Mein Vater erwartet uns«, fragte Cat in ihrem kultivierten Tonfall. Ich dachte schon, sie würde hinzufügen: »zum Tee«.
Mein Dad machte eine so ausladende Bewegung mit dem Arm, daß sein Glas überschwappte, und sagte: »Warum nicht? Es ist der Vierte Juli!«, als wäre er dafür zuständig, die Feierlichkeiten zu eröffnen. Dann drehte er sich um, wankte wieder hinein und schloß die Tür. Eine Minute später hörte ich das Knacken der Eiswürfelschale.
Während wir zu Cats Haus gingen, erzählte Tim zu Ende.
»Mr. Shook ist wieder hinuntergegangen, Mrs. Shook hat mir einen Dollar Trinkgeld und noch einen Keks gegeben, und dann hat sie mich zur Tür begleitet. Sie hat gesagt: ›Paß auf dich auf, Nelson.‹ Ich bin die Treppe hinuntergegangen, auf mein Rad gestiegen und zum Laden zurückgefahren.«
»Was ist mit dem anderen Keks?« Cat hielt die ersten beiden immer noch vorsichtig in der Hand.
»Ich hab' ihn gegessen.«
Aus der Ferne drang das dumpfe Krachen der ersten Feuerwerkskörper herüber. Der Mond war eine schmale Sichel, ungefähr so wie die, die nach Tims Beschreibung den Türknopf der Shooks zierte.

»Wir müssen in diesen Keller rein. Wir müssen die Mauer niederreißen, da finden wir die Leiche«, rief Cat aufgeregt. »Ich sehe es schon richtig vor mir: Streifenwagen überall. ›Kommen Sie mit erhobenen Händen raus!‹ Wir werden in Cleveland schon berühmt sein, bevor wir dort sind«, fügte sie hinzu. Sie malte sich wahrscheinlich gerade aus, wie nur uns zu Ehren eine große Versammlung einberufen wurde. Offen gestanden, ich hätte nichts dagegen gehabt, ein bißchen berühmt zu werden, bevor wir in diese riesige Highschool kamen. Unsere Klasse war im Mai bei einem Ausflug dort gewesen, und die Menschenmassen und das Gedränge in den Gängen dort erinnerten mich an das, was ich mal über Manhattan gelesen hatte.

Den Rest der Strecke zu Cats Haus legten wir schweigend zurück. In ihrer Wohngegend waren die Häuser kleiner, die Gärten weniger gepflegt. Ein rostiges Auto, das auf Holzpflökken aufgebockt war, zierte einen Rasen. Auf einem anderen Grundstück stand nur ein winziges ausgebranntes Haus, das mit dünnen Sperrholzplatten vernagelt war. »Fick dich selbst!« war mit oranger Farbe aufgesprüht.

»Mögt ihr Wodka?« fragte Cat, als sie die Eingangstür öffnete. Die Tür war nicht abgesperrt; Cat und ihr Vater sagten, sie hätten nichts, was sich zu stehlen lohne. »Ich habe eine ganze Flasche. Mein Dad ist in Wirklichkeit gar nicht da. Er ist zum Spielen nach Reno gefahren. Laßt uns Popcorn machen, Wodka trinken und Strip-Poker spielen!«

Tim konnte nicht pokern, und ich auch nicht. Cat versuchte es uns beizubringen, und ich lernte es recht schnell, aber Tim kapierte es einfach nicht. Er konnte sich nie merken, was besser war, ein Flush oder eine Straße. Drillinge erkannte er, wenn er sie sah, aber ein Fullhouse brachte ihn völlig durcheinander. Cat schrieb ihm eine kleine Liste, aber auch das half

nichts. Seine große Augenbraue lag ständig in Falten, und er verlor jedes Spiel. Schließlich sagten wir ihm, er solle Socken und Schuhe wieder anziehen, und wir spielten statt dessen Strip-Siebzehn-und-Vier.
Zuerst einigten wir uns auf die Regeln. Wer mehr als einundzwanzig hatte, mußte etwas ausziehen. Wenn keiner darüber lag, mußte der mit der niedrigsten Punktzahl etwas ausziehen. Es zählte alles, was man auf dem Leib trug.
Tim verlor bei den ersten Runden auch weiterhin. Ich erkundigte mich, ob er die Spielregeln wirklich begriffen hatte, und er sagte ja – er habe nur immer ein schlechtes Blatt. Er zog den linken Schuh aus, und Cat und ich taten so, als würde uns schlecht von dem Gestank. Die ersten Runden waren ganz lustig.
Ich trank meinen Wodka mit Orangensaft, weil ich Wodka pur nicht ausstehen konnte. Tim mixte seinen mit irgendeinem Sprudel. Nur Cat trank ihn pur und mit wenig Eis. Sie wollte sicher nur angeben; es war völlig ausgeschlossen, daß sie das Zeug mochte. Es schmeckte wie gekühltes Benzin. Zwischen uns auf dem Boden stand eine große Salatschüssel voller Popcorn. Wir hatten eine ganze Packung Butter dafür verbraucht, und schon nach ein paar Runden waren die Karten ziemlich fettig. Zwei Pudel, ein schwarzer und ein weißer, waren auf der Rückseite der Karten abgebildet. Bestimmt gehörten sie der »Hure«.
Beim dritten Spiel bekam ich einen Buben und eine Fünf, dann eine Neun und büßte meinen rechten Schuh ein. Cat hatte fast immer einundzwanzig, aber ich glaube nicht, daß sie schummelte. Sie gehörte einfach zu den Leuten, die von Natur aus Glück im Spiel haben. Ihr Vater fuhr mit seinen Freunden aus dem Außenbordmotorengeschäft an jedem Heldengedenktag, jedem Vierten Juli und jedem Tag der Arbeit nach Reno, also lag das Spielen in der Familie. Es dau-

erte bis zur fünften Runde, ehe sie einen Schuh ausziehen mußte. Sie trug schwere, etwas zu große Herrenschuhe und dicke, beige Socken, damit die Schuhe paßten.
Es war aufregend. Irgend jemand von uns in diesem Raum würde noch in dieser Nacht nackt sein. Als Cat in die Küche ging, um einen Nachschub an Eiswürfeln für unsere Drinks zu holen, sahen Tim und ich uns an und lachten. Wir sagten nichts, wir saßen nur da, lachten, schüttelten den Kopf und wunderten uns, was wir hier trieben. Tim hatte grüne Augen. Wenn jemand grüne Augen hat, sind sie eigentlich meistens nicht besonders grün. Doch Tim hatte *sehr* grüne Augen, und wenn er lachte, wurde das Grün noch intensiver.
Dann mußte Tim das Hemd ausziehen. Er trug ein Unterhemd darunter, doch von da an wurde die Sache allmählich ernst. Niemand lachte oder redete mehr. Es war so still, daß man fast das Eis in den Gläsern schmelzen hörte. Wenn jemand eine Karte auf den Boden knallte, klang es wie ein Böller.
Als nächstes war mein Hemd an der Reihe, dann hatte Cat eine Pechsträhne und mußte den anderen Schuh und beide Socken ausziehen. Bei der nächsten Runde verlor Tim mit neunzehn Punkten. Das war hart, aber ich hatte nun mal zwanzig und Cat wie üblich einundzwanzig. Tim zog das Unterhemd aus. Er hatte gut gebaute Schultern, breit und kräftig. In Biologie hat Dr. Unger erzählt, daß Schultern erblich sind: Manche haben schöne kantige so wie Tim, andere komisch abfallende so wie ich. Meine Schultern sind so hängend, daß man kaum noch von Schultern sprechen kann. Maude beschwerte sich immer, daß sie runterrutschte, wenn ich sie auf den Schultern trug. Auf Tims Schultern hätten problemlos zwei oder drei Kinder Platz gehabt.
Ich gab das nächste Spiel aus und mir selbst wunderbare einundzwanzig. Tim hatte neunzehn, und Cat lag darüber. Als sie ihren Ohrring abnahm, brach ein Mordsgezeter los.

»Ein Ohrring ist kein Kleidungsstück«, protestierte Tim lautstark in einem »So-nicht!«-Tonfall. Sonst redete er leise und zurückhaltend, nur bei Cat fing er an zu keifen. »Nur Kleidungsstücke, haben wir gesagt!«

»Was man am Leib trägt, haben wir gesagt, Spatzenhirn! Und ich *trage* diesen Ohrring!«

»Das ist unfair! Jungen tragen keinen Schmuck, deshalb kannst du gar nicht verlieren!«

»Du trägst doch auch einen Ring!« schrie Cat zurück. »Ist das etwa kein Schmuck?«

Verblüfft starrte Tim auf seinen Ring. Den hatte er völlig vergessen. Vor Spielbeginn hatte ich sorgfältig alles gezählt, was ich trug, und war auf insgesamt neun gekommen.

»Ein Ring ist kein Schmuck, ein Ring ist ein Ring«, suchte sich Tim zu verteidigen.

»Und ein Ohr-*Ring* dann ja wohl auch, du Schlauberger!«

»Cat hat recht, Tim, der Ohrring zählt«, meldete sich die Stimme der Vernunft. »Wir haben gesagt: alles, was wir tragen, und Cat trägt diesen Ohrring. Wir können nicht mitten im Spiel die Regeln ändern«, gab ich zu bedenken. Schmollend griff Tim nach seinem Glas und leerte es in einem Zug.

Cat mischte schweigend die Karten, und goldene Armreifen klirrten an ihren Handgelenken. Die hatte sie zuvor noch nicht getragen. Sie bestanden aus zehn dünnen Ringen, die von einer Klammer zusammengehalten wurden, aber ich argwöhnte, daß man jeden Ring einzeln abnehmen konnte. Sie trug auch noch anderen Schmuck, den ich noch nie an ihr gesehen hatte: eine Halskette und mehrere Ringe. Diese Sachen mußte sie angelegt haben, als sie die Eiswürfel in der Küche geholt hatte.

»Cat, als wir angefangen haben, hattest du das noch nicht an«, wandte ich vorsichtig ein. Daß sie mitten im Spiel weitere Schmuckstücke anlegte, hätte ich ihr um des lieben Friedens willen durchgehen lassen, aber ich hatte Angst zu verlieren und meinen blassen, schmalbrüstigen Körper entblößen zu müssen.

»Was?« fragte sie unschuldig.

»Die Armreife und die Ringe.«

»Trag' ich schon die ganze Zeit.« Schnell gab sie die Karten.

»Nein, das hast du nicht«, widersprach Tim. »Ich erinnere mich genau, weil ich in Nelsons Garten deine Handgelenke angesehen habe, und du hattest gar nichts dran, nicht mal eine Uhr.«

»Hab' ich dir vielleicht erlaubt, meine Handgelenke anzuschauen?« kreischte sie.

»Alles, was du vorher nicht drangehabt hast, kommt runter, Cat. Die Halskette auch«, forderte ich.

»Meinetwegen! Den verdammten Ohrring hatte ich aber vorhin schon an!« Sie riß sich die Armreifen von den Handgelenken und schleuderte sie von sich. Die Klammer ging entzwei, und die dünnen Ringe rollten in alle Himmelsrichtungen davon.

»Das hat ja keiner bestritten«, erwiderte ich und war beeindruckt, wie souverän ich die Situation gemeistert hatte.

»Doch, Tim bestreitet das! Ich verstehe gar nicht, wieso ihr mir nicht traut«, murmelte sie, während sie die anderen illegalen Schmuckstücke abnahm. »Meine Güte, man könnte ja meinen, ich bin Staatsfeind Nummer eins. Wieso spielt ihr überhaupt noch mit mir, wenn ihr mich für einen Schwerverbrecher haltet?«

»Komm schon, laß uns weiterspielen«, sagte ich und betrachtete meine Herzneun und Kreuzsieben. Cat nahm einen Schluck von ihrem eisgekühlten Benzin und sah sich ihre verdeckte Karte an. Ich war mir ziemlich sicher, daß sie uns eigentlich gar nicht böse war. Sie hatte gewußt, daß sie mit ihren zehn goldenen Armreifen, die auf wundersame Weise plötzlich an ihren Handgelenken aufgetaucht waren, nicht durchkommen würde. Sie hatte einfach nur Angst zu verlieren. In Null Komma nichts befand sie sich womöglich mit zwei halbnackten Jungen splitternackt in einem Schlafzimmer. Das machte ihr Angst. Und mir auch, weil ich wußte, daß Cat, die niemals Angst hatte, eben doch Angst hatte. Wenn ich Angst habe, mache ich unüberlegte Sachen, zum Beispiel noch eine Karte nehmen, wenn ich keine mehr brauche. Ich hatte bereits sechzehn, aber als Cat mich fragte, ob ich noch eine wolle, sagte ich ja, und bekam natürlich eine Bildkarte. Das kostete mich das Unterhemd. Meine hängenden Schultern waren mir noch nie so hängend vorgekommen. Und meine Haut war so blaß, daß man es gar nicht beschreiben kann.

Bei der nächsten Runde bekam ich vierzehn, die ich hielt, weil ich denselben Fehler nicht noch mal machen wollte. Diesmal lag ich aber zu niedrig und mußte wieder etwas ausziehen. Ich nahm meine Hundemarke ab. Letzte Weihnachten haben Maude und ich in unseren Strümpfen Hundemarken gefunden, in die unsere Namen und die Adresse eingestanzt waren, wahrscheinlich hatte Dad sich bei seinen Weihnachtseinkäufen an seine lang zurückliegenden Tage beim Militär erinnert. Ich sah ja ein, daß eine solche Kennmarke bei Maude ganz angebracht war – sie war ein kleines Mädchen, das vielleicht vergaß, wo es wohnte –, aber ich war beleidigt und hatte nicht die geringste Lust, das Ding jemals zu tragen. Um meinem Dad eine Freude zu machen, legte ich es dann doch einmal an, und irgendwie vergaß ich, es wieder abzunehmen. Jetzt, in diesem Augenblick, war ich dankbar dafür. Ich rechnete mit einem entrüsteten Aufschrei, daß eine Hundemarke kein Kleidungsstück sei, aber Cat schwieg, und Tim war zu sehr damit beschäftigt, seine eigenen, ihm noch verbliebenen Kleidungsstücke zu zählen.

Cat verlor zweimal hintereinander. Erst nahm sie ihre Krawatte mit der straßbesetzten amerikanischen Flagge ab. Beim zweiten Mal stand sie unversehens auf, knöpfte ihre Altmännerhose auf und ließ sie zu Boden fallen. Cat trug weder Herrenslips, wie ich vermutet hatte, noch Boxershorts, wie Tim angenommen hatte. Sie hatte einen hauchdünnen cremefarbenen Damenschlüpfer an, der am Beinausschnitt mit Spitzen besetzt war. Er bestand aus einem glänzenden Stoff, Seide oder Satin, und war zweifellos das femininste Kleidungsstück, das ich jemals an Cat gesehen hatte. Sie hatte immer behauptet, die Klamotten, die ihr die »Hure« kaufte, sofort zu vernichten, sobald die »Hure« die Stadt verließ. Aber als ich dieses Höschen sah, kamen mir Zweifel.

Ich war mit Cat beinahe ein Jahr befreundet gewesen, ohne je ihre Beine gesehen zu haben. In der Schule trug sie nie einen Rock, obwohl laut Vorschrift alle Mädchen von Montag bis Donnerstag Röcke oder Kleider tragen mußten; nur freitags durften sie Hosen oder Hosenröcke anziehen. Cat hatte glatte, schlanke Beine wie zwei Baseballschläger, und ihre Kniescheibe saß wie eine kleine Kappe auf dem Knie.

Jetzt konzentrierten wir uns alle drei auf das Spiel; jeder wollte gewinnen. Cat schenkte uns ungefragt nach, und wenn etwas gesagt wurde, dann nur »Du bist dran« oder »Gib mir noch eine«. Mir waren noch drei Kleidungsstücke geblieben: mein Gürtel, die Hose und die Unterhose. Tim hatte noch Hose, Unterhose und – anstelle eines Gürtels – seinen Ring. Es war schwer zu sagen, was Cat noch alles anhatte, aber sie lag auf jeden Fall vorn.

Tim gab mir zwanzig. Cat hatte die Karosieben aufliegen. Sie sah sich ihre umgedrehte Karte an und ließ sich noch eine geben, dann keine mehr. Tim nahm einen Schluck von seinem Drink. Bei ihm lag Pikneun auf. Er betrachtete seine umgedrehte Karte. Ich wußte, daß er am Zählen war, weil seine

Augenbraue so seltsam zuckte. Er nahm keine mehr. Dann deckten wir auf. Cat hatte wie immer einundzwanzig. Tim und ich hatten jeweils zwanzig.
»Ihr müßt beide was ausziehen.«
»Cat, es ist unentschieden. Das zählt nicht«, versuchte ich sie zu überzeugen.
»So sind die Regeln.«
»Wir haben aber nicht ausgemacht, was bei Unentschieden passiert.«
»Wir haben ausgemacht, daß der mit den wenigsten Punkten etwas ausziehen muß. Und das seid ihr beide.«
»Wir können doch nicht beide der mit den wenigsten Punkten sein«, protestierte Tim.
»Wenn wir beide gleich sind, heißt das, daß keiner der Schlechteste ist und keiner was ausziehen muß«, argumentierte ich und versuchte, den Anflug von Hysterie in meiner Stimme zu unterdrücken.
»Nelson, es ist doch nur ein Spiel«, sagte Cat und hatte offenbar vergessen, daß sie vor knapp fünf Minuten in jugendlicher Unbeherrschtheit ihre Armreifen quer durchs Zimmer geschleudert hatte.
»Wieso bestimmst eigentlich immer nur du die Regeln?« fuhr Tim sie an.
»Wer denn sonst? Du vielleicht? Du kannst ja nicht mal zusammenzählen!«
»Leck mich, du Fotze!«
»Hört mal«, griff ich ein, ehe Cat zu einem Faustschlag ausholen konnte, »ein Vorschlag: Bei Gleichstand hebt jeder vom Stapel ab. Tim und ich heben ab, und der mit der niedrigsten Karte muß etwas ausziehen.«
»Macht doch, was ihr wollt. Eure nackten Hintern interessieren mich sowieso nicht«, meinte Cat achselzuckend, als würde sie das Spiel nur langweilen.

»O.k., Tim? Die Farben sind in der Reihenfolge: Pik...«
»Herz. Herz ist am höchsten.« Das war natürlich Cat, die Expertin.
»Pik ist normalerweise am höchsten, aber ich will mich nicht streiten. Sagen wir, jetzt ist ausnahmsweise Herz am höchsten, dann kommt Pik, dann Karo, dann Kreuz. O. k.?«
Tim nickte. Ich hob einen Stapel Karten ab und hatte eine Karosieben. Ich spürte, wie mir der Wodka ein Loch in den Magen brannte.
»Herz ist am höchsten, und was kommt dann?« fragte er, als er die ausgestreckte Hand über den Karten schweben ließ.
»Das haben wir dir gerade gesagt, Blödmann!« schrie Cat. »Herz, Pik, Karo, Kreuz! Nelson hat die Karosieben! Jetzt heb ab!« Dafür, daß sie sich für unsere nackten Hintern angeblich nicht interessierte, schien sie ziemlich gespannt auf den Ausgang des Spiels.
Tim hob ab und hatte die Kreuzsechs. Wütend warf er die Karten hin und zerrte an seinem silbernen Ring, auf dem indianische Muster eingraviert waren und den er im Alter von zwölf Jahren bei einem Ausflug nach Carson City, Nevada, bekommen hatte. Es war eben ein Ring für einen Zwölfjährigen, der vom Finger eines Fünfzehnjährigen nicht mehr abging. Tim zog, zerrte und drehte ihn hin und her. Das Fingergelenk knackte, wurde rot, und die Haut drum herum löste sich bereits ab. Ich befürchtete schon, daß gleich das Blut spritzen würde.
»Er geht nicht ab.«
»Dann zieh eben was anderes aus, Dummkopf.«
»Ich will aber den Ring abnehmen.«
»Dann tu's doch und halt uns nicht beim Spielen auf!« brüllte Cat.
»Er geht nicht ab!«
»Dann zieh was anderes aus!« Mir tat mein eigener Finger schon

weh, wenn ich Tim nur zusah. Er war knallrot im Gesicht und hatte Tränen in den Augen. Ob das vom Schmerz oder von der Verzweiflung kam, konnte ich nicht sagen.
Ich fand das widerlich. Warum ließ Cat ihn nicht in Ruhe? Tim hatte schon genug Probleme, sie mußte es nicht auch noch so weit treiben, daß er in aller Öffentlichkeit in Tränen ausbrach. Er war nicht besonders helle, seine Familie vernachlässigte ihn, er hatte praktisch keine Freunde außer mir und hockte immer nur in seinem Zimmer und sah sich Schmuddelheftchen an; es half ihm nicht einmal, daß er gut aussah, weil er Mädchen gegenüber immer so gehemmt war, daß er kaum ein Wort herausbrachte. Gut, er hatte einen Job, aber das war wahrscheinlich die einzige Arbeit, die er je haben würde. Er würde wohl sein Leben lang im Tante-Emma-Laden stehen, den Mr. Walsh ihm in seinem Testamtent vermachen würde, und schließlich würde Tim sich auch noch um die gelähmte Mrs. Walsh im Hinterzimmer kümmern müssen.
»Cat, halt den Mund! Du siehst doch, daß er sich Mühe gibt!« sagte ich ärgerlich.
»Meine Güte, das ist ja nicht auszuhalten.« Cat stellte bedächtig ihr Glas auf den Boden. »Komm her, Tim.« Sie nahm seine Hand, eine große, dicke Hand mit feinen Härchen auf dem Rücken. Cat tauchte einen ihrer Finger in die geschmolzene Butter am Boden der Popcornschüssel, rieb die Butter um Tims Ring und zog ihn mühelos ab. Tim starrt sie ehrfürchtig an, als hätte sie ihn soeben von der Lepra geheilt. Dann wischte Cat ihre fettigen Finger an einer zusammengerollten Serviette ab, Tim die seinen an seiner Hose, und ich mischte die Karten.
Als Tim beim nächsten Spiel seine Karten aufdeckte und stolz verkündete, er habe einundzwanzig, erwartete ich die nächste Auseinandersetzung. Doch Cat sagte kein Wort. Sie saß

schweigend hinter ihrem Karoas und ihrem Herzbuben und lächelte nur. Sie wußte, diesmal war es an mir, den Buhmann zu spielen. Ich hatte neunzehn!
»Tim, ich muß dir leider sagen, daß du zweiundzwanzig hast.«
»Elf und fünf ist sechzehn, ja? Ein As macht siebzehn, plus fünf ist einundzwanzig«, sagte er im Brustton der Überzeugung.
»Siebzehn und fünf ist zweiundzwanzig, Tim. Cat, sag du's ihm.« Aber sie sagte nichts. Ich griff nach einem Bleistift und dem Notizblock, auf den Cat Tims Spickzettel geschrieben hatte, und sagte Tim, er solle für jeden seiner Punkte einen Strich machen und sie dann zusammenzählen. Selbst nachdem klar war, daß siebzehn und fünf zweiundzwanzig und nicht einundzwanzig ergibt, starrte Tim auf den Zettel und versuchte, ein Schlupfloch zu finden. Er kippte seinen Drink hinunter, wobei sein Adamsapfel auf und ab hüpfte. Wären wir in einem Horrorfilm gewesen, der Adamsapfel wäre aus dem Hals hervorgeschossen und hätte mich angefallen.
Schließlich nickte er und fügte sich in sein Schicksal. Er griff in seine Gesäßtasche, zog seine Geldbörse heraus und warf sie auf den Teppich.
»Nein, nein, nein!« kam es von Cat, von wem sonst? »Eine Brieftasche ist weder ein Kleidungsstück noch trägt man sie am Leib. Du trägst sie in der Hose. Das gilt nicht.«
»Leck mich doch am Arsch, Cat!« Cat zuckte mit den Achseln. Da nahm er etwas Kleingeld aus der Tasche und warf es in Cats Richtung. Sie duckte sich, und die Münzen kullerten durchs ganze Zimmer. »Dann zählt das wohl auch nicht?«
»Genau.«
Als er aufsprang, glaubte ich allen Ernstes, er würde schnurstracks hinausmarschieren und nicht einmal sein Hemd mitnehmen. Aber es kam anders. Er machte den Reißverschluß

seiner Jeans auf, zog sie aus und warf sie auf Cat. Wieder duckte sie sich. Weitere Münzen fielen auf den Holzboden und rollten in alle Richtungen davon. Tim setzte sich und füllte sein Glas nach. Seine Unterhose sah frisch gewaschen aus, die Vorderseite war schneeweiß. Seit wir zu spielen angefangen hatten, mußte ich dauernd an meine eigene Unterhose denken; ich war mir ziemlich sicher, daß ich vor eineinhalb Wochen das letzte Mal gewaschen hatte, obwohl ich nur Unterhosen für eine Woche hatte.

Diese Überlegungen mußten mich vom Spiel abgelenkt haben, denn ich nahm eine dritte Karte, obwohl ich bereits eine Sechs und ein As hatte. Tim und Cat hatten beide eine Bildkarte aufliegen und nahmen keine mehr, also vermutete ich, daß sie einundzwanzig oder knapp darunter hatten. Cat bediente mich: eine Karofünf. Ich nahm noch eine Karte – Pikdrei. Ich hatte vier Karten, die zusammen nur fünfzehn ergaben. Also noch eine: Kreuzzwei. Fünf Karten, und ich war mit siebzehn Punkten noch immer nicht viel weiter. Da nahm ich noch eine, ich Idiot. Wenn man fünf niedrige Karten hintereinander bekommt, ist es ziemlich wahrscheinlich, daß die nächste eine hohe ist. Die Herzdame grinste mich an. Mein Gürtel war an der Reihe.

Ich hatte noch Jeans und Unterhose, aber Tim hatte nur noch seine Unterhose. Was Cat wohl noch anhatte, fragte ich mich? Ihr Höschen, natürlich. Ich vermutete, daß sie einen BH unter ihrem Hemd trug, aber hatte sie sonst noch irgendwelchen Schmuck, den sie als Kleidungsstück geltend machen würde, zum Beispiel einen Edelstein im Nabel? Ich fragte mich, ob auch ein Tampon zählte. Wenn sie einen drin hatte, würde sie ihn herausnehmen? Und was würden Tim und ich dann tun – in Ohnmacht fallen oder uns mit ihr darüber streiten?

Cat verlor die nächsten Runden. Sie zog das Pfadfinderhemd

aus, hatte aber noch ein Männerunterhemd darunter, so ein Ringerhemd ohne Ärmel. Dann war das Unterhemd dran, unter dem ein rüschenbesetzter weißer BH zum Vorschein kam. Cat erinnerte mich an diese russischen Babuschkas, bei denen eine Puppe in der anderen steckt, in dieser wieder eine Puppe, dann noch eine und so weiter. War es möglich, daß sie noch etwas unter ihrem Büstenhalter trug? Einen falschen Busen vielleicht?

Cats dünne, regelmäßige Rippen schimmerten durch ihre blasse Haut. Ich hätte sie gerne angefaßt. Mit einem kleinen Klöppel hätte man darauf wie auf einem Xylophon spielen können. Allmählich machte ich mir Sorgen, ich könnte eine Erektion bekommen.

Cat gab die nächste Runde aus, dann lehnte sie sich gelassen zurück und rührte mit einem Finger das Eis in ihrem Glas um. Ich sah es ihrem zufriedenen Gesichtsausdruck an, daß sie einundzwanzig hatte. Tim zählte gewissenhaft, wobei er seine Finger zu Hilfe nahm. Dann zählte er noch mal. Schließlich erklärte er: »Einundzwanzig!« und deckte seine umgedrehte Karte auf. Diesmal hatte er wirklich einundzwanzig. Ich hatte lumpige neunzehn.

Ganz unverhohlen sahen sie mir zu, wie ich meine Hose auszog, und taten nicht einmal so, als schauten sie weg. Ich öffnete den oberen Knopf, und mit der Langsamkeit einer Striptease-Tänzerin zog ich den Reißverschluß herunter. Ich fing an, meine Hose im Sitzen auszuziehen, aber dabei rutschte meine Unterhose mit herunter. Cat erhaschte einen Blick auf meinen Hintern – ein Vorgeschmack auf kommende Attraktionen. Schließlich stand ich auf und zog die Jeans bis zu den Knöcheln herunter, als sei dies der Höhepunkt meiner Vorstellung. Mit Kennerblick betrachtete Cat, was es zwischen meinen Beinen zu sehen gab. Ich warf selbst einen verstohlenen Blick darauf. Die Vorderseite meines Slips war makellos.

Ich hoffte, daß die Ausbuchtung darin nach etwas, aber nicht nach zuviel, aussah.
Nun gab Tim. Nervös kippte ich den Rest meines Drinks hinunter. Der Orangensaft war ausgegangen, und so trank ich den Wodka mit Eis. Er schmeckte jetzt nicht mehr nach Benzin, sondern nach dem kühlsten, klarsten Wasser, das man sich nur vorstellen kann – wie ein Stück geschmolzener Gletscher.
Tim gab mir eine offene Karozwei, dann eine verdeckte Karozehn. Cat hatte wie üblich eine offene Bildkarte, Tim eine offene Acht. Keiner von ihnen wollte eine weitere Karte, nur ich nahm noch eine.
»Gib mir eine«, sagte ich. Tim warf eine Karte in meine Richtung, die sich aber im Teppich verfing und offen auflag: eine Kreuzsechs.
»Ich nehme sie«, sagte ich schnell und zog sie zu mir.
»Muß er jetzt nicht eine andere Karte nehmen?« fragte Tim ängstlich. Wenn Tim eine verdeckte Bildkarte hatte, was wahrscheinlich war, dann standen wir gleich. Und wir hatten beide nur noch unsere Unterhosen an.
Cat war sich des Ernstes der Lage bewußt. Mit einer für sie untypischen Geduld erwog sie das Dilemma und rührte dabei ununterbrochen mit ihrem Finger im Glas. Hellroter Nagellack glänzte auf ihren Fingernägeln. Trug sie sonst auch Nagellack? Ich konnte mich nicht erinnern. Ein echter Vorzug der Freundschaft mit Cat war, daß es ständig etwas Neues an ihr zu entdecken gab. »Soweit ich mich erinnere, gibt es eine Regel, wonach Nelson es sich aussuchen kann«, sagte sie, nachdem sie eine Weile nachgedacht hatte. »Wenn er die Karte behalten will, darf er das. Er kann sie aber auch zurückgeben und sich eine neue geben lassen. Er hat die Wahl.«
Gab es diese Regel wirklich, oder hatte Cat sie nur erfunden, weil sie sah, wie schreckliche Angst ich hatte zu verlieren?

Mich überlief eine Gänsehaut. Das Glas zitterte in meiner Hand. Daß ich eine Erektion hatte, stand außer Frage. Mir wurde klar, wie sehr ich Cat mochte. Sie gab sich zwar nach außen hin hart, aber in ihrem Innersten war sie sanft und einfühlsam. Daß sie sich so für mich einsetzte, erfüllte mich mit ungekannter Hochachtung und Bewunderung für sie. Da schoß mir plötzlich ein Gedanke durch den Kopf: Cat hatte diese Regel erfunden, weil sie lieber Tim als mich nackt sehen wollte.
»Ich nehme sie«, wiederholte ich.
Ich hatte also achtzehn. Wenn Tim eine verdeckte Bildkarte hatte, dann hatte auch er achtzehn. Wir atmeten beide tief durch und deckten unsere Karten auf. Cat hatte keine einundzwanzig. Sie hatte achtzehn. Und Tim auch.
»Dann steht es unentschieden zwischen uns dreien. Heben wir ab.« Cat griff als erste nach dem Pack Karten und hob ab. Sie hatte ein Herzzehn.
Tim und ich sahen uns an. »Mach du«, sagte er ernst. Ich hob ab: Ein Pikbube. Es war noch nichts entschieden, aber die Chancen standen gut, daß Tim Karo oder Kreuz erwischte. Seine Augenbraue furchte sich. Ich hatte mit zittriger Hand fast den ganzen Stapel abgehoben, und für Tim war nicht mehr viel übrig. Ich vermutete, daß er sich schon überlegte, was er zu seiner Verteidigung vorbringen würde, welche Argumente er anführen würde, um noch mal abheben zu dürfen. Seine große Hand tastete nach dem dünnen Kartenstapel. Dann hob er ab und drehte um: Pikkönig.
Ich hatte also verloren. Und plötzlich hatte ich das Gefühl, daß das gar nicht so schlimm war. Was machte es schon aus, wenn ich meine Unterhose auszog und jeder was zu sehen bekam? Es ist nicht der Körper, der zählt. Auf die inneren Werte, auf den Charakter kommt es an. Ich bin eigentlich ein ganz netter Kerl, sagte ich mir. Ich habe niemanden umge-

bracht. Ich passe auf meine kleine Schwester auf, und sie ist, zumindest bisher, noch von keinem Lastwagen überfahren worden. Ich bin ein guter Schüler. Ich tue immer, was meine Eltern sagen, außer Rasen mähen, das mache ich nur gelegentlich. Ich stehle nicht, ich rauche nicht, und dies war praktisch das erste Mal in meinem Leben, daß ich trank. Ich helfe Tim bei seinen Hausaufgaben, ohne dafür eine Gegenleistung zu erwarten. Ich wünschte Cat nicht zum Teufel, obwohl sie es manchmal verdiente. Wenn ihnen mein Körper nicht gefällt, dachte ich, dann haben wir was gemeinsam: Ich mag ihn nämlich auch nicht. Wenn sie darüber lachen, dann lache ich einfach mit. Außerdem, so sagte ich mir, ist es Tim und Cat egal, wie ich nackt aussehe; sie mögen mich so, wie ich bin. Überhaupt, man darf das alles nicht überbewerten. Irgendwann ist es vorbei, und es gibt Wichtigeres auf der Welt als dumme, kindische Strip-Poker-Spiele.

Ich nahm meine Zahnspange heraus. Ich hatte gar nicht mehr an sie gedacht und die Hände bereits am Gummiband der Unterhose. Ein Stück Schale vom Popcorn-Mais hatte sich jedoch im Spangendraht verklemmt, und ich versuchte, es mit der Zunge herauszubekommen, als mir einfiel, daß man eine Zahnspange *trägt,* und zwar zweifellos am Körper. Das konnte niemand bestreiten. Ich ließ mein Gummiband los, griff in den Mund, nahm das kleine fleischfarbene Plastikteil mit den Drähten daran heraus und legte es behutsam auf mein Unterhemd. Cat und Tim hatte es die Sprache verschlagen, sie starrten mich nur mit großen Augen an.

Ich hatte gewonnen. Ich mußte meinen nackten Körper nicht vor aller Welt entblößen, und darüber freute ich mich so, daß ich ein Kichern unterdrücken mußte. Von jetzt an, das wußte ich, würde ich immer einundzwanzig oder knapp einundzwanzig in der Hand halten, bis jemand anderer verloren hatte. Erleichtert goß ich mir Wodka nach. Ich war schon

drauf und dran, mein Glas zu einem Trinkspruch zu erheben, hielt mich aber gerade noch zurück.
Danach ging alles ziemlich schnell. Erwartungsgemäß hatte ich beim nächsten Spiel einundzwanzig. Cat hatte siebzehn, doch Tim schoß weit übers Ziel hinaus, als wollte er das Unvermeidliche nicht länger aufschieben. Er zierte sich nicht lange. Er stand auf, wandte uns den Rücken zu, zog seine Unterhose herunter und warf sie in eine Ecke. Dann bückte er sich und griff nach der Wodkaflasche, aus der er einen kräftigen Schluck nahm. Schließlich drehte er sich zu uns um.
»Ta-ta!«
Tim hätte man letzten Sommer leicht für achtzehn halten können. Manchmal verkaufte man ihm sogar Bier, was hieß, daß man ihm auch einundzwanzig Jahre abnahm. Nackt schätzte man ihn irgendwo dazwischen. Jedenfalls sah er bestimmt nicht nach fünfzehn aus, egal ob mit oder ohne Kleider. Cat sah genauso alt aus, wie sie war, dreizehn Jahre und elf Monate. Im Kino gehe ich oft noch als Zwölfjähriger durch, muß also nur fünfunddreißig statt fünfzig Cent Eintritt bezahlen.
Tim war ein bißchen rot im Gesicht, aber das konnte auch vom Wodka kommen. Er setzte sich im Schneidersitz auf den Boden und lächelte verlegen. Jetzt, da das Spiel verloren war, schien er fast stolz zu sein, daß er verloren hatte. Zweifellos hatte er keinen Grund, sich zu schämen, und das wußte er auch. Es herrschte ehrfürchtiges Schweigen. Nun war also jemand nackt.
»Also los, Nelson«, sagte Cat. Ich sah sie verständnislos an, denn ich wußte nicht, was sie meinte. Ich begriff nicht einmal, als sie die Hände auf den Rücken nahm, den Haken am BH löste und anfing, ihn auszuziehen. Was machte sie da nur, fragte ich mich. Sie hatte doch gewonnen. Warum zog sie den BH aus? Allmählich dämmerte mir, daß auch Cat und ich uns

entkleiden sollten. Sofort ergriff mich Panik. Warum erst gewinnen, wenn man am Ende doch verlor?
Cat hatte größere Brüste, als ich gedacht hatte. Sie waren an der Unterseite rund, wurden aber nach oben zu den großen rosa Brustwarzen hin spitzer. Wie riesige Regentropfen hingen sie an ihrem knochigen Brustkorb, weiß und weich. Es war eigenartig, Cat als Mädchen zu sehen.
Dann stand sie auf, zog ihren cremefarbenen Schlüpfer mit dem Spitzenbesatz herunter und entblößte auch diesen Teil ihres Körpers. Sie setzte sich und nahm dieselbe Haltung wie Tim ein, wobei sie ebenso stolz und breit grinste wie er. Es war ein nervenzermürbendes Spiel gewesen, und wir waren alle ziemlich mitgenommen, doch als es jetzt in eine römische Orgie überging, waren Cat und Tim völlig entspannt. Sie schienen sich so wohl zu fühlen wie Nudisten an einem Nacktbadestrand.
Beide wandten sich jetzt mir zu. Plötzlich bedauerte ich den genialen Einfall, die Zahnspange herauszunehmen. Wenn ich vorhin schon nackt gewesen wäre, hätte ich mir jetzt keine Gedanken mehr zu machen brauchen.
Ich habe die Arbeiten Michelangelos studiert. Nachdem ich *Agonie und Ekstase* gelesen hatte, habe ich mir Kunstbücher ausgeliehen und seine Statuen einer eingehenden Prüfung unterzogen. Bei den Männern, die er gemeißelt hatte – David und andere –, waren die Geschlechtsteile ungefähr so groß wie bei mir. Natürlich hatten sie Muskeln, waren von großem Wuchs und gutaussehend, was bei mir leider alles nicht der Fall ist. Aber was die Genitalien betrifft, bin ich nach Michelangelo zu urteilen normal proportioniert. Es war mir nie besonders peinlich, wenn die anderen mich im Umkleideraum in der Schule nackt sahen. Ich nehme an, manche hatten einen etwas größeren, andere einen etwas kleineren, aber das hatte mich nie sonderlich beschäftigt.

Deshalb verstehe ich gar nicht, warum ich meine Unterhose nicht ohne Zögern auszog. Je länger ich wartete, desto mehr provozierte ich irgendwelche beleidigenden Bemerkungen. »Was ist los, Nelson, bist du mißgebildet?« hörte ich Cat in meiner Vorstellung schon spotten. Ich trank mir noch einmal kräftig Mut an, und die Tränen traten mir in die Augen, als der Wodka die Kehle hinunter brannte. Er war pur und nicht einmal mehr kalt, da wir alle Eiswürfel aufgebraucht hatten. Cats nackter Körper, der mir so nahe war, erregte mich, und Tims Kölnisch Wasser roch nun, da er die Kleider abgelegt hatte, noch stärker.

Jetzt oder nie! Ich hob den Unterleib ein wenig an und wand mich aus meiner Unterhose. Ich warf sie nicht so lässig weg wie Tim und Cat, sondern legte sie neben mich. Die schamlosen Blicke meiner Freunde wanderten an meinem Körper auf und ab. Mit einem Achselzucken entschuldigte ich mich für alle wie auch immer gearteten Mißbildungen. Dann wandte Tim den Blick von mir zu Cat, um festzustellen, ob er irgend etwas übersehen hatte. Cat blickte vergleichend von mir zu Tim, enthielt sich aber jeden Kommentars. Ich schenkte mir Wodka nach und wünschte, jemand würde das Schweigen brechen.

Da fing Cat an zu lachen. Anfangs dachte ich, sie lache über mich, doch dann erkannte ich, daß sie einfach aus lauter Freude lachte. Cat lachte selten, und das war schade, denn sie hatte ein wunderbares Lachen, das einen ansteckte, selbst wenn man nicht wußte, worüber sie lachte. Tim fiel mit seinem keuchenden, stakkatoartigen Lachen ein, und bald darauf hatte ich mich etwas entspannt und lachte mit. Dann bekam ich Schluckauf, woraufhin alle nur noch mehr lachten.

Tim sagte, er müsse pissen, und stand auf, um ins Badezimmer zu gehen. Cat meinte, sie wollte schon immer einem Jungen beim Pissen zusehen, und so standen wir dann alle drei im Bad – Tim und ich einander gegenüber und pißten in die Klo-

schüssel, während Cat unsere unterschiedlichen Pißarten begutachtete. Tim pißte freihändig. Er stemmte die Hände in die Hüften, stand nur da und ließ es laufen. Ich fragte mich, wo er das gelernt hatte, ob ihm das sein Dad beigebracht hatte, oder ob er es einem Jungen in der Schule abgeguckt hatte. Ich hatte es nur einmal probiert und dann eine halbe Stunde damit zugebracht, das Badezimmer aufzuwischen.
Dann durften wir Cat zusehen, aber da gab es eigentlich nicht viel zu sehen. Es war nur ein leises, damenhaftes Plätschern. Irgendwie fand ich es sexy.
Danach kann ich mich an nicht mehr viel erinnern. Wir gingen in Cats Zimmer zurück, tranken und redeten, und dann erinnere ich mich erst wieder, daß ich erneut in Cats Badezimmer stand, den Kopf über die Kloschüssel hielt und mich übergab. Ich hatte das Gefühl, mir kam alles hoch, was ich in meinem ganzen Leben gegessen hatte, von der Muttermilch angefangen bis zu den geschnetzelten Hot dogs und den Bohnen in Tomatensoße von heute abend. Es war ein angenehmes Gefühl, Cats und Tims Hände auf meinem Rücken zu spüren. Die beiden klopften mir auf die Schultern und redeten mir gut zu, ich solle mich entspannen, es sei alles o. k., es werde alles wieder gut. Ihre leisen, beruhigenden Stimmen lenkten mich von dem ätzenden Säuregestank ab, der mir in Kehle und Nase brannte. Einmal mußte Cat spülen, weil die Kloschüssel schon ziemlich voll war. Dann kotzte ich aber gleich wieder in die frische Schüssel.
Sie halfen mir ins Bett, Tim stützte mich von der einen Seite, Cat von der anderen. Eine von Cats Brüsten streifte mich, die erste weibliche Brust meines Lebens. Jemand deckte meinen immer noch nackten Körper mit einer Decke zu, und ich muß daraufhin sofort eingeschlafen sein. Zum ersten Mal seit Monaten wälzte ich mich nicht stundenlang schlaflos im Bett herum. Ich schloß einfach die Augen und war weg.

Eine Minute später rüttelte Tim mich wach und sagte, es sei Zeit, nach Hause zu gehen.
»Wie spät ist es?«
»Halb vier.« Tim war angezogen. Auch Cat hatte sich angezogen und räumte leise das Zimmer auf. Es war fünf Minuten vor zehn gewesen, als ich meine Armbanduhr beim Strip-Pokerspielen abgenommen hatte. Mir war wohl so gegen elf schlecht geworden, vor viereinhalb Stunden.
»Wie fühlst du dich?«
»O.k.« Und das stimmte auch, abgesehen von dem stählernen Ring, der sich um meinen Kopf spannte.
»Soll ich dir beim Anziehen helfen?« Meine Kleider waren zusammengelegt und am Fußende des Betts ordentlich übereinander gestapelt. Ganz oben thronte meine Zahnspange.
Ich sagte, ich könne mich alleine anziehen. Während Tim sein Kleingeld unter Cats Toilettentisch zusammensuchte, schlüpfte ich in meine Klamotten. Die beiden hatten sicher genausoviel getrunken wie ich, schienen aber nicht betrunken und nicht einmal müde zu sein. Sie wirkten munter und erwachsen. Ich kam mir vor wie ihr Kind.
An der Haustür verabschiedeten wir uns von Cat. Ihr Gesicht näherte sich meinem, und sie küßte mich auf die Wange. Sie roch sauber, als hätte sie gerade ein Bad genommen, obwohl das doch gar nicht sein konnte. Tim gab sie keinen Kuß.
Bis zur Fünfunddreißigsten Avenue gingen Tim und ich nebeneinander her. Ich kann mich nicht erinnern, jemals um halb vier Uhr morgens auf der Straße gewesen zu sein. Es war etwas neblig, die Straßen verlassen. Tim sagte nichts, und ich auch nicht. Ich fürchtete, Tim sei verärgert, weil Cat mich geküßt hatte und ihn nicht, aber er schien kein bißchen ärgerlich zu sein, nur schweigsam. Bei der Abzweigung zu seinem Haus wünschten wir uns eine gute Nacht, korrigierten das in »Guten Morgen«, dann ging Tim seine Straße hinunter. Ich

sah ihm nach, bis er hinter den Bäumen verschwand. Was würde einmal aus Tim werden, fragte ich mich. Ich hatte das Gefühl, daß ich mich für ihn immer ein bißchen verantwortlich fühlen würde.
Erst als Tim aus meinem Blickfeld verschwunden war und ich das leise Geräusch seiner Schritte auf dem Bürgersteig nicht mehr hörte, fiel mir ein, daß ich ihn gar nicht gefragt hatte, was in den viereinhalb Stunden, die ich geschlafen hatte, geschehen war.

* * *

Ich habe *Wilde Triebe* gefunden! Ich stöberte in einem der Antiquariate in der Stadt herum, und da stand es, gleich neben *Wintermärchen*. Ich war ganz aufgeregt, daß ich den nicht mehr aufgelegten Roman meines Englischlehrers gefunden hatte, und griff sofort danach. Dann bemerkte ich jedoch, daß der Autor George Mitchell und nicht George Crisp hieß. Ich dachte, es müsse zwei Bücher mit demselben Titel geben, und wollte das Taschenbuch schon ins Regal zurückstellen, als ich auf der Rückseite ein Foto des Autors erblickte. Es handelte sich zweifellos um Mr. Crisp, wenn er auch damals viel jünger war und noch mehr Haare gehabt hatte. George Mitchell mußte sein Pseudonym, sein Künstlername sein. Wenn ich mir einmal ein Pseudonym zulegte, mußte es ein bißchen aufregender klingen. Das Buch war von fünfzig auf fünfundzwanzig Cent herabgesetzt. Auf der Titelseite verkündete eine Rezension, der Roman sei »sinnlich, lebensfroh... unvergeßliche Personen!«, und darauf war die Darstellung einer Frau in einem roten Kleid, das ihr halb vom Leib gerissen war. Ein Mann mit ebenfalls heruntergerissenen Kleidern hielt sie fest und küßte sie auf den Hals. Ich kaufte das Buch zusammen mit *Der Prinz und der Bettler*, damit der Verkäufer nicht glaubte, ich sei nur an sinnlicher, lebensfroher Literatur interessiert.

Die Geschichte handelte von einem Mädchen namens LuAnne, deren Mutter starb, als sie noch klein war. Der Vater trank ununterbrochen, schlug das Mädchen mit einer Rute und versuchte, nachts zu ihr ins Bett zu steigen. Mit sechzehn Jahren rannte sie von zu Hause fort und wurde Prostituierte, weil sie keine anständige Stellung finden konnte. Ein Mann namens Paul, der ganz und gar nicht wie der Kerl auf der Titelseite aussah, verliebte sich nach dem ersten Besuch in sie. Er hielt um ihre Hand an, doch LuAnne verdiente gutes Geld im Bordell und wollte weiterhin dort arbeiten, obwohl sie Paul sehr gern hatte. Paul wiederum war eifersüchtig auf all die anderen Männer, die zu LuAnne kamen, und bezahlte ihr deshalb viel Geld, damit sie nur mit ihm schlief. Das kostete ihn eine schöne Stange, und schon bald war er pleite. Aber LuAnne wurde auch nicht reich dabei, weil die Bordellwirtin das meiste Geld kassierte und ihr nur einen kleinen Teil davon ließ. Schließlich beschloß LuAnne, ihr Hurendasein zu beenden und in die Heirat mit Paul einzuwilligen. Da mußte Paul ihr gestehen, daß er sie belogen hatte; er hatte bereits eine Frau und zwei Kinder zu Hause. Doch er sagte, daß er sie aufrichtig liebe, sie solle seine Mätresse werden und nur noch mit ihm schlafen. LuAnne schlug das Angebot aus, und am Ende der Geschichte ging sie enttäuscht und mit gebrochenem Herzen die Straße hinunter und wollte die Stadt verlassen. Ich hatte den Eindruck, es müsse noch mehr Fortsetzungsromane mit LuAnnes weiteren Abenteuern geben, aber der Laden führte keine anderen Veröffentlichungen von Mr. Crisp.

Das Buch war ganz schön erotisch. Paul und LuAnne gingen ständig miteinander ins Bett, was sehr detailliert beschrieben wird, soweit ich das beurteilen konnte. Einmal hieß es, er »nahm sie von hinten«, was mir nicht so ganz klar war, aber ansonsten wirkte es sehr überzeugend. Ich konnte mir kaum vorstellen, daß Mr. Crisp das geschrieben haben soll, da er überhaupt nicht den Eindruck erweckte, als befasse er sich mit solchen Dingen. Aber vielleicht war er ja anders, als er jung war und noch mehr Haare hatte. Ich wollte ihm sagen, daß ich seinen Roman gelesen hatte und sehr angetan davon war, überlegte mir aber, ihm das lieber unter vier Augen zu sagen. Gestern bat er mich, nach der Stunde zu ihm zu kommen, und er wartete ab, bis meine Mitschüler gegangen waren, ehe er sprach.

»Na, Nelson, kommst du mit dem Schreiben voran?« fragte er und packte dabei seine Aktentasche zusammen.

»Es geht ganz gut.«

»Fällt es dir immer noch schwer, beim Thema zu bleiben?«

»Nein. Was Sie gesagt haben, hat mir wirklich sehr geholfen, Mr. Crisp. Besonders, daß man der Geschichte nicht im Weg stehen soll, damit sie sich wie ein Teppichläufer entrollt. Ich komme jetzt recht gut voran.« Das war gelogen, weil ich seit drei Wochen keine Zeile mehr geschrieben hatte. Aber wenn ich schreibe, geht es mir tatsächlich etwas leichter von der Hand.

»Also, wenn du einmal willst, daß ich es lesen soll, dann würde ich mich darüber freuen. Ich würde es natürlich niemandem zeigen und mit keinem darüber reden. Es würde selbstverständlich unter uns bleiben. Unter Schriftstellern.«

Er lächelte. Er hatte ein nettes Lächeln, kleine, gleichmäßige Zähne. Ich fragte mich, ob LuAnne diesen Mund geküßt hatte und ob er es ihr damit »unten gemacht« hatte, wenn es das ist, was ich glaube.

»Danke, Mr. Crisp, das ist wirklich sehr nett von Ihnen. Ich sage Ihnen Bescheid, wenn ich möchte, daß Sie etwas davon lesen. Ach übrigens, ich habe Ihr Buch gelesen!«

Hätte ich eine Pistole herausgezogen und ihn in den Fuß geschossen, seine Überraschung wäre nicht größer gewesen.

Er lief knallrot an, und seine Schädeldecke leuchtete wie ein Feuermelder.
»Was... was für ein Buch?« stammelte er.
»*Wilde Triebe*. Es ist klasse!« erwiderte ich begeistert.
Er stürzte zur Tür und zog sie zu. Dann kam er zu mir zurück und sagte mit gedämpfter Stimme und drohendem Tonfall: »Wie kommst du darauf, daß ich irgendwas damit zu tun haben könnte?« Der freundliche Mr. Crisp hatte sich in einen völlig fremden verwandelt. Ich befürchtete schon, er würde mich zum Direktor schicken, weil ich schmuddelige Bücher las, obwohl er sie selbst geschrieben hatte.
»Erinnern Sie sich nicht, daß Sie mir von Ihren beiden Büchern erzählt haben, und eines davon sei *Wilde Triebe*, es werde aber nicht mehr verlegt? Nun, ich hab's gefunden und gelesen, und es hat mir sehr gefallen!«
Er wurde zuerst blaß, dann nahm sein Gesicht eine ungesunde graugrüne Farbe an. Mit einer Hand hielt er sich am Pult fest und sah aus, als sei ihm speiübel. Ich sah mich nach einem Abfalleimer um.
»Was hast du mit dem Buch gemacht?« Seine resignierte Stimme klang wie die eines Mörders, der von Perry Mason soeben im Gerichtssaal überführt worden war.
»Ich hab' es noch.«
»Hast du es dabei?« Er riß die Augen vor Entsetzen auf.
»Nein, nein, zu Hause.« Ich widerstand der Versuchung, ihm beruhigend auf die Schulter zu klopfen. Er ist nicht besonders groß. Ein Lehrer sieht immer groß aus, wenn er vor der Klasse steht, aber jetzt, da ich mit ihm von Schriftsteller zu Schriftsteller redete, erkannte ich, daß er nicht sehr viel hermachte. Seine Schuhe sind kaum größer als meine.
»Wem hast du noch davon erzählt?«
»Keinem.«

»Du hast es keinem von deinen Klassenkameraden erzählt? Auch keinem das Buch gezeigt?«
»Nein, Mr. Crisp.«
»Und deinen Eltern?«
»Natürlich nicht.«
Das machte ihm offenbar ein wenig Mut, er konnte jetzt stehen, ohne sich festhalten zu müssen. Dann kam er näher zu mir heran. Sein Atem roch nach Zigaretten. Wahrscheinlich rauchte er immer im Lehrerzimmer. (Paul rauchte auch.)
»Nelson, versprich mir, daß du das Buch nie in die Schule mitbringst und es nie einem deiner Freunde zeigst und mit keinem darüber redest. Versprichst du mir das?« Es kam mir eine Antwort in den Sinn so wie »Klar, Georgie, solang' du mir immer Einsen gibst...«, aber da ich noch unerfahren in Erpressungen war, sagte ich einfach nur »ja«.
»Ich verlasse mich darauf«, meinte er, wandte sich wieder zum Pult und fuhr damit fort, Hefte und Papiere in seine Tasche einzuräumen.
»Mr. Crisp, erinnern Sie sich noch, als Sie sagten, ich solle über etwas schreiben, worüber ich Bescheid weiß, anstatt an meiner Freiheitskämpfer-Geschichte weiterzuarbeiten? Na ja, ich habe mich gefragt, ob Sie das in *Wilde Triebe* auch alles selbst erlebt haben oder so jemand kennen. Es wirkt so realistisch.«
»Nein, Nelson. Ich habe mir die ganze Geschichte nur aus den Fingern gesogen. Es war das erste, was ich geschrieben habe, und ich habe sehr viel übernommen. Es steckt überhaupt nichts von mir selber drin, und das ist eine der Schwächen des Romans. Das war sozusagen *mein* Freiheitskämpfer-Roman.«
»Ja, aber Sie haben ihn zu Ende gebracht, und er ist veröffentlicht worden.«
»Nur als Taschenbuch«, fügte er mit einem etwas bitteren Unterton hinzu. »Aber um auf deine Frage zurückzukommen: Nein, die Geschichte beruht nicht auf eigener Erfahrung. Das

eine oder andere habe ich wohl tatsächlich erlebt, aber das meiste ist erfunden.« (Zum Beispiel »von hinten nehmen?« Ich traute mich nicht zu fragen.)

»Ich finde es jedenfalls gut, und ich würde auch gern Ihr anderes Buch lesen. Vielleicht kann ich's ja irgendwo auftreiben.«

»Gut, Nelson, du kannst jetzt gehen.« Aus irgendeinem Grund schien er dieses Thema so rasch wie möglich beenden zu wollen. Geräuschvoll ließ er seine Aktentasche zuschnappen. Auf seinem Pult sah ich ein eingerahmtes Foto von seiner hübschen Frau. Plötzlich fiel mir ein, daß sie, wenn ihr Vorname Sugar wäre, Sugar Crisp heißen würde, was eigentlich was zum Essen ist. Das fand ich so komisch, daß ich lauthals lachen mußte. Mr. Crisp sah mich fragend an. Ich schämte mich, daß ich so dummes Zeug dachte, nachdem er sich doch die Zeit genommen und mich nach meinen schriftstellerischen Fortschritten gefragt hatte. Schnell drehte ich mich um und ging zur Tür.

»Denk an dein Versprechen«, ermahnte er mich.

»Oh, natürlich, Mr. Crisp.« Ich drehte den Türgriff und öffnete die Tür, da fiel mir ein, daß ich Mr. Crisp noch um einen Gefallen bitten wollte.

»Ach, Mr. Crisp, was ich Sie noch fragen wollte...« Ich schloß die Tür wieder und ging zu ihm zurück... »Ich bringe Ihr Buch bestimmt nicht in die Schule mit oder so, aber wäre es möglich, daß ich irgendwann, vielleicht an einem Wochenende, mit dem Buch zu Ihnen nach Hause kommen kann, damit Sie es mir signieren? Natürlich nur, wenn es Ihnen nicht zu viele Umstände macht.«

»Nelson, ich habe dieses Buch wirklich nicht für Jugendliche geschrieben.«

»Ich weiß. Deshalb gefällt es mir auch«, sagte ich freimütig. »Ich will nichts über Jugendliche lesen. Ich weiß selber, wie es ist, ein Jugendlicher zu sein. Ich möchte etwas über Leute lesen, von denen ich nichts weiß. Es macht mir nichts aus, daß LuAnne eine Prostituierte war. Schließlich kann sie nichts dafür. Ihr Vater hat sie schlecht behandelt, deshalb mußte sie weglaufen. Im Grunde ihres Herzens war sie ein guter Mensch, und am Schluß habe ich gehofft, sie würde jemanden finden, der sie nicht belügt und schlecht behandelt, damit sie glücklich wird. Ich sehe nicht ein, warum ich *Tom Swift* oder was anderes lesen soll, was sowieso nie wirklich passiert, wenn es alle möglichen Bücher über wirkliche Menschen und wirkliche Dinge gibt, die viel wichtiger sind. *Wilde Triebe* sollte in der Schulbibliothek stehen. Es sollten alle stolz darauf sein, daß dieses und auch das andere Buch von Ihnen geschrieben worden sind. Ich finde es hervorragend.«

Mr. Crisp starrte mich erstaunt an. »Es hat dir wirklich gefallen, stimmt's, Nelson?«

»Allerdings! Es war besser als *Lolita!*«

Er lachte. Das war wieder der nette Mr. Crisp. Jetzt verstand ich, warum LuAnne sich in ihn verliebt hatte. Er meinte, er freue sich, das Buch für mich signieren zu dürfen. Dann sagte ich »bis morgen«, und er sagte »bis morgen«, und wir vergaßen beide, daß morgen Samstag war und wir uns erst wieder am Montag sehen würden.

Vielleicht lasse ich Mr. Crisp das hier wirklich mal lesen, obwohl ich mir fest vorgenommen hatte, es niemandem zu zeigen, solange nicht jede Person, die darin vorkommt, seit mindestens fünfzig Jahren tot und begraben ist. Aber ich habe versprochen, sein Buch geheimzuhalten, und er hat mir versprochen, meines geheimzuhalten. Es hat mir imponiert, als er sagte: »Es würde selbstverständlich unter uns bleiben. Unter Schriftstellern.« Ich weiß nicht, ob ich je den Nerv haben werde, es ihm zu zeigen, aber wenn ich's tue, dann, glaube ich, kann ich mich auf ihn verlassen.

Kapitel vier

Es dauerte eine ganze Woche, bis ich Cat wiedersah. Das war der längste Zeitraum, den ich ohne sie verbracht hatte, seit wir miteinander befreundet waren, und sie fehlte mir. Ich wußte, warum ich nicht loszog, um sie zu suchen – ich schämte mich, weil ich mich übergeben hatte und sie sich um mich hatten kümmern müssen wie um ein kleines Kind. Was ich aber nicht verstand, war, warum Cat nicht unterwegs war und nach mir Ausschau hielt.

Auch Tim ließ sich in den Tagen, die dem Strip-Poker folgten, nicht blicken. Also ging ich Montag vormittag ziemlich früh in den Tante-Emma-Laden, um ihn zu treffen. Natürlich mit Maude im Schlepptau. Mr. Walsh war hinten bei seiner gelähmten Frau, und so legte ich fünf Cent neben die Registrierkasse, bevor ich zwei Brausestangen für Maude herausnahm, Traube und Limone.

»Ich hab' jetzt noch einen Tag mehr«, erzählte mir Tim, während er gewissenhaft die Fleischtheke wienerte. Er legte sich dabei richtig ins Zeug.

»Noch einen Tag?«

»Samstag.« Ein fetter grauer Lachs starrte mir aus der Theke entgegen. Er hatte eine Kirsche im Maul. Das erinnerte mich an die gefüllten Oliven, die meine Eltern in ihre Drinks taten, und mir drehte sich der Magen um. »Jetzt arbeite ich jeden Tag außer dienstags und donnerstags.«

»Das ist aber 'ne Menge Arbeit«, gab ich zu bedenken. Tim zuckte nur die Achseln, er nahm seinen mörderischen Terminkalender gelassen hin. »Zu schade, daß du nicht dienstags arbeitest, dann könntest du wöchentlich die Shooks beliefern und wirklich ein Auge auf sie haben.« Die Glocke an der Eingangstür bimmelte, und eine Kundin kam herein, eine Frau in einem Kleid mit gelbem Blumenmuster; ihren Hut zierte eine riesige Schleife. Sie sah aus, als ob sie geradewegs von der Osterparade käme.

»Gestern abend ist mir wieder unser Kartenspiel eingefallen«, meinte ich mit einem nervösen Lachen. »Haben wir wirklich vor Cat gepißt?«

»Hör schon auf, Nelson, wir sind hier in einem Laden. Die Kunden könnten dich hören.« Tim wischte sich sorgfältig die Hände an seinem Polierlappen ab und ging nach vorne, um sich an der Ladentheke aufzupflanzen. Ich sah nach Maude. Sie lutschte an einer ihrer Brausestangen und betrachtete die Tütchen mit Haarklammern und Spangen aus Plastik. Ich folgte Tim zur Theke.

»Seit wann kassierst du auch?«

»Ich habe die Kundschaft zu bedienen, wenn Mr. Walsh hinten ist.«

»An der Ladenkasse?« Das war der Junge, der nicht zählen konnte, ohne seine Finger zu Hilfe zu nehmen.

Die Frau in dem geblümten Kleid legte ihre Einkäufe auf die Theke: eine große Flasche Geschirrspülmittel, ein Päckchen Mortadella, einen Tiegel Vaseline und eine Dose Katzenfutter. Auf dem Spülmittel stand kein Preis, und so schickte Tim mich in Gang vier, um nachzusehen. Maude trippelte hinter mir her und nervte mich, daß ich ihr ein paar von den bunten Haarklammern kaufen sollte, mit Tieren vom Bauernhof drauf. Ich ignorierte sie.

Tim tippte die Preise der Waren in die Kasse ein. Er war glatt rasiert, und sein Haar war vermutlich zum ersten Mal in seinem Leben gekämmt. Während er die Zahlen eingab, blickte er die Tasten auf der Kasse etwas mißtrauisch an. Tim hatte eine Brille, eine mit schwarzem Horngestell, aber er trug sie nicht oft. Dabei sah er damit sogar noch besser aus.

Er nahm das Geld der Kundin, gab raus, packte ihre Einkäufe ein und plauderte sogar ein wenig über das Wetter. Sie fragte ihn, ob von ihrem gewohnten Katzenfutter nicht größere Mengen besorgt werden könnten, weil ihre Katze heikel sei. Er versicherte ihr, »kein Problem«, und schrieb die Marke auf einen kleinen Block. »Tschüs, Tim«, sagte sie, als sie ging, und warf ihm ein Lächeln zu. Sie war nicht mehr jung, hatte aber große Brüste, die ihr helles Kleid ausbeulten und spannten, als würde sie Dinosaurierbabys ausbrüten.

»Woher weiß sie, wie du heißt?«

»Sie kann lesen«, antwortete er und sah an sich hinunter auf seine Schürze, wo blaugestickt sein Name stand. Ich erinnerte mich, daß er auch eine in Rot hatte. Ich fragte mich, in wie vielen verschiedenen Farben er wohl eine hatte.

»Was denkst du wohl, wofür die Vaseline war?« fragte ich und hob anzüglich die Augenbrauen. Tims Blick warnte mich, daß er mich aus dem Laden werfen würde, wenn ich weiterhin schmutzige Reden führte. Zweifellos nahm er seine Verantwortung ernst. Er benahm sich wie der Kommandant eines alliierten U-Boots. Ich folgte ihm zurück zur Fleischtheke, wo er sie weiter wienerte, obwohl sie schon so blank aussah, wie sie nur sein konnte. Maude quengelte weiter wegen der Haarklammern, bis ich nachgab. Dann kam Mr. Walsh von hinten und sagte Tim, er solle eine Pause machen. Wir gingen nach draußen, und er zündete sich eine Zigarette an.

»Was hast du am Vierten gemacht?« erkundigte ich mich, während ich beobachtete, wie Maude ihre Traubenbrause an Ameisen verfütterte.

»Wir sind zum Vergnügungspark am Jantzen Beach gefahren«, antwortete Tim und stöhnte. »Die ganze Familie. Lieber Himmel, du kannst dir ja vorstellen, wie es war.« Konnte ich. Vor meinen Augen stand der Kombiwagen der Wooleys mit lauter herumkrabbelnden Kindern darin, wie ein Ameisenhaufen auf Rädern. »Die meiste Zeit habe ich damit verbracht, jemanden zu suchen. Jimmy ging verloren, und ich habe ihn bei den kleinen Motorbooten gefunden, dann ging Pam verloren, und ich habe sie an der Zuckerwattemaschine gefunden, dann ging Terry verloren, und ich habe ihn beim Autoscooter gefunden. Ich kam kaum dazu, selbst mal was zu fahren.« Trotzdem klang es immer noch besser als mein Feiertag. Ich hatte einen 600 Seiten dicken Roman über die Puritaner fertiggelesen und dann einen weiteren Wälzer angefangen, die Lebensgeschichte von Andrew Jacksons Frau. Meine Eltern haben sich was vom Chinesen kommen lassen, während Maude und ich Brote mit Erdnußbutter und Marmelade aßen. Ich bin dann allein zum Feuerwerk gegangen, und als ich nach Hause kam, hab' ich versucht, die guten Stellen in *Lolita* zu finden.

»Bist du auch mit der Achterbahn gefahren?« Es war eine große, schmutzigweiße Achterbahn, die aussah, als würde sie jeden Moment zusammenkrachen. Vor ein paar Jahren war ein Junge von der High-School darauf zu Tode gekommen, was sie nur noch bedrohlicher machte. Ich war mit Maude schon etliche Male in diesem Sommer am Jantzen Beach gewesen, aber ich hatte keine gefährlichen Fahrten machen können, weil sie noch zu klein war.

»Ja, öfter. Du hättest die Schlange sehen sollen. Man mußte fast eine halbe Stunde lang anstehen. Aber dann haben wir den ersten Wagen gekriegt.«

»Das ist der, wo der Junge drin ums Leben gekommen ist.«

»Ja schon, aber nur, weil er aufgestanden ist und sich aufgespielt hat, der Blödmann. Wenn man sich an die Regeln hält, kann nichts passieren. Cat wollte freihändig fahren, aber ich habe sie nicht gelassen.«

Eine Weile sagte ich nichts, weil ich Mühe hatte zu atmen. Meine Lungen wollten weder Luft einsaugen noch ausstoßen.

Ich versuchte mich zu erinnern, wie lange ein menschliches Gehirn ohne Sauerstoff überleben konnte, bevor es ernstlich geschädigt wurde, und die ungefähre Zahl von sechs Minuten kam mir in den Sinn. Auch meine Ohren waren zugefallen, so daß die Geräusche sehr weit weg schienen. Das vorbeifahrende Auto hätte auch auf der anderen Seite vom Mond fahren können. Außerdem hatte mitten in meinem Kopf plötzlich ein durchdringendes Summen eingesetzt, wie von einem eingesperrten Insekt. Ich hoffte, daß es kein Ohrwurm war, weil ich gerade erst in einem Fernsehfilm gesehen hatte, wie ein Mann ermordet wurde, indem man ihm einen Ohrwurm ins Ohr setzte. Er fraß sich durch sein Gehirn und schlängelte sich auf der anderen Seite wieder heraus.

»Darf Maude die Ameisen essen?« fragte Tim so gelassen, als ob es auf diese Frage zwei Antworten gäbe.

»Maude, komm her!« Sie trabte herüber, das Gesicht vom Brausepulver rot verschmiert. Ich öffnete ihr den Mund und guckte hinein. Er schien ameisenfrei. Dann zog ich ein Taschentuch heraus, das ich für kleine Notfälle wie diesen immer parat hatte, machte es mit Spucke naß und fing an, ihr Gesicht zu säubern. Alljährlich zu Weihnachten bekomme ich von meiner Großmutter, der Mutter meiner Mutter, drei zueinander passende Leinentaschentücher mit Monogramm geschenkt. Offensichtlich glaubt sie, daß ich in einem dreiteiligen Anzug, in der Brusttasche ein Taschentuch mit Initialen, durch das Viertel spaziere. Meiner Ansicht nach taugten sie lediglich dazu, Brauseflecken vom Gesicht meiner kleinen Schwester zu wischen.

»Iß keine Ameisen.«

»Es gibt schokoladenüberzogene Ameisen im Geschäft.« Ich habe einmal den Fehler gemacht, sie darauf hinzuweisen.

»Das sind besondere Ameisen, die in keimfreier Umgebung gezüchtet werden«, erfand ich aus dem Stegreif. Tatsächlich war es durchaus möglich, daß Ameisen besser für sie waren als Brausestangen (Eiweiß), aber ich war mir nicht sicher. Dann wollte Maude alle sechs Haarklammern mit den Bauernhofmotiven gleichzeitig in ihrem Haar tragen. Ich riet ihr von dieser protzigen Zurschaustellung ab und befestigte ein blaßrosa Schwein an ihrem Kopf.

»Ich muß jetzt wieder an die Arbeit«, sagte Tim, warf die Zigarette in den Kies und zertrat sie mit seinem Slipper.

»Dann war also Cat mit dir und deiner Familie zusammen am Jantzen Beach?« Ich gab mir Mühe, beiläufig zu klingen, aber meine Stimme zitterte wie die eines alten Mannes.

»Ja schon. Ihr Dad war nicht in der Stadt. Sie wäre ganz allein gewesen, also hab' ich sie einfach gefragt.«

»Das war nett von dir. Ich begreife nicht, wie ihr Dad sie einfach so allein lassen kann«, erwiderte ich, obwohl ich entzückt gewesen wäre, wenn meine Eltern mal ein Wochenende verreist wären und ich tun und lassen hätte können, was ich wollte.

»Cat ist gar nicht so übel, wenn sie sich nicht gerade als Miststück aufführt.« Tim zog ein zerdrücktes Päckchen Butterpastillen heraus, steckte sich eine in den Mund und bot mir auch eine an.

»Das habe ich dir ja schon immer gesagt, aber du hast mir nicht glauben wollen.«

»Ja schon, nun ...«, brummelte Tim, ohne den Satz zu beenden oder zuzugeben, sich geirrt zu haben. Er wechselte das Thema.

»Mr. Walsh hat mir eine Gehaltserhöhung gegeben.«

»Großartig«, meinte ich, wobei ich mich fragte, ob er wohl Cats Achterbahnfahrten mitbezahlt hatte.

»Dann bis bald, Nelson.«

»Bis bald.« Ich sah ihm nach, wie er in den Laden zurückging. Die Schürze stand ihm gut. Es mußte wohl an seiner Größe liegen.

Maude und ich waren auf dem Weg zum Berkeley Park, das erstemal in einer Woche, in der wir von einem Park zum anderen ziehen würden. Ich ging schnell, zu schnell für Maude. Aber ich mußte nachdenken, und es ist schwer, nachzudenken und gleichzeitig im Tempo einer Vierjährigen zu gehen, besonders einer Vierjährigen, die jeden Grashalm interessant findet. »Nelson, geh nicht so schnell!« beklagte sie sich. Ich ließ ihre Hand los und ging weiter.

Warum hatte Tim Cat in den Vergnügungspark eingeladen und nicht mich? Diese Frage ging mir einfach nicht aus dem Kopf. Es stimmte zwar, daß ihr Dad nicht in der Stadt war, aber bisher hatte sich Tim nicht gerade als Wohltäter erwiesen, besonders nicht Cat gegenüber. Er hielt sie für ein herrschsüchtiges Miststück. Sie hielt ihn für dumm und eklig. Wenn man nur daran dachte, wie er sich damals am Sack gekratzt hatte. Oder an den Strip-Poker, als er sie eine »Fotze« nannte und sie ihn »Spatzenhirn« und »Blödmann«. Es war fast unvorstellbar, daß sie gemeinsam in *einem* Wagen eine Fahrt auf der Achterbahn überlebt hatten. Und er hatte gesagt, daß sie mehr als einmal gefahren waren.

Vielleicht war Tim einfach nach Gesellschaft zumute gewesen. Er wußte, wenn er mich fragte, hätte ich Maude mitschleppen müssen. Und das letzte, was er, mit all seinen Brüdern und Schwestern, brauchen konnte, war noch ein Kind. Cat war vielleicht ein Miststück, aber sie war ein alleinstehendes Miststück. Und trotzdem hätte er mich einladen können. Schließlich half ich ihm bei seinen Aufgaben und lieh ihm Geld, wenn er welches brauchte. Ich fand, daß ich diese Geste der Höflichkeit verdient hatte.

»Nelson, halt!« Maude weinte und rief nach mir. Ich drehte mich um. Sie stand auf der anderen Seite der Henderson Street und umklammerte ihre Brausestangen. Das rosa Schwein war eine Haarlocke entlanggerutscht und baumelte

neben ihrer Backe. Die Sandale war wie immer aufgegangen. Sie sah so kläglich aus wie ein Kind auf einem Werbeplakat.
»O.k., Maude. Ich warte auf dich.«
»Du mußt mir die Hand geben«, schniefte sie.
»Komm schon. Es ist alles in Ordnung. Du kannst die Straße allein überqueren. Du bist doch ein großes Mädchen. Geh einfach weiter.« Sie rührte sich nicht. Es schien, als wäre Maude schon seit zehn Jahren vier Jahre alt. »Komm schon! Beeil dich!« Sie bewegte sich immer noch keinen Millimeter vorwärts. »Jetzt!« rief ich.
Sie machte einen Schritt vom Randstein runter und lief auf die Straße. Plötzlich kam ein Auto aus dem Nichts und raste mit mehr als 60 Sachen die Henderson entlang. Maude sah den Wagen und erstarrte. Sollte sie zurückgehen, sollte sie vorwärtsgehen? Sie wußte es nicht, also tat sie gar nichts. Sie war zu weit von mir entfernt, als daß ich sie hätte retten können, und außerdem konnte ich mich auch nicht von der Stelle rühren. Meine Füße waren wie am Gehsteig angewachsen. Es war nicht einmal mehr Zeit für einen Warnschrei. Ich konnte nichts tun als dastehen und zusehen, wie ein türkisfarbener Chevrolet Bel Air meine kleine Schwester niedermähte.
Mit kreischenden Bremsen kam das Auto zehn Zentimeter vor Maude zum Stehen. Es gab das Geräusch von splitterndem Glas, dann herrschte Stille. Eine leichte Brise hob den Saum von Maudes Kleid, und er berührte die Stoßstange des Wagens. So nah war sie dem Tod gewesen.
Maude hüpfte auf den Randstein und rannte auf mich zu. Die Frau in dem Bel Air hatte sich vorgebeugt und umklammerte krampfhaft das Lenkrad. Ich fragte mich, ob sie sich vielleicht den Kopf gestoßen hatte und ich ihr mit einem der Taschentücher meiner Großmutter das Gesicht abwischen sollte. Da wandte sie den Kopf, blickte die Straße entlang und sah mich. »Wenn Blicke töten könnten!« schoß es durch meinen litera-

risch gebildeten Verstand. Sie durchschaute mich auf der Stelle: der verabscheuungswürdige Bruder, der so sehr in seine eigenen Probleme vertieft war, daß er keine drei Meter weit gehen konnte, um seinem kleinen Schwesterchen über die Straße zu helfen. Die Frau starrte mich an, versuchte, mich durch Blicke zu zwingen, zurückzukommen und mich vor ihren Bel Air zu stellen, damit sie das Gaspedal bis zum Anschlag durchtreten, mich überfahren und mit dem Rückwärtsgang noch einmal über mich drüberrollen konnte. Und das Ganze mehrmals, um sicherzugehen.

Ich schnappte Maudes Hand und rannte los. Wie gerne wäre ich so schnell gewesen wie Cat, als wir die Straße entlangrasten. Meine Lungen fingen beinahe sofort an weh zu tun und sich zu verkrampfen. An der Ecke liefen wir quer über einen Rasen und versteckten uns hinter dem nächsten Baum. Ich erwartete, daß der Bel Air jede Sekunde in wilder Verfolgungsjagd auftauchen würde, und sah mich nach einem Fluchtweg um. Zwischen den beiden Häusern zu meiner Linken war eine Auffahrt. Wir konnten sie entlangrennen und über den Gartenzaun klettern; dann landeten wir auf der anderen Seite des Blocks, wo uns die Fahrerin des Bel Air nicht vermuten würde. Während ich versuchte, genug Luft für diesen Fluchtversuch in meine Lungen zu pumpen, dachte ich über das Geräusch von splitterndem Glas nach, das ich gehört hatte, als die Frau in die Bremsen stieg. Es war ein vertrauter Klang gewesen. Als mir einmal ein ganzer Karton mit Einweckgläsern heruntergefallen war, hatte es genauso geklungen. Ich wette, daß sie ihn auf dem Rücksitz hatte. Ja klar, sie hatte ausgesehen, als ob sie in einer Konservenfabrik arbeitete.

Doch als der Bel Air nicht auftauchte und mir klar wurde, daß die Frau uns nicht verfolgte, merkte ich, wie der Druck von meinen Lungen wich. Die Atemnot erinnerte mich an die längst vergangenen Tage, die ich auf der Wohnzimmercouch verbracht und wie ein Fisch auf dem Trockenen nach Luft geschnappt hatte, überzeugt, sterben zu müssen. Dann saß meine Mom neben mir, fuhr mir mit den Fingern durch mein feuchtes Haar und sagte: »Ganz ruhig, Liebling, ganz ruhig. Dir geht es gleich wieder besser.« Ich hatte schon seit mehreren Jahren keinen Anfall mehr gehabt und gedacht, ich hätte es überstanden.

»Ist sie nicht süß, und so pelzig?« flötete Maude. Sie spielte mit einer Raupe, die sie auf dem Baum gefunden hatte. »Darf ich sie mit heimnehmen, Nelson, bitte, bitte? Sie ist kein Haustier.«

Da wäre sie beinahe umgekommen, und dreißig Sekunden später hatte sie den ganzen Vorfall vergessen! Das trieb mich bei ihr wirklich in den Wahnsinn. Maude machte sich keine Sorgen über die Frau, die uns in ihrem Bel Air hinterherjagte. Sie machte sich Sorgen, ob Mom ihr erlauben würde, eine blöde Raupe zu adoptieren. Wann würde sie endlich lernen, daß es wichtigere Dinge im Leben gab und daß ein Haustier nicht alle Probleme lösen würde? Sie mußte irgendwann erwachsen werden. Und damit konnte sie genausogut gleich anfangen. Ich schnappte mir die Raupe, warf sie auf den Gehsteig und trat sie platt. Entsetzt starrte Maude mich an.

»Wie oft habe ich dir schon gesagt, daß du links und rechts schauen mußt, bevor du die Straße überquerst? Wie oft? Ist es so schwer, daran zu denken? Benutz dein Spatzenhirn eine Sekunde mal für etwas anderes als Raupen, denk zur Abwechslung auch mal an was Wichtiges! Du bist direkt vor das Auto gerannt und wärst jetzt beinahe tot! Was glaubst du wohl, wie ich mich fühlen würde, wenn diese Frau dich erwischt hätte? Glaubst du etwa, ich wäre gern heimgegangen und hätte Mom und Dad erzählt, daß du verunglückt bist? Auf die Straße geschmiert wie diese blöde Raupe? Tu das nie, nie wieder! Du bekommst jetzt eine Woche lang keine Brause-

stangen!« Ich nahm sie ihr weg. »Und du darfst heute auch keine Haarklammern mehr tragen.« Das rosa Schwein hing rätselhafterweise noch immer an einer ihrer blonden Locken. Ich riß es ab. »Und jetzt sag mir, was du in Zukunft tust, bevor du eine Straße überquerst, und zwar jedesmal?«
Natürlich weinte sie inzwischen so jämmerlich, daß sie nicht antworten konnte. Ich nahm keine Rücksicht darauf.
»Antworte mir! *Was tust du?*«
»Links...« (schniefen, schluchzen) »...und rechts« (schluchzen, schniefen).
»Was?«
»...schauen.«
»Sag es noch einmal!«
»Links...« (schnaufen und Nase hochziehen) »...und rechts schauen.«
»Noch mal!«
»Links und rechts schauen.«
»Noch mal!«
»Links und rechts schauen.«
Und so weiter.
An diesem Abend aß meine Mom mit uns; mein Dad war geschäftlich in Salem. Sie fragte, was wir tagsüber gemacht hatten. Maude war zu beschäftigt damit, ihre Thunfischkasserolle zu zerlegen, um zu erwähnen, daß sie beinahe von einem zwei Tonnen schweren Auto plattgewalzt worden wäre. Sie pickte die Erbsen heraus und machte daraus ein Häufchen. Dann zog sie die Kartoffelscheiben heraus und machte ein zweites Häufchen. Mit dem Thunfisch baute sie ein drittes Häufchen. Dann aß sie die Bestandteile einzeln hintereinander. Das machte natürlich den Grundgedanken einer Kasserolle völlig zunichte, aber Mom sagte keinen Ton. Sie können sich ihre Standpauke vorstellen, wenn ich meine Kasserolle auseinandergenommen hätte.

»Nelson, wenn du Maude zu Bett gebracht hast, möchte ich im Arbeitszimmer mit dir reden.« Die Beiläufigkeit, mit der meine Mutter diese Worte sprach, während sie sich vom Küchentisch erhob, konnte nur eines bedeuten: Sie wußte Bescheid. Die Frau in dem Bel Air mußte uns ausfindig gemacht und von dem Beinahe-Unfall erzählt haben; und jetzt mußte ich den Konsequenzen ins Auge sehen. Ich fragte mich, ob Mom mich vor Gericht schleppen konnte. Sie konnte mir auch das Gehalt streichen, was noch schlimmer war.

Trotz meiner Bemühungen, Maude an diesem Abend für ein Spiel mit Rutschen und Leitern zu interessieren, bestand sie darauf, mit ihren Puppen »Autounfall« zu spielen. Es wurde mir ganz übel dabei, Mal um Mal zuzusehen, wie sie von Kipplastern und Feuerwehrautos überfahren wurden. Ich versuchte, Maude anhand des Spiels einzubleuen, daß man immer nach links und rechts schauen mußte, bevor man eine Straße überquerte. Also stellte ich eine Puppe an die Straßenecke, drehte ihren Kopf umsichtig nach links und nach rechts und ließ sie dann vorsichtig auf die Straße treten. Aber es half nichts. Maude schnappte sich einen Lastwagen und mähte die Puppe nieder.

Es war fast halb neun, als Maude endlich genug Blut gesehen hatte und einschlief. Ich wußte, daß Mom auf mich wartete, dennoch zögerte ich den Weg ins Arbeitszimmer so lange wie möglich hinaus. Ich ging in mein Zimmer und nahm mit dem Rest einer abgestandenen Cola zwei Aspirin. Seit Tim mir von seinem Ausflug mit Cat zum Jantzen Beach erzählt hatte, quälten mich Kopfschmerzen; sie gingen einfach nicht mehr weg. Ja, ich bekam immer häufiger Kopfschmerzen. Kein Wunder, ich stand ja auch unter massivem Druck, beruhigte ich mich, während ich darauf wartete, daß sich die sauren Tabletten in meinem Magen auflösten. Ich brauchte dringend Ferien von den Sommerferien.

Als ich dann ins Arbeitszimmer ging, um mit Mom zu sprechen, überdachte ich meine Strategie. Ich würde mich reumütig zeigen. Ich würde zugeben, daß ich leichtsinnig und fahrlässig gehandelt hatte. Weil ich andere Dinge im Kopf gehabt hatte als das Wohlergehen meiner kleinen Schwester, hätte ich beinahe ihren gewaltsamen Tod verschuldet. Dies, das wußte ich, war nicht zu entschuldigen. Ganz klar, daß man mir nicht vertrauen konnte. Deshalb wäre es das Beste, wenn ich mir einen Job suchte – so was wie Tims Stellung im Tante-Emma-Laden –, und mit der Zeit würde harte körperliche Arbeit mich lehren, verantwortungsbewußt zu handeln. Ich hoffte, während meines Schuldbekenntnisses Tränen herauspressen zu können.

Sie saß in dem großen braunen Drehstuhl hinter dem Schreibtisch meines Vaters, das linke Bein untergeschlagen. Ein Drehstuhl ist angenehm für die Person, die sich darauf dreht, aber er ist eine Qual für jeden anderen. Die Person, die darauf sitzt, kann nicht anders, sie muß sich drehen. Ein natürlicher Trieb. Und der andere kann nichts tun außer dasitzen und zuschauen.

Sie erkundigte sich, ob Maude gut ins Bett gekommen war. Das war offensichtlich die Einleitung zu: »Sie könnte jetzt ebensogut in ihrem Sarg liegen, junger Mann!« Ich überlegte, ob ich gestehen sollte, bevor sie Anklage erhob. Das konnte ein Zeichen meiner Aufrichtigkeit sein. Es konnte aber auch als Zeichen meiner Dummheit gewertet werden. Ich antwortete also, daß Maude zugedeckt war und schon tief und fest schlief, und beließ es dabei.

»Ich geh' gleich zu ihr und geb' ihr einen Gutenachtkuß«, meinte Mom und drehte sich. Dann nahm sie einen Schluck von ihrem Drink. Auf der Schreibtischplatte waren ineinandergreifende Wasserringe zu sehen, wie das Symbol der Olympischen Spiele. Ich fragte mich, ob sie wohl so auf die

Olympischen Ringe gekommen waren. Ich merkte, daß ich nicht bei der Sache war.
»Wie sehr hängst du an deinem Vater?«
Ich zwinkerte erstaunt. Das Zwinkern war meine einzige Reaktion. Mir fiel einfach nichts ein, was ich sonst hätte tun können. Ich hoffte, daß die Frage rhetorisch gemeint war und meine Mom nicht wirklich eine Antwort erwartete. Doch sie schaute mich erwartungsvoll an, während sie sich weiterhin drehte. Ich zwinkerte noch einmal.
»Keine Ahnung.« Dabei hoben und senkten sich meine schmächtigen Schultern in einer, wie ich hoffte, ironischen Geste.
»Du mußt es wissen, Nelson. Also, wie sehr?« ließ meine Mom nicht locker. Wollte sie eine Angabe in Prozent, überlegte ich. Eine Zahl auf der Skala von eins bis zehn? Auch die unterschiedlichen Werte der Straßen bei Monopoly waren eine Größe, die in Betracht kam. War er Seestraße oder Opernplatz? Würde es Sohnesstolz zeigen, wenn ich ihn zur Schloßallee erklärte?
»Ziemlich, glaube ich.«
»Du glaubst?«
»Nun ja, ziemlich.«
»Warum hängst du an ihm?« Sie klang neugierig. Ja, sie hatte sogar aufgehört, sich zu drehen, um meine Antwort zu hören.
»Tja, es hat mir total gut gefallen, als wir damals im Sommer nach British Columbia gefahren sind und ich diesen riesigen Fisch gefangen habe.« Wenn man mich an einen Lügendetektor angeschlossen hätte, wäre jetzt die Sicherung durchgebrannt.
»Wann war das?« Sie drehte sich wieder. Ich wünschte, sie würde sich wenigstens einmal ganz im Kreis herumdrehen. Es hätte die Situation ein wenig entspannt.

»Vor zwei Jahren.« Gerade als ich am Einnicken gewesen war, das gleichmäßige Schaukeln des Boots hatte mich in den Schlaf gewiegt, hatte ich eine riesige Forelle am Haken. Dad hatte mir geholfen, sie reinzuholen, aber mir wurde das ungeteilte Lob für diesen Fang zuteil. Er ließ mich den Fisch an den Kiemen halten, während er mit seiner neuen Polaroidkamera eine Aufnahme machte. Sonst hätte ich vermutlich mein Lebtag darauf warten können, dieses Foto mal zu sehen, aber mit der Polaroid war es sofort zur Hand. Da stand ich und versuchte krampfhaft zu lächeln, während mir Fischblut den Arm runterlief. »Du weißt doch«, wollte ich ihr auf die Sprünge helfen. »An diesem Soundso-See.«

»Oh, ja«, erwiderte sie, als ob das genau der richtige Name des Sees wäre und sie plötzlich von angenehmen Erinnerungen überwältigt würde. Ich log, daß mir die Fahrt Spaß gemacht hätte, sie log, daß sie sich schließlich doch noch daran erinnerte. Unser Gespräch verlief nicht gerade glänzend.

»Nelson, was ich dich eigentlich fragen will, ist, würde es dir viel ausmachen, wenn dein Vater und ich uns scheiden ließen?«

Am liebsten hätte ich mich hingelegt. Mein Lieblingsliegeplatz war die Wohnzimmercouch. Immer, wenn ich als Kind krank war, hatte ich mich dort einquartiert, eher als in meinem Zimmer. Denn wenn ich in mein Zimmer gegangen wäre, hätten Mom oder Dad möglicherweise gesagt: »Ruf uns, wenn du was brauchst«; dann hätten sie die Tür geschlossen und auf der Stelle vergessen, daß es mich überhaupt gab. Da war es besser, auf der Wohnzimmercouch zu liegen, mein armer fiebergeschüttelter Körper mitten im Blickfeld und nicht zu übersehen. Auf diese Weise konnte ich mein Fieber in vollen Zügen auskosten. Das einzige Problem war, daß die Wohnzimmercouch einen lindgrünen, mit Gold durchwirkten

Bezug hatte. Wenn man in krankem Zustand zu lange auf einen lindgrünen Bezug mit Goldfäden starrt, wird man noch kränker. Aber in diesem Moment war es eine traumhafte Vorstellung.

»Scheiden lassen?«

»Ich bin sicher, du hast mitbekommen, daß dein Vater und ich Probleme miteinander haben«, erwiderte sie und rührte mit einem Cocktailquirl in ihrem Drink, der die Farbe von hellem Bernstein hatte. Wie hätte ich mitbekommen sollen, daß sie Probleme miteinander hatten? Sie schrien sich nie an, sie warfen nie mit Tellern und übernachteten auch nicht bei Freunden. Nein, ich dachte, sie kämen gut miteinander aus. Ich dachte, ich wäre derjenige, der die Probleme hatte.

»Nein, eigentlich nicht.«

»Nun, du brauchst eigentlich nichts weiter darüber zu wissen. Ich möchte dir nur sagen, daß wir zur Zeit darüber sprechen. Ich will nicht, daß du plötzlich davon überrascht wirst.« Ich hoffte, daß meine Mutter nur einen Witz machte, aber mir schwante, daß das nicht so war. »Und ich möchte, daß du dir überlegst, ob du bei deinem Vater oder bei mir wohnen willst.«

»Gut.«

»Was meinst du, bei wem möchtest du lieber wohnen?« fragte sie und drehte sich dabei.

»Oh, du willst, daß ich mich gleich entscheide?«

»Ich möchte, daß du darüber nachdenkst, Nelson. Aber wenn du spontan darauf antworten würdest, ohne groß darüber nachzudenken, was wäre deine Antwort?«

Ganz offensichtlich gab es darauf nur eine richtige Antwort.

»Bei dir«, sagte ich mit Nachdruck. Wenn Dad mir die gleiche Frage gestellt hätte, hätte es ebenfalls nur eine mögliche richtige Antwort gegeben, nämlich bei ihm.

»Dein Vater trifft sich mit einer anderen Frau«, fuhr sie fort.

Jetzt wollte ich mich *wirklich* hinlegen, ganz egal wo. »Schon seit Jahren. Seit sieben Jahren, um genau zu sein. Ich weiß es selbstverständlich erst seit kurzem. Wahrscheinlich bin ich der letzte, der es erfahren hat.« Offenbar zählte sie mich nicht mit, aber ich machte sie nicht darauf aufmerksam. »Ich kenne diese Frau auch. Eine entfernte Bekannte. Wir sind mit ihr und ihrem Mann zum Essen ausgegangen. Sie ist auch verheiratet, natürlich.« Dabei nahm sie wieder einen Schluck von ihrem Drink. »Er liebt sie nicht, sagt er. Es sei rein sexuell. Wahrscheinlich sagt er das, damit ich mich besser fühle.« Wieder ein Schluck. »Er behauptet, es sei aus und vorbei und wird nie wieder vorkommen. Er erwartet, daß ich ihm das glaube, als ob ich ihm nach dieser Sache je wieder ein Wort glauben könnte.« Drehen, ein Schluck. »Er hat sich fast unser halbes Eheleben lang mit ihr getroffen. Er hat sein Vergnügen gehabt, während ich zwei Kinder großgezogen, das Haus in Ordnung gehalten und Essen auf den Tisch gebracht habe. Ich habe nie mein Vergnügen gehabt. Und glaube nicht, daß es *mir* an Anträgen gefehlt hätte. Ich hatte eine Menge Anträge. Von *seinen* Freunden. Aber ich hatte diese verrückte Idee von ›bis daß der Tod uns scheidet‹ im Kopf. Ich hatte diese blöde Vorstellung, daß man das Versprechen halten soll, das man am Hochzeitstag gegeben hat. Wahrscheinlich bin ich in dieser Hinsicht einfach altmodisch.«
Die Eiswürfel klirrten in ihrem Drink. Das Geräusch erinnerte mich an die Einweckgläser, und mir wurde klar, daß ich ungestraft davonkommen würde, obwohl ich beinahe meine Schwester auf dem Gewissen hatte. Doch dieser Gedanke tröstete mich nicht. »Was denkst du also, soll ich tun, Nelson?«
»Was?«
»Denkst du, daß ich es tun sollte?«
»Was tun?«
»Mich scheiden lassen?«

Auch das meinte sie ernst. Sie fragte tatsächlich einen dreizehnjährigen Jungen, ob sie sich von seinem Vater scheiden lassen sollte. Und wie vorher gab es auch jetzt nur eine richtige Antwort.

»Ich denke, nein.«

»Nein?«

»Hmm. Nein.«

»Warum nicht?«

»Ich glaube, er hat es nicht so gemeint.«

Sie stand auf und ging zu der kleinen eingebauten Bar. Dort nahm sie mit einer Goldzange ein paar Eiswürfel aus dem Kübel, wobei sie darauf achtete, daß sie die gelungensten Würfel erwischte, als ob es einen Unterschied machte. Dann holte sie eine Flasche Scotch heraus und goß davon in ihr Glas.

»Kann ich einen haben?«

Ich konnte nicht glauben, daß ich das gesagt hatte. Noch immer war ich von dem Dritten-Juli-Wodka ganz wackelig auf den Beinen. Ich hatte mir geschworen, in meinem ganzen Leben nie wieder einen einzigen Tropfen Alkohol anzurühren, und jetzt, nicht einmal eine Woche später, bat ich meine Mutter um einen Scotch! Und ich wollte tatsächlich einen.

Sie gluckste leise in sich hinein, als hätte ich einen guten Witz gemacht, stellte die Flasche zurück und ging wieder zum Stuhl. Dann schlug sie wieder ihr linkes Bein unter und begann, sich zu drehen.

»So, du glaubst also, er hat es nicht so gemeint.«

»Ja. Du weißt doch, daß man manchmal etwas wirklich Dummes macht, weil man nicht darüber nachdenkt oder den Kopf voll mit tausend anderen Dingen hat? Mir geht es laufend so. Ich pass' nicht auf und bin in meiner eigenen kleinen Welt, und ehe ich mich's verseh', ist etwas wirklich Schreckliches passiert, das ich ganz bestimmt nicht gewollt habe.« Ich wußte, daß ich die Frau in dem Bel Air und Maude mit meinem Dad und dieser »anderen Frau« durcheinanderbrachte, aber es war jetzt zu spät, einen Rückzieher zu machen. »Ich denke, daß es Dad genauso gegangen ist. Er hat nicht richtig darüber nachgedacht oder war mit was anderem beschäftigt, und schon war es passiert. Ich bin sicher, daß er die Wahrheit sagt, wenn er dir erzählt, daß er sie nicht liebt und daß es nie wieder vorkommen wird. Ich glaube ihm, und ich finde, das solltest du auch.«

Während dieses Plädoyers lauschte Mom mir mit großer Aufmerksamkeit, und auch als ich geendet hatte, blickte sie mich noch lange Zeit an. Sie schien meine Einwände ernsthaft zu prüfen. Das Drehen hatte aufgehört, doch jetzt schob sie ihr beschlagenes Glas auf der Schreibtischplatte hin und her. Schließlich hob sie es und trank noch einen Schluck.

»Männer halten doch immer zusammen«, sagte sie. Das klang so bitter und endgültig, daß ich nicht einmal Freude darüber empfinden konnte, von ihr zu den Männern gerechnet zu werden. »Du kannst gehen, Nelson.«

Ich ging in Richtung Tür und verfluchte dabei meine Unfähigkeit. Ich hatte die Chance vertan, die Ehe meiner Eltern zu retten. Wenn ich nur das Richtige gesagt hätte, dann hätten sie ihre Torheit erkannt, die Dinge ins Lot gebracht und glücklich gelebt bis ans Ende ihrer Tage. Doch als der entscheidende Moment gekommen war, plapperte ich nur wirres Zeug. Vor meinen Augen stand die Szene, wie wir alle vor dem Scheidungsrichter saßen, Maude und ich in der ersten Reihe, mein Arm schützend um ihre kleinen Schultern gelegt, während unsere Eltern sich gegenseitig Anschuldigungen ins Gesicht schrien. Vielleicht hatte sogar die »andere Frau« einen überraschenden Auftritt.

»Nelson, und noch etwas«, sagte meine Mutter, gerade als ich an der Tür war. Widerwillig blieb ich stehen. Was für eine

Horrormeldung erwartete mich jetzt noch? Ich mußte mich zwingen, nicht aus dem Zimmer zu stürzen. Ich sah sie an und machte mich auf die nächste Katastrophe gefaßt.
»Nelson, du machst deine Sache sehr gut, ich meine das Aufpassen auf deine kleine Schwester. Danke.«
Mir fiel nichts ein, was ich hätte erwidern können.
»Habe ich dich für die letzte Woche bezahlt?«
»Nein, aber das ist schon o.k.«, entgegnete ich rasch.
»Nein, es ist nicht o.k. Ich habe versprochen, dich zu bezahlen, und du sollst zumindest ein Elternteil haben, auf dessen Versprechen man sich verlassen kann.« Sie sah müde aus und dünner, als ich sie in Erinnerung hatte. Sie nahm ihre Brieftasche vom Schreibtisch, öffnete sie auf ihrem Schoß und schaute nach, was drinnen war. Diese kleine Aufgabe schien ihre ganze Kraft zu erfordern. »Wie hoch waren deine Ausgaben?«
»Ich muß erst nachsehen. Ich habe es aufgeschrieben.« Mein dringendstes Bedürfnis war es, aus dem Zimmer zu kommen.
»Gib mir eine grobe Schätzung.«
»Eins fünfundsiebzig vielleicht.« Ihre Brieftasche wölbte sich, so viele nicht eingelöste Bons waren darin. Sie blätterte die Bons durch, fand aber keine Scheine dazwischen.
»Nimmst du auch einen Scheck?« Sie lachte kurz auf. »Nein, ich hab's schon«, meinte sie, legte die Brieftasche hin und kramte in ihrem Portemonnaie. Es schien ewig zu dauern, bis sie endlich genug zusammengekratzt hatte, um die offene Rechnung zu begleichen. Sorgsam zählte sie die Münzen ab, dann streckte sie sie mir entgegen. Ich ging hinüber zum Schreibtisch.
»Hier sind sechs Dollar und fünfundzwanzig Cent«, meinte sie und ließ das Gewicht der vielen Münzen in meine Hand gleiten. »Das sind deine Ausgaben plus dein Gehalt von letz-

ter Woche minus fünfzig Cent für die Vase, die du zerbrochen hast. Wir werden den restlichen Sommer jede Woche fünfzig Cent von deinem Gehalt abziehen, aber ich werde weiterhin einen Dollar auf dein Sparbuch für deine Zukunft einzahlen, und auch deinen zusätzlichen Dollar für die letzten zwei Wochen. Plus den Dollar von letzter Woche, zu dem ich nicht gekommen bin. Das macht dann drei Dollar, die ich noch auf dein Sparbuch einzahlen muß.« Meine Vermögensverhältnisse waren so kompliziert, daß mir ganz schwindelig wurde. »Erinnere mich daran«, sagte sie noch und drehte sich wieder.

Ich konnte nicht einschlafen. Ich las, bis mir die Augen weh taten, dann machte ich das Licht aus und legte mich hin, aber ich war immer noch hellwach. Zu viel war an diesem Tag passiert – Tim, Cat, Maude, die Fahrerin des Bel Air, meine Mom, mein Dad, die »andere Frau«, alle kämpften energisch um meine Aufmerksamkeit. Ich versuchte, den Kopf klar zu kriegen und an nichts zu denken. Das war unmöglich, also versuchte ich mir einzureden, daß mein Körper Stück für Stück einschlief, angefangen bei den Füßen. Meine Füße schliefen ein, meine Waden schliefen ein, meine Oberschenkel schliefen ein. Doch als ich bei den Oberschenkeln angekommen war, wachten die Füße wieder auf. Ich nahm ein paar Aspirin. Ich onanierte. Nichts half, also stand ich auf, zog mich an, öffnete das Fenster und sprang hinaus.

Ich begann zu rennen. Wenn ich lange und schnell genug rannte, dachte ich, würde ich davon vielleicht müde genug werden, um einzuschlafen. Schon nach einer Straßenkreuzung begannen meine Lungen weh zu tun, aber ich lief weiter. Meine Schlagadern fühlten sich an, als seien sie mit Stahlwolle statt Blut gefüllt. Als ich bei Tim angekommen war, bekam ich kaum noch Luft. Vor dem Haus brannte Licht, und der Fernsehapparat plärrte. Rock 'n' Roll-Musik drang aus

der Garage, Sams Band probte. Ich wollte niemanden sehen außer Tim, also lief ich um das Haus herum und schaute hoch zu seinem Fenster im ersten Stock. Es war dunkel. Ich sammelte einige Erdklumpen im Garten auf und warf sie dagegen. Ein paar trafen, aber es kam keine Antwort.
Dann rannte ich zu Cat. Ich fühlte mich schwindelig und ein klein bißchen betrunken. Vielleicht wurden ja die Reste des Wodkas durch die viele Bewegung aktiviert. Meine pfeifenden, keuchenden Atemzüge dröhnten mir in den Ohren, und ich fragte mich, ob sie wohl schlafende Kinder wecken und Wachhunde alarmieren würden. Ich wußte, daß ich meinen Schritt verlangsamen und mich entspannen sollte. Es gab keinen Grund zur Eile; meine Eltern ließen sich ja nicht heute nacht scheiden. Doch ich mußte mit jemandem reden, und nicht nur darüber. Ich brauchte jemanden außer einem vierjährigen Mädchen mit einer Vorliebe für Raupen und Brausestangen. Ich wollte jemanden fluchen und schlechte Witze erzählen und mich »Helen« nennen hören.
Vorsichtig spähte ich durch das vordere Fenster von Cats Haus. Ihr Vater sah sich einen Werbespot für Rasierklingen an. Ich hätte geradewegs hineingehen können, er hätte wahrscheinlich nicht einmal vom Fernseher aufgesehen, aber ich ging trotzdem außen rum. Cats Licht brannte. Ich hörte ihr tiefes, lautes Lachen, und sofort strömte ein ganzer Kubikmeter kühler Nachtluft in meine Lungen.
Ihr Zimmer lag im Erdgeschoß, trotzdem war das Fenster zu weit oben, um es zu erreichen. Ich sprang hoch, um gegen die Scheibe zu klopfen, aber ich verfehlte sie und pochte statt dessen an die Aluminiumverkleidung des Hauses. Gerade als ich beschloß, einfach ihren Namen zu rufen und schon Luft holte, hörte ich Tim sagen: »Ich bin mir so blöd vorgekommen!« und lachen. Danach hörte ich Cat lachen. Beide lachten.
Heute frage ich mich, was passiert wäre, wenn ich ihren

Namen trotzdem gerufen hätte. Cat wäre ans Fenster gekommen, hätte mich gesehen und hineingebeten. Sie und Tim hätten mich gefragt, warum ich so durcheinander war. Ich hätte es ihnen vielleicht erzählt, vielleicht auch nicht, aber das ist nicht der springende Punkt. Der springende Punkt ist: Was danach passiert ist, wäre nie passiert, und der Rest des Sommers wäre vollkommen anders verlaufen. Es wäre nicht der gleiche Sommer gewesen, ich hätte in diesem Moment lediglich meinen Mund aufmachen und »Cat!« rufen müssen.

Statt dessen rannte ich. Jetzt hatte ich keine Ahnung mehr, wohin. Es gab keinen anderen Ort, wohin ich mich hätte flüchten können. Ich rannte quer über die Rasenflächen und durch die Gärten fremder Leute und die Auffahrten zu ihren Garagen hoch. Ich kannte sämtliche Abkürzungen in unserem Viertel und nahm sie alle, obwohl ich nirgendwohin lief, wo mir eine Abkürzung etwas genützt hätte. Durch meinen Mund bekam ich nur wenig Luft, und jeder Atemzug brannte wie Feuer. Vor Schmerzen standen mir Tränen in den Augen, und ich nahm die Umgebung nur verschwommen wahr. Ich stolperte über einen roten Roller, der auf dem Gehweg stand, und fiel hin, mit den Händen zuerst. Dabei schürfte ich mir die Handflächen auf, aber ich war fast dankbar für diese neue Wunde. Sie lenkte mich von meinen versengten Lungen ab. Ich sprang wieder auf und rannte weiter. In dieser Nacht war ich eine einzige rasende, 40 Kilo schwere Kugel aus Schmerz.

Ich landete bei den Shooks. Das Haus lag im Dunkeln. Auch der Himmel war dunkel. Zwar waren Sterne zu sehen, aber keiner von ihnen schien zu einem Sternbild zu gehören.

Ich hatte nie geglaubt, daß die Shooks ihren behinderten Sohn umgebracht und im Keller vergraben hatten. Solche Sachen passierten einfach nicht in unserer Gegend. Solche Sachen erfand eine Cat, wenn ihr die Helen-Keller-Witze ausgingen und auch die indianische Unterwäsche durchgewetzt war. Glaubte sie es denn selbst? Vielleicht, vielleicht auch nicht. Man bekommt Detektivromane und Internatsgeschichten zum Geburtstag und zu Weihnachten geschenkt und fängt an zu denken, daß man sämtliche Geheimnisse und Abenteuer auch selbst erleben wird, genau wie die Personen in den Büchern. Doch als größtes Abenteuer in deinem Leben entpuppt sich dann die Tatsache, daß deine Eltern sich scheiden lassen und dich auffordern, zwischen ihnen zu wählen; und das größte Geheimnis bleibt, warum deine Mutter mit dem Darlehensberater durchgebrannt ist, der die Hypothek auf das Haus verlängert hat, wie die »Hure« es tat.

Zugegeben, die Shooks benahmen sich seltsam, und ihr Sohn war verschwunden. Doch das hieß schließlich nicht, daß er umgebracht worden war. Die Shooks sahen aus wie nette Leute, zumindest so nett wie andere auch. Sie gingen mit Bobby in der Öffentlichkeit spazieren und schienen sich nicht zu schämen, wenn er sabberte und seine Arme baumeln ließ. Mrs. Shook hatte Tim drei Kekse geschenkt, als er ihr die Lebensmittel lieferte, und einen Dollar Trinkgeld gegeben. Bestimmt gehörten die Shooks nicht zu den Leuten, die ihren Sohn umbrachten, nur weil er kein normaler Junge war oder weil sie keine Lust mehr hatten, ihn weiterhin zu pflegen. Niemand konnte so grausam sein.

Aber Eltern bringen ihre Kinder um. Lesen Sie nur die Zeitung. Sie stecken ihre neugeborenen Babys in Mülleimer, spazieren davon und vergessen, daß sie überhaupt eins geboren haben. Mütter werfen ihre Kinder von Brücken, Väter schießen ihren Söhnen in den Kopf. Sie schlagen sie mit Gürteln und verbrennen sie mit Zigaretten. Sie ersticken ihre Kinder mit Kissen. Sie sperren sie auf den Speicher und lassen sie nicht mehr heraus. Sie treten sie und werfen sie die Treppen hinunter. Väter vergewaltigen ihre Töchter. Sie schlagen ihre

Söhne mit Hämmern, Holzscheiten und Gewehrkolben. Sie setzen ihre Häuser in Brand, während die ganze Familie drinnen ist, und tun so, als ob es ein Unfall gewesen wäre. Frauen stecken sich Drahtbügel unten rein und ermorden ihre noch ungeborenen Kinder. Menschen geben ihre Kinder weg, überlassen sie völlig Fremden und verschwenden nie wieder einen Gedanken an sie.

Cat hatte erzählt, daß sie Bobby Shook eines Nachts schreien hörte und die Schatten seiner Eltern hinter den Schlafzimmergardinen gesehen hat. Vielleicht hatte Bobby einen Alptraum und konnte nicht aufwachen, und vielleicht kümmerten sich seine Eltern um ihn und streichelten ihm die Stirn. Aber vielleicht war er auch an die Bettpfosten gefesselt, und sie verprügelten ihn mit einem Baseballschläger. Man konnte nie wissen. Er konnte noch immer im Haus sein, angekettet in seinem Zimmer oder im Keller, hungrig, verletzt und zu behindert, um zu erkennen, daß seine eigenen Eltern ihm den Tod wünschten. Wenn das der Fall war, mußte jemand versuchen, ihm zu helfen. Er hatte ein Recht darauf. Er verdiente jemanden, der sich um ihn kümmerte, und wenn es bloß ich war.

Neben dem Haus stand ein großer Baum, so hoch wie das Haus, und mit dicken, langen und dicht belaubten Ästen. Die Rinde fühlte sich gut an, kühl und rauh, und ich kletterte rauf. Mehrere Verdickungen dienten als Sprossen. Ich griff nach dem untersten Ast, zog mich daran hoch und setzte mich rittlings auf ihn. Das war für meine Lungen bei weitem nicht so anstrengend wie Rennen und nahm ihnen sogar etwas von dem Druck. Ich hätte Baumklettern schon sehr viel früher probieren sollen.

Als ich auf diesem ersten stabilen Ausläufer stand, war ich mit dem Wohnzimmerfenster auf gleicher Höhe. Die fadenscheinigen, vergilbten Gardinen waren zugezogen. Ich erinnerte mich an Tims Beschreibung der Räumlichkeiten: von der

Diele aus führte eine Treppe in den ersten Stock; links ging es unter einem Bogen hindurch ins Eßzimmer; rechts hinter einem offenen Durchgang lag das Wohnzimmer. Ich zog mich auf den nächsten Ast hoch, dann wieder auf den nächsten. Sie hatten einen bequemen Abstand.
Jetzt befand ich mich zwischen Erdgeschoß und dem ersten Stock. Oben gab es zwei Fenster, beide dunkel, und beide mit Spitzengardinen. Das nähere Fenster, das, hinter dem Cat die Schatten gesehen und die Schreie gehört hatte, war mit einem Fliegengitter verschlossen. Es war nur ein kleines Fliegengitter, das in den Fensterrahmen eingesetzt war und lediglich die untere Hälfte des Fensters ausfüllte. Ich kannte diese Gitter. Sie waren nur zeitweise drin, nur im Sommer. Sie wurden nicht angenagelt oder sonstwie befestigt, das Gewicht des darüberliegenden Fensters hielt sie fest. Es war die einfachste Sache der Welt, sie einzutreten. Der Ast über meinem Kopf führte direkt auf das Fenster zu.
Geräuschlos kletterte ich vom Baum herunter und rannte ohne Schwierigkeiten die dreieinhalb Straßenkreuzungen zu mir nach Hause. Meine Brust war wieder frei, und ich konnte sogar durch die Nase noch atmen. Fast wünschte ich mir, weiter weg zu wohnen, so daß ich noch weiter hätte laufen können. Ich fragte mich, ob es das war, was man »den toten Punkt überwinden« nannte. Jedenfalls war es ein gutes Gefühl, die Beine unter sich laufen zu sehen und zu spüren, wie die Lungen von selbst arbeiteten. Es fühlte sich auch gut an zu wissen, daß ich jederzeit in das Haus der Shooks reinkommen konnte. Tim konnte es nicht. Und Cat konnte es nicht. Nur ich. Ich machte einen Sprung über sechs Gehsteigplatten und schaffte ihn glatt, bis auf einen kleinen Teil meiner Ferse, der gerade noch den Spalt hinter der sechsten Platte berührte. Das war ein Rekord für mich, und ich bin sicher, in meiner Straße hätte es auch sonst niemand weiter geschafft.

Kapitel fünf

Wir waren beim Krematorium. Obwohl es einer von Maudes Lieblingsplätzen war, ging ich nicht sehr oft mit ihr hin. Der große düstere Steinbau, umgeben von einem schwarzen schmiedeeisernen Zaun, schien mir nicht gerade der passende Ort für ein kleines Mädchen zu sein. Obwohl das Gelände von neun bis sechs geöffnet war, hatte ich das Gefühl, daß wir die einzigen Besucher waren. Mir gefiel es dort wegen der Stille, Maude wegen der Schwäne.

Auf dem Teich unter den Trauerweiden glitten anmutig die Schwäne vorbei. Man konnte sie vom Ufer aus füttern oder ihnen von der Holzbrücke aus, die über den Teich führte, Brotkrümel zuwerfen. Ich erlaubte Maude nicht, die Schwäne aus nächster Nähe zu füttern, weil sie angeblich bösartig sind und sie womöglich in ihre kleinen Finger gebissen hätten. Schon öfter war mir der Gedanke gekommen, ich könnte an der Tür klingeln und um eine Führung durch das Krematorium bitten. Aber obwohl ich mir das Hirn zermarterte, was ich mit Maude noch alles unternehmen konnte, kam mir eine Besichtigung der Verbrennungskammer doch ein bißchen abwegig vor.

Beim Krematorium fiel Maude ein, daß sie noch mehr Tiere sehen wollte, also ging ich danach mit ihr in den Zoo. Wir fuhren mit dem Bus in die Stadt und stiegen dann um, in die Linie zum Washington Park. Im Tierpark kaufte ich einen »Zooschlüssel«, einen Plastikschlüssel in Form eines Elefanten, mit dem man die Tonbandgeräte einschalten konnte, die vor jedem Käfig standen. Über die Tonbänder erfuhren wir interessante Zahlen und Fakten zu den jeweiligen Tieren, und Maude hörte ehrfürchtig und mit offenem Mund zu.

Sie kroch unter jede Absperrung durch, stellte sich auf Zehenspitzen und starrte jedes Tier verzückt an. Bären, Pinguine, Wildschweine – alle wurden mit dem gleichen Respekt begutachtet. Sie nahm sich für jedes Tier Zeit und widmete ihm ihre volle Aufmerksamkeit, selbst wenn es schlief. Ein schlafendes Tier faszinierte sie nicht weniger als ein waches. Bestimmte Tiere suchte sie mehrmals und zu verschiedenen Tageszeiten auf, um sich ein umfassendes Bild von ihrem Tagesablauf zu machen. Sie bettelte, ich solle mit dem Zoowärter sprechen, damit er sie einmal in einen Käfig hineinließ, und als ich ihr erklärte, vierjährige Mädchen dürften nicht zu den Löwen hinein, zog sie eine Schnute und sagte, ich sei gemein. Wir aßen in der Zoo-Cafeteria zu Mittag (überbackene Käsesandwiches und Kartoffelchips), und als Maude aufs Klo mußte, lungerten wir vor der Damentoilette herum, bis eine seriös wirkende Frau vorbeikam und sich bereit erklärte, Maude mit hineinzunehmen.

Als wir gingen, heulte sie. Ich versprach ihr, nächste Woche wieder mit ihr herzukommen. Insgeheim hoffte ich, Maude würde das bis dahin vergessen haben, aber so etwas vergaß Maude nie. Sie wollte wissen, ob das Lama auch nächste Woche noch dasein würde, als könne es geschäftlich verreist sein oder sich gerade bei einem Baseballspiel befinden. Ich versicherte ihr, das Lama sei auch nächste Woche da, ebenso wie wir.

Am nächsten Tag gingen wir Geburtstagsgeschenke für meinen Dad einkaufen. In Lipman's Kaufhaus in der Stadt erwog ich die Vor- und Nachteile eines goldenen Schreibsets und eines hölzernen Briefbeschwerers in Form einer Ente. Beides schien nicht gerade das zu sein, was er sich sehnlichst wünschte, aber wo sollte ich eine seltene französische Briefmarke herbekommen? Schließlich entschied ich mich für einen Rasierbeutel aus Kunstleder, da er doch soviel unterwegs war. Ich nahm mir Zeit und wählte mit Bedacht, aber im Vergleich zu Maude war ich ein wirklich schnell entschlossener Käufer.

Im Billigkaufhaus, zu dem ich sie brachte, um ihr Geschenk auszusuchen, arbeitete sie sich von einem Ende zum anderen durch, wobei sie jeden Artikel genau begutachtete, von einem Bowlingspiel für fünf Cent bis zu einem Klappstuhl. Mein Rat interessierte sie nicht, obwohl sie das Geld für ihr Geschenk von mir vorgestreckt bekam. Mit unbestechlichem Urteilsvermögen lehnte sie so unpraktische Geschenke wie ein Plastikblumengebinde in einem vergoldeten hochhackigen Schuh oder einen leeren Vogelkäfig ab. »Daddy mag richtige Blumen, keine unechten. Daddy hat keine Vögel.« All das dauerte natürlich seine Zeit, aber ich hatte ein Buch dabei und konnte lesen, während sie ihre Bestandsaufnahme des Warenangebots machte.

Ihre Wahl fiel schließlich auf einen Schlüsselring aus Plastik mit einem kleinen Fisch darin (»Daddy angelt gern«). Ich fand das ganz in Ordnung, aber meine Meinung war ihr ja ohnehin ziemlich egal. Der Schlüsselring war ihre zweite Wahl; erst wollte sie Dad Unterhosen kaufen, doch sie wußte seine Größe nicht. Meine Schätzung war ihr zu ungenau, ebenso wie die des Verkäufers, der uns beriet. Er atmete erleichtert auf, als wir endlich gingen.

Im *Polarkreis* aßen wir Hamburger mit Pommes. Ich kaufte eine Zeitung und blätterte sie durch in der Hoffnung, etwas zu finden, was wir an diesem langen Nachmittag noch unternehmen konnten. Ein Supermarkt am anderen Ende der Stadt veranstaltete ein Volksfest. Wir nahmen den Bus zu dem fast fünfzig Straßen entfernten Rummel und fuhren je ein dutzendmal mit dem Riesenrad und dem Raketenschiff, dann schlenderten wir heim. Auf dem Nachhauseweg streiften wir noch durch einen Park.

Am Mittwoch vormittag gingen wir in die Bücherei, um Bücher zurückzugeben, obwohl sie erst in einer Woche fällig waren. Ich stöberte herum, bis Maude zu quengeln anfing, dann marschierten wir zu Beckwiths Fahrradgeschäft, weil ich wissen wollte, ob das englische Dreigang-Rennrad, das ich unbedingt haben wollte, inzwischen billiger geworden war. War es aber nicht. Maude machte eine Probefahrt auf einem Dreirad. Dann war es Zeit für Maudes Schwimmstunde. Ich zog sie in der Herrenumkleide des Reed College um und versuchte sie davon abzuhalten, die nackten Jungen anzustarren. Sie guckte natürlich trotzdem.
Nach der Schwimmstunde überlegte ich, ob wir Tim im Tante-Emma-Laden besuchen sollten. Maude hatte seit Tagen keine Brausestangen mehr bekommen und lechzte danach wie eine Drogensüchtige. Doch das letzte Mal, als wir Tim in der Arbeit besucht hatten, war er so kurz angebunden gewesen, daß ich es für besser hielt, ihn nicht schon wieder zu belästigen.
Statt dessen gingen Maude und ich ins Kunstmuseum in der Innenstadt. Das war zwar ein etwas ungewöhnlicher Ort für eine Vierjährige, aber mir gingen langsam die Ideen aus. Maude war überzeugt, ein Museum sei dazu da, Preise für die besten Gemälde zu vergeben, und sie gab sich wirklich Mühe, jedes Bild fair und unparteiisch zu beurteilen. Den ersten Platz gab sie einem Renoir, einer blassen, verschwommenen Darstellung eines Mädchens, das einem anderen Mädchen das Haar kämmte. Das Kind hatte Geschmack.
In der Cafeteria des Museums nahmen wir unser Mittagessen ein (Thunfischsandwiches und Maiskringel), dann gingen wir ins Broadway, um uns einen Film anzusehen. Ich las die Titel laut vor, wobei ich den *Music Man* bewußt ausließ, weil wir ihn erst letzte Woche gesehen hatten und ich wußte, daß Maude ihn noch mal anschauen wollte. *Die Tage des Weins und der Rosen*

klang ihrer Ansicht nach ganz interessant, aber ich konnte sie davon überzeugen, daß das nichts für kleine Mädchen war. Statt dessen versuchte ich sie für *Die Meuterei auf der Bounty* zu gewinnen. Das Buch hatte ich selbstverständlich gelesen.
»Was heißt das?« fragte Maude.
»Nun, ›Meuterei‹ heißt soviel wie Kampf. Und die Bounty war ein Schiff. Man könnte es also auch ›Der Kampf auf dem Schiff‹ nennen.« Sie fand das aufregend, also kaufte ich zwei Karten. Die Kartenverkäuferin sah auf Maudes kleine Gestalt hinab.
»Das ist aber kein Film für kleine Kinder.«
»Sie ist ein sehr kluges Kind«, antwortete ich. Drinnen kauften wir eine Menge Süßigkeiten, weil der Film ziemlich lang war. Dann setzten wir uns unmittelbar vor die Leinwand, damit keiner vor uns sitzen und Maude die Sicht nehmen konnte. Ich lehnte mich zurück, ließ den Nacken auf dem kühlen Metallrand des Sitzes ruhen und entspannte mich zum ersten Mal seit Tagen. Die nächsten drei Stunden waren gerettet.
Ich hatte es mir so vorgestellt, daß Maude ein bißchen von den Süßigkeiten aß, sich die ersten Minuten des Films ansah und dann einschlief. Statt dessen verdrückte sie den größten Teil der Süßigkeiten, blieb bis kurz vor der Meuterei wach und kotzte dann. Ich brachte sie zur Toilette, machte sie sauber, und bis wir zu unseren Plätzen zurückgekehrt waren, waren sie schon in Tahiti. Maude quengelte, es rieche im ganzen Kino nach Erbrochenem, und außerdem wurde ihr auf dem Schiff nicht genug gekämpft. Also gingen wir.
Ich schleifte sie die Straße zur Bushaltestelle hinauf. Im Kino hatten meine Kopfschmerzen nachgelassen, aber jetzt feierten sie ihr Comeback; bei jedem Schritt zuckte ein heftiger Schmerz durch meinen Schädel. Maude machte unüberhörbare Andeutungen, wir könnten auf einen Hot dog in Newberrys Milchbar gehen.

»Damit du weiter kotzen kannst, oder?«
»Nein, bestimmt nicht, Nelson.«
»Natürlich! Dann kotzt du in den Bus, und ich darf die Schweinerei wieder aufwischen. Auf dich kann man sich einfach nicht verlassen. Du bist eben kein großes Mädchen. Ich hab' dir doch gesagt, du sollst nicht so viele Süßigkeiten essen, aber du wolltest ja nicht hören. Auf mich brauchst du ja nicht hören, was? Ich bin bloß dazu da, dich wie ein Baby zu füttern und sauberzumachen! Was ich will, ist dir völlig egal. Ich wollte den Film sehen. Ständig machen wir, was du willst, und wenn wir ein einziges Mal was machen, was ich will, verdirbst du mir den Spaß. Nein, du kriegst keinen Hot dog. Du bist ein unartiges Mädchen. Du kriegst überhaupt nichts bis zum Abendessen. Da kannst du dann meinetwegen einen Hot dog haben. Wenn du zu Hause kotzt, haben wir wenigstens einen Wischlappen!« Inzwischen hatte sie natürlich wieder angefangen zu heulen.
Die Leute im Bus lächelten Maude zu und schnitten Grimassen, um sie aufzuheitern. Ein Mann bot ihr sogar einen Lutscher an. »Die kriegt jetzt nichts!« fauchte ich ihn an, und für einen Augenblick dachte ich, er würde mir eine runterhauen.
Es war immer noch zu früh, um nach Hause zu gehen. Mit einemmal wünschte ich, ich hätte mich doch zu dem Hot dog überreden lassen, denn dann hätten wir wieder etwas Zeit totgeschlagen. Jetzt waren wir an der Ostseite des Flusses, und ich hatte keine Ahnung, wo es hier in der Nähe Hot dogs geben könnte. Maude fing an zu erzählen, wie gut ihr der Film gefallen habe.
»Warum sind wir eigentlich schon gegangen, bevor sie nach Titi gekommen sind?« fragte sie. »Können wir mal wieder hingehen und uns den Schluß anschauen, Nelson?« Ich mußte diese kleine Göre loswerden. Sonst würde ich sie irgendwann vor ein Auto stoßen oder in den Leopardenkäfig im Zoo wer-

fen. Der Rest des Sommers zog sich endlos hin, ein Maude-gefüllter Tag nach dem anderen. Noch vor Ende des Sommers würde einer von uns beiden tot sein.

Plötzlich fiel mir ein, daß die Dairy-Queen-Milchbar Hot dogs auf der Speisekarte hatte. Auf dem Weg dorthin kaufte ich die *Sellwood Bee,* eine Lokalzeitung. Während wir auf das bestellte Essen warteten, las ich die Stellenanzeigen. Fünf Anzeigen von Babysittern waren dabei. Von einem Münztelefon aus führte ich ein paar Gespräche, während eine glückliche Maude ihr Wiener Würstchen und noch die Hälfte von meinem verputzte. Um halb vier brachte ich die Kleine zum Haus einer Mrs. Grace DeWitt, einer grauhaarigen Dame, die ich noch nie zuvor gesehen hatte.

»Ich bin um fünf wieder da, Maude.« Ich gab ihr einen brüderlichen Kuß, obwohl mir mehr danach war, sie zu beißen.

»Wo gehst du hin, Nelson? Nimm mich mit!« heulte sie, als müsse sie in dieser kurzen Zeit der Trennung alle Qualen der Hölle erleiden.

»Ich muß was Wichtiges erledigen. Ich komme bald zurück.« Dann hielt ich mich nicht mehr länger auf, stürmte die Treppe hinunter und auf die Straße.

Ich ging zum Tante-Emma-Laden, um mich mit Tim zu unterhalten, aber er lieferte gerade aus. Mr. Walsh war bei seiner gelähmten Frau im Hinterzimmer, und Hugo hielt die Stellung. Er verkaufte mir eine Schachtel Zigaretten, und ich fragte ihn, ob er mir Schlaftabletten besorgen könne. Ja, meinte er, das ginge schon, es könne aber ein oder zwei Tage dauern. Er fragte nicht, wofür ich sie brauchte.

Ich verließ den Laden und steckte mir eine Zigarette an. Ich rauchte sie bis zum Filter, dann zündete ich mir die nächste an und rauchte auch die zu Ende. Dann ging ich wieder in den Laden und fragte Hugo nach Bier, doch plötzlich tauchte Mr. Walsh auf, und ich kaufte einen Schokoriegel. Danach ging ich in den Park und schmiedete Pläne für den Rest des Sommers.

Mrs. DeWitt verlangte fünfzig Cent die Stunde. Wenn ich Maude jeden Tag vier Stunden zu ihr brachte, machte das zwei Dollar täglich. Das war das Doppelte von dem, was ich für das Aufpassen auf Maude bekam, aber ich konnte ja ein bißchen Geld von meinem Sparkonto abheben. Meine Ersparnisse sollte ich eigentlich für später aufheben, aber wenn ich nicht wenigstens für ein paar Stunden am Tag diesen blonden, blauäugigen Klotz am Bein los wurde, gab es für mich kein Später mehr. Ich konnte auch bei den Ausgaben schwindeln. Busfahrten, »Zooschlüssel«, Kinokarten und Mittagessen bekam ich sämtlich erstattet. Bislang war ich furchtbar ehrlich und gewissenhaft gewesen, aber ich konnte ebensogut noch was auf meine Ausgaben draufschlagen, ohne daß Mom, die sowieso nur an ihre Scheidung dachte, Verdacht schöpfte. Vielleicht fand ich auch einen billigeren Babysitter. Oder einen Teilzeitjob für nachmittags.

Der Park war menschenleer, abgesehen von einem dünnen Mädchen, das irgendwie verwahrlost wirkte und einen so langen Pony hatte, daß ihre Augen völlig verdeckt waren. Ich hatte sie hier schon mal gesehen. Sie saß immer gegen einen Baumstamm gelehnt und zeichnete auf ihrem Skizzenblock. Ein paarmal sah sie zu mir hoch und warf mir finstere Blicke zu, als verderbe ich ihr Bild, nur weil ich zufällig gerade hier war. Schließlich war das ein öffentlicher Park, was bildete die sich eigentlich ein? Ein oder zwei Minuten später ging sie.

Ich rauchte noch eine Zigarette und aß meinen Schokoriegel. Dann steckte ich den Kopf zwischen die Knie, damit ich nicht ohnmächtig wurde. Als ich mich einigermaßen erholt hatte, ging ich zum oberen Teil des Parks und beobachtete ein paar Kinder beim Frisbee-Spielen. Ich hoffte, sie würden mir die Scheibe vielleicht einmal zuwerfen, aber das war nicht der

Fall. Danach ging ich zu Safeway, um mich beim Filialleiter um einen Nachmittagsjob zu bewerben. Er war jedoch versetzt worden, und der neue Filialleiter war gerade nicht da. Die Zeit verging wie im Flug, ich mußte Maude schon wieder abholen. Ich bezahlte Mrs. DeWitt und fragte, ob ich Maude morgen nachmittag wieder zu ihr bringen könne. Sie war einverstanden.

»Nelson, komm mal bitte einen Augenblick rein«, sagte mein Dad, nachdem ich Maude mit Spaghetti aus der Dose und tiefgefrorenem Mais gefüttert und in ihren Schlafanzug gesteckt hatte. Mom und Dad saßen in den Wohnzimmersesseln mit dem einheitlichen Blumenmuster. Da gerade Cocktailstunde war und das Wohnzimmer für mich Sperrgebiet, wußte ich, daß sie etwas Ernsthaftes mit mir besprechen wollten. Sie würden mir nun offiziell mitteilen, daß sie sich scheiden ließen, und mich fragen, bei wem ich wohnen wollte, bei Vater oder Mutter. Um ganz ehrlich zu sein: eigentlich bei keinem von beiden. Ich wußte selbst nicht, wo ich am liebsten wohnen würde. Sicher nicht bei Tim oder Cat. Am liebsten hätte ich in einem meiner Lieblingsromane gelebt, aber ich war vernünftig genug zu wissen, daß es diese Orte, wie Israel und Florenz, in Wirklichkeit gar nicht gab.

»Nelson, komm her«, sagte mein Dad. Er hatte die Krawatte um, die ich ihm zum vorletzten Vatertag geschenkt hatte. Ich fragte mich, ob sie ihm wirklich gefiel oder ob er sie nur trug, weil er sich irgendwie verpflichtet fühlte, sie wenigstens ein- oder zweimal zu tragen. Ich stellte mir vor, wie er zu seinen Kollegen sagte: »Die hat mein Sohn für mich gekauft« und hinzufügte: »Na ja, was kann man da schon machen?«

»Wie ich gehört habe, hast du Maude heute nachmittag bei einer wildfremden Frau abgegeben und erst einige Zeit später wieder abgeholt. Würdest du uns das bitte mal erklären?«

Mein Dad hörte sich überhaupt nicht wütend an. Er klang eher so, als müsse es einen völlig plausiblen Grund für mein Verhalten geben, den ich ihm nur erklären brauchte, und schon würde er ihn akzeptieren. Meine Mom sagte kein Wort. Sie saß nur mit übereinandergeschlagenen Beinen da, als hätte sie mein Todesurteil bereits unterschrieben.

»Ich hatte was Wichtiges zu erledigen«, sagte ich und versuchte, meine Stimme dabei fest und sicher klingen zu lassen.

»Und was war das, Nelson?«

»Etwas, wo ich sie nicht mitnehmen konnte, und es waren ja auch nur eineinhalb Stunden.«

»Was war das für eine wichtige Sache, die du erledigen mußtest, Nelson?« bohrte er weiter.

In meinem Kopf rotierte es, als ich nachzudenken versuchte. Ich konnte es buchstäblich hören. Es klang wie ein Auto, das im Schnee steckengeblieben war.

»Es war nicht so wichtig«, brachte ich kläglich hervor. Normalerweise hatte ich solche Situationen ganz gut im Griff, aber ich war noch ganz benebelt von den Zigaretten, die ich nachmittags geraucht hatte.

»Kanntest du diese Frau?«

»Nein, Sir.«

»Wie bist du überhaupt auf sie gekommen?«

»Über die Zeitung.«

»Du hast also einfach jemanden aus der Zeitung herausgesucht. Ist dir eigentlich klar, daß diese Frau ...« Schwer wie Blei hing der unvollendete Satz im Raum, dann fuhr Dad fort: »Daß sie vielleicht überhaupt keine nette Dame hätte sein können? Daß sie deiner Schwester weh tun hätte können?«

»Das hat sie doch nicht, oder?«

»Darum geht es nicht!« Er klang jetzt wütender. »Falls du's nicht weißt, Nelson, dann muß ich's dir sagen. Es gibt Leute, die kleine Kinder sehr schlecht behandeln. Sie tun ihnen weh.

Und sie tun ihnen noch ganz andere Sachen an, die du hoffentlich nie erleben wirst. Glaubst du etwa, deine Mutter und ich suchen einfach irgendeinen x-beliebigen Babysitter für euch aus der Zeitung raus? Wir sehen uns diese Leute sehr genau an, weil wir vermeiden wollen, daß euch irgend etwas zustößt. Ich weiß nicht, was wir tun würden, wenn einem von euch etwas passieren würde. Und wenn heute nachmittag Maude etwas passiert wäre...«

»Es ist nichts passiert!« unterbrach ich ihn.

»Ich weiß, daß nichts passiert ist. Diese Frau hat nämlich bei deiner Mutter angerufen, weil sie wissen wollte, ob das alles so in Ordnung ist.« Den ganzen Sommer lang hatte ich Maude unsere Adresse und die Telefonnummer beigebracht. Meine guten Absichten kehrten sich wie immer gegen mich. »Deine Mutter hat nach Referenzen gefragt und sich ausführlich mit der Frau unterhalten. Sie ist in Ordnung. Es hätte aber genausogut auch anders sein können.« Ich senkte den Blick als Geste der Demut und konzentrierte mich auf seine Krawattennadel. Es war eine Postkutsche darauf. Die hatte ich ihm auch mal geschenkt.

»Nelson, deine Aufgabe ist es, auf Maude aufzupassen«, belehrte er mich mit strengem Blick. »*Deine* Aufgabe! Nicht die von sonst irgend jemandem. Wenn du so was noch mal tust...«

»Er tut es nicht mehr«, unterbrach ihn meine Mom, und ich erwartete schon, sie würde hinzufügen: »Weil er bereits morgen früh auf dem elektrischen Stuhl schmort.« Doch sie brauchte es gar nicht auszusprechen. Ich hatte auch so verstanden.

»Nein, ich tu's nicht wieder, ich versprech's.« Der Wohnzimmerteppich schwankte hin und her wie eine Schiffsschaukel. Wenn ich einen Ohnmachtsanfall bekam, würden sie dann Mitleid mit mir haben oder auf mir rumtreten?

»Ich möchte wissen, was du in den eineinhalb Stunden gemacht hast, als Maude bei Mrs. DeWitt war«, sagte mein Dad mit etwas ruhigerer Stimme.

»Nichts.«

»Das ist keine Antwort, junger Mann.«

»Es stimmt aber.« Es stimmte tatsächlich, aber Eltern nehmen einem so was nie ab.

»Ich warte auf eine Antwort, Nelson, und meine Geduld ist bald am Ende.«

»Ich bin in einen schmutzigen Film gegangen.«

Das war ein kalkuliertes Risiko. Ich hoffte, er würde jetzt wütend, weil ich mir unanständige Filme ansah, und darüber völlig vergessen, daß ich Maude heute nachmittag zu einer Kinderschänderin gebracht hatte.

»Wie bist du denn in einen schmutzigen Film hineingekommen? Muß man dafür nicht einundzwanzig sein?« fragte er.

»Das ist denen egal.«

Es entstand ein längeres Schweigen. Ich befürchtete, Dad würde nach dem Filmtitel fragen, aber ich hatte für alle Fälle schon einen im Kopf.

»Nelson«, sagte er ruhig, »ich will nicht, daß du dir so was ansiehst. Wenn du etwas über Sex wissen willst, dann komm und frag mich. Ich sag' dir alles, was du wissen willst.« Ich überlegte mir, ob ich ein paar Fragen nach der »anderen Frau« stellen sollte, aber ich wollte keinen Familienstreit vom Zaun brechen, zumal es so aussah, als hätte sich der Sturm etwas gelegt. »Solche Dinge sind nicht gut für dich. In solche Filme gehen seltsame Leute, Männer, die alle möglichen schmutzigen Phantasien mit Jungen wie dir haben, und ich möchte nicht, daß du dich in ihrer Nähe herumtreibst. Es wäre schrecklich für deine Mutter und mich, wenn dir etwas zustoßen würde. Ganz schrecklich.« Er hörte sich wirklich so an, als meinte er das auch. Ich war den Tränen nahe.

»Nelson, komm her«, sagte er mit sanfter Stimme. Er setzte sich auf, und ich ging ein paar Schritte auf ihn zu. »Komm näher.« Das tat ich und blieb vor seinen Knien stehen. Wenn er mich jetzt in die Arme nahm, würde ich die Tränen nicht mehr zurückhalten können. Ich wollte aber nicht vor meinem Vater weinen, denn so wie Mom sollte auch er mich zu den Männern rechnen.

Er schlug mich. Vielleicht hatte er auf meine Backe gezielt, aber er erwischte mich direkt am Ohr. In der siebten Klasse hatte unsere Musiklehrerin einmal eine Stimmgabel zum Unterricht mitgebracht. Sie schlug sie auf dem Tisch an, und der Ton war zum Aus-der-Haut-Fahren, einfach unerträglich. Als mein Dad mich an jenem Abend schlug, dröhnten dieselben schnellen, quälenden Schwingungen in meinem Kopf.

»Tu das nie, nie mehr!« brüllte er mich an. Speicheltröpfchen sprühten aus seinem Mund, und einer landete auf meiner Backe. Ich drehte mich um und rannte hinaus. Meine Mutter zuckte nicht mal mit der Wimper.

In dieser Nacht fiel mir das Einschlafen besonders schwer. Immer und immer wieder ging mir durch den Kopf, was ich meinem Dad hätte sagen sollen. Ich hätte ihn fragen sollen, ob er auch den ganzen Tag auf seine Schwester hatte aufpassen müssen, als er dreizehn war. Ich hätte ihm seine »andere Frau« ins Gesicht schleudern sollen, mal sehen, wie ihm das gefallen hätte. Gegen fünf Uhr morgens schlief ich ein, und zwei Stunden später rüttelte Maude mich wach. Um acht zogen wir los, um Cat zu suchen.

»Nelson, können wir wieder zu der netten Frau gehen?«

»Was für eine nette Frau?«

»Die nette alte Babysitter-Frau. Gehen wir heute wieder zu ihr? Sie war so nett.« Weitere neun Stunden mußte ich der Versuchung widerstehen, ein vierjähriges Kind zu erwürgen.

Seit über einer Woche hatte ich Cat nicht mehr zu Gesicht bekommen, und ich wollte nicht mehr warten, bis sie von sich aus zu mir kam. Wenn sie mich aufzog, weil ich vor ihr gepißt und gekotzt hatte – von mir aus. Es war nun mal nicht mehr zu ändern, und außerdem hing unsere Freundschaft nicht von so trivialen Dingen ab. Ich sehnte mich nach ihrer Gesellschaft, ich brauchte eine Dosis von ihrer Leck-mich-am-Arsch-Haltung.

Auf halbem Weg kniff ich dann wie üblich doch und drehte wieder mal in Richtung Berkeley Park ab. Ich hatte zwei schwere Bücher dabei, einen Wälzer von John O'Hara und *Besessen von der Liebe*. Maude bettelte, ich solle mit ihr auf die Wippe gehen, obwohl sie wußte, daß ich Wippen nicht ausstehen konnte. Ihr gefiel's, besonders wenn ich mich schwer auf mein Ende plumpsen ließ und sie in die Luft katapultierte. Nach einer Weile ließ ich mich immer heftiger draufplumpsen und hoffte, Maude würde den Halt verlieren, wie eine Rakete hochschießen und in irgendeinem Baum hängenbleiben. Als ich einsehen mußte, daß das nicht klappte, ging ich zu den Schaukeln. Maude versuchte mich zu einem Ballspiel zu verführen, aber ich wollte davon nichts wissen, woraufhin sie ihren bockigen Heulton anstimmte. Ungerührt schlug ich eines meiner Bücher auf und fing an zu lesen, während ich zwanghaft hin und her schaukelte.

Zuletzt sah ich Maude auf dem Karussell. Ein paar ältere Kinder drehten sie, so schnell sie konnten, und Maude quietschte vor Vergnügen. Maude konnte es gar nicht schnell genug sein. Ich sah sie vor mir, wie sie in zwölf oder dreizehn Jahren in einem roten Cabrio den Highway entlangraste, neben sich eine angebrochene Flasche Whisky, ihr weißer Schal flatternd im Wind, so wie die Heldin des Romans von John O'Hara, den ich gerade las.

Zwanzig Seiten und fünfzehn Minuten später fiel mir auf, daß ich Maude schon eine ganze Weile nicht mehr lachen oder quietschen gehört hatte. Ich sah auf. Der Park war fast menschenleer. Die älteren Kinder waren verschwunden. Ein paar junge Mütter saßen neben ihren Kinderwagen an einem Picknicktisch, aßen Sandwiches und unterhielten sich. Ein Mädchen, etwas älter als ich, übte mit ihrem Taktstock offenbar für eine Parade. Drei picklige Jungs lagen im Gras, rauchten und sahen zu, wie das Mädchen seinen Stock herumwirbelte. Maude war verschwunden.

Ich rannte zu den Müttern und fragte sie, ob sie ein vierjähriges blondes und blauäugiges Mädchen in einem rosa Unterhemd mit einem roten Apfel darauf gesehen hätten. Sie verneinten. Ich versuchte, ruhig zu bleiben und mir meine Panik nicht anmerken zu lassen.

Es gab einen oberen und einen unteren Teil in dem Park. Die Rutschen, das Karussell, die Wippen und Schaukeln waren im unteren Teil, dann ging es eine leichte Anhöhe hinauf zu einer größeren Grünfläche, auf der zwei Baseballfelder angelegt waren. In der Mitte des Parks stand ein kleines Ziegelgebäude, in dem das Büro des Parkwächters und die Toiletten waren.

Ich stürmte in die Damentoilette und schrie: »Ich suche jemanden!«, aber alle drei Kabinen waren leer. Auf dem Männerklo schrieb ein Junge auf Rollschuhen irgendwas Obszönes an die Wand. Der war auch keine Hilfe.

Auf dem einen Baseballfeld übte eine Juniorenmannschaft, auf dem anderen bolzten ein paar Jungen im College-Alter. Von Maude keine Spur.

Jetzt konnte ich nur noch zum unteren Teil zurückgehen und ihn Meter für Meter absuchen. Ich lief vor und zurück und im Zickzack durch den Park und rief nach Maude. Mein Herz pochte wie verrückt, und mein Atem ging schwer, was aber nicht nur vom Laufen, sondern auch von meiner schrecklichen Angst kam. Wie sollte ich meinen Eltern erklären, daß ich meine kleine Schwester verloren hatte? Wenn mein Dad mich schon schlug, weil ich sie bei einem Babysitter abgegeben hatte, was würde er mir dann um Himmels willen antun, wenn ich nicht mal mehr wußte, wo sie geblieben war? Ich überlegte, ob ich die drei pickligen Jungen bitten sollte, mir beim Suchen zu helfen, aber sie waren vollauf damit beschäftigt, einen Blick auf das Höschen des Mädchens mit dem Taktstock zu erhaschen und wollten wohl nicht gestört werden.

Ich fand Maude hinter einem Busch. Mit glücklichem Gesichtsausdruck hockte sie da, die Unterhose bis zu den Knöcheln heruntergezogen, und pinkelte. Sie blies durch einen Grashalm zwischen ihren Fingern und versuchte darauf zu pfeifen. Ich packte sie am Träger ihres Unterhemds und zog sie hoch.

»Hab' ich dir nicht hundertmal gesagt, du sollst immer in meiner Nähe bleiben? Hab' ich's dir gesagt oder nicht? Ich muß es dir wohl in den Schädel reinprügeln!« Ich brüllte, und mir war klar, daß man mich im ganzen Park hören konnte, aber es war mir piepegal. »Du hast wohl 'nen Dachschaden, oder was?«

»Ich hab' Pipi gemußt.«

»Na und? Dann komm gefälligst und sag's mir! Ich geh' mit, wenn du Pipi mußt! Was fällt dir eigentlich ein? Ich bin überall rumgelaufen! Ich hab' die Schnauze voll von dir, du kleines Miststück!« Ich schlug ihr auf den Po, nicht fest, aber fest genug, daß sie zu heulen anfing und es wieder plätschern ließ. Urin lief ihr die Beine hinab und in die Unterhose, die sich zwischen ihren kleinen Knöcheln spannte. »Und wenn dir jetzt was passiert wäre? Wer wäre dann wieder schuld? Ich natürlich! Immer ich! Du kannst tun und lassen, was du willst, und ich kann's dann ausbaden! Jetzt hab' ich die

Schnauze endgültig voll! Von jetzt an tust du haargenau, was ich dir sage, sonst erzähle ich Mom und Dad, daß du ganz böse und unartig bist! Ein böses, böses Mädchen, und Brausestangen gibt's auch nicht mehr, heute nicht und die ganze Woche nicht mehr, verstanden?« Es war bereits Donnerstag, die Strafe war also nicht so schlimm, wie sie sich anhörte. »Keine Süßigkeiten mehr und keinen Zoo mehr, bis du lernst, dich anständig zu benehmen! Ich tu' immer alles, was du willst, ich bring' dich überall hin. Du kannst dich wirklich nicht beschweren. Aber was tust du? Du rennst einfach auf und davon, und ich kann in dem ganzen Scheißpark nach dir suchen. Ich krieg' fast keine Luft mehr! Und schau, jetzt hast du dich auch noch angepinkelt. Schau dir doch mal die Unterhose und die Schuhe an! Und du willst vier Jahre alt sein? Du benimmst dich wie ein Baby, wie ein blödes, mißratenes Baby!« Ich riß ihr die Unterhose und die Sandalen herunter. Sie heulte hemmungslos.
»He, mach mal halblang, Kleiner!« Unglaublich. Es war einer dieser pickligen Höschen-Gucker.
»Kümmere dich um deinen Kram!« schrie ich.
»Ich glaub', dir geht's zu gut!«
Bis zu diesem Zeitpunkt war mein Leben in ruhigen, gleichmäßigen Bahnen verlaufen, und ich hatte immer Situationen zu vermeiden gewußt, in denen jemand – noch dazu jemand, der größer und älter war als ich – zu mir sagte: »Ich glaub', dir geht's zu gut!« Doch irgend etwas war schiefgelaufen, und jetzt war es soweit: Zwölf Uhr mittags. Der hochaufgeschossene Teenager mit den nikotingelben Zähnen stand gemächlich auf und schlenderte auf mich zu. Ich zog das Taschentuch meiner Großmutter heraus und wischte damit schnell über Maudes Beine. Ihr Urin roch süßlich und scharf wie Schnaps.
»He, du Zwerg, wer is' n das? Deine kleine Schwester?« Er

hatte Beine wie ein Flamingo, zwei röhrenartige Auswüchse, die in einer verwaschenen Jeans steckten. Seine Backen waren mit knallroten Pickelflecken übersät. Er sah nicht so aus, als ob er zu jeder Mahlzeit frisches Gemüse aß.

»Na und, was geht's dich an?« gab ich zurück. Ich hätte nie von mir gedacht, daß ich einmal zu jemandem sagen würde: »Na und, was geht's dich an?« Ich hatte immer geglaubt, ich stünde über solchen Dingen.

»Wieso bist du eigentlich so gemein zu ihr? Sie ist doch noch ein kleines Kind. Warst du nie ein kleines Kind?« Ich versuchte, mir *ihn* als kleines Kind vorzustellen, doch es gelang mir nicht. »He, Kleine, wie heißt du denn? Willst 'nen Kaugummi?« Er bückte sich, und dabei knackten seine Knie so laut, als hätte er sie zum ersten Mal in seinem Leben gebeugt. Er zog eine Kaugummipackung heraus und bot ihr einen Streifen an.

»Sie kriegt keinen!« schrie ich.

»Ich will aber!« flennte Maude, obwohl sie Streifenkaugummi nicht ausstehen konnte.

»Aber natürlich kriegst du ihn«, sagte der Kerl mit einem gelbzähnigen Grinsen. Maude griff nach dem Kaugummi, doch ich hielt ihren Arm zurück.

»Ich hab' gesagt, heute gibt's keine Süßigkeiten mehr! Komm, Maude.« Mit einer Hand hob ich die nasse Unterhose und die Sandalen auf, mit der anderen umklammerte ich Maudes zitternde Hand. Das Zigarettenbürschchen griff in seine Hosentasche.

»Sie kriegt den Kaugummi, du Arsch«, sagte er, und mit einem kurzen, scharfen Klicken schnappte die Klinge hervor. Sie glänzte in der Sonne. Ich starrte sie an. Ich hatte bisher nur einmal ein Schnappmesser gesehen, und das in der *West Side Story*.

»So ein schönes Messer!« stieß Maude bewundernd hervor.

Das Zigarettenbürschchen hielt ihr wieder einen Kaugummistreifen hin, und diesmal versuchte ich nicht, sie zurückzuhalten. Maude nahm den Kaugummi, obwohl ihr das Messer lieber gewesen wäre. Der Bursche und ich starrten uns an. Was, fragte ich mich, würde ich tun, wenn er mit dem Messer auf mich losging? Tanzen?

Doch er lachte nur, wandte sich ab und ging zurück zu seinen Kumpanen. Als ich Maude zum Ausgang zerrte, schrie er mir nach: »Arschloch!«

Ich ignorierte ihn. Ich wollte nur noch schnellstens aus diesem Park raus. Wir eilten zu dem schmalen gepflasterten Weg, der zur Straße führte.

»Halt, ich will meinen Kaugummi«, quengelte Maude.

»Ich hab' gesagt, du kriegst ihn nicht! Willst du jetzt endlich mal auf mich hören!« Sie fing wieder an zu heulen. Als ich verzweifelt nach Maude gesucht hatte und Hilfe hätte gebrauchen können, war der Park erstaunlich leer gewesen, aber jetzt, da ich sie anbrüllte wie ein Oberfeldwebel, scharten sich ringsherum neugierige Menschenmassen. Sie starrten mich an und haßten mich, der ich das unschuldige Gassenkind, diesen Engel mit dem roten Apfel auf dem Hemd, so schlecht behandelte. Ich haßte zurück. Sie hatten einfach keine Ahnung. Man kann ein vierjähriges Mädchen durchaus süß finden, wenn man nicht den lieben langen Tag darauf aufpassen, es von Schnecken fernhalten und mit etwas Nahrhaftem füttern muß. Ich konnte es kaum erwarten, diesen Park hinter mir zu lassen und von diesen Leuten mit ihren ärgerlichen, verurteilenden Blicken wegzukommen. Je schneller wir auf den Ausgang zusteuerten, desto weiter schien er sich zu entfernen.

Da sah ich sie. Sie waren gerade in den Park gekommen. Tim und Cat sahen mich nicht, weil sie nur Augen füreinander hatten, leise miteinander sprachen und Händchen hielten. Hand in Hand spazierten sie durch den Park.

»Schau, da sind Tim und Cat!« Maude hörte augenblicklich auf zu heulen, was bewies, daß ihre Hysterie nur vorgetäuscht war. Kleine Kinder machen einem ständig was vor. Sie wollte winken und hatte schon den Mund aufgerissen, um ihnen zuzurufen, aber ich nahm sie rasch auf den Arm, drehte mich um und rannte in die entgegengesetzte Richtung. Maude kam mir so schwer vor wie ein Sack Zement. Der Weg zum anderen Ende des Parks, wo es einen zweiten Ausgang gab, schien endlos weit zu sein, doch ich rannte, was meine Lungen hergaben, und betete, Tim und Cat würden uns nicht entdecken. Auf der Flucht verlor ich eines der Leihbücher, doch ich blieb nicht stehen. Ich würde abends zurückkommen und es holen.

»Halt, Nelson! Da sind Tim und Cat!«

»Schnauze!« kommandierte ich. Einen Augenblick später erreichten wir den Ausgang, wo sie uns nicht mehr sehen konnten. Ich setzte Maude ab, und sie fing wieder an zu weinen. Das Buch von John O'Hara hatte ich am Umschlag festgehalten, der jetzt von der Bindung abgerissen war. Ich würde die Reparatur bezahlen müssen, wenn ich mir weiterhin Bücher ausleihen wollte.

»Ich hätte Tim und Cat so gern gesehen«, maulte Maude, der meine Gesellschaft auf Dauer nicht genügte. Das konnte ich ihr nicht mal verübeln. Ihre Sandalen waren inzwischen trokken, also zog ich sie ihr wieder an; ich nahm mir vor, Maude noch vor dem Abendessen in die Badewanne zu stecken.

»Komm, wir kaufen uns ein Eis.« Noch vor einer Minute hatte ich gesagt, Süßigkeiten gäbe es diese Woche nicht mehr, aber bei einem Kind muß man eben flexibel sein. »Was willst du, Vanille oder Sahne? Oder vielleicht Nuß?« Maude hörte auf zu heulen, weil sie nachdenken mußte, und wir machten uns auf den Weg zum Tante-Emma-Laden.

Maude sagte, sie finde es schön, ohne Unterwäsche herumzulaufen, und verkündete, daß sie das von nun an immer tun werde. Sie hatte völlig vergessen, daß ich sie in aller Öffentlichkeit ein »kleines Miststück« genannt hatte, daß ich von einem jugendlichen Kriminellen fast erstochen worden wäre, daß ich ihr beinahe ihren kleinen Arm ausgerenkt hätte, als ich sie so eilig auf den Arm nahm... Ich wünschte, auch mir fiele das Vergessen so leicht.

Aber wie sollte ich vergessen, daß ich soeben meine beiden besten Freunde händchenhaltend im Park gesehen hatte, wie ein Liebespärchen in einem romantischen Teenie-Film? Nur die Hintergrundmusik mit den dezenten Streichern hatte noch gefehlt. Vielleicht war es auch nur eine Halluzination gewesen. Bereits seit vier Tagen hämmerte ein quälender Kopfschmerz in meinem Schädel; vielleicht wurde ich langsam verrückt. Aber Maude hatte mit ihrer Piepsstimme geschrien: »Schau, da sind Tim und Cat!« Also waren sie es wirklich, und sie spazierten wirklich Hand in Hand.

Das einzige Mal, daß sie sich vor meinen Augen angefaßt hatten, war, als Cat Tim eins auf die Nase gab. Wir hatten gerade begonnen, das Haus der Shooks zu beobachten. Es war ein Sonntag, und wir hatten uns alle drei ins Baumhaus hineingezwängt, redeten und machten Blödsinn. Tim und ich hatten uns gegen Cat verbündet und veräppelten sie wegen ihrer Klamotten, der Altmännerhosen und Krawatten. Tim hatte eine Bierfahne und redete lauter als sonst. Als er irgendeine Bemerkung darüber machte, daß Cat nicht mal Titten habe, schlug sie zu. Ihre geballte Faust schoß so unvermittelt vor, daß er nicht mal Zeit hatte, sich zu ducken, und sie landete mit voller Wucht auf seinem Nasenrücken. Es war ein ordentlicher Schlag. Ich wünschte, ich hätte auch so einen Schlag drauf. Dann hätte ich's dem Zigarettenbürschchen gezeigt.

Es krachte vernehmlich, und aus Tims Nase schoß Blut hervor. Er preßte seine Hand gegen die Nase, dann betrachtete er erstaunt seine Finger, als hätte er sein eigenes Blut noch nie zuvor gesehen und fände den Anblick höchst interessant. Für einen Augenblick dachte ich, das wäre es schon gewesen. Doch dann ging er Cat an die Gurgel. Er legte seine großen Hände um ihren Hals und drückte zu. Das war kein Spaß mehr – er war wirklich drauf und dran, sie umzubringen. Cat kreischte, sie stieß einen wirklich irren Schrei aus wie in einem Horrorfilm. Ich versuchte Tim von ihr loszureißen. Das war nicht einfach – er war ziemlich stark –, aber schließlich ließ er von ihr ab.

»Verdammte Fotze!« schrie er und bespritzte uns über und über mit Blut. Ich holte mein bewährtes Großmutter-Taschentuch heraus und versuchte ihn sauberzumachen.

»Schau, was du mit meiner Hand gemacht hast! Sie ist gebrochen!« schrie Cat zurück.

»Ich? Du hast mich geschlagen! Wenn du mir die Nase gebrochen hast, bring' ich dich um, du dreckige Fotze!«

»Tim, halt still«, sagte ich und versuchte ihn zu verarzten.

»Hübschen Wortschatz hast du, Timothy.« Cat musterte ihre Hand. »Sie ist garantiert gebrochen. Da, die zwei Finger.«

Ich kam mir vor wie ein Arzt in der Notaufnahme. Maude verletzte sich auch dauernd, deshalb hatte ich immer ein paar einzelne Heftpflaster in der Tasche sowie ein Fläschchen Jod für kleinere Schnitt- und Schürfwunden. Ich brachte Tim dazu, das Taschentuch gegen die Nase zu halten und den Kopf zurückzulegen, während ich mir Cats Finger ansah. Sie waren lang und dünn. Sie sahen nicht geschwollen aus, nur ein bißchen gequetscht.

»Ich glaube, die sind nur verstaucht«, sagte ich im Tonfall eines Arztes bei der Visite.

»Wieso bist du eigentlich immer auf seiner Seite?«

»Bin ich nicht. Ich sage nur, daß ich nicht glaube, daß sie gebrochen sind.«

»Ich kann sie nicht *bewegen!* Sie *sind* gebrochen!« beharrte sie.

»Ich finde, sie sehen o.k. aus.«
»Fick dich, Mann!«
»Na, von mir aus.« Ich zuckte die Achseln, sie zeigte mir den Stinkefinger. Zu spät bemerkte sie, daß dieser wunderbar gerade gestreckte Finger einer der beiden gebrochenen sein sollte. Schnell verbarg sie ihre Hand im Schoß und streichelte sie vorsichtig mit der anderen Hand. Ich fing an zu lachen, dann lachte auch Tim, und schließlich mußte sogar Cat über sich lachen. Dann putzte Tim sich mit dem Taschentuch die Nase und versuchte, Cat den blutigen Rotz ins Gesicht zu schmieren. Wir stießen uns an und lachten, bis wir alle Bauchweh hatten. Das war meines Wissens das einzige Mal gewesen, daß sie sich je berührt hatten. Und jetzt spazierten sie Hand in Hand durch den Park.
Soviel ich weiß, hatte Tim nie zuvor die Hand eines Mädchens gehalten. Die Mädchen mochten ihn, weil er groß und dunkelhaarig war und so eine weiche Stimme hatte. Doch wenn sie versuchten, mit ihm ein Gespräch anzufangen, starrte er auf den Boden, pulte mit dem Finger im Ohr, betrachtete sein Ohrenschmalz, zog seine Brille heraus, polierte sie, setzte sie auf, fegte ein paar Schuppen von seiner Schulter – kurz, er tat alles, um bloß nicht antworten zu müssen. Meines Wissens hatte er noch nie ein Mädchen nach Hause begleitet – von romantischem Händchenhalten im Park ganz zu schweigen.
Andererseits war Cat auch kein richtiges Mädchen. Sie zog Männerklamotten an, trug das Haar kürzer als jeder Soldat und fluchte unflätiger als jeder Junge, den ich kenne. Sie konnte Tim nicht einmal leiden. Für sie war er ein Schwachkopf, der im Baumhaus immer nur wichste. Und dann hielt sie genau das Händchen, das er angeblich zum Wichsen benutzte! Das machte doch keinen Sinn. Es erinnerte mich an einen immer wiederkehrenden Traum, in dem ein guter

Freund behauptet, er würde einen nicht kennen, oder den, in dem man nach Hause kommt und feststellt, daß die Eltern jemand anderen in deinem Zimmer einquartiert haben.

Im Park war es still, als ich abends zurückkehrte, um das ausgeliehene Buch zu holen. Genau da, wo ich es fallengelassen hatte, war es noch: *Besessen von der Liebe*. Am Rande des Parks lagen ein Junge und ein Mädchen im Gras, er hatte seine Hand unter ihren Pulli geschoben. Ich fragte mich, ob ich jemals besessen von der Liebe sein würde. Ich setzte mich für ein Weilchen auf die Schaukel und schaukelte, so hoch ich nur konnte. Gegen neun ging ich heim.

Der Freitag verging, und am Samstag sah ich mir noch einmal die *Meuterei auf der Bounty* an. Ich kaufte das Heft zum Film, damit ich Dad notfalls beweisen konnte, daß ich in nichts Unanständigem gewesen war. Seit er mich geschlagen hatte, schlich ich wie ein Einbrecher im Haus herum. Meistens blieb ich ich meinem Zimmer, und wenn ich aufs Klo mußte, wartete ich so lange, bis ich sicher war, daß ich ihm nicht im Flur begegnen würde. In die Küche ging ich nur, wenn ich wußte, daß meine Eltern im Wohnzimmer waren. Dann nahm ich mir irgendwas Handliches, ein Stück Brot oder eine Handvoll Trauben, und brachte es in mein Zimmer, wo ich es aß. Am Sonntag vormittag fühlte ich mich nicht wohl und blieb im Bett. Am Nachmittag ging ich dann zu Tim.

In seinem Haus ging's laut und chaotisch zu wie immer, und ich sah – wie jedesmal – ein Kind, das ich noch nie zuvor bemerkt hatte. Vielleicht war es ein Kind aus der Nachbarschaft, aber ich stellte mir vor, wie Tims Brüder und Schwestern sich wie Amöben teilten und vermehrten.

Tim saß auf seinem Bett und starrte wie ein Geistesgestörter an die Wand. Er schien sich über meinen Besuch sehr zu freuen.

Noch nie hatte ich ein so unaufgeräumtes Zimmer gesehen. Überall lagen Klamotten herum, dazwischen Teller, Gläser und leere Limoflaschen. In oder auf diesen Gegenständen befand sich immer irgendwas: die Brotkruste eines Sandwiches, ein letzter Schluck Milch, ein Zigarettenstummel in verschimmelter Limo. Die Aschenbecher waren wohl zuletzt geleert worden, als man das Rauchen erfunden hatte. Tim hatte eine Modellbauphase durchgemacht, hie und da standen halbfertige Flugzeuge und Schlachtschiffe herum, aber kein einziges war fertig. Eine Tube Leim klebte für alle Zeiten auf dem Fensterbrett. Die Dart-Scheibe an der Tür schien unbenutzt, doch ringsherum war die Tür mit Löchern übersät. Auf einem Tisch neben seinem Bett stand eine Hifi-Anlage, aber keine einzige Platte befand sich in ihrer Hülle. Jede Schublade seiner Kommode war herausgezogen, T-Shirts, Pullis und dreckige Socken hingen heraus, als hätte es in der Kommode eine Explosion gegeben. Auf dem Schreibtisch stand eine Schreibmaschine, daneben lag ein aufgeschlagenes Buch, »Maschineschreiben leichtgemacht«, Kapitel Zwei. Ein Hühnerknochen lag am oberen Seitenrand, vielleicht als Einmerker.

Tim hatte was wirklich Tolles, eine elektrische Modelleisenbahn mit Gleisen, die durchs ganze Zimmer führten: unter dem Bett hindurch, über die Kommode und den Schreibtisch, auf den Boden vor der Tür. Bei den langen Strecken hatte er die Gleise mit Stützträger stabilisiert, ein technisches Meisterwerk, das ich nicht weniger beeindruckend fand als die Kwai-Brücke. Die Schienen lagen teilweise lose, und die kleinen Figuren, die Signalanlagen und die Bäume waren größtenteils umgefallen, aber die Modelleisenbahn war trotzdem recht hübsch. Sie machte was her.

»Komm nur rein.« Er stand auf und schob mit dem Fuß ein paar Sachen beiseite, um Platz zu schaffen. »Ich muß mal wieder aufräumen«, sagte er in einem Ton, der vermuten ließ, daß es nie dazu kommen würde. »Was gibt's Neues?« Er nahm ein Badetuch von der Lehne des Schreibtischstuhls und rückte ihn mir zurecht. Auf dem Sitz stand ein Teller mit der verschrumpelten Schale einer Wassermelone. »Pflanz dich«, forderte er mich auf und räumte den Melonenteller woanders hin.

Wenn er gesehen hatte, wie ich Donnerstag nachmittag im Park vor ihm davongelaufen war, würde er das sicher erwähnen. Ich hatte mir überlegt, daß ich behaupten würde, Maude sei plötzlich schlecht geworden und ich hätte sie zum Arzt bringen müssen. Kinder sind immer an einem Tag todkrank und am nächsten wieder quietschfidel. Wenn er nicht auf die Sache zu sprechen kam, wollte ich versuchen, ihn ein wenig über Cat auszufragen.

»Was hast du denn so getrieben?« fragte ich beiläufig, während ich den Rumpf einer Merkur-Rakete in die Hand nahm und etwas Staub davon wegwischte. Sie sah aus, als fehlte nur noch eine Stück der Seitenverkleidung und eine Flosse.

»Nicht viel. Die muß ich demnächst mal fertig machen«, sagte er in demselben resignierten Tonfall, mit dem er über das Aufräumen gesprochen hatte. »Für den Laden geht ganz schön viel Zeit drauf.«

»Glaub' ich. Ich hab' dafür auf Maude aufgepaßt.«

»Sie ist ein nettes Kind.« Tim mochte kleine Kinder. Mir konnten sie gestohlen bleiben.

Tim hob eine Jeans vom Boden auf und durchsuchte die Taschen nach Kleingeld, fand aber nicht viel. Er warf die Hose auf die Kommode, doch sie fiel herunter. Aber er bemerkte es nicht.

»Wie geht's Mr. Walsh?« fragte ich, um das Gespräch in Gang zu halten.

»Gut.«

»Hast du seine Frau eigentlich schon mal gesehen?«
»Bis jetzt noch nicht.«
»Glaubst du, daß es sie überhaupt gibt?«
»Na klar.« Tim fing an, ein paar Schienenstücke zusammenzustecken. So begannen unsere Unterhaltungen immer, ein paar Worte wurden gewechselt, unvollständige Sätze, kaum ein Gesprächsfluß. Wir taten beide so, als sei uns der andere im Grunde völlig egal. Nach einer Weile tauten wir dann auf, es ergab sich ein Gesprächsrhythmus, und wir waren nicht mehr zu bremsen. Aber es dauerte immer ein wenig, bis wir in Fahrt kamen.
»Ich hab' über diesen Abend nachgedacht. Den vierten. Den dritten, genaugenommen«, sagte ich, als sei das der langweiligste Abend meines Lebens gewesen, an den ich mich erst erinnern konnte, nachdem ich über jeden anderen Abend in meinem Leben nachgedacht hatte. Tim grinste. »Ich hab' Cat seitdem nicht mehr gesehen. Du?« Ich hängte einen geschlossenen an einen offenen Güterwagen. Eine Modelleisenbahn hatte ich immer schon haben wollen und mir jedesmal eine zu Weihnachten gewünscht, aber nie bekommen.
»Eigentlich nicht. Sag mal, mieft's hier drin?« Er sah sich um und schnüffelte. »Hier stinkt's doch, oder?« Ich zuckte die Achseln, und er grunzte wieder. Dann fing er an, im ganzen Zimmer die Unterwäsche und die dreckigen Socken von den Gleisen zu räumen.
»Keiner von uns hat die Wette gewonnen«, sagte ich nach einer angemessenen Pause.
»Was für 'ne Wette?«
»Weißt du nicht mehr? Wir haben gewettet, ob Cat Boxershorts oder Herrenslips trägt. Ich hab' Herrenslips gesagt, du Boxershorts. Hast du gesehen, was sie angehabt hat? So ein cremefarbenes Höschen, das um die Beine rum mit Spitzen besetzt war. Ich mache jede Wette, daß ihr das die ›Hure‹

gekauft hat, auch wenn Cat sagt, daß sie immer alles zerschneidet, was sie von der ›Hure‹ kriegt.«

»Das ist Blödsinn. Sie zerschneidet gar nichts. Ihr Kleiderschrank ist voll von solchem Zeug. Lauter Schnickschnack, den ihr ihre Mutter geschenkt hat.«

»Wirklich?« Er kroch unter das Bett, um dort das Gleis freizuräumen. Ich hängte noch einen Kohlenwagen und einen Dienstwagen an meinen Zug an. »Woher weißt du das?«

»Sie hat's mir gesagt.« Tim kam mit einem Schmuddelmagazin und einem Spiralheft unter dem Bett hervor. Die Zeitschrift schob er unter seine Matratze, das Spiralheft warf er in Richtung Schreibtisch. Es traf auf die Tischkante auf und fiel in den Papierkorb. Tim machte sich nicht die Mühe, es herauszufischen. »Sie hat mir ihren ganzen Kleiderschrank gezeigt.«

»Im Ernst? Wann denn?«

»Als du so fertig warst.« Er nahm die vier Wagen, die ich aneinandergehängt hatte, und setzte sie auf die Schienen, dann suchte er nach dem Triebwagen.

»Ah, ja, ich wollte dich sowieso mal fragen, was ihr eigentlich die ganze Zeit gemacht habt. War ja ziemlich lang, vier Stunden oder so. Was war denn noch los?«

»Nicht viel. Wir haben noch ein bißchen was getrunken.«

»Ihr habt noch *mehr* getrunken?« Mein Magen hob sich.

»Ich war nicht so betrunken. Cat auch nicht. Nur du hast dich so vollaufen lassen.« Ich fand die Lok unter einem schmutzigen Sweatshirt, das am Rücken und unter den Armen schwarze Flecken hatte, als schwitze Tim Tinte.

»Wieso hat sie dir überhaupt ihren Schrank gezeigt? Das ist doch irgendwie komisch, oder?« Ich versuchte, lässig zu wirken. Wenn ich zuviel Neugier zeigte, würde er vielleicht nichts mehr rausrücken wollen.

»Wir haben halt so über unsere Eltern geredet, kennst das ja, man jammert sich gegenseitig was vor, dann hat sie ihren Schrank aufgemacht und mir das ganze Zeug gezeigt, das ihr ihre Mom gekauft hat. Zentnerweise Klamotten. Ein paar Sachen hat sie dann übergezogen.«

»Sie hat dir ihre Kleider vorgeführt?« Das war beinahe unvorstellbar.

»Haben ihr nicht schlecht gestanden. Ich hab' ihr gesagt, sie sollte so was doch auch in die Schule anziehen, nicht diese Fetzen, die sie immer anhat, aber sie hat gemeint, das kommt gar nicht in Frage.« Irgend etwas stimmte nicht mit dem Gleis. Funken stoben unter den Rädern der Lok hervor, aber sie bewegte sich nicht. Tim suchte das Gleis nach einem Kurzschluß ab.

»Und was habt ihr noch gemacht? Ich meine, sie wird ja nicht vier Stunden lang Mannequin gespielt haben.«

»Nö. Sie hat nur ein paar Sachen anprobiert. Ich weiß auch nicht«, sagte er unbestimmt, als er ein verbogenes Gleisstück betrachtete. Er versuchte es wieder geradezubiegen. »Bloß geredet. Und so 'n Spiel gemacht.«

»Was für ein Spiel?«

»Das haben wir erfunden. Sie durfte mich was fragen, was sie wollte, und ich mußte ihr die Wahrheit sagen. Dann durfte ich sie was fragen. Das haben wir eine Weile gespielt.«

»Und was hat sie dich gefragt?« Mir fiel jetzt auf, daß es in seinem Zimmer wirklich stank. Vielleicht lüftete er zu wenig. Ich sah nach dem Fenster und fragte mich, ob es jemals offen gewesen war.

»Ach, weißt du, so Zeug, welche Mädchen in der Schule mir gefallen. Ob ich in diese Dingsda – wie heißt die Ziege noch? –, diese Conny verknallt bin. Stell dir vor, das hat sie wirklich geglaubt. Dabei kann ich diese blöde Kuh nicht leiden.« Conny war eines der vielen Mädchen, die im Lauf des Schuljahres zu mir kamen und sich nach Tims Geburtstag erkundigten, um ihm etwas zu schenken. Am Valentinstag bekam er haufenweise Valentinsbriefchen von verschiedenen Mädchen. Ich kriegte immer nur vier, davon drei von meinen Lehrern.

»Was hast du Cat gefragt?« Ich unterdrückte ein vorgetäuschtes Gähnen, um mein völliges Desinteresse zu bekunden.

»Ich hab' gefragt, welche Mädchen in der Schule die besten Titten haben. Ich hab' gedacht, sie müßte es wissen, weil sie sie doch im Umkleideraum immer nackt sieht.«

»Was hat sie gesagt?«

»Laurie Cooney. Auch so 'ne blöde Kuh.« Im allgemeinen hielt Tim von Mädchen, eigentlich sogar von der ganzen Menschheit, ziemlich wenig.

»Was habt ihr euch noch gefragt?« Er hatte das verbogene Teil repariert und wieder eingebaut, und jetzt bog er alle anderen mehr oder weniger verbogenen Schienenstränge im ganzen Zimmer gerade.

»Scheiße, ich weiß es nicht mehr. Ist ja schon über 'ne Woche her.«

»Muß aber doch recht interessant gewesen sein«, versuchte ich ihn zu ermutigen. »Ich habe mich noch nie mit einem Mädchen so unterhalten. Mir würden tausend Sachen einfallen, die ich sie fragen würde.«

»Na ja, sie hat zum Beispiel gefragt, wie es ist, einen Schwanz zu haben«, sagte er beiläufig.

Meine Kinnlade klappte runter. »Was hast du ihr denn darauf geantwortet?«

»Ich hab' gesagt: ›Woher soll ich das wissen? Ich hab' keine Ahnung, wie es ist, *keinen* Schwanz zu haben.‹ Sie hat gemeint, das ist keine richtige Antwort, also hat sie noch mal fragen dürfen. Ist mal wieder typisch, sie stellt einfach Regeln auf, wie's ihr paßt. Ich hab' gesagt: ›Leck mich am Arsch‹, sie hat gesagt: ›Du bist wirklich so blöd, wie du aussiehst‹ – das Übliche eben. Am Ende hab' ich gesagt: ›Ach, ist ja egal, frag weiter.‹ Und sie sagt: ›Was ist das für ein Gefühl, einen Steifen zu kriegen?‹ «

Ich konnte es nicht fassen, daß so ein Gespräch stattgefunden hatte, während ich keinen Meter entfernt im Bett lag. Wie konnten sie über so etwas reden, wenn ich nicht dabei war – jedenfalls nicht richtig dabei? Ich legte zwar keinen Wert darauf, Cat ein so intimes Gefühl zu schildern, aber ich hätte gern mit angehört, wie Tim es zu beschreiben versuchte.

»Ist ja irre«, staunte ich. »Was hast du gesagt?«

»Ich schätze, ich hab's ihr ungefähr erklärt. Ich weiß nicht, ob ich die richtigen Worte gefunden hab', aber ich hab's versucht. Dann hab' ich sie gefragt, ob sie etwas Ähnliches empfindet, auch wenn sie keinen Schwanz hat. Sie hat gesagt: ›Ja. Es ist ein bißchen anders, aber schon so ähnlich.‹ «

»Cat?« fragte ich ungläubig und versuchte, mir Cat mit einem Steifen vorzustellen.

»Ist ja schließlich auch ein Mensch«, meinte Tim achselzukkend. Er entfernte einen Staubfussel vom Gleis. »Dann war sie wieder dran. Was hat sie denn gleich noch mal gefragt...?« Mir schwirrten alle möglichen Fragen durch den Kopf. »Ah, jetzt weiß ich's. Sie hat gefragt, wie oft Jungs eine Erektion bekommen. Sie hat gefragt: ›Einmal im Monat? Zweimal?‹ Mann, du hättest ihr Gesicht sehen sollen, als ich's ihr gesagt hab'«, meinte er und kicherte stolz.

»Inzwischen wart ihr wieder angezogen, oder?« fragte ich, um mir ein genaues Bild machen zu können.

»Nein, erst später. Ich hab' sie gefragt, wie das ist, wenn sie ihre Periode hat. Weißt du, es war ein echt philosophisches Gespräch. Fragen, die die Welt bewegen. Ein richtiges Erwachsenengespräch.« Tim drehte an einem Schalter, und der Zug setzte sich in Bewegung. Er tuckerte unter dem Bett hindurch.

»Wie lang habt ihr das gespielt?«

»Bis uns keine Fragen mehr eingefallen sind. Dann haben wir über andere Sachen geredet. Wie's in der Cleveland-High-School wohl wird. Was wir machen wollen, wenn wir aus der Schule raus sind. Und noch so anderes Zeug über unsere Familien.«

»Und danach habt ihr mich geweckt?«

»Nein, da war es erst zwei oder halb drei.«

Tim baute die Bäume und Bahnhöfe entlang den Gleisen auf. Winzige Leute winkten dem Zug zu, Autos standen vor den gestreiften Bahnschranken. Er mußte zu jedem Geburtstag und zu jedem Weihnachten ein paar neue Zubehörteile bekommen haben. Selbst wenn ich mir von jetzt an zum Geburtstag und zu Weihnachten jedesmal ein paar Teile schenken ließ, hätte ich wahrscheinlich nicht einmal mit dreißig eine so tolle Eisenbahn wie Tim.

»Was habt ihr dann gemacht?« Ich hoffte, Tim hörte die Nervosität in meiner Stimme nicht. Ich kam mir vor wie ein Todkranker, dem die Frage auf den Nägeln brennt, wie lange er noch zu leben hat.

»Wir haben gebadet.«

»Gebadet?«

»In der Badewanne.«

»Zusammen?« Ich erinnerte mich, daß Cat, als sie mir einen Gute-Nacht-Kuß gegeben hatte, frisch gebadet gerochen hatte, aber ich hatte das für unmöglich gehalten. Mir fiel auch ein, daß sie Tim nicht geküßt hatte; vielleicht fand sie das unpassend nach einer zweistündigen Diskussion über Menstruation und Erektion.

»Was habt ihr denn in der Wanne gemacht? Euch gegenseitig gewaschen?« In meiner Stimme schwang eine gewisse Gereiztheit mit, die ich unter Kontrolle zu bekommen versuchte.

»Nur ein bißchen am Rücken. Wir haben so ein anderes Spiel gespielt. Das haben Sam und ich schon als Kinder gespielt. Man schreibt mit dem Finger was auf den Rücken des anderen, ein Wort oder einen Filmtitel, und der muß das Wort erraten. Hast du das auch mal gespielt?«

»Mit wem denn, mit Maude vielleicht? Die kann ja nicht mal lesen!« Wieder diese Gereiztheit.

»Na ja, das haben wir also 'ne Weile gespielt, und dann haben wir eine ziemlich runzlige Haut gekriegt und sind rausgestiegen, haben uns abgetrocknet und angezogen. Und dann haben wir dich aufgeweckt.«

Der Zug fuhr jetzt ruhig und machte ein angenehm surrendes Geräusch. Es gibt einfach nichts Schöneres als das Geräusch einer fahrenden Modelleisenbahn. Es ist so beruhigend.

»Wie konntet ihr das nur tun, wo ich gleich daneben lag?«

»Was meinst du?«

»Ich meine, ich habe direkt neben euch gelegen.«

»Nelson, du warst doch völlig am Ende.«

»Ihr seid meine besten Freunde.«

»Wir haben schließlich auf dich aufgepaßt, oder? Du warst ganz schön fertig. Hast nur noch gelallt und immer gesagt: ›Mirssoschlecht, mirssoschlecht.‹ Hättest dich mal sehen sollen, Nelson, wie so ein Schnapsbruder.«

»So wie ich das sehe, habt ihr gebumst, und ich war mit euch im selben Zimmer!« schrie ich. Mein Gesicht lief dunkelrot an, und Tränen stiegen mir in die Augen. Ich wußte nicht, was ich getan hätte, wenn ich losgeheult hätte. Mich vor den Zug geworfen, wahrscheinlich.

»Mensch, Nelson, du weißt, daß das nicht stimmt.«

»Woher soll ich's wissen?«

»Weil ich's dir sag'.«

»Soll ich dir vielleicht noch glauben, nachdem du mich so angelogen hast?«

»Wann hab' ich dich angelogen?«
»Du hast gesagt, du hast Cat seit diesem Abend nicht mehr gesehen. Aber ich hab' euch im Park gesehen, wie ihr spazierengegangen seid und Händchen gehalten habt!«
»Sag mal, spionierst du etwa hinter uns her?«
»Und bei ihr zu Hause warst du auch, am Montag abend, weil ich euch lachen gehört hab'. Wahrscheinlich habt ihr euch kaputtgelacht, wie blöd ich ausgesehen hab', als mir schlecht war! Also hast du mich mindestens zweimal angelogen, und ich soll dir noch ein Wort glauben?«
Tim sagte erst mal gar nichts. Er steckte ein paar Singles in die zugehörigen braunen Papierhüllen.
»Ich hab' gedacht, du willst, daß Cat und ich Freunde sind.«
»Will ich auch. Natürlich will ich das.«
»Ständig erzählst du mir, daß sie eigentlich ganz nett ist, daß sie kein Miststück ist. Sie ist nur ein bißchen schwierig, weil die ›Hure‹ davongelaufen ist und ihr Dad sich nicht um sie kümmert. Und sie findet sich selbst nicht hübsch, deshalb zieht sie sich so komisch an und schneidet sich die Haare selber.«
»Das hab' ich alles nie gesagt«, leugnete ich ärgerlich. Das mußte bei ihrer Modenschau zur Sprache gekommen sein.
»Jedenfalls erzählst du mir dauernd, ich soll Geduld mit ihr haben und nett zu ihr sein, und wenn ich's dann tue, bist du gleich völlig aus 'm Häuschen.«
»Geht ihr miteinander?« fragte ich mit der unvermittelten Direktheit eines Untersuchungsrichters.
»Nelson...« Wieder mein Vorname zuerst. Das bedeutete nie etwas Gutes. Er brauchte mir nichts zu sagen, daß sie miteinander gingen, natürlich gingen sie miteinander. Wahrscheinlich wollten sie heiraten. Ich fragte mich, ob sie mich als Trauzeugen haben wollten oder ob ich erst gar nicht zur Hochzeit eingeladen werden würde. Ich stellte mir vor, wie The Ban-

dits, Sams Band, beim Empfang spielte. Was würde Cat anziehen, einen Smoking? »Du stehst wirklich neben dir, Alter«, fuhr Tim fort. »Beruhige dich erst mal. Was ist denn nur los mit dir?«

»Nichts«, erwiderte ich und konzentrierte mich auf den Zug, der sich die Steigung zum Fensterbrett hinauf mühte. Er hatte recht, meine Reaktion war übertrieben. Es war mein Fehler, daß mir schlecht geworden war und ich die Modenschau und das Wahrheitsspiel verpaßt hatte. Es war ja nicht verboten, daß Tim Cat zu Hause besuchte und mit ihr durch den Park spazierte. Ich wollte, daß sie einander mochten; meine Güte, jeder brauchte Freunde. »Ich hab's einfach nur satt, jeden Tag auf Maude aufzupassen«, erklärte ich mit matter Stimme.

»Mach dir keine Sorgen. Der Sommer ist schon halb rum. Nächstes Jahr sind wir auf der High-School.«

Jetzt war der geeignete Moment, mit ihm zu reden, ihm zu sagen, was mir wirklich auf dem Herzen lag. Daß meine Eltern sich scheiden lassen wollten. Daß ich mich zwischen ihnen entscheiden mußte, obwohl ich zu keinem von beiden wollte. Daß Dad mich geschlagen hatte. Daß ich beinahe meine kleine Schwester umgebracht hätte. Daß ich deswegen ein schlechtes Gewissen hatte und mir trotzdem fast wünschte, es hätte geklappt. Wenn es Gefängnis bedeutet hätte, dann hätte ich wenigstens gewußt, wo ich wohnen würde und mit wem zusammen. Es war an der Zeit, jemandem zu sagen, daß ich Kopfschmerzen hatte, bei denen auch Aspirin nicht half. Daß ich wußte, daß ich krank war, aber zuviel Angst hatte, zum Arzt zu gehen und mich untersuchen zu lassen.

Doch ich sagte Tim nichts von alledem. Unsere Freundschaft hatte ihre Grenzen. Ich saß nur da und schaute zu, wie der Zug seine Runden drehte, unter dem Bett hindurch, über den

Schreibtisch und an den kleinen Figürchen vorbei, die die Hände zum Winken erhoben hatten.
»He, Nelson, willst du die Eisenbahn haben?« brach Tim das Schweigen. »Ich will sie sowieso nicht mehr. Kannst sie haben, wenn du magst.«
Aha. Trostpreis. Er bekam das Mädchen, ich die Eisenbahn. Vielen Dank, Tim. Sah er denn nicht, daß ich Probleme hatte, die mit einer Modelleisenbahn nicht zu lösen waren, auch wenn noch so viel Zubehör dabei war? Hielt er mich für so bemitleidenswert, für einen solchen Sozialfall? Er schuldete mir mehr. Ich hätte alles für Tim getan. Ich liebte ihn, wie man jemanden nur lieben konnte, und das war jetzt der Lohn dafür. Er war so blöd, daß er nicht mal kapierte, wie sehr er mich damit verletzte. Und das Allerschlimmste daran war, daß ich die Eisenbahn wirklich gern gehabt hätte. Ich fand sie einfach toll.
»Nö. Danke.«
Als ich von Tim wegging, mußte ich daran denken, wie glücklich Bobby Shook gewesen war. Er hatte keine Freunde und brauchte sich nie den Kopf zu zerbrechen, ob sie miteinander gingen oder nicht. Er war geistig zu minderbemittelt, um überhaupt zu begreifen, daß er Probleme hatte. Wenn er die Straße entlangging, lag immer ein breites, glückliches Grinsen auf seinem Gesicht. Vielleicht mußte man behindert sein, um glücklich zu sein.
Oder ein Kind. Die unbedeutendste Kleinigkeit konnte Maude in einen Zustand höchster Glückseligkeit versetzen. Sie wußte nicht, daß unsere Eltern sich scheiden lassen wollten. Es hätte ihr auch nichts ausgemacht, daß Tim und Cat zusammen badeten. Sie hätte das lustig gefunden und mit in die Wanne steigen wollen. Sie hatte jemanden, der ständig auf sie aufpaßte, und das größte Problem in ihrem Leben war die Entscheidung zwischen Orangeneis und Limoneneis. Manch-

mal heulte sie, aber meistens tat sie nur so, und nach einer Sekunde war sie über ihr Problem hinweg. Ich konnte mich nicht einmal erinnern, wann ich zuletzt über ein Problem hinweggekommen war.

Ich marschierte schnell. Ich ging dorthin, wo ich sonst auch mit Maude hinging: in den Park (voller Leute), zur Bücherei (geschlossen), zum Laden (geschlossen), zum Krematorium (geöffnet). Es war reine Gewohnheit, und ich konnte nichts daran ändern, nicht einmal an meinem freien Tag. Der Golfplatz, der Park mit den Enten, die Bahngleise. Ich wollte nicht nach Hause gehen, wo ich mich nur unauffällig aufhalten konnte und auf Zehenspitzen herumschleichen mußte, um nicht meinen mißbilligenden Eltern in die Arme zu laufen. Außerdem ging mir ihr endloses Gerede, das nur von dem durchdringenden Knacken der Eiswürfelschale durchbrochen wurde, auf die Nerven.

Ich ging zu meiner alten Schule. Sie kam mir schon jetzt kleiner und wie etwas lang Vergangenes vor. Tim sagte: »Nächstes Jahr sind wir auf der High-School«, als wären damit alle Probleme gelöst. Aber unser Frühlingsausflug zur Cleveland High-School hatte mich eher entsetzt. In den Gängen drängten sich Unmengen von Schülern, die auf dem Weg zu ihren Kursen waren, Garderobenschränke zuschlugen, Schlachtrufe für ihre Baseballmannschaft skandierten und Szenen für ihren Dramakurs einübten. Glocken läuteten, über die Lautsprecher kamen irgendwelche Durchsagen. Bei den Versammlungen waren so viele Leute wie bei einem Parteitag. Und die Schüler wirkten alle viel älter und reifer als ich.

Es war schon fast dunkel, als ich mich durch die Hintertür in unser Haus schlich. »Bist du's, Nelson?« rief meine Mom hinaus. Ich antwortete »ja« und wartete darauf, daß meine Eltern mich ins Wohnzimmer riefen, um mir zu sagen, daß es ihnen leid tat, daß sie so aufgebracht gewesen waren, und zum

Trost hätten sie beschlossen, sich nun doch nicht scheiden zu lassen. Aber sie sagten nichts.
Im Badezimmerspiegel betrachtete ich mein Gesicht: Es war ein rundes, farbloses Durchschnittsgesicht. Ich suchte nach irgendwelchen charakteristischen Merkmalen, fand aber keine. Das blonde, kurzgeschnittene Haar machte mein Gesicht noch blasser und langweiliger. Ich versuchte festzustellen, ob ich eher meiner Mutter oder meinem Vater ähnlich sah, aber meiner Meinung nach sah ich keinem von beiden ähnlich – ein Mutant.
Ich zog mich aus und betrachtete mich im Ganzkörperspiegel. Meine Haut kam mir unnatürlich weiß vor, und aus einer plötzlichen Laune heraus schaltete ich das Licht aus, um zu sehen, ob mein Körper im Dunkeln leuchtete. Ich fragte mich, was Cat wohl durch den Kopf gegangen war, als sie mich zum ersten Mal nackt gesehen hatte. Aber ich hatte keine Ahnung.
Dann kniete ich mich auf den Boden und hielt den Kopf über die Kloschüssel, so wie damals, als ich mich in Cats und Tims Gegenwart hatte übergeben müssen. Ich warf einen Blick über die Schulter zum Spiegel, denn ich wollte wissen, was ich in dieser Position für einen Figur machte. Keine allzu gute.
Wenn ich auch meinen Eltern nicht ähnlich sah, so erinnerte mich mein Körper doch an irgend jemanden; aber an wen? Sicherlich nicht an Tim. Auch nicht an Cat. Andere Leute kannte ich aber nicht nackt.
Da fiel es mir ein: Maude. Als sie dreieinhalb war, hatte sie ihre Nacktphase. Sie lief mit Vorliebe nackt im Haus herum, besonders, wenn meine Eltern Besuch hatten. Dann tauchte sie immer ganz unerwartet auf und drängte sich unter die Leute. Sie ließ sich den Kopf tätscheln, ein bißchen am Bauch kitzeln, und Mom und Dad lachten. Niemand kam auf den Gedanken, Maudes Nacktheit könne unanständig oder pro-

vozierend sein. Ebenso unschuldig sah auch mein Körper aus, kein bißchen sexy. Das soll nicht heißen, daß meine Eltern und ihre Gäste entzückt wären, wenn ich nackt durchs Haus laufen würde. Ich würde den Ärger meines Lebens bekommen. Ich meine vielmehr, wenn ich nackt durchs Haus laufen würde, dann würde kein Mensch sagen: »Mit dem möchte ich in die Badewanne steigen.«

An diesem Abend las ich nicht einmal. Ich schaltete das Licht aus, kroch unter die Decke und unterdrückte das Bedürfnis, mir einen Teddybär von Maude zu holen. Ich versuchte, nicht an Tim und Cat zu denken, aber ich dachte an nichts anderes.

Ich fragte mich, ob sie ineinander verliebt waren. Und ich fragte mich, ob Dad und die »andere Frau« auch verliebt ineinander waren, obwohl er meiner Mom versichert hatte, daß es eine rein sexuelle Sache sei. Wenn es nur um Sex ging, warum machte meine Mom dann so ein Theater darum? Mom hatte mit Dad doch sicher schon oft geschlafen, sie waren seit neunzehn Jahren verheiratet. Wenn sie in den letzten neunzehn Jahren durchschnittlich einmal pro Woche miteinander geschlafen hatten, so waren das immerhin neunhundertachtundachtzigmal. Das klingt nicht ziemlich viel. Ich wüßte nicht, was ich schon neunhundertachtundachtzigmal gemacht habe.

Vielleicht hat meine Mom Angst, daß die »andere Frau« ihren Rekord überbietet, dachte ich mir. Aber die »andere Frau« würde mit meinem Dad einhunderteinundvierzigmal pro Jahr Sex haben müssen, um mit Mom gleichzuziehen. Dad ist viel unterwegs, aber so viel auch wieder nicht. (Es sei denn, die »andere Frau« und Dad schlafen immer drei- oder viermal miteinander, wenn sie sich treffen. Auf diese Weise könnte sie aufholen.)

Als ich etwas länger über die Sache nachgedacht hatte, kam

ich zu dem Schluß, daß es nicht nur eine Frage der Häufigkeit war. Es ging um Vertrauen. Mom hatte darauf vertraut, daß Dad nur mit ihr schlief, dann fand sie heraus, daß er es mit dieser »anderen Frau« drei- oder viermal am Tag trieb. Mom war wegen der anderen genauso durcheinander wie ich wegen Tim und Cat. Ich hatte ihnen vertraut, doch sie badeten zusammen und gingen Hand in Hand ohne mich im Park spazieren. Sie hatten mich genauso betrogen, wie Dad Mom betrogen hatte. Plötzlich erkannte ich, wie dumm es war, was ich zu Mom gesagt hatte, als sie mich fragte, ob sie sich scheiden lassen sollte: »Er hat es nicht so gemeint.« Selbstverständlich hatte er es so gemeint. Und Tim und Cat auch. Tim hatte sich nicht dafür entschuldigt, daß er über mehrere Stunden hinweg nackt mit Cat rumhockte oder ihr was auf ihren eingeseiften Rücken schrieb. Er hatte sich nicht mal dafür entschuldigt, daß er mich angelogen hatte. Mit einemmal änderte ich meine Meinung: meine Mom sollte sich auf jeden Fall von Dad scheiden lassen. Ich würde bei meiner Mom leben und Dad lediglich Weihnachten und am Vatertag besuchen, das war's.

Egal, ob ich auf dem Bauch, auf dem Rücken oder auf der Seite lag, meine Kopfschmerzen ließen nicht nach. Ich steckte den Kopf unter das Kissen, aber dann bekam ich keine Luft mehr. Ich legte mir einen mit kaltem Wasser getränkten Waschlappen auf die Stirn, aber nach drei Minuten war er warm. Also nahm ich noch ein paar Aspirin.

Kopfschmerzen gehörten inzwischen zu meinem Alltag. Sie fingen immer an derselben Stelle an, knapp über der rechten Augenbraue. Nach ein bis zwei Stunden hatten sie sich über die Stirn rings um meinen Schädel zum Hinterkopf bis zum Nacken hin ausgebreitet. Die Haare dort hinten waren sehr empfindlich. Wenn ich eine plötzliche Bewegung machte, dröhnte es in meinem Kopf, als hätte jemand auf einen Gong geschlagen.

Eines Freitagnachmittags in der Bücherei, während Maude sich »Der Schuster und die Elfen« anhörte, schlug ich in einer medizinischen Enzyklopädie unter »Hirntumor« nach. Meine Symptome entsprachen genau den im Buch beschriebenen. Der Autor riet: »Suchen Sie unverzüglich einen Arzt auf.« Ich nahm statt dessen Aspirin.

Anfangs hielt ich mich an die Dosierungsanweisungen auf dem Fläschchen und nahm alle vier Stunden zwei Tabletten. Da das nicht half, steigerte ich die Dosis. Ich experimentierte mit verschiedenen Sorten, wobei ich aufmerksam verfolgte, welche Marken die medizinischen Experten im Fernsehen und in den Zeitschriftenanzeigen empfahlen. Mitunter kombinierte ich mehrere Marken und hoffte, daß das helfen würde. Die Warnungen auf den Beipackzetteln versuchte ich möglichst zu übersehen: »Sollte nach zehn Tagen noch keine Besserung eingetreten sein...« Es dauerte schon mehr als zehn Tage. Manchmal trug ich fünf verschiedene Fläschchen in meinen Taschen, damit ich zu verschiedenen Tageszeiten verschiedene Mixturen nehmen konnte, und es klirrte beim Gehen. Ich bin mir sicher, daß es nicht zuletzt am Aspirin lag, daß ich mich in jener Nacht, in der wir bei Cat Strip-Poker gespielt hatten, so heftig übergeben mußte. An dem Tag hatte ich fünfundzwanzig intus gehabt. Ein Wunder, daß ich überhaupt wieder aufgewacht war.

Dazu hatte ich ein hohes, gleichmäßiges und nervtötendes Pfeifen im Ohr. Meine Ohren waren so empfindlich, daß jedes laute Geräusch – jeder Schrei, jedes Kreischen – mir bis ins Mark drang. Maude war imstande, spitze Schreie jederzeit und ohne Vorwarnung auszustoßen, und ich reagierte darauf noch gereizter als sonst. Meine Gesichtshaut schien zum Zerreißen gespannt. Ich war dauernd müde, konnte aber nachts nicht schlafen. Einmal klaute ich Tabletten aus dem Arzneischränkchen meiner Eltern und hoffte, daß es Schlaftabletten waren. Dann besorgte Hugo endlich die Schlaftabletten, die ich bestellt hatte. Ich gab ihm acht Dollar für zwölf Tabletten, versteckt in einem Pez-Spender. Tatsächlich waren die Tabletten so stark, daß Maude morgens auf mich draufspringen mußte, um mich wachzukriegen. Ich fühlte mich den ganzen Tag groggy und sehnte den Abend herbei, damit ich wieder eine Tablette schlucken konnte.

Dann bekam ich Schmerzen beim Pissen. Mein Penis brannte so höllisch, daß ich Angst hatte zu urinieren. Ich hielt es so lange zurück, wie ich nur konnte, manchmal sechs oder sieben Stunden lang. Meine Blase fühlte sich an wie ein prallvoller Wasserballon. Bei jedem Schritt durchfuhr mich ein stechender Schmerz, und es bestand die Gefahr einer plötzlichen Blamage. Wenn ich mich dann endlich erleichterte, hatte ich das Gefühl, ich pißte heißen Kaffee, und einmal dampfte es sogar, als mein Urin auf das Wasser in der Schüssel auftraf.

Daß ich krank war, behielt ich für mich; hätte ich es in Worte gefaßt, wäre es zu wirklich geworden. Und wem hätte ich es denn erzählen sollen? Wie hätte ich es meinen Eltern sagen sollen, wenn ich nicht einmal ins Wohnzimmer durfte, um mit ihnen zu reden? So etwas konnte ich ihnen schließlich nicht von der Küchentür aus zurufen. Selbst wenn es mir gelungen wäre, es ihnen irgendwie mitzuteilen, hätte das noch lange nicht bedeutet, daß sie mich ernst genommen hätten. »Ach, Nelson, das bildest du dir nur ein.« Und was, wenn sie mich zwar ernst nahmen, aber ihre einzige Sorge war, daß sie ihren Babysitter verlieren könnten?

Wenn ich zu einem Arzt gehen würde, dann würde er mir nur bestätigen, daß ich einen Hirntumor hatte, und offengestanden wollte ich das gar nicht so genau wissen. Oder er würde sagen, das sei alles Einbildung, und würde mich zum Psychiater schicken. Das hätte mir gerade noch gefehlt. Die Leute hielten mich ohnehin schon für etwas verschroben.

Doch ich mußte etwas unternehmen. Meine Augen waren zu trocken, sie quietschten fast in den Höhlen, wenn ich sie hin- und herbewegte, und sie ließen zuviel Licht ein. Ab sofort trug ich eine Sonnenbrille. Aber was würde als nächstes kommen, ein Blindenstock? Ich konnte auch nicht mehr essen. Mein Magen tat weh, egal, ob er voll war oder leer, und jedes Essen hatte einen metallischen Geschmack. Nur Eiskrem schmeckte gut, doch dabei spürte ich meine Plomben. Meine Hand zitterte, ich konnte kaum einen Stift halten. Was würde die Zukunft bringen? Haarausfall? Wildes Zucken in den Armen wie bei Bobby Shook?

Ein Tag war wie der andere: Zoo, Park, Bücherei, Enten füttern, Schwäne füttern, *Polarkreis,* Clubhaus am Golfplatz, das Fahrradgeschäft, die chemische Reinigung, das Billig-Kaufhaus, Rutschen, Schaukeln, Karussells, Wippen... Am einundzwanzigsten Juli war ich bei sieben Aspirin alle zwei Stunden. Ich hatte fünf Pfund abgenommen und seit eineinhalb Wochen keine Erektion mehr gehabt. Wenn ich nicht bald etwas unternahm, würde von mir nur eine dieser kleinen, reißerischen Schlagzeilen übrigbleiben: »JUNGE ERSCHIESST ERST FAMILIE, DANN SICH SELBST.«

Das Warten brachte mich buchstäblich ins Grab; das Warten darauf, daß mein Schicksal besiegelt wurde. Warum es nicht selbst besiegeln und gleich die Briefmarke draufkleben? Das bestgehütete Familienerbstück zu zerbrechen oder meine Schwester zu schlagen genügte jetzt nicht mehr. Es mußte eine Nummer größer sein. Ich mußte aktiv werden, eine Entscheidung treffen, irgend etwas unternehmen, um den Alltagstrott zu durchbrechen. Vielleicht konnte ich mich dabei selbst retten. Ich hatte es in der Hand; ich war der einzige Mensch, bei dem ich an erster Stelle kam. Was ich zu tun beschloß, machte keinen Sinn – das wußte ich –, aber es war das Beste, was mir einfiel, der einzige Plan, den mein schmerzender Kopf zustande brachte. Verzweifelte Männer handeln verzweifelt, und verzweifelte Jungen noch viel mehr.

* * *

Mr. Crisp hat noch immer nichts gesagt. Heute nahm ich mir extra Zeit beim Zusammenpacken meiner Bücher und Hefte, damit ich beim Rausgehen der Letzte war. Ich hoffte, er würde mich ansprechen und sagen, daß er mit mir reden wolle. Doch er sah nicht mal vom Klassenbuch auf.

Es war beinahe zwei Wochen her, am siebten Februar, daß ich ihm meine fünf dicken Schulhefte gegeben hatte. Ich hatte nichts geändert oder ins reine geschrieben, weil das zu lange gedauert und ich die Geduld verloren hätte. Ich gab sie ihm einfach so, wie sie waren.

»Ich hoffe, Sie können meine Handschrift lesen, Mr. Crisp.«

»Ich denke schon. Bei deinen Hausaufgaben habe ich jedenfalls keine Schwierigkeiten.«

»Ja, schon, aber das hier ist was anderes. Ich hab' nämlich viel durchgestrichen und ausradiert.«

»Ich denke, ich werde es im großen und ganzen schon verstehen. Es freut mich, daß du auf mein Angebot zurückkommst, Nelson. Ich möchte deine schriftstellerischen Ambitionen fördern und dir nach besten Kräften helfen. Wenn ich es fertig gelesen habe, setzen wir uns zusammen und reden darüber, ja?« Das war vor zehn Tagen gewesen, und noch immer hatte er kein Wort gesagt.

»Ach, Mr. Crisp, was ich noch sagen wollte«, fiel mir ein, als ich schon in der Tür stand. Ich ging zurück und senkte die Stimme zu einem Flüstern à la Tim. »Sie haben gesagt, es würde unter uns bleiben, wenn ich Ihnen das Manuskript gebe. Sie würden es niemand anderem zeigen.«

»Hundertprozentig. Das verspreche ich dir.«

Und wenn er sein Versprechen nicht hielt? Wenn er so entsetzt war von dem, was er las, daß er die Hefte dem Direktor gab und dieser meine Eltern anrief? Wenn Mom und Dad davon erfuhren, sie würden mir nie verzeihen.
Und das wäre wirklich schade, denn in letzter Zeit sind wir ziemlich gut miteinander ausgekommen. Vor ein paar Tagen unterhielten wir uns darüber, wo wir im Frühjahr Ferien machen wollten. Mein Dad brachte Prospekte mit von Ferienorten an der Küste und in der Wüste. Offenbar wollten sie mir die Entscheidung überlassen, obwohl sie die ganze Strecke fahren müssen. Ich sagte, ich wolle zum Angeln gehen.
»Nelson, du kannst Angeln doch nicht ausstehen«, sagte mein Vater ohne Vorwurf.
»Früher nicht, das stimmt. Aber ich glaube, jetzt würde es mir Spaß machen.«
»Wie das?«
»Ach, ich weiß nicht. Ich erinnere mich eben, wie nett es damals war, der See, die Berge und alles das. Und einfach nur dasitzen mit der Angelrute in der Hand und warten, bis einer anbeißt. Es ist nett und friedlich. Das Boot schaukelt ein bißchen hin und her. Und abends dann das Kochen über dem Lagerfeuer, die Sterne und so. Ja, damals habe ich das vielleicht langweilig gefunden. Aber jetzt könnte es durchaus einen gewissen Reiz für mich haben.«
Mom und Dad sahen sich an und lachten. Dabei konnte ich mich gar nicht erinnern, etwas Witziges gesagt zu haben.
»Jetzt könnte es *durchaus einen gewissen Reiz für dich haben,* ja?« Mom fand das offenbar sehr lustig.
Also fahren wir in der zweiten Märzwoche zum Crater Lake. Aber ich glaube, sie wären nicht so nett gewesen und hätten mich nicht nach meiner Meinung gefragt, wenn sie wüßten, daß ich all die blutrünstigen Einzelheiten des letzten Sommers aufgeschrieben und meinem Lehrer gezeigt habe.

Mr. Crisp ist wahrscheinlich sauer, weil ich über ihn geschrieben habe. Wenn ich mich recht erinnere, habe ich was darüber geschrieben, daß er nicht viele Haare hat und einen knallroten Kopf bekommt, wenn er sich aufregt. Aber das ist die Wahrheit, und es ist doch die Aufgabe eines Schriftstellers, die Wahrheit zu sagen, oder? Meine Selbstbeschreibung war ja auch schonungslos.
Immerhin war das, was ich über sein Buch *Wilde Triebe* geschrieben habe, recht schmeichelhaft. Ich war tatsächlich der Ansicht, daß es unterhaltsam und gut geschrieben ist. Vielleicht konzentrierte ich mich zu sehr auf die anstößigen Passagen, aber ich schätzte seine erzählerischen Fähigkeiten und sein Gespür für die Charaktere. Außerdem ist es nicht leicht, gute anstößige Passagen zu schreiben. Auch das ist eine Kunst.
Möglicherweise hat er noch keine Gelegenheit gehabt, meine Geschichte zu lesen, aber das glaube ich eigentlich nicht. Er benimmt sich jetzt irgendwie anders. Gestern fragte er nach der Bedeutung von *Lotterie,* und es hatte natürlich keiner eine Ahnung, und gelesen hat das wohl auch noch keiner. Ich hatte fast zehn Minuten die Hand oben, doch er rief mich nicht ein einziges Mal auf. Irgendwann guckten mich alle an, und ich nahm den Arm wieder runter.
Ich hätte ihm das Manuskript nie geben dürfen. Es geht keinen außer mir was an, und manches geht nicht mal mich was an, zum Beispiel das, was über Tim und Cat drinsteht. Wenn sie herausfinden würden, daß sich eine dokumentierte Geschichte ihrer Beziehung in Umlauf befindet, ich weiß nicht, was sie zu tun imstande wären. Wahrscheinlich würden sie mich erst mal ungespitzt in den Erdboden rammen.
Wenn Mr. Crisp sein Versprechen nicht hält und mein Manuskript jemand anderem zeigt, dann hole ich seine *Wilden Triebe* unter meiner Matratze hervor, unterstreiche die Passagen

über »kommen« und »von hinten nehmen« und zeige sie jedem in der Klasse, angefangen bei denen, die im letzten Zeugnis eine Vier oder noch schlechtere Noten hatten. Vielleicht würde die Schülerzeitung ein paar Auszüge veröffentlichen. Oder ich tippe sie selbst auf eine Matrize, mache Abzüge und verteile sie in der ganzen Schule. Womöglich wird er dann sogar entlassen!

Beruhige dich, Nelson. Hast du schon mal was von Vertrauen gehört? Mr. Crisp hat versprochen, daß er dein Manuskript niemandem zeigen wird. Vertrau ihm erst mal. Er will nicht, daß dein Leben ruiniert wird oder du dich wieder mit deinen Eltern verkrachst. Er hat nichts gegen dich. Und als du dich gestern im Unterricht gemeldet hast, hat er dich nur deshalb nicht aufgerufen, weil du dich sowieso immer meldest. Du solltest einen Preis dafür bekommen, daß du die Hand überhaupt so lange oben halten kannst.

Wenn Mr. Crisp bereit ist, mit dir über deine Geschichte zu sprechen, dann wird er es dir schon sagen. In der Zwischenzeit mach das Preisschild ab von dem neuen, schwarzweiß gesprenkelten Heft, das du gekauft hast, schlag die erste Seite auf, schreib »Kapitel sechs« in die erste Zeile und mach dich an die Arbeit.

Kapitel sechs

In einer Ecke des Zimmers sah ich ein Nachtlicht schimmern, als ich mich durchs Fenster hineinschwang. Das Licht gab mir das Gefühl, erwartet zu werden. Scheppernd fiel das Fliegengitter zu Boden und schlidderte unter eine Kommode. Ich schlug mir den Kopf ein wenig am Fensterrahmen an, aber für meinen ersten Einbruch machte ich meine Sache ganz ordentlich.

Ein schmales Bett stand rechts neben mir an der Wand. Die Überdecke hatte ein Muster aus Raumschiffen und Raketen. Ein Teddybär und Fred Feuerstein saßen in brüderlicher Eintracht auf dem Kopfkissen. Das Gitter an der Längsseite des Bettes war fast bis zum Boden heruntergelassen.

Spielzeug und Spiele waren ordentlich auf einem Regal gestapelt, die Schachteln waren nicht abgewetzt und kaputt wie die bei mir zu Hause. Sie sahen neu gekauft aus; Spiele, die nie einer gespielt hatte. Auf einem Bücherregal am Fußende des Bettes stand eine Kassette mit gebundenen Klassikern in alphabetischer Reihenfolge, von *Die Abenteuer des Robin Hood* bis zu *Der Zauberlehrling*. Die Bücher sahen ungelesen aus. Das Nachtlicht, ein Donald Duck, steckte in einer Steckdose neben dem Bücherregal.

Über dem Regal hing ein Plakat mit dem Abc. Das gleiche Plakat hing auch in der Kinderbuchabteilung der Laurelhurst-Bücherei, in die Maude und ich Freitag vormittag zur Vorlesestunde gingen. Ich hatte versucht, Maude die Buchstaben beizubringen, aber sie zeigte kein Interesse, lesen zu lernen. Sie hatte Angst, so zu enden wie ich.

Auf der anderen Seite des Zimmers, zu meiner Linken, standen ein kleiner Schreibtisch und ein Stuhl. Federhalter und

Bleistifte steckten in einer Tasse mit einem Clowngesicht. Außerdem gab es noch einen Karton mit 72 Wachsmalstiften und einen Stapel Malbücher. Bilder von Hockeyspielern hingen über dem Schreibtisch, außerdem ein Hockeyschläger. Neben dem Schreibtisch stand auf einem Podest ein Globus; daneben ein Papierkorb mit Daffy Duck. Ein Kinderschallplattenspieler stand auf einem niedrigen Tisch, außerdem ein Drahtgestell mit roten, blauen und orangefarbenen Schallplatten.

Die Kommode hatte vier Schubladen. Obendrauf lag ein Platzdeckchen aus Plastik mit der Darstellung einiger einfacher Zaubertricks: das Verschwindenlassen von Münzen, Taschentuchtricks und so was. Bobby hatte es bekommen, nachdem er den Coupon von der Rückseite einer Schachtel Kix-Haferflocken ausgeschnitten und eingeschickt hatte. Das wußte ich, weil ich mit neun Jahren auch einen abgeschickt hatte. Ich hatte nie eins gekriegt.

An zwei Haken in der Tür hingen ein gelber Regenmantel und ein blauer Morgenrock. Auf das Morgenrockrevers war ein Stoff-Strolchi aufgenäht.

Nur die obere Wandhälfte war tapeziert; das Tapetenmuster zeigte Bauernhofmotive; Pferde, Hühner und zwei spielende Kinder. Über der Tür blätterte die Tapete ab. Das war das einzig Unordentliche in diesem Zimmer, außer dem Fliegengitter, das ich eingetreten hatte, als ich durchs Fenster stieg.

Ich huschte quer durch das Zimmer, zog das Gitter unter der Kommode hervor und setzte es wieder in den Fensterrahmen ein. Doch vorher lehnte ich mich noch hinaus, um Tim und Cat ein Zeichen zu geben, daß alles in Ordnung war. Sie waren aber nirgends zu sehen.

Es war acht Tage her, daß ich Cat verkündet hatte, ich würde ins Haus der Shooks einbrechen. Wir waren auf der Rollschuhbahn. Auch eine Geburtstagsparty war dort im Gang, und fünfzig Paar Rollschuhe auf dem alten, verzogenen Holzboden machten einen ohrenbetäubenden Lärm. Rollschuhläufer rasten herum, stießen sich gegenseitig an, lachten und schrien, und an einem Ende bildeten ein paar Burschen eine Kette, was auf der Rollschuhbahn eigentlich verboten war. Es war der ideale Ort, um ein Verbrechen zu planen. Sollte ich jemals einen Spionageroman schreiben, durfte ich nicht vergessen, eine Szene auf einer Rollschuhbahn spielen zu lassen. Ich sah die russischen Agenten schon vor mir, wie sie in schweren Mänteln und mit Pelzmützen die Bahn entlangsausten. Diese Vorstellung begeisterte mich so, daß ich sofort mit dem Schreiben anfangen würde, sobald ich wußte, wer wen bespitzelte.

Maude versuchte sich von mir loszureißen und allein herumzuflitzen. Sie quengelte und bettelte, sie loszulassen. Mindestens hundertmal sagte sie immer wieder »Nelson«. Schließlich gab ich nach, und sie sauste davon und verschwand eilends in der dichten Menge. Ich rief ihr nach, an unserem Ende der Bahn zu bleiben, aber insgeheim hoffte ich, daß sie mit der Kette zusammenstieß und in Grund und Boden gestampft wurde.

»Was ist das für ein Geräusch?« fragte Cat, während sie vor mir rückwärts fuhr. Cat konnte Rollschuhfahren, ich nicht. Ich hielt mich dicht an das schmierige Holzgeländer.

»Was für ein Geräusch?«

»Dieses Klappern.« Jedesmal, wenn ich zu einem neuen Schritt ausholte, klapperten die Aspirinfläschchen in meinen Taschen so laut, daß sie sogar den Lärm der Rollschuhbahn übertönten. Und wenn ich über die aufgeworfenen Bodenritzen fuhr, rasselte ich wie der Maracá-Spieler einer mexikanischen Band.

»Die Süßigkeiten von Maude. Sie wollte, daß ich sie für sie aufhebe.«

»Was für welche? Gib mir was davon ab.«
»Essen auf der Bahn nicht gestattet«, zitierte ich und deutete auf das Verbotsschild an der Wand. Cat seufzte; es machte sie verrückt, daß ich mich immer an die Vorschriften hielt. Dann drehte sie eine Pirouette.
»Jedenfalls führt der Ast direkt zu dem Fenster mit dem Fliegengitter«, sagte ich und fuhr damit fort, meinen Einbruchsplan zu schildern. »So ein Sommergitter. Ich schwing' mich einfach durchs Fenster, drück' das Gitter mit meinen Füßen aus dem Rahmen, und schon bin ich im Haus.« Mein Herzschlag verdoppelte sich. Ich hatte mein Vorhaben noch nie bis ins Detail durchdacht. Als ich es jetzt in Worte faßte, klang es, als ob nur ein abgefeimter Krimineller mit jahrelanger Erfahrung das Ding drehen könnte.
»Klingt nicht übel«, meinte Cat nur.
»Wir müssen wieder damit anfangen, das Haus zu bewachen. Wir warten wie das letzte Mal, bis sie ausgehen. Cat, Achtung! Du fährst gleich über...« Aber Cat hatte den ausgestreckt daliegenden Jungen hinter sich schon gesehen und machte einen netten kleinen Hüpfer über ihn.
»Du meinst, ich beobachte das Haus, während du Kinder hütest und Tim arbeitet. Was für ein Mordsspaß, ich in dem blöden Baumhaus, zehn Stunden am Tag und ohne jede Gesellschaft.«
»Ich helfe dir ja, so gut es geht. Wo ist Maude?« fragte ich und spähte ängstlich die Bahn entlang. Da fuhr sie, zwischen zwei hübschen Mädchen mit Pferdeschwanz. Jede von ihnen hielt sie an einer Hand, und alle paar Schritte lüpften sie sie hoch, und sie quietschte vor Vergnügen.
»Ich hab' gedacht, du glaubst nicht mal, daß sie es getan haben«, meinte Cat.
»Ich habe nur gesagt, daß sie so lange unschuldig sind, bis ihre Schuld erwiesen ist. Das heißt nicht, daß sie es nicht

getan haben. Wir müssen den Beweis liefern, und um das zu tun, müssen wir ins Haus kommen.«
»Es wäre großartig, wenn wir sie festnageln könnten«, sagte Cat und scherte zum Rand aus, um sich die Rollschuhe fester zu binden. Ich warf einen Blick auf meine Uhr, um zu sehen, ob wir schon bald aufhören konnten, mußte aber enttäuscht feststellen, daß wir erst fünfzehn Minuten hier waren. Wir mußten mindestens eine Stunde bleiben, damit sich die Ausgaben von fünfzig Cent Eintritt und Leihgebühr für die Rollschuhe rentierten. Ich fragte mich, ob sie hier im Kiosk wohl Magentabletten führten.
»Was du dann tun mußt, wenn du drinnen bist, ist runtergehen zur Eingangstür und mich und Tim reinlassen«, plante Cat begeistert weiter. Mit festgezogenen Schnürsenkeln sauste sie nun wieder die Bahn entlang. Ich folgte ihr mit schmerzenden Knöcheln. »Dann können wir alle zusammen in den Keller gehen. Wir werden Werkzeug brauchen, um die Mauer einzureißen. Und Puder für die Fingerabdrücke. Ich wette, Hugo kann uns so was besorgen. Wir müssen die Fingerabdrücke sichern.«
»Wozu? Es ist *ihr* Haus. Ihre Fingerabdrücke sind überall.«
»O.k., Rückwärtsfahren ist kinderleicht«, wechselte Cat das Thema, ohne auf meinen logischen Einwand einzugehen. »Du mußt nur... Gib mir deine Hand.«
»Cat, ich kann das nicht.«
»Angsthase! Schau mir zu.« Sie krümmte den Rücken, breitete anmutig die Arme aus und glitt auf einem Rollschuh von mir weg. Die Altmännerhose war unten am Aufschlag mit altmodischen Fahrradklammern zusammengeschnürt, dazu trug sie ein blaßgrünes, kurzärmliges Golfhemd. Als sie ihren Rücken krümmte, spannte das Hemd über ihren Brüsten, und in meiner Leistengegend spannte es auch, das erste Lebenszeichen seit Wochen.

Acht Tage später stand ich am Fuß des Shookschen Baumes und leerte meine Taschen. Tim und Cat sahen gebannt zu, während ich ein Aspirinfläschchen nach dem anderen herauszog, wie ein Zauberer seine Garnitur von Schals. Wir hatten beschlossen, nicht mehr zu reden, sobald wir im Shookschen Garten waren, und so konnten sie mir wegen des Aspirins keine Fragen stellen. Mr. und Mrs. Shook waren vor einer Stunde in ihrem De Soto davongebraust. Tim war auf Wache gewesen und, sobald sie um die Ecke gebogen waren, zu mir geradelt, hatte an mein Fenster geklopft, und dann waren wir zu Cat gefahren.

Tim bückte sich, ich stieg auf seine breiten Schultern, und er hob mich hoch zum ersten Ast. Es hatte den ganzen Tag geregnet; die Rinde war weich und löste sich, als ich mit meiner Hand Halt daran suchte. Problemlos hievte ich mich auf den Ast. So etwas gehörte zu den Dingen, die ich im Sportunterricht nie schaffte – allein schon beim Anblick eines Recks bekam ich weiche Knie –, aber in dieser Nacht war es kinderleicht.

Tim und Cat verließen ihren Platz unter dem Baum, sobald ich zu klettern anfing. Die Baumkrone bewegte sich ein wenig, während ich höher und höher stieg, und Tropfen fielen auf mich herab. Ich trug ein dunkelbraunes Hemd, auf das römische Münzen aufgedruckt waren. Ein Geschenk meiner Großmutter, erstaunlicherweise mal keine Taschentücher. Das Hemd war so scheußlich, daß ich einen Eid geschworen hatte, es nie zu tragen, aber es war das dunkelste Hemd, das ich besaß. Dazu trug ich schwarze Jeans und meine Lieblingsschuhe: knöchelhohe Basketballstiefel mit vom Tragen schon glatten Sohlen.

Die Äste hatten genau den richtigen Abstand zueinander, und in Sekundenschnelle, zumindest kam es mir so vor, war ich schon ziemlich weit oben. Ich fühlte mich heiter und leicht, beschwingt von meinem Wagemut. Doch als ich nach dem vierten Ast griff, rutschte mein rechter Fuß an der feuchten Rinde ab. Ich faßte nach Blättern und Zweigen, um nicht runterzufallen, aber alles war entweder zu glitschig oder zu schwach, um mir Halt zu geben. Ich kippte nach hinten und stürzte rückwärts aus der Krone. Meine Arme rotierten wie Windmühlenflügel, aber auch das half nichts.

Ich hörte Cat schreien, noch bevor ich fiel. Zwar weiß ich, daß das unmöglich ist, aber zumindest kam es mir so vor. Ich hörte ihren Schrei, und das nächste, was ich mitbekam, war, wie ich durch die Luft sauste. Mein Kopf war während des Falls überraschend klar, und ich fragte mich, ob ich danach wohl tot oder nur gelähmt sein würde. Wenn ich gelähmt war, würde ich dann weiterhin auf Maude aufpassen müssen? Oder war ich damit entschuldigt und konnte eine Behindertenrente beziehen? Vielleicht baute Mr. Walsh ja extra für mich und meinen Rollstuhl eine Rampe in den Tante-Emma-Laden?

Da traf ich auf den untersten Ast, schlang meine Arme um das nasse Holz und war gerettet. Ich habe keine Ahnung, wie ich das geschafft habe, aber ich war sehr von mir beeindruckt. Ich setzte mich rittlings auf den Ast, zog meine Turnschuhe mit den glatten Sohlen aus, denen ich das Ausrutschen zu verdanken hatte, und warf sie runter zu Tim. Er schaute verwirrt hoch. Cat hielt die Hand auf den Mund gepreßt.

Meine weißen Tennissocken waren wesentlich griffiger als die Turnschuhe, und im Nu war ich wieder auf dem vierten Ast. Das war der Ast, der zu dem Fenster führte. Er war dünner als der darunterliegende, also legte ich mich bäuchlings darauf und zog mich an ihm entlang. Ich befürchtete, daß er mich nicht tragen würde, doch er erwies sich als stark und biegsam. Obwohl er unter meinem Gewicht nachgab, schien er nicht zu brechen. Als ich näher zu dem Fenster kam, konnte ich erken-

nen, daß das kleine Sommergitter nicht genau in den Rahmen paßte. Es war nur angelehnt.
Allerdings stellte ich ebenfalls fest, daß der Ast nicht direkt zum Fenster führte, es hatte nur von unten so ausgesehen. Er endete mehr als einen Meter darüber und mindestens einen Meter davon entfernt. Als der Ast zu dünn wurde, um noch weiter darauf entlangzurutschen, hielt ich inne und überlegte. Ich setzte mich rittlings auf den Ast. Eins meiner Eier rutschte hoch.
Es gab nur eins, was ich tun konnte: mich an den Ast hängen, in Richtung Fenster schwingen, auf das Fenster zielen und im richtigen Moment loslassen. Mit etwas Glück und genügend Schwung konnte ich das Gitter eintreten und durch die gut einen halben Meter hohe Öffnung fliegen. Hoffentlich krachte das obere Fenster währenddessen nicht runter und spaltete mich in zwei Teile. Es gab, selbstverständlich, auch noch eine andere Möglichkeit: den ganzen verrückten Plan endgültig abzublasen. Aber ich war schon so weit gekommen; jetzt einen Rückzieher zu machen, würde meine Freunde bitter enttäuschen. Sie starrten gebannt zu mir hoch, und ich wollte die Gelegenheit nutzen, sie mit meiner Kühnheit zu verblüffen.
Ich hängte mich mit beiden Händen an den Ast, meine Beine baumelten in der Luft. Meine Hände waren jetzt so glitschig und kalt, daß ich mich nicht lange so halten konnte. Ich mußte es schnell hinter mich bringen.
Kraftvoll schwang ich mich zum Baumstamm zurück und trat mit den Füßen dagegen, als ob ich auf einer Schaukel sitzen würde. Unten hörte ich jemanden nach Luft schnappen; Cat ahnte, was ich vorhatte. Mein erster Ausfall in Richtung Fenster war zu kurz, wenn ich losgelassen hätte, hätte ich mich selbst gegen die losen grauen Schindeln der Hauswand geschmettert. Ich klammerte mich fester an den feuchten Ast, schwang mich nochmals nach hinten und streckte meinen

Hintern in die Luft, als ich wieder gegen den Baumstamm stieß. Dann schwang ich vor, und diesmal streckte ich meine Fußspitzen wie ein Wasserspringer bei den Olympischen Spielen und machte den Rücken kerzengerade. Ich kann mich nicht erinnern, losgelassen zu haben – meine Hände ließen den Ast ganz von selber los. Ich flog durch das Fenster. Mir schoß durch den Kopf, daß ich vielleicht als menschliche Kanonenkugel eine Zukunft hatte.

Meine Flugbahn war genau richtig. Ich trat das kleine Gitter weg und schob mich so gekonnt durch die schmale Öffnung wie ein Postbote einen Brief in den Briefkastenschlitz. Ich landete mit meinem Hintern auf einem ovalen Fellvorleger. Einen Augenblick später hüpfte auch mein eines Ei wieder an die richtige Stelle. Ich war drin.

Nachdem ich das Gitter gegen das Fenster gelehnt und den Vorleger an seinen alten Platz zurückgeschoben hatte – er war während meiner Landung verrutscht –, schlich ich zur Tür. Donald Duck schien mir mit seinem Blick zu folgen. Ich drehte den Türknauf, öffnete vorsichtig die Tür und spähte hinaus. Die obere Diele war dunkel. Ein schmaler Orientteppich bedeckte den Boden.

»Bobby?«

Ich erwartete keine Antwort. Es war reine Formsache. Direkt gegenüber von Bobbys Zimmer war die Tür zu Mr. und Mrs. Shooks Schlafzimmer. Sie stand offen, ein Licht brannte, und ich konnte einen der vier Bettpfosten sehen. Vorsichtig überquerte ich den Gang und lugte hinein. Das Schlafzimmer war größer als Bobbys Zimmer, und das Fenster ging auf die Straße hinaus. Ich schlich hinein.

Eine weiße Tagesdecke und weiße, spitzengesäumte Kissen zierten das Bett. Ein Paar Damenpantoffeln standen direkt unter der rechten Bettkante, und auf dem Nachttisch lagen eine Brille und ein Buch. Ich warf einen Blick auf den Titel:

Meine Antonia von Willa Cather. Ich hatte es nie gelesen. In der Bücherei hatte es zu langweilig ausgesehen.

Auf dem anderen Nachttisch war ein Wecker und eine Zeitschrift. Mr. Shooks schäbige Lederpantoffeln standen an seiner Seite unter dem Bett. An der Wand hingen ein paar verblichene, sepiabraune Fotografien in ovalen Rahmen: ein Mann mit Schnurrbart und einem steifen Kragen mit einer Frau, die sehr streng aussah. Die Eltern von einem der beiden. Wohl in jedem Haus, in dem ich jemals war, hingen solche Bilder an der Wand oder standen auf dem Fernseher. Ich fragte mich, ob ich meine Eltern überreden sollte, sich altmodische Kleider anzuziehen und so fotografieren zu lassen, damit auch ich sie an meine Wand hängen konnte, wenn ich erwachsen war. Irgendwie schien es mir aber unwahrscheinlich, daß sie mitmachen würden.

Ich sah aus dem Fenster. Tim und Cat standen auf der anderen Straßenseite und waren von einem breiten Ahornbaum fast völlig verdeckt. Ich winkte ihnen zu. Doch sie waren zu weit entfernt, und so konnte ich ihre Gesichter nicht erkennen. Cat stand ganz dicht neben Tim. Aber ich weiß nicht, ob er den Arm um sie gelegt hatte.

Bevor ich runterrannte, um die Eingangstür zu öffnen und sie reinzulassen, wollte ich das obere Stockwerk überprüfen; es konnte wertvolle Hinweise bergen. Vielleicht war Bobby ja sogar in einem der Räume gefangen. Auf Zehenspitzen schlich ich den Gang entlang. Links von mir führte die Treppe nach unten. Daneben war eine kleine Nische mit einem Erkerfenster und einer gemauerten Sitzbank. Ein Gedichtband lag auf dem Kissen. Am anderen Ende des Ganges stand eine große Vitrine mit nicht zueinander passendem Porzellan, mehreren angelaufenen Bowling-Pokalen und einer alten Bibel. Leise drehte ich den Türknauf an der Tür neben der Vitrine.

Es war ein Nähzimmer. Eine alte Nähmaschine mit Fußantrieb stand an der Wand, eine Kleiderpuppe in der Ecke trug eine halbfertige Bluse. In einen Rahmen war eine angefangene Steppdecke gespannt, und Schachteln mit Stoffen und Schnittbögen stapelten sich am Fuß einer Liege. Ihr Zimmer.

Auf der gegenüberliegenden Seite war das Bad. Die riesige Badewanne stand auf Löwenpranken. Zueinander passende Handtücher hingen ordentlich auf Handtuchhaltern – weiße Handtücher auf dem einen, grüne auf einem anderen. Zwei Leute, die ihre Handtücher so ordentlich aufhängten, würden sicher einen sehr sauberen Mord begehen. Es würde schwerer werden, Spuren zu finden, als wir erwartet hatten.

Eine Klapptür oben in der Decke zwischen Nähzimmer und Bad führte rauf zum Speicher, aber ich hatte keine Zeit mehr, sie näher zu untersuchen.

Ich rannte die Treppe hinunter. Die Stufen knarrten, wenn ich auf sie trat, was zu erwarten war. Das Geländer war aus dunklem, geschnitztem Holz, und an jedem Absatz lief es in der Figur eines griechischen Mädchens mit einer Fruchtschale aus. Das Obst darin war künstlich, staubige Trauben und Birnen.

Im Erdgeschoß führte, wie Tim es beschrieben hatte, ein offener Durchgang ins Wohnzimmer. Der Raum war dunkel, doch ich erkannte eine Couch, einen Fernsehapparat und die Rückseite eines Fernsehsessels. Das Eßzimmer war rechts; Tim hatte auch das erwähnt. Ich wußte, daß die Küche hinter dem Eßzimmer lag und in der Küche die Kellertür war. An der Eingangstür griff ich nach der Kette, um Tim und Cat ins Haus zu lassen.

Ein sich öffnendes oder schließendes Garagentor macht ein so unverkennbares Geräusch, daß eine Verwechslung ausgeschlossen ist. Es gibt einen ganz bestimmten Zischlaut von sich – Luft strömt herein und heraus – und das Knirschen von Holz und Metall, das in eine neue Stellung gerückt wird.

Mein erster Gedanke war, daß Tim doch noch erfolgreich das Garagentorschloß geknackt hatte und er und Cat bereits auf dem Weg nach drinnen waren. Das war zwar nicht unbedingt logisch, da der Plan vorsah, daß ich sie durch die Eingangstür hereinlassen sollte, aber wenn ich hätte logisch denken können, wäre ich wohl gar nicht erst in das Haus eingebrochen.
Dann hörte ich den Wagen der Shooks, diesen breiten rosaschwarzen Sedan, in die Garage rollen. Mich erfaßte keine Panik. Ich stand einfach nur da, die Finger an der goldenen Türkette, und fragte mich, warum die Shooks schon so früh wieder nach Hause kamen. Das war schon das zweite Mal, daß sie plötzlich zurückkehrten und unseren Einbruch vereitelten. Wenn sie schon ausgingen, sollten sie gefälligst auch ausbleiben.
Die Zeit hätte ohne weiteres gereicht, durch die Eingangstür zu verschwinden, während sie aus dem Wagen und die Treppe zur Küche hoch stiegen. Das Fliegengitter an Bobbys Fenster war wieder an seinem Platz, seine Zimmertür sorgfältig geschlossen, und sonst hatte ich nichts angefaßt. Die Shooks würden nie erfahren, daß in ihr Haus eingebrochen worden war. Ich konnte es ja ein anderes Mal wieder probieren.
Aber ich war nicht bei klarem Verstand. Mein Gehirn war benebelt von all dem Aspirin, das ich genommen hatte; und an der Stelle, wo ich auf den Ast geprallt war, taten mir die Rippen weh. Ich hatte abends ein Schinkensandwich gegessen, und ein Stück Schinken klebte an meiner Magenwand wie ein nasses Blatt an einer Radkappe. Oder vielleicht wollte ich auch einfach nicht, daß das Abenteuer so schnell zu Ende ging. Egal weshalb, anstatt durch die Eingangstür hinaus in die Freiheit zu entwischen, rannte ich die Treppen hoch und versteckte mich in Bobbys Zimmer.
Im gleichen Moment, in dem ich die Tür schloß, wurde mir

klar, wie dumm ich gehandelt hatte. Jetzt war ich gefangen. Es war unmöglich, wie vorher den Weg durch das Fenster zu nehmen. Ich schaute nach, ob der Baum in den letzten fünfzehn Minuten näher zum Haus gerückt war. Das war nicht der Fall. Ich hörte, wie das Garagentor herunterrasselte. Verzweifelt überlegte ich, ob sich ein anderer Weg nach draußen bot, aber die Shooks hatten keine Feuerleiter, und es war von jedem Fenster des ersten Stocks gleich tief zum Erdboden.

Nur allzu schnell hörte ich von unten dumpfe Geräusche – die Shooks kamen die Kellertreppe hoch. Als Versteck war Bobbys Zimmer immer noch besser als ihr Schlafzimmer oder das Nähzimmer, in dem Mrs. Shook vielleicht noch eine nächtliche Nährunde einlegen wollte. Der Speicher wäre am sichersten gewesen, aber dafür blieb nicht mehr genug Zeit.

Ich stand mucksmäuschenstill, von meiner aussichtslosen Lage wie gelähmt, und lauschte. Zuerst schnelle, klappernde Schritte auf dem Küchenboden. Tim hatte erzählt, daß Mrs. Shook ein bißchen dick war und es Krach machte, wenn sie ging. Das mußte sie sein. Dann ihr schwerer Schritt auf der Treppe. Jeden Moment war sie oben und würde den Gang entlanggehen. Wahrscheinlich wollte sie ins Schlafzimmer oder ins Nähzimmer, aber sicherheitshalber ließ ich mich zu Boden fallen und rollte mich unter Bobbys Bett; ich quetschte mich knapp unter dem Bettgitter durch. Einen Augenblick später öffnete sich die Tür, und Mrs. Shook kam herein.

Bobbys Raumschiffbettdecke reichte nicht bis zum Boden, und so hatte ich eine gute Aussicht auf Mrs. Shooks Schuhe. Sie waren hellbraun und hatten einen kleinen spitzen Absatz. Ihre Füße waren anscheinend zu groß für die Schuhe, denn das Fleisch quoll über die Ränder wie aufgegangener Hefeteig.

Sie machte das Licht an, und ich schob mich näher zur Wand.

Jetzt hörte ich Mr. Shook auf der Treppe. Seine schweren Tritte ließen das alte Haus erzittern. Der blanke Holzboden vibrierte unter mir.
»Bridget?« rief er.
Niemals hätte ich gedacht, daß Mrs. Shook Bridget hieß. Ich hatte bisher nur eine Bridget kennengelernt; sie saß in der sechsten Klasse im Geographieunterricht vor mir und spielte die ganze Stunde über mit ihrem langen, goldschimmernden Haar. Alle halbe Minute fuhr sie sich mit Zeige- und Mittelfinger durch die Haare und schnipste die Enden, so daß ihre Haarspitzen sich auf meinem Pult ausbreiteten wie ein Fächer. Dann rutschten die glänzenden Strähnen langsam von meinem Pult hinunter und baumelten zwischen uns hin und her, in Harmonie mit ihren Kopfbewegungen, bis zum nächsten Schnipsen. Das lenkte mich sehr ab.
Ich hatte damit gerechnet, daß Mrs. Shook eine Betty oder eine Marjorie war. Bridget klang viel zu sexy, es schien nicht zu diesen in braune Schuhe gestopften Füßen zu passen, die näher und näher kamen. Am Bettende hielt sie inne. Mir kam der Gedanke, sie plötzlich am Knöchel zu packen, damit sie einen tödlichen Herzinfarkt bekam und ich entfliehen konnte. Aber Mr. Shook kam bereits den Gang entlang. Bummbumm-bumm. »Bridget...«, sagte er wieder, als er das Zimmer betrat. Er trug schwere, vom Alter starre Arbeitsschuhe, die an den Zehen nach oben gebogen waren. Ein Schnürsenkel war gerissen und mit einem Knoten wieder zusammengeflickt. Seine olivgrünen Freizeithosen aus Wollstoff waren an den Aufschlägen durchgewetzt.
»Wie lange können wir noch so leben?« fragte Mrs. Shook. Sie setzte sich auf das Bett, das unter ihrem Gewicht nachgab. »Ich wünsche mir nur noch, daß es endlich vorbei ist. Ich weiß, du magst nicht, daß ich so was sage.« Ihre Stimme brach, und sie fing an zu weinen.

Mr. Shook knurrte ärgerlich. »Es ist vorbei, Bridget. Er hat uns verlassen.« Seine Stimme war heiser, und er hatte einen leichten Akzent, den ich nicht einordnen konnte.
»Manchmal denke ich, ich werd' noch verrückt.«
»Ich will kein Wort mehr davon hören, daß du dich schuldig fühlst. Wir dürfen nicht immer nur an Vergangenes denken. Das Leben geht weiter«, antwortete er lakonisch.
»Manchmal denke ich, es wäre besser, wenn ich mich umbringe.«
»Hör auf damit«, erwiderte er scharf.
Sie schwiegen, und in meinem Kopf wirbelte es durcheinander; ich versuchte, die Lücken ihres Gesprächs zu füllen. Mrs. Shook wünschte, »daß es endlich vorbei« war. Ich nahm an, daß sie die Ungewißheit nicht mehr ertragen konnte, sie wollte, daß die Polizei kam und sie verhaftete. Sie konnte mit ihrer Schuld nicht leben und dachte darüber nach, Schluß zu machen. Mr. Shook hatte keine Gewissensbisse. Er vertrat die »Doch-das-Leben-geht-weiter«-Haltung. Natürlich vergaß er dabei, daß das Leben für Bobby nicht weiterging.
Jetzt sprach wieder Mrs. Shook, und ich paßte genau auf, um Tim und Cat später alles Wort für Wort berichten zu können.
»Warum mußte es so enden?« fragte sie zwischen Schluchzern. »Warum hat Gott ...?«
»Es gibt keinen Gott«, unterbrach sie Mr. Shook, woraufhin Mrs. Shook noch lauter weinte. »Es ist besser so für Bobby«, fügte er noch hinzu.
»Wie kannst du das nur sagen?«
»Es ist die Wahrheit.« Diese Worte klangen kalt, gefühllos und endgültig.
Ich hatte immer bezweifelt, daß sie es wirklich getan hatten. Ich wollte eben glauben, daß Eltern nicht so grausam und unversöhnlich sein konnten. Doch die Traurigkeit in ihrer

Stimme und sein harscher Ton überzeugten mich schließlich, daß es tatsächlich passiert war. Es war offensichtlich Mr. Shooks Idee gewesen, und seine Hände hatten die Tat begangen. Ich fragte mich, ob Mrs. Shook wohl verzweifelt um das Leben ihres Sohnes gebettelt hatte, während ihr Mann ihn hinunter in den Keller zerrte. Vor meinen Augen stand die Szene, wie sie sich die Ohren zuhielt, um das jammervolle Wimmern ihres Sohnes und das gräßliche Geräusch des Hammers nicht hören zu müssen, der seine Schädeldecke zertrümmerte. Mich schauderte, und ich hatte Angst, daß die Shooks mein Zähneklappern hören könnten.

»Ich denke immer, daß er zurückkommt«, sagte sie. Ihr rechter Absatz klopfte dabei nervös auf den Boden, und sie weinte. Mr. Shook ging zum Bett und setzte sich neben sie. Das Bett gab noch mehr nach.

»Er wird nicht zurückkommen. Je eher wir uns damit abfinden, um so eher...« Er beendete den Satz nicht, sagte nicht, was dann wäre, aber es war klar: um so eher konnten sie fröhlich weiterleben. Vielleicht machten sie eine Kreuzfahrt in der Südsee. Kreuzfahrten waren mit einem zurückgebliebenen Sohn nicht möglich.

Mrs. Shook schluchzte noch immer – kurze, stoßartige Schluchzer, ganz ähnlich wie Maudes. Ungeduldig erhob sich Mr. Shook vom Bett. Es knarrte. Alles, was ich sehen konnte, waren zwei Paar Schuhe nebeneinander. Mrs. Shook hörte auf, nervös mit dem Absatz zu klopfen. Mr. Shook bewegte seinen linken Fuß, und er berührte Mrs. Shooks rechten. Ich hörte etwas schnappen, eine Handtasche. Kurz darauf putzte sie sich die Nase.

»Ich wünschte mir ja nur, wir würden ihn wiederbekommen, so wie er am Anfang war. Er war das süßeste Kind, das man sich nur vorstellen kann«, meinte sie. Das Taschentuch fiel zu Boden. Ihre Hand tauchte vor mir auf. Sie hob es auf.

»Wünsche ändern aber nichts. Ich wünschte, wir hätten noch einen Sohn.« Wieder stand Mr. Shook auf. Und wieder knarrte das Bett. Dann hörte man das Geräusch eines Kusses. Um Himmels willen, dachte ich, was, wenn sie es jetzt direkt über mir tun? Bobbys Bett wirkte nicht sehr stabil.

»Es tut mir leid. Es ist meine Schuld.«

»Bridget«, warnte er sie.

Und wieder Tränen. Noch einer seiner ungeduldigen Seufzer.

»Es gibt nichts, was wir tun können«, meinte er in demselben lakonischen Tonfall. »Vieles, wogegen wir nichts tun können.« Jetzt hörte man ein kratzendes Geräusch. »Aber wir haben uns.«

Sie antwortete nicht. Vielleicht war es das, was sie fürchtete: das Zusammenleben mit dem Mann, der ihren hilflosen Sohn abgeschlachtet hatte. Er würde sie nie aus den Augen lassen, ihr niemals glauben, daß sie ihr gemeinsames Geheimnis bewahren würde. Sollte sie versuchen, sich zu stellen, würde er auch sie in den Keller zerren.

»Ich bin müde«, sagte er und stand auf. Auch Mrs. Shook rappelte sich hoch, und sie gingen zur Tür.

»Was sollen wir mit seinen Sachen machen?« Am Türrahmen hielt sie inne und drehte sich ein wenig. Wahrscheinlich blickte sie auf das Abc-Plakat, die Werke der Weltliteratur, den Globus. Mr. Shook antwortete nicht. Einen Augenblick später ging das Licht aus, die Tür wurde geschlossen, und ich war allein.

Ich blieb unter dem Bett liegen und lauschte ihren Schritten. Sie tappten den Gang entlang, ins Bad und wieder heraus. Eine Toilette wurde gespült. Die Leitungen ächzten. Als Mr. Shook aus dem Bad kam, furzte er. »Chuck, willst du…«, fragte Mrs. Shook, den Rest ihrer Frage konnte ich nicht verstehen. Heiße Schokolade? Eine Flasche Sekt entkorken, um auf die neue Freiheit anzustoßen? Später hörte ich die Schritte

von Mrs. Shook auf der Treppe nach unten. Dann kam sie wieder. Während sie den Gang entlangging, sang sie leise vor sich hin.
Ich arbeitete einen Plan aus. Sobald ich sicher war, daß sie schliefen, würde ich mich aus Bobbys Zimmer stehlen und dann die Treppe hinunter und durch die Eingangstür schleichen. Tim und Cat warteten sicher im Baumhaus auf mich, und ich würde ihnen das Gespräch von Mr. und Mrs. Shook brühwarm erzählen, bevor ich ein einziges Wort davon vergaß. Obwohl wir mit der Geschichte ebensogut auch schnurstracks zur Polizei gehen konnten, würde ich vorschlagen, daß wir zumindest ein Beweisstück aufzutreiben versuchten, vielleicht einen blutigen Hammer oder ähnliches. Das bedeutete zwar einen weiteren Einbruch, aber das war die Sache wert.
Cat, das wußte ich, gierte nach Ruhm, nach Aufmerksamkeit, nach ihrem Bild in der Zeitung. Tim war das, glaube ich, egal. Er war einfach aus Spaß bei der Sache dabei. Doch ich wollte wirklich, daß der Gerechtigkeit Genüge getan wurde. Bobby war ermordet worden, und die Mörder sollten bestraft werden – ganz einfach. Wenn ich es aus heutiger Sicht betrachte, wollte ich vermutlich auch meine Eltern mit meinen bisher verborgen gebliebenen detektivischen Fähigkeiten beeindrukken. In letzter Zeit waren sie von mir nicht allzu begeistert gewesen. Ein bißchen Lob konnte nicht schaden. Während ich unter Bobbys Bett lag, malte ich mir den verdrießlichen Gesichtsausdruck meiner Mom aus, wenn sie erfuhr, welche Rolle ich bei der Überführung der Mörder gespielt hatte. Ich sah das stolze Gesicht meines Vaters und hörte mein bescheidenes Abwinken: »Nicht der Rede wert.«
Auch heute noch kommt es mir völlig unglaublich vor, daß ich eingeschlafen bin. Ich war nicht müde; ich war aufgeregt und hatte Angst. Doch ich schloß einen Moment lang die Augen, und als ich sie wieder aufmachte, merkte ich, daß ich einge-

döst war. Ich wußte nicht, wie lange ich geschlafen hatte. Meine Armbanduhr hatte ich zu Hause gelassen, damit sie nicht kaputt ging, und das einzige, was in Bobbys Zimmer fehlte, war eine Uhr.

Im Haus war es absolut still. Es knackte und ächzte nicht einmal. Niemand furzte oder schnarchte. Ich lauschte auf Mr. Shooks Schnarcher (ich war mir sicher, daß er schnarchte), hörte aber keinen Ton. Also kroch ich unter dem Bett hervor und schlich auf Zehenspitzen zur Tür.

Seit Dad mich geschlagen hatte, schlich ich zu Hause nur noch herum, und so hatte ich Übung darin, Türen lautlos zu öffnen. Bobbys Tür ging leicht und geräuschlos auf. Die Schlafzimmertür der Shooks war geschlossen, der Spalt zwischen Tür und Fußboden dunkel. Zwar stand die Badezimmertür am Ende des Ganges offen, aber es brannte kein Licht.

Vorsichtig setzte ich einen Fuß vor den anderen, wie ein Seiltänzer auf einem Hochseil. Mein unbeschuhter Fuß tastete den Boden ab und suchte nach quietschenden Stellen. Ich beeilte mich nicht. Eile hieß Lärm. Der Boden quietschte nicht. Ich ging hinaus auf den Gang und schloß Bobbys Zimmertür. Sie klickte leise.

Dann hielt ich mich nahe an der Wand, weil der Boden dort am besten mein Gewicht tragen würde, ohne zu knarren. Die Treppe hinunter ging ich dicht am Geländer, dabei trat ich nur auf den schmalen Streifen Holz zwischen Treppenläufer und Geländer. Ich verursachte kein Geräusch. Fast hatte ich es geschafft, fast war ich draußen. Ich beglückwünschte mich zu meiner Geschicklichkeit.

Jetzt stand ich an der Eingangstür. Der Türknauf war aus angelaufenem Messing, ein elegantes Detail wie die geschwungene Treppe, die an bessere Tage erinnerte. Die Kette war ein möglicher Krachmacher, deshalb ging ich sie ganz langsam an. Meine Finger zitterten leicht, als ich sie berührte, doch der Bolzen glitt leicht die Schiene entlang. Ich hielt die Kette zwischen meinen Fingern fest, damit sie nicht klirrte. Als ich den Bolzen draußen hatte, schob ich ihn in das kleine Loch am Türbeschlag. All das erledigte ich mit größtmöglicher Vorsicht. Denn Eile bedeutete Lärm und Erwischtwerden.

Dann faßte ich nach dem kleinen schlüsselähnlichen Drehknopf auf dem Türknauf. Er saß locker und wackelte zwischen meinen Fingern. Ganz langsam drehte ich ihn und fühlte, wie das Schnappschloß zurückglitt. Es war ein altes Schloß, aber ein gutes. Es hielt so manchen Einbrecher draußen und ließ andere, wie mich, geräuschlos hinaus.

Er kam aus dem Nichts. Er mußte im Wohnzimmer gesessen haben, ohne Licht, verborgen hinter der großen Rückenlehne des kunstledernen Fernsehsessels. Für einen schweren Mann bewegte er sich überraschend schnell. Er packte mich, bevor ich noch wußte, daß er da war, schlang seine kräftigen Oberarme um meinen Hals, und hieb mir gegen das Kinn, daß meine Zähne zusammenschlugen. Er riß meinen Kopf zu sich, dann drehte er mir den linken Arm auf den Rücken. In einer Zehntelsekunde war ich wehrlos.

»Wer bist du? Was hast du hier zu suchen?« brüllte er mir ins Ohr. Sein Atem roch nach Kaffee. Kein Wunder, daß er nicht schlafen konnte.

»Lassen Sie mich los! Verschwinden Sie! Lassen Sie mich los!« Ich weiß nicht, warum ich »Verschwinden Sie!« sagte; schließlich war es sein Haus. Ich muß etwas anderes damit gemeint haben.

»Du wirst jetzt erst mal schön hierbleiben«, sagte er drohend, »und mir erzählen, was du ...« Ich trat nach hinten und zielte auf sein Schienbein, aber ich traf nur Luft. »... hier zu suchen hast«, fuhr er fort. »Was du gestohlen hast!«

»Nichts! Ich hab' überhaupt nichts getan!« schrie ich. Ich zog die Beine an, um mich gegen die Tür zu stemmen und ihn nach hinten zu schleudern, aber er ahnte, was ich vorhatte, und zog mich weg von der Tür.

Ich hatte keine Chance. Er war beinahe dreimal so schwer wie ich. Zwar versuchte ich mich ihm zu entwinden, aber sein Griff war eisern. Hilflos trat ich um mich, und bei jeder Bewegung schoß ein stechender Schmerz durch meinen verdrehten Arm.

»Chuck, was ist los?« Mrs. Shook kam die Treppe herunter. Allerdings war mein Gesicht zur Tür gedreht, so daß ich sie nicht sehen konnte.

»Ich habe diesen kleinen Dieb erwischt, wie er gerade aus der Tür...«

»Ich habe nichts gestohlen! Ich wollte nichts stehlen!« schrie ich mit meinem, wie mir schien, letzten Atemzug. Er drückte mir mit seinem kräftigen Oberarm die Gurgel zu, und ich hatte das Gefühl, jeden Moment auf Grund des Sauerstoffmangels in Ohnmacht zu fallen. Ich bekam Kopfschmerzen, die von einer Seite zur anderen wanderten, als ob sie lose wären.

»Tu dem Jungen nicht weh«, meinte Mrs. Shook und kam näher, um mich in Augenschein zu nehmen. Ich versuchte, mich zu ihr zu drehen und um mein Leben zu flehen – im Vergleich zu ihm schien sie zumindest noch eine Spur von Menschlichkeit bewahrt zu haben –, aber nicht einmal diese kleine Bewegung war mir möglich.

»Was tust du in unserem Haus?« fragte sie, eher neugierig als wütend.

»Nichts. Lassen Sie mich los. Sie tun mir weh!«

»Chuck, du erwürgst den Jungen.«

»Ruf die Polizei«, befahl Mr. Shook und achtete nicht auf Mrs. Shooks besorgten Einwand. Ja, er packte meinen linken

Arm sogar noch etwas fester; noch einen halben Zentimeter, und er würde brechen. Ich brüllte vor Schmerz.

»Wer ist er?«

»Ein mieser, kleiner Dieb. Die Polizei soll sich mit ihm befassen.«

»Nur zu, nur zu! Rufen Sie schon die Polizei!« schrie ich verzweifelt. »Dann werde ich ihnen alles erzählen!« stieß ich keuchend und abgehackt hervor.

»Was erzählen, du mieser, kleiner…«

»Über Bobby. Ich werde ihnen alles erzählen, was ich weiß! Und ich weiß alles!«

Der Arm um meine Kehle rutschte vor Überraschung ein Stückchen runter und ließ mich eine Sekunde lang Luft schnappen. Es war ekelhaft, ihm so nahe zu sein. Sein breiter Brustkorb preßte sich gegen meinen Rücken, und das dichte Haar auf seinem Handrücken kratzte an meiner Wange. Der Kaffeeatem war fürchterlich.

»Was weißt du über Bobby?« erkundigte sich Mrs. Shook.

»Sie wissen genau, was ich meine. Ich weiß alles. Also, ich an Ihrer Stelle würde die Polizei besser nicht rufen.« Bei diesen melodramatischen Worten zitterte meine Stimme. Zweifellos hatte ich diesen Satz letzte Woche im Fernsehen aufgeschnappt.

»Was weißt du? Chuck, du brichst dem Jungen noch den Arm«, sagte Mrs. Shook. Darauf ließ Mr. Shook ein bißchen lockerer, und sein rechter Arm rutschte von meiner Kehle in Schulterhöhe. Jetzt konnte ich zwar atmen, aber es war immer noch völlig unmöglich abzuhauen.

»Du weißt was?« wiederholte Mrs. Shook.

»Und nicht ich allein. Wir alle wissen es«, fügte ich hinzu und erweckte den Eindruck, als ob eine ganze Schwadron Juniordetektive mit dem Fall befaßt sei.

»Wer ist wir? Und was wißt ihr? Worüber sprichst du überhaupt?« fragte sie. Jetzt konnte ich meinen Kopf drehen und sie ansehen. Sie trug einen rosaroten Steppmorgenrock. An den Füßen hatte sie die Pantoffeln, die ich unter ihrem Bett gesehen hatte.

»Bridget, ruf die Polizei.«

»Ich will wissen, was der Junge meint.«

Jetzt war der Zeitpunkt gekommen, die Sache abzukürzen und einen Handel abzuschließen. »Ich werde keinem ein Wort verraten, versprochen«, meinte ich, wobei ich versuchte, nicht so verzweifelt zu klingen, wie ich war. Ich durfte keine Furcht zeigen; ich mußte ihnen Furcht einflößen. »Lassen Sie mich einfach gehen. Ich werde keinem ein Sterbenswörtchen erzählen, keiner von uns. Ich schwöre bei meinem Leben«, gelobte ich.

»Was verraten?« wollte sie wieder wissen. Sie schien wirklich überrascht. War es möglich, daß Mr. Shook Bobby ermordet und ihr nichts davon erzählt hatte? Vielleicht hatte er behauptet, Bobby sei in einem Zeltlager. Nein, ich hatte mitgehört, wie sie sagte: »Manchmal denke ich, es wäre besser, wenn ich mich umbringe.« Sie hatte gesagt, daß sie immer denkt, er käme zurück, und dann war da noch diese letzte, traurige Frage gewesen: »Was sollen wir mit seinen Sachen machen?« Sie wußte Bescheid; sie war ebenso schuldig wie er.

»Was Sie mit ihm getan haben«, antwortete ich und sah ihr direkt in die Augen. Sie waren grau, und ein dunkelrotes Äderchen schlängelte sich von dem Weißen ihres linken Auges zur Netzhaut. »Ich weiß, was Sie ihm angetan haben. Sie wollten ihn loswerden, und das haben Sie geschafft, nicht wahr?«

Sie neigte den Kopf zur Seite, und eine Träne rollte aus ihrem Auge. Sie verfehlte ihre Backe und tropfte auf den Boden. Ihre Unterlippe zitterte. Für sie brauchte es nicht erst einen Zeugenstand, um zu gestehen – sie brach ja gleich hier in der Diele zusammen.

Mr. Shook ließ meinen linken Arm los. Taub baumelte er an meiner Seite wie der leere Ärmel eines Einarmigen. Er packte mich hinten am Hemd. Es spannte sich über meiner Brust, und ein Knopf sprang ab.

»Was geht dich das an? Er ist unser Sohn!« brüllte er mir ins Ohr und schüttelte mich am Genick wie eine Katzenmutter. Mir fiel plötzlich wieder ihre Katze Nelson ein, die, die Mr. Shook überfahren hatte.

»Wie heißt du?« Er schüttelte mich wieder. Aber ich gab keine Antwort. »Du bist eins von den Kindern aus der Nachbarschaft, stimmt's? Eins von denen, die sich immer über ihn lustig gemacht haben!«

»Nein, hab' ich nicht!« protestierte ich, was größtenteils stimmte. »Er hat mir leid getan. Es war ja nicht seine Schuld, daß er behindert war. Er konnte nichts dagegen tun. Es ist unfair, daß er sterben mußte, bloß weil Sie keine Lust mehr hatten, sich um ihn zu kümmern. Er war Ihr Kind, und Sie waren verantwortlich für ihn. Dafür werden Sie büßen. Selbst wenn Sie mich jetzt umbringen, Sie werden dafür büßen!«

Grauenvolle Stille folgte. Ich hörte das Ticken einer Uhr aus dem Eßzimmer. Ein paar Kreuzungen entfernt fuhr ein Auto vorbei. Sonst nur Stille. Mrs. Shook starrte mich an, den Kopf noch immer zur Seite gelegt. Eine zweite Träne saß in einem Fältchen unter ihrem Auge fest.

»Sterben? Aber Bobby ist nicht tot.« Als ob sie sich Bestätigung holen wollte, sah sie zu Mr. Shook auf. Er sagte nichts. Sie wischte die Träne ab, und diese hinterließ eine glänzende Spur. Ihre Haut war blaß und wirkte zu dünn, um wirklich als Hülle und Schutz zu taugen.

Sie war kleiner als meine Mutter, und ich ertappte mich dabei, daß ich mich fragte, wie eine so kleine Frau einen so riesigen Mann wie Mr. Shook heiraten konnte. Gab es bei einer solchen Verbindung nicht Komplikationen? Offensichtlich

versuchte ich, an etwas anderes zu denken als an meine aussichtslose Lage.
»Er ist im Krankenhaus.«
»Wie kommt es dann, daß Sie ihn nie besuchen?« gab ich zurück. »Wir haben Ihr Haus den ganzen Sommer über beobachtet, und Sie haben es fast zwei Wochen lang nicht verlassen! Wenn er wirklich im Krankenhaus ist, wie kommt es dann, daß Sie nie hingehen?« Dabei brach meine Stimme ein wenig. Ich sah Bobby vor mir, allein im Krankenhaus, ohne Besuch, ohne Blumen, und zu zurückgeblieben, um wenigstens ein Buch zu lesen. »Und was ist mit den Betonsteinen?«
»Den Betonsteinen?«
»Die Betonmauer unten. Dort liegt er, oder? Er ist nicht im Krankenhaus. Sie haben ihn umgebracht und hinter der Mauer vergraben, damit Sie ihn ein für allemal los sind. Stimmt's?«
Das waren sie also, die Worte, auf die sich der ganze Sommer hin zugespitzt hatte: die Anklage, die Karten auf dem Tisch. Weder Mr. noch Mrs. Shook sagten ein Wort. Sie blickte mich mit noch immer schiefgelegtem Kopf an. Mr. Shook hielt mich weiterhin fest und roch noch immer nach Kaffee. Die Stille kehrte zurück. Die Uhr tickte. Das Haus arbeitete, einmal krachte es durchdringend wie ein Feuerwerkskörper. Wieder fuhr ein Auto vorbei, diesmal mit plärrendem Radio. Die Musik kam näher, wehte vorbei und war verklungen.
Plötzlich riß mich Mr. Shook von den Beinen und schleifte mich durchs Eßzimmer in Richtung Küche. Wieder versuchte ich, mich freizukämpfen, doch ich kam nicht gegen ihn an. Außerdem war mir schwindelig vor Schmerz; die Kopfschmerzen jagten in meinem Schädel hin und her wie ein Squashball im Court. Trotz meiner entsetzlichen Angst bemerkte ich, daß der Grundriß und die Einrichtung genauso waren, wie Tim es am Abend des dritten Juli beschrieben hatte.

Mr. Shook riß die Kellertür auf und machte das Licht an.
»Chuck, tu ihm nicht weh!« sagte Mrs. Shook hinter ihm. Allerdings war ihr Flehen um mein Leben weniger eindringlich, als ich gehofft hatte.
Die rohe Treppe lag düster vor mir, wie der Eingang zu einem Verlies. Ich konnte nicht fassen, daß mir das passierte. Er stieß mich vor sich her, und ich faßte nach dem Geländer, damit ich nicht in die Tiefe stürzte. »Geh runter«, fuhr er mich an. Ich nahm die Stufen, so schnell ich konnte. Vielleicht hatte ich ja genug Zeit, mir eine Waffe zur Verteidigung zu schnappen, wenn ich schneller als er unten war.
»Chuck, tu nichts, was du später bereust«, warnte Mrs. Shook vom oberen Treppenabsatz.
Plötzlich fiel es mir ein. An dem Abend, als Tim das Schloß knackte, hatten wir gesehen, wie Mr. Shook ins Haus gegangen und durch die Garage herausgekommen war. Im Keller mußte eine Tür sein, die zur Garage führte. Wenn ich es schaffte, vor ihm dort zu sein, hatte ich eine Chance zu entwischen. Die letzten paar Stufen nahm ich in einem Satz.
Rechts von mir war die Betonmauer. Eine Waschmaschine und ein Trockner standen direkt vor mir an der Wand, gewaschene Wäsche hing auf einer Leine. Ich erkannte ein Paar von Chucks Unterhosen. Am Südende des Kellers stand eine lange Werkbank, voll mit Werkzeug; daneben eine Kreissäge.
Hektisch suchte ich nach der Tür zur Garage. Da war sie: auf der Westseite zwischen einem großen Wasserboiler und einem Metallregal. Sie schien kilometerweit entfernt.
Ich kann mir zugute halten, daß ich die Tür zumindest schon aufhatte, bevor mich Mr. Shook am Schlafittchen packte. Wieder einmal war ich überrascht, wie flink er war; aber vielleicht hatte er ja jahrelange Übung darin, Bobby zu schnappen, ihn zu fesseln und zu schlagen.
Er zog mich weg von der Tür, machte sie mit einem Fußtritt

zu, verschloß sie und nahm den Schlüssel an sich. Dann zog er mich zur Werkbank und nahm einen Hammer zur Hand.
»Chuck, was hast du vor?« fragte Mrs. Shook vom oberen Treppenabsatz. Sie klang weniger besorgt als neugierig; mehr darauf bedacht, beim Schlachtfest einen Platz in der ersten Reihe zu ergattern als entschlossen, sich zwischen Chuck und mich zu werfen.
Chuck gab keine Antwort. Er war damit beschäftigt, einen Meißel auszusuchen. Verschiedene Größen lagen auf der Werkbank aufgereiht. Er wählte einen mit einer scharfen, breiten Schneide, der selbst in Mr. Shooks riesiger Hand gewichtig aussah. Für den Fall, daß zwei Waffen nicht reichten, nahm er auch noch ein Brecheisen.
Wenn es einen geeigneten Zeitpunkt für Tim und Cat gab, zusammen mit der Polizei hier hereinzuplatzen, dann war er jetzt zweifellos gekommen.
»Tu es nicht, Chuck«, rief Mrs. Shook besorgt. Sie machte einen Schritt die Treppe hinunter, aber nur einen. Ihre Augen waren zusammengekniffen, sie versuchte uns in dem Dämmerlicht zu erkennen.
Doch er achtete nicht auf sie. Er schleifte mich quer durch den Keller zur Mauer. Zwar versetzte ich ihm mit meiner freien Hand einen Schlag, doch meine Faust traf auf eisenharte Muskeln. Ich zerrte in diese und jene Richtung, aber seine Hand war wie ein Schraubstock. Die Mauer schien mit hoher Geschwindigkeit auf mich zuzukommen. Wenn Blut durch die Ritzen gesickert wäre, ich hätte nicht entsetzter sein können. Ein paar Tropfen Urin liefen mir am Bein hinunter.
»Hilfe! Tim! Cat!« schrie ich. Bisher hatte ich ihre Namen geheimgehalten, aber in einer Sekunde würde dieser Meißel meine Schädeldecke durchstoßen, also war keine Zeit mehr für höfliche Zurückhaltung. »Hilfe! Sie wollen mich umbringen! Haltet sie auf! Hilfe!«

»Chuck, tu es nicht!« rief Mrs. Shook, doch wahrscheinlich hörte er sie nicht einmal. Genauso mußte es sich in der Nacht abgespielt haben, als er Bobby tötete. Bobby hatte einmal zuviel gesabbert oder ins Bett gemacht, nachdem er wieder und wieder verwarnt worden war, das nicht zu tun, und Mr. Shook war daraufhin in einen Blutrausch verfallen. Niemand, nicht einmal seine Frau, konnte ihn aufhalten, wenn er in dieser Verfassung war. Er war erst dann zufrieden, wenn das Blut durch den Keller spritzte.
Jetzt hatten wir die Mauer erreicht. Etwa einen Meter dreißig hoch, sie reichte mir bis zur Schulter. Die großen Betonsteine grenzten an die Garagenwand. Bobby lag dahinter, und mir blühte das gleiche Schicksal. Mr. Shook ließ mich los, überzeugt, daß ich nicht fliehen konnte: Die Tür zur Garage war verschlossen, und Mrs. Shook bewachte die Treppe hoch zur Küche. Verzweifelt sah ich mich nach etwas um, um ihn niederzuschlagen. Ein Baseballschläger lehnte in einer Ecke, aber er war zu weit entfernt. Mit der linken Hand hob Mr. Shook den Meißel und ließ das Brecheisen zu Boden fallen. Ich überlegte, ob ich es packen sollte, aber als ob er meine Gedanken gelesen hätte, trat er mit dem Fuß darauf. Er hob den Hammer und wandte sich mir zu.
»Ich werde es niemals verraten! Ich schwöre es! Ich verrate kein Wort!« brüllte ich, doch er faßte den Hammer nur fester, und sein Gesicht verzog sich zu einer Fratze aus wahnsinnigem Haß. Dann drehte er sich um, setzte den Meißel an einer der getrockneten Mörtelfugen der Mauer an und schlug mit dem Hammer auf den Meißelschaft. Der Klang spaltete meinen Schädel genauso wirksam wie der Meißel den Mörtel. Er bröckelte weg, und der Stein lockerte sich. Dann setzte er den Meißel am anderen Ende desselben Betonsteins an, wieder sauste der Hammer nieder, und der Mörtel bröckelte. Er hob das Brecheisen auf, stieß es zwischen die wasserfleckige Gara-

genwand und die Mauer, die er hochgezogen hatte, und trieb es hinein. Zwei graue Steine lösten sich und fielen zu Boden, einer davon zerbrach in zwei Teile. Dann nahm er wieder den Hammer, positionierte den Meißel, und peng! Mörtelbrocken flogen herum, ein Stein bekam einen Sprung. Er griff wieder nach dem Brecheisen und stemmte es gegen die Steine. Weitere fielen zu Boden. Er hörte erst auf, als er die Mauer bis zum letzten Stein niedergerissen hatte.

Dabei sah er mich nicht einmal an; ja, er wirkte so versunken in seine Arbeit, daß er mich vergessen zu haben schien. Ich stand hinter ihm und sah ihm zu. Vorne war er ganz kahl, aber oben auf seinem Kopf fing ein Haarkranz an, der straff zurückgebürstet war, mit grauen und weißen Strähnen. Silberne Stoppeln bedeckten Wangen und Kinn wie Rauhreif.

Er legte eine solch verbissene Zielstrebigkeit an den Tag, daß ich wußte, es wäre zwecklos, ihn aufhalten zu wollen; selbst wenn offensichtlich war, daß Bobby nicht hinter der Mauer lag. Dort gab es nichts als einen dunklen, feuchten Erdwall, der sich vom Nachbargrundstück in Mr. Shooks Garage schob. Die Garagenmauer war weggebröckelt, eingedrückt von nachrückenden Erdmassen.

Er entfernte sogar die unterste Reihe der Steine, hob Stein für Stein auf und warf sie auf den jetzt riesig hohen Haufen zerbrochener Betonsteine. Nachdem auch die unterste Reihe entfernt war, trat er gegen die graue Mörtelkruste auf dem Zementboden, um auch noch die letzten Spuren der Mauer zu beseitigen.

Erst dann hielt er inne. Noch immer sah er mich nicht an, er starrte auf die sich ihm entgegenwölbende Erde, die in seine Garage drang. Ein Wasserrinnsal tröpfelte von der dunklen Ausbuchtung herab und sammelte sich hinter der jetzt niedergerissenen Mauer in einer Pfütze.

»Du wirst sie wieder neu hochziehen müssen, Chuck«, sagte

Mrs. Shook von ihrem Platz oben an der Treppe. Das war ein Tadel, aber ein leiser.
»Ich wollte, daß der Junge sieht...«, fing er an, aber er beendete den Satz nicht, und es gab auch keinen Grund dazu. Ich konnte es sehen.
»Das ist ja noch schlimmer als vorher«, meinte er, bückte sich und legte seine Hände auf die Erdwölbung, als ob er einer Schwangeren an den Bauch fassen würde. »Ich hätte es sowieso noch einmal neu machen müssen«, fügte er hinzu und war plötzlich ganz in die Frage vertieft, wie er die nachdrängende Erde zurückhalten sollte. Ich hätte seine Versunkenheit ausnutzen und einen Fluchtversuch wagen können, aber jetzt gab es keinen Grund mehr dazu. Und außerdem konnte ich mich in meinem jetzigen Zustand nicht schnell bewegen.
»Was hast du jetzt zu deiner Verteidigung zu sagen, junger Mann?« fragte Mrs. Shook in dem, wie ich später feststellen konnte, strengsten Tonfall, den sie zuwege brachte.
»Darf ich bitte mal auf die Toilette gehen?« fragte ich leise. »Sonst gibt es einen Unfall.« Jetzt war ich endgültig am Boden.
Mr. Shook stand vor der offenen Badezimmertür, während ich mein Geschäft erledigte. Ich wußte, daß er mich haßte, genauso wie den Klang meines Pissens. Ich wünschte, der Strahl würde ewig weiterfließen, damit ich ihm nicht erneut gegenübertreten mußte, aber nur allzu schnell versiegte er. Am Rand des Waschbeckens lag ein Rasiermesser. Ich war noch nicht verzweifelt genug, um es jetzt gleich zu benutzen, aber ich merkte es mir – als letzten Ausweg.
Sie befahlen mir, mich auf die Wohnzimmercouch zu setzen. Der Polsterbezug hatte ein Muster aus großen rosafarbenen Kamelienblumen und war an einigen Stellen durchgewetzt. Aber immer noch besser als unsere lindgrüne Couch zu Hause mit den Goldfäden.

Mrs. Shook erzählte. Sie begann in dem etwas harschen Tonfall von vorhin, doch schon bald wurde ihre Stimme weich und warm. Sie schien froh, die Möglichkeit zu haben, über Bobby zu sprechen; vielleicht hatte sie nur wenige Menschen, mit denen sie reden konnte. Mr. Shook stand im Türrahmen, für den Fall, daß ich versuchte abzuhauen. Er sah mich nur ein einziges Mal an. Dann zog er seine Armbanduhr auf.
Bobby war im Alter von zehn Monaten an einer Hirnhautentzündung erkrankt. Zuerst hatte es der Arzt für eine Grippe gehalten, doch als das Baby weiterhin quengelig blieb und nicht essen wollte, machte er weitere Untersuchungen und entdeckte eine bakterielle Entzündung in Bobbys Hirn. Bobby reagierte allergisch auf Penicillin und auch auf andere Antibiotika, die in solchen Fällen verabreicht werden, und ein paar angstvolle Wochen folgten, während der Arzt nach einer Behandlungsmethode für das Kleinkind suchte. Schließlich verschwanden die Symptome von selbst, und Bobby schien wieder normal. Erst als er fast drei war, fiel Mr. und Mrs. Shook auf, daß er sich nur langsam entwickelte. Sie ließen ihn untersuchen und mußten erfahren, daß sein Gehirn dauerhaft geschädigt war.
Trotzdem war er ein guter Sohn und machte wirklich nicht mehr Schwierigkeiten als ein normales Kind auch. (Bei diesen Worten sah Mr. Shook mich an, und sein Blick sagte deutlich, daß ich mir von Bobby eine Scheibe hätte abschneiden können.) Bobby konnte nie richtig lernen, er konnte sich einfach nichts über längere Zeit merken. Er starrte auf das Abc und versuchte, die Buchstaben voneinander zu unterscheiden, oder er hielt Plastikzahlen hoch und versuchte, sich an ihre Namen zu erinnern. Aber Mrs. Shook gab niemals den Versuch auf, ihm diese grundlegenden Dinge beizubringen, und schaffte es immer wieder, sich Anzeichen einer leichten Besserung einzureden.

Im August letzten Jahres bekam Bobby einen Anfall. Er war nie besonders widerstandsfähig gewesen und hatte sich als Kind jede Kinderkrankheit mindestens einmal zugezogen, manchmal auch zweimal. Später fing er sich eine Grippe und eine Erkältung nach der anderen ein; kaum hatte er die eine auskuriert, bekam er schon die nächste. Aber dieser Anfall war etwas Neues und Alarmierendes. Er schlug heftig um sich, bekam Krämpfe und schnappte nach Luft. Mrs. Shook versuchte ihn davon abzuhalten, sich selbst zu verletzen, aber er war zu kräftig, sie konnte ihn nicht bändigen. Sie rannte zum Telefon und rief Mr. Shook in der Arbeit an. Während sie telefonierte, kaute Bobby auf seiner Zunge und schlug mit dem Kopf auf den Boden.

Bobby hatte einen Gehirntumor. Der Arzt riet von einer Operation ab. Da Bobby im günstigsten Fall bleiben würde wie bisher, war es vielleicht am besten, der Natur ihren Lauf zu lassen. Und schließlich, was würde aus ihm werden, wenn Mr. und Mrs. Shook gestorben waren? Die Shooks konsultierten einen Arzt nach dem anderen, um jemanden zu finden, der ihnen Hoffnung machte. Die Ärzte waren zwar voller Mitgefühl, aber realistisch. Keiner empfahl die Operation, bei der es keine Garantie auf Erfolg gab und die für den Jungen unangenehm und furchteinflößend sein würde; sie rieten, Bobby in ein Heim zu geben. Es ging ihm immer schlechter, und es wurde schwierig, mit ihm fertig zu werden. Trotzdem wollten die Shooks Bobby nicht weggeben; sie nahmen ihn wieder mit nach Hause und sorgten für ihn, so gut sie konnten. Mr. Shook hörte auf zu arbeiten.

Anfang des Sommers erlitt Bobby einen Schlaganfall. Seine ganze rechte Seite wurde gelähmt. Jetzt konnten sich die Shooks nicht mehr alleine um ihn kümmern, und dann brauchte er auch täglich eine heilgymnastische Behandlung. Sie brachten ihn in das nächstgelegene Krankenhaus, das sich

zur Aufnahme bereit fand – das Greenpark Hospital, nur zehn Minuten entfernt. Sie besuchten ihn jeden Tag, sieben Stunden täglich. Dabei lösten sie sich gegenseitig ab.
In der zweiten Juniwoche bekam Bobby Wutanfälle. Immer wenn er seine Eltern sah, regte er sich auf und wurde aggressiv. Die Ärzte meinten, er versuche ihnen damit zu zeigen, wie froh er sei, sie zu sehen, und es ärgere ihn, daß er das nicht ausdrücken könne, deshalb werde er gewalttätig. Sie schlugen vor, Bobby mit Medikamenten ruhigzustellen, aber Mr. und Mrs. Shook ließen das nicht zu; sie fuhren fast zwei Wochen lang nicht mehr ins Krankenhaus, um zu sehen, ob sich der Zustand ihres Sohnes dadurch verbessern würde. Damals hatten sie sich dann auch ins Haus eingeschlossen und waren nicht mehr rausgekommen. Sie hatten sich noch nie so verzweifelt gefühlt, so voller Sorge um ihren Sohn. Mr. Shook hatte die Mauer hochgezogen, aber er war mit seinen Gedanken woanders gewesen, und so hatte er gepfuscht. Mrs. Shook hatte sämtliche Vorhänge zugezogen und sich im Dunkeln verkrochen. Von da an hatten sie sich auch ihre Lebensmittel liefern lassen.
In der Nacht, als wir versuchten, das Schloß zu knacken, hatte Bobby einen kleinen Herzinfarkt. Er war schon wieder über den Berg, als die Shooks ins Krankenhaus kamen, regte sich aber gleich wieder auf, als er sie sah, und so mußten sie gehen.
Vor eineinhalb Wochen war er ins Koma gefallen. Jetzt gab es fast keine Hoffnung mehr für ihn, doch die Art, wie Mrs. Shook das sagte, zeigte, daß sie weiterhin hoffte. Heute abend hatte die Krankenschwester angerufen, um ihnen zu sagen, daß Bobbys Blutdruck drastisch abgefallen sei, und die Shooks waren ins Krankenhaus gerast, weil sie glaubten, das Ende sei gekommen. Doch der Arzt hatte Bobby ein Medikament verabreicht, und sein Blutdruck stieg wieder an.

»Wie alt ist Bobby?«
»Einunddreißig.«
Mrs. Shook hatte eine beschwerliche Schwangerschaft gehabt. Sechs der neun Monate war sie ans Bett gefesselt gewesen. Sie gab immer sich die Schuld daran, daß ihr Junge zu schwach gewesen war, um die Hirnhautentzündung unbeschadet zu überstehen.
»Aber Bridget...«, sagte Mr. Shook tadelnd. Sie mußten dieses Gespräch wohl schon hundertmal geführt haben.
Sie konnte danach kein Kind mehr bekommen. Obwohl sie noch zweimal schwanger war, aber sie hatte beide Male eine Fehlgeburt. So blieb Bobby ihr ein und alles.
»Glaubst du immer noch, daß wir ihn umgebracht haben?«
»Nein.«
Nachdem sie mit ihrer Erzählung geendet hatte, bat ich um ein paar Aspirin. Ich folgte Mrs. Shook hoch ins Badezimmer, und sie gab mir zwei weiße Tabletten und legte mir die Hand auf die Stirn. Es war eine ganz automatische Handbewegung, die sie bei Bobby häufig gemacht haben mußte.
»Du bist heiß«, meinte sie und fühlte meine Backe. Dann nahm sie ein Thermometer aus einer Plastikhülle, schüttelte es und steckte es mir in den Mund.
Ich saß auf dem Rand der Badewanne, während Mrs. Shook mir einige Bilder von Bobby zeigte, die sie kurz nach seiner Einlieferung ins Krankenhaus gemacht hatte. Er saß aufrecht im Bett, allerdings mit ein klein wenig Schlagseite. Ein Luftballon war an seinem Tablett befestigt. Seine Hände waren gekrümmt wie Klauen. Er versuchte, in die Kamera zu schauen, aber seine Augen schielten in verschiedene Richtungen. Er sah dünn aus und älter als einunddreißig.
Sie nahm mir das Thermometer aus dem Mund. Es zeigte Fieber an. Sie bestand darauf, daß ich mich auf die Waage stellte, und schnalzte mit der Zunge, als die Nadel zitternd zum Ste-

hen kam. Dann fragte sie, seit wann ich mich krank fühlte. Ich antwortete, seit ein paar Wochen.

»Ißt du drei anständige Mahlzeiten am Tag?«

»Ich esse nicht viel.«

Sie nahm mich mit runter in die Küche und buk einen Brombeerkuchen auf, den sie am Tag zuvor gemacht hatte. Ich setzte mich mit Mr. Shook an den Küchentisch, und wir aßen Brombeerkuchen mit Vanilleeis. Mr. Shook trank Kaffee dazu, ich ein Glas Milch. Zuerst wollte Mrs. Shook nichts von dem Kuchen mitessen, weil sie versuchte abzunehmen, aber dann kratzte sie etwas von der Füllung ab und aß es direkt von der Tortenschaufel.

Es ist schon sechs Monate her, aber noch immer habe ich den Geschmack dieses Kuchens auf der Zunge. Ich fühlte mich wie ein Baby, das zum ersten Mal feste Nahrung schmeckte. Die Brombeerfüllung war würzig, aber so fein abgeschmeckt, daß sie mir auf der Zunge zerging und ich mich nicht erinnere, überhaupt geschluckt zu haben. Der Boden war fest und kross, als Mrs. Shook den Kuchen aufschnitt und ein Stück auf meinen Teller legte; aber als ich mit meiner Gabel hineinstach, zersprang er in Hunderte von durchsichtigen kleinen Flöckchen. Wir aßen, ohne zu reden. Der Kuchen verdiente diese Hochachtung. Mr. Shook aß noch ein zweites Stück, ich noch ein halbes, und Mrs. Shook noch etwas von der Füllung.

»Warum warst du nicht beim Arzt?« fragte mich Mrs. Shook, als ich die letzten violetten Brombeerspuren von meinem Teller kratzte. »Warum haben deine Eltern dich nicht zu einem Arzt gebracht?«

Später erzählte ich Tim und Cat, daß ich weinte, damit sie Mitleid mit mir bekamen und mich gehen ließen, aber in Wahrheit fing ich einfach zu heulen an und konnte nicht mehr aufhören.

»Mein Dad arbeitet viel und hat keine Zeit, und meine Mom, na ja, sie ist auch mit was beschäftigt. Im Moment kann ich ihnen davon nichts erzählen, weil... Es ist gerade kompliziert. Ich nehme ziemlich viel Aspirin und hab' gedacht, es würde weggehen, aber es wird immer schlimmer. Vielleicht habe ich einen Gehirntumor wie Bobby. Ich kann nachts nicht schlafen und habe Angst, daß ich sterben muß.«

Diese herzzerreißende Rede sieht auf dem Papier fast logisch aus, aber begleitet vom Luftschnappen, Schniefen, Naseputzen und Gesichtabwischen war sie kaum zu verstehen und ziemlich wirr. Mr. und Mrs. Shook starrten mich einfach nur an. Mrs. Shook hielt ihren Kopf wieder geneigt, als ob dieser neue Winkel etwas mehr Licht in meine Erklärung bringen könnte. Mr. Shooks Mund stand vor Erstaunen ein bißchen offen. Er hatte einen Brombeerfleck am Kinn, was ihn noch erstaunter aussehen ließ.

Sie ließen mich gehen. Ich nehme an, sie waren einfach der Ansicht, daß ich ein ernsthaft verstörtes Kind war und Strafe schlicht überflüssig. Sie riefen nicht einmal die Polizei an oder meine Eltern, wie sie gedroht hatten. Mr. Shook sagte nur, er erwarte mich demnächst, damit ich ihm helfe, die Mauer wieder hochzuziehen, aber sonst ließen sie mich ungeschoren davonkommen. Sie liehen mir sogar neue Turnschuhe von Bobby, da ich ja meine Schuhe zu Tim runtergeworfen hatte, als ich den Baum hochgeklettert war.

»Wie heißt du?« fragte Mr. Shook.

»Nelson.«

»Ich fahr' dich heim, Nelson.«

»Es ist nicht weit. Mir ist nach frischer Luft.«

»Bist du sicher?«

Mrs. Shook nahm mir das Versprechen ab, meinen Eltern von den Kopfschmerzen zu erzählen und mit ihnen zum Arzt zu gehen. Am Samstag, wenn ich wiederkam, um Mr. Shook mit der Mauer zu helfen, sollte ich ihr genau berichten, was der Arzt gesagt hatte. Wenn er mir etwas verschrieb, wollte sie das Fläschchen sehen. Sie warnte mich, ihr nichts vorzumachen; durch die Jahre mit Bobby wisse sie eine Menge über Ärzte.

Sie winkten mir zum Abschied von der Eingangstür aus zu. Ich ging die Vierunddreißigste Straße entlang, in Richtung Zuhause, dann schlug ich einen Haken und rannte zum Baumhaus zurück, um Tim und Cat mein Erlebnis zu berichten. Das Baumhaus war leer. Meine Schuhe standen in einer Ecke. Drei Zigarettenkippen waren auf dem Boden ausgedrückt, an einer war Lippenstift dran. Ich warf sie in den Kaffeebüchsenaschenbecher und fragte mich, wie lange Tim und Cat auf mich gewartet hatten.

Es war Mitternacht. Der Himmel war blauschwarz mit weißen Wölkchen. Zwischen den Wolken Sterne.

Ich dachte darüber nach, daß der heutige Abend ganz anders verlaufen war, als ich erwartet hatte. Ich hatte damit gerechnet, ins Haus der Shooks einzubrechen und nachzuweisen, daß sie ihren zurückgebliebenen Sohn ermordet hatten. Statt dessen hatte ich vor ihren Augen geweint und versprochen, am Wochenende wiederzukommen, um alles über Stützmauern zu lernen. Ich fragte mich, ob der Rest meines Lebens so verlaufen würde wie heute abend: ein unerwartetes Ereignis nach dem anderen.

Ich hatte damit gerechnet, Schriftsteller zu werden. Was, wenn ich statt dessen als Marineoffizier oder bei der Störungsstelle der Telefongesellschaft endete? Würde ich enttäuscht oder glücklich sein oder erstaunt wie beim Auswickeln eines Geburtstagspakets, bei dem man ganz sicher ist, daß Kleider drin sind, und dann entpuppt sich der Inhalt als der Modellflugzeugträger, den man sich schon seit Monaten wünscht?

Ich hatte damit gerechnet, in der High-School Freundinnen

zu haben, zum Tanzen auszugehen, gute Noten zu bekommen und bei der Verleihung der Abschlußzeugnisse ein Stipendium zu erhalten. Doch nichts war gewiß. Ich malte mir aus, wie ich die Schule hinschmiß und in einer schwarzen Lederjacke auf einem röhrenden Motorrad zu einer Straßenschlacht losbrauste. Plötzlich erschien mir das Leben abwechslungsreicher denn je: wild und gefährlich, und fast besser als ein Roman.

Kapitel sieben

Mom, ich glaube, ich bin krank.«

»Es grassiert gerade eine Grippe«, erwiderte sie wie aus der Pistole geschossen und studierte dabei die Zubereitungsanleitung auf einer Packung tiefgefrorener Erbsen. Sie kochte gerade das Abendessen. Im Bratrohr brutzelte ein Hackbraten. Mein Vater war in Boise.

»Ich glaube nicht, daß es eine Grippe ist. Ich hab' dauernd so Kopfschmerzen, die nicht mehr weggehen.«

»Nimm ein paar Aspirin.« Darauf fiel mir keine Antwort ein. Es war der Abend nach dem Einbruch, und ich hatte mir fest vorgenommen, mein Versprechen zu halten, das ich den Shooks gegeben hatte: Ich würde meinen Eltern von meinen Krankheitssymptomen erzählen und sie dazu bringen, daß sie mich zum Arzt schickten. Ich hatte am Morgen versucht, mit Mom darüber zu reden, doch sie war noch im Schlafzimmer, als Maude und ich aus dem Haus gingen. Ich klopfte an die Tür, um mich zu verabschieden, und mit belegter Stimme rief sie hinaus: »Sag Maude, sie soll brav sein.« Ich fragte mich, ob sie wohl auch krank war, doch als wir abends heimkamen, schien es ihr ganz gut zu gehen.

»Weißt du, ich habe seit drei Wochen Kopfschmerzen. Und mein Bauch tut mir auch weh. Ich kann nichts essen. Ich glaube, ich sollte zum Arzt gehen.«

»Komm, laß mich mal die Stirn fühlen.« Als sie sich zu mir umdrehte, fiel mir auf, daß sie ein anderes Parfüm trug als sonst, und es war fast, als hätte ich plötzlich eine andere Mom. »Besonders heiß ist sie nicht gerade«, meinte sie, während sie mir die Hand auf die Stirn legte, in der sie gerade die gefrorenen Erbsen gehalten hatte.

»Ich habe dauernd so ein Pfeifen im Ohr, das ist immer da. Und es tut beim Pinkeln weh.« Ich überlegte, ob ich ihr auch das Erektionsproblem enthüllen sollte, doch auf dem Herd kochte Wasser, und ich wollte keinen Unfall riskieren.
»Nelson, in deinem Alter macht man gewisse Veränderungen durch. Das ist die Pubertät. Dein Körper verändert sich, du wirst ein Mann. Du solltest froh sein. Was Mädchen da durchmachen müssen...« Das Pünktchen-Pünktchen-Pünktchen konnte man förmlich hören.
»Ich glaube nicht, daß es wegen der Pubertät ist, Mom. Ich glaube, es ist ein Gehirntumor.«
»Sei nicht albern.«
»Ich rufe Dr. Holt an und lasse mir einen Termin geben, und ich zahle die Rechnung von meinen eigenen Ersparnissen. Ich wollte es dir nur vorher sagen, weil er bestimmt hier anrufen wird.«
Mom ließ den harten Block Erbsen ins kochende Wasser gleiten und seufzte erschöpft wie eine Siedlersfrau, die seit dem frühen Morgen auf den Beinen ist, um die knurrenden Mägen ihrer Männer zu füllen.
»Daß du deine Arztrechnung selbst bezahlst, kommt überhaupt nicht in Frage. Was meinst du, wozu wir eine Versicherung haben? Wenn du zum Arzt gehen willst, bitte schön. Ich rufe ihn morgen früh an.« Sie setzte ihre Brille auf, las noch einmal die Kochanleitung für die Erbsen und stellte dann die Eieruhr, die ich ihr zum vorletzten Muttertag geschenkt hatte. »Aber du hast keinen Gehirntumor, Nelson. Du machst nur einen körperlichen Veränderungsprozeß durch, das ist alles.«

»Das wird jetzt vielleicht ein bißchen unangenehm, Nelson«, meinte Dr. Holt und streifte einen Gummihandschuh über. »Aber es tut nicht weh. Drehst du dich bitte auf die Seite?«

Ich hoffte, Maude würde nicht ausgerechnet in diesem Moment ins Behandlungszimmer platzen. Sie spielte im Wartezimmer. Dr. Holts Arzthelferin sollte auf sie aufpassen, aber Maude war ihr schon zweimal entwischt. Beim ersten Mal kam sie rein, als Dr. Holt gerade mein Herz mit einem Stethoskop abhörte. Maude wollte natürlich, daß er auch ihr Herz abhörte. Also knöpfte ich ihr das Kleid auf und zog es bis zur Hüfte herunter. Als Dr. Holt das Stethoskop auf Maudes Brust aufsetzte, zogen sich ihre kleinen Brustwarzen vor Erregung zusammen. Dann wurden wir erneut unterbrochen, als Dr. Holt mit einem Hämmerchen gegen mein Knie schlug. Maude wollte, daß der Arzt auch gegen ihr Knie schlug. Diese Unterbrechungen waren mir ganz recht; sie lösten die Spannung und zögerten den Moment hinaus, da der Arzt mir sagen mußte, daß ich ein aussichtsloser Fall war. Aber ich wollte nicht, daß Maude hereinplatzte, während Dr. Holt seinen Finger in meinem Hintern hatte. Maude würde wollen, daß er das bei ihr auch machte.

Dr. Holt war nicht gerade das, was ich mir unter einem Hausarzt vorstellte. Eher sah er aus wie ein Filmstar. Er war ungefähr so alt wie meine Eltern, hatte dichtes blondes Haar und kleine Härchen im gleichen Blondton, die in ordentlichen, winzigen Strähnchen Arme und Handgelenke bedeckten. Tatsächlich sahen sie so ordentlich aus, daß ich mich fragte, ob er sich die Haare an den Armen kämmte. Er trug einen weißen Kittel, doch darunter ein blau-rot kariertes Hemd ohne Krawatte und eng anliegende Jeans, als wollte er gleich nach meiner Untersuchung zu einem Rodeo gehen. Sein Vorname war Alan. Alan hatte ich auch immer heißen wollen.

»Versuch dich zu entspannen. Du hast bestimmt eine Freundin, so ein gutaussehender Junge wie du«, sagte Dr. Holt. Ich fand diese Bemerkung unter den gegebenen Umständen ziemlich fehl am Platz, jedenfalls kein Thema, bei dem ich mich entspannen konnte. Ich antwortete nicht. Statt dessen studierte ich eine gerahmte Urkunde von der medizinischen Fakultät der University of Oregon, die an der Wand hing. Sie besagte, daß Dr. Holt ein richtiger Arzt war. Ich fragte mich, ob er wirklich geprüft worden war oder ob man ihn wegen seines guten Aussehens hatte durchkommen lassen.

Ich dachte an Cat. Sie war an diesem Tag gegen Mittag aufgekreuzt, als Maude und ich die Speisekarte im Schaufenster eines neu eröffneten italienischen Restaurants in der Milwaukee Avenue studierten. Maude sollte die erste Pizza in ihrem Leben bekommen. Sie wollte die Pizza nicht etwa, weil sie dachte, sie würde ihr schmecken – sie wußte nicht mal, was eine Pizza war –, sondern weil ihr das Wort gefiel.

»Deine Geldbörse steht ja halb aus der Arschtasche raus, Helen. Willst du sie dir klauen lassen?« begrüßte mich Cat auf ihre typische Art.

»Tag, Cat.«

»Cat, wir essen Pizza!« rief Maude aus. Cat bückte sich und machte die Schnalle an Maudes Sandale zu. Sie trug eine weiße Malerhose und ein Herren-T-Shirt darunter, und um ihre Taille hatte sie eine Jacke gebunden, die zu einer Musikcorpsuniform gehörte. An den Füßen hatte sie etwas, was wie goldene Ballerinas aussah.

»Willst du mit uns zu Mittag essen?« fragte ich sie. Das wollte sie, und wir marschierten ins Restaurant. Noch vor einem Monat war es ein chinesisches Restaurant gewesen. Jetzt erklang muntere Akkordeonmusik, und auf den Tischen standen Lampen aus Chianti-Flaschen. Ich bestand auf einem Tisch weiter hinten, damit Cat und ich uns ungestört unterhalten konnten.

Maude piepste gleich los, als die Kellnerin an unseren Tisch trat: »Wir wollen Pizza!« Die Kellnerin strahlte Maude an. Hätte ich ein Adoptionsformular hervorgezaubert, sie hätte es

auf der Stelle unterschrieben. Ich bestellte eine mittelgroße Pizza mit Käse und Tomaten für uns alle, dazu Cola für Cat und mich und Milch für Maude.
Während Maude auf den Papierplatzdeckchen mit Buntstiften herummalte, die ich für genau so eine Situation immer bei mir hatte, berichtete ich Cat, was nach meinem Einbruch geschehen war. Sie hing gebannt an meinen Lippen und wandte nicht ein einziges Mal den Blick von mir ab. Zum ersten Mal war Cat von mir wirklich beeindruckt.
Da kam die Pizza. Was auch immer Maude erwartet hatte, das jedenfalls nicht. Dieser harmlose belegte Teig machte ihr Angst. Sie heulte und versteckte sich hinter mir, also bestellte ich als Erste-Hilfe-Maßnahme rasch ein überbackenes Käsesandwich. Sandwiches standen zwar nicht auf der Karte, aber der Kellnerin schien es ganz und gar nichts auszumachen, diesen Sonderwunsch zu erfüllen. Ich fragte mich, ob Maude wohl ihr ganzes Leben lang immer bekommen würde, was sie wollte – türkische Speisen in einem mexikanischen Restaurant, einen Martini in einer Milchbar –, oder ob irgendwann der Tag kommen würde, an dem es auch für sie keine Extrawurst mehr gab. »Wie lange habt ihr im Baumhaus auf mich gewartet?« fragte ich Cat, nachdem ich meine Abenteuergeschichte beendet hatte. Sie pickte gerade den Käse von der Pizza; die Tomatensauce und den Teig ließ sie mir übrig. »Ich hatte eigentlich gedacht, ihr wärt noch da, als ich rauskam.«
»Ein paar Stunden oder so haben wir schon gewartet«, antwortete sie. »Wir wären dir ja zu Hilfe gekommen, wenn du geschrien hättest oder wenn wir eine Kreissäge gehört hätten oder so. Aber dann haben wir gedacht, du würdest dich bis zum Morgengrauen verstecken und dann abhauen. Was hätten wir also tun sollen? Wir haben das Haus noch eine Weile beobachtet und sind dann nach Hause gegangen. Tim wird dir das gleiche erzählen.«

Ich dachte über diesen letzten Satz nach: »Tim-wird-dir-das-gleiche-erzählen«, während Dr. Holt mich untersuchte. Wieso meinte Cat, sie brauche ein Alibi? Ihre Geschichte klang doch ganz glaubwürdig. Ich fand zwar, sie hätten auf mich warten sollen, ganz egal, wie lange es sich hinzog, aber die Sache mit den Shooks war so gut ausgegangen, daß ich mich nicht ärgerte. Nur dieses »Tim-wird-dir-das-gleiche-erzählen« machte mich mißtrauisch. Im Baumhaus mußte irgendwas passiert sein, was ich nicht wissen sollte. Aber was? In einem Baumhaus kann man nicht baden. Es mußte etwas Schlimmeres gewesen sein.

Als er mit seiner Untersuchung fertig war, sagte Dr. Holt, ich solle mich anziehen und danach in sein Sprechzimmer kommen. Ich holte Maude aus dem Wartezimmer und nahm sie mit, für den Fall, daß es eine schlechte Nachricht war. Ich brauchte jemand zum Händchenhalten.

»Es wird noch ein oder zwei Tage dauern, bis wir die Ergebnisse der Blut- und Urinuntersuchungen bekommen«, sagte er eine Viertelstunde später, als ich nervös auf dem Stuhl vor seinem Schreibtisch herumrutschte. »Aber es sieht so aus, als sei alles in Ordnung mit dir, Nelson. Du hast ein bißchen Untergewicht. Ich möchte, daß du drei ordentliche Mahlzeiten am Tag ißt und eine Menge Milchshakes trinkst. Das wird dir ja nicht allzu schwerfallen, oder? Und ich verschreibe dir etwas gegen deine Kopfschmerzen, aber ich nehme an, daß sie schon bald ganz von selbst verschwinden werden. Einen Gehirntumor hast du jedenfalls nicht.« Er kicherte, als er einen Zettel von einem Block abriß und etwas darauf schrieb. Ich fragte mich, ob er immer über seine Patienten lachte und ob die Ärztekammer wohl damit einverstanden war.

Maude wollte auch ein Rezept, also kritzelte er wieder etwas auf seinen Block und gab ihr den Zettel zusammen mit einem Lutscher. »Ich werde deine Mutter anrufen und ihr das erfreuliche Ergebnis mitteilen«, sagte er, als er mir die Hand mit den goldenen Härchen auf die Schulter legte und mich zum Ausgang geleitete. »Hast du gewußt, daß deine Mom und ich zusammen auf der High-School waren? Wir sind sogar mal miteinander gegangen.« Was für eine gräßliche Enthüllung von einem Mann, der gerade eine rektale Untersuchung bei mir vorgenommen hatte! Ich bedankte mich schnell und bugsierte Maude in das helle Sonnenlicht des Nachmittags hinaus.

Wir hatten gerade noch Zeit, bei der Apotheke vorbeizuschauen und meine Medizin abzuholen. Dann gingen wir zur Dairy-Queen-Milchbar, wo wir Milchshakes tranken und Hot dogs aßen. Ich nahm mein Codein zusammen mit dem Milchshake ein und fragte mich, ob es in Ordnung sei, die beiden Medikamente zu mischen. Auf dem Nachhauseweg fragte Maude, ob wir morgen wieder zum Arzt gehen könnten.

Ich achtete darauf, ob meine Mutter irgendwelche Anzeichen von Schadenfreude zeigte, doch sie sagte nur: »Ich bin froh, daß mit dir alles in Ordnung ist.« Mein Dad war inzwischen aus Boise zurückgekommen, sagte aber nichts. Tatsächlich hatte er nur einmal was gesagt, seit er mich geschlagen hatte: »Vergiß nicht, den Rasen zu mähen.«

Tim tauchte an unserer Hintertür auf, als ich gerade beim Abspülen war. Ich spülte schnell zu Ende, dann gingen wir in mein Zimmer. »Cat hat mir alles erzählt«, sagte er, als er auf meinem Bett saß und eine Schachtel Zigaretten hervorholte. Ich leerte eine Tasse aus, in der ich sonst Stifte aufbewahrte, damit Tim sie als Aschenbecher benutzen konnte. »Ich hab' sowieso nie geglaubt, daß sie ihn umgebracht haben. Das war alles nur Stuß.«

»Ich weiß.«

»Sie waren wirklich nett, als ich ihnen ihre Lebensmittel gebracht hab'.«

»Ja, das sind sie auch. Sie haben mir Kuchen und all so was gegeben.«
»Die Kekse waren super.«
»Der Kuchen auch.«
»Cat hat die Hälfte der Zeit nur Schwachsinn im Kopf«, sagte Tim und versuchte, einen Rauchring zu blasen. Ich fragte mich, was Tim in der restlichen Zeit von ihr hielt. Wenn sie den halben Tag nur Schwachsinn im Kopf hatte, blieben immer noch zwölf Stunden übrig.
»Echt schade um Bobby, das arme Schwein.«
»Ja.«
Es war ein typisches Gespräch zwischen Tim und mir; jeder tat so, als langweile er sich zu Tode. Aber bald würde es lebhafter werden. Tim erzählte mir einen Witz, in dem sich einer einen blasen ließ. Nach einer Weile kehrte das Gespräch zu der Nacht meines Einbruchs zurück.
»Wie lange habt ihr denn im Baumhaus auf mich gewartet?« fragte ich, als sei es mir eigentlich völlig egal. Ich zog eine Schreibtischschublade heraus und tat so, als suche ich was.
»'n paar Stunden – schätz' ich. Hatt' meine Uhr nicht dabei. Wir wären auch länger geblieben, aber ich hab' am nächsten Morgen den Laden aufmachen müssen. Wenn ich nicht meine acht Stunden Schlaf kriege, bin ich 'ne wandelnde Leiche.«
»Was habt ihr denn die ganze Zeit gemacht?« Wieder bemühte ich mich um einen ungezwungenen Plauderton.
»Nichts. Das Haus beobachtet. Uns blöd angeglotzt. Was man halt so macht. Sie hat das ganze Baumhaus zum Wakkeln gebracht, ich hab' ihr gesagt, sie soll das gefälligst sein lassen. Sie sagt Blödmann zu mir, ich sag' alte Fotze zu ihr. Das übliche halt.« Er fuhr sich mit den Fingern durch das dichte, struppige Haar. »Frag Cat, sie wird dir dasselbe sagen. Macht's dir was aus, wenn ich mal bei euch schiffen gehe?« Er stand auf und zog seinen Reißverschluß auf.

»Solange du dazu das Klo benutzt.«
Er grunzte anerkennend über den Witz, warf seine Zigarette auf den Boden, trat auf die Seite mit dem Filter und ging hinaus.
Ich hob die Kippe auf, drückte sie sorgfältig an der Innenseite meines Papierkorbs mit der Weltkarte darauf aus und vergrub sie unter zerknülltem Papier und Bonbonpapierchen. Dann öffnete ich das Fenster und fächelte mit Hilfe meiner Fliegenklatsche den Rauch hinaus.
»Frag Cat, sie wird dir dasselbe sagen«, hatte Tim gesagt. Das waren fast dieselben Worte, die Cat gebraucht hatte. Hatten sie sich abgesprochen? Wenn ja, dann hatten sie offensichtlich etwas zu verbergen. Vielleicht hatten sie Angst, mich zu verletzen. Das fand ich zwar rührend, aber ich war doch kein Kind mehr. Schlechte Nachrichten war ich inzwischen gewohnt. Zugegeben, auf die Enthüllung mit dem gemeinsamen Bad hatte ich nicht mit der notwendigen Gelassenheit reagiert, aber ich hatte daraus gelernt und akzeptierte mittlerweile die Tatsache, daß meine beiden besten Freunde ineinander verliebt waren. Meine Vorstellung von dem, was im Baumhaus abgelaufen war, war wahrscheinlich hundertmal schlimmer als das, was wirklich passiert war. Oder?
Schlagartig wurde mir klar, daß Tim nicht mehr mein Freund war. Er belog mich, er verheimlichte mir etwas. Selbst wenn es gut gemeint war, es war nicht ehrlich. Ich wollte nicht geschont werden, schon gar nicht von jemandem, der nicht mal seine Mathe-Hausaufgaben allein machen konnte. Ich wollte, daß Tim mir vertraute und sich auf mich verließ, daß er mein Bruder war und ich seiner.
Aber wir waren nicht Brüder. Wir waren zwei grundverschiedene Menschen, die nur durch die Schule und die gemeinsame Nachbarschaft miteinander verbunden waren. Unser brüderliches Verhältnis war nur ein Wunschtraum, wieder

etwas, was ich mir nur einbildete, nicht sehr viel anders als meine Straßenganggeschichten oder die fröhlichen Gladiatoren. Meine Phantasie ging so oft mit mir durch – der Mord der Shooks an ihrem Sohn, der Gehirntumor, der sich als Pubertät entpuppte –, daß ich mich fragte, ob eines Tages mein wirkliches Ich zum Vorschein kommen würde, so wie am Ende von *Sag die Wahrheit*, wenn man herausfindet, welcher von den drei gutgekleideten Herren die erste Nierentransplantation durchgeführt hat. Würde ich mir mein ganzes Leben lang Morde, Krankheiten und Liebe einbilden?

Doch Tim und ich waren befreundet, auch wenn man es nur schwer auf den Punkt bringen konnte. Wir waren Freunde seit der sechsten Klasse. Wir hatten gemeinsame Interessen: Fahrradfahren, Schwimmen, Fernsehen. Wir vertrauten uns zwar nie unsere innersten Gefühle und Gedanken an, und unsere Gespräche waren oft nicht mehr als eine Folge von Grunzern, die man für das Geplauder zweier Steinzeitmenschen hätte halten können. Aber so war das eben mit Freundschaften – was Besseres als Tim hatte ich nicht.

Jungen zeigen sich ihre gegenseitige Zuneigung nicht so leicht. Mädchen tauschen die Kleider mit ihren Freundinnen, übernachten bei ihnen, machen sich gegenseitig die Haare zurecht. Ein dreckiger Witz und ein lauter Furz ist das intimste Erlebnis, das zwei Jungen miteinander teilen. Tim und ich haben nie gerauft, sind nie aus der Haut gefahren und wie die Kampfhähne aufeinander losgegangen. Aber nur auf diese Weise können Jungen echte Zuneigung zeigen – indem sie versuchen, sich gegenseitig auf die Intensivstation des nächsten Krankenhauses zu bringen.

Ich habe nie angenommen, daß Tim und ich Freunde fürs Leben waren. Ich konnte mir uns in zwanzig Jahren nicht vorstellen: ich ein berühmter Schriftsteller, und Tim ein –, na ja, wer weiß? Er hatte mal gesagt, er wolle Astronaut werden, aber nur, weil er wissen wollte, wie es ist, im Weltraum zu wichsen. Ich wußte, daß wir uns irgendwann auseinanderleben würden, aber doch nicht jetzt, nicht in diesem Sommer, wo meine Eltern sich scheiden lassen wollten, wo Bobby Shook im Sterben lag und mir Maudes ständige Anwesenheit den letzten Nerv raubte.

Jetzt war ich mir nicht einmal sicher, ob Tim überhaupt vom Schiffen zurückkommen würde. Er würde spülen (nein, nicht Tim; er spülte nie) und einfach gehen, ohne auch nur daran zu denken, daß ich auf ihn wartete. Ich saß auf dem Boden, den Rücken gegen die Matratze gelehnt, und überlegte mir, ob es für die nächste Codein-Pille noch zu früh war. Ich hatte keine Kopfschmerzen, aber es schien sich etwas anzubahnen, was sich zu Kopfschmerzen auswachsen konnte, und war es nicht besser, sie gleich im Keim zu ersticken, bevor sie überhandnahmen? Die glänzend roten Codein-Pillen lachten mich an. Sie sahen aus wie Smarties.

Tim kam doch vom Schiffen zurück. Er rauchte noch zwei Zigaretten, wir redeten über die letzte *Thriller*-Folge, hörten uns Platten an und beschlossen, am nächsten Sonntag was zusammen zu unternehmen. Wir taten nichts anderes als sonst auch – eigentlich sogar mehr als sonst. Doch als Tim an diesem Abend ging, war ich überzeugt, daß ich ihn nie wiedersehen würde.

Am nächsten Tag gingen Maude und ich ins Naturwissenschaftliche Museum. Ich dachte, die Ausstellungen und Dia-Shows müßten jemanden wie Maude, der von Natur aus neugierig war, faszinieren, doch da irrte ich mich. Was Maude ganz besonders langweilig fand, war die eigens ausgestellte Raumkapsel der NASA; sie ließ Maude sogar dann noch völlig kalt, als sie erfuhr, daß ein Affe darin geflogen war. Das einzige, was ihr gefiel, waren der Gläserne Mann und die Glä-

serne Frau. Aufmerksam musterte sie ihre Organe und wollte wissen, wo die Gläsernen Kinder waren. Zum Glück war der Zoo in der Nähe.
Inzwischen konnte Maude schon allein über die Eisenbahngleise schauen. Als wir abends nach Hause kamen, maß ich sie und verkündete meinen Eltern von der Küchentür aus, daß Maude seit Sommeranfang zwei Zentimeter gewachsen war. Meine Mutter blickte so entsetzt, als wäre Maude mit einem Schlagersänger durchgebrannt, aber mein Vater freute sich und erlaubte sogar, daß Maude über den geheiligten Wohnzimmerteppich zu ihm rannte. Er hob sie hoch, und sie quietschte vor Vergnügen.
Am Donnerstag schauten Maude und ich uns die Probeläufe für eine Segelregatta auf dem Columbia River an. Die eigentliche Regatta fand am Wochenende statt, aber ich hatte den Samstag Mr. Shook versprochen, und Maude konnte die Probeläufe sowieso nicht von dem eigentlichen Wettkampf unterscheiden. Es war ein sonniger, windiger Tag. Die Wellen hatten weiße Schaumkronen, und die Segel flatterten wie frisch gewaschene Bettlaken auf einer Wäscheleine im Freien.
Maude und ich aßen Sandwiches mit Kartoffelchips und sahen von einer Anhöhe aus auf die Boote hinab. Jedes Boot sah ein bißchen anders aus, jedes Segel hatte ein anderes Muster. Wir überlegten uns, welches Boot wir am liebsten mit nach Hause nehmen würden, und gaben unseren Booten dann Namen. Maude nannte ihres *Ginger*, was ich viel zu weibisch für ein Segelboot fand. Meines hieß *Seewolf*, aber Maude kapierte die literarische Anspielung nicht.
Ich war müde und legte mich auf den Rücken, während Maude einen Kopfstand übte. Das hatte sie Cat abgeschaut, und jetzt wollte sie es auch unbedingt können. Ich zog das Hemd aus, und die Sonne brannte angenehm auf meine blasse Haut. Ich hatte vergessen, die Codein-Pillen mitzunehmen,

hatte jedoch keine Kopfschmerzen. Ich war nicht einmal müde, aber ich schlief trotzdem ein.
Eine Stunde später wachte ich auf und sah mich erschrocken nach Maude um. Ich rechnete damit, daß sie den Hügel hinuntergekullert war und jetzt mit dem Gesicht nach unten im Fluß trieb. Aber nein, sie pflückte Löwenzahn und führte Selbstgespräche. Als sie bemerkte, daß ich aufgewacht war, lief sie zu mir und streute den Löwenzahn auf meine inzwischen rosarote Brust. Dann sprang sie auf mich drauf, sechzehn Kilo reines Blei. Es war ein netter Tag.
An diesem Abend wäre ich beinahe zu den Shooks gegangen. Die Ergebnisse von den Blut- und Urinuntersuchungen waren da, und Dr. Holt erzählte meiner Mutter, ich strotze geradezu vor Gesundheit. Ich dachte, auch die Shooks sollten wissen, daß ich keinen Gehirntumor hatte. Ich wollte nicht, daß sie sich Sorgen machten. Da fiel mir ein, daß sie bestimmt schon mit Bobby den Kopf zu voll hatten, um sich auch noch über mich Gedanken zu machen, und verschob die frohe Nachricht auf Samstag.
Am Freitag gab's natürlich wieder Vorlesestunden, und zwar vormittags wie auch nachmittags. Während Maude in der Laurelhurst-Bücherei dem *Gestiefelten Kater* lauschte, informierte ich mich in der Heimwerkerabteilung über Stützmauern. Ich machte mir ein paar Notizen, damit ich Mr. Shook behilflich sein konnte.
Zum Mittagessen gingen wir ins Jolly Roger; Maude hatte schon den ganzen Sommer darum gebettelt, daß wir da einmal hingingen. Vor dem Restaurant hing ein großes Schild, auf dem ein einäugiger Pirat auf einer Galeone dargestellt war, doch ich wußte, daß es ein Restaurant für Erwachsene war und man es nicht gerne sah, wenn Kinder dort zu Mittag aßen. Aber ich konnte die Hamburger vom *Polarkreis* nicht mehr sehen, also riskierten wir es.

Maude hatte eine authentische Schiffsatmosphäre erwartet, wahrscheinlich so etwas wie die Kajüte ihres Segelbootes *Ginger*, und war über alle Maßen enttäuscht. Es gab zwar Bullaugen in dem Lokal, aber ansonsten war es ein phantasielos eingerichtetes, schummerig beleuchtetes Restaurant mit holzgetäfelten Wänden. Erwartungsgemäß ernteten wir einen erstaunten und mißbilligenden Blick, als wir die Kellnerin um einen Tisch für zwei baten. Maude piepste los: »Wir wollen Pizza!« Das war jetzt ihr Standardspruch, wann immer wir ein Restaurant betraten, und wenn er noch so absurd war.
Ich hatte Maude gewarnt, daß das Jolly Roger ein Fischrestaurant war, und Fisch konnte sie nicht ausstehen. »Doch, mag ich schon«, log sie, ohne mit der Wimper zu zucken. Auf der ganzen Speisekarte gab es natürlich nichts, was sie auch nur angerührt hätte. Ich sprach heimlich mit der Kellnerin ab, daß sie ein paar Fischstäbchen bringen sollte; die aß Maude nämlich schon, weil sie dachte, das sei kein richtiger Fisch. Wahrscheinlich lag sie damit gar nicht so falsch.
Die Kellnerin hatte inzwischen ihr Herz für Maude entdeckt und versprach, ein Auge auf sie zu haben, solange ich auf der Toilette war. Für gewöhnlich gehe ich in eine Kabine, wenn eine frei ist. Die Herrentoilette war leer, und so sperrte ich mich in einer Kabine ein. Während ich mich erleichterte, las ich die Graffiti an der Wand. Mir drängte sich die Frage auf, ob jemals ein Buch von so vielen Leuten gelesen worden war wie die Graffiti in dieser Kabine im Jolly Roger. Der Gedanke war irgendwie beunruhigend.
Als ich fertig war und gerade zum Waschbecken gehen wollte, sah ich erschrocken Dr. Holt vor dem Spiegel stehen; er kämmte sich die Haare und summte dabei vor sich hin. Ich schoß wie der Blitz zurück in die Kabine, verriegelte die Tür und ließ die Hose herunter.
Es war kein Verbrechen, daß ich im Jolly Roger speiste, also

mußte ich mich nicht davor fürchten, Dr. Holt in der Herrentoilette in die Arme zu laufen. Trotzdem wäre es peinlich. Denn es zog unweigerlich ein paar Fragen nach sich: »Was machen deine Kopfschmerzen, Nelson? Nimmst du auch immer deine Pillen?« Womöglich wollte er auf der Stelle eine Sofortuntersuchung irgendeiner Körperöffnung durchführen, die er bisher übersehen hatte. Es war einfacher, in der Kabine zu bleiben, bis er die Toilette verlassen hatte, was einen Augenblick später auch der Fall war.

Die Kellnerin hatte Maude und mich ganz hinten im Restaurant untergebracht (wenn jemand in ein Restaurant kommt, will er alles, nur keine Kinder sehen), und von dort aus hatte ich einen guten Blick auf die Gäste; Dr. Holt befand sich nicht im Speisesaal. Allerdings wurde auch in der Kapitänsbar Essen serviert. Neugierig schlich ich mich zu den Flügelschwingtüren mit den türkisfarbenen Ankern darauf, öffnete eine einen Spalt weit und spähte in den lächerlich dunklen Salon. Ein Dingi hing unter der Decke und sollte wohl Seefahrtstimmung verbreiten. Dr. Holt saß mit dem Rücken zu mir in einer Sitzecke. Sein helles, ordentlich gekämmtes Haar stach aus der Dunkelheit heraus. Er trank Bier. Vor ihm auf dem Tisch stand eine Kerze in einer roten Kugel, die mit einem weißen Plastiknetz überzogen war. Ihm gegenüber saß eine hübsche Frau mit kastanienbraunem Haar, die redete und lachte. Die Frau war meine Mutter.

Ich bezahlte die Rechnung und schob Maude eilig hinaus. Der Bus hielt gerade auf der anderen Straßenseite, und ich winkte dem Fahrer, auf uns zu warten. In Null Komma nichts saßen wir im Bus und fuhren zur Vorlesestunde in die Woodstock-Bücherei.

Ich holte mir das *Handbuch für Reparaturen in Heim und Garten* aus dem Regal, mußte aber feststellen, daß ich mich nicht auf Stützmauern konzentrieren konnte. Ich konnte an nichts anderes denken als an meine Mom und Dr. Holt im Jolly Roger. Was taten sie da? Sprachen sie über meinen Gesundheitszustand? Vielleicht hatte das Labor einen Fehler gemacht, und Dr. Holt wollte seiner alten Freundin persönlich mitteilen, daß ihr Sohn schwerkrank war und nur noch wenige Monate oder Wochen zu leben hatte. Doch meine Mom hatte gelacht und mit Dr. Holt fröhlich geplaudert. Sie hatte so etwas wie einen Manhattan getrunken, was keine Mutter bestellen würde, wenn sie gerade erfahren hat, daß ihr einziger Sohn im Sterben liegt. Einen doppelten Scotch, gut, aber keinen Drink mit einer Kirsche drin. Dann erinnerte ich mich, wie Dr. Holt vor dem Spiegel sein leuchtendes Haar geglättet und vor sich hin gesummt hat. Und ich wußte jetzt auch wieder, welches Lied: »Sonntags nie«, ein reichlich anzüglicher Song.

Hatten sie nur über alte Zeiten geplauscht, oder hatten sie eine Affäre? Schon in der High-School hatten sie etwas miteinander gehabt, vielleicht hatten sie immer noch was miteinander. Und wenn nicht, dann hatten sie das vielleicht immer bedauert. Ich kannte Fotos von meiner Mutter aus ihrer High-School-Zeit. Sie sah jung und hübsch darauf aus. Von Dr. Holt als Teenager hatte ich zwar kein Foto gesehen, aber ich konnte ihn mir lebhaft vorstellen: ein gutaussehender Bursche in einem lässigen Pulli, ein ganzer Katalog von Auszeichnungen unter dem Klassenfoto aufgelistet. Womöglich befanden sie sich jetzt schon in einem Motel und zogen sich gegenseitig aus, während Maude unschuldig *Aschenbrödel* anhörte.

Ich bezweifelte, ob es klug war, mit dem Hausarzt zu schlafen, aber zumindest war es hygienisch. Ich konnte Mom keinen Vorwurf daraus machen, daß sie eine Affäre hatte. Mein Dad hatte sie schließlich jahrelang betrogen. Aber trotzdem fand ich, sie sollte ihre Ehe noch nicht in den Wind schreiben.

Aschenbrödel war viel zu schnell vorbei, und Maude und ich standen wieder auf der Straße. Wir schauten in Beckwiths Fahrradladen vorbei, wo ich mich nach dem Preis für ein rotschwarzes Schwinn erkundigte, mit dem ich einen Jungen am Tag zuvor hatte fahren sehen (viel zu teuer). Danach gingen wir zum Drugstore, um uns Geburtstagskarten anzusehen, obwohl in nächster Zeit gar niemand Geburtstag hatte. Am Tresen tranken wir Milchshakes, und als Maude gerade nicht herschaute, warf ich einen flüchtigen Blick auf den *Playboy* vom August. Anschließend machten wir einen Abstecher zu Cats Haus, aber sie war nicht da. Wir schlenderten zum Tante-Emma-Laden, doch Tim war gerade mit einer Lieferung unterwegs. Hinter der Theke stand Hugo und fragte, ob ich noch mehr Schlaftabletten brauchte. Ich sagte nein. Maude luchste mir das Geld für ein Malbuch ab.

An jenem Abend musterte ich meine Mom sehr genau, um zu sehen, ob sie »innerlich glühte wie eine befriedigte Frau«, wie das ein Schriftsteller einmal formuliert hatte. Aber sie sah eigentlich aus wie immer. Sie kochte Spaghetti mit Fleischbällchen und aß mit uns, obwohl sie in ihrem Essen nur herumstocherte. Dad war in Spokane. Mom fragte nach meinen Kopfschmerzen, und ich erwiderte, es sei schon besser geworden. Maude erzählte ihr, daß ich im Drugstore ein Foto von einer nackten Frau angeguckt hatte, woraufhin ich versuchte, Maude das Gesicht in ihren Teller zu tunken. Meine Mom schrie, ich solle das sein lassen, ging aber nicht weiter auf die nackte Frau ein. Vielleicht hatte sie sich gerade an diesem Nachmittag auf schwarzen Laken geräkelt, ihr zu Füßen ein schlafender Cockerspaniel, so wie Terry, das Playmate vom August.

An diesem Abend suchte ich noch Klamotten raus, die ich zum Mauerbauen anziehen wollte. So etwas Geeignetes wie Cats Malerhosen besaß ich leider nicht, also begnügte ich mich mit einer Jeans, die im Schritt zerrissen und mit einem

Bügelflicken repariert war und einem T-Shirt mit einem orangefarbenen Flecken drauf (Maude, Limo). Ich stellte den Wecker auf sieben Uhr, war aber schon um halb sieben wach.

In der Küche saß Mom, trank Kaffee und blätterte lustlos in der Zeitung. Am Samstagmorgen sah sie immer etwas elend aus; schließlich war es der erste von zwei aufeinanderfolgenden Tagen, an denen ihr Maude im Weg umging. Ich rechnete schon beinahe damit, daß sie von mir verlangte, Maude jetzt auch am Wochenende zu nehmen, doch sie schwieg. Ich mähte schnell den Rasen, schnitt die Ränder, rechte das Gras in den Auffangbehälter und leerte ihn in die Mülltonne. Für fünfzehn Minuten, solange ich den Abwasch machte, stellte ich den Rasensprenger an. Um exakt neun Uhr dreißig drückte ich auf die kleine Mondsichel auf dem Klingelknopf der Shooks.

»Oh, Nelson.«

Mrs. Shook starrte mich ausdruckslos durch die Fliegentür hindurch an, und einen Augenblick lang fragte ich mich, ob ich mich im Datum vertan hatte. Nein, es war Samstag – der Samstag, den ich mit Mr. Shook verabredet hatte. Immer noch spähte Mrs. Shook durch die Drahtmaschen, als könne sie mich nicht richtig erkennen. Plötzlich kam mir der schreckliche Gedanke, Bobbys Zustand habe sich verschlechtert, er sei vielleicht sogar gestorben und ich käme heute ungelegen, noch dazu mit meiner geflickten Jeans. Doch dann wurde mir schlagartig klar, warum sie mich so seltsam anguckte: Sie hatte nicht damit gerechnet, daß ich zurückkommen würde. Ich mußte ihnen versprechen, wiederzukommen, doch sie waren davon überzeugt gewesen, daß ich nie wieder aufkreuzen würde. Bestimmt dachten sie bei sich: »Ein Kind ist eben ein Kind.« Kurz schoß mir der Gedanke durch den Kopf, daß ich einen ganzen Samstag vergeudet hatte; ich hätte in Buchläden herumstöbern können, in einen Film gehen, meinen Samstag wie üblich verbringen, und sie hätten mich nicht verpetzt. Aber Versprechen muß man halten, ermahnte ich mich, selbst wenn es niemand von einem erwartet. Ein Kind ist eben nicht immer ein Kind.

»Mr. Shook hat gesagt, ich soll am Samstag wiederkommen und ihm bei der Mauer helfen.«

»Er ist gerade im Krankenhaus.« Sie klinkte die Fliegentür auf und öffnete sie. »Aber komm doch rein. Er muß jeden Augenblick wieder dasein.« Nachdem sie ihre erste Überraschung überwunden hatte, schien sie jetzt ganz froh über meinen Besuch. Sie lächelte sogar ein wenig, das allererste Mal, daß ich sie überhaupt lächeln sah.

»Wie geht's Bobby?« fragte ich in einem verhaltenen Ton, der mir für das dunkle, düstere Haus angemessen schien. Drinnen war es tagsüber kaum heller als nachts. Die Vorhänge waren zugezogen, und die dunklen Holzfußböden, die dunklen Möbel und die Orientteppiche trugen noch zu der Begräbnisstimmung bei.

»Praktisch unverändert«, antwortete Mrs. Shook, als wir in die Küche gingen. Die Küche war der einzige Raum im Haus, in dem es nicht muffig roch. Es roch nach Kaffee und Scheuerpulver. Die Vorhänge am Fenster über der Spüle waren zurückgezogen und das Fenster einen Spalt geöffnet. Hier war es hell und freundlich, fast als käme man in ein anderes Haus.

»Hast du schon gefrühstückt?« fragte sie, und noch bevor ich antworten konnte, hatte sie aus dem Schrank neben dem Ofen eine große schwarze Bratpfanne herausgeholt.

»Ein paar Frühstücksflocken.«

»Das Frühstück ist die wichtigste Mahlzeit des Tages.« Sie stellte die Pfanne auf einen Brenner, drehte an einem Knopf und hielt ein brennendes Streichholz an die Gasdüse. Eine blaue Flamme schoß hoch.

»Ich weiß. Ich hab' nur nie Zeit, weil ich die ganze Woche auf Maude aufpassen muß. Maude ist meine kleine Schwester. Und am Wochenende muß ich mich um den Rasen kümmern und um noch einiges. Ich erledige das am liebsten morgens, dann hab' ich den Rest des Tages frei und kann machen, was ich will.«

»Und was machst du dann gern?«

Ich zuckte mit den Achseln. »Ich weiß nicht.« Das interessierte sie doch bestimmt gar nicht.

»Du mußt doch wissen, was du gerne machst, Nelson.« Sie ließ etwas Butter in der Pfanne zerlaufen und holte eine Eierschachtel aus dem Kühlschrank.

»Lesen. Und schreiben tu' ich auch.«

»Was schreibst du denn?«

»Romane und so Sachen.«

»Was für Sachen?«

»Na ja, eigentlich Romane. Ich habe nur noch nie einen zu Ende geschrieben.«

»Dann haben wir was gemeinsam«, sagte sie geheimnisvoll, während sie die Alufolie von einer Schüssel mit Pfannkuchenteig entfernte und anfing, die Klumpen aufzuschlagen. Ich war noch keine Minute in der Küche, doch Eier und Würste brutzelten bereits in der Pfanne, im Toaster wurde Brot geröstet, Pfannkuchenteig wurde gerührt, ein Krug mit Orangensaft vor mich hingestellt, und ich war gerade dabei, ein Glas Milch wegzuputzen, das Mrs. Shook eingeschenkt hatte. Sie brachte das alles ohne besondere Eile zustande; eigentlich bewegte sie sich eher gemächlich und schwerfällig. Doch ihre Küche war wie ein kleines Frühstücksreich, in dem alle Zutaten zur Hand waren und sich die Arbeit beinahe von selbst tat. Es hätte mich nicht gewundert, wenn Mrs. Shook sich zu mir an den Tisch gesetzt hätte, während die Eier sich von selbst aufschlugen und die Pfannkuchen sich ganz allein wendeten.

»Was gemeinsam?«
»Ich schreibe Gedichte. Ach, nur so kleine Sachen für die Zeitung. Kennst du die Gedichtspalte am Sonntag? Da und in ein paar anderen Zeitschriften. Nichts Besonderes. Robert Frost braucht sich wegen mir keine grauen Haare wachsen zu lassen.« Sie lachte ein wenig über ihre literarischen Ambitionen.
»Und wovon handeln sie?«
»Na, wovon Gedichte eben so handeln. Von Liebe, in all ihren Formen. Von der Liebe zu anderen Menschen, zur Natur, zu Gott. Der Eigenliebe. Allerdings habe ich nicht besonders viele geschrieben.« Wieder ein kurzes, entschuldigendes Lachen. »Sie sind alle ziemlich altmodisch. Ich will immer, daß es sich reimt, und das ist wohl schon sehr altmodisch. Vor ein paar Jahren hat Chuck meine Gedichte gesammelt und als kleines Büchlein drucken lassen, das er mir zum Geburtstag geschenkt hat. Es ist natürlich nicht in den Buchhandel gekommen, aber es ist in Schriftsatz gedruckt, und ein Künstler hat die Titelseite entworfen. Das war sehr lieb von Chuck, und ich weiß, er wollte mir damit eine Freude machen, aber ...« Ihre Stimme verlor sich, sie wirkte traurig. Ich wäre begeistert gewesen, wenn ich ein kleines Büchlein mit meinen Gedichten gehabt hätte, aber Mrs. Shook schien es zu bedrücken. Die Leute werden komisch, wenn es um ihr Geschriebenes geht.
»Ich zeige es dir vielleicht mal, wenn du willst.«
»Ja, gern!« sagte ich aufmunternd. Ein Würstchen zischte und spritzte. Mrs. Shook pikste es mit einer Gabel, als sei es unartig.
»Was schreibst du, Nelson? Weißt du«, fuhr sie fort, noch ehe ich antworten konnte, »du bist schon der zweite Junge, den ich letzter Zeit kennengelernt habe, der Nelson heißt. Ich hätte gar nicht gedacht, daß das ein so häufiger Name ist.«

»Ich schreibe eine Menge Sachen, die ich dann nicht zu Ende bringe«, sagte ich rasch, um von dem Thema abzulenken, daß ich einen Spion mit einer Tüte Lebensmittel in ihr Haus geschickt hatte.

»Tja, wer tut das nicht?« Sie bugsierte das ungehorsame Würstchen an den Rand der Pfanne und goß den Pfannkuchenteig hinein. Dann sah sie nach dem Toast. Der Toaster war ziemlich altmodisch, er hatte Türen an den Seiten anstelle von Schlitzen oben. Das Toastbrot sprang nicht automatisch heraus, wenn es fertig war, doch Mrs. Shook ließ es nicht anbrennen. Als sie die Türen aufmachte, war der Toast gleichmäßig braun, außen knusprig, aber innen noch weich.

»Ich habe schachtelweise unvollendete Gedichte. Ach ja, und einmal habe ich auch einen Roman angefangen. Der muß noch in irgendeiner Schachtel sein. Ich bin ziemlich weit damit gekommen, aber dann habe ich mich immer mehr um Bobby kümmern müssen.«

»Sie sollten ihn zu Ende schreiben«, sagte ich und kam mir plötzlich wie der ältere, erfahrenere Schriftsteller vor.

»Meine Heldin kommt ins Schloß, und sie verliebt sich dort in den gutaussehenden, aber grüblerisch veranlagten Sohn des habgierigen Barons, der den ganzen Plan ausgeheckt hat...« Sie wendete einen vollkommen kreisrunden Pfannkuchen. »Ich glaube, ich müßte dir den ganzen Handlungsverlauf erzählen. Er ist ziemlich kompliziert, es geht um wertvollen Landbesitz. Das Ganze spielt natürlich in England, wo ich selber noch nie gewesen bin. Penelope hat das Land geerbt, aber es wird von einem Treuhänder verwaltet, und sie bekommt es erst, wenn sie fünfundzwanzig ist oder heiratet – je nachdem. Natürlich ist sie jung und schön. Und so überredet der habgierige Baron seinen Sohn, sie zu heiraten. Sobald das Land dann Penelope gehörte, wollen sie sie umbringen, ihren Tod als einen Unfall hinstellen und den Besitz an sich reißen. Doch dann verliebt Lance sich in Penelope, und statt sie umzubringen, will er sie beschützen. Ich bin nicht weiter als bis zur Hochzeit gekommen, wo die beiden jungen Leute schrecklich ineinander verliebt sind, und der Baron ist darüber so aufgebracht, daß er die beiden beim Hochzeitsmahl vergiften will...« Plötzlich brach Mrs. Shook in Gelächter aus. »Ach, es war einfach unglaublich dumm!« Ihre Selbstkritik erstaunte mich. Die Handlung klang zehnmal besser als alles, was ich je zustande gebracht hatte.

»Wie geht es aus?«

»Lieber Himmel, ich weiß es nicht, Nelson. Deshalb hab' ich wahrscheinlich auch aufgehört.« Sie lachte wieder, stapelte drei wunderbare Pfannkuchen auf einen Teller und schob ihn ins vorgeheizte Bratrohr.

Die Gerüche in der Küche machten mich ganz benommen, all das Brutzeln und Rösten. Der Orangensaft in dem Krug schmeckte so frisch und so kräftig nach Orangen, wie man es sich nur vorstellen kann, die Milch in meinem Glas war so weiß und kühl wie noch keine Milch je zuvor. Es kam mir so vor, als hätte Mrs. Shook das Frühstücken erfunden, ein neues und außerordentliches Mahl erschaffen, das von diesem Morgen an die ganze Welt verändern würde. Mein Magen knurrte.

»Die Handlung habe ich natürlich aus *Sturmhöhen* und hundert anderen Schauerromanen geklaut. Aber jetzt erzähl mir doch mal eine von deinen Geschichten«, ermunterte sie mich, während sie Butter, Sirup und einen Zimtstreuer auf den Tisch stellte und mir Milch nachschenkte.

»Also, das erste, was ich geschrieben habe, handelte von König Artus und Gwenhwyfar.« Ich wollte sie nicht entmutigen, indem ich ihr eine meiner originelleren Ideen präsentierte, zum Beispiel die von den russischen Spionen auf der Rollschuhbahn.

»Oh, ich liebe Geschichten von König Artus und der Tafelrunde! Ich weiß gar nicht, wie viele Romane ich schon darüber gelesen habe. Und natürlich *Le Morte D'Arthur*. Das haben wir in der Schule gelesen. Das ist ein ganz prächtiges Thema.«

»Meine Geschichte ist aber nie veröffentlicht worden. Ich war damals erst zehn. Sie war hundsmiserabel.«

»Ich glaube, du bist zu streng mit dir selbst, aber das bin ich auch. Läßt du es mich mal lesen? Oder eine von deinen anderen Geschichten? Es macht mir nichts aus, wenn sie nicht fertig sind. Ich lese gern. Das ist der einzige Luxus, den ich mir leiste. Wenn ich nur noch einen Dollar übrig hätte, ich würde ihn für ein Buch ausgeben. Ich kaufe übrigens nur gebundene Bücher. Wenn ich eines sehe, das mir gefällt, dann überlege ich nicht lange, ich kaufe es einfach. Ich finde es schön, Bücher zu besitzen. Ich schaue mir gern ein Regal voller Bücher an. Dann kommt es mir beinahe so vor, als hätte ich sie selbst geschrieben. Mein Vater hat nie erlaubt, daß wir etwas anderes lesen als die Bibel und Mark Twain. Mark Twain mochte er sehr. Wahrscheinlich hat er sogar geglaubt, daß Mark Twain die Bibel geschrieben hat!«

Mrs. Shook stellte ein Glas Marmelade und einen Topf Honig auf den Tisch, schlug ein paar Eier in die Pfanne, schnitt Erdbeeren klein und plauderte unterdessen munter weiter. Ich hatte den Eindruck, sie und Mr. Shook redeten nicht viel miteinander, zumindest nicht über Literatur.

»Er war der Ansicht, alles andere würde uns nur verderben, und so durfte ich nie das lesen, was ich wollte. Ich wollte Dostojewski lesen und… ich weiß nicht, Hardy und Scott, einfach alles. Heute kann ich lesen, was ich will, und ich kaufe mir alles in gebundenen Ausgaben. Taschenbücher mag ich nicht. Und auch keine Leihbücher. Bei Leihbüchern frage ich mich immer, wo die wohl schon überall gewesen sind. Wer sie zuletzt gelesen hat, und wo er sie gelesen hat.« Ich dachte an das Buch *Mutige Kapitäne*, das mir aus Versehen ins Klo gefallen war, und begriff, was sie meinte.

»Liest du viel, Nelson? Ich glaube schon, was?« sagte sie und beantwortete damit ihre Frage gleich selbst. »Also, wenn du in diesem Haus mal ein Buch siehst, das du dir ausleihen möchtest, dann nimm's dir. Außer, wenn ich es gerade lese, aber das siehst du gleich, weil ich immer dasselbe Lesezeichen verwende. Eines, das Bobby ausgesucht hat. Es ist aus Plastik und mit Folie überzogen, und es ist ein Bild von einem alten Automobil drauf, einem Düsenberg oder so. Wenn nicht gerade dieses Lesezeichen in dem Buch steckt, das du lesen willst, dann nimm's dir einfach. Brauchst nicht extra fragen.«

»Danke, Mrs. Shook.«

Das Frühstück war fertig. Das Gelbe von den Spiegeleiern saß genau in der Mitte des weißen Kreises, die drei Pfannkuchen waren alle exakt gleich groß, als seien sie in einer Form gegossen worden, und wenn man die Würste anschnitt, spritzte genau die richtige Menge Saft heraus. Mrs. Shook schenkte immer schon Milch und Orangensaft nach, wenn die Gläser noch halb voll waren. Während ich aß, sagte sie nichts. Sie sang ein bißchen vor sich hin, es war aber keine erkennbare Melodie wie Dr. Holts Version von »Sonntags nie«. Mrs. Shook sang einfach, was ihr in den Sinn kam, kleine, unzusammenhängende Melodiefetzen. Ich glaube, sie war sich nicht einmal bewußt, daß sie sang.

Die Essensgerüche und die Wärme in der Küche hüllten mich ein wie eine große warme Decke, die nur ein ganz klein wenig kratzte, so daß es gerade angenehm war. Das Sonnenlicht fiel durchs Fenster und beschien Millionen von winzigen Staubteilchen, die ständig hin und her schwebten und herumwirbelten, als wollten sie nie auf dem Boden aufkommen. Der auf

Hochglanz polierte Wasserhahn über der Spüle strahlte wie ein Stern. Die Küche war gelb, alles war gelb: gelbe Tapeten, gelbes Sonnenlicht, gelbe Butter auf meinen goldgelben Pfannkuchen neben meinen leuchtendgelben Spiegeleiern. Sogar im Tischtuch war etwas Gelbes drin, ebenso im Geschirr. Ein roter Brotkasten auf der anderen Seite des Zimmers stach grell heraus wie eine Schußwunde.

Einmal war ich mit meiner Familie beim Campen im Südosten des Staates Washington gewesen. Maude war damals erst ein Jahr alt und kam nicht mit. Wir fischten viel, und meine Meinung darüber habe ich schon gesagt. Auf dem Zeltplatz nebenan war ein neunjähriges Mädchen, mit dem ich ab und zu spielte. Meine Mom bestand darauf, uns zu fotografieren, als legten Bonnie und ich Wert darauf, die Fotos später mal unseren Kindern zu zeigen. Eigentlich war Bonnie ziemlich langweilig, abgesehen von ihrer Fähigkeit, enorme, rekordverdächtige Rülpser loszulassen. Sie konnte nur in Rülpsern ganze Sätze und sogar das Alphabet aufsagen. Einmal versuchte sie es auch mit dem amerikanischen Treueschwur, mußte aber zwischendurch doch mal Luft holen.

Was sich mir von diesem Urlaub aber am meisten eingeprägt hatte, war das Lagerfeuer. Jeden Abend machte mein Dad ein großes Feuer, und Mom kochte darauf. Einmal gab es gebratene Hamburger und Bohnen in Tomatensoße. Dann Forellen, die mein Dad gefangen hatte. Wieder ein anderes Mal Corned-Beef-Auflauf. Danach setzten wir uns immer so nah wie möglich ans Feuer. Es knisterte und krachte, und die Funken flogen hoch wie winzige Feuerwerksraketen. Dad legte den Arm um Mom. Ich röstete Marshmallows.

In diesen Augenblicken hatte ich das Gefühl, es könne niemandem auf der Welt etwas Böses geschehen: mir nicht, Mom und Dad nicht, Maude nicht und nicht den anderen Leuten auf dem Campingplatz, nicht einmal der rülpsenden Bonnie.

Nicht den Vereinigten Staaten oder irgendeinem anderen Land auf der Welt. Wie konnte etwas Böses geschehen, wenn die Sterne über uns so zahlreich und zum Greifen nah schienen und das Feuer krachte wie Popcorn? Mein Gesicht war heiß von dem Feuer, während ich am Hinterkopf die Kühle der Nacht spürte. Ich trug meine rot-schwarz karierte Holzfällerjacke und stellte den Kragen auf, so daß die groben Stofffäden mich angenehm am Nacken kratzten. Meine Mom sang ein Lied, das ich nicht kannte und das irgendwie vom Krieg handelte. Mein Dad versuchte mitzusingen, aber er traf die Tonlage nicht, und Mom kicherte. Die Marshmallows fingen an zu brennen und schmeckten angebrannt sogar noch besser.

Die Wärme in Mrs. Shooks Küche, das gute Essen und das Singen, all das zusammen erinnerte mich an jenen Campingurlaub. Das und der Gedanke, daß es Trauer, Tod und Lieblosigkeit auf der Welt nicht geben konnte, wenn auf derselben Welt etwas so Vollendetes existierte wie dieses Frühstück, dieser strahlendgelbe Tag.

Dieser optimistische Gefühlszustand hielt natürlich nicht lange an. Schon bald hatte ich so viel gegessen, daß ich Bauchweh bekam. Meine zusammengeschrumpften Eingeweide hatten größte Mühe, alles drin zu behalten, was ich reingestopft hatte; so vollgefressen war ich seit Monaten nicht mehr gewesen. Ich legte meine Gabel hin und nahm noch einen letzten Schluck Milch. Mrs. Shook warf mir einen enttäuschten Blick zu. Bobby war anscheinend ein besserer Esser.

»Ich war beim Arzt«, sagte ich, nahm das Codein-Fläschchen aus meiner Tasche und stellte es auf den Tisch. »Er hat mir das hier gegeben. Er hat gesagt, es ist nichts Ernstes. Hat was von Pubertät erwähnt.« Die letzten Worte hatte ich nur noch gemurmelt, weil es mir peinlich war, daß ich die Pubertät nicht schon lange hinter mir hatte.

Mrs. Shook nahm die Flasche und betrachtete das Etikett. Ihre Lippen bewegten sich ein wenig, während sie las. Über ihrer Oberlippe sprossen ein paar feine Härchen, die man aber nur sah, wenn das Licht darauf fiel. Mrs. Shook nahm den Deckel ab und begutachtete die Pillen.

»Hast du alle vier Stunden eine genommen?«

»Am Anfang schon, aber dann hab' ich's vergessen.«

Damit kam ich nicht durch. Mrs. Shook kippte die Flasche, und eine einzelne Pille rollte in ihre geöffnete Hand. Sie tat das mit der Routine einer Frau, die schon viele Pillen aus vielen Fläschchen geholt hatte. Die kleine rote Pille legte sie neben mein Platzdeckchen.

»Zur Zeit habe ich aber gar keine Kopfschmerzen mehr.«

»Auf dem Fläschchen steht: Alle vier Stunden eine Pille. Das hat dein Arzt nicht zum Spaß draufgeschrieben. Es geht schließlich um deine Gesundheit. Also nimm die Pille.« Ich nahm sie.

»Magst du deinen Doktor?«

Nicht besonders, aber meine Mom mag ihn sehr, lag mir auf der Zunge.

»Er ist o. k. Er sieht aus wie ein Doktor aus dem Fernsehen.«

»Holt...« Sie warf noch mal einen kurzen Blick auf das Flaschenetikett. »Den kenne ich nicht.« Wahrscheinlich war er der einzige Arzt der Stadt, bei dem Bobby nie gewesen war. »Ich mag Bobbys neuen Arzt nicht. Er ist ein Spezialist, schön und gut, aber er hat so eine gewisse Art... Ich kann's nicht beschreiben. Doch, jetzt weiß ich's«, sagte sie mit plötzlicher Gewißheit. »Er tut so, als hätte er eine Million Fälle wie Bobby gesehen, als sei Bobby nichts Besonderes. Mag ja sein, daß er *wirklich* eine Million solcher Fälle gesehen hat und Bobby tatsächlich nichts Besonderes ist, aber er muß uns das nicht dauernd spüren lassen. Bobby ist das Wertvollste, was wir haben, wir haben wahnsinnige Angst um ihn, und er sollte ein bißchen Mitgefühl zeigen.« Ihre Augen wurden feucht. Ich fragte mich, was geschehen würde, wenn Bobby starb. Würde Mrs. Shook kurz darauf ebenfalls sterben, vor Einsamkeit und Kummer, und weil sie niemandem mehr sagen konnte, daß er seine Pillen nehmen sollte?

Wenn es jemals einen Menschen gab, der jemanden brauchte, um ihn zu bekochen, ihm die Wäsche zu waschen und sich um ihn zu kümmern, dann war es Bridget Shook. Ich glaube, da kam ich zum ersten Mal auf die Idee, Maude zu ihr zu bringen. Denn Maude brauchte all das, und sie wollte auch pausenlos unterhalten werden. Sie nahm eine Menge Zeit in Anspruch, und wenn Bobby Shook starb, dann hatte Mrs. Shook nur noch eins: Zeit. Das ergänzte sich ganz wunderbar. Doch diese Überlegungen waren noch nicht ganz ausgereift, und ich schob sie beiseite, als Mr. Shook aus dem Krankenhaus zurückkam und seine Frau ihn ablöste. Wir gingen hinunter, um die Mauer hochzuziehen.

Alles war unverändert, seit Mr. Shook die Mauer eingerissen hatte. Überall lagen Betonsteine herum, und am Boden hatte sich eine große Wasserpfütze gebildet. Meine erste Aufgabe war es, die unbeschädigten Steine aus dem großen Haufen mit den zerbrochenen auszusortieren. Mr. Shook sagte, daß ein Stein schon nutzlos sei, wenn er nur an einer Ecke angeschlagen war. Er habe die Mauer damals zu schnell und zu nachlässig hochgezogen; wenn er sie nicht eingerissen hätte, wäre sie bald von selbst eingefallen. Diesmal würden wir sie ordentlich bauen.

Während ich die Blöcke in zwei Haufen stapelte, hackte er an der Erdwölbung herum, die in den Keller ragte, und ebnete sie. Die lockere Erde verwandelte sich sofort in Schlamm, als sie auf den nassen Boden fiel, und was war wohl meine nächste Aufgabe? Nachdem ich zwei Schubkarren mit Erde und Schlamm vollgeschaufelt und den Boden saubergewischt hatte, war meine alte Jeans von oben bis unten dreckig, und auf meinem T-Shirt waren braune Schmierflecken.

Dann drückte mir Mr. Shook einen Hammer und einen Meißel in die Hand und sagte, ich solle den alten Mörtel von den heil gebliebenen Betonsteinen abklopfen. Der Hammer und der Meißel machten ein nettes, hell klingendes Geräusch, das mich an Michelangelo erinnerte, und diese Arbeit machte mir Spaß. Mr. Shook verlegte inzwischen eine lange Fiberglasrinne unter dem geebneten Erdwall, dann schnitt er mit einer Handsäge ein kleines Loch in die Garagenmauer, in das das Ende der Abflußrinne genau hineinpaßte. Wenn jetzt Wasser vom Nachbargrundstück durchsickerte, dann sammelte es sich in der Rinne und lief auf die Straße hinaus.

Wir hatten nicht mehr genug Steine für eine neue Mauer, und so erklärte Mr. Shook, wir würden zum Baumarkt fahren. Da Mrs. Shook mit dem farbenprächtigen De Soto ins Krankenhaus gefahren war, befürchtete ich schon, wir müßten dreißig bleischwere Betonsteine per Bus transportieren, und ich fragte mich, ob man dafür einen höheren Fahrpreis zahlen mußte. Aber es stellte sich heraus, daß Mr. Shook einen Lastwagen besaß, den er in einer Garage ein paar Straßen weiter geparkt hatte. Die Garagenbesitzer hatten selbst nur einen Wagen, und so zahlte ihnen Mr. Shook jeden Monat ein bißchen was und durfte dafür seinen Laster einstellen.

Der Lastwagen war ziemlich groß, ein richtiger Klapperkasten aus den Dreißigern, der tuckernd und krachend die Straße entlang schlingerte. Kaum saß Mr. Shook hinter dem Steuer, wurde er mit einemmal ein ganz anderer Mensch. Während wir zusammen im Keller arbeiteten, hatte er, abgesehen von seinen Anweisungen, kaum etwas gesagt. Mir fiel kein Gesprächsthema ein, das ich hätte anschneiden können, also schnitt ich gar keines an. Etwa drei Stunden lang arbeiteten wir Seite an Seite und wechselten kaum ein Wort miteinander.

Doch saß er erst einmal in seinem Laster, war er wie ausgewechselt. Er fing sofort an zu reden und hörte erst wieder auf, als wir den Baumarkt erreichten. Der Lastwagen war sein erstes eigenes Auto gewesen, erzählte er. Er hatte ihn gebraucht gekauft und vermutete, daß er schon mindestens drei oder vier Vorbesitzer gehabt hatte, wenn nicht noch mehr. Das war damals in North Dakota gewesen, wo er herkam. »Dieser alte Karren hat noch Originalstaub von den Wüstenstürmen dran!« verkündete er stolz, und ich hörte ihn zum ersten Mal lachen – eigentlich mehr bellen als wirklich lachen. Er zog eine Pfeife aus seiner Tasche und stopfte sie, während er mit dem kleinen Finger lenkte. Wir fuhren auf eine Ampel zu, und da er mit dem Anzünden seiner Pfeife beschäftigt war, sagte er, ich solle in den ersten schalten. Der Schalthebel saß so locker, daß ich dachte, ich würde ihn gleich in der Hand haben.

So gierig, wie er an seiner Pfeife sog, wußte ich, daß Mrs. Shook es nicht mochte und ihn im Haus nicht rauchen ließ. Es roch zwar muffig im Haus, aber nicht nach Pfeifenqualm.

»Ich bin mit diesem Benzinesel nach Portland geritten«, verkündete er. Ihm gefiel das Wort »Benzinesel«, aber ich fand es hoffnungslos veraltet und hatte eigentlich gedacht, ich würde es mein Leben lang nicht zu hören kriegen. »Ich war damals sechzehn. 1928. Kommt dir das auch so lange her vor wie mir?«

»Ja, Sir.« Das Gesicht des damaligen Präsidenten Calvin Coolidge tauchte vor meinem geistigen Auge auf und verblaßte wieder. Der Laster stammte also nicht aus den Dreißigern, wie ich angenommen hatte, sondern aus den Zwanzigern.

»Das war vielleicht eine gottverlassene Gegend, dieses North Dakota. Zu kalt, zu heiß, zu trocken, zuviel Schnee – es hat einfach nie gepaßt. Ich erinnere mich noch, wie ich mit diesem Ding von Dunseith weggefahren bin und vor Freude gejauchzt habe. Einfach nur gejauchzt, was die Lungen hergaben. Ich war so aufgeregt, endlich von dort wegzukommen, daß ich mir fast in die Hose gemacht hätte.« Fast genauso aufgeregt klang er auch jetzt. Ich befürchtete, er würde vor Aufregung auf die Gegenfahrbahn steuern; seine Pfeife war ausgegangen, und er lenkte wieder mit dem kleinen Finger. Wir kamen wieder zu einer Ampel, und er sagte, ich solle schalten.

»Die erste Nacht hab' ich hinten im Laster geschlafen. Ich hab' kein Geld für ein Motel gehabt, und außerdem hat's noch keine Motels gegeben. Die sind erst später erfunden worden. Zwischen North Dakota und Portland war praktisch gar nichts. Butte, Montana«, sagte er nachdenklich. »An Butte erinnere ich mich. Da bin ich in Schwierigkeiten geraten.« Er lächelte vor sich hin, während er an die Schwierigkeiten dachte, in die er geraten war. Ich habe die schlechte Angewohnheit, mir ältere Leute so vorzustellen, als seien sie immer schon älter gewesen, aber Mr. Shook hatte bestimmt ganz anders ausgesehen, als er sechzehn war und mit einem Jauchzer aus North Dakota weggefahren war. Er war vielleicht kein gutaussehender Bursche gewesen, aber sicher groß und kräftig. So ein Junge, der total aufgekratzt war, weil er das erste Mal auf eigenen Beinen stand, konnte eine Menge Dummheiten anstellen. »Ein Mädchen«, deutete er an, ging aber nicht ins Detail.

»Das war natürlich, bevor ich Bridget kennengelernt habe. Wir haben uns '29 kennengelernt und '30 geheiratet. Bobby kam '31 auf die Welt. Im Jahr darauf bekam er die Hirnhautentzündung.« Wir waren am Baumarkt angekommen.

Dort blieben wir eineinhalb Stunden, obwohl die Betonsteine, die wir brauchten, vor dem Gebäude gestapelt waren, nicht weit von unserem Parkplatz entfernt. Mr. Shook wollte sich einfach gern im Laden umschauen. Er erinnerte mich an Maude, wenn sie im Billig-Kaufhaus war und alles genauestens betrachtete, auch wenn es noch so banal war. In diesen eineinhalb Stunden kaufte Mr. Shook nichts außer den Steinen, doch er marschierte an jedem Regal vorbei und guckte, ob etwas Neues hereingekommen war, dann fing er mit einem Verkäufer eine längere Diskussion darüber an, ob eiserne Mülltonnen besser seien als die neuen aus Plastik. Offenbar war er im Foster-Baumarkt Stammkunde, denn die Angestellten kannten ihn alle mit Namen. Er verbrachte viel Zeit damit, in der kleinen Eisenwarenabteilung einen geeigneten Haken für Mrs. Shooks Besen auszusuchen. Er betrachtete jeden genau und fragte mich bei dem einen oder anderen nach meiner Meinung, doch eigentlich gefiel ihm keiner so recht. Trotzdem langweilte ich mich nicht. In Eisenwarenabteilungen stößt man immer wieder auf etwas Neues, was man nie zuvor gesehen hat, und wünscht sich, man hätte es selber erfunden. Allerdings fragte ich mich, ob wir die Mauer wohl jemals fertigbekommen würden.

Mr. Shook sah etwas niedergeschlagen aus, als die Betonsteine schließlich auf den Laster geladen wurden und er seine neun Dollar fünfundneunzig bezahlte. Wir tuckerten über den Parkplatz, und Mr. Shook bat mich, das Lenkrad zu halten, damit er seine Pfeife wieder anzünden konnte. Das Lenkrad vibrierte stark, als stünde es unter Strom, aber es fühlte sich gut an. Es gelang mir, an den parkenden Autos vorbei zu steuern, bis die Pfeife wieder brannte.

Da fiel Mr. Shook auf, daß es ja schon nach Mittag war, und er fuhr in ein Drive-in-Restaurant. Wir bestellten über die Gegensprechanlage und warteten, bis die Bedienung in ihrem kurzen Kleid uns das Tablett brachte. Ich genoß es, denn unsere Familie fuhr nie in ein Drive-in, weil meine Eltern nichts davon hielten, im Auto zu essen. Meine Mom sagte, daß das Auto noch Tage später nach dem Essen roch, und mein Dad saß nicht gern im Auto, wenn es nicht fuhr, also waren Drive-ins bei uns kein Thema. Bei unseren seltenen Familienausflügen blickten Maude und ich immer sehnsüchtig zurück, wenn wir an einem vorbeirasten.

»Weißt du, der Laden hat mal mir gehört«, sagte Mr. Shook unvermittelt, und ich dachte erst, er meinte das Drive-in. Im Auto uns gegenüber saßen ein Junge und ein Mädchen im Teenager-Alter, die einander mit ketchuptriefenden Pommes fütterten und sich dazwischen jedesmal küßten. Wenn ich mal die Pubertät hinter mir hatte, würde ich so was hoffentlich nicht erotisch finden und unbedingt ausprobieren wollen.

»Hab' als Angestellter angefangen, bin dann stellvertretender Leiter und schließlich Filialleiter geworden. Dann haben sie den Laden zugemacht, das Gebäude abgerissen und diesen Supermarkt hingestellt. Du weißt doch, wo sie den neuen Meyerson an der Zweiundachtzigsten bauen? Ja, und früher war er da, wo jetzt der Foster-Baumarkt ist. Ich hab' mein Geld zusammengekratzt und den Laden gekauft, mit allem Drum und Dran.

Ich habe ihn noch bis vor einem Jahr gehabt, bis es mit Bobby so bergab gegangen ist. Ich hab' Bridget nicht zumuten können, daß sie sich dreizehn, vierzehn Stunden am Tag allein um ihn kümmert. Wenn ich nämlich arbeite, dann richtig. Also hab' ich den Laden verkauft, an eine Kette. Aber es arbeiten noch viele von meinen Leuten hier. Sind nette Kerle.« Seine Stimme verriet ein gewisses Bedauern: Was war, wenn Bobby starb? Hätte er sein Geschäft nicht behalten und die Leitung einem Angestellten übertragen sollen? Dann hätte er zumindest etwas gehabt, wohin er zurückkehren konnte, wenn ihn die Trauer zu ersticken drohte. Ich fragte mich, wie oft er zum Foster-Baumarkt fuhr. Einmal am Tag?

Zweimal? Freuten sich seine ehemaligen Angestellten, ihn zu sehen, oder war er nicht eher ein Gespenst, das durch die Eisenwarenabteilung geisterte, ohne je genau den Haken zu finden, den er brauchte? Ich stellte mir vor, wie plötzlich alle ins Lager flüchteten, wenn sie ihn hereinkommen sahen, und Münzen warfen, wer sich mit ihm unterhalten mußte. Jedenfalls hatte ich das Gefühl, daß die Frage »Mülltonnen aus Eisen oder Plastik?« heute nicht zum ersten Mal diskutiert worden war.

Tracy – ihr Name war auf den Kragen ihrer Uniform gestickt – brachte unser Tablett. Ihre kleinen Brüste hüpften auf und ab wie die Bälle in der Kindersendung, die sich Maude immer anschaute. Mr. Shook verwickelte sie in eine kleine Unterhaltung. Sie ging auf die Cleveland-High-School; nein, sie sei keins von den Mädchen, die die Baseballmannschaft anfeuerten; sie sei in der Theatergruppe und auch in der Schwimmmannschaft. Mir traten Schweißtropfen auf die Stirn, als ich mir Tracy mit Badekappe vorstellte.

Beim Essen herrschte Schweigen. Ich erinnerte mich, daß Mrs. Shook, die beim Frühstückmachen so munter schwatzte wie die typische Nachbarin in einer Fernsehkomödie, in andächtiger Stille verharrt war, als ich aß. Für die Shooks war Essen eine sehr ernsthafte Angelegenheit.

Ich nahm meine Codein-Pille mit dem letzten Schluck Kräuterlimo. Tracy kam zurück, um unser Tablett abzuholen, und ich nahm mir vor, öfter schwimmen zu gehen; wenn ich ein bißchen Glück hatte, kam ich zu ihr in die Mannschaft, und wir konnten zusammen zum Training gehen. Sie strahlte Mr. Shook mit einem gewinnenden Lächeln an und trug unser Tablett weg. Mich hatte sie nicht einmal eines Blickes gewürdigt.

»Wir machen einen kleinen Abstecher«, sagte Mr. Shook, als er auf den McLoughlin-Boulevard fuhr und wir an dem Park mit den Enten vorbeikamen, wo ich in diesem Sommer so viele Maude-volle Tage verbracht hatte. Ich fragte nicht, warum wir diesen Abstecher machten. Ich wußte es bereits.

Das einzige Krankenhaus, in dem ich je gewesen bin, war das Providence Hospital, in dem Maude auf die Welt gekommen war. Mein Dad brachte mich hin, damit wir Mom besuchten und ich mein neues Schwesterchen zu sehen bekam. Maude war natürlich ein wunderschönes Baby. Nach den Fotos, die es von mir in diesem Alter gibt, muß ich wie der Affenembryo ausgesehen haben, den uns der Lehrer mal im Biologieunterricht gezeigt hat.

Meine Mom faselte pausenlos: »Sie ist wie ein lebendiges Püppchen.« Ich war nicht eifersüchtig; sie war ein nettes Kind, aber ich ahnte, daß sich da etwas über mir zusammenbraute. Es war mir keineswegs entgangen, daß meine Eltern ihre Kinder zeitlich gerade so weit auseinander bekommen hatten, daß das ältere Kind auf das jüngere aufpassen konnte, wann immer es ihnen in den Kram paßte.

Im Gegensatz zu dem großen, bedrohlichen Providence Hospital war das Greenpark Hospital klein und hatte viel Grün drum herum. Es sah eher wie eine Grundschule als wie ein Krankenhaus aus, aber drinnen herrschte trotzdem der typische Krankenhaus-Geruch.

Mrs. Shook sah von ihrem Buch auf. Sie las gerade aus einem der Klassiker vor, die ich in Bobbys Zimmer gesehen hatte. Bobby lag im Bett unter einem Sauerstoffzelt. Er atmete nicht wie normal, er machte tiefe Atemzüge mit langen Pausen dazwischen. In seinem linken Arm steckte eine Nadel mit einem Schlauch dran, der über seinem Kopf zu einer Flasche mit einer klaren Flüssigkeit führte. Ein anderer Schlauch kam unter der Bettdecke hervor und mündete in einen Plastikbeutel, der am Ende des Bettes hing. Es war ein Einzelzimmer. Auf dem Tisch neben dem Bett standen ein paar Stofftiere.

Ich konnte mich nicht erinnern, wann ich Bobby zuletzt gesehen hatte, aber es mußte schon eine ganze Weile her gewesen sein. Als Cat verkündete, daß er nicht mehr da war, und diese Geschichte von der Leiche im Keller ins Rollen brachte, tat sie so, als hätten wir Bobby erst neulich gesehen. Doch Mr. und Mrs. Shook hatten Bobby seit dem Sommer davor nicht mehr spazierengeführt, als sich sein Zustand so verschlechtert hatte. Mr. Shook hatte seinen Baumarkt Anfang Herbst verkauft. Egal, wann ich Bobby zuletzt gesehen hatte, er sah auf jeden Fall ziemlich verändert aus. Er war ein großer Bursche mit langen Armen und Beinen, doch jetzt hing das Fleisch schlaff an seinen Knochen, als ob ihm seine Haut eine Nummer zu groß wäre. Die Schädelknochen zeichneten sich deutlich ab. Er war natürlich immer noch groß, aber er wog bestimmt keine hundert Pfund mehr. Und er war grau im Gesicht, hatte eine graugrünliche Blässe.

»Wie geht es ihm?«

»Er hat die Hand bewegt. Ich habe sie gehalten und mit ihm geredet, aber er hat den Kopf nicht bewegt und auch nicht geblinzelt wie sonst. Seine Hand fühlt sich kalt an.«

Mr. Shook nahm Bobbys schlaffe Hand und drückte sie. Dann sah er auf und betrachtete Bobby genauer durch das Sauerstoffzelt hindurch. Mrs. Shook lächelte mich an. Ihre Mundwinkel zuckten. Ich fragte mich, wie viele Stunden am Tag sie weinte.

»Das ist lieb von dir, Nelson, daß du gekommen bist.«

»Ich wollte gern«, sagte ich, auch wenn es nicht ganz stimmte. Aber ich war wirklich froh, Bobby nach so langer Zeit wiederzusehen.

Ich hatte das Gefühl, daß ich etwas zu ihm sagen sollte, aber es gab so wenig zu sagen. Man sollte meinen, daß einem Schriftsteller in solchen Momenten etwas Originelles oder Tröstendes einfällt, doch ich stand nur da wie ein Ölgötze.

Schließlich machte ich einen Schritt auf das Bett zu und sagte mit lauter Stimme: »Tag, Bobby. Ich bin's, Nelson. Ich bin eins von den Kindern, die immer draußen auf dem Rasen sitzen, wenn du mit deiner Mom und deinem Dad spazierengehst.« Dann fügte ich etwas weniger jovial hinzu: »Tut mir leid, daß wir uns manchmal über dich lustig gemacht haben.«

Mr. Shook kniff mich mit seiner großen Hand sanft in die Schulter, als sei es gar nicht so abwegig, sich auf diese Weise bei einem einunddreißigjährigen Mann zu entschuldigen, der im Koma lag, sondern unter den gegebenen Umständen das einzig Richtige. Ich warf einen verstohlenen Blick auf Mrs. Shook. Sie lächelte, und ihre Augen glänzten. Verstehe einer die Shooks! Ich konnte bei ihnen gar nichts falsch machen. Selbst wenn man in ihr Haus einbrach, kam man noch gut dabei weg.

Nachdem ich mein Sprüchlein aufgesagt hatte, trat ich vom Bett zurück. Plötzlich überkam mich das Gefühl, daß ich dasselbe schon einmal getan hatte: genau einen Schritt vor, dann etwas aufsagen, dann einen Schritt zurück. Diese Formalität war mir vertraut, doch ich konnte sie nicht einordnen. In meinem Leben gab es so wenig Formalitäten. Dann erinnerte ich mich an eine Leichenhalle; ich ging zum Sarg, tat so, als küsse ich den Leichnam, ohne daß meine Lippen das Gesicht wirklich berührten, sagte »Ruhe sanft, Opa« und ging wieder zurück, während meine Eltern mich voller Stolz anblickten. Es war seltsam, fast dasselbe zu tun, was ich mit fünf Jahren getan hatte. War ich dazu bestimmt, immer ein und dieselbe Person zu sein, oder war irgendwie eine Veränderung möglich?

»Was macht die Mauer?« fragte Mrs. Shook.

»Wir haben schon einiges geschafft«, log Mr. Shook.

»Habt ihr was gegessen?«

»Einen Imbiß.« Ich vermutete, daß alles, was Mrs. Shook nicht persönlich gekocht hatte, unter die Kategorie »Imbiß« fiel. »Und du?«

»Ich habe was in der Cafeteria gegessen.«

»Komm, fahren wir nach Hause.«

»Ich lasse ihn ungern allein.« Mrs. Shook sah Bobby an. Ich konnte ihre Gedanken lesen: In dem Moment, wo ich ihn verlasse, stirbt er. Ihr Gesicht schien so lichtdurchlässig wie ein Bildschirm zu sein, und das Bild war beinahe genauso zittrig. Es war ziemlich wenig Farbe drin, es hätte auch gut schwarzweiß sein können.

»Wir kommen heute abend zurück.« Mr. Shook ging ums Bett herum und faßte sie sanft am Arm. Etwas unsicher stand sie auf; sie hatte stundenlang gesessen. Wenn jemand, so fragte ich mich, Chuck und Bridget bei ihrer ersten Begegnung gesagt hätte, daß sie dreiunddreißig Jahre später in diesem Krankenzimmer vor der Entscheidung stehen würden, ob sie ihren sterbenden Sohn allein lassen sollten oder nicht, hätten sie dann trotzdem geheiratet? Oder hätten sie sich nach anderen Partnern umgesehen, damit dieser Kelch an ihnen vorüberging?

Mrs. Shook schlug die Enden des Sauerstoffzelts auseinander und küßte Bobby auf die Stirn. Mr. Shook tat dasselbe. Dann drückte er noch einmal Bobbys Hand und flüsterte: »Sei tapfer, mein Sohn.« Seine Stimme klang heiser, und er schien auch etwas unsicher auf den Beinen zu sein. Ich dachte daran, wie dieser Mann noch vor ein paar Stunden mit einem Finger gelenkt und mir erzählt hatte, wie er jauchzend durch die Wüste von Nevada fuhr. Ich dachte auch an den Mann, der kaum ein Wort gesagt hatte, während wir stundenlang Seite an Seite im feuchten Keller gearbeitet hatten. Allein heute hatte ich drei verschiedene Männer in ihm kennengelernt, und es war noch nicht einmal vier Uhr nachmittags.

Wir blieben an der Schwesternstation stehen, und Mrs. Shook bat die Schwester, sie anzurufen, falls sich Bobbys Zustand verschlechtern sollte. Die Schwester bekam einen mitleidigen Gesichtsausdruck, als teile sie den Schmerz der Shooks, und meinte, das würde sie selbstverständlich tun.
Ich fuhr mit Mr. Shook im Lastwagen nach Eastmoreland zurück, und Mrs. Shook nahm die Limousine. Als sie einstieg, fragte Mr. Shook, ob sie sich imstande fühle zu fahren.
»Oh, mir geht's gut«, meinte sie, obwohl man ihr das glatte Gegenteil ansah. Für einen Augenblick unterhielten sie sich leise, so daß ich nichts verstehen konnte. Dann fuhr Mrs. Shook in dem großen Wagen mit den Heckflossen langsam davon.
Nach der Brücke, die über die Bahngleise führte, wo Maude so gerne Pennies drauflegte, fuhr Mr. Shook rechts ran und hielt unmittelbar unter einem Halteverbotsschild. Er stieg aus und meinte, ich solle ans Steuer rüberrutschen. Der Lastwagen war so alt, daß man den Sitz nicht verstellen konnte, und ich mußte mich an den äußersten Rand setzen, damit ich Kupplung und Bremsen erreichte. Mr. Shook machte es sich auf dem Beifahrersitz bequem, zündete seine Pfeife an und sagte, ich solle die Siebenundzwanzigste runterfahren, am Golfplatz vorbei und nach Crystal Springs rauf, damit ich es mal lernte.
»Ich hab' mit dreizehn fahren gelernt. Ich sehe keinen Grund, warum du das nicht auch solltest. Von all diesen Vorschriften halte ich sowieso nichts.«
Er zuckte nicht einmal mit der Wimper, als es beim Schalten furchtbar im Getriebe krachte. »Du kannst diesem Wagen nichts mehr antun, was ihm nicht schon einmal jemand angetan hat«, sagte er lakonisch. Es machte ihm nicht einmal etwas aus, als ich die Bremse mit der Kupplung verwechselte und uns beide fast durch die Windschutzscheibe katapul-

tierte. Er gab nur wieder ein kurzes, bellendes Lachen von sich. »Du kriegst den Dreh schon noch raus.«

Ich fuhr nach Crystal Springs hinauf und bog dann links ab zur Tolman, die ich bis zur Garage in der Einunddreißigsten entlang fuhr. Die ganze Fahrt über paffte Mr. Shook seine Pfeife und gab mir Anweisungen.

»Zweiter. Vergiß die Kupplung nicht. O.k. Jetzt kannst du mal ein bißchen Gas geben, trau dich nur, sonst stirbt er dir noch ab. Man darf hier fünfzig fahren, da sind wir noch weit davon entfernt. Gut so. Jetzt weißt du schon selbst, wann du schalten mußt. Den hast du schön reingebracht, hätte ich auch nicht besser gekonnt. Paß auf da vorne, der kleine Junge auf dem Fahrrad. Verlaß dich nicht darauf, daß er auf uns achtet. O.k., da vorn ist ein Stoppschild. Schalt runter. Bremsen, bremsen. Das ist o.k., das macht nichts. Schau links und rechts. Es kommt keiner, keine Polizei oder so was, also drück auf die Tube. Erster! Erster! Genau, das ist er. Jetzt dreh ihn mal hoch. Ist ganz nett hier mit den Bäumen an der Straße, findest du nicht? Meine Güte, schau doch mal, wie die ihr Haus angemalt haben! Zweiter. Das ist die Bremse, du mußt kuppeln. Genau. Es ist kein Verkehr, du kannst ihm ruhig noch mehr Saft geben. Hörst du das? Jetzt mußt du schalten. In den dritten. Ja, jetzt die Kupplung. Hervorragend. Indianapolis, hier kommt Nelson! Ich frag' mich, wie viele Rennfahrer wohl Nelson heißen...«

* * *

Ich war so entsetzt über die Note, daß ich das P.S. erst gar nicht sah. Mein vierseitiger Aufsatz über »*Die rote Tapferkeitsmedaille* und ihr Bezug zur Gegenwart« war, wenn nicht eines meiner Meisterwerke, so doch auf jeden Fall besser als Zwei minus. Ich war der Ansicht, daß mein Vergleich zwischen dem Bürgerkrieg und der jüngsten Kubakrise (Sollen wir uns zurückziehen? Sollen wir bleiben und kämpfen?) besonders treffend war. Ich hatte die Arbeit sogar getippt, um Mr. Crisp eine kleine Erholungspause von meiner Handschrift zu gönnen.

»Nelson, ich möchte dich nach der Stunde sprechen«, hatte Mr. Crisp dazugeschrieben, gleich unter »Ambitioniert und kreativ, aber Thema verfehlt. Nicht so großspurig!« Das verletzte mich. Ich wollte doch nur ein bißchen Abwechslung in Mr. Crisps Lektüre bringen. Wollte er wirklich siebenundzwanzig Charakteranalysen des Helden in *Die rote Tapferkeitsmedaille* lesen? Ich dachte, er würde mir dafür dankbar sein. Zumindest hatte ich viel Zeit auf die Arbeit verwendet und mir Gedanken dazu gemacht. Ich warf einen Blick auf die Arbeit des Jungen schräg gegenüber. Er hatte seinem Aufsatz den Titel gegeben: »Was ich von dem Kerl in dem Buch halte«. Der erste Absatz lautete: »Er ist ein Blödmann! Er ist davongelaufen wie ein Feigling. Er hätte diese blöden Kommunisten fertigmachen sollen!«

Mr. Crisp wirkte sommerlich in seinem ockerfarbenen Anzug mit weißem Hemd und Fliege. Ich fragte mich, ob er auch einen dazu passenden Strohhut besaß. Wie üblich wartete ich, bis alle den Raum verlassen hatten, ehe ich zu ihm ging. Er packte gerade seine Aktentasche zusammen, in der sich *Der Ruf der Wildnis* befand, was wir wohl als nächstes lesen würden. Ich würde daran denken müssen, es nicht mit aktuellen Tagesereignissen in Verbindung zu bringen.

»Sie wollten mich sprechen, Mr. Crisp?« sagte ich förmlich. Ich wollte bewußt nicht freundlich sein. Ich hatte mir wirklich große Mühe gegeben, um eine interessante Arbeit zu schreiben, und er gab mir eine Zwei minus. Und der Junge mit dem »Er ist ein Blödmann!« hatte eine Drei. Na ja, was konnte ich schon von einem Englischlehrer erwarten, der pornographische Romane schrieb?

»Nelson, wenn ich ein Thema stelle, dann möchte ich auch, daß du dich daran hältst. Bei mir gibt es keine Regeln, die für den einen gelten und für den anderen nicht. Ich behandle jeden gleich. Ich weiß es zu schätzen, daß du deine Arbeiten immer rechtzeitig abgibst und mir nicht mit blöden Ausreden wie ›Der Hund hat's gefressen‹ kommst. Und ich finde es schön, daß du deine Arbeit getippt hast. Aber wenn du dich nicht ans vorgegebene Thema hältst, muß ich dir eine schlechtere Note geben. Dabei solltest du in dieser Klasse eigentlich nur Einsen haben. Du hast das Zeug dazu, und es ist mir unverständlich, warum du nicht tust, was von dir verlangt wird.«

Er erwähnte mit keinem Wort den Inhalt, sagte nichts zu meiner Originalität. Er freute sich, daß ich's getippt hatte! Ich schwor mir, ihm den Rest des Schuljahres keine einzige Arbeit mehr zu tippen. Ich würde schmieren, so gut ich nur konnte, und die Arbeit dann Maûde geben, damit sie noch ein bißchen darauf rummalte. Mein Gesicht wurde glühend heiß, und es prickelte hinter den Augen. Ich will verflucht sein, wenn ich vor ihm in Tränen ausbreche, dachte ich mir. Am liebsten hätte ich ihm ins Gesicht gespuckt.

»Ist das alles, Sir?« fragte ich in einem möglichst knappen, militärischen Tonfall.

»Ich wollte dir das hier zurückgeben«, erwiderte er und nahm meine fünf schmuddeligen Hefte aus der oberen rechten Schublade seines Pults. »Vielen Dank, daß du es mich hast lesen lassen. Tut mir leid, daß es so lang gedauert hat, aber ich hatte viel zu tun.« Er reichte mir die Hefte, machte die Schublade zu und schloß seine Aktentasche. »Es stört dich hoffentlich nicht, daß ich am Rand ein paar Anmerkungen gemacht habe. Hauptsächlich grammatikalische Dinge: Satzstruktur, Rechtschreibfehler, zu umgangssprachlich, wo es nicht hingehört, Verwendung von Gemeinplätzen und so was. Aber mir ist natürlich klar, daß du etwas Eigenes geschrieben hast, nichts, was für die Schule gedacht war, es ist also dir überlassen, ob du mit meinen Anmerkungen was anfangen willst.«

»Vielen Dank, Sir.« Jetzt hatte ich aber genug! Erst gab er mir eine schlechte Note auf meine Arbeit, dann sagte er, ich schriebe Gemeinplätze, beherrsche die Rechtschreibung nicht und verwende massenhaft unanständige Wörter. Ich hätte wissen müssen, daß ich ihm nicht trauen konnte. Wahrscheinlich hatte er Auszüge meiner Geschichte im Lehrerzimmer vorgelesen, und die anderen Lehrer hatten sich gebogen vor Lachen. Ich wandte mich ab, damit er mein Gesicht nicht sehen konnte. Draußen auf dem Gang drängten sich Hunderte glücklicher Mitschüler, die nicht bekrittelt wurden. Ich haßte sie alle.

Er wischte die Tafel sauber und stellte sich auf die Zehenspitzen, um auch den oberen Teil der Tafel zu erreichen. Ein Zitat von Walt Whitman verschwand.

»Ich habe nur im ersten Heft Anmerkungen gemacht«, fuhr er fort. »In diesem ersten Heft muß noch einiges gemacht werden. Es sind viele Wiederholungen drin und einige Abschweifungen von der eigentlichen Geschichte. Ich weiß, daß du dir dessen bewußt bist, weil du es im Lauf der Erzählung selbst erwähnst. Übrigens bin ich mir nicht sicher, ob ein Roman über einen palästinensischen Freiheitskämpfer das Richtige für dich ist. Vor allem, weil du nicht weißt, wo Palästina liegt.«

»Ich hab's nachgeschlagen.«

»Nun, es liegt mir fern, Schülern davon abzuraten, etwas zu schreiben, aber ich glaube, da übernimmst du dich ein wenig. Ich würde erst mal diese Geschichte fertigschreiben.«

Er fing an, sich die Hände an der Hose abzuwischen, hielt dann aber inne. Wahrscheinlich schimpfte ihn seine Frau immer deswegen. Er zog ein Taschentuch heraus und wischte sich damit den Kreidestaub ab.

»Jedenfalls wirst du feststellen, daß ich bei den anderen vier Heften nichts mehr angemerkt habe, weil mich die Geschichte so gefesselt hat. Ich war immer ganz neugierig, wie es weitergeht, und habe dabei völlig vergessen, was dazuzuschreiben.«

Er steckte das Tuch ein und öffnete noch einmal die Aktentasche, um den Inhalt durchzusehen. Verwirrt starrte ich ihn an. Es war doch *gut*, wenn die Geschichte den Leser fesselte, oder etwa nicht? Ich dachte, es sei die Aufgabe eines Schriftstellers, das Buch für den Leser interessant zu gestalten. Aber Mr. Crisp schien gerade das zu kritisieren und es mir übelzunehmen, daß er nicht dazu gekommen war, seine Anmerkungen in die anderen Hefte zu schreiben.

»Als ich das P.S. unter deine Hausarbeit geschrieben habe, habe ich nicht gewußt, daß ich gleich nach dem Unterricht zu einer Lehrerkonferenz muß«, sagte er und ließ die Aktentasche geschäftsmäßig zuschnappen. »Deshalb muß ich jetzt gehen.« Auf dem Schreibtisch stand ein neues Foto von seiner Frau und seinen Kindern. Ich fragte mich, ob sie damals hungern mußten, weil er sein ganzes Geld LuAnne gab, damit sie mit keinem anderen schlief. Jetzt sahen sie eigentlich ganz ordentlich aus.

»Wenn ich dir noch einen Rat geben darf…« Er sah sich im Zimmer um, bemerkte, daß ein Fenster offenstand, und ging, um es zuzumachen. »Ich finde, du solltest die Geschichte zu Ende schreiben. Du bist dabei, deinen Stil zu finden. Es sind einige sehr gute Sätze drin. Besser als alles, was du mir im Unterricht gibst. Je mehr du schreibst, desto besser wird es, und das ist ein gutes Zeichen. Ich weiß, du bist dir unsicher, ob du auch wirklich gut schreibst. Mach dir darüber keine Gedanken. Schreib die Geschichte zu Ende und gehe sie dann von Anfang an durch. Denk daran, Bücher werden nicht nur geschrieben, sondern auch immer wieder umgeschrieben.«

Er kehrte zum Pult zurück, sah auf seine Uhr und entdeckte dann jemanden draußen auf dem Gang. Er streckte einen Finger hoch und sagte zu einer hübschen Frau in einem dunkelroten Kleid, die ich als die Spanischlehrerin erkannte: »Fünfzehn Sekunden!« Ich hatte mal gehört, wie ein paar Jungs im Speisesaal sagten, der würden sie es gern mal so richtig besorgen. Ich fragte mich, ob sie sich dieser Ehre bewußt war.

»Nelson«, sagte Mr. Crisp leise, und ich drehte mich zu ihm um. »Als ich deine Geschichte gelesen habe, war ich sehr stolz. Stolz darauf, daß du sie geschrieben hast und daß sie so gut ist. Ich stehe jeden Tag hier vorn und schaue in all diese ausdruckslosen Gesichter und frage mich, was ich hier eigentlich verloren habe. Neulich hatte ich so die Nase voll, daß ich alles hinschmeißen wollte. Dann habe ich deine Geschichte gelesen und mir gedacht: Es gibt zumindest einen Menschen, der mir zuhört. Vielleicht ist doch nicht alles für die Katz'. Ich weiß zwar nie, was in deinem Kopf vorgeht – du bist sehr verschlossen –, aber ich kann mir vorstellen, daß du dir die letzten vier Wochen, oder wie lange ich die Hefte gehabt habe, Sorgen gemacht hast. Du sollst wissen, daß ich sie niemandem gezeigt habe und mit niemandem darüber geredet habe. Ich möchte, daß du die Geschichte fertigschreibst. Es wird dir in vielerlei Hinsicht nützen, wenn du sie zu Ende erzählst. Und außerdem möchte ich wissen, wie es weitergeht.«

Er lächelte kurz und klopfte mir auf die Schulter, dann ging er an mir vorbei zur Tür. Mir hatte es völlig die Sprache verschlagen.

»Nelson ...« An der Schwelle blieb er stehen. Draußen war die Spanischlehrerin in ein Gespräch mit einem anderen Lehrer vertieft. Mr. Crisp blickte kurz zu ihr hinüber, dann drehte er sich zu mir um und fragte mit gedämpfter Stimme: »Ist mein Haaransatz wirklich so auffällig?« Unwillkürlich faßte er sich an den Kopf und prüfte, ob die dünnen Locken richtig lagen, die die kahl werdende Stelle verdecken sollten.

Die Aufgabe eines Schriftstellers ist es, die Wahrheit zu sagen, doch ab und zu muß sogar ein Schriftsteller ein wenig flunkern.

»Nein, Mr. Crisp«, sagte ich tröstend. »Es ist mir selber erst aufgefallen, als ich angefangen habe, über Sie zu schreiben.«

Er machte einen erleichterten Eindruck. Mit einem etwas schiefen Lächeln blickte er mich an, dann gesellte er sich zur Spanischlehrerin auf dem Gang. Sie wirkte recht groß mit ihren Pfennigabsätzen und konnte auf ihn heruntersehen. Und natürlich wollte er nicht als Kahlkopf vor ihr dastehen.

Ich blieb im Klassenzimmer, bis der Hausmeister kam. Ich saß auf irgendeinem Stuhl und überflog Mr. Crisps Anmerkungen in meinem ersten Heft. Sie waren mit roter Tinte in seiner typischen engen, krakeligen Handschrift geschrieben, die sich so gut für Randbemerkungen eignete. Neben den üblichen grammatikalischen Korrekturen gab es auch Anmerkungen wie »Glänzender Humor«, »sehr lebendig beschrieben« oder »Wo soll das hinführen?« In dem Abschnitt, wo es um ihn ging, hatte er gar nichts angemerkt. Ich suchte die Stelle, wo ich geschrieben hatte: »Er hat nicht mehr allzu viele Haare, nur ein paar blonde Strähnen, die er über die Glatze kämmt«, weil ich wissen wollte, ob Tränenspuren auf dem Blatt zu sehen waren oder die Seite herausgerissen war.

Ich wollte nicht, daß der Hausmeister dachte, ich wäre unartig gewesen und müßte zur Strafe nachsitzen, also ging ich, als er den Papierkorb ausleerte. Ich spazierte in die Turnhalle, um zu sehen, ob gerade Basketball-Training war und ich Tim mal eben Hallo sagen konnte. Seit Schulanfang hatten wir uns nämlich kaum noch gesehen, obwohl wir vor ein paar Wochen zusammen im Kino gewesen waren und danach Hamburger gegessen hatten. Er fragte mich, ob ich ihm gelegentlich bei seinen Physikhausaufgaben helfen könnte. Entsetzt fragte ich ihn, warum er denn Physik genommen hatte, und er erklärte, er wolle Arzt werden. Damit hatte er praktisch schon seinen ersten Patienten gewonnen: Ich verschluckte mich an einem Bissen Hamburger und wäre fast daran erstickt, bis es mir endlich gelang, ihn auf den Teller zu husten.

Ein paar Jungs spielten Basketball, aber Tim war nicht dabei. Ich ging ins Freie. Es regnete ein wenig. An den Bäumen spitzten schon die ersten Blätter raus. Noch drei Monate, dann war wieder Sommer, war es ein ganzes Jahr her, seit wir beschlossen hatten, ins Haus der Shooks einzubrechen.

Mit ein paar Mitschülern, die ich nur vom Sehen her kannte, wartete ich auf den Bus. Aber der Bus kam nicht, und so entschieden sie sich, den Bus Bus sein zu lassen und etwas essen zu gehen. Zu meiner Überraschung fragten sie mich, ob ich nicht mitkommen wollte. Ich sagte o.k., aber dann fiel mir ein, wenn ich mitging, würde ich spät heimkommen und keine Zeit mehr haben, abends noch was zu schreiben. Mr. Crisp würde nie erfahren, was damals geschehen war, wenn ich mich nicht dahinterklemmte. Also sagte ich danke, aber ich hätte noch was zu tun, vielleicht ein andermal. Es schien ihnen nichts auszumachen, und sie machten sich schnell auf zum nächsten Hamburger-Restaurant.

Kaum daß ich die Einladung ausgeschlagen hatte, tat es mir natürlich auch schon wieder leid. Denn es fing jetzt richtig an zu gießen. Und der Bus kam und kam nicht. In wenigen Augenblicken würden die anderen in einem trockenen Restaurant sitzen und warmes Essen vor sich haben. Ich war schon drauf und dran, ihnen nachzulaufen und zu sagen, daß ich's mir anders überlegt hätte, aber ich blieb hart, selbst als der Regen noch stärker wurde und mir das Wasser in den Kragen lief. Sollten sie doch gemütlich beisammensitzen und sich den Bauch vollschlagen! Ich hatte etwas, was sie nicht hatten und vielleicht nie haben würden: einen Leser!

Kapitel acht

Die »Hure« war wieder in der Stadt. Ich lud Cat für Freitag, den 3. August, zu einem Monopolyabend bei mir zu Hause ein, aber sie konnte nicht kommen, weil sie mit der »Hure« und dem »Drecksack« zum Essen ging. Sie klang nicht gerade begeistert darüber. Der »Drecksack« war der Darlehensberater der First National Bank, mit dem die »Hure« durchgebrannt war.

»Warum veranstaltest du einen Spieleabend?« erkundigte sich Cat.

»Weil ich viel zu selten Besuch habe.«

Es wurde allerdings kein allzu geselliger Abend; nur Tim und noch ein Junge aus unserer Klasse, Dave Larson. Ich war Dave zufällig am letzten Mittwoch im Schwimmbad vom Reed College begegnet, als ich Maude zu ihrer wöchentlichen Schwimmstunde brachte. Er hatte mit seinem rasanten Rükkenkraul bereits mehrere Schwimmwettkämpfe gewonnen. Ich dachte mir, daß seine Freundschaft ganz praktisch wäre, wenn ich Mitglied der Cleveland-High-School-Schwimmmannschaft werden wollte, um mit Tracy in näheren Kontakt zu kommen. Das war nicht völlig aus der Luft gegriffen. Ich war ein guter Schwimmer, wenn auch nicht herausragend. Mir war klar, daß ich mich mit irgendeiner ausgefallenen Schwimmtechnik hervortun mußte, um in die Mannschaft aufgenommen zu werden. Wenn ich es schaffte, Dave etwas über die Schwächen der Mannschaft zu entlocken, konnte ich vor Schulbeginn noch ein bißchen trainieren.

»Ich hab' 'ne Flasche Tequila«, meinte Dave Larson, als ich ihn einlud. Ich malte mir aus, was meine Eltern wohl sagen würden, wenn sie entdeckten, daß ein Tequila-Monopoly-

Abend im Garten stattfand; aber ich verließ mich darauf, daß sie zu beschäftigt mit ihren eigenen Problemen waren, um etwas davon mitzukriegen.
Cat war enttäuscht, daß sie nicht kommen konnte. »Wir gehen zum Essen in so ein Schickimicki-Lokal. Und da soll ich was hermachen«, sagte sie angewidert, obwohl sie eigentlich jetzt schon was hermachte. Sie trug ein in der Taille zusammengebundenes Armeehemd mit Tarnmuster und einen Khakihosenrock. Dazu Springerstiefel und karierte Kniestrümpfe; auf dem Kopf saß eine Armeekappe. Eine Anstecknadel mit Rocky, dem Eichhörnchen, am Kragen ersetzte das Dienstgradabzeichen.
»Wie lange bleibt die Hu... deine Mutter?« verbesserte ich mich gerade noch rechtzeitig, denn mir fiel ein, daß Cat jedem eine runterhaute, der zu ihrer Mutter »Hure« sagte, obwohl sie selbst sie kaum jemals anders nannte.
»Bis Sonntag. Vielleicht kann ich ja nach dem Essen noch kommen. Wann fangt ihr an?«
»Halb acht oder so.«
»Larson ist süß«, meinte sie; vielleicht dachte sie daran, wie er in Badehosen aussah. Tim erwähnte sie mit keinem Ton.
»Ich würde deine Mom gern mal kennenlernen.«
»Warum?«
Ich zuckte die Achseln. »Vergleichshalber.« Ich warf einen Blick auf Maude. Sie wälzte sich gerade mit einer kleinen Spielkameradin im Sägemehl unter der Wippe. Nicht weit von ihr entfernt saß das Mädchen, das ich schon öfter gesehen hatte. Sie hockte im Schneidersitz unter einem Baum und zeichnete auf einen großen Skizzenblock. Ihre langer, dunkler Pony verdeckte ihre Augen völlig. Wir waren schon zum tausendsten Mal in diesem Sommer im Berkeley Park.
»Ich glaube, daß meine Mutter eine Affäre hat«, sagte ich plötzlich. »Bei meinem Vater weiß ich es.«

»Mit wem?« fragte Cat mäßig interessiert. Sie schüttelte eine Zigarette aus einer Packung. Eine Totenkopftätowierung zierte ihren Handrücken.
»Mit unserem Hausarzt.« Ich erzählte ihr, wie ich Dr. Holt auf der Herrentoilette im Jolly Rogers begegnet war und ihn dann mit meiner Mutter in der Kapitänsbar gesehen hatte. »Es ist nur eine Vermutung. Vielleicht haben sie ja auch neue Entwicklungen auf dem Gebiet der Anatomie diskutiert.«
Wie immer kapierte Cat die Anspielung nicht. »Ist das alles, was die Erwachsenen tun, rumbumsen?«
»Ich nehm's an.«
Obwohl ich hoffte, daß das nicht für meine Zukunft galt; es würde mir nur wenig Zeit zum Schreiben lassen.
»Weißt du was?« meinte Cat und blies eine Rauchfahne in die Luft. »Sex ist Scheiße. Da wirst du fast totgequetscht und kriegst Mundgeruch ins Gesicht gepustet. Ächz, ächz, grunz, grunz. Es kotzt mich an.«
Sie kratzte sich an einem Stich auf ihrem Bein. Der Stich sah aus, als ob er oft gekratzt würde.
»Meinst du damit Tim?« wagte ich mich auf gefährliches Terrain.
Cat warf ihre noch brennende Zigarette auf den Boden. Eine Frau, die auf drei Kinder aufpaßte, kam herüber und schimpfte Cat; schließlich könnte ein Kind auf die Zigarette treten, und was hatte Cat überhaupt zu rauchen? Sie war noch nicht alt genug, und es schade ihrer Gesundheit. Cat starrte sie nur ausdruckslos an, als litte sie an Katatonie. Die Frau trat die Zigarette aus und ging zu den Kindern zurück.
»Wenn man es näher betrachtet«, fuhr Cat einen Moment später fort, »ist er einfach auch nur ein geiler, sexbesessener Spinner, der seinen Schwanz für den Obelisk vom Washington-Monument, die Freiheitsstatue und das World Trade Center in einem hält.«

Ich fand es schwierig, etwas dagegen zu sagen, und so trat Schweigen ein. Ich sah hinüber zu Maude. Sie stand auf dem Kopf im Gras, das Kleid bauschte sich um ihre Schultern, und ihre Unterhosen waren für jeden zu sehen. Na großartig.

»War das in der Nacht, als ich bei den Shooks eingebrochen bin?« fragte ich.

»Wir haben so rumgehangen, du weißt schon...« Sie nahm wieder eine Zigarette heraus, warf einen Blick auf die Frau, die sie angeschrien hatte, steckte die Zigarette in die Packung zurück und zog statt dessen einen Kaugummi raus. »Haben rumgeknutscht und so. Ich hab' versucht, ein Auge auf das Haus der Shooks zu haben, für den Fall, daß du abgeschlachtet wirst, und er steckt mir seine fette Zunge in den Hals, so tief, daß ich fast kotzen muß. Und er hat mich überall angegrapscht«, fügte sie noch hinzu, faltete einen Kaugummistreifen und steckte ihn in den Mund.

»Bevor ich noch wußte, was los war, lag er auf mir, hopste auf mir herum und schwitzte wie 'n Tier. Er wiegt 'ne verdammte Tonne. Ich meine, wir hatten Kleider an und so, aber er hat sich aufgeführt, als ob's zur Sache geht. Ächz, ächz, grunz, grunz. Er hat mich fast zerquetscht. Ich kriegte keine Luft mehr, also hab' ich ihn runtergeschubst. Den Rest kannst du dir denken. ›Erst heiß machen und dann zickig werden!‹ ›Vergewaltiger!‹ Das übliche romantische Geplauder eben. Ich hab' ihm eine gescheuert, er hat mir eine gescheuert. Das Baumhaus hat geschaukelt wie blöd, und ich dachte schon, jetzt stürzt es ab, und wir sind beide tot. Schließlich haben wir's gesteckt und sind heimgegangen. Ich hab' mich in die Badewanne gesetzt und einfach nur...«

Sie stockte. Dann sagte sie es: »Geweint.«

Zu meiner großen Überraschung fing sie auch jetzt an zu weinen. Ihre Augen füllten sich mit Tränen, und zwei davon rannen ihr die Wangen hinab, je eine auf jeder Seite.

»Scheiße! Das erste Mal, wo ich Eyeliner benutzt hab'!« Sie wischte sich die Tränen ab und verschmierte dabei schwarze Farbe unter ihren Augen. »Seit damals hat er mich nicht mehr angerufen, ist nicht mehr vorbeigekommen, hat mir keine Morddrohung geschickt und mich nicht mehr dreckige Fotze und so genannt«, stieß sie zwischen Schluchzern hervor.
Ich zog ein Monogramm-Taschentuch heraus und bot es Cat an. Dies schien eine so abgeklärte Geste zu sein, daß ich mir fremd und erwachsen vorkam. Ich fragte mich, ob ich den Arm tröstend um Cat legen sollte oder ob sie mich dann ungespitzt in den Boden rammen würde.
»Ich würde alles für ihn tun«, sprudelte es aus ihr heraus. »Ich liebe ihn, aber ich bin erst dreizehn. Ich kann das nicht. Ich hab' einfach Angst gehabt. Jetzt haßt er mich wahrscheinlich bis ans Lebensende. Ich weiß, ich hätte ihn gar nicht erst ranlassen sollen, aber ich will, daß er glücklich ist. Er ist so scheißunglücklich die ganze Zeit. Seine blöde Familie, er könnte verrecken, und sie würden es erst merken, wenn seine Leiche verwest und das Haus zu stinken anfängt. Ich halt' es nicht aus, diese Jammermiene die ganze Zeit. Was ist verkehrt daran, ab und zu mal glücklich zu sein? Gibt es ein Gesetz, das das verbietet, oder was?«
Sie schneuzte laut und ausgiebig in mein Taschentuch und untersuchte dann das Ergebnis. Von der anderen Parkseite sah das Mädchen mit den dunklen Ponyfransen zu uns herüber. Ich starrte zurück und hoffte, sie würde verschämt weggucken, aber das tat sie nicht.
»Wann warst du das letzte Mal wirklich glücklich?« fragte Cat, wartete aber meine Antwort nicht ab. »Als du sechs Monate alt warst und an der Mutterbrust genuckelt hast? Das war das letzte Mal, an das ich mich erinnere, und ich erinnere mich nicht einmal *daran*!« Ich versuchte, mich an meinen letzten, wirklich glücklichen Augenblick zu erinnern. Damals, als

wir beim Zelten waren und um das Lagerfeuer saßen vielleicht, aber das war Jahre her. Dann sah ich die helle Küche der Shooks vor mir, und Mrs. Shook, wie sie geschäftig am Herd herumfuhrwerkte und dabei munter schwatzte. Ich hatte den Buttergeschmack der Pfannkuchen und der Eier buchstäblich auf der Zunge.

»Ich glaube, er hat sich einfach nicht mehr unter Kontrolle gehabt«, meinte ich. »Vergiß nicht, er ist ein Jahr älter als wir. Vielleicht ist er in dieser Hinsicht einfach schon erwachsener.« Ich schien ständig irgendwelche sexbesessenen Männer in Schutz zu nehmen, siehe zum Beispiel meinen Vater, Tim.

»Bloß weil ich Strip-Poker mit ihm gespielt hab' und wir zusammen in diese blöde Badewanne gestiegen sind...«, fuhr sie fort und ignorierte völlig meine Verteidigungsrede für das schändliche Verhalten meines Freundes. »Oder vielleicht ist es ja, weil ich immer sag', daß meine Mutter eine Hure ist, und jetzt denkt er, ich bin auch eine. Dabei ist sie in Wirklichkeit gar keine. Ich sag' das nur so. Ich meine, wenn du wirklich hübsch bist und mit einem Mann verheiratet, der nichts tut außer Bier trinken und im Fernsehen Boxkämpfe anschauen, würdest du dann nicht auch durchbrennen? Ich glaube, sie liebt den ›Drecksack‹ wirklich. Ich glaub', der ganze Grund für dieses blödsinnige Essen ist, daß sie mir mitteilen wollen, daß sie heiraten, und fragen, ob ich bei ihnen leben will.«

»Willst du?«

»Ich weiß nicht. Manchmal will ich überhaupt nicht leben.«

»Das meinst du doch nicht im Ernst.«

Sie antwortete nicht. Dafür putzte sie sich noch mal die Nase.

»Ich hoffe, daß du nicht wegziehst.«

»Sie wohnen in Bend.«

Wir dachten über den Namen dieser Stadt nach, fern im Osten von Oregon. Er klang so einsam.

Ich streckte eine Hand nach Cat aus. Wir saßen auf Schaukeln und schaukelten ein bißchen vor und zurück, so daß ich nicht wissen konnte, wo meine Hand aufkommen würde. Sie landete auf ihrer Schulter, meine Finger berührten ganz sacht ihren Nacken. Sie reagierte nicht, aber sie schüttelte meine Hand auch nicht ab. Ihre Haare waren im Nacken sehr kurz, aber überhaupt nicht stoppelig, sondern weich und zart. Ihr Hals wirkte schrecklich dünn, die Knochen besonders zerbrechlich. Ich fragte mich, was sie wohl von meiner Hand auf ihrer Schulter hielt, ob sie sich gut anfühlte oder nur schwer war.

Der Monopoly-Abend dauerte bis halb ein Uhr morgens. Meine Eltern waren zum Essen in den Jade Garden ausgegangen und kamen gegen elf zurück. Zwar spähte Dad durchs Fenster in den Garten hinaus, wo wir spielten, aber er forderte uns nicht auf, Schluß zu machen. Gegen Mitternacht erloschen die Lichter in unserem Haus.

Dave Larson sammelte die grünen Straßen, ich die gelben, und Tim bekam die orangefarbenen und die roten, so daß es ziemlich gleich verteilt war. Tim kaufte die Schloßallee und ich die Parkstraße, und keiner von uns verkaufte. Tims Arbeitserfahrung hatte seine mathematischen Fähigkeiten enorm verbessert, er brauchte jetzt niemanden mehr, der ihm half, mit seinem Geld umzugehen. Als es schließlich so aussah, als ob keiner von uns völlig verarmen würde, was Sinn und Zweck des Spiels ist, hörten wir auf.

Tim und Dave putzten den Tequila weg. Ich hatte meine Lektion in der Strip-Poker-Nacht gelernt und hielt mich an Limonade. Dave ermunterte Tim, sich der Schwimmannschaft anzuschließen, weil man wegen der Wettkämpfe oft keinen Unterricht hatte. Das hielt Tim zwar für einen Vorteil, murmelte aber etwas von »die ganze Zeit naß«, was ihm offensichtlich weniger gefiel. Ich erwähnte, daß ich daran dachte, es mal in der Mannschaft zu probieren, aber Dave nahm mich nicht ernst. Bevor er ging – er torkelte in die Dunkelheit hinein –, erzählte er uns, daß er sich am nächsten Abend mit einem Mädchen namens Tracy treffen würde, einer Schwimmkameradin, die im Drive-in arbeitete. Er kannte einen Burschen, der schon mal seine Hand in ihrem Höschen gehabt hatte, und hoffte auf ähnliches Glück.

Tim blieb noch da, um das Monopoly aufzuräumen. Da Ordnungsliebe nicht gerade seine hervorstechendste Charaktereigenschaft war, nahm ich an, daß er noch was auf dem Herzen hatte. Wir quatschten darüber, was für ein Blödmann Dave Larson war, und daß es anscheinend immer die Blödmänner waren, die es schafften. Ich erkundigte mich, wie es Mr. Walsh ging. Mr. Walsh war o. k., aber mit der gelähmten Mrs. Walsh ging es bergab, und Mr. Walsh übertrug Tim mehr und mehr die Führung des Ladens. Hugo war gefeuert worden, weil er einem vierzehnjährigen Jungen Aufputschmittel verkauft hatte, möglicherweise kam er sogar ins Gefängnis. Außerdem war gerade letzte Woche aufgekommen, daß Tims Bruder Sam ein Mädchen geschwängert hatte, und nun wurde er gedrängt, sie zu heiraten. Tims Eltern waren sauer, weil das Mädchen nicht katholisch war. Und Sam wollte das Mädchen nicht heiraten und drohte damit, mit seiner Band nach Los Angeles abzuhauen. Jetzt wurde es offenbar doch noch ein ereignisreicher Sommer.

»Hast du Cat mal gesehen?« fragte Tim, während er sorgfältig die Besitzrechtskarten sortierte, angefangen bei der Badstraße.

»Gerade heute. Nein, gestern«, verbesserte ich mich und rief mir ihren Weinkrampf und meinen vorsichtigen Tröstungsversuch vor Augen.

»Ach ja?«

»Sie glaubt, daß die ›Hure‹ und der ›Drecksack‹ wollen, daß sie zu ihnen nach Bend zieht.«
»Bend. O Gott.«
Draußen auf der Straße dröhnte ein Auto vorbei. Der Nachbarhund kläffte. In unserem oberen Badezimmer ging das Licht an. Der Sommer war jetzt mehr als zur Hälfte vorbei. Bald würde ich vierzehn werden, auf die High-School gehen, nicht in der Schwimmannschaft sein, neue Freunde haben und vielleicht ein Mädchen kennenlernen. Ich fühlte, wie mein Leben in Bewegung geriet, und ich herumgewirbelt wurde wie auf einem Karussell.
»Hat sie über mich geredet?« fragte Tim und zog einen weißen Ein-Dollar-Schein aus dem Stapel mit goldenen Fünfhundertern.
»Sie hat gesagt, daß du dich seit kurzem nicht mehr bei ihr blicken läßt und sie nicht mehr anrufst und so.« Ich wußte nicht, wie weit ich gehen durfte.
»War beschäftigt. Mit dem Laden.«
»Sie hat mir erzählt, was sich im Baumhaus abgespielt hat.« Ich setzte alles auf eine Karte.
»Ein bißchen Trockenbumsen. Na und?« Den Ausdruck hatte ich noch nie gehört. Ich nahm an, daß der Begriff für sich selbst sprach, war mir aber nicht ganz sicher.
»Sie hat gesagt, sie liebt dich.«
Er stöhnte, gab aber keine Antwort.
»Du solltest sie anrufen. Es ist nicht in Ordnung, wenn du sie einfach fallenläßt. Sie hat Gefühle, auch wenn sie versucht, sie zu verbergen. Sie hat einfach nur Angst gehabt. Sie ist schließlich noch ein Kind. Du mußt ja nicht fest mit ihr gehen. Sei einfach nett zu ihr.«
Tim faßte unter sein T-Shirt und kratzte sich in der Achselhöhle. Man hörte eine Toilettenspülung im Haus, dann ging das Licht im Badezimmer wieder aus.

»Ähm, also, ich muß jetzt gehen«, meinte er, ohne sich zu rühren. Er zupfte an einem Heftpflaster an seinem rechten Zeigefinger. Es war ein Kinderheftpflaster, mit Sternen und Kometen drauf. »Manchmal fühle ich mich...«, fing er an, sagte aber nichts weiter. Er zog das Heftpflaster ab. Ein kleiner, dunkelroter Schnitt verlief auf der Fingerkuppe. Er hielt ihn dicht vor die Augen und untersuchte ihn.

»Manchmal fühle ich mich, als ob ich gleich explodieren würde. Hast du dich schon mal so gefühlt, Nelson? Als ob du gleich explodieren würdest?«

Das war eine heikle Frage. Ja, manchmal schon; und dann auch wieder nicht, zumindest nicht so, wie Tim wohl meinte. Ich nahm an, daß Tim das Gefühl hatte, er müßte vielleicht irgendwie in sexueller Hinsicht explodieren. So hatte ich mich noch nicht gefühlt, aber ich konnte mir gut vorstellen, wie ich Maude eines Tages das hübsche Köpfchen gegen eine Steinmauer schmetterte und dann wegging, ohne mich auch nur einmal nach ihr umzudrehen. Wenn Tim sich beim Explodieren auf ein bißchen Trockenbumsen beschränkte, nun, es gab Schlimmeres auf der Welt.

Vielleicht war es aber auch mehr als das. Ich wünschte, ich wüßte, was Tim meinte, aber ich glaube nicht, daß er es selbst genau wußte. Es war eines dieser unerklärlichen Gefühle, die einen manchmal das ganze Leben lang begleiten, ohne daß man sie je ganz versteht. Es wäre interessant, wenigstens einmal zu explodieren, um zu wissen, wie es war. Aber wahrscheinlich würde ich das nie tun. Maude war im großen und ganzen ziemlich sicher bei mir.

Als Tim an diesem Abend ging, schüttelte er mir die Hand. Das war eine ungewöhnliche Geste, vielleicht ein bißchen formell, aber ich nehme an, sie war als Dank gedacht, oder ein Zeichen seiner Zuneigung. Er hatte breite Hände und einen kräftigen Griff. Das Heftpflaster mit den kleinen Sternen darauf gab dem Händeschütteln zudem eine drollige Note.

In diesem Buch kommt Tim nicht mehr vor, außer ganz kurz mal am Ende. Nicht, daß ich ihn jetzt nicht mehr treffe. Wir gehen immer noch manchmal zusammen schwimmen oder radfahren oder ins Kino. Und dann sehe ich ihn natürlich im Tante-Emma-Laden, der für mich lebensnotwendig ist und wo Tim schon bald sechs Tage die Woche arbeitete. Er zahlte mir das Geld zurück, das er mir schuldete, und gab mir sogar noch etwas Zinsen dazu. Auch rief er Cat an, und sie verabredeten sich wieder, bis die Schule anfing, aber kurz darauf machten sie Schluß. Ich habe nie nachgefragt, aber ich glaube nicht, daß es in diesem Sommer noch mal Trockenbumsen gab.

Ich sehe Tim auch in der Schule, obwohl wir keine gemeinsamen Kurse belegt haben. Er ist in die Basketballmannschaft eingetreten, ich nehme an, weil er das für eine trockenere Sportart als Schwimmen hält. Die Mannschaft ist so gut, daß sie an den Oregon-Meisterschaften teilgenommen hat, allerdings haben sie nicht gewonnen. Tim hat jetzt eine feste Freundin, Lisa, die ihm unheimlich ähnlich sieht. Sie könnten Zwillinge sein, beide mit dunklen Haaren, dicken Augenbrauen und Brillen, die sie nur aufsetzen, wenn sie meinen, daß niemand herschaut.

Tim ist nicht aus meinem Leben verschwunden, nur aus diesem Buch, abgesehen von den paar kurzen Absätzen am Schluß. Doch niemals wieder war ich so nahe dran herauszufinden, was in meinem großen, schwermütigen Freund vorging, wie in dieser Nacht, als er mir anvertraute: »Manchmal fühle ich mich, als ob ich gleich explodieren würde.« Ich weiß es nicht mit Sicherheit, aber ich nehme an, daß er nie explodiert ist. Man hört gewöhnlich von solchen Dingen. Sie stehen in der Zeitung.

Tim war von der sechsten Klasse an bis zu dem Sommer, über den ich schreibe, sehr wichtig in meinem Leben. Er war jemand, dem ich mich überlegen fühlen konnte, wenn ich es gerade brauchte, und an anderen Tagen jemand, den ich bewundern konnte, wenn ich das brauchte. In dieser Hinsicht war er ein flexibler Freund, und eigentlich brauchte ich genau das. Ich weiß nicht, was er in mir sah, aber ich hoffe, es war so ähnlich wie das, was ich in ihm sah.

Wie ich schon vorher geschrieben habe, hatte ich niemals angenommen, daß wir Freunde fürs Leben sein würden. Ich weiß nicht, ob ich im Augenblick irgendwelche Freunde habe, die Freunde fürs Leben sind; wahrscheinlich habe ich meine Freunde fürs Leben noch nicht kennengelernt. Doch in diesen drei Jahren, in denen Tim mein engster Freund war, hätte ich keinen besseren oder engeren haben können. Ich werde mich immer fragen, wie es Tim geht, und selbst wenn er schon vierzig ist, werde ich mir ein wenig Sorgen um ihn machen. Das ist nicht verkehrt, finde ich, und macht eine wahre Freundschaft aus, auch wenn die wahren Freunde sich auseinandergelebt haben.

Auf dem Zettel stand:

»Lieber Nelson,
wir sind ins Krankenhaus gefahren. Bobby geht es nicht gut, und wir möchten jede Minute bei ihm sein, auch wenn er nicht weiß, daß wir da sind.
Chuck sagt, bitte mach Dir keine Sorgen wegen der Mauer. Sie wird schon irgendwann fertig werden.
Hinter der Tür ist ein kleines Geschenk für Dich.

Mit lieben Grüßen
Bridget Shook

P.S. Der Titel stammt nicht von mir.

Der Zettel war mit Tesafilm an die Fliegentür geklebt. Mrs. Shooks Handschrift war rund und weiblich, und sie hielt die Zeile, obwohl gar keine Zeilen auf dem Notizzettel waren. Hinter der Fliegentür lag ein kleiner, brauner Umschlag mit einem dünnen Taschenbuch drin. Auf der Titelseite war die Zeichnung einer Vase mit Blumen. Der Titel, den sie nicht ausgesucht hatte, lautete: *Ein lyrischer Strauß*.
Ich las darin, während ich mit dem Bus heimfuhr. Es waren vierundzwanzig Gedichte, die meisten nicht länger als eine Seite, viele nur eine halbe Seite lang. Sie reimten sich, wie Mrs. Shook mir schon erzählt hatte, und handelten hauptsächlich von der Liebe und der Natur. Eins, »Der Junge auf dem Baum«, handelte von Bobby. Es erzählte von einer Mutter, die versuchte, ihren Sohn dazu zu bewegen, vom Baum runterzukommen, aber er weigerte sich und wollte nicht sagen, warum er oben blieb. Es wurde dunkel, und obwohl sie bettelte, er solle doch reinkommen, blieb er auf dem Baum sitzen.
Mir gefielen Mrs. Shooks Gedichte, besonders dieses. Was für ein Glück, denn sie würde mich bestimmt fragen, was ich von ihnen hielt, und jetzt war nicht der geeignete Zeitpunkt für beißende Kritik. Sie wählte ihre Worte mit Bedacht und hatte manchmal eine wunderschöne Art, den Regen oder einen Sonnenaufgang zu beschreiben. Das Buch fühlte sich gut an in meiner Hand und schien genau die richtige Anzahl von Seiten zu haben. Ich hatte noch nie jemanden kennengelernt, der einen Gedichtband verfaßt hatte, nicht einmal, wenn er auf eigene Kosten aufgelegt worden war. Ich war stolz, eine Dichterin zu kennen, und wollte daran denken, ihr das zu sagen.
Es war Samstag vormittag, und ich hatte keine Pflichten. Der Rasen war gemäht, mein Zimmer aufgeräumt und Maude abgeholt worden. Sie war heute der Obhut eines Babysitters überlassen worden, weil meine Mutter Verschiedenes zu erle-

digen hatte. Mein Vater verbrachte den Tag bei einem Treffen von Briefmarkensammlern.
Ich ging ins Kino, aber es war eine doofe Komödie, und dafür war ich nicht in der richtigen Stimmung. Dann streifte ich durch die Buchläden, aber ohne etwas zu finden. Ich überlegte, ob ich jemanden anrufen sollte, aber Cat war mit der »Hure« unterwegs, Tim arbeitete, und ich glaubte nicht, daß Dave Larson mich so sehr ins Herz geschlossen hatte, daß er mich bereits so kurz nach der Tequila-Monopoly-Party wiedertreffen wollte. Ich wußte einfach nicht so recht, was ich mit mir anfangen sollte.
Die traurige Geschichte, die ich dem Busfahrer erzählte, rührte ihn fast zu Tränen. Er war ein großer, fröhlicher Schwarzer, der zu jeder Frau, die ein- oder ausstieg: »Guten Tag, Ma'am«, sagte, und: »Passen Sie auf die Stufen auf«; und jeden Mann fragte er nach dem Stand eines Baseballspiels, das Tausende von Meilen entfernt dem Ende zuging. Ich hatte ein schlechtes Gewissen, als ich ihn anlog, aber ich mußte ihn zu einem Extrahalt in der Nähe des Greenpark Hospitals bewegen.
Also erzählte ich ihm, daß mein Bruder einen Autounfall gehabt hätte. Ich wüßte zwar, daß er wieder in Ordnung käme, aber ihm seien beide Augen verbunden worden, und deshalb wollte er, daß ich ihm etwas vorlas (ich hatte praktischerweise einen dicken Wälzer unter den Arm geklemmt), damit er nicht solche Angst hatte. Selbst ich konnte meine Tränen bei dieser herzergreifenden Geschichte nur mühsam zurückhalten. Der Busfahrer sah mich mit einer Mischung aus Mitleid und Stolz an und sagte zu mir, daß »die Familie das Wichtigste ist auf der Welt« und daß ich gut aufpassen sollte. Er hielt nur zwei Kreuzungen vom Krankenhaus entfernt am Straßenrand. Hinter dem Bus hupten Autos, doch er achtete nicht darauf. »Ich werde für ihn beten, mein Sohn«,

rief er mir noch nach, als ich auf den Randstein trat. Das war sicherlich sehr nett von ihm, aber doch etwas mehr als verlangt. Immerhin war ich mit meinem Schülerausweis umsonst gefahren.

Ein kleiner Laden im Eingangsbereich des Krankenhauses verkaufte Blumen. Die Sträuße sahen zwar schon etwas angeschlagen aus, aber ich kaufte trotzdem einen. Dann klopfte ich an den Türstock von Bobbys offener Zimmertür. Mrs. Shook saß neben dem Bett, sie döste. Das Buch in ihrem Schoß rutschte gleich zu Boden. Sie hörte mein Klopfen und sah überrascht auf.

»Nelson.«

»Ich wollte nur das bringen.«

Ungeschickt überreichte ich ihr die Blumen. Sie waren in blaues Seidenpapier eingewickelt, das in dem stillen Zimmer laut raschelte.

»Das wäre doch nicht nötig gewesen.«

Erst da fiel mir auf, daß Mrs. Shook mir einen *lyrischen Strauß* geschenkt hatte und ich ihr jetzt, nur fünf Stunden später, einen *Blumenstrauß* brachte. Aber vielleicht war es nur Zufall.

»Sie sind wunderschön.«

Ich sah Bobby an. Er sah unverändert aus, aber jetzt waren die Abstände zwischen seinen Atemzügen länger, und ein Gurgeln in seiner Kehle verhieß nichts Gutes.

»Wie geht es ihm?«

»Oh...«

Er würde ganz sicher sterben. Selbst wenn es nicht so lange Pausen zwischen seinen Atemzügen gegeben hätte, nicht dieses Gurgeln und seine fahle, fast durchsichtige Haut, dieses eine »Oh« von Mrs. Shook sagte mir alles. Sie war in den zwei Wochen seit meinem Einbruch in ihr Haus sichtlich gealtert. Ihr Gesicht war verquollen, und an ihren Haarwurzeln

schimmerte es grau. Ein zerknittertes, nasses Taschentuch spitzte aus ihrem Ärmel.
Ich legte ihr die Hand auf die Schulter. In diesen Tagen legte ich viele Hände auf viele Schultern, aber so hatte ich wenigstens etwas zu tun. Ihre Schultern waren nach vorne gezogen und ihr Rücken vor Erschöpfung gebeugt, doch ihr Puls schlug regelmäßig unter meiner Hand. Sie faßte nach oben und legte ihre Hand auf die meine. Sie war sehr weich – eine Hausfrauenhand; eine Mutter, die ihre Hand schützend auf die ihres behinderten Sohnes legt.
Mitten in dieser beschaulichen Szene kam Mr. Shook ins Zimmer. Er trug zwei Pappbecher mit Kaffee und hatte eine Zeitung unter den Arm geklemmt. Er bestand darauf, gleich wieder zu gehen, um mir etwas zu trinken zu holen. Er schien ruhelos, und so ließ ich ihn gehen, obwohl ich gar nicht durstig war. Nachdem er gegangen war, kam eine Krankenschwester herein, drehte Bobby auf die Seite und stopfte ihm ein paar Kissen unter den Rücken und das Gesäß, um seinen Kreislauf zu unterstützen. Sie bot an, die Blumen ins Wasser zu stellen, und Mrs. Shook nahm dankbar an. In der Vase sahen sie etwas besser aus, aber ich glaubte nicht, daß sie länger als einen Tag halten würden.
»Mir gefallen Ihre Gedichte«, sagte ich zu Mrs. Shook, als die Schwester gegangen war.
»Du hast sie schon gelesen?« Sie wirkte überrascht.
»Am besten hat mir das von dem Jungen auf dem Baum gefallen.«
»Das ist in *The Oregian* veröffentlicht worden. Schon vor einer ganzen Weile«, fügte sie so traurig hinzu, als ob ihre Triumphe als Schriftstellerin längst hinter ihr lagen und das Leben ihr nun nichts anderes mehr zu bieten hatte als am Bett ihres sterbenden Sohnes Wache zu halten.
»Sie sind alle gut. Ich möchte gerne noch mehr lesen«, meinte

ich, aber sie sagte nicht, ob es noch mehr davon gab. Dann betrat ein Priester den Raum. Ich fühlte mich im Weg und verzog mich in eine Ecke. Er beugte sich über Mrs. Shook und legte ihr die Hand auf die Schulter, auf genau dieselbe Stelle, wo meine gelegen hatte. Dann flüsterte er ihr etwas zu, und ich dachte an etwas anderes, damit ich nicht lauschte. Kurz darauf kam Mr. Shook mit einer Cola für mich zurück. Er starrte den Priester wütend an, der Mrs. Shook zum Weinen gebracht hatte. Der Priester ging zu Mr. Shook, nahm seine Hand und hielt sie lange Zeit. Mr. Shook zappelte ungeduldig und sah den Priester nicht an, als der etwas von »Hoffnung« und »ewigem Leben« murmelte. »Ja, ja, natürlich, vielen Dank«, antwortete Mr. Shook automatisch. In all den Monaten, die Bobby hier im Krankenhaus lag, mußte es eine Menge Priesterbesuche wie diesen gegeben haben.
Dann waren wir wieder allein. Ich trank meine Cola, Mrs. Shook nippte an ihrem Kaffee. Mr. Shook setzte sich schwer auf einen Stuhl und warf die Zeitung auf den Boden.
»Aasgeier.«
Mrs. Shook seufzte. »Er versucht nur zu helfen.«
»Er kann am besten helfen, wenn er verdammt noch mal wegbleibt.«
»Ich weiß, daß du nicht gläubig bist, Chuck, aber ich bin es, also bitte…«
»Woher will er wissen, daß Bobby den ewigen Frieden findet?« unterbrach Mr. Shook ärgerlich. »Ist er schon mal gestorben und wieder auferstanden? Er weiß nicht mehr als du und ich.«
Mrs. Shook antwortete nicht. Sie wärmte ihre Hände an dem Kaffeebecher. Es war Zeit zu gehen.
»Ähm, ich bin nur vorbeigekommen, um das zu bringen«, sagte ich und trat ans Fußende des Bettes. Mrs. Shook dankte mir für mein Kommen und für die Blumen, und ich dankte ihr

für die Gedichte. Ich sagte Bobby, er solle auf sich aufpassen, obwohl unklar war, wie er das bewerkstelligen sollte.
»Ich fahr' Nelson nach Hause«, sagte Mr. Shook und rappelte sich hoch.
»Schon in Ordnung«, winkte ich ab, aber Mr. Shook kramte bereits in den Tiefen seiner Tasche nach dem Autoschlüssel, und ich merkte, daß er es gern wollte. Er war ein Mann, der mehr dafür gemacht war, Stützmauern hochzuziehen, als Stunde um Stunde in einem Krankenzimmer zu sitzen.
»Komm wieder«, sagte Mrs. Shook. Sie umklammerte das gebundene Buch auf ihrem Schoß so fest, als sei es ein Rettungsring und sie draußen auf hoher See. Ihre Handrücken waren voller Altersflecken, die Adern lagen dicht unter der Haut. Die Nägel hatte sie rosarot lackiert, aber die Farbe war schon abgeblättert.
Ich ging zu ihr und umarmte sie ungeschickt. Diese Umarmung zählte nicht zu den innigsten auf der Welt, aber sie klopfte mir auf den Rücken, als ob sie sie zu schätzen wüßte. Dazu brummelte sie: »Mmmmm« wie eine schnurrende Katze, weshalb ich denke, daß sie schon lange nicht mehr umarmt worden war. Sie roch nach einer bestimmten Blume. Ich würde sagen Veilchen, aber ich bin nicht sicher.

»Sie tun ihr verdammt noch mal überhaupt nicht gut. Sie bringen sie nur noch mehr aus der Fassung. Es dauert jetzt nicht mehr lange. Warum können sie uns nicht einfach in Ruhe lassen?« Schnell fuhren wir den McLoughlin Boulevard entlang. Ich fuhr das erste Mal in dem De Soto. Am Ganghebel hatte er Knöpfe zum Drücken, die ich gern gedrückt hätte, aber Mr. Shook forderte mich nicht dazu auf.
»Wenn du Gott wärst, würdest du dich dann von diesem Mann vertreten lassen? Ich würde ihn nicht einmal einstellen, um Nägel zu verkaufen. Nun gut, ich glaube sowieso nicht,

daß es einen Gott gibt. Wenn, dann sollte er gefeuert und durch jemanden ersetzt werden, der die Sache besser im Griff hat. Schau nur in die Zeitung«, forderte er mich auf und tippte mit dem Zeigefinger darauf. Ich gehorchte und sah einen Bericht über Unruhen in Afrika. »Ich habe an Gott geglaubt. Meine Mutter war in der lutherischen Kirche, sehr religiös. Sie sang laufend Kirchenlieder. Aber sie ist tot und begraben. Vielleicht hat es ja früher mal einen Gott gegeben, aber entweder ist er auch alt geworden und gestorben, oder er hat die Nase so gestrichen voll von den Menschen, daß er uns jetzt völlig uns selbst überläßt.«

Wir kamen an eine rote Ampel. Ich dachte, daß Mr. Shook vielleicht zu dem Baumarkt fahren, zwischen den Regalen herumstreunen und mit den Angestellten reden wollte, aber es sah so aus, als würden wir direkt heimfahren. Die Ampel schaltete auf Grün, und er gab Gas. Als er weitersprach, klang er nicht mehr aufgebracht, nur noch müde und traurig.

»Armer Bobby. Ich nehme an, daß ich keine Probleme haben werde, mich mit was zu beschäftigen, aber der Himmel weiß, was Bridget den ganzen Tag mit sich anfangen soll. Ich sehe sie schon vor mir, wie sie überschnappt. Sich den ganzen Tag einschließt und nie außer Haus geht. Und Bücher liest. Bücher, Bücher und nochmals Bücher.« Mir fiel ein, wie fest Mrs. Shook das Buch auf ihrem Schoß umklammert hatte, als könnte es sie retten. »Ich könnte mich nach Arbeit umsehen. Irgendwas, ich weiß auch nicht.« Einen Augenblick hörte er auf zu sprechen. Vielleicht dachte er an den Baumarkt, und wie sehr er sich wünschte, daß er ihn wiederhätte. »Wir könnten reisen. All diese Jahre sind wir nie fortgefahren. Aber...« Seine Stimme verlor sich, die Idee zu reisen schien soeben gestorben zu sein.

»Armer Bobby«, wiederholte er. »Aber er wurde sehr geliebt.« Und da hielten wir schon vor unserem Haus. Ich mußte ihm nicht erst sagen, in welchem Haus ich wohnte; er wußte es. Das Haus sah verlassen aus. Keins unserer Autos stand in der Auffahrt. Maude mußte noch beim Babysitter sein, dachte ich und kramte nach meinem Schlüssel.

»Das war sehr nett, was du heute gemacht hast, Nelson. Zerbrich dir nicht den Kopf wegen der Mauer. Du hast deine Pflicht bereits getan. Denk nicht, daß du dein Leben lang jeden Samstag kommen mußt, um mir zu helfen. Du hast Besseres zu tun. Natürlich freue ich mich immer, wenn du kommst, und ich weiß, daß es Bridget genauso geht. Du bist immer herzlich willkommen, aber du solltest raus ins Leben und Spaß haben. Du bist jung, und das solltest du genießen. Die Jugend geht viel zu schnell vorbei.«

Während er das sagte, sah er mich nicht an; er sah stur geradeaus durch die Windschutzscheibe und die Straße hinunter. Wenn ich jemals achtzig werden sollte, würde ich dann je eine so tiefe Traurigkeit empfinden wie Mr. Shook an diesem Tag, während er im Auto saß und nirgendwohin gehen konnte außer zurück in das Zimmer, in dem sein Sohn starb? Nun, wahrscheinlich schon – ob es mein Sohn war, der starb, oder meine Mom oder mein Dad oder Maude oder Cat oder jemand, den ich noch gar nicht kennen- und liebengelernt hatte.

»Schätze, ich fahr' jetzt besser zurück ins Krankenhaus«, meinte er und öffnete die Autotür. Ich wollte noch etwas sagen, aber ich hatte Angst, daß, was ich auch sagte, es nur noch schlimmer machen würde. Bevor mir noch ein tröstender Satz einfiel, sprach er wieder. »Wenn du jemals etwas brauchen solltest, weißt du, an wen du dich wenden kannst. Ich meine das ganz ernst. Ob's um Geld geht oder sonst was.«

»Danke, Mr. Shook. Wiedersehen«, erwiderte ich und meinte es auch so.

Am nächsten Tag gegen sechs Uhr abends hatte ich plötzlich das Gefühl, daß Bobby tot war. Das Gefühl kam so unerwartet und war so gewiß, daß es mich erschreckte. Ich versuchte, mich auf mein Buch zu konzentrieren, doch ich las denselben Abschnitt wieder und wieder. Beim Abendessen war ich so still, daß meine Mom fragte, ob ich wieder diese Kopfschmerzen hätte. Mein Dad sah mich an, als ob er mich noch nie gesehen hätte. So bald wie möglich verdrückte ich mich.

Ich wartete bis acht Uhr, dann rief ich im Krankenhaus an. Die Vermittlung verband mich mit Bobbys Stockwerk, und ich fragte die Schwester am Apparat nach Robert Shooks Befinden. Sie antwortete: »Sind Sie ein Verwandter?«, und als ich verneinte, weigerte sie sich, mir Auskunft zu geben.

»Können Sie mir wenigstens sagen, ob er noch lebt?« fragte ich. »Ich meine, ist er vielleicht gestorben?« Nach einem kurzen Augenblick, in dem meine Hand so zitterte, daß der Hörer gegen mein Ohr schlug, bestätigte sie mir, daß Bobby Shook um vier Uhr fünfzig am heutigen Nachmittag des 5. August 1962 verschieden war.

Ich habe mir nie gewünscht, Bobby Shook zu sein, so wie ich mir manchmal wünschte, Tim oder Dave Larson oder einer von den anderen Jungs zu sein, die Anziehungskraft auf Mädchen hatten oder im Turnunterricht mehr als drei klägliche Klimmzüge zustande brachten. Aber für jemand mit einem kurzen, erbärmlichen Leben hatte Bobby Shook das beste kurze, erbärmliche Leben gehabt, das man sich nur vorstellen kann. Er wurde geliebt. Seine Eltern hielten große Stücke auf ihn. Seine Mom versuchte, ihm die Buchstaben und Zahlen beizubringen, und kochte ihm drei anständige Mahlzeiten am Tag. Sein Dad verkaufte seinen Laden, um sich um ihn zu kümmern. Seine Eltern brachten ihn erst ins Krankenhaus, als sie ihn zu Hause nicht mehr ausreichend pflegen konnten, dann saßen sie bis zu seinem Ende an seinem Bett. Zugegeben, die Kinder lachten über Bobby und äfften ihn nach, aber jeder wird ab und zu ausgelacht, und ist Nachahmung angeblich nicht die ernsthafteste Form der Schmeichelei? Ich werde nie vergessen, wie glücklich er aussah, wenn er die Straße entlangging, flankiert von seinen Eltern, mit herumbaumelnden Armen.

Ich wäre auf jeden Fall lieber Bobby gewesen als einer von seinen Eltern, die jetzt allein in dem heruntergekommenen Haus leben mußten, in dem ihnen die Decke auf den Kopf fiel und die niemanden mehr hatten, um den sie sich kümmern und sorgen konnten außer einander. Ich schätzte Mr. Shook so um die fünfzig und Mrs. Shook etwas jünger. Selbst wenn sie nur siebzig werden sollten, lag eine lange Zeitspanne vor ihnen. Mr. Shook hatte behauptet, er könne sich beschäftigen, aber das bezweifelte ich. Wie viele Stützmauern konnte ein Mann bauen? Er konnte das Dach neu decken, aber auch das würde keine zwanzig Jahre dauern. Auch nicht das Reinigen der Dachrinnen. Er hatte davon gesprochen, wieder zu arbeiten, aber ich glaubte nicht, daß der Foster-Baumarkt ihn wieder haben wollte. Er würde immer besser wissen, wie man den Laden eigentlich führen müßte, und ständig erzählen, daß zu seiner Zeit alles viel besser gelaufen war. Man konnte sich aber nur schwer eine andere Arbeit für einen fünfzigjährigen Mann vorstellen, der sein Leben lang Holz und Eisenwaren verkauft hat. Mir kam der fröhliche schwarze Busfahrer in den Sinn. Mr. Shook konnte ich mir leicht als Busfahrer vorstellen, der den Leuten sagte, daß sie auf die Stufen aufpassen und nach hinten durchgehen sollten. Er schien dann am glücklichsten zu sein, wenn er unterwegs war, und vielleicht war der Beruf eines Busfahrers die Lösung. Sonst fiel mir keine einzige Arbeit für ihn ein.

Mrs. Shook konnte natürlich wieder anfangen, Gedichte zu schreiben, aber würde das wirklich ein ganzes Leben ausfüllen, Tag für Tag? Sie las gern, aber selbst ich würde nicht zwanzig Jahre lang ununterbrochen lesen wollen. Auch nähte sie gern und machte Steppdecken, aber in zwanzig Jahren würde sie in den Dingern ersticken. Mr. Shook hatte was vom Reisen gesagt, aber ich konnte mir die beiden nicht auf einer Windjammer-Kreuzfahrt oder beim Zelten in einem Nationalpark vorstellen. Mir fiel der hoffnungslose Tonfall wieder ein, in dem er vom Reisen gesprochen hatte. Nein, sie würden nicht auf Reisen gehen.

Was für eine entsetzliche Angst mußten sie haben, dachte ich, mit zwanzig Jahren vor sich, die sie ausfüllen mußten und für die sie keinen Inhalt hatten. Wenn schon ich so verängstigt war, da mein ganzes Leben vor mir lag und ich keinen Anhaltspunkt hatte, in welche Richtung es ging und ob ich jemals glücklich und zufrieden sein würde, wieviel tausendmal verängstigter mußten die Shooks dann sein? Es sind Leute wie sie, die ihr Leben durch einen Unfall verkürzen, indem sie am Steuer einschlafen oder vergessen, das Gas abzudrehen, also buchstäblich Zeit totschlagen. Ich wollte ihnen gerne helfen, aber alles, was mir einfiel, war, die unablässig tickende Uhr in ihrem Eßzimmer kaputtzumachen. Vielleicht würden sie dann nicht merken, wie langsam die Zeit verging, wenn nicht jede Sekunde so lautstark verkündet wurde.

Was ich statt dessen tat, war, eine Beileidskarte zu kaufen. Maude und ich gingen in vier Schreibwarenläden und einen Drugstore, bevor wir uns für eine Karte entschieden. Maude wußte nicht, was Beileid war, und als sie mich fragte, erklärte ich es nur dürftig; aber ihr gefielen die hübschen Blumenbilder, die die meisten Karten zierten. Die mit einem Kreuz vorne drauf mochte sie ebensowenig wie ich. Ich versuchte, eine Karte mit einem netten Gedicht darin zu finden, aber nachdem ich zwanzig oder dreißig gelesen hatte, klangen sie irgendwann alle gleich. Schließlich ließ ich Maude entscheiden. Sie wählte eine Karte mit einer Zeichnung von Sonnenstrahlen, die leuchtendgelbe Narzissen beschienen. Es war zwar nicht Frühling, aber der Tod kennt schließlich keine Jahreszeit.

Beim Mittagessen schrieb ich ein paar persönliche Worte auf die Karte. Ich schrieb, daß Bobby ein glücklicher Junge gewesen war, weil er Eltern hatte, die ihn so bedingungslos liebten, daß ich glaubte, daß er nicht glücklicher hätte sein können, und ich hoffte, daß sie das ein bißchen trösten würde. Dann gaben Maude und ich die Karte auf dem Postamt auf, und ich kaufte eine Zeitung, um nach Bobbys Todesanzeige zu suchen. Sie war drin, aber kein Wort von einer Beerdigung. Ich fragte mich, ob die Shooks ihn wohl in Maudes Lieblingskrematorium einäschern ließen, aber ich glaubte es nicht. Sie waren nicht die Leute, die Feuerbestattungen mochten.

Später trafen wir Cat und die »Hure« in der Miederwarenabteilung von Lipman's. Maude entdeckte sie von der Rolltreppe aus, und wir schlichen uns an Cat an, als sie gerade einen BH in einem blassen Aprikosenton prüfend betrachtete. Sie machte ein Gesicht, als hätte sie mich am liebsten damit erwürgt.

»Hallo, Cat! Wir haben eine Beleidigkarte gekauft!« rief Maude, die immer glücklich war, Cat zu sehen. Cat war ihr großes Vorbild.

Die »Hure« sah gar nicht so sehr wie eine Hure aus. Sie war im Gegenteil äußerst elegant gekleidet, was für jemanden, der in Bend lebte, ziemlich ungewöhnlich ist. Ich nehme an, ich hatte sie mir wie eine dieser Bardamen in einem Westernsaloon vorgestellt, die mit gelangweilter Miene Männer mit hoch aufs Zimmer nehmen, und die, wenn eine Schlägerei ausbricht, eine Vase auf dem Kopf von einem der Bösewichter zertrümmern. Sie hingegen trug ein weißes Wollkostüm mit dazu passendem Hut, der wie eine kleine Trommel auf ihrem Köpfchen saß. Ihr Haar war hellbraun wie Cats, aber voll und glänzend, und es lockte sich unter ihren Ohren. Ihre Augen waren braun, auch hier glich sie Cat, und sie hatte eine zarte Nase mit zierlichen Nasenlöchern und einen vollen, mit Lippenstift geschminkten Mund. Ihr Hals war lang, und es wäre sicher nett gewesen, ihn anzufassen.

»Das ist meine Mom das ist mein Freund Nelson«, sagte Cat ohne Satzzeichen und Betonung. Schnell stopfte sie den BH wieder in die Schachtel und stellte sie zurück ins Regal. Die »Hure« nahm meine Hand. Sie hatte eine schmale, kühle Hand, eine angenehme Hand, wenn man krank war und eine Hand auf der Stirn oder der Wange brauchte. »Das ist Maude«, fuhr Cat verdrießlich fort, als die Büstenhalterschachtel vom Regal rutschte und sie sie vom Boden aufheben mußte.

Die »Hure« strahlte Maude an und beugte sich zu ihr runter. Das tat sie mit einer solchen Anmut, daß mir plötzlich wieder einfiel, daß die »Hure« mal Kandidatin für die Miss Oregon im Miss-America-Wettbewerb gewesen war. Sie hatte zwar verloren, sah aber aus, als könne sie heute gewinnen. »Maude, möchtest du gern einen Eisbecher?« fragte sie, als ob eine solche Frage je verneint worden wäre.

Wir gingen in das Café im Zwischengeschoß. Auf der Rolltreppe nahm die »Hure« Maude bei der Hand, und Maude plauderte fröhlich mit ihr, glücklich darüber, eine weitere Bewunderin gefunden zu haben. Cat bestand wie immer darauf, auf dem Gummihandlauf vom Geländer zu sitzen, was verboten war. Sie flüsterte mir zu, daß die »Hure« und der »Drecksack« Ende des Sommers heiraten würden und sie Brautjungfer sein sollte. Wie Cat geahnt hatte, hatte die »Hure« Cat gefragt, ob sie bei ihnen in Bend leben wollte, und Cat hatte geantwortet, daß sie es sich durch den Kopf gehen lassen würde. Aber wahrscheinlich würde sie bei ihrem Dad bleiben, weil sie keine Lust hatte, mit einem ganzen Haufen von Hinterwäldlern und Cowboys zur Schule zu gehen. Die »Hure« hatte ihr ein paar teure Klamotten gekauft und versucht, sie zu einem Besuch im Schönheitssalon zu bewegen, damit sie sich die Haare legen und die Nägel maniküren ließ, aber Cat hatte sich dagegen gesträubt. Sie fragte, wie der Monopolyabend gewesen sei, und ich sagte nett. Dann fragte sie, ob wir über sie gesprochen hätten, und ich sagte nein, obwohl wir es natürlich getan hatten. Davon schien sie ein bißchen enttäuscht. »Weiß Dave Larson überhaupt, wer ich bin?« fragte sie besorgt.

Cat betete ihre Mutter an, das stand, während wir unsere Eisbecher aßen, völlig außer Frage. In der Dreiviertelstunde, die wir in dem lärmenden Café saßen, wandte sie kaum einmal den Blick von ihr. Dabei löffelte sie wortlos ihren Karameleisbecher. Maude führte ein endloses Gespräch, das die Aufmerksamkeit der hübschen Dame mit dem weißen Hut völlig in Anspruch nahm, so daß Cat ungestört ihre Mutter anhimmeln konnte. Sie fragte sich wahrscheinlich, ob sie das Opfer bringen und mit Hinterwäldlern und Cowboys zur Schule gehen sollte, damit sie mit der Frau, die sie mehr liebte als alles auf der Welt, unter einem Dach leben konnte. Ganz sicher dachte sie an ihr kleines, bedrückendes Zuhause, gegenüber von einer ausgebrannten Ruine und nur eine Straßenkreuzung von Leuten entfernt, die ein Autowrack auf ihrem Rasen stehen hatten. Und drinnen ihr Vater, der Boxkämpfe ansah, nach Benzin stank und nicht einmal aufschaute, wenn Cat den Raum betrat.

Trotzdem hatte ich Cat nie ein böses Wort über ihren Vater verlieren hören, während sie ihre Mutter kaum je anders als »Hure« nannte. Es war seltsam, aber irgendwie verständlich. Und wenn man ihre perfekt zurechtgemachte Mutter ansah, verstand man auch, warum sich Cat selbst die Haare schnitt und in abgetragenen Männersakkos herumlief. Auch die Satinunterhosen mit dem Spitzenbesatz erklärten sich so. Und das alles hatte irgendwie mit Liebe zu tun. Es ist schwer, jemanden zu hassen, den man liebt, auch wenn es jemand ist, der durchbrennt und einen zurückläßt, wenn man noch jung und hilflos ist. Man muß sich wirklich eine ordentliche Portion Haß erarbeiten und ihn hegen und pflegen, wenn er nicht nachlassen soll. Man muß sich ständig darum kümmern, wie um ein Haustier. Wer hat dafür schon genug Zeit und Energie? Es ist schwer, den Menschen zu hassen, der dir ins Gesicht schlägt und mit dir nur noch über den Rasen spricht. Es ist leichter, ihn zu lieben, eine Weile abzuwarten und zu hoffen, daß es mal anders wird.

Wir trennten uns vor der Drehtür des großen Kaufhauses. Sie wollten noch mehr Einkäufe erledigen. Wieder nahm die »Hure« meine Hand und sagte, sie hoffe, mich bald wiederzusehen; vielleicht käme ich ja mal nach Bend. Sie küßte Maude, die sie stürmisch umarmte. Cat sagte, sie würde mich anrufen, und dann gingen sie. Sie waren ein merkwürdiger Anblick: die »Hure« in ihrem umwerfenden Wollkostüm, Cat in zu großen Arbeitshosen mit Schlaufen für Hämmer und Schraubenschlüssel und einem weißen Hemd mit blauer Paspel und dem Namen »Rudy« auf die Tasche gestickt.

Wir warteten bis Freitag, dann besuchten wir die Shooks. Ich war ein bißchen nervös, weil ich nicht wußte, was ich sagen sollte, also nahm ich Maude mit. Ich wußte auch nicht, ob es sich gehörte, schon so bald zu kommen, obwohl Mr. Shook gesagt hatte, daß ich jederzeit willkommen wäre. Aber ich wollte wissen, ob sie meine Karte bekommen hatten und wie es ihnen ging.

Maude war entsetzt, daß wir in das gruselige Haus gehen

wollten. Sie sträubte sich und quengelte. Ich versuchte sie zu locken, indem ich ihr von den leckeren Keksen erzählte, die die nette Dame machte, die dort wohnte, aber Mrs. Shook klang so sehr nach der Hexe in dem Märchen von Hänsel und Gretel, das sie vergangenen Freitag in der Vorlesestunde gehört hatte, daß Maude noch verzweifelter zu entwischen versuchte. Ich mußte sie unter den Arm klemmen und die Treppen hochtragen. Sie schrie und hämmerte mit den Fäusten gegen meine Beine. Ich befahl ihr, sich zusammenzureißen, sonst würde ich sie in den Efeu fallen lassen, wo die Schlangen ihr überall drüberkriechen würden. Aber sie kreischte nur noch lauter.

Ich stellte sie auf der Veranda ab, strich ihr das Kleid glatt, das bei unserem Gerangel verrutscht war, und versuchte sie abzulenken, indem ich sie fragte, ob sie auf die Klingel mit der Mondsichel drücken wolle. Sie verschränkte ihre Arme hinter dem Rücken, völlig entgeistert, daß sie den merkwürdigen Knopf berühren sollte. Ich mußte sie am Kragen festhalten, damit sie mir nicht entwischte.

Auf mein erstes und zweites Klingeln kam keine Reaktion, und ich dachte schon, daß vielleicht niemand zu Hause wäre. Erst als ich ein drittes Mal auf die Klingel drücken wollte, hörte ich drinnen Mrs. Shooks schwere Schritte. Der Riegel wurde zurückgeschoben, und die Tür öffnete sich wenige Zentimeter, die Kette lag noch vor. Mrs. Shook spähte durch die Fliegentür hinaus, sie blinzelte gegen das helle Tageslicht. Maude schrak zurück, als ob der Glöckner von Notre-Dame in der Tür erschienen wäre.

»Hallo, Mrs. Shook. Ich wollte nur fragen, ob Sie meine Karte bekommen haben und wie es Ihnen geht. Ich wollte nicht stören.«

Augenblicklich knallte die Tür vor meiner Nase zu. Mir wurde klar, daß ich wirklich der letzte war, den sie zu sehen wünschte: ein nervendes Kind, das sie nur daran erinnerte, wie unglücklich sie war, daß sie einen behinderten Sohn gehabt hatte. Mir fiel wieder ein, daß Mr. Shook befürchtet hatte, seine Frau könne vor Trauer den Verstand verlieren; vielleicht war es ja schon soweit. Ich schämte mich, daß ich sie belästigt hatte, aber Maude war in ihrem Leben noch nie so erleichtert gewesen. Sie zog mich zum Rand der Veranda, ängstlich darauf bedacht, auf den sicheren Gehweg zurückzukehren. Da hörte ich das Rasseln der Kette, und wieder öffnete sich die Tür. Ich drehte mich um, Maude fest im Griff. Als die Hexe wieder zum Vorschein kam, winselte Maude und versteckte sich hinter meinem Bein. Mrs. Shook klinkte die Fliegentür auf und stieß sie weit auf.

»Das ist so aufmerksam von dir, Nelson. Und deine Karte war so lieb. Danke. Chuck ist gerade mit dem Auto unterwegs, aber er wird bald zurück sein. Komm doch rein.«

Sie sah müde aus, und ihre Haare waren zerzaust. Das dunkelbraun und blau gemusterte Kleid war zerknittert. Wahrscheinlich hatte sie oben ein Nickerchen gemacht, deshalb hatte es so lange gedauert, bis sie zur Tür gekommen war. Ich wünschte, ich hätte sie nicht geweckt.

»Oh, wir haben noch einiges vor. Wir wollten nur kurz vorbeischauen. Wir wollten Sie nicht stören«, wiederholte ich. Oberhalb von meinem rechten Handgelenk spürte ich einen stechenden Schmerz. Maude hatte mich gebissen.

Da entdeckte Mrs. Shook das sich windende Kind hinter mir. Sie ging einen Schritt auf die Veranda hinaus, um sie besser sehen zu können. Maude krümmte sich und vergrub ihr Gesicht in meine Seite, sie zitterte vor Angst wie Espenlaub. Eine Ader an ihrem Hals pochte hart gegen meine Fingerknöchel.

Mrs. Shook nahm an, daß das kleine Mädchen Guck-Guck mit ihr spielte, und ein Lächeln flackerte über ihre Lippen. Es war ein Mund, der seit Wochen nicht mehr gelächelt und schon beinahe vergessen hatte, wie man das tat. Ihre Unterlippe war in kleine Fältchen gekraust, die ich bisher dort nicht bemerkt hatte. Der Lippenstift war ihr am Mund eingetrocknet.

Das Lächeln wurde größer, breitete sich aus, und Mrs. Shook sah nicht mehr ganz so müde aus. Die kleinen Lippenfältchen glätteten sich, und andere Fältchen erschienen in ihren Augenwinkeln, als ihre Backen sich nach oben schoben. Die grauen Augen wurden heller; sie waren von so einem schönen Grau. Schon sah sie ein bißchen jünger aus als noch vor einer Minute. Und dann sagte sie:

»Schau mal einer an, du bist bestimmt Maude!«

Kapitel neun

Der Sommer war gerettet.

Maude zitterte vor Angst, als wir das schreckliche, finstere Haus betraten, und war überzeugt, daß ihr letztes Stündlein geschlagen hatte. Doch all ihre Befürchtungen lösten sich in Wohlgefallen auf, als wir in die sonnige Küche kamen und Mrs. Shook einen Teller voller selbstgemachter Kekse und frische Milch in einem Howdy-Doody-Glas auf den Tisch zauberte. Das Glas eroberte Maude im Sturm, denn sie stand auf die scheußliche Marionette.

Sie mochte aber auch die Kekse. Jeder Keks sah anders aus. Einer war mit bunten Zuckerstreuseln verziert, ein anderer mit silbernen Sternchen, wieder ein anderer mit fein geraspelter weißer und brauner Schokolade, ein vierter bestand aus Mürbeteig in Form eines Blattes. Während Maude gierig die Kekse in sich hineinschlang, ging Mrs. Shook in Bobbys Zimmer hinauf und klaubte ein paar Spielsachen zusammen. Ehe ich mich's versah, saßen meine Schwester und Mrs. Shook auf dem Boden und spielten Schlaraffenland.

Als Mr. Shook nach Hause kam, packte Maude wieder die Angst, und sie rannte zu mir, damit ich sie vor dem schrecklichen Riesen beschützte. Sie änderte ihre Meinung jedoch sehr schnell, als Mr. Shook vorschlug, in den Zoo zu fahren. Den Rest des Nachmittags würdigte mich Maude kaum eines Blikkes und sprach kein Wort mit mir. Sie war zusammen mit ihren neuen Freunden, den besten der ganzen Welt, an ihrem Lieblingsplatz.

Mr. und Mrs. Shook konnten ihren Blick nicht von Maude wenden. Sie waren entzückt von dem klugen Kind, das so umfassend über die verschiedenen Tierarten Bescheid wußte.

Maude hatte sich die Informationen, die über Tonband aus den Lautsprechern vor jedem Käfig kamen, so oft angehört, daß sie die Fakten nur so runterrattern konnte. In ihrer hellen Fistelstimme plapperte sie ohne Pause über das Verdauungssystem der Schlangen und das Paarungsverhalten der Schildkröten. Nachdem ich mir das vier Stunden lang angehört hatte, fing ich an, mich nach einem großen Stein umzusehen, den ich der kleinen Expertin auf den Schädel hauen konnte, doch die Shooks waren hellauf begeistert.
Danach boten Mr. und Mrs. Shook an, uns in ein Restaurant einzuladen, das wie ein Zirkus eingerichtet war; ich hatte Maude wohlweislich nie erzählt, daß es einen solchen Ort gab, weil wir sonst jeden Tag bis an unser Lebensende dorthin hätten gehen müssen. Ich sagte, daß wir das verschieben müßten, weil unsere Mutter daheim auf uns wartete. Maude zog eine Schnute. Schon jetzt erklärte sie das Zirkusrestaurant zu ihrem Lieblingslokal, obwohl sie noch nie einen Fuß hineingesetzt hatte. Mr. Shook tröstete sie mit der Aussicht, daß wir das nächstemal, wenn wir zu ihnen kämen, gleich ins Zirkusrestaurant gehen würden.
»Wann sehen wir euch denn wieder?« fragte Mrs. Shook, als wir auf die wacklige Veranda hinaustraten und Maude noch eine Notration Kekse mitnahm, damit sie die drei Straßen bis zu uns nach Hause durchhielt.
»Morgen!« plärrte Maude begeistert.
»Morgen ist Samstag, mein freier Tag«, erinnerte ich sie, und sie war so enttäuscht, daß ihr Kinn zitterte und ihre Augen feucht wurden. Vielleicht dachte sie an die langweilige Babysitterin, bei der Mom sie letzten Samstag abgegeben hatte und die im Garten nur eine popelige Rutsche und zwei Schaukeln hatte, die nicht hoch genug schaukelten.
»Ihr könnt jederzeit kommen, wann ihr nur wollt«, sagte Mrs. Shook und tätschelte dem traurigen Mädchen die Wange.

»Ihr müßt auch nicht extra vorher anrufen. Kommt einfach vorbei. Ich bin immer zu Hause.«
Diese Einladung erwies sich als großes Glück, denn als ich am nächsten Morgen meine Frühstücksschüssel ausspülte, teilte mir Mom mit, daß ich den ganzen Tag auf Maude aufpassen müßte. Die Babysitterin machte Urlaub, und meine Mutter mußte einige Besorgungen erledigen, bei denen sie Maude nicht gebrauchen konnte. Ich fragte mich, ob zu ihren Besorgungen auch der summende Arzt gehörte. Sie bot mir das doppelte Gehalt an, wollte aber keine Widerrede hören. Mein Dad verbrachte das Wochenende auswärts, er war mit Geschäftsfreunden zum Angeln gefahren.
Panik ergriff mich, als ich daran dachte, daß die Shooks den Tag vielleicht doch anderweitig verplant haben könnten. Ich nahm Mrs. Shook beim Wort, daß ich nicht vorher anrufen mußte. Schnell zog ich Maude an, gab ihr eine kleingeschnittene Banane in Milch und Apfelsaft, den sie prompt auf ihr Kleid schüttete, und scheuchte sie zur Tür hinaus. Sogar meine Mom war erstaunt über unseren fluchtartigen Aufbruch.
Sie waren zu Hause. Mr. Shook war im Keller und werkelte an der Stützmauer herum, Mrs. Shook packte Klamotten von Bobby in Kisten, die sie der Wohlfahrt geben wollte. Sie hatte alles aufgehoben, hatte sie mir einmal erzählt, von seiner ersten Babywäsche bis zu der Trainingshose, die er auf dem Weg ins Krankenhaus angehabt hatte. Sie packte die Klamotten immer wieder ein und um und war dann doch nie ganz zufrieden; und sie rief auch nie bei der Heilsarmee an, daß sie die Sachen abholen konnten. Sie wußte, daß das ein Fehler war und nur ihre schmerzlichen Erinnerungen wachhielt, doch sie konnte nicht anders.
Sie hatten noch keine Pläne für den Tag. Das Zirkusrestaurant, das Maude keineswegs vergessen hatte, öffnete erst mit-

tags, und so half ich Mr. Shook bei der Mauer, während Mrs. Shook den Fleck aus Maudes Kleid entfernte und noch mehr Kekse buk. Maude durfte sie verzieren, wie sie wollte, mit Streuseln, Walnüssen, Smarties, geraspelter Schokolade und einer Zuckergußspritze, die in Maudes Händen zu einer Waffe wurde. »Sie ist ein sehr kreatives Kind«, flüsterte Mrs. Shook, während sie pinkfarbene Zuckerglasur vom Kühlschrank wischte.

Maude verliebte sich auf den ersten Blick in das Zirkusrestaurant. Es war ihr sogar egal, was sie aß; ihr reichte es, auf dem Karussell zu fahren, das sich in der Mitte des Raumes drehte, und auf den Hockern zu sitzen, die wie Elefanten und Tiger geformt waren. Während des Mittagessens machten die Shooks Vorschläge für den Nachmittag: den Vergnügungspark am Jantzen Beach, den Washington Park, wo gerade die Rosen blühten, die Alpenrosenalm, wo es Ponys gab, auf denen Maude reiten konnte (ein weiterer Ort, dessen Existenz ich Maude aus guten Gründen verschwiegen hatte), oder einfach einen Ausflug aufs Land. Sie überließen Maude die Entscheidung, und sie wollte natürlich wieder in den Zoo. Mr. und Mrs. Shook schienen begeistert, als hätte die Vierjährige eine so geniale und einzigartige Wahl getroffen, daß niemand sonst je draufgekommen wäre.

Mrs. Shook bemerkte mein langes Gesicht und meinte: »Wir können sie nehmen, wenn du etwas anderes machen willst.«

»Wir passen schon gut auf sie auf«, fügte Mr. Shook hinzu, was ich nicht bezweifelte.

Sie setzten mich in der Innenstadt vor einem Kino ab. Ich ermahnte Maude, brav zu sein, und versprach ihr, sie um fünf bei den Shooks abzuholen, aber sie hörte mir überhaupt nicht zu. Sie war gerade dabei, Mrs. Shook die Namen beizubringen, die sie den Robben im Zoo gegeben hatte. Eine von Maudes eher nervtötenden Gewohnheiten war es, jedem einzelnen Tier in dem riesigen Zoo einen Namen zu geben und dann von mir zu erwarten, daß ich mir diese Namen genauso gut merken konnte wie sie. Sie fragte mich ständig ab und wurde fuchsteufelswild, wenn ich einen Biber mit einem Robbennamen bedachte. Als sie wegfuhren, lernte Mrs. Shook glücklich die Namen von jeder der zehn völlig gleich aussehenden Robben auswendig; sie amüsierte sich prächtig mit dem altklugen Kind.

Der Sommer gehörte jetzt also mir. Ich konnte tun und lassen, was ich wollte, ohne daß ich meine kleine Schwester ständig mitschleppen mußte. Mr. und Mrs. Shook nahmen sie jeden Tag ein paar Stunden, manchmal auch den ganzen Tag. Gelegentlich schloß ich mich ihnen an, bei Fahrten zum Vergnügungspark und Ausflügen zu Flüssen oder Seen in der Nähe der Stadt, aber oft ließ ich sie auch allein etwas unternehmen. Maude durfte zwei- oder dreimal die Woche zum Ponyreiten, wofür ich nie die Geduld aufgebracht hätte, und sie kam ins Zirkusrestaurant, sooft sie wollte. Mrs. Shook kochte für sie und spielte stundenlang Schlaraffenland mit ihr. Und Mr. Shook reparierte Bobbys altes Übungsfahrrad und brachte Maude das Radfahren bei.

An manchen Tagen half ich Mr. Shook, wenn es am Haus was zu tun gab. Er hatte so vieles schleifen lassen, seit Bobby krank geworden war. Obwohl Bobby ihm bei schwierigeren Reparaturen keine große Hilfe war, konnte er seinem Vater doch zumindest den Schraubenschlüssel oder eine Handvoll Nägel reichen, und so hatte Mr. Shook sich daran gewöhnt, daß sie beide, Vater und Sohn, Seite an Seite arbeiteten. Als Bobby zu krank wurde, um sogar so einfache Aufgaben zu übernehmen, verlor Mr. Shook das Interesse daran, das Haus instand zu halten. Es war aber ein altes Haus, an dem man ständig was machen mußte. Wenn ich mit von der Partie war, fühlte sich Mr. Shook bei der Arbeit nicht so einsam, und er schrieb eine lange Liste von Sachen, um die er sich kümmern wollte. Ich lernte, wie man einen tropfenden Wasserhahn repariert und Mauerrisse ausbessert und vergipst. Im Foster-Baumarkt waren wir Stammkunden. An anderen Tagen zog ich dagegen alleine los und genoß den Sommer.

Es war eine wunderbare Lösung für alle: für mich, Maude, meine Eltern, die sich nicht mit uns abgeben wollten, und vor allem für die Shooks. Eben erst hatten sie ihren behinderten Sohn verloren, da klingelte es schon an der Tür, und sie hatten einen neuen Sohn, der gesund war und literarisch gebildet und beim Auswechseln eines termitenzerfressenen Balkens behilflich sein konnte. Und dazu eine ganz reizende Tochter, die sie allein kraft ihrer Persönlichkeit eroberte. Ich denke, im Monat August des Jahres 1962 vergaßen Bridget und Chuck Shook beinahe, daß sie das unglücklichste Ehepaar der Welt waren.

Ich hatte vor, den Rest des Sommers an einem Roman zu arbeiten, der ohne das Wissen meiner Eltern veröffentlicht und ein Bestseller werden würde. Ich stellte mir vor, wie dumm sie aus der Wäsche schauen würden, wenn später mal bei einer Cocktailparty ein Freund auf sie zutrat und sagte: »Ich habe das Buch Ihres Sohnes gelesen. Es ist hinreißend. Ach, wie stolz müssen Sie sein!« An diese köstliche Szene mußte ich so oft denken, daß ich ein paar Tage lang kein Wort zu Papier brachte.

Wenn ich bis zum Schulanfang jeden Tag zehn Seiten schrieb, ergab das ein Buch von dreihundert Seiten. Ich entschied mich für den Spionagethriller, der mit aufregenden Szenen von den Russen auf der Rollschuhbahn begann. Ich ließ den Leser ein bißchen darüber im unklaren, was sie dort machten und wer wen ausspionierte, aber ich löste dieses Problem, indem ich Wladimir und Kreschnik als genauso verwirrt darstellte, wie ich selbst war. Sie hatten keine Ahnung, wen sie

beobachten sollten, und ihr Befehl lautete nur, ständig im Kreis herumzufahren, bis etwas geschah.
Ich hatte mir überlegt, daß jemand erschossen werden mußte, aber mittlerweile hatte ich Wladimir und Kreschnik so sehr ins Herz geschlossen, daß keiner von beiden in Frage kam. Es mußte ein völlig Unschuldiger sein, beschloß ich, jemand, von dem man nie im Leben erwarten würde, daß er auf einer Rollschuhbahn abgeknallt wird. Da kam mir die zündende Idee. Ein vierjähriges Mädchen fährt vor den beiden Agenten her. Ein hübsches, niedliches Mädchen in einem Kleid mit gelben Gänseblümchen drauf. Wladimir und Kreschnik lächeln die Kleine an, sie erinnert sie an ihre kleinen Töchter im ach so fernen Moskau. Peng! Sie fällt um. Der Schütze flieht. Wladimir und Kreschnik rennen ihm nach, was die Rollschuhe hergeben. Ende des ersten Kapitels.
Der Anfang war mir schon ganz gut gelungen. Ich hatte vierzehn Seiten geschrieben, von deren Qualität ich überzeugt war, und konnte es kaum erwarten, das zweite Kapitel zu beginnen. Ideen für die Handlung und die Charaktere kamen mir ganz von selbst, die Worte flossen mir geradezu aus der Feder. Ich kaufte einen Pack Papier mit zweihundert Blatt und ein neues Ringbuch. Bis die Schule anfing, würde jedes einzelne Blatt beschrieben sein. Meine schriftstellerische Laufbahn, über die ich so viel nachdachte, aber für die ich so wenig tat, hatte endlich angefangen.
Allerdings schrieb ich nie wieder auch nur ein einziges Wort an meinem zukünftigen Spionageklassiker. Ich fing mit diesem Sommer etwas ganz anderes an, etwas, was für mich so überraschend kam wie für Wladimir und Kreschnik die Ermordung der kleinen Rollschuhläuferin. Ich verliebte mich.
Unsere Romanze begann ganz klassisch. Ich brüllte sie an. Ich saß an einem Picknicktisch im Berkeley Park und feilte an

meinem ersten Kapitel. Ein Mädchen, das ich schon mehrmals dort gesehen hatte, mit dunklem, schulterlangem Haar und einem Pony, der ihr in die Augen hing, saß nicht weit entfernt auf dem Boden und zeichnete auf einen großen Block. Von Zeit zu Zeit sah sie auf und starrte mich unter ihrem dichten Pony hindurch an. Das Schreiben fällt einem schwer, wenn man dauernd angeglotzt wird, und mir unterliefen etliche Flüchtigkeitsfehler. Nach etwa einer Stunde war ich mit meiner Konzentration am Ende, und mein erstes Kapitel bestand nur noch aus Schmierflecken und Durchgestrichenem.

Schließlich riß mir der Geduldsfaden, ich sprang auf und stapfte zu ihr hinüber.

»Das ist hier ein öffentlicher Park!« schrie ich. »Ich habe das gleiche Recht, hier zu sein, wie du! Ich hab's satt, daß du mich ständig anglotzt, als wenn ich hier nichts zu suchen hätte. Ich kann mich nicht konzentrieren. Du verpatzt mir alles! Warum kümmerst du dich nicht um deinen eigenen Kram? Wenn's dir nicht paßt, daß ich da bin, dann geh doch. Es gibt noch 'ne Menge anderer Parks. Geh doch dorthin und laß mich in Frieden!«

Sie stand wortlos auf, schmiß ihren Zeichenblock nach mir und lief mit gesenktem Kopf und hochgezogenen Schultern schnell davon. Sie hinkte nicht, aber sie war so ein Typ, zu dem ein Hinken gepaßt hätte.

Der Block traf mich an der Brust, und eine der harten Pappecken bohrte sich mir ins Brustbein. Ich fing den Block ungeschickt auf, wobei das Deckblatt aufklappte. Und dort, auf der ersten Seite, war eine feine Bleistiftzeichnung von zwei kleinen Mädchen auf dem Karussell. Die Künstlerin hatte die schnelle Drehung des Karussells festgehalten sowie die erhitzten Gesichter der Mädchen und ihr wehendes Haar. Eines der Mädchen war Maude.

»He!«
Ich rief der davoneilenden Künstlerin nach, doch sie blieb nicht stehen. Sie ging, so schnell sie konnte, auf den Ausgang zu. Ich blätterte weiter in dem Block. Er war voll mit Skizzen vom Leben im Park, von Szenen, die mir von den vielen Besuchen in jenem Sommer so vertraut waren: plaudernde ältere Leute auf einer Bank, Mütter, die ihre neugeborenen Babys in den Schlaf wiegen, spielende Kinder auf der Wippe und der Rutsche, Hunde, die sich im Gras wälzen. Jede Skizze war ebenso fein gezeichnet wie die erste, und man sah ihnen die Freude an der Gestaltung an. Es gab noch mehr Zeichnungen von Maude, und eine Menge von mir: wie ich ein Buch lese, wie ich mit Maude spiele, wie ich mit Cat auf der Schaukel sitze, wie ich schlafend im Gras liege, wie ich schreibe.
»He! Warte doch einen Augenblick!«
Ich lief ihr nach. Sie hatte fast den Ausgang des Parks erreicht, und ich wußte, wenn ich sie jetzt nicht einholte, würde ich sie nie wiedersehen. In der Eile nahm ich nicht einmal meinen Spionagethriller mit. Ich ließ die vierzehn überarbeiteten Seiten auf dem Picknicktisch liegen, und als ich abends daran dachte, sie zu holen, waren sie nicht mehr da.
»Warte doch einen Augenblick! Nur eine Sekunde!« stieß ich atemlos und ein wenig asthmatisch hervor, während ich ihr nachrannte. Dafür, daß sie aussah, als ob sie hinkte, marschierte sie ziemlich flott. »Tut mir leid, daß ich das gesagt habe. Ich hab's nicht so gemeint. Hier hast du deinen Block zurück.« Ich streckte ihr den Zeichenblock entgegen.
Sie nahm ihn nicht, sah mich nicht an, redete nicht. Mit unverändert gebeugter Haltung wandte sie sich zur Rural Street, den Kopf gesenkt, die Augen völlig hinter dem dichten Pony verborgen. Ein Wunder, daß sie nicht gegen einen Baum lief.
»Ich finde deine Bilder wirklich toll. Du bist eine echte Künst-

lerin. Ich habe nicht gewußt, daß du damit beschäftigt warst. Ich hab' gedacht, so wie du mich ansiehst, hast du was gegen mich oder so. Meine Phantasie geht manchmal ein bißchen mit mir durch. Ich bin Schriftsteller. Ich hab' die Zeichnungen gesehen, die du von mir gemacht hast. Sie sind wirklich klasse. Vielleicht verkaufst du mir mal eine, damit ich sie meinen Eltern schenken kann.« Ich erwähnte nicht, daß meine Eltern wahrscheinlich lieber ein Porträt von Chruschtschow gehabt hätten als von mir. Im Grunde wollte ich es für mich selbst. »Ich heiße Nelson. Wie heißt du?«

Sie verriet ihren Namen nicht und überquerte schnell die Straße. Ich lief ein Stück voraus, drehte mich dann um und ging rückwärts vor ihr her, damit sie meinen zerknirschten Gesichtsausdruck sah, aber sie blickte weiterhin stur zu Boden. Unterhalb ihres Pony-Vorhangs sah ich ein blasses, rundliches Gesicht und ungeschminkte rosafarbene Lippen. Sie trug einen braunen Pulli und einen Wickelrock, der mit einer goldenen Sicherheitsnadel zusammengehalten war. Ihre Beine waren dünn und gerade, und sie hatte grüne, elastische Kniestrümpfe darübergezogen. An den Füßen hatte sie College-Schuhe, und in der aufgenähten Lasche oben auf jedem Schuh steckte ein Penny, ein sonderbarer, aber reizvoller Schmuck.

»Ich habe dich schon oft im Park gesehen. Ich bin meistens mit meiner kleinen Schwester da. Übrigens, die Bilder von Maude gefallen mir auch sehr gut. Maude ist meine kleine Schwester. Ich bin auf die Duniway-Schule gegangen. Auf welcher Schule bist du? Im nächsten Schuljahr gehe ich auf die Cleveland, du auch? Die haben dort bestimmt gute Kunstkurse. Ich möchte Schriftsteller werden. Ach, das hab' ich ja schon gesagt. Ich war gerade am Schreiben, als du mich gezeichnet hast, habe an einem Buch gearbeitet. An einem Roman. Scheiße, jetzt hab' ich ihn liegengelassen! Na ja, dann

hol' ich ihn eben später. Den wird schon keiner klauen, oder?«
Sie sagte kein Wort, ging keine Spur langsamer, würdigte mich keines Blickes. Wir kamen gerade an der Katholischen Schule vorbei, der Tante-Emma-Laden war ganz in der Nähe. Auf der Straße war ungewöhnlich wenig los. Dieser Tag war einer der heißesten des ganzen Sommers, fast fünfunddreißig Grad, und alle Leute schienen entweder im Haus zu bleiben oder weggefahren zu sein. Als ich Maude bei den Shooks abgeliefert hatte, waren sie noch unentschieden, ob es heute zum Clackamas River oder wieder einmal zum Ponyreiten ging.
»Willst du deine Zeichnungen nicht zurückhaben? Du solltest sie aufheben, sie sind großartig. Wie lange zeichnest du denn schon? Hattest du einen Lehrer, der's dir beigebracht hat, oder bist du ein Naturtalent? Das von meiner Schwester auf dem Karussell ist wirklich toll. Meine Eltern würden es bestimmt gern haben wollen.« Ich hatte noch nie zuvor ein Kunstwerk erstanden und wußte nicht, was für ein Angebot angemessen war, falls sie sich mit dem Verkauf des einen oder anderen Bildes einverstanden erklärte. Ich hoffte, wenn ich mit Lob nicht geizte, würde sie vielleicht ein bißchen den Preis nachlassen.
Ihr glattes, beinahe pechschwarzes Haar schimmerte leicht rötlich, wenn die Sonne darauffiel. Ihre Arme waren so knochig wie ihre Beine. Sie wirkte zerbrechlich und unterernährt, obwohl ich derjenige war, der außer Atem kam und kaum Schritt halten konnte.
»Hör mal, ich hab' wirklich ein schlechtes Gewissen, weil ich dich vorhin so angeschnauzt habe. Ich bin schon den ganzen Sommer irgendwie so angespannt. Die Pubertät.« Ein kurzer, abrupter Lacher rutschte mir raus. »Heißt es zumindest. Ich glaube ja, es sind die ersten Anzeichen von Wahnsinn.« Daß

ich in diesem Augenblick von den »ersten Anzeichen von Wahnsinn« sprach, mußte ziemlich absonderlich wirken. Ich benahm mich wirklich immer komischer. Nie zuvor war ich einem Mädchen nachgelaufen und hatte so hartnäckig auf sie eingeredet, wenn sie sich doch ganz offensichtlich nicht für mich interessierte. Ich verstand mein Verhalten nicht und hatte es auch nicht mehr unter Kontrolle. Vielleicht waren das tatsächlich die ersten Anzeichen von Wahnsinn.

»Hättest du Lust, mit mir irgendwo eine Cola oder einen Milchshake oder so was zu trinken? Ich lade dich ein. Ich kann mich selber nicht ausstehen, wenn ich so aggressiv werde, und ich würde es gern wieder gutmachen. Ich meine, es ist nicht in Ordnung, jemanden anzubrüllen, der hübsche Zeichnungen von mir und meiner Schwester macht. Normalerweise bin ich nicht so unhöflich. Da drüben an der Woodstock kenne ich ein nettes Lokal. Es sind nur ein paar Straßen dorthin. Ich habe auch genug Geld, falls du was essen willst.«

Wir kamen an eine größere Kreuzung. Ein Bus fuhr vorbei, und direkt dahinter ein paar Autos, so daß sie warten mußte, ehe sie die Straße überqueren konnte. Sie stieß einen kurzen, ärgerlichen Seufzer aus, das erste Geräusch, das ich von ihr hörte. Als sie schließlich sprach, wandte sie sich nicht mir zu, sondern hielt den Kopf weiterhin gesenkt und die Augen hinter dem Pony verborgen.

»Redest du immer so viel?«

Sie sprach leise, und der vorbeifahrende Bus machte so viel Lärm, daß ich die ersten Worte, die sie an mich richtete, fast nicht verstand. Sie drehte ihren Bleistift zwischen den Fingern hin und her und wartete ungeduldig, bis die Autos vorbeigefahren waren. Ihre Finger waren genauso schlank wie der Rest, aber mit zu großen Knöcheln und langen, silbern lackierten Nägeln.

»Nein, ich rede eigentlich gar nicht viel. Ich meine, im Vergleich zu anderen Leuten. Zum Beispiel eine Freundin von mir, Cat, das kannst du dir gar nicht vorstellen. Oder meine kleine Schwester, lieber Himmel, da fallen mir manchmal fast die Ohren ab! Nein, ich bin Schriftsteller, also schreibe ich viel und rede eher weniger. Normalerweise rede ich wirklich nicht so viel, das ist jetzt nur, weil ich ein schlechtes Gewissen habe, daß ich dich angeschnauzt hab' wie ein Verrückter. Na, wie wär's mit 'ner Cola oder einem Milchshake? Wenn du noch nicht gegessen hast, im *Polarkreis* gibt es gute Hamburger, und es ist ganz in der Nähe. Ich verspreche dir, daß ich kein Wort mehr sagen werde, bis wir dort sind.«
Wenn ich heute, fast ein Jahr später, daran zurückdenke, fällt mir auf, daß ich damals schon verliebt gewesen war, obwohl das erst eine Woche später offiziell wurde. Wie war mein außergewöhnliches Verhalten sonst zu erklären? Ich hatte noch nie ein Mädchen einfach so gefragt, ob es mit mir einen Hamburger essen gehen würde. Ich hatte fast einen Monat gebraucht, ehe ich es fertigbrachte, Carolyn Messinger zum Maitanz einzuladen. Als sie dann sagte: »Nein, danke, Norman«, hatte ich nicht einmal den Mut, sie zu verbessern. Und plötzlich benahm ich mich fordernd und entschlossen, war nicht gewillt, eine Abfuhr hinzunehmen. Liebe war die einzige Erklärung für dieses irrationale Verhalten. Es war nicht Liebe auf den ersten Blick, da ich dieses zurückhaltende Mädchen schon öfter gesehen und nichts dabei empfunden hatte. Es war eher Liebe auf den ersten Schrei.
»Ist schon o. k.«, sagte sie beinahe lautlos.
»Wunderbar!« rief ich begeistert aus, weil ich sie völlig mißverstanden hatte. »Es sind nur ein paar Straßen.«
»Ich meine, du brauchst mich nicht einzuladen. Gib mir nur meinen Block zurück, und es ist o. k.«
Dabei hob sie den Blick kein einziges Mal vom Gehsteig und

verharrte in ihrer gebeugten Haltung wie ein Waisenkind, das mit einer Prügelstrafe rechnet.

»Also, ich hab' schon Hunger, ich weiß nicht, wie es bei dir ist. Ich wollte sowieso gerade hingehen. Warum kommst du nicht mit?« Ich war alles andere als hungrig; in Wirklichkeit war ich so aufgeregt, daß ich mich eher hätte übergeben können.

»Ich habe zu tun.«

»Hast du schon zu Mittag gegessen? Na, das solltest du aber«, schlug ich vor, wobei ich eher wie Mrs. Shook klang und nicht wie Nelson Jaqua.

»Gib mir nur meinen Block zurück.« Sie griff danach, doch ich zog ihn ihr weg und trat einen Schritt zurück. Wenn sie mit mir darum raufen wollte, würde ich sicher gewinnen. Sie war wahrscheinlich der einzige Mensch auf der Welt, gegen den ich tatsächlich eine Chance hatte.

»Nach dem Essen.«

Sie stieß wieder einen dieser kleinen schicksalergebenen Seufzer aus. Ich vermutete, daß sie nicht gerade das glücklichste Kind auf Erden war. Ich fragte mich, aus was für zerrütteten Familienverhältnissen sie wohl stammte und ob mir meine Familie erträglicher erscheinen würde, wenn sie mir von der ihren erzählte.

»Ich hab' keinen Hunger.«

»Dann trinkst du eben nur eine Cola.«

»Ich darf nicht, wegen meiner Zähne.« Da sie beim Reden kaum den Mund aufmachte, konnte ich nicht sehen, was mit ihren Zähnen war.

»Einen Milchshake. Der ist gesund. Es ist ja Milch«, beharrte ich.

Sie legte eine Hand auf den Nacken, und die Vorstellung, mit mir einen Milchshake zu trinken, schien sie so traurig zu machen, daß ich sie schon fast laufenlassen wollte. Doch in diesem Moment gab sie nach.

»Wenn du versprichst, mir den Block zurückzugeben.«
»Großes Pfadfinder-Ehrenwort«, sagte ich, obwohl ich nie Pfadfinder gewesen bin.
Sie hieß Shane, benannt nach dem Titelhelden im Lieblingsfilm ihrer Mutter. Daß die Mutter ihre kleine Tochter nach einem Westernhelden benannt hatte, ließ darauf schließen, daß ihre Eltern genauso verrückt waren wie meine. Tatsächlich hatte sie nur ein Elternteil. Shane war ein uneheliches Kind. Ihr Vater hatte ihre Mutter nicht geheiratet und sie verlassen, noch bevor Shane auf die Welt kam. Das Kind wurde Shane genannt, weil der Held Shane am Ende des Films davonreitet und nie mehr gesehen ward.
Diese Informationen holte ich Stück für Stück aus ihr heraus, wobei ich sie mit Fragen geradezu löchern mußte. Andernfalls hätten wir in eisigem Schweigen in der Milchbar gesessen, weil sie von sich aus keine Silbe von sich gab. Jedes einzelne Wort mußte ich ihr aus der Nase ziehen, und sie erzählte so teilnahmslos, als ob sie ihre Lebensgeschichte selbst nicht mehr hören könnte.
»Meinst du, daß du deinen Dad mal kennenlernst?«
»Nein.«
»Willst du's denn nicht?«
»Nein.«
Sie redete so leise und ohne den Mund aufzumachen, daß ich mich zu ihr vorbeugen mußte, um ihre kurzen, genuschelten Antworten zu verstehen. Diese Eigenschaft, die mich bei anderen auf die Palme bringt, machte Shane ebenso geheimnisvoll und schwer faßbar wie ihren Namenspatron. Ihre Augen hatte ich noch immer nicht gesehen. Wenn sie mich ansah, dann mit dem flüchtigen Blick eines ängstlichen Tiers, und schon war ihr Kopf wieder gesenkt.
Sie war auf die Katholische Schule gegangen, obwohl sie nicht katholisch war, denn ihre Mutter wollte, daß sie eine bessere

Erziehung genoß als auf einer staatlichen Schule. Im September würde sie auf eine High-School am anderen Ende der Stadt kommen, wo es spezielle Kunstkurse gab. Ihre Mutter hatte das bei der Schulbehörde extra beantragen müssen, und Shane war wegen ihres Talents dort aufgenommen worden. Sie besuchte auch Kunstkurse im Museum in der Stadt und wollte nach der High-School auf eine Schule für Werbegrafik in Chicago gehen. Sie hoffte, daß sie ein Stipendium bekam, denn die Schule war sehr teuer. Ihre Mutter arbeitete bei der Telefongesellschaft.

Wir sprachen nicht über die Zeichnungen. Der Block lag bedeutungsschwer zwischen uns auf dem Tisch. Gern hätte ich ihn aufgeschlagen und die Zeichnungen von mir genauer betrachtet, aber ich fürchtete, Shane könnte mich dann für eitel halten. Daß sie Maude zeichnete, leuchtete mir ein; Maude war nun mal ein hübsches Kind. Aber warum so viele Bilder von mir? Ich versuchte, mich deshalb nicht geschmeichelt zu fühlen, war es aber doch ein bißchen.

Ich erzählte Shane, daß meine Eltern sich wahrscheinlich scheiden lassen wollten, ging aber bei ihrem Liebesleben nicht ins Detail. Und ich sprach von meiner Schriftstellerei, denn sie sollte wissen, daß auch ich ein Künstler war. Wir teilten uns eine Portion Pommes.

Dann brachte ich sie nach Hause. Sie wohnte in der Nähe von Cat, aber in einer etwas schöneren Straße. Es war ein kleines Haus mit einem niedrigen, verrosteten Eisenzaun davor.

»Danke für die Cola«, sagte sie. Sie hatte eine Cola bestellt, trotz ihrer Zähne. Vielleicht wollte sie mich finanziell nicht zu sehr belasten. Aber vielleicht wollte sie sich mir auch nur für höchstens zehn Cent verpflichtet fühlen.

»Wollen wir morgen was zusammen unternehmen?«

»Ich muß arbeiten.« Sie arbeitete drei Tage die Woche bei *Aktuelle Mode*, einer Boutique.

»Und am Freitag?«
»Hab' ich Unterricht.«
»Freitag abend?« ließ ich nicht locker.
Es dauerte eine ganze Weile, ehe sie antwortete. Mit ihrem ständig gesenkten Kopf wirkte sie ein bißchen japanisch. In Wirklichkeit war sie irischer Abstammung.
»Ins Kino oder so?« versuchte ich sie zu überreden.
Ihre Antwort war so leise, daß ich sie fast nicht mitbekam. »O. k.«, sagte sie, ohne mich anzusehen, ging schnell durch das quietschende Tor, machte es zu und rannte die Stufen zur Haustür hinauf.
Erst spät in der Nacht wurde mir klar, daß mein erstes Rendezvous bevorstand. Die Tatsache, daß ich Shanes Gesicht noch nicht einmal vollständig gesehen hatte, ließ das Rendezvous nur um so romantischer erscheinen. Es erinnerte mich an die Geschichten von arrangierten Ehen, bei denen der Bräutigam seine Braut erst bei der Hochzeit sieht, wenn er den Schleier lüftet, um sie zum erstenmal zu küssen.
Doch die Romantik wurde bald zu einem Alptraum, als mir tausend quälende Fragen durch den Kopf gingen: Was sollte ich anziehen? Sollte ich den Film aussuchen oder sie nach ihrer Meinung fragen? Wenn sie in einen Film gehen wollte, den ich schon gesehen hatte, sollte ich so tun, als ob ich ihn noch nicht gesehen hätte, oder sagen, daß ich ihn mir gern noch mal anschauen würde? Und sollte ich während des Films ihre Hand halten oder meinen Arm um sie legen?
Jede Frage warf zahlreiche weitere Fragen auf: Wenn ich versuchte, ihre Hand zu halten, sollte ich sie bei einer spannenden oder bei einer romantischen Szene halten? Wenn meine Hand zu schwitzen anfing, sollte ich Shane loslassen, meine Hand an der Hose abwischen und dann wieder ihre Hand nehmen, oder würde sie die Intimität genießen, meinen Schweiß zu spüren? Das kam mir allerdings unwahrscheinlich

vor; nicht einmal ich spürte gern meinen Schweiß. Was ist der angemessene Zeitraum fürs Händchenhalten in einem Film, nur einen Teil des Films oder von Anfang bis Ende? Zwei Stunden Händchenhalten könnten einen Krampf auslösen und Shanes künstlerische Karriere gefährden. Aber wenn ich nach zehn oder fünfzehn Minuten losließ, sollte ich eine gewisse Zeit abwarten und dann wieder ihre Hand nehmen, oder war einmal Händchenhalten pro Film genug?

Ich überlegte mir, ob ich mich mit diesen Fragen an Tim wenden sollte. Schließlich ging er ja mit Cat Hand in Hand im Park spazieren, er hatte also eine gewisse Erfahrung in diesen Dingen. Aber Tim sollte mich nicht für so einen blutigen Anfänger halten, daß mich der Gedanke an das Händchenhalten mit einem Mädchen schon an den Rand eines Nervenzusammenbruchs trieb. Außerdem war er übers Händchenhalten hinaus, er war schon bei den Trockenübungen angelangt. Ich konnte mir nicht vorstellen, daß es mit Shane dazu kam, zumindest nicht bei unserem ersten Rendezvous.

Wie sich dann herausstellte, war der Film so spannend, daß ich völlig vergaß, Shanes Hand zu halten oder meinen Arm um sie zu legen. Sie bestand darauf, ihre Eintrittskarte mit dem Geld, das sie bei *Aktuelle Mode* verdiente, selbst zu bezahlen, doch sie ließ sich von mir Popcorn spendieren – eine kleine Tüte, mit der sie während des ganzen dreistündigen Spielfilms über die Landung der Alliierten in der Normandie auskam. Es war eine Wohltat, mit jemandem einen Film anzuschauen, der nicht alles in sich reinschlang, was er nur kriegen konnte, und dann genau bei der Landung am Omaha Beach kotzen mußte.

Danach spazierten wir den Broadway entlang, auf der Suche nach einem Lokal, in dem wir eine Cola trinken konnten, doch jedes Restaurant sah aus, als ob es nur für Erwachsene wäre, und so gaben wir auf und fuhren wieder zurück. Shane war beeindruckt von meiner umfassenden Kenntnis der Busfahrpläne; aber abgesehen davon schien sie sich nicht sonderlich für mich zu interessieren. Sie hatte immer den gleichen, etwas gelangweilten Gesichtsausdruck, egal, ob sie über ihre uneheliche Abstammung sprach oder sich an der Kinokasse zwischen Lakritze und Popcorn entscheiden mußte.

Ihre Stirn wurde für mich allmählich zur Zwangsvorstellung. Sie war ständig von diesen Pony-Strähnen verdeckt. Wenn sich nun ein entstellendes Mal oder eine Tätowierung dahinter verbarg? Als wir zur Bushaltestelle gingen, hoffte ich, ein Windstoß würde die Strähnen wenigstens für einen Augenblick wegwehen, aber es kam keiner.

Während ich Shane nach Hause brachte, wurde ich wieder schrecklich unsicher: Sollte ich versuchen, sie zu küssen? Sollte ich sie erst um Erlaubnis fragen oder damit überraschen? Wenn ich Shane wäre, würde ich von mir geküßt werden wollen?

Wir standen auf dem Bürgersteig vor ihrem Haus. Im Haus war es dunkel; Shanes Mutter hatte Nachtschicht. Ich spürte, daß Shane nicht allein sein wollte, und hoffte, sie würde mich hineinbitten.

»Vielleicht können wir mal wieder ins Kino gehen.«

»O. k.«

»Es gibt 'ne Menge gute Filme.«

Unsere Unterhaltungen bestanden aus kurzen Sätzen mit langen Pausen dazwischen. Dabei starrte Shane meistens zu Boden, doch gelegentlich sah sie kurz zu mir hoch, als ob sie sich vergewissern wollte, daß ich noch da war.

»Arbeitest du am Wochenende?«

»Morgen.«

»Am Sonntag nicht?«

»Nö.«

»Dann könnten wir ja was zusammen machen.«

Shane war eigentlich kein Mädchen, von dem ich gedacht hätte, daß ich es attraktiv finden würde. Eigentlich war eher Tracy, die Wassernixe vom Drive-in-Restaurant, der Typ, auf den ich scharf war: großartig und unerreichbar. Es war mir unerklärlich, was ich an Shane fand und warum ich häufiger mit ihr zusammen sein wollte. Ich wußte nur, daß ich sie in die Arme nehmen und ihre spindeldürren Glieder spüren wollte. Ich war ein wenig größer und kräftiger als sie, und es war ein gutes Gefühl, größer als jemand anderer zu sein; das Gefühl zu haben, daß ich sie beschützen konnte, wenn es darauf ankam. Seit ich Shane das erste Mal gesehen hatte, fragte ich mich, woran sie mich erinnerte. An jenem Abend fiel es mir ein: an ein Polio-Kind.
»Hast du mal Polio gehabt?«
»Nein.«
»Ich auch nicht.«
Schweißtropfen liefen mir den Nacken hinab in mein Hemd. Die Nacht war kühl, also brach mir wegen Shane der Schweiß aus den Poren. Ich überlegte mir, ob ich ihre Hand nehmen sollte. Wir hatten uns nie zuvor berührt, nicht einmal zufällig gestreift, weder im Kino noch auf der Straße. Aber wenn ich ihre Hand genommen hätte, dann hätte ich nicht gewußt, was ich damit tun sollte, also ließ ich es sein.
»Ich gehe jetzt besser rein.«
»Kommt deine Mom bald heim?«
»Ich weiß nicht.«
Sie holte einen mit einer großen Büroklammer zusammengehaltenen Schlüsselbund aus ihrer Tasche. »Vielleicht könntest du mal für mich Modell stehen«, murmelte sie und fügte dann schnell hinzu: »Aber du mußt nicht.« Das war ihr bislang längster Satz.
»Modell stehen?«
»Für eine Zeichnung.«

»Ach so. Klar.« Das war recht ermutigend; es bedeutete, daß sie mich wiedersehen wollte. Ich fragte mich, ob sie damit meinte, daß ich nackt Modell stehen sollte. Ich wußte nicht, ob ich das tun konnte, ohne daß es peinlich wurde.

»Tschüs. Und danke.« Sie drehte sich um zu dem kleinen Tor, dann wandte sie sich noch einmal um und warf mir einen kurzen Blick zu. Ich spürte, sie wollte, daß ich sie küßte oder es zumindest versuchte, doch ich zögerte einen Augenblick zu lang. Als ich ihr den Kopf zuwandte, hatte sie sich schon umgedreht und war durch das Tor gegangen.

Auf dem Nachhauseweg ging ich hart mit mir ins Gericht. Die Chance, Shane zu berühren, war vertan, kam womöglich nie wieder. Heiße Tränen stiegen mir in die Augen, als ich mich in jener Nacht schlaflos im Bett herumwälzte. Ich fragte mich, ob ich wohl jemals erwachsen werden, ob ich jemals etwas tun können würde, ohne erst lange zu überlegen, einfach aus dem Bauch heraus.

Es geschah eine Woche später, und zwar so selbstverständlich, daß ich ganz überrascht war. Die Shooks wollten zum Picknick auf den Mount Hood fahren, und ich fragte ohne nachzudenken, ob ich eine Freundin mitbringen dürfe. Sie waren wohl etwas erstaunt, daß ich eine Freundin hatte; ich hatte Shane nie erwähnt. Maude war zuerst eifersüchtig, und als wir uns alle ins Auto drängten, quetschte sie sich schmollend und trübselig in eine Ecke auf dem Rücksitz. Als aber Shane dann Zeichnungen für sie machte, die sie ausmalen durfte, wurde sie ihre allerbeste Freundin. Maude bewunderte Shanes lange, silberne Fingernägel und streichelte sie zärtlich. Das hätte ich auch liebend gern getan, aber bislang hatte ich mich nicht getraut.

Auf dem Berg lagen immer noch kleinere Schneereste, und im Schatten einiger hoher Douglastannen entdeckten wir ein großes Schneefeld mit schwerem, nassem Schnee. Wir machten

»Schnee-Adler« und ließen uns dann von der warmen Sonne trocknen, während wir Sandwiches, selbstgemachten Obstsalat und Schokoladenkuchen aßen. Shane trank Kaffee aus Mr. Shooks Thermoskanne. Er sah immer wieder mit einem breiten Grinsen zwischen mir und Shane hin und her. Wie schön muß junge Liebe sein, dachte er wohl.

Später gingen Shane und ich spazieren. Am Abhang unter einem Skilift blieben wir stehen. Blaue Blümchen sprossen hier und da zwischen dem üppigen Gras. Eine große weiße Wolke zog langsam über den Himmel. Ein schnelles Tock-tock-tock klang von einem nahen Baum herüber: ein Specht. In diesem Augenblick war weit und breit nichts zu hören und zu sehen, was unvollkommen oder unschön gewesen wäre. Da brauchte ich einfach jemanden, den ich festhalten konnte, und zufällig war es Shane. Ich legte meinen Arm um ihre Schultern, und sie schmiegte sich an mich, als hätte sie nur darauf gewartet. Ihr Körper fühlte sich voller an, als ich gedacht hatte. Sicher, sie war mager, aber es war doch ein menschlicher Körper mit Fülle und Form. Ihre kleinen Brüste drückten sich sanft an meinen Oberkörper; sie mußten gar nicht größer sein. Ich lehnte meinen Kopf an den ihren, und ihr dunkles Haar kitzelte meine Wange. Meine Beine zitterten, aber ansonsten fühlte ich mich sehr wohl.

Ihre Hand lag sanft auf meinem Rücken, knapp unterhalb der Schulterblätter. Ich hoffte, mein Rücken wirkte stark und beschützend. Ich drehte meinen Kopf zu ihr und küßte sie auf die linke Wange. Ich wußte nicht, ob ihr lautes Atmen daher kam, daß sie erregt war, oder nur daran lag, daß sich ihre Nase so nah an meinem Ohr befand. Ich küßte sie wieder zwischen Backe und Mund, dorthin, wo sie vielleicht ein Grübchen hatte, wenn sie jemals lächelte. Während sich ihre eine Hand zu den Schulterblättern hinauf bewegte, glitt die andere zu meinem Po hinab.

Sie hob den Kopf, und ihre Lippen berührten meine. Unsere Nasen schienen von selbst zu wissen, wie sie sich nicht im Weg umgingen. Ihr Mund fühlte sich weich an, machte aber nicht das, was ich für die üblichen Kußbewegungen hielt. Sie spitzte weder die Lippen noch bemühte sie sich um einen Saugeffekt. Sie drückte nur einfach ihren leicht geöffneten Mund gegen meinen. Ich wußte, ich sollte die Augen geschlossen halten, doch ich blinzelte mit einem, um sie anzusehen. Ihr Gesicht war nah und verschwommen.
Eine ihrer Hände bewegte sich nach oben und berührte meinen Hinterkopf. Die langen silbernen Fingernägel fuhren durch mein Haar und kratzten mich ganz leicht an der Kopfhaut. Ich hatte immer gedacht, so etwas würde nur dem Helden in einem romantischen Film passieren, aber niemals mir.
Für einen flüchtigen Augenblick schob sie ihre Zunge in meinen Mund und zog sie gleich wieder zurück. Dann versuchte ich es, aber ich wußte nicht so recht, was ich tun sollte, als ich die Zunge drin hatte. Ich ließ sie für einen Moment in ihrem Mund hin- und herrollen und zog sie dann zurück, für den Fall, daß sie das eklig fand.
Wir hörten auf, uns zu küssen, und hielten uns eine Weile lang nur in den Armen. Ich machte mir ein wenig Gedanken, wie wir das beenden sollten, doch nach einiger Zeit spürte ich, daß sie eine Bewegung machte, und ließ sie los. Mir war sowieso schon ein Bein eingeschlafen, weil ich so schief am Abhang stand. Ich nahm ihre Hand. Sie war erstaunlich kalt nach unserem hitzigen Intermezzo, aber später stellte ich fest, daß sie immer kalte Hände hatte. Niedriger Blutdruck, hatte ihr der Arzt gesagt.
Wir gingen eine Weile schweigend nebeneinander her. Nach dem, was sie mit ihrer Zunge in meinem Mund gemacht hatte, war das sicherlich nicht ihr erster Kuß gewesen, aber es war

mein erster, und ich fühlte mich etwas benommen nach diesem Erlebnis. Ich war mir nicht ganz sicher, ob ich es auch richtig gemacht hatte, ob es nicht etwas länger hätte dauern sollen. Aber für das erste Mal schien es mir ungefähr die richtige Dauer.
Am Fuß der Bergkette lagen große Felder, von denen jedes einen anderen Grünton hatte, als hätten die Bauern es so geplant. Dazwischen ein rechteckiges gelbes Feld, das aussah wie ein Sonnenstrahl, der ausgebreitet auf der Erde klebte. Sprinkler bewässerten die großen Rechtecke. Ich habe Sprinkler schon immer gemocht, das Zischen und Klacken beim Drehen. Ich weiß auch nicht, warum, aber man muß ja nicht alles verstehen, was einem gefällt.
Wir gingen zurück zu unserer kleinen Picknickrunde. Mr. Shook grinste uns an und warf seiner Frau einen wissenden Blick zu. Sie gab ihm einen Klaps auf die Hand und sagte, er solle sich zusammenreißen; er lachte. Maude griff nach Shanes Hand und zog sie davon, um ihr was zu zeigen; ich schloß daraus, daß es sich um eine Schnecke von ungeheuren Ausmaßen handeln mußte.
»Sie ist ein nettes Mädchen«, meinte Mrs. Shook, als sie den Picknickkorb einpackte. »Wenn sie nur nicht immer die Haare vor den Augen hätte.« Mr. Shook sagte nichts, aber als wir zum Auto zurückgingen, legte er mir eine Hand auf den Kopf und zauste mir durchs Haar.

»Wer ist dieses Mädchen, mit dem ich dich dauernd sehe?«
»Maude meinst du?«
»Haha. Sehr witzig, Nelson«, sagte Cat säuerlich. Wir waren auf dem Weg zum Oaks Park, wo wir uns an diesem Nachmittag auf dem Rummelplatz amüsieren und danach wieder Rollschuh laufen wollten. Die Shooks wollten eigentlich mitkommen, doch ich war an diesem Tag mit Cat verabredet,

und ich konnte mir nicht vorstellen, daß Cat und die Shooks etwas miteinander anfangen konnten. Shane arbeitete. Es war Mitte August, ein Donnerstag.

»Ich meine die eine, mit der du dich dauernd rumtreibst.«

»Shane! Sie ist ganz lieb!« piepste Maude heraus.

»Shane? Was ist denn das für ein komischer Name?« fragte Cat und verzog angewidert das Gesicht.

»Ein germanischer«, gab ich zurück, weil ich wußte, daß ich sie damit zum Schweigen brachte.

»Aha.« Sie schüttelte eine Zigarette aus ihrer zerknautschten Packung und steckte sie an. Wir überquerten die Bahngleise und gingen dann die Böschung hinunter in Richtung Park. Im Oaks Park war kein großer Rummelplatz, aber die Karussellbetreiber waren großzügig und ließen Maude auch mit den gefährlicheren Bahnen fahren, wenn ich dabei war. Maude konnte es gar nicht gefährlich genug sein.

»Du gehst also mit ihr, oder was?«

»Wir sehen uns öfter«, wich ich aus, obwohl ich wußte, daß das bei Cat nie funktionierte.

»Ich weiß, daß ihr euch *seht*. Ich hab' nicht behauptet, daß du blind bist, Helen. Ich hab' dich gefragt, ob du mit ihr gehst.«

»Na ja, ich schätze schon. Ich mag sie. Sie ist Künstlerin.«

»Ach, was du nicht sagst!« Das einzige, was ich Cat jemals hatte zeichnen sehen, war ein grob skizzierter Penis, den sie im Geschichtsunterricht rumgereicht hatte, bis sie zum Rektor zitiert wurde.

Ich wechselte das Thema und redete von den Shooks. Ich sagte, ich hätte mich mit ihnen angefreundet, und das sei doch komisch, wo ich sie doch beim Einbruch in ihr Haus kennengelernt hatte. Ich berichtete ihr von Bobby, daß ich ihn besucht hatte und er gestorben war. Außerdem erzählte ich, wie ich Mr. Shook beim Bauen der Stützmauer geholfen hatte. Dann erwähnte ich unseren Ausflug zum Mount Hood, sagte aber nichts von Shane und unserem Zungenkuß unter dem Skilift. Ehe ich's mich versah, hatte ich ausgeplaudert, daß Maude, Shane und ich heute abend zum Essen bei den Shooks eingeladen waren; aber Cat wolle doch sicherlich nicht mitkommen.

»Paß lieber auf«, riet Cat mit gedämpfter Stimme.

»Was meinst du?«

»Maude, lauf und hol uns drei Karten für die Riesenkrake«, sagte Cat und gab Maude in einem plötzlichen Anfall von Großzügigkeit Geld dafür. »Vielleicht sind sie Kinderschänder«, fuhr Cat fort, während Maude zur Kasse wetzte.

»Ach, hör auf.«

»Ich kauf' ihnen diese übertriebene Geschichte mit der Hirnhautentzündung einfach nicht ab. Meine Tante hat auch eine Hirnhautentzündung gehabt, als sie klein war, und sie ist ganz normal. Ich wette, daß sie Bobby vergiftet haben, mit Arsen oder so was, was die Ärzte nicht nachweisen können. Es gibt 'ne Menge Kindermörder auf der Welt. Ich mach' mir nicht wegen dir Sorgen, aber Maude ist für die doch das gefundene Fressen.«

Ich gab mir keine Mühe, meinen Ärger zu verbergen. Cat hatte aus diesem Sommer offenbar überhaupt nichts gelernt. Dieser Sommer hatte mich nachhaltig geprägt, und ich sah die Dinge nun in einem anderen Licht, aber Cat klammerte sich immer noch an ihre kindischen Vorstellungen von Folter und Mord. Einen Augenblick lang überlegte ich, ob ich sie zu unserem Essen heute abend einladen sollte, um ihr ein für allemal zu beweisen, daß die Shooks nette Leute waren. Aber damit hätte ich mich nur auf ihr Spiel eingelassen; sie hätte bekommen, was sie wollte, und wenigstens dieses eine Mal sollte sie ihren Kopf nicht durchsetzen. Seit wir Freunde geworden waren, hatte sie mich tyrannisiert; jetzt wollte ich einmal die Oberhand behalten.

Maude kam mit den Fahrkarten zurückgerannt und schrie, daß sie den Riesenkraken-Betreiber überredet hatte, uns so lange fahren zu lassen, bis jemand anderer kam, der fahren wollte. Es war beinahe menschenleer auf dem Rummelplatz.
»Das ist doch Blödsinn«, sagte ich zu Cat. »Ich kenne sie. Sie sind die nettesten Leute, die ich je gesehen habe. Für die würde ich meine Hand ins Feuer legen.«
»Na, vielleicht wollen sie ja genau das. Oder noch Schlimmeres. Du weißt ja, auch Jungs können vergewaltigt werden.«
»Ach, halt doch den Mund, du spinnst ja. Los, Maude, gehen wir«, sagte ich und nahm die Karten aus ihrer kleinen, verschwitzten Hand. Die Vorstellung, daß sie in der Riesenkrake herumgewirbelt wurde, bis sie nicht mehr stehen konnte, ließ sie tatsächlich in Schweiß ausbrechen.
Ich erkannte, daß Cat eifersüchtig und einsam war und einfach nur dazugehören wollte. Das konnte ich gut verstehen – wie oft hatte ich mich verzweifelt danach gesehnt dazuzugehören, und niemand hatte mich beachtet? Cat war zur Zeit sehr verletzlich. Sie hatte ihre Mutter an einen anderen Mann in einer entlegenen Stadt verloren, sie hatte ihren Vater an den Sport im Fernsehen verloren, und wahrscheinlich hatte sie auch Tim verloren. Und jetzt verlor sie mich, an die Shooks und an Shane, und dann hatte sie niemanden mehr.
Cat tat mir leid, aber Strafe mußte sein. Strafe dafür, daß sie am Vierten Juli mit Tim zum Jantzen Beach gefahren war, daß sie sich mit Tim vergnügte und mich mit einer Vierjährigen allein ließ; Strafe für das Bad und die Trockenübungen. Dafür würde ich ihr jetzt unter die Nase reiben, daß ich eine Freundin hatte, Ausflüge machte und zum Essen eingeladen wurde. Cat mußte kapieren, daß ich nicht selbstverständlich immer für sie da war; wenn wir Freunde waren, dann immer, und nicht nur, wann es ihr gerade paßte.
Ich liebte Cat, sonst hätte ich keinen Grund gehabt, ihr weh

zu tun. Ich wäre lieber mit Cat als mit Shane gegangen, obwohl Shane viel ruhiger und weiblicher war. Aber Cat hatte etwas an sich, was mich im Innersten berührte. Wenn ich nur an ihre dünnen Rippen dachte, schnürte es mir die Kehle zu. Und ich werde mein Leben lang nicht vergessen, wie ich an jenem Tag, als wir auf den Schaukeln saßen und ich sie zu trösten versuchte, ihren Nacken berührte. Egal, wie viele Nacken ich jemals berühren werde, dieser wird immer einzigartig bleiben.

Der Mann von der Riesenkrake hielt Wort und schleuderte uns gut zehn Minuten herum, bis zwei Teenager fahren wollten. Mir war schlecht danach, aber Maude war offenbar auf den Geschmack gekommen und wollte als nächstes gleich mit dem »Hammer« fahren, einem Folterinstrument, das seine Fahrgäste kopfüber zu Boden zu schleudern drohte. Ich schlug statt dessen die Geisterbahn und ein bißchen Rollschuhlaufen vor.

»Wann ist die Hochzeit?«

»Nächstes Wochenende«, stöhnte Cat. »Ich fahr' mit dem Bus hin.« Ich fuhr gerne Bus, aber Cat konnte keine fünf Minuten still sitzen, geschweige denn eine drei- oder vierstündige Fahrt nach Bend. »Mom wollte mir Bänder ins Haar flechten, aber es ist zu kurz, und jetzt muß ich so 'ne blöde Blumenkrone tragen.«

»Wie lange bleibst du?« fragte ich, als ich in den engen Wagen stieg.

»Die Schule fängt Mittwoch an, und ich möchte natürlich nichts versäumen«, sagte sie spöttisch.

»Wie ist denn der Dre... der Freund von deiner Mom so?« Ich hatte mich gerade noch rechtzeitig verbessert.

»Er übertreibt's ein bißchen. Redet zum Beispiel dauernd von irgendwelchen Rock 'n' Roll-Stars, die mir scheißegal sind.«

»Benutz nicht so ein Wort, wenn du-weißt-schon-wer dabei

ist.« Unser Wagen setzte sich mit einem rasselnden Geräusch in Bewegung.
»Meine Mom mag ihn. Und darauf kommt's ja wohl an«, gab sie widerwillig zu.
»Wie geht's Tim?« fragte ich, als wir um eine Kurve fuhren und uns ein Vampir entgegensprang.
»Wieso, erinnert der dich an ihn?«
»Seid still!« flüsterte Maude.
»Es geht ihm gut. Er hat gesagt, er will mit mir zusammen mit dem Bus hinfahren und dann gleich zurück, aber das ist Unsinn.« Es klang so, als fühlte sich Cat durch dieses Angebot geschmeichelt, und ich bin sicher, daß es sie durchaus reizte.
»Aber sie schmeißen einen ja sowieso raus, sobald man sich gegenseitig mit ›Schwanzlutscher‹ und ›dreckige Fotze‹ beschimpft.«
»Cat!« wies ich sie zurecht, aber Maude schrie aus Leibeskräften und hatte wahrscheinlich nichts gehört. Wenn sie mit etwa sechs Jahren anfängt, wie ein Fuhrmann zu fluchen, dann tue ich so, als wüßte ich von nichts.

Meine Eltern hatten Shane noch nicht kennengelernt. Ich brachte sie nie mit nach Hause, weil ich meiner Mom vorher Bescheid sagen mußte, wenn ich jemanden mitbrachte, und ich sie nicht oft genug sah, um ihr Bescheid zu sagen. Inzwischen nahm sie an zwei Abenden pro Woche Kurse in Landschaftsmalerei. An weiteren zwei Abenden gab sie Zeichen- und Malunterricht, aber nicht im Kunstmuseum, sonst hätte ich Shane gebeten, das zu überprüfen. Ich war nicht ganz davon überzeugt, daß meine Mom tatsächlich Kurse besuchte und unterrichtete; mir kam es wahrscheinlicher vor, daß sie die Abende mit Dr. Holt verbrachte.
Meinen Dad bekam ich noch weniger zu Gesicht. Wenn er nicht gerade auf Geschäftsreise war, verbunkerte er sich

abends mit meiner Mom im Wohnzimmer. War sie ausgegangen, spielte er mit seinen Freunden Cribbage. Dabei rauchten und tranken sie und ließen sich Essen vom Chinesen kommen. Eines Abends, kurz bevor die Shooks Shane und mich zum Essen einluden, traf ich meinen Dad in der Küche, wo ich mir gerade ein Sandwich machte.

»Nelson...« Er brach Eiswürfel aus einer Metallschale, und glänzende Eissplitter lagen auf der Spüle verstreut. Er roch nach Whisky und Chow Mein. »Fang nie an zu rauchen«, sagte er mit einer Zigarette im Mund. Er kippte die Eiswürfel in einen goldenen Eiskübel und ging aus der Küche.

Ich fragte mich, ob mein Dad jemals etwas anderes zu mir sagen würde als knappe Befehlssätze. »Mäh den Rasen.« »Fang nie an zu rauchen.« »Geh zu Bett.« Wenn ich einmal einen Sohn haben sollte, nahm ich mir vor, würde ich längere Sätze von mir geben und vielleicht auch mal etwas Ermutigenderes.

Eigentlich wollte ich meiner Mom mitteilen, daß Maude und ich bei den Shooks zum Abendessen eingeladen waren, doch sie war an diesem Abend nicht zu Hause. Am Kühlschrank war mit einem Marienkäfer-Magneten ein Zettel befestigt:

Nelson,
Essen ist im Kühlschrank. Wärme es einfach auf. Maude muß gebadet werden.
Ich komme früh heim.
Alles Liebe, Mom

Das Essen bestand aus den Resten von Schinken und Bohnen in einem großen Topf, die es gestern abend gegeben hatte. Ich badete Maude und zog ihr ihr schönstes Kleid an, das ich sie bei unseren tagtäglichen Ausflügen nie anziehen ließ. Mir fiel ein, daß Cat erwähnt hatte, sie könne sich kein Band in ihr

Haar flechten, und da kam mir der Gedanke, ich könnte Maude so was ins Haar machen. Maude war begeistert von ihrem Aussehen und kaum noch vom Spiegel wegzubekommen.

Ich bügelte ein Hemd und zog eine graue Hose an. Dann rannte ich nach nebenan und schnitt in Mrs. Crows Garten drei Rosen ab, was ihr hoffentlich nicht auffiel, und wickelte sie in Zeitungspapier. Maude und ich trafen uns an der Straßenecke mit Shane und gingen dann zu den Shooks.

Dieser Abend ist mir folgendermaßen in Erinnerung geblieben: Wir wurden wie Erwachsene behandelt. Maude natürlich nicht. Sie wurde behandelt, als sei sie ein ganz einzigartiges und besonderes kleines Mädchen. Doch an der Tafel der Shooks waren Shane und ich keine Kinder. Wir waren ebenbürtig. Wenn wir etwas sagten, dann hörte man uns zu. Und es wurde ernst genommen, was wir sagten.

Mr. Shook servierte uns zum Essen Wein. Maude war beleidigt, daß wir so eine golden schimmernde Flüssigkeit eingeschenkt bekamen, während sie sich mit ordinärer Milch zufriedengeben mußte. Sofort holte Mr. Shook ein fünftes Weinglas aus dem Schrank.

»Chuck!« Mrs. Shook war entsetzt.

»Sie möchte doch nur probieren. Kinder sind nun mal neugierig, und das ist gut so«, erklärte er und goß einen kleinen Schluck in Maudes Glas. Zum Glück fand sie den Wein ekelhaft; eine betrunkene Maude war eine schreckliche Vorstellung.

Shane sah hübsch aus in ihrer moosgrünen Bluse und dem Faltenrock. Die schwarzen Nylonstrumpfhosen verliehen ihr etwas Exotisches. Ich wußte, Mrs. Shook hätte Shane am liebsten mit nach oben genommen und ihr den Pony abgeschnippelt, aber statt dessen fragte sie Shane nach ihren künstlerischen Ambitionen aus. Mrs. Shook schien sich vom Verlust

ihres Sohnes inzwischen etwas erholt zu haben. Die Falten in ihrem Gesicht waren jetzt nicht mehr so tief, und sie hatte sich neulich das Haar färben und legen lassen.
Mr. Shook bekam einen kleinen Schwips und wurde etwas gesprächiger, als er es sonst bei Tisch war. Wenn er mich und Shane ansah, grinste er wieder so komisch, als erinnerten wir ihn an angenehme Episoden seiner Jugend. Er beneidete uns nicht um unsere kleine Liebschaft; er schien vielmehr stolz darauf zu sein und glücklich, uns in seiner Nähe zu haben. Nach dem Essen meinte er, »die Damen« wollten sicher gern ein Weilchen »unter sich« sein, als befänden wir uns im neunzehnten Jahrhundert, wo die Herren sich auf ein paar Zigarren und Brandy ins Arbeitszimmer zurückzogen.
Wir gingen auf die hintere Veranda hinaus, und er zündete sich seine Pfeife an. Die Sonne ging jetzt immer früher unter, und um halb acht war es schon fast dunkel. Eine orangefarbene Wolke stand am westlichen Horizont. Überall am Himmel blinkten Sterne.
»Der Mond taucht jedesmal woanders auf«, sagte er staunend. Wir sahen zu dem blassen Dreiviertelmond auf, der über dem Schornstein des Nachbarhauses hing. »Ist dir das auch schon aufgefallen? Mal ist er hier, dann dort. Steht tief oder hoch, geht früh auf oder spät. Seltsam, nicht? Kennst du dich mit Astronomie aus?«
»Nein, eigentlich nicht.«
»Hm. Ich auch nicht.«
Ich hatte das Gefühl, daß er ein bißchen von mir enttäuscht war. Schließlich ging ich zur Schule, wo man so etwas doch lernte. Dann fiel mir wenigstens ein einfaches Phänomen ein.
»Der Mond dreht sich um die Erde.«
»Na ja, vielleicht ist das der Grund«, sagte er skeptisch, als könne das unmöglich die Erklärung für die rätselhaften Bewegungen des Mondes sein. Ich glaube, er wollte eigentlich gar

keine Antwort haben; er war damit zufrieden, daß es in seinem Leben noch ein oder zwei ungelöste Rätsel gab. Der Mond, der an unerwarteten Stellen und zu unvorhersehbaren Zeiten auftauchte, durfte ihn für den Rest seines Lebens ruhig immer wieder überraschen.

»Ich würde alles, wirklich alles dafür geben, wenn Bobby heute abend bei uns sein könnte.«

Er brachte die Worte kaum heraus. Ich hatte nie gesehen, daß er weinte oder mit den Tränen kämpfte, doch jetzt, drei Wochen nach dem Tod seines Sohnes, blieb ihm fast die Stimme weg. Ich blickte ihn nicht an, ich wollte ihn in seinem Augenblick der Trauer nicht stören. Statt dessen starrte ich unablässig auf diese langgezogene orangefarbene Wolke, die sich allmählich verdunkelte.

»Ich würde alles dafür geben, wenn du...«, fing er an, doch weiter ging er nicht. Vielleicht dachte er, daß es falsch sei, mich als seinen Sohn haben zu wollen, da Bobbys Tod erst so kurz zurücklag. Ich glaube nicht, daß es falsch gewesen wäre, so etwas zu denken oder zu sagen. Jeder an seiner Stelle hätte genauso empfunden. Es war nur natürlich, daß man einen halbwegs normalen Sohn haben wollte, mit dem man sich auf die Veranda zurückziehen oder einen Wasserhahn reparieren konnte oder dessen erste Liebe man miterlebte. Ich fühlte mich geschmeichelt, daß seine Wahl auf mich gefallen war, und wünschte, er würde noch mehr darüber sagen. Doch das tat er nicht, und er redete mit mir auch nie wieder über dieses Thema. Seine Trauer behielt er für sich, ebenso wie die Schwierigkeiten, in die er in Butte geraten war, und tausend andere Dinge in seinem Leben. Ich bezweifle sogar, daß er Mrs. Shook je etwas von diesen innersten Gefühlen anvertraut hatte. Er mußte stark sein, damit er seiner Frau Stütze und Halt bieten konnte; wenn sie sich beide gehenließen, gab es keine Hoffnung mehr für sie.

»Nun...«, sagte er und klopfte seine Pfeife aus, »dann wollen wir uns mal wieder um die Damen kümmern.«
Wir spielten Schlaraffenland, bis Maude mit einem Plumps umfiel. Mrs. Shook dachte, Maude hätte irgendeinen Anfall, und wollte schon den Notarzt rufen. Ich versicherte ihr, daß das bei Maude ganz normal war. Da Maude schon schlief, schlug Mrs. Shook vor, sie solle doch über Nacht bei ihnen bleiben. Aber ich befürchtete, daß es Ärger geben würde, wenn Maude am Morgen nicht zu Hause war, und meinte, wir sollten besser heimgehen. Mr. Shook bot an, uns mit dem Auto zu fahren, aber ich wollte mit Shane allein sein, und so gingen wir zu Fuß. Ich warf mir Maude einfach über die Schulter; ich wußte ja, daß sie nicht einmal aufwachen würde, wenn ich sie einfach hinter mir hergeschleift hätte.
Wie sich herausstellte, hätte Maude ruhig bei den Shooks bleiben können, weil meine Mom in dieser Nacht gar nicht nach Hause kam. Mein Dad war in Medford, um sich ein paar neue Filialen anzusehen. Ich nahm mir vor, niemals mehr nein zu sagen, wenn die Shooks uns je wieder anbieten sollten, bei ihnen zu übernachten. Wie schön wäre es, morgens von den Gerüchen geweckt zu werden, die aus diesem strahlenden Frühstücksreich von einer Küche kamen.

Ein paar Tage später stand ich für Shane Modell. Ich mußte nicht nackt posieren, wie ich befürchtet hatte, aber Shane bat mich, das Hemd auszuziehen, damit sie meine Schultern zeichnen konnte. Ich zog sie hoch, um breitere Schultern vorzutäuschen. Doch sie sagte: »Entspann dich«, und mit der Zeit tat ich das auch.
An diesem Abend lagen wir in einer Ecke des Parks im Gras und knutschten. Ich lag auf meiner linken Seite, Shane auf ihrer rechten. Nicht weit weg spielten ein paar Kinder an den Ringen, aber wir lagen im Schatten, und außerdem war es mir

auch egal, ob sie uns sahen. Der Rasen war frisch gemäht, und kleine Grashalme blieben wie Fussel an unseren Klamotten und Haaren hängen. Ein hoher Summton lag in der Luft, aber ob er von einer Hochspannungsleitung oder von zirpenden Grillen kam, konnte ich nicht sagen. Das war das einzige Geräusch, außer dem Lachen der Kinder, die an den Ringen herumtollten. Ach ja, und das Zischen und Klacken des Sprinklers, der den Rasen im oberen Teil des Parks bewässerte; meine Vorliebe für Sprinkler habe ich ja schon erwähnt.

Ich befürchtete, unsere Münder könnten müde werden oder unsere Zungen sich ineinander verknoten, aber nichts dergleichen geschah. Die Nähe zu Shane erregte mich. Ich wußte, daß sie meine Erregung an einer bestimmten Stelle spürte, was mich ein wenig verlegen machte, doch sie schien das nicht zu stören. Ich schob meine Hand unter ihren Pulli und streichelte über ihren Rücken, aber auch das störte sie nicht. Ihr Rückgrat war so spitz gezackt wie ein Sägeblatt, und es wunderte mich, daß sich die Knochen nicht durch die Haut bohrten.

Sie drehte sich auf den Rücken, und meine Hände bewegten sich wie von selbst zu ihren Brüsten. Ich wußte nicht, wie ich ihr den BH abnehmen sollte, und so versuchte ich es gar nicht erst, doch sie fühlte sich weich und jung an durch den dünnen Stoff. Es war fast völlig dunkel. Die Parkbeleuchtung sollte sich bei Einbruch der Dämmerung automatisch einschalten, aber sie war noch nicht angegangen. Wahrscheinlich war die Zeitschaltuhr noch auf Hochsommer eingestellt, wenn es bis halb neun oder neun hell blieb. Jetzt wurden die Nächte länger, und der Sommer war bald vorbei.

Ich sehnte mich so sehr danach, daß ich fürchtete, ich könnte mich nicht mehr zurückhalten. Daß mich ein so starkes Verlangen packte, war ungewohnt. Ich hatte mich immer beherrscht und zurückgehalten, mich anderen nie aufgedrängt. Aber ich veränderte mich. Jetzt wollte ich diesem Verlangen nachgeben, das so neu für mich war und doch bald gar nicht mehr so neu sein würde. Eigentlich hatte ich gar keine andere Wahl. Denn an jenem Abend war ich unfähig, etwas anderes zu tun als das, was mein Körper wollte.

Shane lag rücklings im Gras und hielt die Augen geschlossen. Mit einer Hand, der rechten, hielt sie mich sanft am Oberarm. Ihr Pulli war hochgeschoben bis knapp unter den Busen, und ihr Bauch hob und senkte sich schnell vor Erregung.

Ich beugte mich über sie und stützte mich mit dem linken Arm ab, bis ich genau über ihr lag. Shane ließ ihre Augen geschlossen. Sie wußte, was ich tun würde, und vertraute darauf, daß ich es nicht zu schnell tun oder ihr weh tun würde. Ich zitterte vor Nervosität und Begierde.

Mit der Handfläche schob ich den dunklen Pony beiseite und sah ihre weiße, glatte, mit Sommersprossen übersäte Stirn.

* * *

Kurz nachdem wir die volle Cafeteria betreten hatten, war meine Rendezvouspartnerin verschwunden. Ich hatte all meinen Mut zusammengenommen und Sherry Draper zum Abschlußball eingeladen. Und jetzt hatte ich sie verloren. Sechs Monate war es her, seit meine Beziehung mit Shane in die Brüche gegangen war, und ich wußte, daß es an der Zeit war, es wieder zu versuchen. Sherry war meine Diskussionspartnerin im Redekurs gewesen, es war also nicht völlig abwegig, sie zu fragen, ob sie mich begleiten wollte. Aber wir hatten nur einmal miteinander getanzt, und Sherry hatte sich dabei die ganze Zeit fast den Hals verrenkt, damit ihr ja nicht entging, wer mit wem auf dem Schuljahresabschlußball war. Dann entschuldigte sie sich, um auf die Toilette zu gehen, und

kehrte nie wieder zurück. Ich fragte mich, ob sie auf dem Klo in Ohnmacht gefallen war oder ob ein plötzlich aufgetretenes Frauenleiden ihre Rückkehr verzögerte. Ich spielte mit dem Gedanken, eine Lehrerin zu fragen, ob sie nicht nach Sherry sehen könnte, aber mein Gefühl sagte mir, daß das nur furchtbar peinlich enden würde. Das beste war, sich geschäftig zu geben und zu hoffen, daß sie irgendwann wieder aufkreuzte.
Ich entdeckte Tim, der tanzte, als ob er ein Feuer austreten wollte. Er trug die Jacke seiner Sportmannschaft mit einem großen grünen »C« darauf, eine schwarze Krawatte, enge schwarze Hosen und spitze Schuhe. Beim letzten Basketballspiel der Saison hatte er den Siegestreffer erzielt, was ihn in den Rang eines Halbgottes erhob. Ich beobachtete ihn, bis er in der Menge verschwand.
Dann schob ich mich durch das Gedränge zur Cafeteriatheke, wo für wenig Geld Getränke und Gebäck verkauft wurden, und wühlte in meiner Hosentasche nach einem Vierteldollar.
»Na, Nelson, amüsierst du dich?«
Mr. Crisp stand hinter der Theke; er hatte zusammen mit anderen Lehrern die Aufsicht über das Fest. Es war irgendwie unpassend, ihn dort zu sehen, wo während der Woche sonst dicke Köche aufgewärmte Hamburger und klebrige Makkaroni mit Käse servierten. Er sah mich mit einem breiten Lächeln an, das seine kleinen, gleichmäßigen Zähne entblößte.
»Hallo, Mr. Crisp. Ich hätte gern ein Seven-Up.«
Er öffnete die Flasche und reichte sie mir zusammen mit einem Pappbecher. Als ich ihm den Vierteldollar geben wollte, winkte er ab.
»Was hast du denn diesen Sommer vor?« schrie er über den ohrenbetäubenden Krach der Band hinweg. »Viele große Pläne?«

»Ich hab' einen Job bei Safeway!« schrie ich zurück. »Als Packbursche!« Das stimmte zwar nicht ganz, weil die Antwort des Filialleiters noch ausstand, der jetzt ein anderer war als der, der mich im letzten Jahr zuerst nach meiner Körpergröße und dann erst nach meinem Namen gefragt hatte. Der neue hatte mich zwar auch gefragt, wie groß ich war. Aber ich war mir ziemlich sicher, daß ich den Job kriegen würde. Er war gut bezahlt und garantierte dreißig Arbeitsstunden die Woche.

»Bei welchem?«

»In Westmoreland!«

»Da geh' ich mal einkaufen! Kaufe lauter schweres Zeug und lass' es dich zum Auto schleppen!« Er lachte. Im Unterricht war er immer sehr ernst, und auch bei unseren kurzen Gesprächen, deshalb war ich überrascht, ihn so aufgekratzt zu erleben. Ich konnte mir eigentlich nicht vorstellen, daß es ihm Spaß machte, Rockmusik zu hören und zuzusehen, wie ein Haufen Jugendlicher auf der Tanzfläche schwitzte und sich aufgeilte. Aber Mr. Crisp war fröhlicher, als ich ihn je gesehen hatte.

»Ich möchte immer noch wissen, wie's weitergeht.«

»Was?« brüllte ich zurück. Die Band hatte gerade mit einer Version von »I Saw Her Standing There« angefangen, die einem fast die Trommelfelle platzen ließ.

»Deine Geschichte!« schrie Mr. Crisp. »Ich möchte immer noch wissen, wie sie endet!«

»Ich arbeite daran!« sagte ich – was auch nicht stimmte, aber ich hatte mir vorgenommen, die letzten beiden Kapitel gleich zu schreiben, wenn ich die Abschlußprüfungen hinter mir hatte.

»Gut.« Ein Lehrer, den ich als den Ringtrainer erkannte, kam auf Mr. Crisp zu und flüsterte ihm etwas ins Ohr. Ich drehte mich um und schaute auf die Tanzfläche. Die Cafeteria hatte keine Fenster, und da es keine Lüftung gab, war es heiß wie in einem Backofen. Von den Tanzenden stieg ein Dampf auf wie die Abgase aus einem Düsenjäger. Es war schwierig, jemanden deutlich zu erkennen, aber ich sah Sherry eindeutig mit Jeff Fee tanzen, einem großen, pickelnarbigen Kerl, der Meister im Hürdenlauf war. Er preßte sich mit dem Unterleib in obszöner Weise gegen Sherry, während Mr. Crisp, der die Tanzenden beaufsichtigen sollte, mit dem Ringtrainer kicherte. Das war also die High-School, auf die ich noch drei weitere Jahre gehen mußte.

»Nelson, schnapp dir ein Mädchen und tanz!« rief Mr. Crisp, nachdem der Ringtrainer verschwunden war. »Da drüben ist ein ganzer Haufen, die nur darauf warten!« Er deutete zum anderen Ende des Raums, wo sich vier der unscheinbarsten Mädchen an der ganzen Schule unter einem Reklameplakat für Konserven versammelt hatten.

»Ich bin nicht allein hier!« brüllte ich zurück. Die Band spielte gerade »Town Without Pity«, und es wurde tatsächlich gnadenlos getanzt. »Meine Partnerin ist gerade auf der Toilette! Sie wird eifersüchtig, wenn ich mit einer anderen tanze!« erklärte ich, doch inzwischen hatte die attraktive Spanischlehrerin Mr. Crisps Aufmerksamkeit auf sich gelenkt, und er schien mich völlig vergessen zu haben.

Als ich aber gerade gehen wollte, hörte ich ihn wieder etwas rufen. Ich drehte mich zu ihm um. »Entschuldigen Sie, Mr. Crisp, ich hab' Sie nicht verstanden!«

»Fang keine Messerstecherei an! Sonst müßte ich eingreifen!« sagte er und grinste dabei wieder breit.

Ich nickte, obwohl ich nicht begriff, was er meinte. Wir kannten uns jetzt seit letztem Schuljahr. Inzwischen müßte er doch wissen, daß ich der letzte in diesem Raum war, der einen Streit vom Zaun brach – außer ich beschloß, Jeff Fee eine reinzuhauen oder Sherry ein paar Ohrfeigen zu geben, um ihr

Manieren beizubringen. Aber das war eher unwahrscheinlich. Schließlich erkannte ich, daß Mr. Crisp überhaupt nichts dergleichen gemeint hatte; er hatte einfach nur einen Witz gemacht. Wahrscheinlich war er so fröhlich, weil nur noch zwei Wochen lang Schule war und er dann eine ganze Weile seine Ruhe hatte. Trotzdem fragte ich mich, ob er wirklich deshalb so witzig war oder ob es einen anderen Grund gab.

Kurz nach meiner Unterhaltung mit Mr. Crisp fand ich mich unter dem Reklameplakat wieder und forderte spontan eines der Mauerblümchen zum Tanzen auf. Es war schon neun Uhr, und ich hatte erst einmal mit einem Mädchen getanzt, das dabei ständig mit seinem Kopf herumrollte, als sei er kugelgelagert. Ich war fest entschlossen, die Cafeteria nicht als Verlierer zu verlassen, und wenn die einzig verfügbaren Mädchen diese langweiligen Dinger waren, meinetwegen!

Das Mauerblümchen hieß Paula. Wir tanzten dreimal miteinander, und bei der dritten Nummer, einem langsamen Schieber, legte sie ihre Hand auf meinen Hintern und flüsterte mir ins Ohr, daß sie mich liebte.

Kapitel zehn

Maudes Schreie waren schon von weitem zu hören. Ich fing an zu rennen. Als ich näher kam, hörte ich die Stimme meines Vaters: »Maude, sei endlich ruhig! Kannst du sie denn nicht ruhigkriegen? Wo steckt Nelson?« Einen Augenblick später stürzte ich durch die Hintertür und rannte die drei Stufen zur Küche hinauf.

Eine zerbrochene Servierplatte lag auf dem Boden. Ursprünglich war Bœuf Stroganoff drauf gewesen. Das lag jetzt ebenfalls auf dem Boden, neben einer Kelle und einer Gabel. Mein Vater trug einen grauen Anzug mit blaßblauen Streifen. Seine linke Jackentasche hatte einen braunen Stroganoff-Fleck. Auch auf seinem linken Hosenbein und auf seinem Schuh war Stroganoff.

Meine Mom trug eine burgunderfarbene Bluse, einen schwarzen Rock und Pumps. Ein Handtäschchen baumelte an ihrem Arm, goldene Clips klemmten an ihren Ohren, und sie hatte auch eine neue Frisur. Eigentlich sah sie nicht aus wie eine Frau, die gerade eine Platte Stroganoff nach ihrem Gatten geworfen hatte.

»Mommy geht weg! Nelson, tu was!« kreischte Maude in demselben durchdringenden Ton, den ich schon vier Häuser weiter gehört hatte.

»Nelson, bring sie raus«, befahl mein Vater und deutete auf Maude.

»Nelson, mach Maude was zu essen«, fing meine Mutter zu sprechen an, noch bevor mein Vater geendet hatte. »Im Gefrierschrank ist Lasagne. Oder gegrilltes Hähnchen, wenn sie das lieber mag.« Dann drehte sie sich um und marschierte durch die festgeklemmte Schwingtür ins Eßzimmer.

»Nelson, laß Mommy nicht gehen! Halt sie fest!« schrie Maude und zerrte an meinem Arm. Ihr Gesicht war feuerrot und tränenverschmiert, ihre Hand glühte. Ich sah meinen Vater an.

»Heirate bloß nie, Nelson«, meinte er in einem entmutigenden Tonfall. Dann betrachtete er den braunen Fleck auf seinem Anzug und sagte: »Scheiße!« Ich hatte noch nie gehört, daß mein Vater dieses Wort in den Mund genommen hatte, und ein Gefühl der Hoffnungslosigkeit überwältigte mich. Jetzt wußte ich, daß ihre Scheidung beschlossene Sache war: Teller flogen durch die Luft, Flüche wurden in Gegenwart von Kindern ausgestoßen, und mir riet man vom Heiraten ab.

»Ich will zu Mommy!« heulte Maude. Sie riß sich von mir los und rannte zur Tür. Ich zuckte zusammen, als sie mit bloßen Füßen fast auf eine Scherbe trat, aber sie tappte haarscharf daneben und verschwand im Eßzimmer.

»Ich weiß nicht, was dir deine Mutter über mich erzählt hat...«, fing mein Vater an, während er mit einer dünnen Papierserviette an dem Stroganoff-Fleck herumrieb.

»Nichts«, versicherte ich schnell, obwohl sie mir ganz schön was erzählt hatte.

»Aber bei jeder Geschichte gibt es zwei Seiten«, fuhr er fort und vergaß dabei, daß ich Schriftsteller war und das instinktiv wußte. »Glaub nicht alles, was du hörst. Was für eine gottverdammte Schweinerei«, fügte er noch hinzu, wobei nicht klar war, ob er damit den Anzug, den Küchenboden oder seine Ehe meinte. Er knüllte die Serviette zusammen und warf sie auf den Tisch, wo sie prompt auf der anderen Seite herunterrollte. Dann stampfte er zur Hintertür, doch plötzlich blieb er wie angewurzelt stehen.

»Wer ist das?«, fragte er.

Es war natürlich Shane, die ich ohne Ankündigung mit nach Hause gebracht hatte, damit sie meine Familie kennenlernte.

Sie stand auf der untersten der drei Stufen zur Hintertür und versperrte meinem Dad den Weg. Mir schoß durch den Kopf, daß sie einem seltsamen europäischen Hund ähnelte, einem, der einer reichen Dame in der Schweiz gehören könnte. Dann fiel mir wieder ein, daß ich in sie verliebt war, und die Ähnlichkeit verblaßte.

Es handelte sich um einen Gegenbesuch; vor ein paar Tagen hatte ich Shanes Mutter kennengelernt. Doris Hanley war wie Shane zart gebaut. Aber das war auch ihre einzige Gemeinsamkeit. Shanes Mutter hatte honigblond gefärbte Haare, die sie straff aus der Stirn gebürstet trug, blaue Augen und nicht graugrüne wie Shane, und ein aus sich herausgehendes, wenn nicht gar herrisches Wesen. Das warf Fragen über den nicht anwesenden Vater auf, aber nirgendwo im Haus entdeckte ich irgendwelche Familienfotos. Bei mir zu Hause waren die Wände großzügig mit den Hochzeitsfotos meiner Eltern und Bildern von ihrem Urlaub in Mazatlán dekoriert, außerdem mit Porträts von Maude in verschiedenen entzückenden Altersstufen. Auch ein Bild von mir im Alter von drei Jahren hatte früher mal eine Wand geziert, aber inzwischen war es verschwunden.

Sie bestand darauf, daß ich sie Doris nannte. Das machte ich auch, obwohl es mir immer unangenehm war, irgendwelche Eltern mit Vornamen anzusprechen. Immerhin löste es das Problem, ob ich sie Miss oder Mrs. Hanley nennen sollte.

Shane hatte Doris bei der Telefongesellschaft angerufen, wo sie als Leiterin der Fernsprechauskunft arbeitete, und ihr gesagt, daß sie mich zum Abendessen mitbringen würde. Doris hatte nichts dagegen und nahm auf dem Nachhauseweg was Fertiges zu essen mit. Es gab Hähnchen, Kartoffelbrei und grüne Bohnen. Ich trug ein Hemd mit Palmen darauf; eine festliche Aufmachung, die Shane, als sie mich sah, zuerst etwas aus dem Gleichgewicht brachte. Für sich wählte sie immer die düstersten Farbtöne, die man sich nur vorstellen kann; Braun und Dunkelgrün waren ihre Lieblingsfarben. Sie trug auch keinen Schmuck außer einem angelaufenen Ring, der früher mal ihrem Vater gehörte, das einzige, was er außer Shane zurückgelassen hatte.

Beim Essen sprach ich zuviel über meine schriftstellerische Arbeit, was Shane zu Tode langweilte; aber Doris hörte aufmerksam zu und nickte gelegentlich. Dann pries Doris Shanes Talent und gab ihrer Hoffnung Ausdruck, daß sie einmal viel Erfolg als Werbegrafikerin haben würde, was sie für eine hochbezahlte Tätigkeit hielt. Doris machte mehrere Bemerkungen, wie leid es ihr tue, daß sie Shane den Start ins Leben nicht leichter machen könne, aber daß Not den Charakter bilde. Währenddessen spielte Shane mit einem Hähnchenflügel und guckte düster drein.

Doris meinte, Shane sei zu schüchtern; niemand würde ihr die Türen öffnen, wenn sie nicht anklopfte. Bei diesen Worten senkte Shane den Kopf noch tiefer, bis er nur noch wenige Zentimeter über ihrem Teller hing. Wahrscheinlich betete Doris diese Litanei mit ermüdender Regelmäßigkeit immer wieder herunter – im monotonen Tonfall einer Lehrerin, die Jahr für Jahr den gleichen Stoff unterrichtete. Trotzdem, sie glaubte aufrichtig an das Talent ihrer Tochter. Meine Eltern hatten noch nie eine einzige Zeile von mir lesen wollen.

Vier Tage später lud ich Shane spontan zu mir nach Hause ein, um meine Eltern kennenzulernen. Zwar verletzte ich damit die Regel, daß meine Freunde nur nach einer mindestens vierundzwanzigstündigen Vorankündigung willkommen waren, aber ich hatte das Gefühl, daß dies hauptsächlich für Freunde wie Tim galt, die Krach machten, den Kühlschrank leerten und im Badezimmer üble Gerüche verbreiteten. In dieser Hinsicht drohte von Shane keine Gefahr. Ich war stolz, daß ich eine Freundin hatte, und wollte meinen

Eltern zeigen, daß ihr Sohn einer romantischen Zukunft entgegenblickte. Vielleicht würde ihnen das in dieser Stunde des ehelichen Zwistes ja Kraft schenken.
Niemals zuvor hatte ich sie ihre Stimmen gegeneinander erheben hören, ganz zu schweigen davon, daß Teller mit russischem Essen durchs Zimmer flogen. Meistens sprachen sie nur ruhig und endlos miteinander. Wenn Mom mir nicht von der drohenden Scheidung erzählt hätte, ich hätte nicht einmal etwas geahnt. Aber ich wußte ja sowieso fast nichts von ihnen. Gut, mein Vater sammelte Briefmarken und ging angeln. Meine Mutter malte gern und hatte eine Mutter, die mir Jahr für Jahr bestickte Taschentücher schenkte. Aber wenn ich eine nähere Beschreibung von ihnen hätte liefern sollen, wäre ich ganz schön in Verlegenheit gekommen.
Sie haben geheiratet, direkt bevor Dad in den Krieg zog. Eine Schachtel mit Liebesbriefen war im Keller verstaut, er hatte ihr diese Briefe aus Italien geschrieben, manchmal aus dem Schützengraben. Dieser romantische Anfang paßte nicht zu der traurigen, schmutzigen Szene in der Küche. Es war, als ob in der Vorführkabine Filmrollen miteinander vertauscht worden wären, so daß jetzt eine Liebesgeschichte aus dem Krieg mit einem trockenen, zeitgenössischen Drama verquickt wurde. Falls ich jemals heiraten sollte, sagte ich mir, wollte ich für mehr Kontinuität sorgen.
»Das ist meine Freundin Shane«, antwortete ich Dad. Shane senkte den Kopf und murmelte etwas mit so leiser Stimme, daß weder mein Vater noch ich auch nur einen Ton verstehen konnten.
»Räum das Durcheinander nicht auf. Laß es einfach so«, meinte er über seine Schulter zu mir und eilte dann an Shane vorbei die Treppe hinunter. Sie preßte sich gegen die Wand wie eine Leprakranke, die auf keinen Fall jemanden anstecken will. Er schoß hinaus, und einen Augenblick später hörte ich,

wie der weiße Falcon gestartet und aus der Ausfahrt gefahren wurde.

Inzwischen hatten sich Maudes hysterische Schreie in den ersten Stock verlagert. »Maude, bitte«, hörte ich meine Mutter sagen.

Ich sah zu Shane, aber sie kauerte sich immer noch mit gesenktem Kopf an die Wand. Ich wollte, daß sie sah, wie ich die Achseln zuckte. Mir war das familiäre Chaos peinlich, und ich wollte ihr zeigen, daß ich es mir nicht allzusehr zu Herzen nahm, obwohl das nicht stimmte. Eltern waren nun mal Eltern – am besten ließ man sie ihre Szenen machen und verlor dabei nicht seinen Sinn für Humor. Aber Shane blickte mich nicht an, und ich bezweifelte auch, daß es mir gelingen würde, diesen komplexen Gedanken mit einem einzigen Achselzucken zu vermitteln. Also verließ ich die Küche und ging dorthin, wo die hysterischen Schreie meiner Schwester erschallten.

Als ich zur Treppe kam, die nach oben führte, ging meine Mom gerade runter. Sie trug einen kleinen Handkoffer bei sich. Maude war dicht hinter ihr und klammerte sich an ihren Rock. »Maude, bitte, laß mich los.« Meine Mom wirkte nicht bedrückt; sie sah kühl und geschäftsmäßig aus und schien möglichst schnell von hier weg zu wollen. Ich fragte mich, ob sie wohl zu Dr. Holt fuhr. Ich hatte versucht, mir meine Mom und Dr. Holt zusammen im Bett vorzustellen, aber dann beschlossen, daß das nicht gut für meine geistige Gesundheit war, und dieses Bild aus meinem Kopf verbannt.

»Nelson, nimm deine Schwester«, befahl sie. Maude schluchzte und stieß unverständliche Laute aus, sie hatte sich in ein vorsprachliches Kleinkindstadium geflüchtet.

»Maude, laß Mommy los«, sagte ich, obwohl ich wußte, daß das keinen Zweck hatte. Wenn Maude mal so richtig in Fahrt war, ließ sie sich durch nichts beruhigen. Ich faßte nach ihrem

Arm. Da schoß ihre Faust hervor und landete in meinem Bauch.

»Ich habe die Nummer, wo ich hingehe, an den Kühlschrank geheftet«, sagte meine Mom, als sie energisch durch die Diele ins Wohnzimmer schritt. »Ich bin nicht weit weg.«

»Geh nicht, Mom, wir brauchen dich doch«, bat ich, obwohl ich mir da gar nicht so sicher war. Ich fütterte Maude jeden Morgen, paßte den ganzen Tag auf sie auf, machte das Abendessen für sie, beschäftigte sie bis acht Uhr abends, sorgte dafür, daß sie sich die Zähne putzte, und brachte sie ins Bett. Ich wusch ihre Wäsche und machte außerdem die Küche sauber. Das schien eigentlich das Wesentliche zu sein. Aber ich brauchte jemanden, der mir mein wöchentliches Gehalt zahlte, also war meine Bitte nicht völlig aus der Luft gegriffen.

»Wenn ihr etwas braucht, fragt euren Vater. Zur Abwechslung kann er auch mal was tun«, erwiderte sie und öffnete die Eingangstür. Ein gelbes Taxi wartete am Straßenrand. Als Maude das Taxi erblickte, schrie sie sogar noch lauter, und ich muß zugeben, daß das Taxi nichts Gutes verhieß. Die Tatsache, daß meine Mom nicht den Ford-Kombi nahm, machte ihren Abschied irgendwie endgültig; wir würden sie vielleicht nie wiedersehen. Krampfhaft überlegte ich, wie ich sie zum Bleiben überreden könnte, doch mir fiel nichts ein. Ich war mir nicht einmal mehr sicher, daß sie und Dad zusammenbleiben sollten. Sie hatten es neunzehn Jahre probiert. Das war eine lange Zeit. Sie waren erst dazu übergegangen, sich mit erlesenen Speisen zu bewerfen, nachdem sie alles ausdiskutiert hatten. Wenn sie sich scheiden lassen wollten, stand es mir nicht zu, sie davon abzuhalten. Sie waren die Erwachsenen, ich das Kind.

Aber da war Maude. Was sollte mit ihr geschehen, wenn sich ein Elternteil durch die Hinter- und das andere durch die Vordertür davonmachte? Ich würde die gesamte Verantwortung übernehmen müssen. Da sie noch zu klein für den Kindergarten war, würde ich in der Cleveland-High-School der einzige Schulanfänger sein, der von einem vierjährigen Kind begleitet wurde. Das war zwar eine gute Masche, um Mädchen aufzureißen, denn Mädchen liebten Maude, aber bei einem Rendezvous konnte es zu verheerenden Komplikationen kommen.

»Mom, bitte geh nicht«, bettelte ich, doch mein Flehen klang hohl, und sie tat, als ob sie es nicht gehört hätte.

»Maude, ich fahr' jetzt«, sagte sie und kauerte sich nieder, um das völlig fassungslose Mädchen in den Arm zu nehmen. Maude klammerte sich an die weinrote Bluse meiner Mutter und malte mit ihren Tränen ein Muster darauf. »Nelson bringt dich morgen früh zu mir. Dann unternehmen wir was Lustiges zusammen.« Ich fragte mich, ob meine Mom sich an dieses Versprechen erinnern oder, wenn ich die Nummer auf dem Kühlschrank anrief, eine Ausrede parat haben würde, um nichts Lustiges unternehmen zu müssen.

»Ich liebe dich. Mußt nicht weinen. Mach dir keine Sorgen. Nelson und dein Vater werden sich um dich kümmern«, versicherte sie Maude, ohne sich klarzumachen, daß mein Dad bereits abgedüst war. Ich öffnete schon den Mund, um die Sachlage richtigzustellen, aber wozu? Also sagte ich nichts.

»Wenn ich nicht gehen müßte, würde ich es nicht tun«, fuhr sie fort und strich Maude dabei über das schweißnasse Haar. »Bitte glaube mir. Wir werden uns morgen sehen. Oh, Liebling, bitte hör auf, ich kann dich nicht weinen sehen. Ich hab' dich doch so lieb.« Einen kurzen Augenblick zitterte das Kinn meiner Mutter, und ich fragte mich, was in ihr vorging. Würde ich es jemals erfahren? Würde einmal eine Zeit kommen, wo sie alt und ich erwachsen war und wir darüber sprechen konnten? Oder würde es einfach nur einer von fünfzig weiteren dramatischen Augenblicken in unserem Leben sein?

Maude hörte nicht auf zu brüllen, und schließlich befahl mir meine Mutter: »Nimm sie, das Taxi wartet.« Ich schnappte mir Maude, und Mom ging rasch aus der Tür und die Treppe zum Gehweg hinunter. Der Taxifahrer hielt ihr die Autotür auf, und sie stieg graziös ein. Maude erstickte fast an ihrem Rotz, doch als ich wollte, daß sie sich die Nase mit einem der Großmutter-Taschentücher putzte, brüllte sie noch lauter und sagte, daß sie mich haßte. Das Taxi fuhr los, und soweit ich es beurteilen konnte, winkte meine Mutter weder, noch warf sie einen Blick zurück. Maude riß sich von mir los und rannte nach oben in ihr Zimmer. Das Knallen ihrer Zimmertür ließ das ganze Haus erzittern.

Als ich in die Küche zurückkam, war Shane nicht mehr da. Sie mußte sich, peinlich berührt von dem familiären Alptraum, in den sie unversehens hineingestolpert war, so rasch wie möglich aus dem Staub gemacht haben. Ich überlegte, ob ich ihr nachlaufen sollte, aber das hätte bedeutet, eine selbstmordgefährdete Maude allein zu lassen, und es würde bald dunkel werden.

Jetzt gehörte das Haus mir. Ich saß in einem der zwei Sessel im Wohnzimmer und versuchte, mich wie ein Mann mit Besitz zu fühlen. Jetzt konnte ich mit dem Haus machen, was ich wollte. Ich konnte es renovieren. Ich konnte eine Party schmeißen. Ich konnte das Haus verkaufen und nach New York ziehen, um dort Karriere als Schriftsteller zu machen.

Es war ein einstöckiges Haus aus den dreißiger Jahren. Mom und Dad hatten es gekauft, als ich ein Jahr alt war, also hatte ich nie ein anderes Zuhause gekannt. Das Dach war so steil, daß die Zimmer im oberen Stockwerk Schrägen hatten. Insgesamt hatte das Haus neun Zimmer und einen großen, nicht ausgebauten Keller. Mein Zimmer im Erdgeschoß an der nordöstlichen Seite des Hauses war mein Lieblingszimmer, aber ich hatte auch noch andere Lieblingsplätze: den Wäscheschacht in der Diele im Erdgeschoß, der in den Keller führte und durch den ich meine Mom einmal mit einem Wasserballon pritschnaß gespritzt hatte; die großzügige Vorderveranda, die links und rechts von leuchtenden Rhododendronsträuchern gesäumt wurde; und den kleinen Hof hinter der Garage, wo ich mich als kleiner Junge immer versteckt hielt, wenn ich Ärger hatte, denn dort, glaubte ich, würde mich nie einer finden.

Jetzt gehörte das alles mir. Ich ging ins Arbeitszimmer und setzte mich in den großen Drehstuhl am Schreibtisch. In einem Ablagekorb zu meiner Linken stapelten sich ein paar Rechnungen. Ich blätterte sie durch: Telefon, Strom, Gas, all das würde bezahlt werden müssen, wenn Maude und ich weiterhin in dem Haus wohnen blieben. Außerdem gab es da noch eine Rechnung von Dr. Alan L. Holt.

Ärztliche Untersuchung von Nelson	$ 27.00
Laborkosten	$ 11.20
gesamt:	$ 38.20

Die flog in den Papierkorb. Ich öffnete die Schublade in der Mitte und fand ein Scheckbuch. »Lawrence D. Jaqua, Dolly C. Jaqua« stand in goldenen Lettern auf dem ledernen Umschlag. Ich machte es auf, um festzustellen, wieviel Geld ich hatte. Das Guthaben war nicht ausgewiesen, aber schätzungsweise waren viertausend Dollar verfügbar. Das würde uns ein paar Monate lang reichen.

Weiter hinten in der Schublade lagen Papiere und Quittungen durcheinander, unter anderem eine Einkommensteuererklärung von 1960, die meine Eltern beide unterzeichnet hat-

ten. Das würde mir von Nutzen sein, wenn ich ihre Unterschriften auf den Schecks fälschte. Ich konnte sie im Tante-Emma-Laden einlösen, wo Mr. Walsh die Unterschriften nicht mit kriminalistischer Genauigkeit überprüfen würde. Es klang sowieso ganz danach, als ob inzwischen Tim den Laden schmiß, und er würde mir keine Schwierigkeiten machen.
Unter der Schachtel mit den Stiften, Heft- und Büroklammern lagen dreiundvierzig Dollar in Zehnern und kleineren Scheinen, die ich in meine Tasche steckte. Ich untersuchte auch noch die anderen Schreibtischschubladen, um mich mit allem vertraut zu machen, was notwendig für die Weiterführung des Haushalts war. Auf dem Sparbuch bei der U.S. Bank war ein Guthaben von fünfzehntausend Dollar. Das würde hilfreich sein, obwohl es sicher schwerer werden würde, an das Geld zu kommen, als die Schecks einzulösen. Ich fand die Kombination für den Safe und öffnete ihn. Drinnen lagen Aktienzertifikate, die Eigentümerurkunde für das Haus und die Fahrzeugbriefe. Der Ford Kombi konnte verkauft werden – das würde einige Zeit die Brausestangen für Maude finanzieren. Ein paar Schmuckstücke meiner Mutter lagen ebenfalls im Safe; die konnten Maude und ich versetzen, falls wir am Hungertuch nagten.
Dann ging ich ins Schlafzimmer meiner Eltern. Ich war hier noch nie allein drin gewesen; es war Sperrgebiet. Meine Eltern hatten nie was für Kinder übrig gehabt, die morgens in ihr Schlafzimmer stürmten, auf ihnen herumhüpften und »Wann gibt's Frühstück?« brüllten. Von Zeit zu Zeit unterhielt sich meine Mutter mit mir, während sie sich schminkte, bevor sie ausging, doch das war schon lange her.
Es war jetzt mein Zimmer, wenn ich wollte. Das Schlafzimmer war riesig groß, trotz einer Dachschräge. Es hatte ein eigenes Bad und einen begehbaren Kleiderschrank. Die Doppelfenster gingen auf Mrs. Crows Haus hinaus.

Ich durchsuchte die Schubladen der Nachtkästchen. Bei meiner Mutter auf der Seite war ein Topf mit Gesichtscreme, ein Päckchen Taschentücher und ein Fläschchen mit Schlaftabletten drin. In der von meinem Vater lagen eine Bibel und eine Pistole. Ich nahm die Pistole in die Hand; sie war leichter, als ich gedacht hatte. Dann stellte ich mich damit vor den Spiegel, um zu sehen, wie ich mit einer Waffe in der Hand wirkte. Irgendwie nicht allzu gefährlich. Ich wollte gern überprüfen, ob sie geladen war, hatte aber Angst, daß sie versehentlich losging, und legte sie lieber zurück. Ich hatte nicht gewußt, daß eine Waffe im Haus war; irgendwie gab es dem Haus eine komplett neue Note.
Der Kleiderschrank meiner Eltern war ziemlich vollgehängt, auf der einen Seite mit den Sachen von meiner Mutter, auf der anderen mit denen meines Vaters. Ich fuhr mit der Hand in seine Anzugtaschen, aber alles, was ich fand, waren ein paar vereinzelte Pfefferminzbonbons, einige Visitenkarten und ein Zäpfchen. Ich hatte gar nicht gewußt, daß er Hämorrhoiden hatte – das gehört wahrscheinlich zu den Dingen, die man seinen Kindern nicht erzählt. Auf einem Regalbrett darüber standen Dutzende von Schachteln mit den Schuhen meiner Mutter. Auf dem Boden standen noch mehr Schuhe, manche in einem Schuhregal, andere wild durcheinander. Ich faßte mit der Hand in ein Paar Schuhe von meinem Vater; sie waren ein bißchen feucht, und meine Hand roch, als ich sie wieder rauszog, aber nicht unangenehm.
Wahrscheinlich suchte ich nach einem Hinweis oder einer Spur, was für Schwierigkeiten meine Eltern eigentlich miteinander hatten; ob es nur um die »andere Frau« ging oder um mehr. Denn wenn ich erst verstand, warum man mir davon abriet, jemals zu heiraten, und verschwand, ohne auch nur einmal zu winken, könnte ich das Ganze vielleicht leichter wegstecken.

Natürlich suchte ich auch nach einer anderen Antwort: ob meine Eltern jemals zurückkehren würden und ob wir wenigstens ein bißchen geliebt wurden. Ich mißgönnte ihnen ihre Probleme nicht. Sollten sie ruhig welche haben. Alles, was ich wollte, war, nicht in einem großen Haus mit einer Waffe allein gelassen zu werden. Maude und ich waren nicht stark. Von uns beiden war Maude sogar die Widerstandsfähigere. Denn sie vergaß leicht, und so kam sie immer wieder rasch auf die Beine. Ihre Launen wechselten schnell, und jeder Umschwung belebte sie neu. Ich dagegen klammerte mich an jede Empfindung wie ein Blutegel und saugte sie aus, bis nichts mehr davon übrig war.

Nun denn, bis entweder unsere Eltern irgendwann zurückkehrten oder unser Schicksal feststand, würde ich schnellstens erwachsen werden müssen. Denn jetzt war ich für Maude verantwortlich. Ich würde sie nicht nur jeden Morgen anziehen und füttern müssen, ich würde sie auch davon überzeugen müssen, daß sie von jemandem geliebt wurde, der sie nicht vergessen hatte, auch wenn bloß ich es war. Es war jetzt meine Pflicht, in ihr den Glauben zu wecken, daß widrige Umstände den Charakter stärkten, auch wenn sie meiner Ansicht nach nur dazu führen, daß man mit noch mehr unangenehmen Ereignissen rechnet. Man wird übervorsichtig und argwöhnisch, so daß man in der Nachttischschublade eine Waffe aufbewahrt.

Und ich mußte lieb zu Maude sein und gerecht, und sie mußte mir wichtiger sein als alles andere. Ich mußte sie beschützen und leiten, wissen, wann Strenge angebracht war und wann Nachgiebigkeit. Und noch wichtiger: ich würde sie lieben müssen, wie Eltern ihre Kinder lieben; mit einer Liebe ohne jede Bedingung, ohne Forderungen und ohne Ende.

Das schaffte ich nicht. Schließlich war ich doch erst dreizehn. Ich konnte meine Schwester anziehen, ihr was zu essen machen und ihre Wäsche waschen. Diese Aufgaben bewältigte ich. Aber ob ich immer entscheiden konnte, was richtig und was falsch für sie war, wußte ich beim besten Willen nicht, und dieses Risiko wollte ich nicht eingehen. Das hatte nichts mit Liebe zu tun. Ich hatte Maude gern, keine Frage. Aber ich war nicht ihr Vater und hatte auch nicht das Recht, so zu tun. Ich war noch nicht reif genug, aber immerhin reif genug, um das zu wissen.

Am Ende gingen wir natürlich zu den Shooks. Ich hatte vorher angerufen und gesagt, daß meine Mutter zusammen mit meinem Vater auf Geschäftsreise wäre, und jetzt sei ihr Flug ausgefallen, und sie könnten erst morgen zurückkommen. Wir hätten Angst, allein zu Haus zu bleiben. Mr. Shook, der am anderen Ende der Leitung war, sagte, er würde uns in fünf Minuten abholen kommen.

Wir packten ein paar Sachen zusammen. Ich für mich eine zweite Jeans und mehrere Hemden; und da Maude sich weigerte zu helfen, suchte ich ein paar Kleider für sie raus. Wir konnten jederzeit zurückkommen, um neue Sachen zu holen, aber irgendwie hatte ich das Gefühl, als würde es nicht dazu kommen. Wir standen vor der Entscheidung, alles mitzunehmen oder nichts, und so nahmen wir nahezu nichts.

Dann sperrte ich die Türen ab und machte alle Fenster zu. Ich legte das Scheckbuch in den Safe und verschloß ihn. Die Kombination steckte ich in meine Brieftasche, aber das war das einzige, was ich aus dem Schreibtisch mitnahm, außer den dreiundvierzig Dollar. Ich wischte den Küchenboden sauber und vergewisserte mich, daß der Herd ausgeschaltet war. Im Wohnzimmer ließ ich eine Lampe brennen, um Einbrecher abzuschrecken.

Bevor wir gingen, rief ich bei Shane an. Telefongespräche mit ihr waren immer ziemlich kompliziert, weil sie so leise sprach, daß das kleinste Knistern in der Leitung oder ein vorbeifahrender Laster sie übertönte. Ich machte es kurz. Ich sagte ihr, daß Maude und ich bis auf weiteres bei den Shooks bleiben würden und ob ich mich morgen mit ihr treffen könne. Sie antwortete, daß sie tagsüber arbeiten müßte, aber abends hätte sie Zeit. Ich bat sie, mich gegen sechs, halb sieben bei den Shooks abzuholen. Keiner von uns erwähnte die Szene zwischen meinen Eltern, aber sie hing dennoch in der Luft wie dunkle Gewitterwolken.

Mr. Shook brauchte weniger als fünf Minuten. Er wartete geduldig, bis ich alles abgeschlossen hatte, dann hielt er mir die Wagentür auf, und wir stiegen in den De Soto ein. Wir saßen alle drei vorne, in der Mitte Maude, die krampfhaft einen Stoff-Popeye umklammerte. Inzwischen weinte sie nicht mehr, aber in ihrem Gesicht stand unverkennbar »Die Welt ist gegen mich« geschrieben. Kein unschuldig Verurteilter ist je enttäuschter von der Welt gewesen. Ich fragte mich, ob ihre Kindheit damit zu Ende war. Wenn ja, dann war Maude zu kurz gekommen – sie hätte ruhig noch ein paar Jahre dauern dürfen. Ich tätschelte ihr das Knie, aber sie schreckte zurück, als ob ein glibberiges Monster sie angefaßt hätte.

Sobald wir im Haus waren, nahm uns Mrs. Shook unter ihre Fittiche, sie breitete ein herzliches Willkommen über Maude wie eine Decke. Das Haus war warm und roch nach gebackenem Schinken. Plötzlich stand Maude im Mittelpunkt, und Mrs. Shook las ihr jeden Wunsch von den Augen ab. Wenn das kleine Mädchen ihren neuen Status als Waisenkind dadurch vielleicht auch nicht völlig vergaß, so lenkte es sie sicherlich davon ab. Sofort bemerkte Mrs. Shook, daß Maude zwei unterschiedliche Socken trug. Sie schnalzte mißbilligend mit der Zunge und brachte Maude nach oben, um in den vielen Schachteln mit Bobbys abgelegter Kleidung zwei passende Socken zu finden. Sie machte ein Spiel daraus, und Maude liebte Spiele.

»Wirf doch mal einen Blick auf unsere Mauer«, meinte Mr. Shook zu mir, und so gingen wir in den Keller, als die Frauen nach oben gingen. Die Mauer war fertig und wirkte solide und symmetrisch. Der Mörtel, den teilweise ich aufgetragen hatte, sah gleichmäßig aus. Die Steine lagen wasserwaagengerade. Ich wußte, daß ein kleiner Abfluß hinter der Mauer die austretende Feuchtigkeit hinaus auf die Straße leitete. Ein kleines Gitter hielt Mäuse fern. Diese Mauer würde noch hier stehen, lange nachdem die Shooks entweder weggezogen oder gestorben waren.

»Sie ist klasse.«

»Nun, sie wird es tun«, erwiderte Mr. Shook, als ob die Mauer noch fachmännischer hätte gebaut werden können. »Jetzt muß ich mich mal ans Dach machen.« Er blickte in eine Kellerecke, wo sich Dachschindeln bis zu meiner Schulterhöhe stapelten. »Bist du schwindelfrei?« fragte er.

»Nelson, warum gibt es bei uns nie Schinken?« waren die ersten Worte, die Maude an mich richtete, seit wir unser Haus verlassen hatten. Sie hatte bisher ausschließlich mit Mrs. Shook gesprochen und sich dabei verzweifelt an Popeye geklammert, eine Puppe, die sie bisher nicht im geringsten interessiert hatte. Jetzt schien Popeye das einzige zu sein, was ihr in dieser schweren Stunde Trost spenden konnte. Selbst am Eßtisch hielt sie ihn mit einer Hand fest, bis sie das zu sehr behinderte und sie den rauhen Seemann in ihren Schoß legte.

»Wir haben dauernd Schinken«, erinnerte ich sie. »Aber du magst ihn nicht.«

»Ich liebe Schinken«, widersprach sie und warf einen gekränkten Blick auf Mrs. Shook, um ihr zu zeigen, wie schlecht man sie behandelt hatte. Mrs. Shook lächelte nur. Der Tisch war vollgeladen mit Essen, mit mehr, als wir vier bei mehreren Mahlzeiten hätten aufessen können. Mrs. Shook kochte niemals etwas Ausgefallenes – bei den Shooks bestand keine Gefahr, daß Bœuf Stroganoff durch die Luft flog –, aber selbst eine solch biedere Hausmannskost wie gebackener Schinken besaß einen stillen Zauber. Der Schinken war der beste der Welt; die Ananasglasur die fruchtigste, die je gemacht worden war. Selbst die Süßkartoffeln, der Alptraum eines jeden Kindes, waren kroß und hell und keine braunorangefarbene Pampe.

Wie immer wurde bei Tisch wenig gesprochen. Wir saßen hier, um zu essen. Mr. Shook kaute jeden Bissen zehnmal, eine Regel, die er als Kind gelernt haben mußte und nach der er sich auch jetzt noch, fast ein halbes Jahrhundert später, richtete. Mrs. Shook behielt aufmerksam unsere Teller im Auge, ob sie eine kleine Lücke finden konnte, die es zu füllen galt.

Ich fühlte mich hier sicher und geborgen. Essen wurde vor mich hingestellt, und ich aß. Milch wurde vor mich hingestellt, und ich trank. Das Leben konnte so einfach sein. Mein Zuhause und das Minenfeld des Alltags waren unendlich weit entfernt. Hier an diesem Tisch saßen Menschen, die sich um meine Schwester und mich kümmerten, die uns mit Essen versorgten und das Böse von uns fernhielten. Mir fiel die Pistole in der Schublade meines Vaters ein, und ich fragte mich, ob Mr. Shook wohl auch eine Waffe besaß. Nein, er brauchte keine. Er beschützte seine Lieben allein mit seiner gewichtigen Anwesenheit, mit seinem bulligen North-Dakota-Körper.

Seine Stimme am Telefon: *»Ich bin in fünf Minuten da. Könnt ihr so lange warten!«*

Ja, wir konnten. Es war keine Erklärung notwendig, keine Überredungskunst. Er würde in fünf Minuten hier sein, und tatsächlich war er dann noch schneller da.

Ihre Stimme: *»Oh, Maude, du hast ja unterschiedliche Socken an. Tststs. Aber das werden wir gleich haben!«* Was für ein Eifer, welche Fürsorge. Und kurz darauf passende Socken.
Die Shooks fragten nicht, wo meine Eltern aufgehalten worden waren oder wann sie zurück sein würden. Sie schlugen kein Ferngespräch vor, um ihnen zu sagen, daß alles in bester Ordnung war. Ich weiß nicht, ob die Shooks mir die Geschichte abnahmen oder sich überhaupt fragten, ob sie stimmte oder nicht. Sie waren einfach froh, jemanden da zu haben, mit dem sie ihr Essen teilen konnten, der sich mit ihnen die Mauer ansah, mit dem sie über die Dachreparatur sprechen konnten, und ein kleines Mädchen, für das passende Socken aufgetrieben werden mußten.
An diesem Abend dachte ich nicht in vollständigen Sätzen und oft vollkommen ungrammatikalisch. Es waren eher nur Eindrücke von Wärme und Geborgenheit. Das Essen sättigte mich und machte mich müde. Mein Verstand wurde langsam und konnte nicht mehr rational erfassen, was um mich herum vorging, ich konnte es nur noch empfinden.
Der Nachtisch, Apfelstreuselkuchen und Eis. Und Kaffee, meine erste Tasse echter Kaffee. Maude: *»Kann ich noch mehr haben?«* Natürlich konnte sie noch mehr haben. Der vollgehäufte Teller. Die Serviette unter ihrem kleinen, vollgekrümelten Kinn.
Später Fernsehen. Es gibt nichts im Fernsehen. Darüber reden, daß es heutzutage nichts mehr im Fernsehen gibt. Ein Spiel mit Maude.
Dann Maude, eingeschlafen auf der Liege im Nähzimmer, eine Steppdecke mit Enten drauf deckt sie zu. Das kleine Licht eingeschaltet, damit sie keine Angst hat, wenn sie nachts aufwacht. Die Tür einen Spalt weit offen.
Acht Uhr. Zusammensitzen mit den Shooks, der Versuch wachzubleiben.

Seine Stimme: *»Wir werden uns mal das Dach ansehen.«* Ihre Stimme sagt irgendwas von einem richtigen Dachdecker. Mir fallen die Augen zu.
Später, oder vielleicht auch gleich anschließend, seine Stimme: *»Wir schaffen das schon.«*
Ein kleiner Junge mit dem sicheren Gefühl, daß seine Eltern in der Nähe sind und gut aufpassen, döst immer wieder ein. Er schnappt Gesprächsfetzen auf und zerbricht sich nicht den Kopf darüber, worum es insgesamt geht. Denn er weiß, daß nichts Wichtiges besprochen wird, wenn er nicht ganz da ist, daß keine lebenswichtigen Entscheidungen hinter seinem Rücken getroffen werden. Und wenn ein oder zwei Entscheidungen gefällt werden, weiß er, daß sie richtig sind und ihn einbeziehen.
Ihre Stimme, sie liest aus einem Spiralnotizblock:

»Zweihundert Dollar
für einen Quadratmeter Erd',
hab' meinen Sohn drin begraben,
was ist er heute wert?«

Und wieder ihre Stimme: *»Ach, du meine Güte. Das muß ich noch mal überarbeiten.«* Ein verlegenes Lachen.
Draußen auf der Straße ein Auto, es wird langsamer, hält an, ein Hupen. Ich denke schon, daß es meine Eltern sind, die mich holen kommen. Ich will mich hochrappeln. Es fährt wieder los.
Später, seine Stimme: *»Ich glaube, er ist eingeschlafen.«*
Meine Stimme: *»Nein.«*
Es fängt an zu regnen, gemächlich prasselt es gegen das Fenster hinter mir. Unter meinem Kopf eine leuchtende Steppdecke.
Ihre Stimme: *»Das ist mir das liebste von ihr. Ach, eigentlich sind sie alle meine Lieblingsgedichte. Aber dieses ...«* Und dann liest sie aus

einem Buch mit zerrissenem Umschlag von Edna St. Vincent Millay vor:

»Sohn«, sagte meine Mutter,
ein Dreikäsehoch war ich,
»du brauchst Kleidung, doch den Stoff dafür,
den hab' ich nicht.«

»Wir haben nichts im Haus,
was man für Hosen nötig hat,
keine Schere, um zu schneiden,
auch keinen Faden für die Naht.«

Und dann mit tränenerstickter Stimme:

Doch sie webte ein' roten Umhang,
sehr edel und königlich,
»Sie macht ihn für einen Königssohn«,
sagt' ich, »und nicht für mich.«
Doch ich wußte, er war für mich.

Noch später, sie schaut nicht in das Buch, zitiert aus dem Gedächtnis:

Ein Lächeln umspielte die Lippen,
ein Lichtschein krönte ihr Haupt.
Die Händ' in den Harfensaiten
war'n gefroren und todestaub.

Und neben ihr, aufgetürmt zum Himmel,
da schwankten ganze Stöße
von Kleidern für einen Königssohn,
genau in meiner Größe.

Natürlich war es ihr Lieblingsgedicht – der bedürftige Sohn, die Sorge, daß er etwas zum Anziehen bekommt. Ihr Traum, die Harfenweberin zu sein, die ihr Leben verwebt, um den Sohn zu retten.
Seine Stimme: *»Na, na, na.«*
Ihre Stimme: *»Ich weiß schon.«*
Seine Stimme: *»Warum liest du es, wenn es dich zum Weinen bringt?«*
Sie weiß es nicht. Sie lacht. Das Rascheln einer Zeitung. Das leise Klappern von Stricknadeln.
Schließlich seine Stimme: *»Nelson, wir werden dich in Bobbys Zimmer unterbringen.«*
Ich rappele mich hoch.
Ihre Stimme: *»Vielleicht hat er es hier unten bequemer.«*
Seine Stimme: *Ja, möglich. Wie du willst, Nelson.«*
Meine Stimme: *»Nein, oben ist wunderbar.«*
Und so schlief ich in Bobbys Zimmer, in seinem Bett, zugedeckt mit seiner Decke mit den Raumschiffen und Raketen drauf. Ich denke, es war Schicksal, aber ein mir freundlich gesinntes, das ich nicht gewohnt war. Als ich schläfrig in sein Zimmer wankte, bezog Mrs. Shook die Matratze mit Laken, sie waren gebleicht und gebügelt. »Ich hab' das für dich rausgelegt, ich weiß nicht genau…«, murmelte sie unsicher und zeigte auf einen zu großen Pyjama. »Ich dachte, ich hätte auch noch kleinere.«
»Ich brauche keinen Pyjama.«
»Vielleicht wird dir kalt. Es soll heute nacht kalt werden, haben sie in den Nachrichten gesagt. Aber wie du willst. Ich weiß, daß Jungs gern in Unterwäsche schlafen, ich verstehe nicht warum.« Sie lachte.
Ich putzte mir die Zähne mit den Fingern, weil ich meine Zahnbürste vergessen hatte. Dann probierte ich das Pyjama-Oberteil an, aber es ging mir bis zu den Knien. Ich zog wieder

mein T-Shirt über und fragte, ob ich mal zu Maude reinschauen dürfe. Sie schlief friedlich. Ich steckte ihr Popeye unter die Decke, damit sie nicht allein war.

»Wir sind froh, daß du uns angerufen hast, Nelson«, sagte Mrs. Shook noch, bevor sie zur Tür rausging und mich in Bobbys Zimmer allein ließ. Ich saß auf der Bettkante, auf dem Bett, unter dem ich mich vor nur einem Monat versteckt hatte. Meine Schuhe hatte ich schon ausgezogen, aber ich wollte warten, bis Mrs. Shook die Tür hinter sich geschlossen hatte, bevor ich mich ganz auszog. »Egal, worum es geht, du kannst dich immer an uns wenden. Betrachte das hier als dein zweites Zuhause.«

Sie redete nicht weiter, ging aber auch nicht. Sie schaute an mir vorbei und richtete den Blick auf den Globus, plötzlich verlegen und stumm. Ich denke, daß sie mich vielleicht umarmen wollte, aber das Gefühl hatte, daß das unpassend war. Ich wußte nicht, wie ich ihr sagen sollte, daß es mich nicht stören würde. Ich hätte vom Bett aufstehen, zu ihr rübergehen und sie umarmen sollen. Nichts hätte ihr in diesem Augenblick mehr bedeutet, und es war so eine Kleinigkeit. Ich erinnere mich, daß ich es tun, ihr die Freude machen wollte; ich wußte, daß es auch mir Freude machen würde und unseren Bund besiegeln. Aber ich war dreizehn, und große Gesten fielen mir schwer. Ich rührte mich nicht.

An der Tür blieb sie noch einmal stehen, als ob sie nach Worten suchte, nach etwas, was mir meine Befangenheit nehmen sollte, damit ich zu ihr kam. Aber ihr fiel nichts ein, und so war ein »Schlaf gut« alles, was sie sagte. Sie wandte sich zum Gehen.

»Danke.«

Da drehte sie sich wieder um, und ich konnte von ihrem Gesicht ablesen, daß es genau das war, was sie wollte – keine Umarmung oder sonst eine bombastische Geste, nur ein schlichtes Danke. Ihr Gesicht entspannte sich, und ihr Lächeln wurde breiter. Ihre Augen glitzerten; ob Tränen in ihnen standen, weiß ich nicht. Sie hatte sich Sorgen gemacht, daß sie nicht genug getan hatte, daß meine Schwester und ich es nicht bequem genug hatten, daß wir nicht genug zu essen bekommen hatten. Das waren die Dinge, die einer Bridget Shook Sorgen machten, und mein Dank war für sie die Versicherung, daß es uns an nichts fehlte. Einen Moment lang stand die junge Bridget Shook in der Tür, die Bridget, die sie gewesen sein mußte, bevor Bobby krank wurde und ihr soviel ihrer Fröhlichkeit geraubt hatte.

Ich hatte ein schlechtes Gewissen, weil mein Dank so knapp ausgefallen war. Ich hätte zumindest »vielen herzlichen Dank« daraus machen können, dabei hätte ich mir nichts abgebrochen. Aber man hätte sich keine höhere Wertschätzung vorstellen können als die, die sie in diesem Moment an den Tag legte. Vielleicht war das ein Wort, das Bobby nie über die Lippen gebracht hatte. Vielleicht hatte er niemals »Danke« gesagt, und sie hatte dieses Wort noch nie aus dem Mund eines Jungen gehört.

»Gute Nacht«, sagte sie noch, dann ging sie hinaus und schloß die Tür.

Ich zog mich aus und machte das Licht aus. Donald Duck glimmte aus der Ecke zu mir herüber. Ich überkreuzte die Arme über der Brust, doch dann fiel mir ein, daß Bobby vielleicht genau so im Sarg gelegen hatte, und schob sie mir unter den Kopf. Ich hatte kein komisches Gefühl dabei, in Bobbys Bett zu schlafen. Es war ein bequemes Bett, ein bißchen weicher als meins zu Hause. Das Bettgitter war heruntergelassen. Es gefiel mir, all die Sachen von Bobby um mich herum zu haben, seinen Schallplattenspieler, seine Bücher der Weltliteratur, seinen Hockeyschläger. Wie viele Jahre mußte er hier gelegen und auf das Abc-Plakat gestarrt haben, in dem verzweifelten Versuch, die Buchstaben zu kapieren. War das wirklich so viel anders, als wenn ich zu Hause in meinem Bett lag und versuchte, mir eine Geschichte auszudenken oder ein bedeutendes Thema suchte und einfach nicht weiterkam? Wieviel vom Leben konnte man eigentlich kapieren, so richtig verstehen? Ich glotzte auf das Alphabet, bis die Buchstaben zu bedeutungslosen Formen wurden, manche hübscher als andere und keine davon mit irgendeinem Bezug zu mir. In diesem Moment fühlte ich mich Bobby nahe und war überzeugt, daß er nicht wirklich unglücklich gewesen war. Kein Kind konnte in diesem Haus unglücklich sein, sich vernachlässigt oder im Stich gelassen fühlen.

Als ich am nächsten Morgen um Viertel vor neun schlaftrunken die Treppen hinunterwankte – ich hatte tief und traumlos geschlafen –, begrüßte mich Maude mit einem durchdringenden: »Wir fahren ans Meer!«; und das taten wir dann auch. Mr. und Mrs. Shook hatten den ganzen Tag geplant: einen Tag am Meer. Alles war schon zusammengepackt, sie hatten nur darauf gewartet, daß ich aufstand, mich anzog und frühstückte. Maude hatte schon mehrmals versucht, nach oben zu rennen und mich wachzurütteln, aber Mrs. Shook hatte sie mit einem entschiedenen: »Nelson braucht seinen Schlaf« gebremst. Maude war aufgeregt. Das wäre ihr allererster Ausflug ans Meer, behauptete sie steif und fest, obwohl wir den Sommer davor auch dort waren, da war sie drei gewesen. Aber das war schon eine halbe Ewigkeit her.
Mr. Shook verkündete, daß wir alles, was wir brauchten – Badesachen, Strandbälle, Sandeimer – am Strand kaufen würden. Er brannte darauf, ins Auto zu steigen und loszufahren. Ich fragte ihn, ob wir um sechs Uhr wieder dasein würden; Shane wollte vorbeikommen. Ja, versicherte er mir, wir würden rechtzeitig wieder dasein. Als er dachte, daß

ich gerade nicht herschaute, grinste er seine Frau an und zwinkerte ihr zu. Sie stellte mir ein Frühstück hin, Blaubeerwaffeln und Rühreier. Ich aß schnell, und um halb zehn saßen wir alle im Wagen und waren auf dem Weg zur Küste.

Es fiel mir erst sehr viel später ein, daß meine Eltern nicht wußten, wo wir waren, und vielleicht panisch reagieren könnten, wenn sie merkten, daß wir nicht mehr zu Hause waren. Sie würden nicht auf den Gedanken kommen, daß wir bei den Shooks sicher aufgehoben waren, weil meine Eltern gar nicht wußten, daß es die Shooks gab. Ich hatte ihren Namen nie erwähnt. Und wenn Maude von ihnen sprach, nannte sie sie »die netten Leute«. Die Shooks waren inzwischen ein unentbehrlicher Bestandteil unseres Lebens geworden, aber ein ziemlich geheimer. Ich hatte nur Cat von ihnen erzählt, und Cat traute ihnen nicht.

Meine Mutter hatte eine Telefonnummer hinterlassen und gesagt, daß ich am nächsten Morgen anrufen sollte; doch bei unserem hastigen Aufbruch hatte ich vergessen, den Zettel mitzunehmen. Selbst wenn ich daran gedacht hätte, weiß ich nicht, ob ich ihn eingesteckt hätte. Denn die Nummer hätte die von Dr. Holt sein können, und die Vorstellung, ihn zu fragen, ob ich meine Mutter sprechen könnte, gefiel mir ganz und gar nicht.

Als mein Dad losgedüst war, hatte er weder gesagt, wohin er gehen, noch wann er zurückkommen würde. Ich hätte in seinem Büro anrufen und ihm sagen können, wo wir waren, aber ich wußte, daß seine Sekretärin mich nur wieder wie immer abwimmeln würde: »Tut mir leid, Nelson. Er ist gerade beschäftigt.« Sie sagte das immer sehr nett, und ich bin überzeugt, daß es stimmte. Na, mein Vater ist an diesem Vormittag sowieso nicht ins Büro gegangen.

Ich rief niemanden an. Mr. Shook konnte es kaum erwarten,

endlich ans Meer zu kommen, und da seine Frau und er so nett zu uns waren, wollte ich sie nicht aufhalten. Ich hatte nicht vor, meinen Eltern einen Schreck einzujagen oder Rache zu nehmen dafür, daß sie uns im Stich gelassen hatten. Ich wollte nur möglichst gut für meine Schwester sorgen. Letztlich war das mein Job in diesem Sommer.

Mein Vater war nach Hause zurückgekommen, mitten in der Nacht, wie er mir später erzählte, und betrunken. Er hatte sich in einer Bar mehrere zur Brust genommen und danach versucht, eine Frau aufzureißen. Anfangs schien sie zwar interessiert, doch bald langweilten sie sein ständiges Geschwafel über meine Mom und die Bilder von Maude und mir, die er immer wieder aus der Tasche zog. Er fuhr heim, schaffte es dabei rätselhafterweise, nicht verhaftet zu werden, und fand das Haus leer und verschlossen vor. Nun, er nahm an, daß Maude und ich bei unserer Mutter waren, wohin auch immer sie gegangen sein mochte. Er haßte sich dafür, daß er seine gesamte Familie verloren und sein Leben zerstört hatte. Also leerte er eine halbe Flasche Scotch, aß eine Packung Erdnüsse auf, übergab sich und fiel in einen trunkenen Schlaf; dabei trug er noch immer den Anzug mit den Stroganoff-Spuren.

Das Telefon weckte ihn am nächsten Morgen um zehn Uhr. Es war Freitag, der 31. August.

»Larry?«

»Jaaah. Moment mal, die Telefonschnur hat sich irgendwie verheddert...« Meine Mutter hörte, wie der Hörer zu Boden fiel. Kurz darauf war seine Stimme wieder in der Leitung. »Tschuldige. Dolly?«

»Was tust du denn zu Hause?«

»Bin nicht so recht aus den Federn gekommen.«

»Bist du krank?«

»Weiß nicht genau.«
»Du klingst fürchterlich.«
»Vielleicht bleibe ich heute ganz zu Hause.«
»Fehlt dir was?«
»Ich hab' immer noch meine Klamotten an.«
Meine Mom dachte sich ihren Teil: Bis spät in die Nacht rumgetrieben, betrunken, der Himmel wußte, was noch alles. Sie wechselte das Thema, um keinen Streit anzufangen.
»Holst du bitte mal Nelson?«
»Ich glaube nicht, daß er da ist.«
»Wo ist er denn?«
»Wo bist denn du?«
»Bei Margaret.« Margaret war eine Freundin, die immer nahe daran war, sich von ihrem Mann scheiden zu lassen, es aber dann doch nie tat. Ihr Mann schlug sie und hatte eine Kühlschrankfabrik. Dies war also der Hafen, in dem meine Mutter Zuflucht gesucht hatte. »Ist er schon mit Maude unterwegs?«
»Ich weiß es nicht. Ich hab' sie nicht gesehen.«
»Würdest du bitte nachschauen?« Meine Mutter bemühte sich, nicht ungeduldig zu klingen.
»O.k. Bleib dran.«
Meine Mutter wartete und rieb sich die Augen. Auch sie war bis spät in die Nacht aufgeblieben und hatte zugehört, wie Margaret endlos über ihr leiderfülltes Eheleben klagte. Während sie darauf wartete, daß mein Dad wieder ans Telefon kam, versuchte sie, sich ein Ehepaar ins Gedächtnis zu rufen, das nicht bereits geschieden war, sich gerade scheiden ließ oder ernsthaft an eine Scheidung dachte. Nach mehreren Minuten hörte sie, wie mein Dad am zweiten Apparat in der Küche abnahm.
»Sie sind nicht da.«
»Nelson sollte mich anrufen.«

»Sie waren auch gestern abend nicht da, als ich ziemlich spät zurückgekommen bin.«
»Was?«
»Das Haus war leer.«
»Um wieviel Uhr war das?«
»Elf, halb zwölf.«
»Und sie waren nicht zu Hause?« Jetzt klang ein besorgter Unterton in der Stimme meiner Mutter mit, es sollte an diesem Tag nicht das letzte Mal sein.
»Alles war abgeschlossen. Es brannte nur ein Licht.« Das hatte meinen Vater in der Nacht nicht beunruhigt, doch jetzt, als er es aussprach, schienen das ruhige Haus und die leeren Zimmer so unheilschwanger, daß seine Beine unter ihm nachzugeben drohten. *Ich bin kein guter Vater*, dachte er. Das Bild von zwei Särgen, einer davon klein, ungefähr in Maudes Größe, tauchte vor ihm auf und wollte sich nicht verdrängen lassen.
»Larry, warum hast du nichts unternommen? Warum hast du mich nicht angerufen? Was hast du dir denn bloß gedacht?«
»Ich habe gedacht, sie wären bei dir.«
Später erzählte mir meine Mom, sie habe gefühlt, wie ihr eine eisige Hand ans Herz griff, und obwohl das zu den Klischees zählt, die ein Schriftsteller niemals verwenden darf, fühlen die Menschen manchmal genau das. Meine Mutter rief sich wieder die schrillen Schreie ins Gedächtnis, die Maude ausgestoßen hatte, als sie die Stufen zum Taxi hinunterging. Zu dem Zeitpunkt hatte sie gedacht, *Morgen komme ich wieder zurück. Ich liebe sie so sehr. Ich kann sie nicht weinen sehen.* Und jetzt war es vielleicht zu spät.
Meine Mom sagte, sie würde auf der Stelle heimkommen. Mein Dad schlüpfte aus dem Anzug, den er mehr als vierundzwanzig Stunden lang getragen hatte, und stellte sich unter eine eiskalte Dusche, so kalt, wie er es gerade noch aushielt.

Trotzdem konnte er die Särge nicht aus seinem Kopf waschen.
Ohne auf das Aussehen meines Dads einzugehen – sein graues, unrasiertes Gesicht, seine zitternden Hände –, rief Mom, kaum daß sie das Haus betreten hatte, ihre Mutter an. Nein, Nelson und Maude hatten sie schon seit mehreren Wochen nicht mehr besucht, erwiderte ihr die Taschentücher-Großmutter. Dann rief meine Mutter weitere Verwandte an, und mein Vater befragte die Nachbarn, die links und rechts von uns wohnten. Nein, niemand hatte uns gesehen, allerdings hoffte Mrs. Crow, daß ich bald wiederauftauchen würde, denn ich hatte aus ihrem Garten einige Rosen geklaut, wofür sie mich zur Rede stellen wollte. Auch andere Nachbarn aus unserer Straße wurden befragt, konnten aber ebenfalls nicht weiterhelfen.
»Ich rufe bei der Polizei an«, entschied meine Mutter.
»Dolly, werd' nicht gleich panisch«, erwiderte mein Dad und fühlte, wie Panik in ihm hochstieg, noch während er das sagte. »Alles, was sie dir antworten werden, ist, daß niemand als vermißt gilt, der nicht mindestens vierundzwanzig Stunden verschwunden ist.«
»Sie werden aber *jetzt* vermißt!«
Als mein Dad die Schublade in der Mitte seines Schreibtischs aufzog, sah er, daß das Scheckbuch nicht mehr da lag. Und auch fast fünfzig Dollar in bar waren verschwunden. »Wir sind ausgeraubt worden«, schoß es ihm durch den Kopf. Die Kinder wurden entführt. Er war so entsetzt, daß er sich hinsetzen und den Kopf zwischen die Knie klemmen mußte. Dann entdeckte er das Scheckbuch im Safe, neben den Fahrzeugbriefen und dem Schmuck meiner Mutter. Nichts fehlte. Er erinnerte sich wieder an das verschlossene Haus, das einsam brennende Licht.
»Ich glaube, sie sind ausgerissen.«

»Das war Nelsons Idee«, erwiderte meine Mom bitter, schlug das Telefonbuch auf und suchte die Nummer des zuständigen Polizeireviers raus. »Er benimmt sich schon den ganzen Sommer über völlig unmöglich. Ich weiß zwar nicht, welche Phase er gerade durchmacht, aber er hat sie besser bald hinter sich. Warum unternimmst du nicht mal was dagegen, Larry? Er ist schließlich dein Sohn.«
Enttäuschenderweise wiederholte der Polizeibeamte, der den Anruf entgegennahm, genau das, was mein Vater vorhergesagt hatte: Jemand gilt erst dann als offiziell vermißt, wenn er oder sie mindestens vierundzwanzig Stunden verschwunden ist.
»Aber sie ist erst vier! Wollen Sie jetzt bitte etwas unternehmen, oder wollen Sie lieber warten, bis Sie ihre Leichen im nächsten Straßengraben finden? Wir zahlen unsere Steuern und damit schließlich Ihr Gehalt!« brüllte meine Mutter. Sie haßte es, wie ein hysterisches Weibsbild zu klingen, aber sie wurde ziemlich schnell zu einem hysterischen Weibsbild.
»O.k., wir kommen gleich bei Ihnen vorbei«, erwiderte Officer Constantine, der genau wußte, daß sich das vermißte Kind in Kürze in einem Park oder im Haus einer Freundin wiederfinden würde. Es würde die übliche peinliche Szene geben, die Mutter, die verlegen zu Boden blickte, und ein erleichterter Vater, der wütend seine Frau anfunkelte.
Officer Constantine war schon seit seinem zweiundzwanzigsten Lebensjahr bei der Polizei von Portland; das erzählte er mir später, als ich mal im Revier vorbeischaute, um ihm zu versichern, daß es mir gutging. Jetzt war er zweiundvierzig. Schon als kleiner Junge hatte er Polizist werden wollen. Als die Lehrer der vierten Klasse ihre Schüler aufforderten zu malen, was sie mal werden wollten, wenn sie groß waren, hatte er sich als Polizisten gemalt, der gerade einen bärtigen

Verbrecher festnahm. In seinen zwanzig Dienstjahren hatte er viele Leute verhaftet, aber niemals schießen müssen, außer im Schießtraining. Er hatte mehrmals die Waffe gezogen und damit herumgefuchtelt, aber sie nie abgefeuert. Darauf war er stolz.

Vermißte Kinder gehörten zu seinem Alltag. Zwei- oder dreimal pro Woche bekam er hysterische Anrufe, genau wie den, den er von den Jaquas erhielt. Die Eltern sagten immer das gleiche: »Wir zahlen schließlich Ihr Gehalt.« Kinder rannten weg und Kinder kamen zurück; so war das Leben, und Officer Constantine nahm es gelassen hin. Er hatte selbst drei Kinder, und jedes von ihnen verschwand hin und wieder. Natürlich hatte er Mitleid mit den verzweifelten Eltern, doch er wurde nie nervös, bevor nicht vierundzwanzig Stunden verstrichen waren. Normalerweise tauchten die Kinder vorher wieder auf.

»Ich war eine Freundin besuchen, eine kranke Freundin«, log meine Mutter, als Officer Constantine sie fragte, warum sie am vorigen Abend, an dem die Kinder verschwunden waren, nicht zu Hause gewesen war. »Und Larry mußte bis spät in die Nacht arbeiten. Nelson paßte auf die Kleine auf. Er ist vierzehn.«

»Dreizehn«, korrigierte sie mein Vater. Der Officer mochte vielleicht das Alibi mit der kranken Freundin nicht in Zweifel ziehen, aber mein Alter war in öffentlich zugänglichen Dokumenten festgehalten.

»Fast vierzehn. Er ist sehr verantwortungsbewußt, also hatten wir keine Bedenken, ihn ein paar Stunden mit Maude allein zu lassen«, fuhr sie fort und gab damit eine sehr zurückhaltende Schilderung der sommerlichen Ereignisse. »Als Larry um elf nach Hause gekommen ist, waren sie nicht da.«

»Warum haben Sie sie denn nicht schon da vermißt gemeldet?« Officer Constantine verlagerte sein Gewicht und kritzelte eine Notiz auf einen kleinen Block. In den letzten sechs Monaten hatte er fast sechs Kilo zugenommen, und jetzt ertappte er sich dabei, wie er sein Gewicht ständig von einem Fuß auf den anderen verlagerte, um seinen verspannten Rükken zu entlasten. Er wußte, daß er abnehmen mußte; er wollte gleich nach seinem bevorstehenden Urlaub damit anfangen.

»Ich dachte, Dolly hätte sie zu ihrer Mutter gebracht«, erwiderte mein Vater. »Ich bin gar nicht auf den Gedanken gekommen, daß etwas nicht stimmen könnte.«

»Haben Sie irgendwann in der Zeit zwischen...«, der Officer blätterte in seinen Notizen, »Viertel vor sechs, als Ihre Frau die Kinder allein gelassen hat, und elf Uhr, als sie zurückgekommen sind, zu Hause angerufen?«

»Ich war in einer wichtigen Besprechung«, antwortete mein Dad, dem die Lüge ebenso leicht von der Zunge ging wie meiner Mom. »Ich dachte, das würde Dolly tun.«

»Wo gehen sie denn gerne hin? Was sind ihre Lieblingsplätze?« lautete Officer Constantines nächste Standardfrage.

»Ich weiß nicht. Der Park...«, sagte meine Mutter vage, als ob ich den Park nicht mindestens hundertmal in diesem Sommer erwähnt hätte. Mein Dad sagte gar nichts; er hatte nicht die leiseste Ahnung.

»Haben Sie die Parks schon durchsucht?« Nein, das hatten sie nicht. Wieder eine kleine Notiz auf Officer Constantines Block.

»Nelson geht gern ins Kino, aber Kinos sind ja nicht die ganze Nacht über geöffnet«, war eine wenig hilfreiche Überlegung von meinem Vater.

»Was ist mit ihren Freunden? Dorthin gehen die Kinder normalerweise, wenn sie durchbrennen. Haben Sie es schon bei ihren Freunden oder deren Eltern probiert?«

»Maude ist erst vier. Die Eltern von ihren Freunden würden

sie nicht übernachten lassen, ohne vorher mit mir zu sprechen«, entgegnete meine Mutter.
»Na ja, vielleicht haben sie ja angerufen, und Sie waren nicht zu Hause«, war der logische Einwand von Officer Constantine. Meine Mutter fühlte, wie sie die Beherrschung verlor: *Er hat kein Recht, uns wie Verbrecher zu behandeln. Wann unternimmt er endlich was und hört auf, uns diese vielen Fragen zu stellen?*
»Wer sind denn Nelsons Freunde?« fragte mein Vater und hoffte, daß meine Mutter in der Lage war, einige Namen zu nennen. »Wer ist das Mädchen, das gestern bei ihm war?«
»Was für ein Mädchen?«
»Das Mädchen, das er gestern abend mitgebracht hat.«
»Was für ein Mädchen?« Meine Mom hatte die winzige Shane, die sich während des Stroganoff-Krieges an die Wand gekauert hatte, nicht wahrgenommen.
»Das Mädchen mit den Haaren in den Augen«, erklärte mein Vater, aber auch dafür erntete er von meiner Mutter nur einen verständnislosen Blick.
»Nelson muß doch auch noch andere Freunde haben«, hakte Officer Constantine nach.
Es gab eine Pause, in der meine Mom und mein Dad versuchten, sich an irgendeinen meiner Freunde zu erinnern. Da es mir verboten war, sie ohne Erlaubnis mit nach Hause zu bringen, und ich nur selten die Erlaubnis dazu erhielt, kam ihnen kein einziger Name in den Sinn.
»Da ist dieser Tim«, meinte mein Vater, aber es fiel ihm beim besten Willen weder sein Nachname ein, noch wo man ihn auftreiben konnte.
»Und was ist mit dem Mädchen...?« Meine Mom zögerte.
»Die hab' ich doch gemeint!« rief mein Vater. »Das Mädchen mit den Haaren in den Augen!«
»Dieses Mädchen hat *überhaupt* keine Haare. Wie heißt sie noch? Catherine, glaube ich.«

»Ein kahlköpfiges Mädchen?« sagte mein Vater ungläubig und fragte sich dabei, ob meine Mom das ebenso erfunden hatte wie die Geschichte von dem Krankenbesuch bei ihrer Freundin.

»Catherine...« Officer Constantine kritzelte den Namen aufs Papier. Es war merkwürdig, daß beide Elternteile nicht einen einzigen Freund ihres dreizehnjährigen Sohnes mit vollem Namen kannten. Er begann sich zu fragen, ob die Kinder überhaupt vermißt wurden. Vielleicht hatten die Jaquas ja einfach vergessen, wie sie aussahen.

»O.k., wir werden das überprüfen. Wenn Ihnen noch etwas einfällt, was uns weiterhelfen könnte, rufen Sie einfach im Revier an. Ich werde eine Personenbeschreibung herausgeben. Und ich würde vorschlagen, daß einer von Ihnen zu Hause am Telefon bleibt, während sich der andere im Viertel umschaut. Vielleicht sieht er sie ja irgendwo. Versuchen Sie, ein paar von ihren Freunden aufzutreiben. Rufen Sie Nelsons Lehrer an. Wir werden sie schon finden, keine Sorge.«

Meine Mom fand, daß Officer Constantine den Fall zu sehr auf die leichte Schulter nahm – in seinen Anweisungen schwang so ein gelangweilter Unterton von »das kennen wir schon« mit –, aber ihr fiel auch nichts Besseres ein. Sie erledigte einige Anrufe, während mein Dad langsam die Straßen auf und ab fuhr. Er durchsuchte die Parks und die Bücherei und ging auch zu meiner alten Schule, die geschlossen war. Doch er fand keine Spur von uns, denn zu diesem Zeitpunkt waren wir hundertzwanzig Kilometer weit entfernt am Strand.

Die Wellen waren riesig an diesem Tag und krachten mit einer solchen Gewalt herein, daß der Boden unter unseren Füßen erzitterte. Die Sonne schien hell, aber es war nicht heiß. Es lag eine nördliche Kühle in der Luft, und eine gleich-

mäßige Brise zauste mein Haar und wehte den Strandbaseball immer wieder davon. Vierstöckige Wolken rasten den Himmel entlang, als ob sie ein Wettrennen veranstalteten.
Unser erster Halt war die Uferpromenade. Dort zog Mr. Shook ein Bündel Banknoten aus der Brieftasche, und wir bekamen alles, was wir wollten. Ich wollte nicht viel, und Maude wollte alles. Nachdem sie den ganzen Sommer über unter meiner Knauserigkeit gelitten hatte – »*Eine* Brausestange, Maude.« »Nur eine kleine Cola, du schaffst keine große« –, wurde sie nun endlich so behandelt, wie sie es ihrer Ansicht nach verdiente.
Er kaufte uns beiden Badesachen und wollte sogar, daß Mrs. Shook etwas anprobierte, aber sie lachte nur. Maude bekam außerdem eine Schaufel und einen Eimer, einen aufblasbaren Ball, Schwimmflügel, eine Sonnenbrille, Plastiksandalen, einen Sonnenhut, einen Drachen und Salzwasserbonbons. Ich bekam ein Strandbaseballspiel, nicht weil ich es wollte, es wurde mir förmlich aufgedrängt. Ich merkte, daß eigentlich Mr. Shook es wollte, weil er Lust hatte zu spielen.
Mrs. Shook hatte Sandwiches, gegrilltes Hähnchen, Kartoffelsalat, Obstsalat und Wackelpudding eingepackt – genug, um alle Badegäste am Strand mit durchzufüttern. Der Strand war lang und breit, und wir hatten ein riesiges Stück für uns allein. Maude rannte am Ufer entlang und scheuchte Seemöwen auf. Sie sammelte Muscheln und hüpfte mit einem langen, glitschigen Stück Tang wie mit einem Springseil, während Mrs. Shook und ich uns über unsere Lieblingsbücher unterhielten. Sie trug Shorts und hatte einen breitkrempigen Strohhut auf. Ihre Beine waren gelblich und von langen, blauen Adern durchzogen. Noch einmal bat sie mich, ihr etwas zu zeigen, was ich geschrieben hatte, auch wenn es nicht fertig war oder ich es nicht gerade für ein Meisterwerk hielt. »Wenn ich in deinem Alter wäre, würde ich schreiben und

schreiben und nicht mehr aufhören«, sagte sie ohne Trauer in der Stimme und blickte hinaus auf die turmhohen Wellen.

»Worüber würden Sie schreiben?« Diese Frage quälte mich in beinahe jeder wachen Minute.

»Ich weiß nicht«, erwiderte sie und blinzelte ins helle Sonnenlicht. Sie blickte den weiten Strand entlang, holte tief Luft, legte den Kopf zurück und schloß die Augen. »Über das.«

Ich weiß nicht genau, was sie damit meinte, vielleicht aber doch. Über diesen Tag am Strand mit den riesigen Wellen und dem warmen Sand, der kühler und kühler wurde, je tiefer man die Zehen hineingrub. Über den Geruch am Strand, die abwechselnd frische und faulige Brise vom Meer her. Über das Kreischen von Maude, mit dem sie die Seemöwen erschreckte, und deren furchtsame Schreie, wenn sie hinauf in den Himmel stiegen. Über den blauen Himmel, den gelborangefarbenen Eimer. Darüber, mit einem Jungen über Bücher und das Schreiben zu sprechen, an einem Tag, der für ein solches Gespräch wie geschaffen war. Über das Auto, das nicht weit entfernt geparkt war, falls wir irgendwo anders hin wollten, zu einem anderen Strand, an einen anderen Ort, zurück nach Hause. Kurz gesagt, über einen Tag ohne Leid; einen Tag, der alles Gute und Schöne des Lebens beinhaltete und nichts, was kleinlich, engstirnig oder unangenehm war.

Später wollte Mr. Shook, daß ich Strandbaseball mit ihm spielte, und das tat ich auch. Heute weiß ich, und ich wußte es auch damals, daß dies der Tag am Strand war, den sie mit Bobby niemals erlebt hatten. Für diese paar Stunden war ich ihr Sohn, Maude ihre Tochter. Und auch Maude und ich betrachteten sie als unsere Eltern, als Eltern, die uns alles neu kaufen wollten und viel zuviel zum Essen mitgebracht hatten. Vielleicht war es verkehrt, daß wir dieses Spiel mitspielten, aber unterschied es sich denn so sehr von den Spielen, in denen Maude so tat, als wäre sie eine Prinzessin oder ein

Kaninchen? Wenn man Maude gefragt hätte, hätte sie sofort zugegeben, daß sie nicht wirklich eine Prinzessin oder ein Kaninchen war. Daß sie nur spielte, andere Möglichkeiten ausprobierte und für kurze Zeit der rauhen Wirklichkeit entfloh. Maude und ich wußten, daß die Shooks nicht unsere Eltern waren; die Shooks wußten, daß sie nur ein Kind gehabt und es verloren hatten; aber keiner von uns sprach über diese Dinge oder ließ zu, daß sie diesen Tag trübten.

Und in diesem Sinne war dieser Tag ein Traum, obwohl es ihn wirklich gegeben hat und wir tatsächlich dort waren. Die Sandwiches waren lecker, die Wellen so hoch, wie ich sie noch nie gesehen hatte, der Strand breit und sauber. Diese Dinge waren wirklich und bewiesen, daß auch dieser Tag wirklich war. Heute, fast ein Jahr später, kann ich mich noch genau an diesen Tag erinnern, während der gestrige bereits in meinem Gedächtnis verblaßt. Er war so wirklich und dauerhaft wie sonst fast nichts in meinem bisherigen Leben.

Natürlich gab es auch eine Sandburg, und wir bauten alle daran mit. Sie hatte Türme, einen Graben und eine winzige Zugbrücke. Der Sand war geschmeidig und ließ sich leichter formen als sonst. Aus einem Zahnstocher und einem kleinen Stück roter Plastikfolie bastelte Mr. Shook eine Flagge und steckte sie auf den höchsten Turm; und wir waren uns einig, daß es eine wunderbare Burg war.

So also verlief dieser Tag. Selbst als sich der Himmel zuzog und es zu regnen begann, war der Regen warm wie eine Dusche. Im Auto auf dem Heimweg rochen wir nach Salz, nach nassen Handtüchern und nassen Haaren. Mr. Shook wollte uns noch einen Hügel zeigen, wo er kurz nach seiner Ankunft aus North Dakota Holz gefällt hatte. »Wir haben den ganzen Berg abgeholzt«, sagte er und blickte die Bäume an, die seit damals wieder groß und mächtig herangewachsen waren. Wie lange war das her! Mrs. Shook hakte sich bei ihm unter. Und selbst Maude war ruhig, als ob sie wüßte, daß dieser Augenblick Mr. Shook gehörte und sie ihn ihm schenken mußte, so wie er ihr den Ball und den Drachen geschenkt hatte.

Dann wollte Mrs. Shook anhalten, um Kaffee zu trinken. Ich wußte, daß sie einfach nur den Tag verlängern wollte, aber keiner erhob Einspruch. Maude aß Eis, ich bestellte heiße Schokolade. An der Theke stand eine kleine Musikbox. Ich gab meiner Schwester Kleingeld, sie steckte die Münzen in den Schlitz und drückte aufs Geratewohl ein paar Tasten. Aus einem scheppernden Lautsprecher erklang Countrymusik.

Wieder einmal wurde bei Tisch nur wenig gesprochen, doch ich ertappte Mrs. Shook dabei, wie sie mich ansah, mich einfach nur ansah. Ich wußte, daß die Traurigkeit wieder zurückkroch, näher und näher kam, je mehr wir uns dem heruntergekommenen, großen, grauen Haus näherten, in dem sie wohnte. Ich erwiderte ihren Blick, und sie schaute weg, als ob sie nicht das Recht hätte zu wünschen, wie Mr. Shook es einmal schon fast laut getan hatte, daß es so weitergehen würde, bis sie alt war. Ich wollte etwas sagen, um ihr zu versichern, daß ich sie nicht im Stich lassen würde, doch ich fürchtete, ich könnte nicht die richtigen Worte finden und sie würde sich dann noch einsamer fühlen. Also sagte ich, wie üblich, nichts.

Es dauerte lange, bis meine Eltern auf den Tante-Emma-Laden kamen. Während mein Dad die Straßen entlangfuhr, rief meine Mutter jeden an, der uns möglicherweise gesehen haben könnte oder zu dem wir uns vielleicht geflüchtet hatten. Sie rief meinen Schuldirektor an, und er gab ihr die Telefonnummern von verschiedenen meiner Lehrer. Aber da ein langes freies Wochenende bevorstand, waren die meisten nicht in der Stadt.

Gegen drei Uhr nachmittags erreichte Mom meinen Sport-

und Musiklehrer aus der achten Klasse (neulich hatte es eine Kürzung im Schuletat gegeben, und verschiedene Fächer wurden daraufhin zusammengelegt). Er meinte, daß Tim vielleicht etwas über meinen Verbleib wissen könnte, da wir zwei unzertrennlich wären.

»Wie heißt Tim mit Nachnamen?« fragte meine Mutter. »Es ist mir völlig entfallen.«

»Wooley, Tim Wooley.«

Also wurden die Wooleys angerufen. Tim sei nicht zu Hause, informierte Mrs. Wooley meine Eltern, wäre aber im The 38th Avenue Market zu finden, wo er arbeitete. Schnell fuhren Mom und Dad dorthin und befragten Tim. Das letzte Mal, daß er mich gesehen hätte, erzählte er ihnen, wäre ungefähr 'ne Woche her. Wüßte er vielleicht, wo ich war oder wo ich hingegangen sein könnte? Nein, eigentlich nicht, meinte er. Tim wußte nichts von den Shooks. Gut, er wußte, daß ich mehr oder weniger in ihr Haus eingebrochen und glimpflich davongekommen war, aber er ahnte nicht, wie eng unsere Beziehung geworden war und daß sie auf Maude aufpaßten.

»Fällt dir sonst jemand ein, den wir fragen könnten?« erkundigte sich meine Mutter, deren Nerven nach fünf zermürbenden Stunden der Angst aufs äußerste strapaziert waren.

»Ja schon, Cat.«

Cat war nicht zu Hause. Ihr Vater wurde in seinem Außenbordmotorgeschäft angerufen, aber er wußte nicht, wo sie steckte. »Sie streunt dauernd rum. Sie kann überall sein«, erwiderte er in resigniertem Ton. Und wirklich war Cat gerade in diesem Moment an einem Ort, wo niemand eine Cat vermutet hätte: in einem Kleidergeschäft. Sie staffierte sich für die Hochzeit aus. Das Kleidergeschäft war natürlich *Aktuelle Mode*, die Boutique, in der Shane jobbte. Shane war bei der Anprobe dabei, und die Peinlichkeit dieser Begegnung würde ein ganzes weiteres Kapitel füllen.

Die Hochzeit war übermorgen, am Sonntag, dem 2. September. Cat hatte eine Fahrkarte für den Samstagmorgenbus, und sie war alles andere als wild auf die lange Fahrt nach Bend. Schon bedauerte sie, daß sie Tims Angebot, sie zu begleiten, ausgeschlagen hatte. Doch noch mehr als die Fahrt und die Zeremonie fürchtete Cat den anschließenden Empfang – aufgesetzte Fröhlichkeit war noch nie ihre Stärke gewesen.

Nach der Anprobe streunte Cat durch ihr Lieblingskaufhaus, um zu sehen, ob was Neues hereingekommen war. Sie kaufte einen bestickten indianischen Gürtel zu der Aufmachung, die sie sich für den Empfang zusammengestellt hatte. Gleich nach der Kirche wollte sie das mädchenhafte Rüschenkleid ablegen, das ihre Mutter ausgesucht hatte, und ein senffarbenes Männersakko über einen hellgrünen Arztkittel ziehen, der in Reiterhosen steckte; an den Füßen ihre Lieblingsschuhe, die goldenen Ballerinas.

Gegen fünf Uhr nachmittags, als Maude und ich im Elsie Inn Münzen in die Musikbox steckten, schneite Cat in den Tante-Emma-Laden herein, unter dem Vorwand, etwas fürs Abendessen zu besorgen. Sie hatte beschlossen, ihrem Dad was zu kochen. Er schien am Vorabend der Hochzeit seiner Ex-Frau ziemlich deprimiert zu sein, vielleicht würde ihn ihre selbstgekochte Mahlzeit aufmuntern. Kochen war eine der überraschenderen Fähigkeiten von Cat.

Ungefähr zehn Minuten lungerte Cat auf dem Parkplatz vom Tante-Emma-Laden herum, bevor sie sich genug Mut gemacht hatte, um hineinzugehen. Natürlich gab es eine Menge anderer Läden, wo sie die Zutaten für Hackbraten hätte kaufen können; der Tante-Emma-Laden war nicht der einzige Laden in der Stadt – aber der einzige Laden, in dem Tim Wooley arbeitete. Sie rauchte zwei Zigaretten und verwünschte sich dann, weil sie kein Atemfrisch gegen ihren Raucheratem dabeihatte.

Cat war nicht gerade strahlender Laune. In zwei Tagen würde sie in einem Kleid, in dem sie aussah wie ein »dummer August«, mit ansehen, wie ihre Mutter einen Mann heiratete, der nicht ihr Vater war. In der gleichen Woche würde sie dann mit der High-School anfangen und sich neun Monate lang zu Tode langweilen müssen. Die einzige Alternative dazu war, in Bend zu bleiben und mit einer Horde von Hinterwäldlern zur Schule zu gehen; und die würden sich nicht nur darüber totlachen, wie sie sich anzog und ihr Haar trug, sondern sie wahrscheinlich auch deswegen nach dem Unterricht verprügeln. All das wäre ein wenig leichter zu ertragen gewesen, wenn Tim sie nicht wie eine Diphtheriekranke behandelt hätte. *Dieser Sommer ist einfach das Hinterletzte*, dachte sie, die einzige Zusammenfassung, die die Sachlage einigermaßen auf den Punkt zu bringen schien. »Ach, scheiß drauf«, murmelte sie, trat ihre L&M in den Parkplatzkies und ging in den Laden.
»Hallo.«
»Hallo.«
Tim war allein, er füllte das Regal für die Papierprodukte mit Klopapier auf. Und wünschte sich, daß Cat ihn bei einer männlicheren Beschäftigung überrascht hätte.
»Wie steht's mit dem Arschwischen heutzutage?« fragte sie.
»Oh, wir verkaufen ziemlich viel von dem Zeug«, antwortete er.
Reizende Unterhaltung, dachte Cat. Wie *Romeo und Julia, die Arschgeige.*
»Und was treibst du so?« erkundigte sich Romeo.
»Nichts Besonderes.«
»Ich auch nicht. Arbeiten.«
»Behältst du den Job auch während der Schule?« Cat tat so, als studiere sie aufmerksam ihren Einkaufszettel. Denn wenn sie Tim ins Gesicht gesehen hätte, hätte sie auf der Stelle losgeheult.

»Mr. Walsh will schon. Ich glaub', ich auch. Teilzeit vielleicht«, antwortete Tim.
»Gibst du mir ein Pfund Hackfleisch?«
»Klar doch.«
Tim ging hinter die Fleischtheke und wog ein Pfund Hack aus. Er war nervös und bekam einfach kein glattes Pfund heraus, also gab er ihr ein bißchen mehr, wickelte es schnell in Pergamentpapier und schrieb mit schwarzem Stift den Preis darauf.
»Morgen fahr' ich nach Bend.«
»Ach ja, stimmt«, erwiderte Tim. Plötzlich fiel ihm wieder ein, wie er auf Cat gelegen hatte, wie erregt er gewesen war, wie gut es sich angefühlt hatte, ihr Gesicht vor sich zu haben und ihre Hände in seinem Haar. »Freust du dich darauf?«
»Ungefähr so wie auf 'nen Atomkrieg.«
»Tja«, meinte Tim voller Mitgefühl. Er nahm das Päckchen Fleisch mit zur vorderen Theke und tippte den Betrag in die Kasse. Er berechnete ihr nur ein Pfund.
»Ich brauch' auch noch andere Sachen.«
»Ach so. O.k.«
Jetzt wußte er nicht, ob er die 69 Cent löschen und erst wieder eingeben sollte, wenn Cat ihre anderen Einkäufe zusammengesucht hatte, oder ob er einfach warten sollte, bis sie entschieden hatte, was sie sonst noch brauchte, und hoffen, daß inzwischen kein anderer Kunde kam.
»Am Mittwoch geht die Schule los«, erinnerte ihn Cat.
»Kann ganz interessant werden, glaube ich«, antwortete Tim ohne Überzeugung.
Wenn er doch nur was Nettes zu mir sagen würde, dachte Cat. *»Schön, dich zu sehen. Du siehst heute so anders aus.« Irgendwas.*
»Ach, Himmel, fast hätte ich's vergessen!« rief Tim plötzlich so laut aus, wie Tim immer alles ausrief. »Nelsons Eltern waren hier und haben dich gesucht.«
»Nelsons Eltern? Warum?«

Er erzählte ihr, daß Maude und ich vermißt würden, und die Jaquas hofften, daß sie wüßte, wo wir steckten. Augenblicklich vergaß Cat das Hackfleisch, vergaß den Sommer, der das Hinterletzte war, vergaß sogar ihren sehnlichen Wunsch, daß Tim was Nettes zu ihr sagte. »Darauf kannst du wetten, daß ich das weiß!« sagte sie aufgeregt. »Bei den Shooks!«
»Ruf Nelsons Eltern an und sag ihnen, daß ich schon auf dem Weg zu ihnen bin!« rief sie noch und rannte aus dem Laden. Sie rannte den ganzen Weg bis zu mir nach Hause, und bis sie dort ankam, hatte Tim schon angerufen, und meine Eltern standen auf der Veranda und erwarteten sie.
»Ich wette, er ist in dem Haus von diesen ekligen Leuten, diesen Shooks. Sie sind wirklich unheimlich. Sie hatten einen Sohn, der war behindert. Plötzlich war er verschwunden. Ich will ja nicht behaupten, daß sie ihn umgebracht haben, aber eines Tages war er nicht mehr da, und niemand hat ihn je wiedergesehen. Wir haben versucht herauszufinden, was ihm zugestoßen ist, ob sie ihn ermordet haben oder so, also haben wir angefangen, sie auszuspionieren. Alle möglichen grausigen Dinge sind passiert. Schließlich sind wir in ihr Haus eingebrochen, ich meine, Nelson.«
»Eingebrochen…?« fragte mein Vater nach. Es waren die ersten Worte, die ein Elternteil von mir in ihren Redeschwall einwerfen konnte.
»Er ist den Baum neben ihrem Haus raufgeklettert und hat sich durchs Fenster geschwungen. Er war großartig, wie Superman oder so. Ich hab' schon gedacht, er bricht sich das Genick, aber er hat's geschafft. Außer, daß sie ihn drinnen erwischt haben, und seitdem ist er der reinste Sklave für sie! Er muß alles tun, was sie ihm sagen, zu ihnen gehen und schwere Arbeit machen, sonst übergeben sie ihn den Bullen oder machen, was weiß ich, mit ihm. Vielleicht das gleiche, was sie mit Bobby getan haben.«

Meine Eltern konnten ihren Blick nicht von dem Mädchen wenden, das ausgebeulte karierte Shorts, den neuen bestickten indianischen Gürtel, ein Fruit-of-the-Loom-Unterhemd mit einer Anstecknadel »Adlai Stevenson wird Präsident« auf der rechten Brustseite und schwere Winterschuhe trug. Sie waren inzwischen zu der Überzeugung gelangt, daß ihren Kindern irgend etwas Schreckliches zugestoßen war, und Cats unzusammenhängendes und unverständliches Gefasel goß Wasser auf ihre Mühlen. Das Schuldgefühl der Mutter, ihre Kinder verlassen zu haben, das Schuldgefühl des Vaters, weil er zu spät und zu betrunken nach Hause gekommen war, machte sie empfänglich für die schlimmsten Angstvorstellungen. Cat spürte das und nutzte es aus.

Also ging sie noch ein bißchen weiter, schmückte die Geschehnisse ein wenig aus und sorgte dafür, daß sich die schlimmsten Befürchtungen bewahrheiteten. Jetzt hatte sie endlich ein Publikum. Das war eigentlich alles, was sie brauchte – jemanden, der ihr zuhörte und sie ernst nahm. Das schlimmste für sie war es, ignoriert zu werden; selbst wenn man sich lustig über sie machte, nahm man sie zumindest wahr. Wenn man jung ist, ist das einzige Leben, das man nicht erträgt, ein ganz normales Leben, mit dem man in der riesigen Menge untergeht. Cat mußte sich, wie wir alle, als etwas Besonderes fühlen, damit sie merkte, daß es sie wirklich gab. Meine Eltern, die ihr gebannt zuhörten und Glauben schenkten, machten sie zu etwas Besonderem.

»Dann haben sie ihn gezwungen, Maude mitzubringen. Er wollte nicht, weil er nicht wußte, was sie mit ihr tun würden, aber sie haben ihn gezwungen. So wurde auch Maude ihre Gefangene. Ich wette um alles in der Welt, daß sie dort stekken, daß sie in diesem Haus gefangen sind und nicht entfliehen können. Ich sage nicht, daß diese Leute Perverse sind oder so was. Aber warum wollen sie zwei Kinder haben, die nicht ihre eigenen sind? Es ist nicht Nelsons Schuld. Sie haben ihn am...« Hier unterbrach sie sich kurz, um nicht »Sack« zu sagen. »Sie haben ihn in der Hand, und ich glaube auch, daß sie so was wie eine Gehirnwäsche mit ihm gemacht haben, weil, wenn er von ihnen spricht, heißt es immer, oh, sie sind so nett, und all so was. Ich hab' ihm gesagt: ›Nelson, sie sind krank‹, aber er hat nicht auf mich gehört. Nelson hat einen hellen Kopf, deshalb bin ich drauf gekommen, daß sie irgendwie kommunistische Foltermethoden oder so was angewandt haben müssen. Vielleicht liege ich auch falsch, und es sind keine Kinderschänder, aber ich krieg' immer Gänsehaut, wenn ich sie sehe.«

»Wo wohnen diese Leute?« fragte mein Vater. Seine Beine waren weich wie Gummi. Er konnte der Geschichte dieses Mädchens nicht bis in alle Einzelheiten folgen, aber die Wörter »Perverse« und »Kinderschänder« machten ihn verrückt vor Angst. *Ich bringe sie um,* schwor er sich.

»In der Vierunddreißigsten, ich weiß nicht mehr genau, welche Hausnummer. Aber ich kann Sie hinbringen!« bot Cat an und hüpfte vor Aufregung von einem Bein auf das andere.

Meine Mom rief Officer Constantine an und erzählte ihm, daß ihre Kinder entführt worden waren und gegen ihren Willen festgehalten würden, was sie ja sofort vermutet hätte. Officer Constantine riet meinen Eltern dringend, nicht allein zu dem Haus der Verdächtigen zu fahren, sondern auf ihn zu warten. Wenn die Geschichte dieses Mädchens stimmte, konnten die Leute gefährlich sein. Er sei schon auf dem Weg.

»Wenn er nicht in zehn Minuten da ist...«, sagte mein Vater, doch er war es. Officer Constantine kam in Begleitung seines jungen, rothaarigen Kollegen, Officer Pierce. Zwei weitere Beamte folgten in einem zweiten Streifenwagen. Officer Constantine forderte Cat auf, ihre Geschichte zu wiederholen, was sie begeistert tat. Diesmal lieferte sie weitere Details: die

Nacht, als sie Bobby schreien hörte und den Schatten von Mr. Shook mit einem Feuerhaken in der Hand gesehen hatte; die Betonsteine, die verdächtige Unterhaltung der Shooks, die ich belauscht hatte, als ich mich unter Bobbys Bett versteckt hielt. Eingesperrt in einem Tresor in ihrem Zimmer, behauptete Cat, liege ein detaillierter Bericht darüber, wann die Shooks jeweils ihr Haus verlassen hatten und wiedergekommen waren, obwohl die Notizen, die wir anfänglich gemacht hatten, als wir das Haus beobachteten, keine fünf Seiten füllten. Cat behauptete sogar, sie hätte ihre Fingerabdrücke, erwähnte aber nicht, daß diese auf den Keksen waren, die Mrs. Shook Tim geschenkt hatte.

Officer Constantine hörte aufmerksam zu und trat dabei gelegentlich von einem Fuß auf den anderen. Er fragte nichts und kritzelte auch nichts in sein kleines Buch. Nachdem Cat geendet hatte, verlangte meine Mom, daß keine Zeit mehr vergeudet würde und man auf der Stelle ihre Kinder rettete. Officer Constantine erwiderte, ja, natürlich, sofort, und bat Cat, ihnen den Weg zu dem Haus zu zeigen. Er bezweifelte, daß an Cats Geschichte auch nur ein Körnchen Wahrheit war, aber er wußte, daß er der Sache auf jeden Fall nachgehen mußte.

Cat setzte sich mit meiner Mutter und meinem Vater auf den Rücksitz des Streifenwagens. Sie saß direkt hinter Officer Constantine, der fuhr. Meine Mom saß in der Mitte zwischen Cat und meinem Vater. Und hinter Officer Pierce, auf der rechten Seite, saß mein Vater. In seiner Anzugtasche steckte die Pistole.

Es war sechs Uhr, und ich erwartete Shane jede Minute. Eigentlich hatte ich vorgehabt, zu Hause anzurufen, sobald wir vom Strand zurück waren, um festzustellen, ob entweder meine Mom oder mein Dad wiederaufgetaucht waren, aber wir kamen erst kurz vor sechs bei den Shooks zu Hause an, und ich hatte gerade noch Zeit, mich für mein Rendezvous fertig zu machen. Selbst wenn ich angerufen hätte, hätte ich sie möglicherweise nicht mehr erwischt. Denn nach dem offiziellen Bericht von Officer Constantine hatte er das Grundstück der Jaquas zusammen mit meinen Eltern und Cat um drei Minuten vor sechs verlassen. Vielleicht hätten sich die Dinge anders entwickelt, wenn ich sie noch erwischt hätte, bevor sie losgefahren sind, vielleicht aber auch nicht. Denn Cats Bericht hatte meine Eltern so in Angst und Schrecken versetzt, daß sie mir möglicherweise nicht geglaubt hätten, auch wenn ich beteuert hätte, daß von dem, was sie erzählt hatte, kein Wort wahr war.

Mir blieb nicht mehr genug Zeit zum Duschen, aber ich wusch mich unter den Achseln und wechselte die Unterhosen. Ich hatte nur noch ein sauberes Hemd, und das zog ich an, ein kurzärmeliges, blau-weiß kariertes Baumwollhemd. Ich trug Jeans und meine knöchelhohen schwarzen Basketballstiefel. Mein Haar war vom Strand noch voller Salz und wollte einfach nicht flach liegen bleiben. Ich tat mein Bestes und glättete es mit ein bißchen Pomade, die Mr. Shook im Arzneischrank aufbewahrte. Ein Pickel war in der Falte zwischen meinem Kinn und meinem Mund aufgetaucht, und ich befürchtete, daß Shane angesichts dieser Entstellung angewidert reagieren und sich von mir weder küssen noch an den Brüsten anfassen lassen würde, bis er abgeheilt war.

Durch die Badezimmertür hindurch hörte ich Maudes Protestgeschrei, sie wollte ihren neuen Badeanzug nicht ausziehen. Sie hatte ihn im Elsie Inn und auch den ganzen Nachhauseweg über angehabt. Sie liebte ihn und hatte tatsächlich vor, ihn bis in alle Ewigkeit anzubehalten. Mrs. Shook versuchte, sie davon zu überzeugen, wie unpraktisch das sei. Geduldig erklärte sie Maude, daß sie den Badeanzug morgen und übermorgen tragen könne, aber nicht heute nacht. Ihr würde zu kalt werden, wenn sie sich nichts Richtiges anzog und dann im Haus herumlief.

»Aber er ist so hübsch! Ich bin so hübsch!« quietschte Maude. Ich brauchte sie nicht zu sehen, um zu wissen, daß sie sich in dem Ganzkörper-Spiegel in Mrs. Shooks Schlafzimmer bewunderte, ihren Bauch herausstreckte und über ihre Schultern die fast nicht vorhandenen Pobacken begutachtete.

Mr. Shook sah die Streifenwagen zuerst. Das heißt, eigentlich die Spiegelung ihrer blau-roten Signallichter auf der Wohnzimmerwand und dem grünen Fernsehbildschirm. Es war schon dämmrig, und er hatte sich gerade in dem Fernsehsessel niedergelassen, um die Sechs-Uhr-Nachrichten anzuschauen. Zuerst glaubte Mr. Shook angesichts der rot flackernden Lichter, er hätte einen Herzinfarkt. Seine beiden Eltern waren an einem Herzinfarkt gestorben. Mr. Shook hatte Übergewicht, und seine Frau kochte ihm weiterhin die kalorienreichen Mahlzeiten, die er so liebte. Jeden Augenblick rechnete er damit, daß sein Arm taub wurde, ihn ein stechender Schmerz in der Brustmitte durchfuhr, es vor seinen Augen rot zu flackern begann. Doch ihm wurde weder eiskalt noch schwindelig, und so merkte er bald, daß die Lichter von draußen kamen. Er schaute durchs Fenster auf die Straße. Zwei Streifenwagen parkten vor seinem Haus. Mr. Shook nahm an, daß es nebenan Ärger gab. Er kannte seine Nachbarn kaum – er und Bridget lebten ziemlich zurückgezogen –, doch er war gern bereit zu helfen, wenn es Scherereien gab.

Also beschloß er, auf die Veranda zu gehen und nachzusehen. Er hievte seinen schweren Körper aus dem Fernsehsessel, ermahnte sich, heute abend beim Essen zurückhaltend zu sein, und ging zwei, drei Schritte in die Diele hinaus. In diesem Moment klopfte es an der vorderen Fliegengittertür. Nein, es war kein Klopfen; es war ein Pochen, das den Türrahmen klappern und das ganze Haus erzittern ließ.

Ich hörte es von oben. Und nahm zuerst an, daß es Shane war, obwohl es mir merkwürdig vorkam, daß ein Mädchen mit so zartem Körperbau klopfen sollte wie ein Schwergewichtler.

Zu Anfang des Sommers, als die Vorstellung, den Mord an Bobby Shook aufzuklären, noch neu und aufregend war, saßen die drei Juniordetektive im Baumhaus und warteten ungeduldig darauf, daß endlich Streifenwagen vor dem Haus der Shooks vorfahren, Polizeibeamte die wackligen Betonstufen hinaufsteigen, die durchhängende Veranda betreten und an die Vordertür pochen würden, um Mr. und Mrs. Shook zu verhaften. Der Tag war gekommen.

Wenn wir danach darüber sprachen, obwohl ich lieber nicht darüber sprach, sagte Cat immer das gleiche: »Es war alles mein Werk.« Und das stimmte. Sie hatte mit den Nachforschungen angefangen und sie zu ihrem Abschluß gebracht. Dabei störte es sie nicht, daß sie die ganze Geschichte erfunden und meine Eltern und die Polizei belogen hatte. Für sie heiligte der Zweck die Mittel.

Cat ging, oder besser rannte, durchs Leben, ohne jemals eine Spur zu hinterlassen. Nichts, was sie tat, hatte jemals irgendeine Wirkung auf irgendwen – zumindest mußte es ihr so vorkommen. Sie war nichts als ein dummes Kind, eine Verrückte, eine Ausgestoßene. Der ganze Sommer war verstrichen, und was hatte sie vorzuweisen? Eine kleine, unglückliche Liebesaffäre und die Ehre, Brautjungfer zu sein, wenn die »Hure« den »Drecksack« heiratete. Das war nicht genug.

Und so sorgte sie dafür, daß etwas passierte, was diesen Sommer einzigartig machte, was sie niemals vergessen und wodurch niemand sie je vergessen würde. Endlich hatte Cat richtig eingeschlagen, hatte ihr Zeichen hinterlassen. Ich bin sicher, daß sie nie in dieser Begrifflichkeit darüber nachdachte; sie war kein Mensch, der zum Nachdenken neigte.

Aber ich weiß, daß sie es so empfand und daß es einen guten Einfluß auf sie hatte. Wenn ich sie heute sehe, hat sie sich sehr verändert. Sie ist jetzt Cathy, trägt Kleider und schneidet sich nicht mehr selbst die Haare. Ihr durchgestochenes Ohrläppchen ist zugeheilt. Sie gehört jetzt zu einer Mädchenclique, und wenn ich mir diese Clique ansehe, habe ich Mühe, sie von den anderen zu unterscheiden. Ich habe sie vorher bereits beschrieben, diese neue Cat.

Ich vermisse die alte Cat, vermisse die Härte, und daß sie sich um nichts und niemanden scherte. Ich vermisse die wilde Entschlossenheit, anders zu sein, sich einen Platz auf der Welt zu sichern, der ganz allein ihr gehörte.

Dennoch war die alte Cat weniger ein menschliches Wesen als ein verzweifelter Schrei nach Aufmerksamkeit. Ihre Unkonventionalität war letztendlich reine Fassade: »Ich bin anders, wenn sie mich also nicht mögen, liegt es daran, daß ich anders bin, und dann ist es ihre Schuld, weil sie so engstirnig sind.« Es war das gleiche wie meine Scheu vor Menschen und meine Flucht in die Welt der Bücher, und dann meine Herablassung gegenüber den Leuten, vor denen ich Angst hatte, weil sie nicht belesen waren. Die Gemeinsamkeit zwischen Cat und mir war, daß wir beide einen Schutzwall um uns aufgebaut hatten, auch wenn wir uns sonst sehr unterschieden. Dennoch bin ich davon überzeugt, daß wir einander wirklich bewunderten – und uns in gewisser unausgesprochener, vorsichtiger Weise auch liebten.

So, also das fehlt mir. Die neue Cat würde niemals Strip-Poker spielen oder sich vor den Augen aller Nachbarn eine Zigarette anzünden. Die neue Cat nennt Leute nicht Helen und hält Helen-Keller-Witze für grausam. Aber wenn Cat nur eine winzige Chance haben wollte, glücklich zu werden, mußte die alte Cat verschwinden. Als Cat ständig stolz wiederholte: »Es war alles mein Werk«, meinte sie damit, daß sie sich zum

erstenmal in ihrem Leben nicht als hilfloses Opfer der Umstände fühlte, nicht als Außenseiterin. Endlich war sie genau wie jeder andere – eine Macht, mit der man rechnen mußte. Eine Tür öffnete sich und entließ sie aus ihrer Kindheit hinaus ins Leben, was auch immer es für sie bereithalten mochte.
Ich sehe nicht mehr viel von Cat außer einem entfernten Winken in der überfüllten Eingangshalle, und das ist traurig. Andererseits wird mir immer diese Erinnerung bleiben: Ich gehe den Gehsteig entlang, in ein Buch vertieft, und eine Stimme hinter mir sagt: »Keine Bewegung!«

Als Mr. Shook die Tür aufschloß und sie öffnete, sah er fünf Leute auf der Veranda, von denen er niemanden kannte. Zwei waren Polizeibeamte, dann stand da noch ein junges Paar Mitte Dreißig und schließlich ein merkwürdig gekleidetes Mädchen in Nelsons Alter. Mr. Shook machte sich Sorgen, ob die altersschwache Veranda noch so viel Gewicht tragen würde. Das Abstützen der durchhängenden Bodenplanken war ein weiteres Projekt auf seiner Liste.
»Mr. Charles Shook?«
»Ja, das bin ich. Was kann ich für Sie tun?« antwortete Mr. Shook höflich dem Polizisten. Sein Körper füllte den Türrahmen aus. In der rechten Hand hielt er die Abendzeitung.
»Kennen Sie diese Kinder?« Officer Constantine streckte ihm zwei Fotos entgegen. Eins war ein farbiges Porträt von Maude, das vor sechs Monaten in einem Fotoatelier aufgenommen worden war. Maude strahlte in die Kamera; natürlich, sie liebte es, fotografiert zu werden. Das andere war eine Schwarzweißfotografie von mir, steif und unbehaglich, in einem Pullover und mit Krawatte; das Erinnerungsfoto an meine Abschlußfeier nach der achten Klasse. Mr. Shook hakte die Fliegentür auf, stieß sie auf und beugte den Kopf,

um die Bilder in Augenschein zu nehmen. Er brauchte eine Zweistärkenbrille, noch etwas, zu dem er bisher nicht gekommen war.

»Ja, natürlich, warum?« erwiderte er und warf einen Blick auf meine Eltern. »Sind Sie...?«

Meine Mutter ließ ihn nicht ausreden. »Was haben Sie meinen Kindern angetan?« fragte sie in lautem, kämpferischem Ton. Sie machte einen Schritt vorwärts, und ebenso mein Dad, um sich vor sie zu stellen. »Wo sind sie?«

»Sie sind gerade...«, wollte Mr. Shook antworten, aber er war plötzlich zu verwirrt, um fortzufahren. Dieses junge Ehepaar mußten die Jaquas sein, zurück von ihrer Reise nach... Wo, hatte Nelson gesagt, waren sie aufgehalten worden? Chicago, Denver? Hatte er es überhaupt erwähnt? Sie kamen, um Nelson und Maude mitzunehmen, natürlich, aber warum war die Polizei dabei? Konnte es sein, daß die Eltern bei einem Flugzeugabsturz ums Leben gekommen und das Verwandte waren, die sich jetzt um die Kinder kümmern wollten? Doch die Frau hatte »meine Kinder« gesagt. Es ergab keinen Sinn.

»Wenn ihnen irgend etwas passiert ist, werden Sie dafür bezahlen«, drohte mein Vater. Er wünschte, er könnte etwas Drohenderes sagen, damit der Mann wußte, daß er es ernst meinte, aber es fiel ihm nur dieser Standardsatz ein. »Sie werden nicht ungestraft davonkommen.«

»Es ist nichts passiert. Sie sind...« Wieder begann Mr. Shook diesen Satz, und wieder wirbelten seine Gedanken durcheinander. Er hatte Notfälle noch nie besonders gut gemeistert. Immer, wenn Bobby etwas verschüttet hatte oder einen Anfall bekam, war es Bridget gewesen, die die Situation ruhig und gelassen in den Griff bekommen hatte. Er neigte dazu, begriffsstutzig zu werden und dann gar nichts zu tun. Er brauchte seine Frau, um das hier zu klären, und drehte sich um, um sie zu rufen. »Bridget?«

»Wo sind sie?« Wieder meine Mutter. Sie konnte einfach nichts mehr in normaler Lautstärke sagen. Nur noch mit schriller, hysterischer Stimme: *»Ich will sie!«*

Wie auf ein Stichwort ertönte im Innern des Hauses ein durchdringender Schrei. Dann eilige Schritte: Maudes leichte und schnelle, gefolgt von einem schweren, einschüchternden Getrampel. »Komm sofort zurück, du kleiner Frechdachs, oder du wirst es bereuen«, rief eine Frau. Für zwei verängstigte und übermüdete Eltern bestätigten die Schritte und die Drohung jede einzelne Silbe von Cats Erzählung. Maude rannte um ihr Leben, wollte der abscheulichen Mrs. Shook entfliehen. Ein frohes Quietschen wurde in ihren Ohren zum Angstschrei, ein Spiel zum Alptraum.

»Wenn die Kinder hier sind, Mr. Shook, verlange ich, daß Sie sie sofort ihren Eltern übergeben«, befahl Officer Constantine. »Und dann möchte ich gern ein paar...«

»Das ist Maude! Das ist sie!« schrie meine Mutter. Sie faßte nach der Fliegengittertür und riß sie so energisch auf, daß sie gegen die Hausmauer knallte. Die Feder war gebrochen, eine weitere aufgeschobene Reparatur. Sie fegte an Officer Constantine vorbei und rannte auf Mr. Shook zu, der noch immer den Eingang verstellte. Auch mein Vater bewegte sich schnell in diese Richtung.

Erschreckt von den Eltern, die so grob mit ihm umsprangen, trat Mr. Shook einen Schritt zurück ins Haus. Er konnte beim besten Willen nicht verstehen, was vor sich ging.

In diesem Augenblick erschien Maude. Meine Mom sah sie zuerst, erhaschte einen Blick auf sie durch den schmalen Spalt zwischen Türrahmen und Mr. Shooks wuchtigem Körper.

»Maude!« schrie sie auf und stieß Mr. Shook mit der ausgestreckten Hand zur Seite, damit er nicht weiter im Weg stand.

Maude hörte die Stimme ihrer Mutter, und eine Sekunde später – überrascht von dem Knuff meiner Mom, war Mr. Shook einen halben Schritt nach links gewichen – sah sie sie auch. »Mommy!« kreischte sie, drückte sich an Mr. Shook vorbei, stieß dabei an seine Beine, die in einem Overall steckten, und warf sich ihrer Mutter in die Arme. Meine Mom hob sie hoch und zog sich eilends auf die sichere Veranda zurück. Maude, die gedacht hatte, daß sie ihre Mutter niemals wiedersehen würde, schluchzte vor Erleichterung. Sie vergrub ihr Gesicht in der Schulter meiner Mutter und klammerte sich verzweifelt an ihren Hals. Meine Mom wiegte Maude in ihren Armen und flüsterte ihr ins Ohr.

»Ich bin bei dir. Alles wird gut. Weine nicht. Mommy ist hier.« Noch nie hatte meine Mom etwas so Süßes gespürt wie die kleine Hand von Maude an ihrem Hals, noch nie etwas so Zartes gefühlt wie die junge Haut ihres kleinen Mädchens. Maude war natürlich splitterfasernackt.

Denn schließlich hatte sie doch noch überredet werden können, den Badeanzug auszuziehen. Als Mrs. Shook dann allerdings mit einer Unterhose und einem Kleid, das ich von zu Hause mitgebracht hatte, auf sie zutrat, war Maude zur Seite gehüpft und die Diele entlanggerannt. Wie ich schon erwähnt habe, fand Maude es sehr lustig, nackt herumzulaufen. Es war noch lustiger, wenn die nette dicke Dame hinter ihr her trampelte und dabei außer Puste kam und sich hinsetzen mußte. Maude hatte schon oft »Fangen« mit Mrs. Shook gespielt und konnte, wie bei den meisten Spielen, nicht genug davon kriegen. Sie sauste die Treppen hinunter und quietschte vor Vergnügen, gerade als meine Mutter ihren Namen rief. Da vergaß sie das Spiel, rannte an Mr. Shook vorbei und warf sich in die sehnsüchtig ausgestreckten Arme.

»Verdammt noch mal, was haben Sie mit meinem kleinen Mädchen gemacht?« brüllte mein Vater. Maudes Wimmern war für ihn ein Wimmern der Erleichterung, weil sie endlich aus ihrer Gefangenschaft errettet war. Maudes Nacktheit sprach für sich selbst.

Mr. Shook, noch immer zutiefst verwirrt, sah wieder zurück ins Haus, er wartete auf seine Frau. Sie stieg gerade die letzten paar Stufen hinunter und hielt sich dabei vorsichtig am Geländer fest. In der Hand trug sie eine kleine Unterhose und ein Kleid, sie atmete schwer. Ihm fiel auf, wie alt sie geworden war; jedesmal traf ihn diese Erkenntnis aufs neue und machte ihn traurig.

»Also gut, Mr. Shook«, sagte Officer Constantine und machte einen Schritt auf den Verdächtigen zu. Shook hatte sich umgedreht, und Officer Constantine befürchtete, daß er einen Fluchtversuch wagen oder sich im Haus verschanzen wollte. »Ich möchte, daß Sie jetzt, ohne Schwierigkeiten zu machen, heraus auf die Veranda kommen. Ich will keinen Ärger haben.«

Er faßte Mr. Shook am Unterarm. Die beiden Männer waren gleich groß, aber einer von ihnen war kräftiger, nämlich Mr. Shook. Officer Constantine konnte die harten Muskeln unter Mr. Shooks rotem Flanellhemd fühlen und hoffte, daß der Verdächtige keinen Widerstand leisten würde. Er war froh, daß der junge Pierce hinter ihm stand. Obwohl der rothaarige Polizist neu bei der Truppe war, war er zuverlässig und unerschrocken. Officer Constantine war auch froh, daß er einen zweiten Streifenwagen angefordert hatte. Schram und Carey in diesem Wagen konnten von Nutzen sein, falls sich der Verdächtige seiner Verhaftung widersetzte. Denn Officer Constantine hatte bereits beschlossen, ihn aufs Revier mitzunehmen.

Der Polizeibeamte hatte kein Wort von Cats unglaublicher Geschichte ernst genommen. Die Teile der Erzählung, denen er folgen konnte, schienen ihm nichts weiter als überdrehte Phantastereien eines pubertierenden Mädchens. Daß dieses

Mädchen auffallen wollte, war schon an der Art ihrer Kleidung unschwer zu erkennen, und wie besser konnte sie das erreichen, als mit einer Geschichte von Kindesentführung und Kindesmißbrauch? Er hatte nicht damit gerechnet, die Jaqua-Kinder wirklich im Haus der Shooks vorzufinden, und um ehrlich zu sein, hatte er sich deshalb schon ein wenig Sorgen gemacht. Denn die Vierundzwanzigstundenfrist war bereits abgelaufen, und jetzt galten sie als offiziell vermißt. Und dann gab es noch etwas, was diesen von anderen Fällen, in denen Kinder vermißt wurden, unterschied. Officer Constantine war noch nie zu Ohren gekommen, daß ein dreizehnjähriger Junge zusammen mit seiner vierjährigen Schwester durchgebrannt war. Kinder rannten selten zu zweit weg, und wenn, dann handelte es sich fast immer um zwei Jungen aus verschiedenen Familien, die gemeinsam ihre Flucht geplant hatten. Daß zwei Kinder aus der gleichen Familie, die zudem altersmäßig noch so weit auseinanderlagen, zusammen verschwanden, war ungewöhnlich; und sobald bei solchen Fällen etwas ungewöhnlich war, wurde ihm mulmig.

Als er dann die nackte Maude aus dem Haus in die Arme ihrer Mutter stürzen sah und ihre herzzerreißenden Schreie der Erleichterung hörte, durchfuhr es ihn heiß und kalt. Es war das gleiche Gefühl, das ihn jedesmal übermannte – es war zum Glück nur sehr selten –, wenn ihm bei seiner Arbeit ein schwerer Fehler unterlaufen war. Denn dieses nackte Kind bewies, daß er falsch gelegen hatte, als er die Ängste der Eltern nicht ernst genommen und dem merkwürdigen Mädchen seine Geschichte nicht geglaubt hatte. Ja, es hatte tatsächlich eine Kindesentführung gegeben, und wie es aussah, auch einen Kindesmißbrauch.

»Chuck, was ist los?« schnaufte Mrs. Shook, als sie in dem bereits überfüllten Eingang erschien. Sie sah von ihrem Mann zu dem Polizeibeamten, von dem Polizisten zu dem jungen

Paar, und von dem Paar zu Cat, die am Rand der Veranda stand. Mrs. Shook war völlig außer Atem, weil sie Maude hinterhergerannt war, und lächelte zaghaft, als ob es ihr peinlich war, derart kurzatmig zu sein.
»Lassen Sie mich los!« polterte Mr. Shook und überhörte dabei die Frage seiner Frau. Er schüttelte Officer Constantines Arm ab, stolperte zurück in den Eingang und stieß dabei mit Mrs. Shook zusammen. Plötzlich redeten alle auf einmal:
»Chuck, was um alles in der Welt ist denn hier los? Stimmt etwas nicht?«
»Sir, ich nehme Sie in polizeilichen Gewahrsam. Es ist in Ihrem eigenen Interesse, keinen Widerstand zu leisten.«
»Maude, pschscht. Du bist in Sicherheit. Mommy und Daddy sind ja da.«
»Verschwinden Sie von meiner Veranda! Sie haben kein Recht dazu!«
»Sie Ungeheuer! Noch einen Schritt, und ich drücke ab!«
Mein Dad wußte nicht einmal mehr, daß er die Pistole gezogen hatte. Vor einer Minute noch war sie in seiner Tasche gewesen, jetzt hielt er sie plötzlich in der Hand. Und trotzdem war es das erste Mal an diesem Tag, daß er sich gut bei etwas fühlte. Er hielt die Smith & Wesson, Kaliber 22, ausgestreckt vor sich, seinen Arm gerade so weit gebeugt, daß der Rückstoß ihm beim Abfeuern nicht den Ellbogen stauchte. In der Grundausbildung beim Militär hatte er gelernt, mit einer Waffe umzugehen.
»Um Himmels willen, Mr. Jaqua, legen Sie die Waffe weg! Ich habe die Sache unter Kontrolle!« brüllte Officer Constantine. Wenn Jaqua abdrückte, so schätzte er, würde es einen glatten Durchschuß durch den Verdächtigen geben; die Kugel würde hinten austreten und seine Frau treffen, ernsthaft verletzen und sie vielleicht sogar beide töten. Während des kurzen Schweigens, das seiner Aufforderung folgte, hörte

Officer Constantine das Klicken eines Halfterverschlusses und das leise Schleifen von Metall auf Leder. Officer Pierce hatte ebenfalls seine Pistole gezogen. Die Situation steuerte in Höchstgeschwindigkeit auf eine Katastrophe zu; jetzt waren schon zwei Kinder und zwei Pistolen auf der Veranda. Irgend etwas mußte geschehen, und zwar schnell, bevor eine dieser beiden Pistolen losging.

Doch außer »Sofort! Das ist ein Befehl!« fiel ihm nichts ein.

Als der junge Mann, der Nelsons und Maudes Vater war, die Waffe auf ihn richtete, erstarrte Mr. Shook, aber nicht vor Schreck. Nein, er empfand eine abstrakte Neugier. Seine linke Schulter ragte ein Stück weit ins Haus hinein, und Mr. Shook ertappte sich dabei, daß er sich fragte, wo die Kugel seinen Körper treffen und ob er auf der Stelle tot oder nur schwer verletzt sein würde. Er schätzte, daß sie genau über seiner rechten Brustseite eindringen, ein bißchen nach oben wandern, den Hals durchschlagen und dabei seine Luftröhre durchlöchern würde. Und er fragte sich, ob er wohl Schmerzen haben würde, und wenn ja, wie lange. Wie merkwürdig, er hatte sich immer vorgestellt, daß er an einem Herzinfarkt sterben würde, und jetzt sollte er von einem Mann erschossen werden, den er noch nie gesehen hatte, und aus einem Grund, den er nicht verstand.

Ihm fiel ein, daß er nach Bobbys Tod sein Testament nicht geändert hatte. Wahrscheinlich machte das nichts, weil ohnehin alles an Bridget fallen würde, aber er ärgerte sich trotzdem, daß er das hatte schleifen lassen.

»Mr. Jaqua, lassen Sie die Waffe fallen«, versuchte Officer Constantine es mit fester, kräftiger Stimme. »Wir haben die Situation im Griff. Officer Pierce hat seine Waffe auf den Verdächtigen gerichtet. Senken Sie ganz langsam Ihre Pistole.«

Mein Dad hielt die Waffe weiterhin schußbereit auf Mr. Shook. »Wo ist mein Junge?« fragte er. »Was haben Sie ihm

angetan?« Er ärgerte sich, daß sein Arm zitterte, aber er konnte ihn einfach nicht ruhig halten. Nun, auf diese Entfernung war das egal.
»Was haben Sie ihm angetan?« fragte er noch einmal.

Ich pfiff vor mich hin. Das war ungewöhnlich, weil ich niemals pfeife und es nicht gut kann. Aber Pfeifen schien mir eine angemessene Beschäftigung für einen jungen Mann zu sein, der sich für ein Rendezvous mit seiner Freundin fertig machte. Nachdem ich mir die Zähne geputzt und ein bißchen Kölnisch Wasser aus dem Arzneischränkchen aufgetragen hatte, warf ich einen Blick in den Spiegel, um festzustellen, ob ich gut aussah oder nicht. Schließlich kam ich zu der Erkenntnis, daß dies nur ein objektives Auge entscheiden konnte, also ließ ich davon ab und ging aus dem Badezimmer.
In dem Augenblick, als ich auf den Korridor hinaustrat, hörte ich meinen Dad sagen: »Sie Ungeheuer! Noch einen Schritt, und ich drücke ab!« Ich war so überrascht, seine Stimme zu hören, daß ich nicht darauf achtete, was er sagte. Ich war es gewöhnt, meinen Dad ausschließlich zu bestimmten Zeiten an bestimmten Orten reden zu hören: zu Hause; am Telefon, wenn er ein Ferngespräch führte; im Auto. Seine Stimme hier im Haus der Shooks war fehl am Platz.
Mir ist es schon immer schwergefallen, Leute zu erkennen, selbst Leute, die mir nahestehen, wenn ich ihnen an unerwarteten Örtlichkeiten begegne. Meine Mom in der Kapitänsbar vom Jolly Rogers ist so ein Beispiel. Ich dachte: Dr. Holt nimmt zusammen mit einer hübschen Dame einen Drink. Dann fiel mir auf, daß mir die hübsche Dame bekannt vorkam. Und dann wurde mir klar, daß sie mich geboren hatte. Einmal bin ich meiner Taschentücher-Großmutter im *Polarkreis* begegnet. Das war so erstaunlich, daß ich sie erst erkannte, nachdem sie eine volle Minute auf mich eingeredet

hatte. Zuerst hielt ich sie für eine Lehrerin, die ich in der dritten oder vierten Klasse gehabt hatte.
So kam es, daß ich nicht gleich reagierte, als ich die Stimme meines Vaters hörte. Ich dachte: »Der Mann klingt wie mein Vater«, nicht: »Mein Vater ist hier.« Ich ging zum oberen Treppenabsatz und schaute hinunter. Von dort aus konnte ich erkennen, daß Mrs. Shook an der Eingangstür und Mr. Shook breitbeinig auf der Schwelle stand. Mindestens eine weitere Person stand auf der Veranda, aber ich konnte nicht sehen, wer. Keiner rührte sich oder sprach. Im Haus war es dunkel, und so wurde jeder gegen das helle Tageslicht, das durch die Tür fiel, zu einer Silhouette.

Als ich die Treppe herunterkam, merkte ich, daß etwas nicht stimmte. Es war erst eine Minute her, daß meine Schwester gelacht und gequietscht hatte. Jetzt war es totenstill. Wo war Maude, fragte mein Maude-Sensor? Die Shooks standen bewegungslos wie Statuen im Eingang. Eine unbekannte Person war auf der Veranda. Das *war* die Stimme meines Vaters, wurde mir plötzlich klar. Was hatte er gesagt, etwas von »ich drücke ab«?
Da hörte ich wieder seine Stimme: »Wo ist mein Junge? Was haben Sie ihm angetan?« Er konnte nicht mich damit meinen. Mir ging es gut. Er mußte irgendeinen anderen Jungen meinen. Hatte mein Dad einen anderen Jungen? Meine Gedankengänge waren langsam, träge.
Dann Stimmengewirr, einige davon kannte ich, andere nicht.
»Bitte tun Sie ihm nichts!« Ich sah, wie Mrs. Shook diese Worte sprach, aber nicht, an wen sie sie richtete. Sie streckte eine Hand aus.
»Mr. Jaqua, lassen Sie die Waffe fallen«, das sagte eine tiefe Stimme.

»Ich hab' ihn im Visier, Joe.« Eine dünnere, schrillere Stimme.
»Ich tue nichts dergleichen, bevor ich nicht meinen Sohn wiederhabe.« Wieder die Stimme meines Vaters.
»Das werden Sie büßen!« Wieder eine andere Stimme, aber diesmal eine, die ich auf Anhieb erkannte. Es war dieselbe Stimme, die mich in diesem Sommer so oft ermahnt hatte, dafür zu sorgen, daß Maude etwas Nahrhaftes aß; dieselbe Stimme, die mich gefragt hatte, bei welchem Elternteil ich in Zukunft leben wollte. Also war auch meine Mutter hier, sie alle beide, Mom und Dad. Ich war überrascht. Ich hatte nicht gewußt, daß sie die Shooks kannten.
Noch immer hatten die Sätze keine Bedeutung für mich, aber der drängende, drohende Unterton, in dem sie geäußert wurden, löste Alarm in mir aus. War vielleicht Maude etwas passiert? Erst vor kurzem war sie lachend durchs Haus gerannt. War sie die Treppen hinuntergefallen? Wenn ja, warum hatte ich nicht den Aufprall ihres kleinen Körpers gehört? Ich hatte nicht so laut vor mich hin gepfiffen, daß ich so etwas nicht gehört hätte. Auf halber Höhe der Treppe hielt ich inne, um das zu überdenken. Ich bin gut beim Puzzle-Legen, aber dieses bekam ich nicht zusammen. Es fehlten ein paar Teile.
Dann hörte ich die ruhige Stimme von Mr. Shook, und direkt darauf Mrs. Shook, hell und verzweifelt:
»Hier muß ein Irrtum vorliegen.«
»Tun Sie ihm nichts! Er ist alles, was ich noch habe!«
Irgend jemand bewegte sich auf der Veranda, stieß etwas vorwärts. Mrs. Shook schrie auf, es war ein Schrei ohne Worte.
»Abdrücken«, »Waffe fallen lassen«, »Hab' ihn im Visier«. Die Wörter, die Sätze bekamen allmählich Bedeutung. Noch immer wußte ich nicht, was vor sich ging, aber ich wußte, daß es Ärger gab. Ich dachte, vielleicht werden die Shooks ausgeraubt, obwohl das nicht erklärte, warum meine Eltern da

waren. Es war auch egal. Jemand wollte Mr. Shook etwas tun – *»Er ist alles, was ich noch habe!«*, hatte sie aufgeschrien –, und ich wollte helfen. Schnell nahm ich die letzten paar Stufen und war an der Eingangstür. Es war merkwürdig, daß ich mich mitten in ein Getümmel warf, das ich für einen bewaffneten Überfall hielt. Denn bis zu diesem Zeitpunkt war ich jeglicher Gefahr für Leib und Leben aus dem Weg gegangen; selbst American Football machte mir Angst. Ich hatte mich verändert, zweifellos.

Weder Mr. noch Mrs. Shook hatten sich vom Eingang weggerührt, doch durch den Spalt zwischen ihren Körpern hindurch sah ich einen dicken Polizeibeamten, der seine linke Hand nach hinten streckte. Ich konnte nicht sehen, wem er sie entgegen- oder nach was er sie ausstreckte. Ich schlüpfte vor Mrs. Shook, um mein Blickfeld zu erweitern. Als nächstes sah ich Maudes nacktes Hinterteil und einen Arm darunter, der sie trug. An dem Arm blitzte das goldene Talisman-Armband meiner Mutter.

Das Bild der Menschen auf der Veranda setzte sich stückweise zusammen: ein Arm hier, ein Paar Handschellen da, ein nackter Popo hier, das Gesicht meines Vaters dort. Es lag an mir, ein Ganzes daraus zu machen.

Niemand wußte, daß ich da war, nicht einmal Mrs. Shook, die gebannt auf die Pistole starrte. Die hatte ich bisher noch nicht gesehen, aber jetzt rückte sie in mein Gesichtsfeld. Zuerst sah ich den Körper meines Vaters, und wie er das linke Bein vor sich gestellt hatte, mit leicht gebeugtem Knie, während das rechte Bein durchgestreckt war und sein Fuß so nach innen gedreht, als ob er über den großen Onkel ginge. Meine Mutter stand direkt hinter ihm, so daß es aussah, als beschütze mein Vater sie. Sie lehnte sich zurück und hielt Maude dabei fest umklammert. Wie mein Vater schien sie nicht ganz sicher auf den Beinen zu sein.

Der Arm meines Vaters war fast gerade ausgestreckt, und in der Hand hielt er eine Pistole. Ich erkannte in ihr die Pistole, die ich gestern abend in der Hand gehalten hatte. Sein linker Arm baumelte an seiner Seite. Sein Gesicht war angespannt und kreidebleich.

Niemand bemerkte mich.

»O.k., wir werden das ohne Schwierigkeiten hinkriegen«, meinte der dicke Polizeibeamte, obwohl die Anspannung in seiner Stimme verriet, daß er durchaus mit Schwierigkeiten rechnete. Er nahm ein Paar Handschellen von einem zweiten Beamten, der etwas links versetzt hinter ihm stand. Dieser Polizist war jung, hatte feuerrotes Haar und eine längliche Pickelfläche im gleichen Rotton am Hals. Ich sah sein leeres Pistolenhalfter. Von meiner Position aus konnte ich die Waffe, die er auf meinen Vater gerichtet hielt, nicht sehen, aber ich fühlte, daß sie da war.

»Ich will keinen Ärger. Wir werden das alles auf dem Revier klären«, sagte der dicke Polizist und wollte Mr. Shook die Handschellen um das rechte Handgelenk legen. Es war also gar kein Raubüberfall, wurde mir klar. Mr. Shook sollte verhaftet werden. Das war nicht hinzunehmen. Das würde ich nicht zulassen.

»Was soll denn das eigentlich?« brüllte ich zuerst, dann: »Lassen Sie das gefälligst!« Alle starrten mich an.

Mein Dad warf einen kurzen Blick auf mich, dann richtete er sein Augenmerk wieder auf Mr. Shook. In der Militärausbildung hatte er gelernt, sich nie ablenken zu lassen, während er einen Mann mit der Waffe in Schach hielt; so wurde man nur selbst erschossen. Mr. Shook sah mich mit demselben verblüfften Ausdruck an, den er schon die ganze Zeit auf dem Gesicht trug. Auch Maude drehte sich beim Klang meiner Stimme um. Ihr Gesicht war tränenverschmiert, doch wie immer konnte sie sofort mit dem Weinen aufhören, wenn sie wollte. Meine Mom staunte mich an, als ob sie mich irgendwie anders in Erinnerung hätte.

Und auch Officer Constantine würdigte mich eines Blickes. Später erzählte er mir, daß ihn gerade in diesem Moment mein Auftauchen enttäuscht hatte. Er hätte es vorgezogen, Mr. Shook die Handschellen anzulegen und meinen Dad davon zu überzeugen, die Waffe fallen zu lassen, bevor ich auf der Bildfläche erschien. Und auch mein Tonfall mißfiel ihm. Er war es nicht gewöhnt, daß man ihm Fragen stellte, während er jemand verhaftete; oder ihm gar befahl, das sein zu lassen.

»Nelson! Komm her! Schnell!« Meine Mom brach das verwunderte Schweigen, das mit meinem Auftauchen eingetreten war. Sie erwartete tatsächlich, daß mein Vater abdrücken würde, und mißtraute seiner Zielsicherheit, obwohl Mr. Shook ein großes Ziel abgab und keinen Meter von der Pistolenmündung entfernt stand. Sie hatte Angst, daß die Kugel von Mr. Shook abprallen und mich treffen würde.

»Sohn, tu, was deine Mutter sagt. Komm einfach heraus auf die Veranda...«, fing der dicke Polizeibeamte mit den Handschellen an, aber er kam nicht weiter.

»Ich bin nicht Ihr Sohn!« fuhr ich ihn an, dann fragte ich wieder: »Was soll denn das eigentlich?« Meine Stimme klang unnatürlich laut und hoch. Mir war diese Fistelstimme peinlich; ich hoffte, daß sie bald ein männliches Timbre entwikkeln würde.

Die merkwürdige Szene – meine Mutter mit meiner nackten Schwester im Arm, mein Vater mit einer Pistole in der Hand, Officer Constantine mit Handschellen und Mr. Shook halb im, halb vor dem Haus – ergab keinen Sinn, bis ich hinter der kleinen Menschenmenge am Rand der Veranda Cats dünne, jungenhafte Gestalt entdeckte. Sie lehnte an einer Säule, von der die Farbe abblätterte; die Arme vor der Brust verschränkt, die Hände auf den Ellbogen. Und sie war atemlos vor Aufregung, das »Mein Werk« stand ihr breit ins Gesicht geschrieben. Wenn sie die zwei Polizisten an Fäden geführt hätte, ebenso meine Eltern und die Shooks, es hätte nicht klarer sein können, daß diese Szene tatsächlich ihr Werk war, das Ergebnis ihrer Bemühungen seit Sommeranfang. Sie wollte, daß die Shooks verhaftet wurden, und sie wurden verhaftet. Sie wollte diejenige sein, die die Polizei zu ihrer Tür führte, und sie hatte sie dorthin geführt. Ich mußte ihre Lügen nicht erst hören; ich konnte sie förmlich riechen. Unsere Blicke begegneten sich, aber in ihren Augen stand keine Entschuldigung. Statt dessen musterte sie mich mit dem unschuldigen Interesse eines Kinogängers; jetzt ist Nelson da. Was wird er tun? Die Sache wird ja immer interessanter.

»Alles ist jetzt in Ordnung, junger Mann«, sagte Officer Constantine beschwichtigend. »Du bist in Sicherheit. Deine Eltern sind da. Komm einfach raus auf die Veranda«, wiederholte er, während er sich mit den Handschellen langsam Mr. Shooks Handgelenk näherte.

Ich trat vor Mr. Shook und damit direkt in die Schußlinie.

»Rühren Sie ihn nicht an! Er hat nichts getan!« brüllte ich mit derselben hohen Stimme.

Der kleine Schritt, den ich gemacht hatte, löste schlagartig hektische Betriebsamkeit aus. Officer Constantine grabschte nach meinem Arm und versuchte, mich an sich zu ziehen; Mrs. Shook faßte an meine Schulter und wollte mich ins Haus zurückdrängen; und mein Vater, der mit seiner Waffe immer noch auf Mr. Shook zielte, wollte mich aus dem Weg schubsen, hinter sich, an den Rand der Veranda.

»Laßt mich los!« brüllte ich sie alle drei an und spürte, wie mir das Hemd aus der Hose rutschte. »Sie haben nichts getan! Sie haben Bobby nicht umgebracht! Er ist gestorben!« gab ich bekannt, doch kaum hatte ich das ausgesprochen, wußte ich schon, daß die Polizei nicht deswegen gekommen war. Es ging nicht mehr um Bobby; es ging um mich. Meine Eltern glaubten, daß ich in Gefahr war. Cat hatte ihnen irgendwas erzählt, irgendeine ihrer verrückten Vermutungen, die sie mir im Vergnügungspark dargelegt hatte, und meine Eltern hatten ihr geglaubt. Der Sommer war weit fortgeschritten, und Bobby war Schnee von gestern. Dagegen konnte ich nichts tun, aber ich konnte verhindern, daß Mr. Shook ein Leid geschah. Zumindest konnte ich es versuchen. Ich trat zurück, pflanzte mich direkt vor ihm auf und blickte in den Lauf der geladenen Pistole meines Vaters.

»Larry, leg die Waffe weg!« bat meine Mutter. »Du wirst noch Nelson erschießen!« Maude beobachtete die Szene ohne Kommentar; sie nuckelte lediglich an ihrem Daumen.

»Bitte, Mr. Jaqua«, raunzte Officer Constantine in einem ungeduldigen »Ich-will-daß-das-endlich-vorbei-ist«-Ton. »Stecken Sie das weg. Der Junge ist sicher.«

Ich sah das Zögern auf dem Gesicht meines Vaters; ihm gefiel, wie die Waffe sich anfühlte und was sie für ihn bedeutete. Das Gefühl der Ohnmacht, das er schon den ganzen Tag – und bereits einige Zeit zuvor – empfunden hatte, war in dem Moment verflogen, als er die Pistole zog. Doch es war ihm auch klar, daß es nicht klug war, eine 22er auf seinen Sohn zu richten, ganz egal, wie schlampig er den Rasen mähte. Langsam ließ er die Pistole sinken, aber er steckte sie nicht wieder in die Tasche und hielt den Finger weiter am Abzug. Hinter mir stieß Mr. Shook einen schweren, kaffeeduftenden Seufzer aus.

»Tritt zur Seite, Sohn«, befahl Officer Constantine. Er machte einen Schritt auf mich zu, noch immer entschlossen, die Handschellen um Mr. Shooks kräftige Handgelenke zu legen.

»Ich bin nicht Ihr Sohn!« erwiderte ich wieder. Ich wollte, daß er das verstand, verstand, daß ich niemandes Sohn mehr war.

»Nelson, komm zu mir«, sagte meine Mutter. Jetzt, nachdem die Waffe gesenkt war, klang ihre Stimme weicher. »Es ist alles in Ordnung.«
»*Nichts* ist in Ordnung. Ihr werdet sie nicht anrühren!«
»Zerbrich dir deshalb nicht den Kopf«, wollte mich der Polizeibeamte beruhigen. »Wir bringen sie nur aufs Revier, damit sie einige Fragen beantworten.«
»Nein, das werden Sie nicht!« Ich fühlte Mr. Shooks kräftigen Körper hinter mir, stabil und beständig wie die Mauer, die wir gebaut hatten; er machte mir Mut. »Sie werden sie nirgendwo hinbringen!«
»Nelson, misch dich da nicht ein. Du weißt nicht, worum es geht«, verlangte mein Dad, dessen Ärger jetzt nicht mehr Mr. Shook, sondern mir galt.
»Ich weiß genau, worum es geht! Ich bin überhaupt der einzige, der das weiß!« blieb ich stur, und plötzlich gingen die Straßenlaternen an wie ein optisches Ausrufezeichen.
Officer Constantine streckte den Arm nach mir aus und legte mir eine kräftige Hand auf die Schulter, aber ich schlüpfte unter ihm weg, bevor er mich richtig im Griff hatte. Wieder grabschte er nach mir, aber diesmal vorne an mein blau-weiß kariertes Hemd. Ich machte einen Satz zurück und knallte mit der Schulter gegen das Scharnier der Fliegengittertür. Dann versuchte mein Dad mich zu packen, mich am Genick zu fassen, aber ich duckte mich auch unter ihm durch. Noch nie war ich so reaktionsschnell gewesen. Ich hätte sie die ganze Nacht zum Narren halten können.
»Verschwindet! Laßt uns in Frieden! Wir wollen nichts, als in Ruhe gelassen zu werden!« schrie ich. Der Ausdruck auf dem Gesicht meiner Mutter änderte sich binnen Sekundenbruchteilen. Mütterliche Sorge verschwand, und statt dessen erschien die altbekannte »Sie-sind-in-großen-Schwierigkeiten-Mister«-Miene. Doch jetzt war es zu spät für ein solches

Mienenspiel; ich war schon zu weit gegangen. »Ihr begeht Hausfriedensbruch!« fuhr ich fort. »Das ist das Haus der Shooks! Es ist privates, persönliches Eigentum. Ihr habt hier nichts zu suchen!«
»Sprich nicht in diesem Ton zu mir und deiner Mutter!«
Das war ein Standardsatz, etwas, was jeder Vater von Zeit zu Zeit zu seinem Sohn sagt. Er hatte das auch schon früher in unseren dreizehn gemeinsamen Jahren zu mir gesagt. Und doch war es in einem Moment, in dem meine Freunde bedroht wurden und meine Eltern mich zu packen versuchten, mich baten, zu ihnen zu kommen, nachdem sie mich monatelang vernachlässigt hatten, absolut unpassend. Nichts als einer der Sätze aus der »Tu-das-nicht«-Sammlung von meinem Vater: Vergiß nicht, den Rasen zu mähen; rauche nicht; heirate nicht; sprich nicht in diesem Ton zu mir und deiner Mutter.
Der brennende Schmerz seiner Ohrfeige, das Klirren der Eiswürfel im Glas meiner Mutter, als sie mich fragte, wie sehr ich an meinem Vater hing, die Leere des Hauses, nachdem sie gegangen waren – diese Dinge wogen schwer in diesem Sommer, als ich dreizehn Jahre alt war. Wenn ich nicht in diesem Ton zu meinem Vater und meiner Mutter sprach, würden sie nie erfahren, daß dies Dinge waren, die ich nie vergessen würde, an deren Gewicht ich für immer zu schleppen hatte und die ein grenzenloses Gefühl der Einsamkeit in mir auslösten. Wenn ich es ihnen nicht sagte, würden sie niemals erfahren, daß ich nur widerwillig an ihrem Leben teilhatte und nicht mehr länger so leben konnte. Durch ihre Art zu leben fühlte ich mich ungeliebt und nicht darauf vorbereitet, später einmal mein eigenes Leben zu führen. Wenn ich nicht in diesem Ton zu ihnen sprach, würden sie niemals erfahren, was ich gelernt hatte: daß das Leben, obwohl Traurigkeit darin unumgänglich war, auch Freundlichkeit und Güte zu bieten

hatte; und am wichtigsten: daß ich bessere Eltern gefunden hatte und entschlossen war, sie zu behalten.

»Ich spreche so, wie's mir paßt!« brach es aus mir heraus, und mein barscher Ton überraschte mich nicht weniger als meine Eltern. »Ihr habt kein Recht, hier einfach aufzukreuzen und sie zu verhaften. Es ist nicht fair! Sie haben schon genug durchgemacht!«

»Nelson, beruhige dich...«, fing mein Vater an, aber damit kam er bei mir nicht durch.

»Beruhigen? *Beruhigen?* Du hältst eine Pistole in der Hand und sagst *mir*, ich soll mich beruhigen?«

»Ich will, daß du auf der Stelle herkommst. Wir fahren nach Hause und...«

»Ich werde nirgendwo hinkommen! Die Shooks sind meine Freunde. Sie haben mich eingeladen. *Ihr* seid hier nicht eingeladen. Laßt uns also in Ruhe. Laßt *mich* in Ruhe!« verlangte ich, obwohl meine Eltern genau das den ganzen Sommer über getan hatten und ich genau dagegen rebellierte. Doch es war schwer, logisch zu sein. Wie sollte ich es ihnen je begreiflich machen?

»Was ist bloß in dich gefahren, Nelson?« fragte mein Vater, peinlich berührt, daß ich ihm hier eine Szene machte, anstatt mich ebenso eifrig wie Maude in die Arme meiner Eltern zu werfen. »Warum bist du von zu Hause fort? Warum bist du weggelaufen?«

»Warum bist *du* denn weggelaufen?« Ich traf denselben strengen und mißbilligenden Ton. »Du warst derjenige, der gegangen ist. Ebenso wie du«, sagte ich zu meiner Mutter, und ihr Gesicht verhärtete sich. »Wohin hätten wir gehen sollen? Du hast mir die Obhut für Maude übertragen. Was hätte ich tun sollen? *Was?*« wollte ich wissen. Ich wollte wirklich eine Antwort darauf. Wenn sie eine hatten, war jetzt der Zeitpunkt, sie offenzulegen.

»Das ist alles viel komplizierter, als du ahnst«, erwiderte mein Vater und unterschätzte mich damit schon wieder.
»Nein, ist es nicht«, widersprach ich, plötzlich nicht mehr wütend, sondern logisch und kaltblütig. »Es ist ganz einfach. Ihr habt euch nicht um uns gekümmert, aber die Shooks haben es. Das ist alles.«
»Nelson, ich hör' mir das nicht länger an.«
»Gut, dann eben nicht. Haut einfach ab. Daran bin ich gewöhnt.«
»Junger Mann, das schreit nach einer Ohrfeige.«
»Es wäre nicht die erste.«
Er machte einen schnellen Schritt auf mich zu, hielt dann aber inne. Inzwischen hatte sich eine kleine Menschenmenge auf dem Gehweg angesammelt, magisch angezogen von dem blau-rot blinkenden Signallicht der beiden Streifenwagen, und mein Vater zögerte, mich vor so vielen aufmerksamen Augenzeugen zu schlagen. Die Schaulustigen standen reglos wie Schaufensterpuppen in der blauen Abenddämmerung, die Gesichter zur Veranda erhoben.
»Wir werden später darüber reden«, sagte er mit einer Stimme, die unmißverständlich klarstellte, daß er darüber sicher nicht reden wollte.
»Du bist einfach losgefahren. Du hast nicht einmal gesagt, wohin«, fuhr ich fort. »Du hast gewußt, daß Mom uns verläßt. Warum bist du also nicht geblieben und hast dich um uns gekümmert, wenn du so verdammt besorgt um uns bist? Du bist einfach hinausspaziert, als wären wir Luft.«
»Ich mußte mich mit jemandem treffen, geschäftlich...«
»Mit wem?« fragte ich nach. Darauf hatte ich gewartet, auf diese Gelegenheit, es ihm heimzuzahlen. »Mit der Frau, mit der du dich andauernd triffst, seit sieben Jahren? Wie soll ich dir denn danach noch irgend etwas glauben oder dir vertrauen?«

Mein Dad öffnete den Mund zu einer Antwort, blieb aber stumm. Er starrte mich nur kurz an und drehte sich dann zu meiner Mutter um. Er wollte eine Erklärung, woher ich das wußte. Sie wich seinem Blick aus. Dann starrte er wieder auf mich, noch immer fehlten ihm die Worte. Ich nutzte sein Schweigen, um noch mehr Salz in die Wunden zu streuen. Darin wurde ich allmählich gut.

»Ich verstehe nicht, warum ihr überhaupt Kinder habt, wenn ihr euch nicht darum schert, sie zu lieben oder Zeit für sie zu haben. Ihr tut einfach nur, wozu ihr Lust habt, und vergeßt uns dabei total. Ich bin alt genug, also ist das wahrscheinlich nicht so schlimm, aber was ist mit Maude? Sie ist erst vier, und sie hat so gut wie keine Eltern. Für sie könntet ihr genausogut tot sein.«

»Wie kannst du so etwas sagen?« widersprach meine Mom. »Wir lieben Maude über alles.«

»Wir lieben euch beide«, fügte mein Dad automatisch hinzu.

»Ich glaube euch nicht.«

»Das ist mir egal, ob du das glaubst oder nicht«, brüllte er los und warf Officer Constantine einen verständnisheischenden Blick zu: *Sehen Sie nur, womit ich mich rumschlagen muß!* Aber der Polizeibeamte blieb ein stiller Beobachter, er sagte nichts und fällte auch kein Urteil.

»Wie kannst du nur so etwas sagen, Nelson?« fragte meine Mom jetzt in waidwundem Ton, gerade laut genug, daß die Umstehenden ihre Klage hörten und Mitleid empfanden. »Natürlich lieben wir euch. Wir sind eure Eltern.«

»Das beweist gar nichts! Höchstens, daß ihr zweimal miteinander gebumst habt. Das kann jeder!« Ich konnte nicht glauben, daß diese Worte aus meinem Mund kamen. »Wenn ihr uns liebt, warum zeigt ihr es nicht? Ihr tut nichts für Maude. Ich mache alles. Ich ziehe sie morgens an, ich hab' sie den ganzen Tag, ich mach' ihr Abendessen, ich spiel' mit ihr, bis sie ins Bett muß, ich bring' sie ins Bett, ich wasch' ihre Wäsche und spül' das Geschirr. Und was tust du? Du gehst mit Dr. Holt in irgendwelche Bars.«

Das Gesicht meiner Mutter in diesem Augenblick ist schwer zu beschreiben.

»Ich hab' dich dort gesehen. Auch Maude hätte dich leicht sehen können, aber ich hab' sie weggebracht.«

»Du hast mir nachspioniert?« klagte sie mich an, der waidwunde Ton wurde schrill.

»Nein, es war Zufall«, verteidigte ich mich und wußte dabei, daß sie mir nie glauben würde. »Ist es das, was du die ganze Zeit tust, während ich auf Maude aufpasse? Willst du sie deshalb nicht in deiner Nähe haben?«

Jetzt war es an meiner Mutter, sprachlos zu sein. Sie funkelte mich mit zusammengekniffenen Lippen an, einer ihrer Wangenmuskeln zuckte.

»Was erzählt er da von einem Arzt?« fragte mein Vater sie.

Meine Mom wuchtete Maude von ihrem rechten auf den linken Arm. Zuerst sagte sie gar nichts, dann forderte sie entschlossen: »Larry, unternimm etwas.« Doch bevor er dazu kam, fuhr ich fort.

»Und dann gestern, ihr beide seid einfach gegangen, und was habt ihr gesagt? Du«, erinnerte ich meinen Vater, »›Heirate bloß nie‹. Großartig, vielen Dank. Nach so einem Sommer hätte mir das keiner mehr zu sagen brauchen. Und du«, ich wandte mich an meine Mutter. »›Nimm Maude, das Taxi wartet.‹ Das war alles. Nicht einmal ›Auf Wiedersehen‹. Und ihr behauptet, ihr liebt sie über alles.«

»Nelson, hör sofort auf damit!« verlangte mein Vater.

»Ich nehme an, das heißt nichts weiter, als daß du eigentlich nichts besonders liebst«, sagte ich meiner Mutter ins Gesicht.

Dieser Hieb saß. Alles andere konnte sie rechtfertigen; aber daß sie die Stufen hinuntergegangen und ins Taxi gestiegen war, während Maude schluchzte und sie anflehte zu bleiben, das machte ihr wirklich ein schlechtes Gewissen. »Wenn ihr das für Liebe haltet…«, fing ich einen Satz an, beendete ihn aber nicht. Schließlich war ich auf diesem Gebiet kein Experte.

»Zeig etwas mehr Respekt gegenüber deiner Mutter«, herrschte mein Vater mich an.

»Wie wär's mit etwas Respekt für mich?«

»Du bist noch ein Junge. Du verstehst nicht…«

»Du weißt absolut nichts von mir«, sagte ich nur, und er widersprach nicht.

»Wir werden das zu Hause klären.«

»Ich bin zu Hause!«

Im gleichen Moment, in dem ich das sagte, wußte ich, daß es stimmte. Es war ein neuer Gedanke, der noch nie gedacht und ohne mein übliches vorsichtiges Abwägen geäußert worden war. Doch das war es, was ich wollte, und so sprach ich es einfach aus, damit jedermann es wußte. Warum war in diesem Moment alles so klar, wo doch in tausend anderen, weniger entscheidenden Momenten in meinem Leben alles völlig konfus ablief? Nachdem ich die Worte laut ausgesprochen hörte, wurde ich ein wenig ruhiger, und ich spürte, daß es eine Zukunft gab. Ich wiederholte sie, um meinen Eltern zu zeigen, daß ich es ernst meinte. »Das ist mein Zuhause. Hier wollen die Leute mich haben. Im Gegensatz zu euch.«

»Ich gebe auf«, seufzte mein Vater. Dabei schaute er zu Boden, auf die alten Planken der Veranda, und schüttelte verzweifelt den Kopf. »Ich weiß nicht, was ich mit dir anfangen soll.«

Dann trat ein kurzes Schweigen ein, keiner sagte ein Wort. Wir hatten einen toten Punkt erreicht, waren im wahrsten Sinne des Wortes zum Kern vorgedrungen. Es fiel schwer zu glauben, daß eine Welt jenseits der Veranda existierte. Denn hier, so schien es, war das Zentrum des Lebens, sein ruhig und beständig pochendes Herz.

»Ihr Sohn ist gestorben«, sagte ich leise, weil meine Stimme heiser und rauh wurde, »und ich habe noch nie jemanden kennengelernt...« Die Worte machten mir Schwierigkeiten. »Sie haben sich besser um ihn gekümmert, als es sonst irgend jemand gekonnt hätte. Sie hätten ihn auch einfach in ein Heim stecken und vergessen können, aber das haben sie nicht getan. Sie haben alles getan, was in ihrer Macht stand, und ich glaube, nachdem es vorbei war, hätten sie liebend gern noch mal von vorn angefangen. Selbst mit den schlechten Zeiten. Ich frage mich, ob sich einer von euch, wenn einer von uns krank oder hilflos wäre, die Zeit nehmen würde...« Ich blickte meine Eltern an. Sie erwiderten den Blick. Wo hatte ich gelernt, so grausam zu sein?

»Ich habe geglaubt, daß die Shooks ihren Sohn umgebracht hätten, weil er behindert war und nicht wie andere Jungen. Doch es war genau das Gegenteil. Sie haben Bobby sein ganzes Leben lang so behandelt, als ob er der klügste Bursche überhaupt sei. Als ob er erwachsen geworden wäre und den Baumarkt übernommen hätte und das Mädchen von nebenan geheiratet und eigene Kinder gehabt hätte, aber immer noch am Wochenende vorbeikäme, um bei Sachen zu helfen, die am Haus gerichtet werden mußten. Ja, so haben sie ihn behandelt, obwohl er nicht einmal lesen oder das Alphabet lernen konnte.«

»Ich bin sicher...«, fing meine Mutter an, hielt aber inne, doch nicht sicher, wessen sie sicher war.

»Sie haben im Krankenhaus an seinem Bett gesessen. Wenn sie weggegangen sind, haben sie ihm genau gesagt, wohin sie gehen, auch wenn sie nur ein Sandwich holen wollten. Wenn sie abends gegangen sind, haben sie genau gesagt, wann sie am nächsten Morgen wieder da sein würden. Und sie kamen keine Minute später. Sie haben niemals aufgegeben«, erklärte ich meinem Vater, der mich gerade aufgegeben hatte, »auch als er nur noch ein paar Minuten zu leben hatte. Vielleicht bin ich egoistisch, aber das ist genau das, was ich will. Solche Eltern will ich.«

Meine Mom starrte mich mit offenem Mund an, sie blinzelte. Dann fing sie an zu weinen. Ich sah weg, damit ich das nicht mit ansehen mußte, und da fiel mein Blick auf Shane. Sie stand hinter Cat auf den wackligen Betonstufen, links und rechts von ihr wucherte Efeu. Sie schaute mit weit aufgerissenen Augen zu mir auf und hatte ausnahmsweise einmal nicht einen dichten Haarvorhang davor. Ich fragte mich, wie lange sie wohl schon hier war; vermutlich von Anfang an.

»Vielleicht glauben Sie, sie hätten uns etwas getan, ich weiß es ja nicht«, wandte ich mich an Officer Constantine. Noch immer baumelten die Handschellen in seiner Hand, sie schwangen langsam hin und her wie die Taschenuhr eines Hypnotiseurs. »Aber sie haben nichts getan außer allem, was wir gern wollten. Wie in den Zoo gehen und Ponyreiten und so was. Wir haben ein Picknick am Mount Hood gemacht. Und gerade eben sind wir vom Strand zurückgekommen«, erklärte ich, obwohl unser Ausflug zum Meer schon Jahrzehnte her zu sein schien. »Deshalb sieht Maude so aus. Sie sollte umgezogen werden. Mrs. Shook sorgt immer dafür, daß sie sauber angezogen ist und ihre Socken zueinander passen. Sie spielt mit ihr. Sie kocht und zeigt Maude, wie man Kekse backt. Ich und Mr. Shook haben zusammen eine Mauer gebaut. Was haben wir jemals zusammen gebaut?« fragte ich meinen Vater, und er wußte keine Antwort darauf.

Ich würde gerne behaupten, daß diese Ansprache an die »Freunde, Römer, Landsleute« ohne Tränen gehalten wurde, aber das wäre eine Lüge. Mir rannen die Tränen links und rechts die Backen hinunter und hingen in dicken Tropfen an meinem Kinn. Ich haßte es, vor all diesen Leuten zu weinen: vor der Polizei, meinen Eltern, Cat, und vor allem vor Shane. Nur Mr. und Mrs. Shook, da war ich mir sicher, würden mich deshalb nicht verachten.

»Ich liebe euch ...«, dabei schluckte ich, aber nicht, weil ich es nicht ernst meinte. »Doch ich kann nicht mehr mit euch zusammenleben. Und ich kann mich nicht mehr um Maude kümmern.« Dabei schaute ich meine Mutter an, um festzustellen, ob sie das deprimierte. »Ich weiß, daß du sie nicht gern die ganze Zeit um dich hast, aber sie ist wirklich nicht so übel. Ich weiß nicht, was ich in diesem Sommer ohne sie gemacht hätte. Aber nächste Woche fängt die High-School an, und ich habe zuviel zu tun, um mich ständig um sie zu kümmern. Tut mir leid, Maude«, entschuldigte ich mich, aber Maude war von meiner brüderlichen Sorge nicht im mindesten beeindruckt. Sie nuckelte an ihrem Daumen und studierte mich, als ob ich eine neue Spezies wäre, die der Zoo gerade frisch erworben hatte.

»Ich werde hier wohnen, wenn die Shooks das erlauben. Ich werde in Bobbys Zimmer schlafen. Es steht ein gutes Bett darin und ein Schreibtisch und alles, was ich brauche. Es ist nicht so, daß ich euch nie wiedersehen will«, versicherte ich meinen Eltern, obwohl das wahrscheinlich die letzte Beteuerung war, auf die sie Wert legten. »Ich werde einfach ein bißchen weiter weg wohnen und vorbeikommen und mit Maude spielen und so, aber mein Leben muß sich ändern, und nur ich selbst kann es ändern. Ich schätze, das weiß ich inzwischen.« Das war keine frohe Entdeckung; es schien eher eine ungeheure Verantwortung zu sein. Willkommen in der Wirklichkeit, Nelson. Plötzlich wünschte ich, Maude und ich könnten tauschen; ich säße nackt in der Armbeuge meiner Mom, während sie unseren Eltern erklärte, daß sie unfähig waren.

»Wenn Sie mich zwingen, mit meinen Eltern zu gehen«,

sprach ich weiter und wandte mich dabei an Officer Constantine, »werde ich sofort wieder weglaufen, bis sie es satt haben, hinter mir her zu hetzen, und aufgeben.«

Jetzt war es beinahe völlig dunkel, und die blau-roten Signallichter der Streifenwagen stachen besonders grell hervor. Die nüchterne Beleuchtung machte die Szene auf der Veranda nur noch trüber und hoffnungsloser. Ich suchte nach Worten, und niemand nutzte diese Pause, keiner bot eine Lösung an; es gab keine, und wir alle wußten das.

»Wenn das o. k. ist, komme ich morgen oder so vorbei und hole meine Sachen. Nur ein paar Bücher und Klamotten, sonst nichts. Ich hoffe, daß ihr mich jetzt nicht haßt. Ich habe den ganzen Sommer über versucht, euch zu verstehen, vielleicht könnt ihr jetzt mal versuchen, mich zu verstehen.«

Ich wollte noch mehr sagen, etwas in der Art, daß ich meinen Eltern nicht aus allem einen Vorwurf machte, was sie getan oder meiner Vorstellung nach getan hatten. Daß ich sie tatsächlich mehr liebte denn je, weil ich es endlich laut ausgesprochen hatte und wußte, daß es stimmte. Auch wenn das letzte Mal, daß sie mir gesagt hatten, wie sehr sie mich liebten, schon lange her war; außer in diesem Augenblick auf der Veranda, an diesem Sommerabend, konnte ich mich nicht daran erinnern, wann ich das je zu ihnen gesagt hatte.

Doch das waren komplizierte Gedankengänge, und außerdem hatte ich genug geredet. Ich wandte mich um und ging langsam hinein.

Und während ich mich umdrehte, sah ich Tim drüben auf dem Parkstreifen rittlings auf seinem Fahrrad sitzen. Er sah mich an, wie alle hier, aber Tim war der einzige mit einem Lächeln auf dem Gesicht. Da Tim selten lächelte, war es merkwürdig, daß er ausgerechnet diesen finsteren Augenblick wählte, um mich strahlend anzugrinsen. Doch da erinnerte ich mich an die Frage, die er mir nach unserem Monopoly-

Abend gestellt hatte: »Manchmal fühle ich mich, als ob ich gleich explodieren würde. Hast du dich schon mal so gefühlt, Nelson? Als ob du gleich explodieren würdest?« Vielleicht war eben genau das passiert. Das Gefühl von Schmerz und Wut, das ich so sorgfältig in mir verschlossen hielt, damit niemand etwas davon ahnen und mich deshalb verurteilen sollte, war schließlich explodiert. Nicht Bobby lag hier im Keller vergraben, sondern ich. Tim war vielleicht nicht gerade ein heller Kopf, aber manche Dinge wußte er instinktiv, wie das hier, und es ließ ihn lächeln. Ich hatte Jahre damit verbracht, Tim zu beneiden, und jetzt stand er anscheinend da und beneidete mich.

Ich wandte meinen Eltern den Rücken zu und ging an den Shooks vorbei in ihr Haus. Angespannt wartete ich auf den Knall und die Kugel zwischen meinen Schulterblättern, doch nichts dergleichen geschah. Auch Mr. Shook rührte sich nicht und versuchte nicht, mich aufzuhalten. Ich wich Mrs. Shooks Blick aus, denn ich wußte, daß Tränen in ihren Augen standen. Rasch stieg ich die Treppen hinauf, ich nahm zwei Stufen auf einmal, um mich so schnell wie möglich aus dem Staub zu machen.

Endlich erreichte ich den oberen Treppenabsatz und war in Bobbys Zimmer, das von nun an mein Zimmer war.

Kapitel elf

Kurz nachdem ich ins Haus gegangen war, zog mein Dad die Anzeige gegen Mr. und Mrs. Shook zurück. Er steckte die Pistole zurück in die Tasche und machte sich darauf gefaßt, daß Officer Constantine ihm bei der Heimfahrt mit dem Streifenwagen einen Vortrag über den verantwortungsvollen Umgang mit Schußwaffen halten würde.

»Das Kind erkältet sich noch«, waren die ersten Worte, die fielen, nachdem ich hineingegangen war, und sie kamen aus dem Mund von Mrs. Shook. Sie trat über die Türschwelle und reichte meiner Mom Maudes Unterhose und das Kleid. Mom setzte Maude ab und zog sie schnell an. »Danke«, murmelte meine Mutter fast unhörbar. Sie war froh, daß sie etwas zu tun hatte.

»Entschuldigen Sie«, sagte mein Dad zu Mr. Shook, ohne ihm dabei in die Augen zu sehen. »Die Kinder waren verschwunden, und wir haben uns solche Sorgen gemacht. Und dieses Mädchen …« Plötzlich fiel ihm ein, daß Cat der Grund für das Mißverständnis war und er seine Wut und das Gefühl der Demütigung am besten an ihr auslassen sollte. Er wirbelte herum, um sie sich vorzuknöpfen. Doch als er auf die Stelle am Rand der Veranda starrte, wo Cat eben noch gestanden hatte, war sie nicht mehr da.

»Nun …«, sagte Mr. Shook, das erste Wort aus seinem Mund, seit er, vor fast zehn Minuten, »hier muß ein Irrtum vorliegen« gesagt hatte. Er konnte es noch nicht so recht fassen, daß er nicht sterben mußte, zumindest nicht in dieser Nacht. Als er in die Mündung der Pistole starrte, hatte er seinen Tod als etwas Unvermeidliches akzeptiert. *Komisch, wie schnell man sich an so was gewöhnt,* dachte er.

»Nun...«, wiederholte er in seiner üblichen langsamen Art, der eines Mannes aus dem Mittleren Westen, »wir wissen, was es heißt, sich um ein Kind Sorgen zu machen.«
Officer Constantine war erleichtert, daß die vermißten Kinder wieder aufgetaucht und nicht geschändet worden waren. Das bedeutete, daß er niemanden mit aufs Revier nehmen mußte und rechtzeitig zum Abendessen nach Hause kam. Aber trotzdem konnte er den Fall nicht einfach abhaken. Irgend etwas störte ihn, hinterließ ein Gefühl der Unzufriedenheit. Er war es gewohnt, seine Fälle sauber und ordentlich abzuschließen: den Verbrecher zu fassen und zu verhaften, vor Gericht auszusagen und den Schuldspruch zu hören. Aber was für einen Schuldspruch gab es für diese Leute? Das mußten sie mit sich selbst ausmachen. Die vermißten Kinder waren wieder da, aber es gab kein versöhnliches Happy-End und würde vielleicht nie eines geben. Officer Constantine sehnte sich in die Sicherheit seines eigenen Heims zurück, wo es, wie er glaubte, keine störenden Zweideutigkeiten gab. Bei ihm zu Hause wollten die Kinder keine anderen Eltern und die Eltern keine anderen Partner. So war es, und er hoffte, es würde immer so sein.
»Schick die Leute weg«, sagte er ungeduldig zu Officer Pierce. Die Menschen standen noch immer auf dem Bürgersteig herum und starrten gebannt zum Haus der Shooks hinauf. Officer Pierce sagte zu ihnen, die Show sei jetzt vorbei und sie sollten weitergehen. Enttäuscht darüber, daß nicht ein einziger Schuß gefallen war, aber froh über die kleine Abwechslung in ihrem Alltag, löste sich die Ansammlung von Nachbarn allmählich auf. Ein Zeitungsjunge machte sich wieder ans Zeitungen verteilen, Hunde bellten, und Autos, die am Straßenrand gehalten hatten, fuhren weiter.
Officer Pierce schaltete das Blaulicht auf dem Wagen von Officer Constantine ab, einen Augenblick später ging auch

das Blinklicht des zweiten Streifenwagens aus, und das Auto fuhr davon. Mir kam es vor, als hätten die Blaulichter jahrelang auf der Vierunddreißigsten Avenue geblinkt, aber von einem Moment auf den anderen waren sie verschwunden wie ein Spuk.

»Was ist mit Nelson?« fragte meine Mom meinen Dad, nachdem sie Maude angezogen hatte und es ganz so aussah, als würden auch sie jetzt nach Hause gehen. »Wir können ihn doch nicht einfach hierlassen.«
Mein Dad warf Mr. Shook einen flüchtigen Blick zu, weil er dachte, Mr. Shook würde etwas dazu sagen, doch er blieb stumm. Er stand noch genauso da wie in dem Moment, als mein Dad die Pistole gezogen hatte. Mrs. Shook war ins Haus gegangen, um Maudes Sandalen und ihre anderen paar Sachen, mit denen sie gekommen war, zusammenzusuchen.
»Vielleicht nur heute nacht«, schlug mein Dad unsicher vor. Er wußte nicht, wie sich ein Vater in einer solchen Situation am besten verhielt. Er ertappte sich bei dem Gedanken, daß er Mr. Shook gern um Rat gefragt hätte, aber das kam ihm dann doch ziemlich unpassend vor, nachdem er den Mann fast erschossen hatte. »Wir sind alle etwas ...«, fing mein Dad an, dann wußte er nicht mehr weiter. Er war sich darüber im klaren, daß meine Mom von ihm erwartete, die Sache in die Hand zu nehmen, und daß er bei ihr etwas wettmachen konnte, wenn er jetzt das Richtige sagte. »Wenn er ein bißchen mehr ...« Wieder hielt er ratlos inne. Er fand einfach nicht die richtigen Worte. »Morgen«, sagte er schließlich; er wußte selbst nicht genau, was er damit meinte, beließ es aber dabei.
»Na, nun kommen Sie schon, Herrschaften.« Officer Constantine legte meinem Dad sanft die Hand auf die Schulter. »Ich bringe Sie nach Hause.«

Maude war während der »Schlacht auf der Veranda« ungewöhnlich still geblieben und hatte mit der gespannten Aufmerksamkeit zugesehen, die sonst ihren Lieblingscomics vorbehalten war. Doch als sie erkannte, daß ich nicht mit ihr nach Hause gehen würde, fing sie zu heulen an. »Wo ist Nelson? Ich will Nelson!« flennte sie.

»Nelson bleibt heute nacht hier«, sagte meine Mom tröstend, doch das hatte nur noch lauteres Geschrei zur Folge. »Nein! Ich will Nelson! Ich brauch' Nelson! Laß mich los!« Maude riß sich von Mom los und rannte zur Eingangstür. Meiner Mutter war diese Szene furchtbar peinlich. Sie schien die ganzen Vorwürfe zu bestätigen, daß sie eine schlechte Mutter war, und Mom war ernsthaft davon überzeugt, daß das absolut nicht stimmte.

Ehe Maude ins Haus flüchten konnte, tauchte Mrs. Shook mit Maudes restlichen Klamotten auf. Die Vierjährige klammerte sich an Mrs. Shooks Bein und vergrub das Gesicht in dem weichen, abgetragenen Stoff ihres Rockes. »Es wird ihm gutgehen bei uns, Maudy«, sagte Mrs. Shook, dann beugte sie sich zu Maude hinunter und gab ihr einen letzten, mit Streuseln verzierten Keks. »Wir passen schon gut auf ihn auf.«

»Ich will auch dableiben!« flehte Maude und dachte vermutlich an Blaubeerpfannkuchen und kalte Milch in einem Howdy-Doody-Glas, die es nach dem Aufwachen geben würde.

»Nein, du mußt mit Mommy und Daddy heimgehen. Sie lieben dich, und du würdest ihnen fehlen«, drängte Mrs. Shook, aber ohne großen Erfolg. Am Ende mußte mein Dad Maude auf den Arm nehmen und sie über die verzogenen Holzschwellen der Veranda und die alte Betontreppe zum wartenden Streifenwagen hinuntertragen. Officer Constantine hielt eine der hinteren Autotüren auf. Mein Dad schob Maude hinein und stieg dann nach ihr ein. Mom setzte sich neben ihn und hielt die paar Kleidungsstücke, die ihr Mrs. Shook gege-

ben hatte, fest an die Brust gepreßt. Natürlich waren sie frisch gewaschen und gebügelt.
»Wiedersehen«, rief Mrs. Shook ihnen nach und winkte.
»Wiedersehen«, rief auch Mr. Shook, und gemeinsam sahen sie dem Polizeiwagen hinterher, bis er hinter den dunklen, dichtbelaubten Bäumen an der Straße verschwunden war.

Während ich auf Bobbys Bett lag, lauschte ich dem fernen Geräusch der Stimmen auf der Veranda, obwohl ich keine einzelnen Worte heraushören konnte und die Stimmen ineinander verschmolzen. Nur Maudes Geschrei war unverkennbar und rief meine alten Beschützerinstinkte wach. Ich wollte zu ihr gehen, versuchen, sie zu trösten, aber dann erinnerte ich mich daran, daß ich diese Verantwortung abgegeben hatte und nun ein anderer diese Last tragen mußte. Ich hielt mir die Ohren zu, bis die Schreie leiser wurden und schließlich ganz verklangen.
Es war dunkel und gemütlich in Bobbys Zimmer, und seine Sachen waren mir schon fast vertraut. Insgeheim versprach ich ihm, daß ich nichts verändern würde. Alles würde genau so bleiben, abgesehen von ein paar meiner Klamotten in seinem Schrank und ein paar meiner Bücher, die auf seinem Schreibtisch herumliegen würden. Ich sagte ihm auch, daß ich nicht vorhätte, seinen Platz im Herzen seiner Eltern einzunehmen. Das könnte ich auch gar nicht. Ich betrachtete sein Zimmer nur als Leihgabe, damit ich darin erwachsen werden konnte. Ich bräuchte einen Platz, wo ich die vier Jahre meiner High-School-Zeit wohnen konnte, danach würde ich aufs College gehen oder tun, was auch immer das Schicksal von mir verlangte. Daß ich seine Sachen anfaßte, mache ihm doch hoffentlich nichts aus. Ich würde vorsichtig damit umgehen und an ihn denken, wenn ich sie benutzte.
Darauf konzentrierte ich mich, um nicht darüber nachdenken

zu müssen, was ich zu meinen Eltern gesagt hatte. Manchmal drängte sich ein Halbsatz in mein Bewußtsein zurück, dann kämpfte ich dagegen an und verdrängte ihn wieder. In einem Monat oder einem Jahr konnte ich mich vielleicht ohne Scham an meine Worte erinnern, aber im Moment ging das nicht, also dachte ich am besten überhaupt nicht daran.

Das Geräusch von einem Schritt oder einer zugeschlagenen Schranktür drang von unten herauf, aber sonst gab es nichts, was irgendwie unheilvoll klang. Um diese Zeit lief normalerweise der Fernseher, aber an diesem Abend hörte ich ihn nicht. Ich fragte mich, was sie wohl taten, die Shooks. Mrs. Shook machte wahrscheinlich gerade das Abendessen, und Mr. Shook las Zeitung. Man konnte sich kaum vorstellen, daß jemand nach diesen Ereignissen einfach zur Tagesordnung übergehen konnte, aber wenn jemand das schaffte, dann Chuck und Bridget Shook. Sie waren es gewohnt, Schicksalsschläge einzustecken und dann einfach die Zeitung aufzuschlagen oder das Abendessen zu kochen. Das war der Grund, warum ich hierhergekommen war: die Ruhe, der gewohnte Gang. Die Sicherheit, daß ein normales Leben noch möglich war, entspannte mich. Wie damals, als ich unter Bobbys Bett gelegen hatte und unerklärlicherweise eingeschlafen war, schlief ich auch jetzt einfach ein.

Ein leises Klopfen an der Tür weckte mich. »Nelson«, sagte Mrs. Shook leise, als ob sie mit einem Kranken spräche, »möchtest du was essen?«

»Nein, danke«, erwiderte ich, bevor ich noch ganz wach war und feststellte, wie hungrig ich war. Seit den Sandwiches am Strand, das war gegen ein Uhr gewesen, hatte ich nichts mehr gegessen. Meine Uhr zeigte kurz nach acht.

Ich stand auf, schaltete das Licht ein und betrachtete mich in dem Spiegel über der Kommode. Eine Falte im Kissen hatte einen Abdruck hinterlassen, der sich wie eine Narbe über meine Backe zog. Die Haare auf der rechten Kopfseite standen steil nach oben und blieben so, ganz steif von der Pomade, die ich mir zuvor im Badezimmer der Shooks reingeschmiert hatte. Ich nahm eine Bürste, die auf der Kommode lag, und versuchte, die widerspenstigen Strähnen zu bändigen. Es war das erste Mal, daß ich etwas von Bobby benutzte, abgesehen von seinem Bett, aber mir lief kein Schauer über den Rücken, und ich hatte auch nicht das Gefühl, daß er mir über die Schulter guckte. Ich empfand eigentlich gar nichts dabei, nur daß ich eine Bürste in der Hand hielt, die schwer war und nett aussah mit dem dicken Schildpattgriff. Es dauerte nicht lange, und mein Haar war wieder in Ordnung.

Mr. und Mrs. Shook saßen am Eßtisch, als ich die Treppe herunterkam. Sie sahen zwar von ihren Tellern auf, schienen aber keineswegs überrascht. »Ich glaube, ich hab' doch Hunger«, meinte ich. Es war bereits für eine dritte Person gedeckt. Ich setzte mich auf den Stuhl, und schon stand Mrs. Shook neben mir und füllte meinen Teller.

Wie üblich wurde während des Essens nicht viel gesprochen, und ich war ganz froh darüber. Mrs. Shook fragte: »Noch etwas?« und »Was darf ich dir reichen?« Mr. Shook sah einmal auf seinen Bauch hinab und meinte: »Ich sollte abnehmen«, dann nahm er noch eine Portion Kartoffelbrei.

Zum Nachtisch gab es Rhabarberkuchen. Mrs. Shook befürchtete, er würde mir nicht schmecken, aber da täuschte sie sich. Er erinnerte mich an den ersten Kuchen, den ich in diesem Haus gegessen hatte: Brombeerkuchen, und zwar in der Nacht, als ich eingebrochen war. Dieser Brombeerkuchen und dieser Rhabarberkuchen schienen zu einer anderen Welt zu gehören, nicht zu der, in der es Hunger und Elend gab, in der manche Söhne starben und andere zu ihren Eltern sagten, sie seien ihnen nicht gut genug. Ich konnte mich nicht mit dem Gedanken anfreunden, daß dies alles auf ein- und dem-

selben Planeten existierte, angezogen von derselben Schwerkraft, beschienen von derselben Sonne. Also schob ich diese Gedanken einfach beiseite und fragte, ob ich noch ein Stück Kuchen haben könne.
Nach dem Essen verdrückte ich mich möglichst schnell. Ich wollte Mr. Shook sagen, wie leid es mir tat, daß mein Vater ihn fast erschossen hätte, daß alles meine Schuld war und ich es wiedergutmachen wollte. Ich würde das Dach neu decken, notfalls auch allein, und alle anderen anfallenden Reparaturen im Haushalt erledigen. Aber ich wußte, daß Mr. Shook keine Entschuldigung verlangte und daß Mrs. Shook allein meine Bitte um ein zweites Stück Kuchen als Entschuldigung genügte. Als ich die Treppe zu meinem Zimmer hinaufging, versuchte ich nicht darauf zu achten, wie sie mir mit wohlwollenden, vielleicht auch liebevollen Blicken nachsahen.

Als ich aufwachte, war es dunkel. Meine Uhr zeigte zehn Minuten vor sechs. Im Haus war es still, ebenso wie draußen auf der Straße. Ich wurde nicht durch etwas Bestimmtes geweckt; ich hatte einfach ausgeschlafen. Ich setzte mich auf. Es war etwas kühl im Zimmer. Ich mußte auf die Toilette.
Ich schlüpfte in Socken und Jeans und zog das karierte Hemd wieder an, das ich am Vorabend getragen hatte. Es war etwas zerknittert, weil ich vor dem Abendessen darin geschlafen hatte. Vorsichtig öffnete ich die Tür. Die Tür zum Schlafzimmer von Mr. und Mrs. Shook am anderen Ende des Gangs war geschlossen. Ich schlich mich den Gang entlang und hielt mich dabei dicht an der Wand, wo es wahrscheinlich am wenigsten knarzte. Mir fiel ein, daß ich das schon einmal gemacht hatte. Wann? Ach ja, natürlich, in dieser ersten Nacht, als ich in ein Haus eingebrochen war, das fremd für mich war und noch nicht mein Zuhause. Was sich alles

ändern kann in einem Monat, an einem Tag! Wie viele überraschende Veränderungen erwarteten mich noch?
Ich ging ins Badezimmer und machte die Tür zu, ehe ich das Licht anknipste.
Nachdem ich mich erleichtert hatte, wusch ich mir die Hände und spritzte mir Wasser ins Gesicht. Ich griff nach einem Handtuch, doch plötzlich, mitten in der Bewegung, hielt ich inne. Es hingen jetzt drei Garnituren von zueinander passenden Handtüchern auf Handtuchhaltern: grüne, weiße und blaue. Die blauen Handtücher waren vorhin noch nicht dagewesen, und ich vermutete, daß sie für mich bestimmt waren. Ich war der Junge und Mrs. Shook eine Frau, die meinte, Jungs sollten blaue Handtücher haben und Mädchen rosafarbene.
Ich benutzte das Handtuch und hängte es dann wieder auf. Ich vergewisserte mich, daß es ordentlich hing, die Kante mit den anderen Handtüchern abschloß. Ich wollte alles so zurücklassen, wie es für mich hergerichtet worden war – alles aufgeräumt, nichts verändert – denn ich würde jetzt fortgehen. Als ich das Badezimmer betrat, wußte ich noch nicht, daß ich in mein Elternhaus zurückkehren würde, und ich kann mich nicht erinnern, diesen Entschluß in den eineinhalb Minuten im Badezimmer gefaßt zu haben. Doch als ich nach dem blauen Handtuch griff, dachte ich: »Sie hat Handtücher für mich hingelegt, also glaubt sie, daß ich bleibe. Hoffentlich ist sie nicht verletzt, wenn sie feststellt, daß ich gegangen bin.«
Wenn ich das jetzt, fast ein Jahr später, noch einmal durchlebe, wird mir bewußt, daß ich die Entscheidung schon getroffen hatte, als ich die Augen aufschlug. Ich wachte fröstelnd in Bobbys Zimmer auf und hatte plötzlich nichts mehr damit zu tun. Es war ein Zimmer für ein Kind, und das war etwas, was ich von mir nicht länger behaupten konnte: Ich war kein Kind

mehr. Ich war jetzt für mich selbst verantwortlich. Und für meine eigenen Handtücher.
Ich schaltete das Licht im Badezimmer aus, öffnete die Tür und schlich leise über den Flur zurück. Ich machte Bobbys Bett, obwohl ich wußte, daß das eigentlich überflüssig war, weil Mrs. Shook nach meinem Fortgehen das Bett abziehen und die Matratze auslüften würde. Mit Aufgaben wie Laken waschen und Matratzen lüften lenkte sie sich von ihrem Kummer ab, so wie Mr. Shook mit seinen dauernden Ausflügen zum Foster-Baumarkt in Bewegung und am Leben blieb.
Die paar Klamotten, die ich sonst noch mitgebracht hatte, lagen entweder zusammengelegt in den Kommodenschubladen oder hingen im Schrank. Ich sammelte sie zusammen, es waren nicht viele. Dann setzte ich mich an Bobbys Schreibtisch, nahm einen ordentlich gespitzten Bleistift aus dem Stiftebecher, holte einen nie benutzten Block mit liniertem Papier aus der Schreibtischschublade und schrieb einen Brief:

> Lieber Mr. Shook, liebe Mrs. Shook,
> es tut mir leid, daß ich gegangen bin, noch bevor Sie aufgewacht sind, aber ich war schon wach, und ich hatte das Gefühl, daß es so einfach besser ist. Danke, daß Sie mich die letzten beiden Nächte hier haben schlafen lassen. Es war sehr bequem, und ich habe gut geschlafen.

Das waren Dinge, die Mrs. Shook am Herzen lagen, und es tat ihr sicher gut, wenn ich sie diesbezüglich beruhigen konnte.

> Ich bin nach Hause zurückgegangen. Ich glaube, es ist nicht gut, wenn sich meine Eltern meinetwegen Sorgen und Vorwürfe machen. Ich hoffe, daß sie ihre Probleme lösen können, und wenn ich da bin, kann ich ihnen vielleicht sogar dabei helfen. Jedenfalls möchte ich mich vergewissern, daß es Maude gutgeht.

Mr. Shook, ich komme in ein oder zwei Tagen vorbei, um Ihnen beim Dachreparieren zu helfen, wie wir es geplant haben. Und Ihnen, Mrs. Shook, bringe ich was zu lesen mit, was ich geschrieben habe, aber ich glaube, es ist nicht besonders gut.

Ich wollte ihnen sagen, was mir ihre Freundschaft bedeutete, daß ich ihnen Veränderungen meiner Persönlichkeit verdankte, die ich teilweise schon spürte, die mir teilweise aber auch erst viel später bewußt werden sollten. Doch ich traute mir nicht zu, diese Gedanken in Worte zu fassen, zumindest nicht so kurz danach und so früh am Morgen. Schließlich schrieb ich nur:

Der Tag gestern am Strand war einer der schönsten in meinem ganzen Leben. Ich werde ihn nie vergessen.

~~Mit freundlichen Grüßen~~
In Liebe,
Nelson

Es dämmerte bereits, und die Sterne verblaßten, als ich die Vierunddreißigste Avenue hinunterging und in den Bybee Boulevard einbog. In der kühlen Morgenluft bekam ich eine Gänsehaut auf den Armen.

Ich dachte nicht darüber nach, was mich zu Hause erwartete; ich schlug einfach diese Richtung ein, und was auch geschehen mochte, ich würde es auf mich zukommen lassen. Ich genoß das leise Tappen meiner weichen Sohlen auf dem Pflaster, das Kribbeln an meinen Armen. Es waren keine Autos unterwegs, und so spazierte ich mitten auf der Straße. Der Bybee Boulevard ging etwas bergab, und ich wurde schneller und fiel schließlich in Trab. Feuchte Luft blies mir in die

Ärmel und kühlte mich an den Seiten und am Rücken. Ich versuchte mich zu erinnern, was für ein Wochentag heute war, aber es fiel mir nicht ein. Ich kümmerte mich auch nicht weiter darum; es war egal.

Die Straße, in der unser Haus stand, lag verlassen da. Hinten am anderen Ende der Straße leuchteten zwei Autorücklichter auf und verschwanden; jemand, der früh zur Arbeit fuhr. Die Häuser sahen frisch gestrichen aus, obwohl ich wußte, daß sie es nicht waren, und die Blumenbeete wie neu angelegt. Im frühen Morgenlicht sah alles aus, als sei es einzig und allein dazu da, mir Freude zu machen. Die leuchtend weißen Häuser, die wenigen taufeuchten Autos am Straßenrand, die Bäume zu beiden Seiten der Straße – all das war nur dazu da, um Nelson Jaqua zu gefallen und dafür zu sorgen, daß er sich zu Hause fühlte.

Ich stellte mir mein Zimmer vor, und wie ich mich dort mit all den Büchern und Klamotten und den Spielsachen aufhielt, die noch von meiner Kindheit übrig waren. Ich freute mich darauf, alles wiederzusehen und zu benutzen, was ich wollte. Vielleicht würde ich heute sogar mein Zimmer aufräumen, saubermachen und ein paar Sachen umstellen. Aber das hatte keine Eile. Ich würde es tun, wenn ich Lust dazu hatte.

Unser Haus war dunkel und sah verlassen aus. Ich blieb auf dem Gehsteig stehen und schaute es einfach nur an. Meine Eltern hatten mich hierher gebracht, als ich ein Jahr alt gewesen war, also hatte ich zwölf, fast dreizehn Jahre hier gelebt. Ich würde noch weitere vier Jahre hier leben, wenn meine Eltern es erlaubten, bis ich aufs College ging. Vier Jahre kamen mir nicht lang genug vor, um dieses Haus und die Menschen darin wirklich kennenzulernen und bereit zu sein, sie zu verlassen. Immer wollte ich mehr oder weniger Zeit haben. Die Zeit verging entweder zu schnell oder zu langsam, aber nie im richtigen Tempo.

Der Rasen federte unter meinen Füßen, als ich darüber zur Auffahrt lief. Er mußte mal wieder gemäht werden, sah aber im Morgenlicht besonders grün aus und nicht etwa scheußlich braun oder vertrocknet, wie ich befürchtet hatte. Das Grün war ein netter Gegensatz zu den blaß cremefarben gestrichenen Hauswänden. Große Rhododendronsträucher sorgten für rote Farbtupfer.
Beide Autos waren in der Auffahrt geparkt, der Kombi und der kleine weiße Falcon. Ich würde sie heute waschen, als nette Geste gegenüber meinen Eltern.
Die Hintertür war nicht zugesperrt, was mir das Gefühl gab, willkommen zu sein und erwartet zu werden. Leise zog ich sie zu und ging die drei Stufen zur Küche hoch. Alles war noch genau so, wie ich es vor eineinhalb Tagen zurückgelassen hatte. Ich fand mich zurecht, ohne das Licht einzuschalten; die ersten Sonnenstrahlen drangen bereits zwischen den Häusern auf der anderen Straßenseite durch unser Panoramafenster.
Ich ging durch die geöffnete Küchentür ins Eßzimmer hinüber. Es sah sauber und ordentlich aus, als wäre es extra für mich hergerichtet worden. Ich wandte mich um in Richtung Flur zum hinteren Teil des Hauses, wo mein Zimmer auf mich wartete, und überlegte bereits: Was werde ich als erstes tun, was werde ich anschauen und anfassen? Doch einen Augenblick später waren diese Gedanken weggefegt. Jeder Gedanke war ausgelöscht, all mein guter Wille und Optimismus dahin. Denn von meinem Standort im Eßzimmer aus konnte ich ins Wohnzimmer sehen. Und dort lagen meine Eltern auf der Couch, beide auf ihrer rechten Seite. Mein Dad lag mit dem Rücken zur Couchlehne, meine Mom mit dem Rücken zu Dad. Der Arm meiner Mutter baumelte in unnatürlicher Weise von der Couch herunter. Maude lag zusammengerollt zu Füßen meiner Eltern, den Kopf auf Dads linken Unter-

schenkel gelegt. Keiner der drei rührte sich. Auf dem langen Couchtisch aus Walnußholz lag die Pistole.
Sie waren tot. Der glänzende Stahl der Waffe reflektierte das Morgenlicht und lachte mich an. Ich stand reglos da und wußte nicht, was ich tun sollte. Sollte ich Wiederbelebungsversuche machen, einen Krankenwagen rufen, in einem Bestattungsinstitut anrufen oder einfach zurück in die Sicherheit, in das Haus der Shooks flüchten und mich wieder unter dem Bett verkriechen? Es war offensichtlich, was geschehen war: Tief getroffen von meinen Worten und gedemütigt vor der ganzen Nachbarschaft, waren meine Eltern völlig durcheinander, als sie nach Hause kamen. Unfähig, einen klaren Gedanken zu fassen, hatte mein Dad meine Schwester und meine Mutter erschossen und dann sich selbst umgebracht. Zwar hatte er abgedrückt, aber der eigentliche Mörder war ich. Worte konnten ebenso töten wie Kugeln.
Der Boden schwankte unter meinen Füßen. Gab es eine Möglichkeit, das alles rückgängig zu machen, die Zeit zurückzudrehen auf gestern, als ein Anruf, ein Wort genügt hätte, um dies zu verhindern? Konnte ich zurücknehmen, was ich gesagt, oder zumindest deutlicher und weniger grausam erklären, was ich gemeint hatte? Ja, ich wollte, daß sich etwas änderte, aber doch nicht so. Niemals hatte ich ihnen den Tod gewünscht, ich wollte nur, daß sie mir Aufmerksamkeit schenkten, daß sie erkannten, wie jung ich noch war und wie sehr ich sie noch brauchte. Ich spürte, wie sich meiner Brust ein Schrei entringen wollte: *Tut mir das nicht an! Immer vernachlässigt ihr mich! Wann hört das endlich auf?*
Wie üblich bildete ich mir ein, der Nabel der Welt zu sein. Die Erde drehte sich nur, weil Nelson darauf stand, das Viertel existierte nur, weil Nelson die Straßen entlangging und es wahrnahm, und Menschen starben nur, weil Nelson sie mit seinen Worten getötet hatte. Warum fiel es mir so schwer zu

begreifen, daß ich nur ein kleiner Teil des Universums war, nicht unwichtig, aber auch nicht Grund und Ursache für alles?
Denn da hörte ich, wie das Talisman-Armband meiner Mutter klingelte, sah, wie sie den Arm bewegte und sich verschlafen in eine bequemere Lage drehte. An ihrem Körper war kein Blut, ebensowenig wie an meinem Vater und an meiner Schwester. Wie könnte die Pistole auch so ordentlich mitten auf dem Couchtisch liegen, wenn mein Dad sich damit erschossen hätte? Überhaupt war die Pistole nur ein silberner Aschenbecher, der lediglich durch den momentanen Lichteinfall anders ausgesehen hatte.
Ich kniete mich vor sie hin. Sie atmeten alle regelmäßig, wenn auch nicht im Gleichtakt. Maudes kleine Atemzüge gingen schneller, mein Dad atmete schwer mit halb geöffnetem Mund, meine Mom machte lange, ruhige Atemzüge. Maude trug ein Nachthemd mit Weihnachtsbaummotiven darauf; meine Eltern hatten noch dasselbe an wie gestern abend.
Das war also meine Familie. Ich würde nie eine andere haben, zumindest nicht in dieser Zusammensetzung: Vater, Mutter, Schwester. So war es nun mal; sei zufrieden. Ich betrachtete sie aus nächster Nähe. Würde ich jemals wieder die Gelegenheit haben, sie so anzuschauen, allen dreien so nahe zu sein? Bartstoppeln überzogen die Wangen und das Kinn meines Vaters. Der Eyeliner meiner Mutter war verschmiert, aber ich wußte nicht, ob von Tränen oder vom Schlaf. Maudes Haut sah so glatt aus, als wäre sie erst an diesem Morgen gemacht worden.
Dann wanderte der Sonnenstrahl von dem Tisch, wo er einen Aschenbecher in eine Pistole verwandelt hatte, auf das Gesicht meiner Mom. Sie blinzelte wegen der plötzlichen Helligkeit, hob schützend den Arm davor und schlug die Augen auf. Da sah sie mich.

»Nelson...«
Ich lächelte ein wenig, wagte nicht zu sprechen.
»Ach, mein Schatz, es tut mir so leid«, sagte sie. Ich veränderte meine Stellung so, daß mein Kopf ihr Gesicht beschattete. »Es wird alles besser werden. Dein Vater und ich machen es jetzt besser. Ich habe es einfach nicht gewußt. Bitte verzeih mir...« Eine Träne kullerte ihr aus einem Auge, lief ihr den Nasenrücken entlang und fiel auf den Rand der lindgrünen Couch. Das war die Couch, auf der ich so oft gelegen hatte, wenn ich krank war, und Mom hatte sich über mich gebeugt und mir ihre Hand oder einen nassen Waschlappen auf die Stirn gelegt.
»Ich dachte, du hättest uns für immer verlassen«, sagte sie.
Ich schüttelte den Kopf. Mein Kinn zitterte. Ich sehnte den Tag herbei, an dem ich endlich alt genug war, um nicht mehr zu weinen.
Sie streckte die Hand nach mir aus und strich mit ihren sanften Fingern zärtlich über meine Backe bis zum Ohr. Das Armband klingelte leise, wie um die Bedeutung des Augenblicks zu unterstreichen. Ich wagte es, mich fester gegen ihre Hand zu schmiegen. Sie erwiderte den Druck.
»Ich liebe dich«, sagte sie mit krächzender Stimme. »Du darfst nicht glauben, daß ich dich nicht mehr liebe, nach allem, was...«, doch noch bevor sie zu Ende sprechen konnte, senkte ich den Kopf zu ihr und vergrub mein Gesicht an ihrer Brust, wo ich zuletzt als Kind gelegen hatte. Sie ließ es geschehen und streichelte mich sanft zwischen den Schulterblättern. Das Gefühl von Geborgenheit war noch immer da, obwohl fast vierzehn Jahre vergangen waren, seit sie mich das letzte Mal so gehalten hatte. Eigentlich war das gar nicht so lange her. Ich hoffte, ich würde immer mich in solche Arme schmiegen können, jemanden haben, an den ich mich ankuscheln konnte, aber ich befürchtete, daß das unmöglich war und ich

mich eines Tages mit der Erinnerung an diesen Moment würde begnügen müssen.

Mein Dad wachte auf und hob den Kopf, um meiner Mutter über die Schulter zu blicken. Er blinzelte in das helle Sonnenlicht und sah auf meine zusammengekauerte und halb verdeckte Gestalt hinab. »Nelson?« fragte er, und zum ersten Mal klang es nicht wie ein Tadel oder die Ankündigung schlechter Nachrichten.

Ich brachte kein Wort heraus, nur ein »Hm« zur Bestätigung. Ich hatte Angst, ihm ins Gesicht zu sehen.

»Ist er zurück?« fragte er.

Meine Mom nahm die Hände weg, damit ich antworten konnte, doch ich hielt den Blick gesenkt und starrte statt dessen einen hellen Fleck auf dem Polster an. Meine Antwort klang nur gedämpft, glaube ich, aber deutlich genug.

»Ich bin zurück.«

Ich erwartete, daß er irgend etwas tat – mich begrüßte oder schimpfte oder mich ans Rasenmähen erinnerte –, aber es kam nichts, und ich fühlte mich betrogen. Ignoriere mich nicht, ich gehöre zu dir! Ich hörte, wie er seine Lage veränderte; die Couch quietschte; er atmete tief ein. Ich verharrte mit gesenktem Kopf und wappnete mich gegen das, was da kommen mochte.

Er legte seine Hand auf meinen Kopf. Seine Handfläche war groß, paßte sich aber meiner Kopfform an, und seine Finger waren ausgestreckt, um möglichst viel zu umfassen. Sein Ehering drückte gegen meine Kopfhaut, aber es war ein beruhigendes Gefühl. Er drückte nur sanft, mit ganz wenig Kraft, und ich wollte, daß er fester zudrückte, daß er etwas von sich in mich hineinpreßte, damit ich in Zukunft stark sein konnte und nie mehr ohne Vater war. Dann, als hätte er meinen Wunsch gehört, packten seine Finger fester zu, und ich spürte,

wie die Fingerspitzen ihren Abdruck auf meinem Schädel hinterließen, jetzt und für mein ganzes Leben.
Die wenigen Worte und das bißchen Herumgerutsche auf der Couch hatten Maude geweckt. Die Kleine war wie immer sofort hellwach, man merkte ihr nicht im geringsten an, daß sie eben noch fest geschlafen hatte. Sie setzte sich auf, blickte auf meine kniende Gestalt hinab und sagte mit ihrer hohen, durchdringenden Stimme: »Nelson, wo warst du denn? Wo gehen wir heute hin? Gehen wir in den Zoo? Du hast's versprochen! Bitte, bitte, bitte! Ich bin auch bestimmt artig!«
Sie hatte alles vergessen.

* * *

Mr. Crisp wohnte im Westen der Stadt, in einer Gegend namens Garden Home, einem ziemlich neuen Viertel, das aus völlig identischen einstöckigen Häusern bestand, die lediglich unterschiedlich gestrichen waren. Mr. Crisps Haus war türkis mit weißen Rändern um Fenster und Türen. Auf dem Rasen stand ein Dreirad, daneben ein umgekipptes Vogelbad aus Plastik.
Es machte niemand auf, als ich klingelte, obwohl ich meinen Besuch angekündigt hatte. Vor einer Woche hatte ich angerufen und gefragt, wann ich kommen dürfe. Mr. Crisp meinte, er würde Sonntag nachmittag zu Hause sein; irgendwann am Nachmittag wäre ihm recht. Ich versprach, zwischen zwei und drei Uhr vorbeizuschauen. Um zwei Uhr fünfundvierzig drückte ich auf den Klingelknopf und hörte drinnen das Ding-Dong.
Die Schule war seit drei Wochen vorbei. Ich arbeitete jetzt als Packbursche bei Safeway in Westmoreland. Anfangs kam mir das wie ein Traumjob vor, aber nachdem ich drei Wochen lang Lebensmittel in Tüten gepackt, abgestellte Einkaufswa-

gen zusammengeschoben, die Kühlfächer aufgefüllt und den Boden gewischt hatte, freute ich mich schon auf den September, wenn ich aufhören konnte oder höchstens noch am Wochenende arbeiten würde.

»Nelson!« Mr. Crisp tauchte hinter mir im Vorgarten auf, als ich gerade ein drittes Mal klingeln wollte. Er trug ausgebeulte, karierte Shorts und ein weißes T-Shirt. Seine knochigen Knie waren dreckverschmiert und sein T-Shirt tropfnaß.

»Entschuldige. Wartest du schon lange? Wir sind hinten im Garten und haben die Klingel nicht gehört. Ich habe mir gedacht, ich schaue besser mal nach. Komm, wir gehen hinten rum.«

Ich folgte ihm um das Haus in den Garten. »Mein Sohn hat mich gerade mit dem Gartenschlauch naßgespritzt«, sagte er und zog das klitschnasse T-Shirt ein wenig vom Bauch weg. »Er findet so was lustig«, fügte er hinzu, konnte sich selbst aber ein Grinsen nicht verkneifen. Wir gingen durch ein Tor in den kleinen umzäunten Garten hinter dem Haus.

Eine Frau kniete im Gras und grub in einem Blumenbeet. Ich kannte sie schon von dem Foto auf Mr. Crisps Schreibtisch her. In der Mitte des Gartens spielten zwei Kinder in einem aufblasbaren Planschbecken. Der Junge, der seinen Vater naßgespritzt hatte, war etwa in Maudes Alter, das Mädchen ein bißchen jünger.

»Schatz, ich...«, sagte Mr. Crisp zu seiner Frau.

»Ja, schon o. k.«, erwiderte sie nur, ohne von ihrer Arbeit aufzusehen. Wahrscheinlich hatte er ihr gesagt, daß einer seiner Schüler vorbeikommen würde.

»Jetzt reicht's aber«, ermahnte er den Jungen, der immer noch drohend den Gartenschlauch schwang. Der Junge lachte und tat so, als ziele er mit dem Gartenschlauch wieder auf seinen Vater. »Komm rein, Nelson. Ich ziehe mich nur eben um.«

Ich wartete in der Küche auf ihn. Die Teller vom Mittagessen stapelten sich im Spülbecken, und auf dem Abtropfbrett stand ein offenes Glas Erdnußbutter, aus dem ein Messer herausragte. In einem Kochbuch, das offen vor mir auf dem Tisch lag, war das Kapitel mit Grillrezepten aufgeschlagen. Fingerabdrücke zierten den Kühlschrank.

»So, da bin ich wieder«, meinte Mr. Crisp, als er in einem kurzärmeligen Hemd zurückkam, das mit Flaggen aus aller Welt bedruckt war. Meine sechs dicken Hefte legte er zwischen uns auf den Tisch. »Es hat leider ein kleines Malheur gegeben. Meine Tochter hat ein Glas Traubensaft umgeschüttet, und ein paar Seiten sind naß geworden.« Er blätterte in einem meiner Hefte, bis er den in Mitleidenschaft gezogenen Abschnitt fand. Zwei gewellte Blätter waren mit dunkelroten Flecken verfärbt, doch meine mit Tintenroller geschriebenen Buchstaben waren noch zu entziffern. Das geschriebene Wort war eben unvergänglich.

»Ach, das macht nichts«, versicherte ich ihm.

»Was hast du jetzt damit vor?« Mr. Crisp griff nach dem Heft, schlug eine traubensaftfreie Seite auf und überflog den Text.

»Ich weiß nicht. Wahrscheinlich gar nichts. Es war ja nur ein Versuch.«

»Darf ich einen Vorschlag machen?« Er klappte das Heft zu, stapelte alle sechs Hefte übereinander, schlug gegen die Kanten, damit der Stapel schön ordentlich aussah, und legte ihn vor mich hin. »Leg sie beiseite und schau sie die nächsten zwanzig Jahre nicht einmal an. In zwanzig Jahren bist du – wie alt? Vierunddreißig?« Ich nickte benommen über diese astronomisch hohe Zahl. »Das ist ein gutes Alter, um sie wieder hervorzuholen.« Ich fragte mich, ob er gerade vierunddreißig war oder die Zahl nur willkürlich nannte.

»Ich wäre froh, wenn ich Aufzeichnungen darüber hätte, was ich mit dreizehn gemacht und wie ich mich gefühlt habe. Ich

kann mich nur an ein oder zwei Sachen erinnern, alles andere ist ziemlich verschwommen.«
Er hatte mir noch immer nicht gesagt, ob ihm das, was ich geschrieben hatte, gefiel. Es gab eine Million Dinge, die ich ihn fragen wollte: War er enttäuscht vom zweiten Teil oder war er genauso interessant wie die erste Hälfte? Störte es ihn, daß ich im zehnten Kapitel zur dritten Person überging, als ich über meine Eltern und den Polizisten schrieb? Wie kam ich selbst weg, sympathisch oder als mißratener Balg?
»Mr. Crisp, ich wollte Sie fragen, ob es o. k. war, daß ich in dem einen Teil, Sie wissen schon ...« Ich griff nach einem der Hefte, um ihm zu veranschaulichen, was ich meinte.
»Nelson«, unterbrach er mich und hob abwehrend eine Hand. »Das war keine Schulaufgabe. Ich gebe dir keine Note darauf. Du hast es für dich geschrieben, und du mußt dich dabei nicht an das halten, was im Unterricht verlangt wird. Das einzige Kriterium ist: Wenn du es gut findest, dann ist es gut. Wenn du das Gefühl hast, daß es gekünstelt ist, dann ist es schlecht. Wenn du versuchst, jemanden nachzuahmen, wenn es nicht von hier drinnen kommt« – er faßte sich über der ungarischen Flagge an die Brust –, »dann ist es falsch, auch wenn's von der Grammatik und der Rechtschreibung her noch so perfekt ist.«
Plötzlich prasselte Wasser gegen das Küchenfenster. Mr. Crisp stand auf und sah in den Garten hinaus. Das Gekreische und Gelächter heller Stimmen war zu hören, dann die warnende Stimme von Mr. Crisps Frau: »Habt ihr nicht gehört, was euer Vater gesagt hat?« Es gab ein lautes Platschen und noch mehr Kinderlachen. Ich wußte, Mr. Crisp wollte wieder zu seiner Familie zurück.
»Mr. Crisp, Sie haben gesagt, Sie würden mir das mal signieren, solange ich's nicht in die Schule mitbringe.«
Ich zog mein Exemplar von *Wilde Triebe* aus der Brusttasche

und wickelte es aus dem Geschenkpapier, in dem ich es verborgen hatte. Mr. Crisp kam vom Fenster zurück, und ich reichte ihm das Buch. Mit amüsiertem Kopfschütteln betrachtete er den anzüglich gestalteten Umschlag und schlug dann die Titelseite auf. »Hier müßte doch irgendwo ein Stift sein«, murmelte er und sah sich in der unordentlichen Küche um.

»Ich habe einen.« Ich zauberte einen Füllfederhalter hervor.

Er nahm den Füller, legte das Buch auf den Küchentisch und beugte sich darüber, um es zu signieren. Doch er schrieb nicht sofort. Statt dessen hob er den Kopf und sah an mir vorbei in eine Ecke, doch eigentlich starrte er ins Leere. Ich wandte mich ab, damit er die Muße hatte, die ein Schriftsteller braucht, auch wenn er nur ein paar Worte schreiben soll.

Nach einer Weile hörte ich das Kratzen der Feder auf dem billigen, rauhen Papier. Als das Kratzen aufhörte, sah ich wieder zu ihm hin. Er blies kurz über die noch feuchte Tinte, dann klappte er das Buch zu und gab es mir zusammen mit dem Füller zurück. »Ich begleite dich hinaus«, sagte er.

Im Wohnzimmer herrschte eine sympathische Unordnung: Überall lag Spielzeug herum, ein Schnittmuster für ein Kleid war auf dem Teppich ausgebreitet, und die Couch war mit Zeitungen und Zeitschriften übersät.

»Was ist eigentlich aus dem Mädchen geworden?« fragte er. »Aus der mit den Haaren vor den Augen?«

»Sie ist auf die Lincoln High-School gegangen, wegen der Kunstkurse, die es da gibt. Es wurde nach all dem ein bißchen schwierig für uns, wieder zusammenzukommen. Wir haben uns dann getrennt.« Ich sagte ihm allerdings nicht, daß Shane eine Beziehung mit einem anderen Kunststudenten hatte, einem Kerl mit Ohren wie Topfhenkel und einem Grübchenkinn. Einmal sah ich sie im Bus, beide trugen sie große Zeichenmappen. Als Shane mich bemerkte, senkte sie den Kopf so tief, daß sie aussah, als ob sie einen Buckel hätte. An der nächsten Haltestelle stiegen sie aus. »Es hat nicht sollen sein«, sagte ich, als hätten wir eine der größten Romanzen des Jahrhunderts durchlebt.

»Tja, so was passiert jedem mal«, meinte Mr. Crisp mitfühlend.

Wir standen an der Eingangstür. »Danke fürs Lesen, Mr. Crisp«, sagte ich und meinte es auch so. »Und für den guten Rat.«

»Gern geschehen.« Er bückte sich und hob eine Wurfsendung auf, die hinter der Windfangtür lag.

»Bis zum nächsten Schuljahr.« Ich drückte die Tür auf und trat auf die Veranda hinaus.

»Ach, du hast es wohl noch nicht gehört«, sagte er. »Ich unterrichte im nächsten Jahr nicht. Ich habe mich eine Weile freistellen lassen.«

Verblüfft drehte ich mich zu ihm um. Er studierte den Werbezettel für den Sommerschlußverkauf, obwohl er ihn gar nicht besonders zu interessieren schien. »Ich will ein paar Dinge erledigen, und Roberta geht ganztags arbeiten, während ich's mir gutgehen lasse.« Dabei lachte er etwas verlegen. »Ich habe sieben Jahre hintereinander unterrichtet«, fügte er hinzu, wie um sich für sein unmännliches Verhalten zu rechtfertigen.

»Die Sache ist die«, fuhr er fort, »ich möchte ein Buch schreiben. Das kann ich aber nicht, wenn ich unterrichte, weil ich meinen Lehrplan habe und Hausaufgaben korrigieren muß und ... na, du weißt schon.« So unbehaglich hatte ich ihn noch nie erlebt. »Man hat nie genug Zeit, und mit den Kindern ...« Seine Finger fummelten nervös an dem Werbezettel herum und rollten ihn dann eng zusammen.

»Wird es wieder ein LuAnne-Buch?«

Das brachte ihn herzlich zum Lachen. Das Lachen entspannte ihn, und seine Verlegenheit war wie weggeblasen. Plötzlich erinnerte ich mich an seine Hochstimmung, als er während des Abschlußballs an der Theke gearbeitet hatte. Er mußte damals schon gewußt haben, daß er im nächsten Schuljahr nicht unterrichten würde, deshalb war er so aufgekratzt gewesen.

»Nein, das glaube ich nicht, Nelson.« Er lachte noch einmal, dann wurde er ernst. »Tatsache ist, daß ich beim Lesen deiner Geschichte an etwas denken mußte, was mir passiert ist, als ich ungefähr so alt war wie du. Na ja, vielleicht ein bißchen älter, sechzehn oder siebzehn. Ich dachte, es könnte ein gutes Buch werden, wenn ich es schaffe, ehrlich darüber zu schreiben, so wie du deine Geschichte geschrieben hast. Ich weiß nicht, ob es mir gelingt. Es ist schon lange her, seit ich was anderes geschrieben habe als ›Ich möchte nach der Stunde mit dir sprechen‹ und so was.«

Jetzt wirkte er verunsichert und ängstlich. Es erstaunte mich, daß er so wenig Vertrauen in seine schriftstellerischen Fähigkeiten hatte, wo er doch schon zwei Romane veröffentlicht und sieben Jahre lang Schreiben unterrichtet hatte. Man wurde seine Selbstzweifel und Versagensängste also nie los, erkannte ich, nicht einmal mit vierunddreißig. Der Gedanke war nicht sehr erhebend.

»Es war nicht so was, was du durchgemacht hast«, fuhr er fort. »Es ging nicht so sehr um meine Familie, sondern mehr um ein Mädchen, mit dem ich zu tun hatte, und welche Folgen das hatte, für mich und eine Menge anderer Menschen. Es war nämlich so...«

Er hielt inne, und sein Gesichtsausdruck veränderte sich. Jetzt hatte er denselben abwesenden Blick, den er schon in der Küche gehabt hatte. Einige Augenblicke lang starrte er stumm durch das Fenster der Windfangtür auf die Straße hinaus, sah aber nur das, was sich vor seinem geistigen Auge abspielte. Dann drehte er sich zu mir um, grinste mich an und schlug mir mit dem zusammengerollten Zettel auf die Schulter, als ob er mich zum Ritter schlagen wollte.

»Nein, du wirst es einfach selber lesen müssen.«

Ich ging die Vortreppe hinunter und an dem Dreirad und dem umgekippten Vogelbad vorbei. Noch bevor ich den Bürgersteig erreichte, hatte Mr. Crisp schon die Tür zugemacht. Trotzdem marschierte ich bis zur Kreuzung und um die Ecke, ehe ich das tat, was mir so auf den Nägeln brannte. Ich nahm *Wilde Triebe* aus meiner Tasche, wickelte es aus und schlug die Titelseite auf.

In der engen, ausdrucksvollen Handschrift, die mir sonst mitteilte, daß ich mich nicht ans Thema gehalten hatte oder Besseres leisten konnte, stand da:

Für Nelson, meinen besten Schüler
im Schuljahr 1962/63.
George Mitchell
(George Crisp)

Ich las die Widmung wieder und wieder, bis ich jedes Wort auswendig kannte. Sorgfältig wickelte ich das Buch dann wieder in das bunte Papier und steckte es in meine Hemdtasche. Ich nahm meine sechs Hefte, die ich zwischen die Knie geklemmt hatte, unter den Arm und machte mich auf den Heimweg.